BASTEI
LÜBBE

Von Judith Merkle Riley erschienen bei BASTEI-LÜBBE:

11 676 Die Stimme
11 930 Die Vision
12 201 Die Hexe von Paris

Judith Merkle Riley

DIE SUCHE NACH DEM REGENBOGEN

Aus dem Englischen
von Dorothee Asendorf

BASTEI
LÜBBE

BASTEI-LÜBBE-TASCHENBUCH
Band 12 465

Titel der amerikanischen Originalausgabe:
The Rainbow Catcher

Lizenzausgabe: Gustav Lübbe Verlag GmbH, Bergisch Gladbach
Printed in Great Britain März 1996
Einbandgestaltung: Wolfgang Lauter, München
Satz: hanseatenSatz-bremen, Bremen
Druck und Bindung: Cox & Wyman, Ltd.
ISBN 3-404-12465-0

Der Preis dieses Bandes versteht sich einschließlich
der gesetzlichen Mehrwertsteuer.

Sämtliche Personen, Engel und Teufel
sind keineswegs frei erfunden, sondern
so wirklich wie ein Regenbogen, der
in jeder Sprache einen anderen Namen hat.

Prolog

Seit zwei Jahrhunderten hatte er gewartet, gewartet in einer Kiste, in die ihn die Hexenmeister gesperrt hatten, die einst durch diese Gänge gewandelt waren. Er konnte hören, wie über ihm Schaufeln auf dem verschütteten Mosaik kratzten. Es hatte Mitternacht geschlagen. Jenseits der morastigen Baustelle ragte die dunkle Ruine einer Mauer, die ehemals zum äußeren Bezirk des Temple gehört hatte, in den schwarzen Abgrund der Nacht. Ein frostiger Wind teilte die Winterwolken, und das schwache Licht der Sterne fiel auf gestapelte Steine und das Gerüst für ein neues Gebäude. Noch ein paar Monate, und ein festgefügtes Zunfthaus würde ihn auf ewig von der Erdoberfläche trennen. Doch jetzt hörte er, wie in der tiefen Dunkelheit unverkennbar Metall auf Stein stieß. Endlich, sie kamen.

In der Grube, die man für das neue Fundament ausgehoben hatte, schaufelten zwei Männer in schweren Stiefeln und ledernem Wams, die trotz der Kälte gewaltig schwitzten, Erde aus. Oben leuchtete ihnen ein Aufpasser, der sich gegen die Kälte mit Umhang und Stiefeln geschützt hatte, mit einer Laterne.

»Onaim, perantes, rasonastos«, psalmodierte der Mann mit der Laterne. Er sah seltsam aus, denn unter seinem schweren Umhang verbarg sich eine groteske kugelförmige Gestalt. Seine Stimme klang widerlich einschmeichelnd. In sein bleiches, aufgedunsenes Gesicht hatten sich vor langer Zeit Zornesfalten tief eingekerbt. Die kalt und klug blickenden hellgrünen Augen bekamen jede Bewegung ringsum mit. »Hebt den Schatz ans Licht«, psalmodierte er. »Entdecke ihn, o Satanas, unseren sterblichen Augen.« Sacht fuhren die behandschuhten Finger

über einen kabbalistischen Talisman, der an einer Bullensehne um seinen Hals hing. Dem metallischen Geklirr der Schaufeln folgte ein schauerlicher, beinahe menschlicher Schrei.

»Psst. Haltet ein. Da kommt jemand«, sagte er mit leiser, eindringlicher Stimme. Die Männer in der Grube hörten auf zu schaufeln und blickten hoch. Für einen Augenblick leuchtete das Weiß ihrer Augäpfel im Lichtschein, dann verdeckte der Mann über der Grube die Laterne mit seinem Umhang. Sie lauschten angespannt und still. In den Ruinen scharrte etwas.

»Teufel«, flüsterte der schlanke Mann in der Grube und wurde blaß.

»Unfug. Rollige Katzen«, höhnte sein kräftiger dunkeläugiger Gefährte. »Reicht uns das Licht herunter, Sir Septimus, ich glaube, wir sind auf ein Mosaik gestoßen, genau an der Stelle, wo es sich Eurer Karte zufolge befinden sollte.« Crouch rührte sich nicht, seine Augen glänzten frostig und haßerfüllt. Er war es nicht gewohnt, Befehle zu erhalten. »Das Licht«, wiederholte der jüngere Mann und säuberte das Mosaik mit der Stiefelkante von Erde. »Wir müssen nach dem Symbol suchen.«

»O ja, natürlich, natürlich«, sagte der Mann oben, doch seine Worte klangen heuchlerisch freundlich. Vorsichtig beugte er den mächtigen Leib und reichte die Laterne nach unten. Er schnaufte vor Anstrengung.

»Bitte schaut Euch einmal diesen Fußboden an, Master Ludlow. Das ist ein Mosaik. Gut gearbeitet, könnte fast antikrömisch sein.«

»Master Dallet, Eure Meinung über das Mosaik dürfte kaum interessieren. Spart Euch Euer künstlerisches Urteil für eine gelegenere Tageszeit«, blaffte ihn der Mann neben ihm an. Sein schmales Gesicht war blaß von der ungewohnten Anstrengung. Strähniges, glanzloses Haar fiel ihm vor die Augen. Er schob es mit einer Hand beiseite, an der sich bereits Blasen gebildet hatten.

»Advokaten, das nutzloseste Gesindel im ganzen Königreich. Schaut Euch das an, Ludlow: Lapislazuli – allein das Mosaik lohnt schon die Mühe des Ausgrabens und Verkaufens –«

Master Ludlow schwieg verärgert. Oh, wie er diesen Meistermaler wegen seiner Dreistigkeit, seiner Flegelhaftigkeit und seiner Jugend verabscheute. Es war ein Fehler von Sir Septimus gewesen, daß er diesen unehrerbietigen, aufgeblasenen Parasiten in ihren Kreis und in ihre Geheimnisse eingeführt hatte. Gleichwohl, sie brauchten ihn wegen seiner Kenntnis der Symbole . . .

Auf einmal begann der Künstler wieder zu graben. Der flakkernde Lichtkreis, den die Laterne warf, hatte Teile einer Figur sichtbar gemacht.

»Was ist das, Dallet? Ein geflügeltes Pferd?« Sir Septimus Crouch, Antiquar, Prasser und Meister in der Beschwörung höllischer Geister nach der Methode von Honorius, kniete über ihnen im Dreck, damit er das Muster, das die Schaufel des Künstlers freigelegt hatte, besser sehen konnte.

»Nein, ein Pferd mit zwei Reitern.« Dallet blickte nicht von seiner Arbeit auf, er schaufelte weiter das Mosaik frei.

»Das Symbol«, flüsterte Crouch. »Das Pergament hat nicht gelogen. ›Berittene Zwillinge zeigen den Weg . . .‹ Die Beschwörung hat uns zu ihnen geführt. Aber wo?«

Unter ihnen im Dunkel wartete er. So überaus nahe. So bald. Aus dem Gelaß unter der Türschwelle flüsterte er nach oben: Grabt hier.

»Die Schwelle«, schnaufte der beleibte Teufelsbeschwörer. »Der Gedanke ist mir gerade gekommen.«

»Mir auch«, sagte Dallet. »Los, Ludlow, setzt die Schaufel hier an, wir wollen versuchen, den Stein hochzustemmen.« Sie hoben ihn an. Es knirschte, kratzte, der Stein bewegte sich, und aus der Höhlung, die er freigab, stieg ein Geruch von Moder und Fäulnis auf. Der Geruch von langersehnter Rache.

»Da drinnen ist eine Kiste – das muß die Schatzkiste sein«, sagte Master Ludlow.

»Vor der Flucht versteckt, wie das Pergament sagt«, bemerkte der Künstler.

Die Kiste und ihr Hüter, vergraben von gemeuchelten Männern, deren Gebeine vor zweihundert Jahren in alle Winde verstreut worden waren. Vergraben mit einem Fluch während der

Herrschaft König Edwards II. – und von einem Scharlatan in Schwarzer Magie und zwei habgierigen Dummköpfen während der Herrschaft des jungen Königs Heinrich wieder ausgegraben.

Der Künstler versuchte, die Kiste mit seiner Schaufel anzuheben, doch da zerfiel das verrottete Holz zu einem Haufen Moder, und eine Verkleidung aus Blei kam zum Vorschein, eine zerbeulte Hülle, die fest mit einem unbekannten alten Schmelzmittel verschlossen war.

»Ein Alchimistensiegel«, stellte der Künstler fest, der jetzt kniete, weil er den seltsamen Gegenstand näher betrachten wollte. Sein Atem war im gelben Schein der Laterne sichtbar, die er sich über der Bleikiste dicht vors Gesicht hielt.

»Reicht sie hoch«, befahl Sir Septimus Crouch von seinem Standort über der Grube.

»Damit Ihr Euch mit ihr davonmacht, während wir aus der Grube klettern?« sagte der Advokat. »O nein. Ihr reicht uns schön die Seile herunter, und die legen wir um die Schatztruhe. Dann ziehen wir sie alle drei gemeinsam hoch und verteilen ihren Inhalt auf der Stelle in die mitgebrachten Beutel.«

Crouch kniff mißbilligend die Augen zusammen. Ich sollte sie umbringen, dachte er. Aber wo finde ich wieder zwei so wendige Männer für meine Dienste? Er musterte die Kiste, schätzte ihr Gewicht ab. Der Grubenboden sah feucht und glitschig aus. Nein, nichts zu machen. Gleichwohl ein Jammer, überlegte er. Ein Jammer, daß sich ein Hirn wie meines dieser Männer bedienen muß, die kaum mehr als Tiere sind. Was muß ich noch alles tun, damit sie Ruhe geben und sich täuschen lassen. Doch wenn die Kiste enthält, was sie enthalten sollte, dann habe ich schon bald so viel Macht, daß ich ohne diese Kreaturen auskommen kann. Schnaufend beugte er sich vor und warf ihnen die Seile zu.

Als sie oben waren, stemmte Master Dallet das alte Schmelz mittel auf und öffnete die Kiste. Die Laterne flackerte und verlöschte fast in dem jähen eisigen Windstoß, der ihm die Haare zu Berge stehen ließ.

»Nichts«, sagte er fassungslos. Auf dem Grund der Kiste lagen ein paar merkwürdig geformte, in vermoderte Seide gehüllte Klumpen. Auf einmal stieg ihm ein ekelhafter Geruch in die Nase, und durch seinen Kopf schwirrten Bilder: Tod, Verwüstung und der Untergang von Dynastien. »Ha!« sagte er, »man hat uns übertölpelt!« Dann lachte er beherzt, so als wollte er die dunklen Schatten verscheuchen, die er rundum spürte.

»Ein alter Pokal«, sagte der Advokat und hob einen der Gegenstände aus der vermoderten Umhüllung. Er hatte sich fester in sein pelzgefüttertes Gewand gehüllt und das wollene Barett wieder aufgesetzt, weil ihn fror. Silber, las man in seinen berechnenden hellen Augen. Und eingeschmolzen von einigem Wert.

»Laßt sehen«, sagte der Künstler, nahm ihm den Pokal ab und kratzte mit dem Fingernagel an dem angelaufenen Metall. Ja, er war aus Silber und kunstvoll gearbeitet. Er musterte das Gefäß eingehender, dann lachte er laut auf. »Das ist mir vielleicht ein Bursche gewesen, der daraus getrunken hat!« platzte er heraus. »Seht nur, Sir Septimus!« Der Pokal war mit obszönen Gestalten verziert. Der groteske Antiquar hielt ihn dicht an die Laterne. Die kalten Augen in dem bleichen, zerfurchten Gesicht blitzten auf, und die Lippen teilten sich zu einem verschlagenen Lächeln. Da spürte er eine verstohlene Bewegung.

»Nicht so schnell, Master Ludlow. Ist das da etwa ein Beutel mit Münzen, der sich aus eigenem Antrieb unter Euer Gewand verirren will? Zeigt her – aha, Goldmünzen. Noch dazu alte – habt Ihr gewußt, daß ich eine große Vorliebe für alte Münzen habe?« Seine Stimme klang gefährlich sanftmütig, und er streckte die Hand aus, um den Beutel in Empfang zu nehmen. Master Ludlow wandte sich ab und riß die Umhüllung von einer kleinen silbernen Figurine, einer nackten Frau mit vielsagendem Lächeln. Nur der Künstler bemerkte, was für verrottetes Material da herunterfiel: längst verwelkte Blumen.

»Die Figur nehme ich«, sagte der Advokat, und dem Künstler war klar, daß sie schon am nächsten Tag in einer Schmelzerei landen würde. Ein Jammer. »Und die Münzen werden gerecht verteilt, wie wir geschworen haben«, setzte der Advokat noch hinzu.

Der Künstler hatte inzwischen das größte Bündel enthüllt. Bei dem Anblick verschlug es ihm den Atem, und die Augen fielen ihm fast heraus. Eine abscheuliche Büste, der Kopf eines bärtigen Mannes mit grimmiger Miene, eine hohle Bronzeplastik, die einst vergoldet gewesen war, sich jetzt aber im Zustand der Zersetzung befand. Es war jedoch der furchterregende Blick, der den Künstler erschreckt hatte. In den eingesunkenen, dämonischen Augen, die wie aus hellem Buntglas gemacht wirkten, flackerte es. Das ist eine Sinnestäuschung, redete er sich ein. Der Schein der Laterne funkelte in den eisblauen Tiefen, daß sie jählings böse und lebendig wirkten.

»Was ist das für ein abscheuliches Ding?« fragte der Advokat.

»Baphomet«, antwortete der Teufelsbeschwörer. »Den haben sie nämlich angebetet, und das hat zu ihrem Untergang geführt. Pfui. Er sieht hohl aus. Gibt es einen Pfropfen? Woraus sind die Augen, Dallet?«

»Glas – da, schaut her«, sagte der Künstler und streckte ihm die Büste hin. Sie fühlte sich komisch an, so als ob sich im Inneren etwas bewegte. »Könnt Ihr das hier lesen?« fragte er, drehte das Ding um und prüfte die Inschrift auf dem Siegel am Hals.

»Ich möchte nicht, daß mir das schmutzige Ding die guten Handschuhe dreckig macht.«

»Dann dürfte es mir gehören. Vielleicht verwende ich es als Modell«, sagte Rowland Dallet und spielte den Enttäuschten. Nachdem er sich von dem Schreck erholt hatte, war ihm aufgegangen, daß die Augen schimmerten, wie es Glas nicht vermochte. Mächtige Karfunkelsteine, bei weitem das Wertvollste in der Kiste. Die Augen nehme ich morgen zu Hause heraus, dachte er, und lasse sie in der Row schätzen. »Aber hier ist noch etwas. Wie teilen wir das?« Da lag unter dem nächtlichen Himmel im Lichtkreis der Laterne ein kaum verschimmeltes, sonderbar gut erhaltenes altes Buch mit Seiten aus edelstem Pergament, in Kalbsleder gebunden und mit Halbedelsteinen verziert. Irgendwo in den Ruinen bellte ein wilder Hund. Ratten flitzten zwischen den heruntergefallenen Steinen herum.

Sir Septimus schnappte sich das Buch und blätterte es begierig durch. Seine Augen funkelten beim Lesen. *»Die Weissagungen des Simon Magus.* Das Buch vom Aufstieg und Fall von Königen. Das gehört mir.«

»Dummes Zeug«, sagte der Künstler, riß Crouch das Buch aus den fetten Händen und zog flink das Kurzschwert aus der Scheide. Der Teufelsbeschwörer wurde bleich vor Zorn und Entsetzen, doch der junge Mann lachte ihn aus. »Das geht durch drei. Ludlow, wollt Ihr ein Außenstück oder das Mittelstück haben?« Mit zwei raschen Hieben teilte der Künstler das Buch in drei Teile. »Ein Außenstück, denke ich, da Ihr etwas für Einbände übrig habt.« Damit warf er Ludlow den vorderen Deckel und die daran hängenden Pergamentseiten zu. »Hier, Sir Septimus, das knusprige Ende ist immer das beste Stück. Ach ja, und der arme Künstler bekommt wieder einmal die Überbleibsel.«

»Ihr – Barbar. Bauerntölpel. Ihr würdet sogar die Sibyllinischen Bücher zerstören.« Sir Septimus griff unbeholfen nach dem mittleren Stück. Der Künstler trat zurück und lachte dem Ritter ins Gesicht.

»Nicht so schnell. Nachdem Ihr mich so häßlich beschimpft habt? Sir Septimus, Ihr seid kein armer Mann. Ich schlage vor, wir sehen uns einmal an, worum es sich handelt, und danach setzen wir den Wert fest. Kommt nächste Woche vorbei, und kauft es mir ab.«

»Bei meiner Ehre, das erlebt Ihr nicht . . .« Sir Septimus zog sein Kurzschwert, machte ein paar Schritte auf seinen Widersacher zu, doch schon schnaufte er vor Anstrengung.

»Einen angenehmen Abend noch«, sagte Dallet. »Ich muß mich jetzt aufmachen. Mich erwartet zu dieser späten Stunde noch meine kleine Frau. Sie glaubt, ich speise bei einem Gönner.« Fast beiläufig bückte sich der Künstler, hob die Laterne des Hexenmeisters auf und entzündete daran seine eigene Kerze. Den Sack warf er sich über die Schulter.

In diesem Augenblick schoß dem Advokaten ein Gedanke durch den Kopf, als wäre er ihm eingeflüstert worden. Hatte er da ein Gewisper gehört? Es wäre doch viel besser, raunte eine verschlagene Stimme, wenn du gleich zwei Teile des Buches verkaufen könntest. Aber wie? dachte Ludlow. Erkunde seine Laster, wisperte die heimliche Stimme. Die Ehefrau, dachte er plötzlich. Der Künstler ist ein Trottel. Er hat sich eine Blöße gegeben. Jetzt brauche ich nur noch der richtigen Seite einen anonymen Brief zuzuspielen, und ich bekomme diese Seiten um ein Geringes von einer Frau, die den Wert in keiner Weise schätzen kann. Brillant, bestätigte die Flüsterstimme.

Die Sichel des Mondes verschwand jetzt hinter der Kuppel des Temple. Vor ihnen lag das aufgehäufte Baumaterial für das neue Zunfthaus in dem überfrorenen, aufgewühlten Morast, und der Wächter, den sie tüchtig bestochen hatten, lag betrunken in einer Schenke außerhalb der Mauer. Hinter ihnen befand sich die Grube mit dem seltsamen alten Mosaikboden, der die Arbeiter am nächsten Morgen in Erstaunen versetzen würde. Jenseits wartete die Stadt hinter verschlossenen Toren still und dunkel auf die Morgendämmerung. Sogar die Diebe und Dirnen, die die Straßen unsicher machten, hatten für heute aufgegeben. Nur noch das Ungeheuerliche war unterwegs. Drei vermummte Gestalten mit Laternen in der Hand eilten in der Dunkelheit in verschiedene Richtungen davon. Ein seltsames metallisches Gelächter, so als wäre etwas lange Eingesperrtes befreit worden, schien in dem Dunkel über der Grube zu schweben.

Kapitel 1

An dem Nachmittag, an dem sich mein ganzes Leben änderte, regnete es, daher war ich auch auf nichts gefaßt. Eigentlich sollte ich Regen mögen, weil ich nämlich um der Gerechtigkeit willen immer die Dinge lieber mag, auf die andere schimpfen. Damit will ich sagen, man sollte stets für einen Ausgleich sorgen. Wenn also jemand sagt: »Ist ihre Nase nicht häßlich«, dann antworte man: »Aber dafür hat sie schöne Augen«, und wenn jemand sagt: »Master Timmons ist ein Betrüger und ein Spitzbube«, dann sage man: »Er soll jedoch sehr gut zu seiner alten Mutter sein.« Gleichwohl kann ich Regen nicht viel abgewinnen. Er nimmt einem das Licht und macht, daß alles grau, ja sogar schimmlig wird, und nicht einmal in die Kirche kann man gehen, und so bekommt man auch nicht mit, wer neue Schuhe hat und wer sein Mieder nach der letzten französischen Mode umgeschneidert hat, da wegen des Wetters ohnedies niemand seine neuen Sachen anziehen würde. Und so vermiest einem der Regen alles, und mir vermiest er auch die Laune, und dabei sollte eine Frau immer heiter sein und ihrem Mann damit die schwere Bürde seines Tagewerks erleichtern. Zumindest steht das so im *Rathgeber für das treffliche Eheweib*, dem ich nacheifere, denn meine Mutter, die mir weisen Rat geben könnte, ist tot, und guter Rat ist teuer, vor allem da es Frauen den Priestern zufolge an Verstand mangelt. Aber sie sorgt über das Grab hinaus für mich, und das Buch, das sie mir vermacht hat, ist der Beweis dafür; es enthält viele kluge Gedanken und Beispiele, wie man ein Gott wohlgefälliges und bescheidenes Leben führt, und obendrein noch ein paar gute Rezepte für Seife.

An dem Tag jedoch, als die Fremden kamen, es war ein Tag gegen Ende März im Jahre des Herrn 1514, da hatte es seit fünf Tagen ohne Unterlaß geregnet, fast konnte man es eine Sintflut nennen, und von diesen fünf Tagen war mein Mann schon drei in Geschäften unterwegs, und mich verlangte sehnlichst danach, an die frische Luft zu gehen.

»Ich kann Regen nicht ausstehen, Nan, ich kann ihn einfach nicht ausstehen. Das soll der Frühling sein? Es ist ja fast genauso kalt und dunkel wie im Winter, und nirgendwo ist auch nur eine Spur Grün zu entdecken, und außerdem halte ich es einfach nicht mehr in diesem beengten, kleinen Zimmer aus.«

»Vergiß nicht, daß es ohne Regen keine Blumen gibt«, sagte Nan auf ihrer Bank am Feuer und blickte von ihrem Strickzeug auf. Sie machte eine ernste Miene, doch die macht sie dauernd. Sie ist nämlich viel älter als ich, und Leute, die mager und alt sind und immer viel beten, die sind nun einmal ernst, weil sie die Sorgen des Lebens kennen und daher die Eitelkeiten dieser Welt durchschauen. Ich für mein Teil liebe die Eitelkeiten dieser Welt, aber Nan liebe ich auch, denn sie war, als ich klein war, meine Kinderfrau, und seit ich verheiratet bin, hilft sie mir im Haus oder, besser gesagt, mit den Zimmern. Es wäre unrecht, sie als Dienerin zu bezeichnen, auch wenn ich sie bezahle, das heißt, ich würde sie ja bezahlen, Ehrenwort, aber mein Mann gibt mir nicht genug Haushaltsgeld.

»Aber es ist dunkel, Nan. Alles ist so grau. Und dann das Pladder, Pladder, Pladder – das macht mich ganz verrückt! Ich muß wieder Vögel hören und mich mit jemandem unterhalten. Frühling! Ich will Frühling haben!« Ich beugte mich über die große mit Messing beschlagene alte Truhe meiner Mutter, in der einmal meine Aussteuer gelegen hat, und stieß die Fensterläden mit lautem Krach auf. Der Wind pfiff herein, und der Regen sprühte mir mitten ins Gesicht. Unter unserem Vorderfenster klapperte und schwankte das Schild mit der ›Stehenden Katze‹ im peitschenden Regen. Der Rinnstein in der Mitte der Fleet Street war zum reißenden Bach geworden. Die leuchtend bemalten Häuserfronten wirkten grau und trübselig in dem Regen, der nur so vom Himmel herabrauschte. Keine Menschenseele draußen. Nur eine einsame Graugans stakste durch den Morast vor Master Wests Brauhaus, das ›Zur Ziege und zum Krug‹ heißt, und selbst seine Läden waren geschlossen, obwohl nur der Himmel wußte, was im Inneren vorging. Ich beugte mich also aus dem Fenster, schüttelte die geballte Faust und schrie zum überfließenden Himmel hinauf: »Regen, hör sofort auf! Ich brauche Sonne! Ich will Licht haben!«

»Bist du wohl still!« rief Nan und zog mich an den Röcken ins Zimmer zurück. »Sollen die Leute etwa denken, daß du nicht mehr bei Trost bist? Du wirst mir noch naß und krank! Du erwartest ein Kind, wie kannst du da so verantwortungslos sein. Komm sofort herein und hör mit dem Geschrei auf!« Sie schlug die Fensterläden mit einem Knall zu. »Sieh dich doch an«, schalt sie, »völlig durchnäßt. Was soll nur aus dir werden? Ich habe es deiner Mutter versprochen. Du weißt, ich habe es versprochen. Jetzt setz dich hin, und sei einmal im Leben vernünftig. Ohne Regen würdest du den Sonnenschein gar nicht richtig zu würdigen wissen.«

»Aber ja doch«, murrte ich. »Ich mag alles, was schön ist. Und das mag ich auch ohne häßliche Dinge.«

»Dein Herz hängt mehr an Äußerlichkeiten, als dir guttut«, brummte Nan, die sich das Recht, mich zu kritisieren, nicht nur durch lange Dienstjahre, sondern auch durch große Nachsicht hinsichtlich etwas so Unwichtigem wie ihrem Lohn verdient hatte.

»Master Dallet sagt, daß das äußere Erscheinungsbild sehr wichtig ist, deshalb muß er auch so große Sorgfalt auf seine Kleidung verwenden. Und außerdem darf ich ihm keine Last sein, wenn er Fürsten und Gönnern geziemend gekleidet seine Aufwartung machen muß.« Mein Kopf und meine Schultern waren noch feucht, ich wischte mir also das Gesicht mit dem Ärmel ab und setzte mich auf die Bank am Feuer, doch das klamme, dunkle Zimmer ärgerte mich immer noch. Aus dem Korb zu meinen Füßen sah mich die Flickarbeit an. Ich bedachte sie mit einem bösen Blick.

»Vermutlich ist das für ihn Grund genug, deine Mitgift beim Schneider auszugeben und den Trauring deiner Mutter zu versetzen.«

»Das ist ein Opfer, das jede Frau bringen muß, damit ihr Mann großen Erfolg hat und sein Glück macht. Eine tugendhafte Frau wird für ihre klaglose Geduld auf hunderterlei Weise belohnt, sagt mein Buch. Bedenke doch, in wie viele bedeutende Häuser er schon eingeladen worden ist, und dann der viele Landadel, den er noch malen soll! Er kommt von Tag zu Tag mehr in Mode. Und wenn er dann einen Beutel Gold mit nach Haus bringt und mir ein Seidenkleid kauft, tut es dir noch leid, daß du dich einmal über ihn beschwert hast.« Ich streckte die Füße mit den dicken Strümpfen und den schlichten alten Holzpantinen gerade vor mir aus, ohne den Fußboden zu berühren, um mir meinen alten Rock besser anzusehen, den wir, weil ich in Trauer war, schwarz gefärbt hatten und der überall mit Gips bespritzt war, da ich immer über meine Schürze hinausspritze, und dabei stellte ich mir vor, daß er sich in strahlend saphirblaue Seide, mit einer kleinen Stickerei hier und da, verwandelte.

»Hmpf. Ich glaube, ich habe gebührend gewartet, aber bislang hat er nur Schulden, Duellforderungen von gekränkten Ehemännern und eine häßliche alte Büste mit nach Haus gebracht, die er ohnedies auseinandergenommen hat. Was soll ich nur noch tun, damit du aus deinen Träumen erwachst?« plapperte Nan weiter, doch ich hörte schon nicht mehr zu.

Ich habe reichlich Vorstellungskraft. Zuweilen stelle ich mir vor, wie Nan wohl aussehen würde, wenn sie wieder jung wäre, oder mein Haar, wenn es schön und glatt und zu adretten blonden Zöpfen geflochten wäre – statt dessen ist es ungebärdig und hat einen rötlichen Stich –, oder wie es wäre, wenn ich eines Morgens aufwachte, aus dem Fenster blickte und alle Straßen über Nacht aus purem Gold wären und alle Tiere auf den Hinterbeinen gingen und die ihrem Stand geziemende Kleidung trügen. Derlei Dinge hätte ich gern gezeichnet, doch mein Vater sagte immer, für Phantastereien wird kein Papier verschwendet, und Master Dallet redet dieser Tage schon genauso, nur nicht so nett. Und so koche ich Leim für ihn und grundiere seine Tafeln mit Gesso, mache Pinsel und zerstoße Farben für ihn, wie ich es im Haus meines Vaters gelernt habe, doch eigene Sachen male ich nie mehr, denn das ziemt sich nicht für eine verheiratete Frau. Sie muß lernen, nur an das Wohl anderer zu denken und in ihrem Haus für Behaglichkeit und Ruhe zu sorgen, damit ihr Ehemann und ihre Kinder sie preisen und segnen.

»Lieber Gott, daß ich diesen Tag noch erleben muß«, sagte Nan, blickte auf ihr Strickzeug und ließ die Nadeln immer schneller klappern, klick, klick, klick. »Drei Tage ist er nun schon bei der gottlosen Mistress Pickering, der Himmel steh mir bei!« Dergleichen sagt Nan immer und ruft vornehmlich den Himmel an, nur daß der Himmel nie zu antworten scheint, zumindest nicht unmittelbar und verständlich. Aber so ist Nan nun einmal, immerzu bildet sie sich Verhängnisse ein, und das macht sie glücklich oder zumindest glücklicher als alltägliche Dinge, und sie hält auch gern nach Zeichen Ausschau, denn durch die läßt der Himmel sie wissen, welches Verhängnis, das sie sich einbildet, demnächst über uns kommt, nur daß es in der Regel nicht eintrifft. Wenn wirklich etwas Schreckliches geschieht, scheint Nan das nicht eher zu bemerken, als bis es fast zu spät ist, da sie sich mit weitaus schrecklicheren Einbildungen beschäftigt, daß beispielsweise das Ende der Welt nahe bevorsteht oder daß der Teufel in einer Schenke in der Watling Street Wohnung genommen hat und kleine Kinder verspeist. Es würde mir sehr leid tun, wenn sie von diesen Dingen abließe, denn das hieße, sie ist krank, und da Vater und Mutter bereits tot sind, darf mir Nan nicht krank werden, denn dann hätte ich nur noch Master Dallet, und der ist nicht gerade gesprächig.

»Ach, Nan, was bist du doch mißtrauisch! Ich habe es aus seinem eigenen Mund, daß er ein wichtiges Porträt von Captain Pickerings alter Mutter fertigstellen muß, das Mistress Pickering als Überraschung zur Feier seiner Heimkehr an einen

Ehrenplatz hängen will. Wenn das nicht ein wirklich hübscher Einfall ist. Genau wie die Stelle in meinem Buch, wo steht, daß eine Frau immer solch elegante und aufmerksame Überraschungen planen sollte, wenn sie ihrem Mann eine Freude machen will.« Ich fädelte beim Sprechen meine Nadel ein und griff nach dem Stopfei, das im Korb auf der Flickwäsche lag.

»Und vermutlich hast du es auch aus seinem eigenen Mund, daß Mistress Pickering häßlich ist.«

»O nein, etwas so wenig Schmeichelhaftes würde er über eine Gönnerin nie sagen, aber er sagt, das Gehen fällt ihr wegen ihres Klumpfußes schwer, und sie muß immer ganz nahe an das Porträt herantreten, damit sie es durch ihre Brille sehen kann, und da habe ich gesagt, ich möchte doch hoffen, daß er sie zuvorkommend behandelt, und er hat gesagt, er wird meinen Rat befolgen. Da hast du es, ich weiß, daß sie sehr unansehnlich ist, aber bei Leuten mit Geld ist Master Dallet immer um Takt bemüht.«

Nans Seufzer konnte es mit jedem Märtyrer aufnehmen, denn Seufzen ist eine ihrer Lieblingsbeschäftigungen. Es reinigt die Lungen und fördert die Verdauung, sagt Goody Forster, die eine sehr kluge Hebamme ist und auch ein Pulver verkauft, das reich macht, wenn man es um Mitternacht bei Vollmond verbrennt. Ich habe mir etwas bei ihr geholt, aber bis jetzt hat es noch nicht gewirkt. Doch vielleicht habe ich es auch nicht richtig verbrannt, denn ich mußte es schnell vor Nan verstecken. Wenn sie es gesehen hätte, dann wäre das für sie nur ein Zeichen gewesen, daß der Teufel im Haus ›Zur Stehenden Katze‹ Wohnung genommen hat, um uns alle noch vor dem Weltuntergang in Versuchung zu führen, denn so denkt Nan.

Goody Forster blickte in einen Spiegel und sagte, eines Tages würde ich reich sein und ein sorgenfreies Leben führen, und dann sollte ich an sie denken, denn wenn ich Geld hätte, müßte ich ihr Silbermünzen geben, da sich Geld durch Teilen um so schneller vermehrt. Doch bislang habe ich kein Silber, geschweige denn Kupfer, und dabei brauche ich Geld, weil ich

Nan bezahlen muß, damit sie Geld an ihren Bruder schicken kann, der höchst ungerechterweise im Gefängnis sitzt, und das Kind braucht ganz dringend eine Wiege, obschon Master Dallet behauptet, mit der Wiege verhätschele man es nur, ein Wäschekorb täte es auch, da es aus der Wiege ohnedies schnell herauswachsen würde.

Bei dem Gedanken an Geld regte ich mich so auf, daß ich mir mit der Stopfnadel in den Daumen stach und einen großen Blutfleck in Master Dallets braunen Strumpf machte. Ich rieb tüchtig daran, er sollte weggehen, damit Master Dallet nicht böse würde, aber es ist doch wirklich ein Jammer, wenn die einzige Überraschung, mit der man seinem Mann eine Freude machen kann, Flickarbeit ist, denn die ist kaum eine Überraschung, und obendrein war sie auch noch blutig.

Genau in dem Augenblick, als ich mir in den Daumen stach – darum erinnere ich mich ja auch so gut daran –, war unten gewaltiges Stiefelgetrampel zu hören, und das erstaunte mich dann doch sehr, da man gestiefelte Männer im Haus ›Zur Stehenden Katze‹ nicht gerade häufig antrifft. In der Regel sind nur Frauen anwesend, oben wie unten. Master Dallet hat nämlich den Mietvertrag unter der Bedingung bekommen, daß Mistress Hull, eine Witwe der Maler-und-Färber-Zunft, auf Lebenszeit Wohnrecht im Erdgeschoß hat. Der Mietvertrag besagt, daß wir die Küche einmal in der Woche zum Waschen benutzen dürfen, und außerdem dürfen wir durch den Laden im Erdgeschoß gehen, denn die Treppe führt im hinteren Teil zu unseren Räumen hinauf, und davon haben wir zwei: einer ist Master Dallets Atelier, der andere dient als Schlafzimmer, Wohnzimmer, Speisezimmer und so weiter, alles in eins gepfercht.

Master Dallet war mit dieser Regelung nicht zufrieden, er wollte den ganzen Platz für sich haben, damit er eines Tages ein großes Atelier mit mehreren Lehrjungen führen kann, und auch weil es in dem Laden der Witwe und ihrer klatschsüchtigen Tochter viele sehr häßliche Gemälde gab, die der selige Master Hull hinterlassen hat, und mein Mann befürchtete, sie könnten mit seinen verwechselt werden und ihm die Kundschaft vergraulen. Außerdem boten die beiden noch viele seltsame Dinge feil, die sie selbst hergestellt hatten, wie beispielsweise gestrickte Frauenärmel, plumpe Fäustlinge und dazu mottenzerfressene gebrauchte Kleidung und Kinkerlitzchen zum Nähen, die sie nicht selbst angefertigt, sondern von irgendwo bekommen hatten. Master Dallet sagt, er kann es kaum erwarten, daß die alte Frau stirbt, denn dann kann er das ganze Haus bewohnen und all den Krimskrams und die gräßlichen grüngesichtigen Madonnen und Heiligen mit dem falsch sitzenden Nabel hinauswerfen, die das ganze Anwesen in Mißkredit bringen.

Aber gleichwohl gehen unten höchst merkwürdige Dinge vor, es kommen nämlich nicht nur Frauen, die Nadeln kaufen wollen, sondern vorwiegend Mönche und andere Herren von geistlichem Stand. Als ich Mistress Hull fragte, wieso Mönche Nadeln kaufen, da sagte sie, sie kämen wegen der Andachtsbilder. Und ich für mein Teil finde, das ist nun wirklich ungemein rätselhaft, denn eines steht fest, da unten bekommt man immer dieselben Gemälde zu sehen. Der Christus in Ketten steht am gleichen Fleck, und die arme, häßliche Madonna verstaubt mehr und mehr, und der Sebastian mit den schief sitzenden Augen schielt in seiner Ecke vor sich hin, ganz gleich, wie viele Geistliche kommen und gehen. Ich könnte ja Nan fragen, doch die würde nur sagen, das ist ein Zeichen für die Anwesenheit des Teufels, und da ich das schon vorher weiß, lasse ich es bleiben. Für mich ist das ein Zeichen für etwas anderes, ich weiß nur nicht, wofür. Vielleicht hat die Witwe eine furchtbare Sünde auf sich geladen, und die geistlichen Herren kommen, um sie zu bekehren und sie zu belehren, wie sie dennoch gerettet werden kann, falls sie bereut. Das wäre sehr rücksichtsvoll von ihnen, denn die Witwe hat kein Geld, ja sogar noch weniger als wir, und in der Regel helfen Geistliche nur reichen Witwen beim Bereuen.

Also ist es verständlich, daß ich die Ohren spitzte, als ich nicht etwa Sandalen plitsch-platsch machen hörte, sondern knarrende Stiefel und klirrende Sporen. Fremde. Und das konnte, soviel ich und auch Nan wußten, nur eins bedeuten. Ihr Kopf fuhr hoch, und ihre Nase zitterte wie die eines alten Jagdhundes, der Gefahr wittert. Jetzt hörten wir unten auch Männerstimmen und die Stimme der Tochter, die den Fremden hämisch den Weg zu unseren Räumen wies. Wir konnten nicht verstehen, was sie sagte, denn der gräßliche Regen prasselte noch immer gegen die geschlossenen Fensterläden. Das Feuer war herabgebrannt und spendete wenig Licht, daher war es im Zimmer ganz dämmrig, lauter Töne wie Sepia und gebrannte Umbra, was für mich nicht gerade eine heitere Farbpalette ist.

»Oh«, entfuhr es mir, »es ist bestimmt der Büttel, ich weiß es. Ich verstecke mich hinten im Zimmer, und du sagst einfach, Master Dallet ist nicht daheim – er mußte ganz plötzlich auf den Kontinent. Ein großer Auftrag – damit kann er dann alle Schulden begleichen.«

»Was der genausowenig glaubt wie ich«, murrte Nan. »Nein, eins steht fest, dieses Mal erkläre ich ihnen genau, wo Master Dallet zu finden ist.« Nan hörte sich ebenso hämisch an wie die Tochter der Witwe, obschon ich nicht wußte, warum.

Doch die Fremden, die Nan die Stiege hinauf und in das Schlafzimmer führte, waren anscheinend doch keine Büttel oder Schuldeneintreiber. Sie blieben stehen und lugten durch die geöffnete Ateliertür. Ich sah, wie sie ratlos die Gipsmodelle von Händen und Armen musterten, die zierlich gefertigten Zeichnungen und die leuchtenden Farben auf den halbfertigen Porträts der Leute von Welt, die im Gegensatz zu den verstaubten, alten Heiligen im Untergeschoß so schön und säuberlich gemalt waren. Sie taten so, als schauten sie nicht hin, doch ich merkte, wie sie die Schränke und Borde mit den Schachteln und die bauchigen Blasen, die Farben und Bindemittel enthielten, musterten, als könnten sie daran die Qualität der Arbeit ermessen.

Auf dem Fußboden des Ateliers lagen keine Binsen, den schrubbten Nan und ich nämlich einmal wöchentlich mit Lauge und Wasser, und die Wände waren frisch mit Terpentin und Kreide getüncht, und das ganze Zimmer glänzte so makellos sauber wie das Haus meines Vaters zu seinen Lebzeiten. Das ist ein fremder Brauch, und Engländer fühlen sich so nicht wohl, doch obschon ich hier geboren bin, habe ich mich nicht an ihre Art der Haushaltsführung gewöhnen können, sie ist mir viel zu staubig. Ein Haus, in dem Miniaturen und Illuminationen gemalt werden, muß so sauber gehalten werden, denn der größte Feind dieser Feinarbeit ist Staub, der zweitgrößte Atemfeuchtigkeit, ganz zu schweigen von lautem Husten oder Naseputzen. Und Master Dallet war mehr als nur ein Staffeleimaler, der auf Leinwand oder Holztafel ein anständiges Porträt zustande brachte. Auf dem hohen Arbeitstisch am Fenster fertigte er Miniaturporträts an, eine Kunst, die mein Vater in England in Mode gebracht hatte, als er von Flandern zuzog, um den König zu malen. Und von Vater hatte Master Dallet auch seine ganze Kunstfertigkeit im Miniaturmalen, denn er lernte bei ihm in unserem Haus.

»Ist das hier das Haus von Maître Roland Dolet, dem Maler?« fragte der Größere. Die schimmernde Seide und der satte Samt ihrer Kleidung bildeten in dem düsteren Raum einen leuchtenden Farbkontrast. Der Größere trug unter dem schweren, regenfeuchten Umhang ein Schlitzwams aus blauem Samt, darunter eine feuerrote Seidenweste und golddurchwirktes Leinen, während der kleinere, breitere Mann sich in Grün gekleidet hatte, die langen Zaddelärmel waren aus gelbem Satin, und seine Schaube war mit Marder verbrämt. Jeder hatte sich mehrere teure Ringe angesteckt. Die Sporen an ihren Stiefeln zeigten, daß sie nicht zu Fuß gekommen waren. Beide trugen Schwert und Dolch im Gürtel. Fremde, dachte ich, aus einem Land mit sonnigen Farben, die im grauen Frühling des Nordens gefangen sind. Franzosen, nach dem gewagten Schnitt ihrer Kleidung und der Art zu urteilen, wie sie den Namen meines Mannes aussprachen, der französischen Ursprungs ist, obwohl seine Familie ihn schon lange anglisiert hatte. Sie betrachteten mich mit hochfahrendem, berechnendem Blick von Kopf bis Fuß, registrierten meine alte gefärbte Trauerkleidung und daß die Schnüre meines Mieders spannten, da es meinen Leibesumfang nicht mehr verbergen konnte, und ich spürte, wie mir die Hitze ins Gesicht stieg.

»Ja, das stimmt, aber mein Mann ist nicht daheim«, antwortete ich, und während ich mir den immer noch schmerzenden Daumen hielt, zeigte ich ihnen, wo sie ihre Umhänge am Feuer trocknen konnten.

»Gut«, sagte der Kleinere in Französisch, »vielleicht können wir diese Frau hereinlegen, und sie gibt uns, was uns der Meister verweigert.« Ich muß schon sagen, das ärgerte mich denn doch. Nicht nur, daß sie mich täuschen wollten, die dachten auch noch, ich wäre so gewöhnlich, daß ich sie nicht verstand. Ich, die Tochter von Cornelius Maartens, Maler der größten Fürsten Europas. Dachten die etwa, ich wäre ein einfältiges und ungebildetes Mädchen? Im Haus meines Vaters habe ich Französisch, Italienisch, Musik und gute Manieren gelernt. Und Vater hat mich auch Malen gelehrt, als er merkte, daß ich ein Auge fürs Zeichnen hatte, und das ist etwas, was englische Damen überhaupt nicht können, obschon man sie darin unterrichten sollte, denn es schult das Auge. Und obendrein hätten sie eine heilsame Beschäftigung, statt immer nur herumzuschäkern, denn Vater zufolge haben sie nichts anderes im Sinn, auch wenn alle Welt behauptet, daß sie ehrbar sind. Schließlich begrüßen sie sogar Fremde mit einem Kuß auf die Lippen, was wirklich nirgendwo Sitte ist, weil es sich nicht schickt. Die Franzosen hielten, typisch Franzosen, meinen großäugigen Blick für Blödigkeit, und ich ließ sie in dem Glauben, da sie es nicht besser verdienten.

»Madame«, sagte der kleinere der beiden, »Euer Gatte hatte vergangenen Monat die Ehre, ein höchst vortreffliches Porträt von Prinzessin Mary, der Schwester Seiner Majestät, zu malen.« Ha, das war ja interessant. Zuerst wollte mein Mann mir den Namen der rothaarigen Dame gar nicht verraten, deren Porträt er malte, weil es ein großes Geheimnis war, und wenn er Geheimnisse hat, kommt er sich immer bedeutend vor. Aber da kannte er mich schlecht, Geheimnisse muß ich herausbekommen, und so flößte ich ihm einfach Wein ein, bis er anfing zu prahlen, und dann tat ich so, als hörte ich nicht zu, und da erzählte er mir alles.

»Ja, das stimmt«, sagte ich, »und er hat gesagt, es trifft sie, wie sie leibt und lebt.«

»Wir möchten die Zeichnung kaufen«, sagte der erste Franzose.

»Mein Mann verkauft keine Zeichnungen«, sagte ich fest. Zeichnungen zu Porträts sind das Arbeitsmaterial des Malers. Angenommen, die Abgebildete will eine Kopie für ihre Tante in Yorkshire haben? Natürlich möchte sie nicht noch einmal Modell sitzen, und das erste Porträt ist vielleicht schon an einen Verehrer gegangen. Für das zweite Porträt muß der Maler also auf die Zeichnung zurückgreifen, die er während der Sitzung angefertigt und in die er alle Farben eingetragen hat. Mein Vater sagte, in Frankreich stellen sich alle Künstler Mappen mit Porträts von adligen Familien und mit Gesichtern zusammen, die ihnen auffallen, und andere Künstler wiederum bezahlen dafür, daß sie die Zeichnungen kopieren dürfen, aber bedauerlicherweise ist so etwas in England nicht Mode.

»Wir sind bereit, gut dafür zu zahlen. Gewiß putzt sich eine so junge und bezaubernde Frau gern mit einer goldenen Kette oder Perlenohrringen.« Seine Stimme klang warm und troff wie Sirup. Es war das Wort »bezaubernd«, das mich noch mehr ärgerte, doch ich ließ mir nichts anmerken, ich, die von der Schwangerschaft ganz aufgedunsen und verdrießlich war, und er hatte die Frechheit, mich »bezaubernd« zu nennen. Ha. Lügner! Genau wie die Lügner, von denen man lesen kann, die mit gespaltener Zunge reden, was ihnen der Gottseibeiuns höchstpersönlich einflüstert. Was bildete er sich eigentlich ein? Daß er eine Dienstmagd verführte? Glaubte er wirklich, ich wäre so dumm, daß ich nicht wüßte, was eine Zeichnung wert ist? Vielleicht lag es an meinem Gesicht, daß er dachte, er könne sich erlauben, mir so etwas aufzubinden. Franzosen halten lange Nasen für ein Zeichen von Klugheit, und meine ist zu kurz geraten, um mich klug wirken zu lassen, und stupsnäsig bin ich auch noch, und selbst ich finde, das wirkt dumm. Ich hätte auch gern braune Augen gehabt, diesen vielsagenden Funkelblick. Meine Augen funkeln nicht. Meinen Blick nennt man lieb, was sehr enttäuschend ist. Viel lieber wäre ich eine große Sirene, die die Herzen der Männer mit einem leidenschaftlichen Blick durchbohrt, so daß ihnen die Sinne schwinden und sie ihr zu Füßen liegen, das heißt, wenn sie ihre fünf Sinne wieder beisammenhaben. Vermutlich hat mich Master Dallet bei unserer ersten Begegnung damit beeindruckt. Der hat mich nämlich nicht ein liebes Dingelchen genannt. Und obendrein hat er funkelnde braune Augen.

»Gerade neues Geschmeide würde meinem Mann sofort auffallen. Soll er etwa denken, ich hätte einen Liebhaber?« fragte ich in der Hoffnung, sie würden aufmerken, weil ich so klug und tugendhaft war und mich nicht durch ihre Schmeichelreden und Verlockungen täuschen ließ. Doch wenn ein Franzose den Mund aufmacht, dann spitzt der Teufel die Ohren. Wer sonst wohl hätte mir ausgerechnet in diesem Augenblick eine solche Idee eingeben können? Eine vortreffliche Idee, eine prächtige Idee, eine überaus schlimme Idee, ein Betrug, den mancher einer wahrhaft guten Frau nicht zutrauen würde und den man mir nun wirklich nicht anrechnen sollte, da ich aus gutem Grunde log.

»Eine Zeichnung würde mein Mann niemals herausrücken, aber warum gebt Ihr nicht ein neues Gemälde in Auftrag?« fragte ich so gelassen wie möglich und als gäbe es den Teufel nicht, der mir das einflüsterte.

»Das würde zu lange dauern«, antwortete der Hochgewachsene, »wir müssen es nämlich mit –« Doch der Kleinere schnitt ihm das Wort ab.

»Eine Kopie in Miniaturform könnte bis morgen abend fertig sein«, antwortete ich. »Das Honorar meines Mannes beträgt drei Pfund.« Sie blickten sich an, der Preis hatte sie entsetzt. Na und, dachte ich bei mir, weniger ist meines Mannes nicht würdig, da er nur Personen von Rang porträtiert.

»Drei Pfund?« fragte der hochgewachsene Franzose und warf mir einen spöttischen Blick zu.

»Mein Mann ist Meister der Maler-und-Färber-Zunft. Und was die Vortrefflichkeit seiner Arbeit angeht, so kann es darin niemand mit ihm aufnehmen. Wenn Ihr mir nicht glaubt, so wendet Euch an andere Maler. Ihr werdet schon sehen, wie erbärmlich die arbeiten, und dann zurückkommen.« Nan stockte der Atem bei soviel Dreistigkeit. Doch ich spürte etwas, das rührte sich in mir wie ein wildes Tier, und ich wurde immer beherzter, denn wenn man schlechten Samen – und böse Ideen sind schlechter Samen – zwischen den guten sät, dann wächst er wie das Unkraut unter dem Weizen, von dem man in der Kirche hört, und erstickt alle guten Vorsätze. Der Franzose blickte erschrocken, doch ich jubelte im stillen.

»Seid Ihr sicher, daß er es schafft?«

»Vollkommen«, antwortete ich und mied den entsetzten, groß aufgerissenen Blick der lieben, guten Nan.

»Wir nehmen die Miniatur nicht an, wenn ihre Züge nicht genau getroffen sind«, sagte der Kleinere.

»Das kann in England niemand besser als mein Mann«, gab ich zurück, und da verabschiedeten sie sich griesgrämig.

»Was um alles in der Welt ist in dich gefahren, daß du dergleichen versprichst?« Nan sah entsetzt aus. »Du weißt, daß der Meister nicht nach Haus kommt, und wenn, dann ist er ganz und gar nicht imstande zu malen. Und dann noch eine Miniatur, du unvorsichtiges, unbedachtes Ding! Seine Hände zittern, wenn er getrunken hat, und Kopfschmerzen und schlechte Laune hat er auch! Er ist gewiß böse, wenn er herausbekommt, was du versprochen hast. Du mit deiner törichten Zunge, du hast seinen Ruf ruiniert!«

»Nan, ich weiß, wie wir diese drei Pfund höchst tugendhaft verwenden können. Außerdem brauche ich dringend Geld. Ich habe es mir gut überlegt. Damit erspare ich meinem Mann Kummer und Sorgen, wie es schicklich für eine rücksichtsvolle Ehefrau ist, und kann im voraus planen, was seiner Behaglichkeit dient. Er ist doch erst zu Hause, wenn sie fertiggestellt ist, und dann haben wir Feuerholz und Würstchen und Windeln und eine Wiege für das Kleine, und ich muß ihm diese Sorge nicht auch noch aufbürden.« Nan sah mich verblüfft an.

»Was redest du da? Ach, Susanna, ich hätte dir einfach nicht erlauben dürfen, den Kopf in den Regen zu stecken.«

»Hast du vergessen, daß ich die Tochter von Cornelius Maartens bin? Weißt du noch, meine *Himmelfahrt*? Weißt du noch, mein *Salvator Mundi,* der in eine Männerfaust paßte? Sogar die Freunde meines Vaters haben gestaunt. Ich habe noch dieselben Hände wie als junges Mädchen. Sieh sie dir an! Sind sie ungeschickt geworden, weil sie Fußböden schrubben?« Ich streckte ihr meine Hände hin. Meine Finger waren von der Schwangerschaft ganz geschwollen und sahen aus wie gebündelte Würstchen, und der schmale Trauring schnitt tief ein, nur daß Würstchen keine Ringe tragen, doch wenn, dann sähen sie so aus. Eine Handfläche war ganz farbfleckig, und unter meinen kurz gehaltenen Fingernägeln saß blaue Farbe.

»Du weißt, daß ich deiner Mutter auf dem Sterbebett versprochen habe –« Nan schob sich eine lose graue Haarsträhne unter die Haube. Ihr faltiges Gesicht sah vor lauter Besorgnis noch runzliger aus.

»Aber würdest du nicht gern deinem Bruder helfen?« fragte ich durchtrieben, und auch das gab mir der Teufel ein. »Du weißt, daß Master Dallet gesagt hat, er würde deinem Bruder helfen, wenn er nur könnte. Das wäre doch nicht anders, als würde er es selber tun.«

»Aber angenommen, er bekommt heraus . . .?«

»In Wirklichkeit hintergehen wir ihn gar nicht. Schließlich habe ich jetzt ein ganzes Jahr lang seine Pergamente geschliffen und poliert, seine Farben gestoßen und sogar die Drapierungen und die Stickereien auf den Ärmeln gemalt. Ei, das ist ja fast schon das ganze Bild, abgesehen von den Gesichtern, die es dann zu einem Gemälde des berühmten Rowland Dallet machen, was soviel wert ist. Dieses Mal besteht der einzige Unterschied darin, daß wir das Geld unmittelbar in Empfang nehmen und es ganz im Sinne von Master Dallet verwenden, wenn er daran gedacht hätte. Die Fremden nehmen es doch mit, und so kommt uns keiner auf die Schliche, nicht einmal er.«

»Aber ich habe versprochen«

»Ach, dieses Versprechen! Dauernd reibst du mir das unter die Nase! Hat Master Dallet nicht auch versprochen, für mich zu sorgen, als meine Eltern meine Heirat arrangiert haben? Nan, ich komme allmählich zu dem Schluß, daß er sie getäuscht hat.«

»Oh!« sagte Nan erschrocken und bekreuzigte sich. »Toten soll man nichts Schlechtes nachsagen. Deine Mutter war eine Heilige. Dein Vater wollte nichts als dich glücklich sehen. Und Master Dallet war sein Lieblingsschüler. Bedenke doch, ein Zunftmeister, der sich dazu herabläßt, bei einem Ausländer in die Lehre zu gehen! Er hätte eine rosige Zukunft, hat dein Vater gesagt, und er hat recht gehabt. Sieh nur, wie weit Master Dallet es schon gebracht hat.«

Mir jedoch lag das Malen im Blut, meine Hände, meine Augen wollten nichts weiter als malen. Der Kopf schwirrte mir von Ideen, wie ich die Miniatur und wie ich die Farbpalette anlegen würde. Ich wollte es wieder in der Hand halten, das unter meinen Farben durchschimmernde Perlmutt, Farben, die genau richtig angeordnet waren. Ich wollte die winzigen, säuberlichen Pinsel, die »Zeichenstifte« der Miniaturmaler, auf dem Arbeitstisch aufreihen, ich wollte die Farben leuchten sehen, die ich als erste Lasur auf den getönten Malgrund aus Pergament auftragen würde. Ich betrachtete die Flickarbeit im Korb beim Feuer. Und auf einmal verabscheute ich sie, ich wußte auch nicht, warum. Ich verabscheute die Spuren, die sein Leben darin hinterlassen hatte, ich verabscheute seinen Körpergeruch, der ihnen anhaftete. Ich schnappte mir den Korb und stülpte den Inhalt ins Feuer, die häßlichen braunen Strümpfe und alles andere, und dann stürmte ich in sein Atelier. Das graue Vorfrühlingslicht schwand schon dahin, doch ich breitete die Arme weit aus, so als könnte ich alles Licht der Welt darin einfangen. »Und ich mache es«, sagte ich, »und Euch, Master Rowland Dallet, Euch soll der Teufel holen.«

Ich hörte, wie Nan sich hinter mir damit abplagte, den häßlichen Strumpf aus dem Feuer zu retten. Meine Ohren waren taub für ihr verzweifeltes Gejammer: »Aber ich habe deiner Mutter versprochen, daß du nicht auf Abwege gerätst!«

Während ich den Leim umrührte und das Pergament zuschnitt, das den Malgrund für die Arbeit des kommenden Morgens bilden sollte, summte ich vor mich hin. »Drei Pfund, drei Pfund, und wir sind reich. Die Franzmänner nehmen die Miniatur mit, und keiner kommt uns auf die Schliche.« Wie der Mann in der Bibel, der so damit beschäftigt ist, seine Getreidescheuern und was auch immer zu zählen, daß er darüber vergißt, seine Sünden zu bereuen und wegen seiner Vergeßlichkeit kein gutes Ende nimmt, so kam es auch mir gar nicht in den Sinn, mich zu fragen, warum zwei geheimnisvolle französische Herren, die nicht einmal ihren Namen genannt hatten, eine Miniatur von der Schwester des Königs haben wollten.

Kapitel 2

»Bei Gott, Bridget, Ihr werdet von Tag zu Tag schöner!« rief Rowland Dallet, lehnte sich auf seinem Stuhl zurück und stellte seinen Becher mit Wein zwischen den vollen Schüsseln ab. Mistress Pickering hatte ein nettes kleines Abendessen anrichten lassen, Brathühnchen mit Safransoße, und hatte dem Maler zuliebe eine Flasche spanischen Wein geöffnet. Sie gab dem Kindermädchen Anweisung, den kleinen Master Pickering, dessen runder, dunkler Kopf und große braune Augen mehr als nur eine flüchtige Ähnlichkeit mit denen des Malers aufwiesen, zu Bett zu bringen. Master Dallet hatte den Kleinen und seine Mutter mit schnell hingeworfenen Skizzen von der Bärenhatz unterhalten, an der er in der vergangenen Woche mit mehreren Herren teilgenommen hatte. Dann hatte sie sich ans Virginal gesetzt, und er hatte mit seinem vollen Bariton die Treulosigkeit der Frauen besungen. Jetzt widmete er seine Aufmerksamkeit gänzlich der Mutter des eben entfernten Kleinkindes und den Speisen auf dem von Kerzen beleuchteten Tischchen neben dem Bett. Master Dallets Leibesumfang begann bereits, von seiner Leidenschaft für eine gute Tafel zu zeugen. Im Laufe der Zeit würde diese Leidenschaft seinem dunkeläugig-guten Aussehen schaden und damit auch der Verfolgung anderer Leidenschaften, doch noch konnte er all seinen Interessen sozusagen mit gleicher Begeisterung nachgehen.

»Ihr habt ja keine Ahnung, was ich durchmache. Welcher Mann hat schon gern eine übertrieben anhängliche Frau. Wohingegen Ihr viel zu schön seid, als daß Ihr jemals klammern müßtet«, meinte er, legte den abgenagten Hühnerschenkel beiseite und wischte sich zierlich die Finger. Mistress Pickering löste das lange schwarze Haar, das weich wie Seide war, und schüttelte den Kopf, daß es wie ein dunkler Vorhang ihre halb entblößten Schultern verhüllte. Sie quittierte seine Bemerkung mit einem schmalen Lächeln. »Hinreißend«, begeisterte sich der Maler und bewunderte den bläulichen Schimmer der üppig fließenden Haarpracht. »Ihr seid die Vollkommenheit in Person. Euer Haar. Eure hübsche schmale Taille. Ich möchte jeden Zoll Eurer köstlichen Haut malen. Wäret Ihr lieber Venus, die Schaumgeborene, oder vielleicht Delila, die Verführerin, wie sie sich bei einem Löwen anschmiegt?« Er hielt beide Hände hoch und formte mit Daumen und Finger ein Rechteck, eine Art Bilderrahmen, durch den er die imaginäre Szene betrachtete.

»Die Verführerin«, antwortete Mistress Pickering, blickte auf und warf ihm unter langen, dunklen Wimpern einen bewundernden Blick zu. Das war die wirkungsvollste kleine Geste aus ihrem Repertoire, aber ein wenig heikel zu bewerkstelligen, da sie den Maler um drei Zoll überragte. Doch bei ihren Liebhabern hatte sie noch nie vornehmlich auf hohen Wuchs geachtet. Es gab Maße, an denen ihr weitaus mehr gelegen war, und darin konnte es der Maler mit jedem aufnehmen. Dazu gesellten sich noch eine Schmeichelzunge, häufige und angenehme Geschenke und obendrein eine Arbeit, die sich zeitlich gut einrichten ließ und für Stelldicheins wie geschaffen war, daher nahm es kaum Wunder, daß sie sich vorzugsweise, wenn auch nicht ausschließlich, mit Rowland Dallet beschäftigte, um die Zeit totzuschlagen, während ihr Mann auf See war. Ein kurzes Weilchen hatte sie gedacht, sie hätte ihn durch seine Heirat verloren, doch schon bald darauf war die ›Magdalen‹ in See gestochen, und der Maler hatte sich so unbekümmert wie eh und je vor ihrer Haustür eingestellt.

»Ungezogener«, hatte sie gesagt, »was bringt Euch auf die Idee, daß ich Euch noch immer haben will?«

»Meine prächtige Ausstattung, Madam, und Euer lüsterner

Blick. Ihr habt doch nicht etwa gedacht, daß Euch eine ungepflegte kleine flämische Kuh aus dem Felde schlagen könnte, oder?« Und da er ihr ein einfach hinreißendes Armband mitbrachte, stand er im Handumdrehen wieder in ihrer Gunst.

»Sagt, wie geht es diesem Ausbund an Tugendhaftigkeit, Eurer Ehefrau?« fragte sie und warf ihm einen durchtriebenen Blick zu, während sie an ihren Ärmeln nestelte. Ein riesiger blauer Karfunkelstein in einer neuen Fassung aus gediegenem Gold funkelte im Kerzenschein an ihrem Finger, als wäre er lebendig.

»Wird immer fetter. Ihr Gesicht quillt auf wie eine Blase. Sie blökt hinter mir her wie ein Schaf. ›Wann bist du zu Hause? Könntest du mir Apfelsinen mitbringen? Ich wünsche sie mir so sehr.‹ Sie macht mich rasend. Sie treibt mich regelrecht aus dem Haus. Sie sollte sich Euch zum Vorbild nehmen, wenn sie anziehend sein möchte.« Mistress Pickering lächelte verhalten, anscheinend dachte sie, daß es ihr ohnedies niemand gleichtun könnte. Rowland Dallet hob die Schultern, als wollte er sagen, nun ja, Ihr habt recht, und fuhr dann fort: »Ihre Eltern sind nämlich in diesem Winter gestorben, und seitdem ist sie ein richtiger Klotz am Bein.« Dallet saß jetzt auf dem Bett und löste die Nesteln, die Schamkapsel und Beinlinge miteinander verbanden.

»Mmm«, erwiderte Mistress Pickering, »haben sie Euch etwas vermacht?«

»Zwanzig Pfund, ein paar häßliche fremdländische Möbelstücke und dazu eine übellaunige alte Dienerin. Ach ja, ein paar Kochtöpfe und einen türkischen Teppich, den sie vom Kontinent mitgebracht haben. Vermutlich könnte ich aus dem elenden Kram Geld herausschlagen.«

»Einen türkischen Teppich wollte ich schon immer haben. Ist er groß?«

»Klein. Er hat bei ihnen auf dem Tisch gelegen. Und nun habe ich eine fette flämische Frau, fette flämische Möbel und einen Teppich auf meinem Tisch. Und alles, weil ich in meinem Gewerbe Erfolg haben will. Ein Pakt mit dem Teufel. Die ganze Welt im Gegenzug für die Ehe mit einer unansehnlichen Frau. Habt Mitleid mit mir, meine Göttin.«

Sie setzte sich neben ihn aufs Bett, griff hinter sich und schnürte sich das Mieder auf. Er sah, wie es sich lockerte, und schob eine Hand tief hinein, während er sie mit der anderen aufs Bett drückte. Als sie sein Gewicht auf sich spürte, jubilierte sie im stillen. Es war ein ganz besonderer Triumph, einem frischgebackenen Ehemann einen Ring durch die Nase zu ziehen und ihn daran spazierenzuführen wie einen Preisbullen. Dessen Frau jünger war als sie selbst. Wie töricht von dieser Frau, sich einzubilden, daß ein weltläufiger Mann wie Rowland Dallet sie aus einem anderen Grund geheiratet hatte, als um Erfolg in seinem Beruf zu haben. Im Geist genoß sie den Ausdruck auf dem dümmlichen Schafsgesicht, falls die Frau ihn auf wundersame Weise sehen und den Triumph der Nebenbuhlerin miterleben könnte.

Einmal, gleich nach der Hochzeit, hatte sie das Mädchen gesehen, als es St. Paul's an Rowland Dallets Arm verließ. Jetzt stellte sich Bridget Pickering vor ihrem inneren Auge das einfältige runde Gesicht, die Stupsnase mit den Sommersprossen und die erschrockenen blauen Augen vor. Gewonnen, sagte sie zu dem Bild. Das Gesicht des Mädchens verflüchtigte sich, und da war er auch schon in ihr. Das wonnige Gefühl ging beiden durch und durch. Der warme Schweiß ihrer Körper vermischte sich, und sein Atem ging schnell und stoßweise, als die Schlafzimmertür jäh und krachend aufflog. Getrampel von schweren Männerstiefeln – und draußen auf dem Flur Wehgeschrei von Frauen.

»Da ist sie, die feile Metze! Dann hat der Brief dieses Schurken doch nicht gelogen.« Captain Pickerings Stimme ging in dem gellenden Geschrei ihres Dienstmädchens unter. »Hol's der Henker! Zum Teufel mit euch beiden!« brüllte er. Sie erstarrte vor Angst und Schreck auf dem Bett, er hatte sie auf frischer Tat ertappt. Der Maler kreischte, als ein paar schwielige Händepaare ihn von ihr herunterzerrten. Ehe sie sich fortwinden konnte, hatte der Kapitän sie beim Haar gepackt und ihr

Gesicht zu seinem hochgerissen. Ihre Augen weiteten sich vor Entsetzen, als sie das wettergegerbte, grobknochige Gesicht ihres Mannes sah und in seine grimmigen blauen Augen blickte. »Lügnerin, Betrügerin! Mich hast du zum letztenmal betrogen!« schrie er. Sie konnte hören, wie ihr Liebhaber kreischend um sich schlug und versuchte, sich den Händen der Seeleute zu entwinden.

»Um Gottes willen, nicht doch!« hörte sie sich schreien, als der Kapitän sie zur Seite stieß und sein Kurzschwert zog. Sie weinte wie von Sinnen, krallte sich in sein Cape und schrie unaufhörlich: »Nicht, nicht!«

Captain Pickering stieß dem Maler zornbebend das kurze Schwert in den nackten Bauch. Das Gesicht seines Opfers verzerrte sich zu einem schauerlichen Schrei. Zwei Seeleute hielten den Blutenden fest, während der Kapitän sein Schwert herauszog und Rowland Dallet mit eigenartig kühler Präzision die Kehle von einem Ohr bis zum anderen durchschnitt. Das Blut spritzte nur so. Lachen, Ströme, ein Meer von Blut. Es floß zwischen die Dielenbretter und befleckte die Bettvorhänge. Das Blut schien den wütenden Ehemann noch zorniger zu machen. »Hure, Hure!« brüllte der Kapitän und hämmerte mit blutigen Fäusten auf sie ein, dann schleuderte er sie wie ein Bündel Lumpen in die glitschige Pfütze am Fußende des Bettes. Bridget Pickering behauptete jedoch bis ans Ende ihrer Tage steif und fest, daß sie, ehe sie das Bewußtsein verlor, eine abstoßende, nackte dunkle Gestalt erblickt hätte, die sich lächelnd über Rowland Dallets Leichnam beugte und mit langen, schuppigen Fingern in ihm herumstocherte wie ein Kind, das die Silbermünze im Weihnachtspudding sucht.

Ich wachte auf und sehnte mich nach Apfelsinen, Apfelsinen aus Spanien. Dabei hatte ich in meinem ganzen Leben erst eine gegessen. Und ich bekomme Apfelsinen, dachte ich, als ich die Füße aus dem Bett streckte. Der Regen hatte den Himmel blank gewaschen, und rosig und einladend schien das neue Morgenrot durch das Atelierfenster. Barfuß und im Hemd nahm ich ungeachtet der Kälte einen Wieselzahn und gab dem kleinen Rund aus Pergament den letzten Schliff, das ich am gestrigen Abend fest auf eine alte Spielkarte geklebt und über Nacht hatte trocknen lassen. Ich holte mir die Zeichnung, die mein Mann von der Prinzessin angefertigt hatte. Ein Kinderspiel, dachte ich, als ich das glatte, hübsche Gesicht mit der leisen Andeutung eines verwöhnten Schmollmundes betrachtete. Ich reihte saubere Muschelschalen auf, in denen die Farben gemischt wurden, und nahm sechs der besten Pinsel, die dünnen kleinen Fehhaarpinsel, die ich für Master Dallet angefertigt hatte. Ich zerstieß und mischte frisches Inkarnat, damit ich den hellen, hübschen Hautton auch ja traf, grundierte das Pergament damit und ließ es trocknen. Es ging kinderleicht; das hatte ich hundertmal für ihn getan, das hundertunderste Mal war für mich selbst. Mittlerweile war ich durchgefroren und froh, daß Nan Feuer gemacht hatte. Und Brot hatte sie mir auch eingeweicht, da ich Zahnweh hatte. Ich war zwar erst im sechsten Monat, aber schon lockerten sich alle Zähne. Zuweilen träumte mir des Nachts, sie wären ausgefallen und ich wäre mit Zwanzig ein zahnloses altes Mütterlein. Das war noch schlimmer als die heftigen Kopfschmerzen, die mich plagten, bis mir alles vor den Augen verschwamm.

Nan zuliebe versuchte ich zu essen, brachte aber keinen Bissen hinunter, denn mir wurde allein schon vom Geruch der Speisen übel. »Ich esse später etwas«, sagte ich, »wenn die Zeichnung fertig ist, geht es mir gewiß besser. Hilf mir jetzt beim Ankleiden.« Über mein Kleid zog ich den Seidenkittel, den mein Mann beim Malen von Miniaturen trägt, denn auf das winzige Bild durften weder Haare noch Kleiderfusseln fallen, dann setzte ich mich an den Arbeitstisch. Das Pergamentrund auf dem Zeichenbrett schien sich vor meinen Augen zu wellen und zu verdoppeln. Ich konnte kaum die Finger beugen, so geschwollen waren sie.

Auf einmal wurde ich völlig leer und kalt. Das ganze schamlose Selbstvertrauen schien sich zu verflüchtigen, und ich wurde mir meiner furchtbaren Schlechtigkeit und Aufsässigkeit bewußt, denn schließlich war ich nicht besser als die schlimmsten Beispiele aus meinem Buch für eine ungehorsame Ehefrau, und die strafte Gott für ihre Lügen gar gräßlich, indem er ihre Zunge schwarz werden und abfaulen ließ. Es war mehr als ein Jahr her, seit ich eine Linie zu Papier gebracht hatte. Was, wenn mir meine Kunstfertigkeit als Strafe für meinen Stolz genommen worden wäre? Was sollte ich nur diesen reichen Franzosen erzählen? Lieber Gott, wenn Master Dallet herausfand, was ich getan hatte, vielleicht brachte er mich um. Mich schauderte. Master Dallet konnte schrecklich in Zorn geraten, und jetzt hatte er tatsächlich Grund dazu, ich verdiente die Strafe wirklich. Mittlerweile war ich völlig verängstigt und wußte, ich würde niemals malen können, denn mir war, als verbärge sich ein nacktes, böses Wesen in der Ecke, das selbst den hellichten Tag zur Nacht machte.

Dann versuchte ich, meiner Angst mit dem Gedanken an das viele, viele Geld und an all das Gute, das ich damit bewirken könnte, Herr zu werden, was alles nur für andere und deshalb höchst tugendhaft und schicklich war. Wie sollte er überhaupt dahinterkommen, wenn ich den Mund hielt? Wirklich ein sehr einleuchtender Grund, mich gewaltig anzustrengen. Das heißt, es glich sich alles aus, die Schlechtigkeit einerseits, doch recht entschuldbar und wettgemacht durch wahrhaft bewundernswerte Mildtätigkeit andererseits. Bei dem Gedanken beruhigte ich mich, und meine Finger kamen mir wieder beweglich vor. Ich beginne einfach, dann kehrt auch meine frühere Geschicklichkeit zurück, dachte ich. Doch das dunkle Wesen drang auf mich ein, und ich begann zu weinen, obschon ich noch immer beharrlich meine Malutensilien zusammensuchte.

Als ich jedoch die große Zeichnung zum Kopieren auf dem Tisch ausbreitete, spürte ich einen ganz eigentümlichen Luftzug in meinem Rücken, es war, als beugte sich jemand Interessiertes über meine Schulter und sähe mir bei der Arbeit zu. Jemand Freundliches in meinem Kopf sagte unmittelbar hinter meinem Ohr: »Natürlich kannst du das, Susanna«, und mir wurde ganz warm ums Herz. Jäh wandte ich den Kopf und erhaschte mit halbem Auge etwas Aufblitzendes, Glänzendes und vollkommen Durchscheinendes, das ich nur als, sagen wir, etwas sonderbar Fedriges beschreiben kann. Das Licht im Zimmer wirkte hell und satt, und alles Schwere fiel von mir ab. Eine stille Freude ergriff von mir Besitz, wo trübes, schweres Blut hätte sein sollen. Nun gut, dachte ich, jetzt habe ich nicht nur rasende Kopfschmerzen, ich halluziniere auch schon. Mag sein, daß Nan recht hat und alles davon kommt, daß ich den Kopf in den Regen gesteckt habe, obwohl sie es mir verboten hatte.

Doch merkwürdigerweise schien sich das Kopfweh, kaum daß ich darüber nachdachte, zu verflüchtigen, und jemand Starkes sorgte dafür, daß ich mich wieder wohl fühlte. Die Kanten des Pergaments waren nicht länger verschwommen. Eine seltsame Wärme durchströmte mich, und ich begann zu schwitzen. Oh, dachte ich, bloß nicht auf das Pergament, und so wischte ich mir die rasch rinnenden Tropfen mit dem Ärmel von der Stirn. Meine Finger schienen locker zu werden, und fast kam es mir vor, als spürte ich den Schatten meines früheren Ichs in der Nähe, ja beinahe in Reichweite. Mit der Kühnheit des Schwimmers, der sich in einen ihm nicht vertrauten Fluß stürzt, holte ich tief Luft, mischte die erste Farbe für die Vorzeichnung, Inkarnat mit einer Spur Karmesinrot, und legte damit die Stirnkontur an. Da stand sie, sauber und gelungen. Ich jubelte innerlich. Während Hände und Kopf wieder zusammenarbeiteten wie einst, hörte ich einen eigentümlichen Laut, eine Art anerkennendes Rascheln, eine Stimme, die aus der oberen Zimmerecke zu kommen schien. Und drum herum konnte ich leise nachhallendes Kinderlachen hören, mir war, als träumte oder phantasierte ich. Mit leichter Hand skizzierte ich die Züge in heller Rostfarbe; die Proportionen gefielen mir, und ich begab mich daran, die Schlitzärmel und die juwelenbestickten Verzierungen des Gewandes zu zeichnen. Das macht mir immer besonders viel Spaß, da ich eine Vorliebe für schön gefertigte Kleidung und gutes Geschmeide habe, und niemand hat besseren Schmuck als Prinzessinnen. »Oh, entzückend!« schien etwas zu sagen.

Das kleine Gemälde riß mich mit, als es allmählich aus dem Pergament heraustrat. Ich mischte die Fleischfarben in den Muscheln mit Wasser und Gummiarabikum, und meine Sicherheit nahm zu, als ich die Farbpalette in den Perlmuttschälchen anlegte. Jetzt ging es ans Modellieren, also trug ich die Farben in haarfeinen Strichen auf, und das so peinlich genau und dicht nebeneinander, daß sie dem unkundigen Auge als geschlossene Fläche erscheinen mußten. Das ist eins der Geheimnisse einer vollendeten Miniatur, wie mein Vater zu sagen pflegte. Maler von großformatigen Gemälden versuchen immer, die Farbe als Fleck aufzutragen wie bei einem großflächigen Porträt, und bekommen dadurch die Feinheiten nicht in den Griff, die für die Ähnlichkeit erforderlich sind. Sie versuchen, die Form wie bei einem großformatigen Bild mit dunklen Farben, Violett- und Grüntönen, ja sogar mit Schwarz als Hintergrund herauszuarbeiten, und erhalten statt leuchtender Farbe nur ein düsteres, dunkles Geschmiere. Vaters Abtönfarben, die er den Illuminatoren abgesehen hatte, sind satt und hell und erwecken lediglich die Illusion von Schatten, wenn sie neben dem Inkarnat stehen. Das alles sind Geheimnisse, die die englischen Maler noch nicht entdeckt haben, und darum überlassen sie diese Arbeit Ausländern. Ausländern und Rowland Dallet.

Ich war so versunken ins Malen, daß die Zeit nur so verflog. Rings um mich öffnete sich ein großer und leuchtender Raum, in dem alle Geräusche gedämpft klangen. Ein leises Glockenspiel, schöner als Musik, erfüllte die grenzenlose Weite. Gelegentliche Bemerkungen von Nan, die ein ums andere Mal hereinkam und »Ei, das wird aber sehr ähnlich!« und andere Lobesworte sagte, verklangen zu bedeutungslosem Blättergeraschel in einer fernen, anderen Welt. Mein ganzer Körper freute sich an der Farbe, und eine reinere und vollkommenere Freude konnte ich mir überhaupt nicht vorstellen. Meine winzigen Pinsel trafen mit merkwürdiger Präzision genau den Ton und das Licht und ließen die Gestalt allmählich aus der Fläche hervortreten. Schließlich war ich fertig: Im letzten Tageslicht nahm ich gebranntes Elfenbein für das Schwarz des Auges, das kleiner als ein Pünktchen war, und zerstieß es frisch, ehe ich es mischte und auftrug, denn nur so strahlt es auf dem Bild wie ein wirklicher Blick. Der Hintergrund aus Azurblau, satter als Sommerhimmel, brachte das rote Haar und das frische, blasse Gesicht zur Geltung. Jeder Edelstein hatte ein Glanzlicht, und das üppige Gewand schimmerte wie Seide. Ich blickte mich um, als erwachte ich aus einem Traum. Der Nachmittag war schon fast vergangen. Das Gefühl, daß mir jemand zusah, schien sich auch zu verflüchtigen. Die Werkstatt war wieder düster, dunkel und leer.

»Was ist das für ein Krach da unten?« fragte ich Nan.

»Zweifellos die Witwe, die sich mit Kunden zankt. Laß dich nicht davon stören. Die französischen Herren können jeden Augenblick zurück sein.«

»Ich bin fertig, Nan, und es gefällt mir besser als alles, was Master Dallet überhaupt je gemalt hat. Horch an der Tür, während ich das Porträt in die Schatulle lege; du weißt doch, wie wild ich auf Klatsch bin.« Ich hatte mehrere schlichte, runde gedrechselte Holzschatullen vorrätig. Für eine Prinzessin sollte sie mit Edelsteinen besetzt sein, seufzte ich im stillen. Ach laß, wenn es unbedingt Edelsteine sein müssen, sollen sie sich doch von einem Goldschmied eine andere Schatulle anfertigen lassen. Aber angenommen, sie kommen nicht wieder? Dann hat es nicht sollen sein, dachte ich. Dann behalte ich das Bildchen als Arbeitsprobe. »Aber ich muß es verstecken«, redete ich zerstreut mit mir selbst. Schließlich hatte Rowland Dallet meinen *Salvator Mundi* als Werk eines vor langer Zeit verstorbenen burgundischen Meisters verkauft.

Das Geschrei war so laut geworden, daß sogar ich es verstehen konnte, obschon es Nan war, die an der Tür lauschte. Holzpantinen klapperten die Treppe hoch, gefolgt von einem eindeutig rohen Gehämmere an unserer Tür. Nan riß sie auf, und da stand die Tochter der Witwe.

»Mutter sagt, den läßt sie sich da nicht hinlegen. Der Mietvertrag gibt ihr das Nutzungsrecht, und ihr Laden ist auch ohne den voll genug. Ihr müßt ihn mit nach oben nehmen.«

»Wovon ist eigentlich die Rede?« fragte Nan.

»Das werdet Ihr schon sehen«, gab die Tochter zurück, und ihre Augen wurden schmal und ihr Lächeln hämisch. Vielleicht ein Geschenk, dachte ich und stieg vor Nan die enge Wendeltreppe hinunter. Unten standen zwei Seeleute neben einem in Segeltuch eingehüllten langen, blutbefleckten Ding, das sie in den uralten Binsen auf dem Fußboden abgelegt hatten. Sie sahen verlegen aus, als ich hinzutrat und es aufdeckte. Einen Augenblick verschlug es mir den Atem. Dann merkte ich, wie mich eine merkwürdige Kälte ergriff, und dann hörte ich einen schauerlichen Schrei, der aus mir heraus und gleichzeitig von weit her zu kommen schien. Die Haut war bläulichgrau, und die blutverkrusteten offenen Wunden zeigten ein so dunkles Braunrot, wie ich es noch nie gesehen hatte . . . Das Ding war der Leichnam von Master Dallet.

Der Größere der Seeleute, der mit dem schwarzen Haar und dem Ohrring, sah auf einmal peinlich berührt aus, als er meinen gewölbten Leib und den Trauring an meinem Finger bemerkte.

»Hmm, ein Unfall in dem Gäßchen hinter Captain Pickerings Haus«, sagte er.

»Straßenräuber«, setzte der Kleinere mit dem rostroten Bart hinzu.

»Der Kapitän ist unerwartet von See nach Haus gekommen«, warf die Tochter der Witwe mit vielsagendem Blick ein. »– und auf dieses Unglück gestoßen«, fiel ihr der kleinere Seemann ins Wort. Mir war alles klar. Das war Gottes furchtbare Strafe für meine Dreistigkeit und Schlechtigkeit, vor allem aber für meinen Wunsch, der Teufel möge ihn holen, wo man doch den Namen des Teufels nie aussprechen soll, er könnte ihn nämlich hören. Doch der Teufel hatte meinen Wunsch erfüllt, also war es vielleicht doch keine Strafe, sondern ein Fluch, und der

Teufel war ganz in der Nähe und lachte sich ins Fäustchen, wie Nan immer behauptet. Ach, es war alles meine Schuld, mir waren Worte entschlüpft, die nicht von liebender Zuneigung und frommer Sorge zeugten, und ich hatte nicht geduldig ausgeharrt wie Griseldis, die dafür belohnt und nicht bestraft und ins Elend gestürzt wurde wie ich. Schauer durchliefen mich, und mir wurde ganz schwindlig.

»Seht ihr, was ihr angerichtet habt, und sie ist noch dazu in Hoffnung!« Aus weiter Ferne, als wäre ich unter Wasser, konnte ich hören, wie Nan über die Seeleute herfiel. »Ihr habt sie umgebracht, so habt ihr sie erschreckt!« Der erste Anfall schüttelte mich, daß ich zu Füßen des Leichnams hinsank, und die Frauen im Raum stimmten ein Wehgeschrei an. Ich spürte, wie mich schwere Hände festhielten, und hörte die Witwe Anweisungen geben: »Nicht hier, dorthin – wollt ihr das Kind auch noch umbringen?« Als der Anfall abklang, verdrehte die Witwe, die neben mir kniete, die Augen gen Himmel und rief aus: »Oh, dieser Gram! Nur eine Witwe kann den Gram einer anderen Witwe ermessen!« Ich war zwar benommen, doch ich begriff nur zu gut, daß sie die Situation genoß, wie nur ältere Menschen Schicksalsschläge genießen können. »Was wissen Männer schon davon, wie wir Frauen leiden!« verkündete sie triumphierend und fast so glücklich wie Nan, wenn die wieder einmal ein Zeichen dafür entdeckt, daß der Weltuntergang bevorsteht. Ich konnte die Seeleute verlegen murmeln hören, sie befanden sich auf dem Rückzug zur Tür, doch dort vertrat Nan ihnen den Weg.

»Da seht ihr, was euer Kapitän angerichtet hat!« sagte sie. »Wißt ihr, welche großen Gönner Master Dallet hat? Er hat sogar unseren alten König gemalt und auch den neuen König Harry, das heißt, als der noch Prinz war, und so manchen anderen Edelmann. Ein Skandal, seiner schwangeren Frau diesen armen, gemordeten Leichnam abzuliefern und sie umzubringen, den überlebt euer Herr nicht.«

»Er hatte ein Recht –«, brummelte der kleinere Seemann.

»Nan – Nan«, flüsterte ich. »Ich spüre etwas. Ich glaube,

das Kind kommt.« Nan hörte mich nicht, dafür aber die Witwe, die ein Geheimnis durch drei Wände erlauschen kann.

»Eine arme unschuldige Witwe umbringen – und obendrein ihr verwaistes Kindlein«, setzte die Witwe hinzu, »der Skandal stinkt zum Himmel. Ganz London soll mich hören. Euer Herr entgeht der Strafe nicht, Gott und die Menschen werden ihn richten«, verkündete sie in gerechtem Zorn und zeigte mit dem Finger theatralisch in Richtung Himmel. Die Blicke der Seeleute schossen hin und her. Es gab kein Entrinnen, die Frauen hatten ihnen den Weg verstellt. In einer überfüllten Schenke hätten sie das Messer ziehen können, aber hier?

»Richtet ihm aus, er soll herkommen und sich des Waisenkindes annehmen, das er gemacht hat, sonst bekommt es die ganze Welt zu hören«, sagte Nan, die noch immer die Tür verstellte.

»Verfluchte Klatschweiber – da siehst du, was er angerichtet hat. Ich hab' ihm ja gleich gesagt, er soll ihn verschwinden lassen. Jetzt muß er ihnen das Maul stopfen«, knurrte der Lange mit dem Ohrring.

»Ein Mann, der seine Christenpflicht gegenüber Witwen erfüllt, verdient hohes Lob«, sagte Nan, diese Säule der Rechtschaffenheit.

»Ja, und ein stilles Gebet – still –, wehe euch, ihr richtet ihm das nicht aus«, setzte die Witwe hinzu, als Nan schließlich die Haustür freigab. Dann sagte sie zu mir auf dem Fußboden: »Wir sorgen dafür, daß er zumindest für die Beerdigung zahlt und vielleicht noch ein hübsches Sümmchen für uns – schon wieder eine Wehe, mein armes kleines Täubchen?«

»Das war gewiß eine –«

»Ojemine, es kommt«, sagte die Witwe, »und viel zu früh nach meiner Rechnung.« Ach, diese neugierige Witwe. Natürlich hatte sie nachgerechnet. Das tun alte Frauen immer nach einer Hochzeit. Während sie und Nan mir beim Aufstehen halfen, verkündete sie: »Wenn ihr mich fragt, das Dumme an Männern ist, sie lassen nichts als Unordnung zurück. Und wir Frauen können dann hinter ihnen aufräumen.«

»Oh, wie wahr«, stimmte Nan zu, »aber wir müssen meiner Herrin jetzt nach oben und ins Bett helfen, ehe die nächste Wehe kommt.«

»Aber Mutter«, hörte ich die Tochter der Witwe hinter mir jammern, »was ist nun mit diesem, pfui – Master Dallet?«

»Den bahren wir unten auf. Was bleibt uns anderes übrig? Man kann doch einer Frau in den Wehen keine Leiche ins Zimmer legen, oder?«

Ich legte mich zu Bett, und Mistress Hull nutzte die Gelegenheit, die Nase in jeden Winkel unserer Zimmer zu stecken, denn danach hatte es sie gewiß schon lange brennend gelüstet. »Grundgütiger«, sagte sie, »ist Euer Federbett aber dünn – oh, was haben wir denn da im Geschirrschrank, nur hölzerne Schüsseln, kein Zinn?« Sie zog die lange Schnüffelnase aus dem Schrank und wandte sich dem Kamin zu, wo sie den Dekkel unseres Kochtopfs hochhob und die Suppe begutachtete. Alten Frauen entgeht so leicht nichts. »Der Kochtopf sieht mir aber alt aus –«

»Den habe ich von meiner Mutter geerbt.«

»Er hätte Euch getrost einen besseren kaufen können.« Dann sah ich ihren mageren alten Körper praktisch in dem großen, altmodischen Kleiderschrank meiner Eltern verschwinden. Zwischen Master Dallets besten Anzügen klang ihre Stimme ganz gedämpft. »Und diese Kleidung – gehört das alles ihm? Hat er Euch nicht einmal ein, zwei Bänder gekauft? Und dabei habe ich ihn immer für einen wohlhabenden Mann gehalten, der nur darauf wartete, daß er mir meine armseligen Zimmer wegnehmen konnte . . .« Ich zog mir das Federbett über die Ohren, denn es war wirklich eine Prüfung, dieser Neugier ausgesetzt zu sein und mitzuerleben, wie sie raschel, raschel in meinen Sachen herumschnüffelte. Ich konnte Nan hören, die ihr patzige Antworten gab, alte Frau gegen alte Frau.

»Es gibt auf der ganzen Welt keinen Mann, der knickeriger ist als Master Dallet. Jeder Penny ging für Putz drauf und nichts für meine Herrin, um die ich mich gekümmert habe, seit sie ein Dreikäsehoch war. Ihr habt ja keine Vorstellung von der Schlechtigkeit dieses Mannes!« Ihre Stimme wurde leiser. »Betet für mich, Mistress Hull. Ich – ich habe etwas Furchtbares getan. Und nun habe ich dieses ganze Unheil über uns gebracht und wage es nicht, ihr das zu erzählen.« Ich bekam ihr Geflüster kaum noch mit. »Er hat sie fast wahnsinnig gemacht, dieser Schürzenjäger, und da mein Unschuldslämmchen noch nicht einmal begriffen hat, was da gespielt wurde, habe ich gebetet, der Teufel möge ihn holen. Und jetzt ist es passiert, und er fährt ohne Absolution in die Grube, und ich bin an allem schuld ...«

Ach, dann hatte ihn sogar Nan zur Hölle gewünscht? Und ausgerechnet Nan, die so fromm ist und den Namen des Teufels nie im Munde führt, ohne auszuspucken, und auch das nur ganz selten? Allmählich ging es mir wieder besser. Möglicherweise war doch nicht alles meine Schuld. Das heißt, warum sollte ich bestraft werden, weil ich den Namen des Teufels im Munde geführt und betrogen hatte und undankbar gewesen war, wenn Master Dallet weitaus mehr bestraft wurde? Das heißt, wenn man alles gegeneinander aufrechnete, so war ich vielleicht eine schlechte Ehefrau, doch wenn es stimmte, was Nan da flüsterte, dann war er ein noch schlechterer Ehemann gewesen, und es ging zu gleichen Teilen. Die Strafe, meine ich. Und außerdem konnten sich doch im selben Augenblick Leute in der ganzen Stadt das gleiche gewünscht haben, und der Teufel hatte allen den Wunsch zur gleichen Zeit erfüllt, daher verteilte sich der Fluch auf alle und zählte nicht länger. Und ohnedies war es in Wirklichkeit Captain Pickerings Schuld, warum sollte der Fluch da nicht über ihn kommen? Bei dem Gedanken, daß Wünsche vielleicht doch nicht in Erfüllung gingen, fielen mir Steine vom Herzen. Es ist nämlich eine schreckliche Verantwortung, wenn einem Wünsche erfüllt werden, und ich für meinen Teil lege keinen Wert darauf, was auch immer man in Märchen darüber zu lesen bekommt. Ich lugte über mein Federbett. Die Wehen schienen aufgehört zu haben.

»Gott möge mir meinen bösen Wunsch vergeben, denn jetzt sind wir in Not und haben Schulden.« Nans Stimme klang bekümmert, als sie der Witwe ins Atelier folgte. »Not? Damit kenne ich mich aus«, antwortete die Witwe Hull und steckte die Nase in ein Päckchen zerstoßenen Serpentin. »Ui je, diese Maler! Nichts zu holen. Ihr werdet Euch einen anderen Maler suchen müssen, der Euch das da abkauft, und die Hälfte ist ohnedies Plunder. Vielleicht kommt Euch die Zunft zu Hilfe – hat er nichts hinterlassen, was man verkaufen könnte? Religiöse Gemälde? Mein Mann hat mir zwölf Christus-Bilder hinterlassen, aber bislang habe ich noch keins verkaufen können. In diesen bösen Zeitläuften denkt keiner mehr an Gott. Was ich verkaufe, sind Master Hulls Gemälde von Adam und Eva. Und wißt Ihr auch, warum? Weil sie unbekleidet sind! Eva im Garten Eden, Eva, wie sie von der Schlange in Versuchung geführt wird. Eva, wie sie sich das Haar flicht, nebst Schlange. Eva, wie sie von Adam belauscht wird, nebst Schlange. Mein Mann konnte gar nicht genug davon liefern, das könnt Ihr mir glauben. Die Hälfte aller Mönche in der ganzen Christenheit dürfte eine Eva haben. Gottlob hat er mir gut zwei Dutzend hinterlassen, obschon nicht alle fertig sind. Ach, ich Arme, wenn die verkauft sind, weiß ich nicht, wie ich noch an einen Wurstzipfel für meine Suppe kommen soll.«

»Bilder von Nackten? Aber die habe ich noch nie im Laden gesehen.« Nan klang verdutzt. Ich streckte den Kopf jetzt ganz unter der Bettdecke hervor, damit ich besser hören konnte.

»Sie stehen hinter den Christus-Bildern, sie sind ja so schlüpfrig. Aber Leute, die so etwas haben wollen, wissen, an wen sie sich wenden müssen.« Ich konnte sehen, wie sich Nan bemühte, sie abzulenken und aus dem Atelier zu schieben, doch sie schnüffelte weiter, drehte Tafeln um, musterte die Borde. Auf einmal hörte ich einen Aufschrei: »Oh! Was ist das hier auf dem Arbeitstisch? Ihr könnt mich nicht hinters Licht führen, ich war zu lange Frau eines Malers. Nein, wie winzig, und dann diese Farben! Die Züge sind vollkommen; sie sieht so lebendig aus, als könnte sie aus der Schatulle heraustreten. Und man kann ihr den Charakter an den Augen ablesen. Daran mißt sich nämlich ein wahres Porträt. Was für ein Juwel! Wie geschaffen für einen Kaiser.« Sie trat vom Arbeitstisch zurück, stemmte die Hände in die Hüften und musterte die Miniatur mit schief gelegtem Kopf. »Jetzt, wo ich weiß, wie kunstfertig er war, bedaure ich fast, daß dieser hochmütige Master Dallet nicht mehr ist«, bemerkte sie.

»Das hat meine Herrin gemalt.«

»Eure Herrin? Soll das ein Witz sein? So gut malt nur ein Mann.«

»Meine Herrin ist die einzige Tochter des großen Meisters Cornelius Maartens.«

»Martin? Vielleicht habe ich meinen Mann von ihm sprechen hören, vielleicht auch nicht. Nach einem Zunftbruder hört er sich jedenfalls nicht an. Hoffentlich war er kein Ausländer, der anständigen Engländern das Brot wegnehmen wollte. Eins könnt Ihr mir glauben, wenn die Zunft ihre Arbeiten nicht verbrannt hätte, wären wir allesamt in der Gosse gelandet.«

»Master Maartens war Flame.«

»Oh – nun ja – was ich bislang von Ausländern gesehen habe, war durchweg minderwertig. Keiner von ihnen bringt ein anständiges Wappen zuwege. Und ihre sonderbaren Sitten . . .«

»Meine Herrin ist von Kindesbeinen an zur Malerin ausgebildet worden. Und vor seinem Tod hat er sie seine ganzen Geheimnisse gelehrt.«

»Also, wenn *das* nicht ein seltsamer Brauch ist, eine Tochter in Männerarbeit zu unterweisen.« Die Witwe konnte es nicht fassen. Sie trat näher und musterte das Bild noch einmal. »Man denke nur! Es lenkt sie von ihren Pflichten ab. Wie konnte sie eine anständige Ehefrau sein, wenn sie sich in einem Männergewerbe auskannte? Nein, Mädchen sollten wie Mädchen erzogen werden, sag' ich, sonst tragen sie demnächst noch allesamt Pluderhosen und Kurzschwerter, und wohin soll das führen?« Sie nahm die Miniatur vom Arbeitstisch, und ihr Hirn arbeitete so angestrengt, daß ich es fast vom Bett im anderen Zimmer aus hören konnte. »Aber . . . wenn sie so malen kann . . . es wäre ein Verbrechen, diese Gabe nicht zu nutzen . . . das Kind ist ohnedies in den Brunnen gefallen, warum also nicht Gewinn daraus ziehen?«

Auf einmal fiel mir etwas ein. Ich kam mit einem Ruck hoch.

»Die Miniatur! Nan, die Franzosen können jeden Augenblick hier sein. Wir müssen die Leiche verstecken!«

»Welche Franzosen?« fragte die Witwe, die brühwarmen Klatsch witterte.

»Die Franzosen, die diese Miniatur bei meinem Mann in Auftrag gegeben haben«, sagte ich und setzte mich, schier außer mir, im Bett auf. »Wenn sie herausbekommen, daß er tot ist, bleiben wir darauf sitzen. Nan, wir brauchen das Geld.«

»Wollt Ihr damit sagen, daß Ihr ihnen Eure eigene Arbeit als Master Dallets andrehen wollt?«

»Was denn sonst?« gab ich zurück. »Einer muß doch Geld ins Haus bringen, und Master Dallet tut es gewiß nicht – weder jetzt noch früher.«

»Mein gutes Kind«, sagte die Witwe mit einem vielsagenden Lächeln. »Ich helfe Euch, die Leiche zu verstecken, unter einer Bedingung jedoch –«

»Wir können es uns nicht leisten, das Geld der Franzosen zu teilen«, sagte Nan. »Wir müssen ihn nämlich bestatten.«

»Aber, aber, ich würde den Ärmsten doch nicht seines Leichentuches berauben. Deshalb schlage ich vor, Eure Herrin hier füllt meinen Vorrat an Gemälden von Adam und Eva auf – und wir machen halbe-halbe.«

Schwere Steine fielen mir von der Seele, und auf einmal war mir zumute, als wendete sich das Schicksal endlich zu meinen Gunsten. »Gar keine schlechte Idee«, sagte ich. »Abgemacht, halbe-halbe.«

»Ach, Lob und Dank sei Gott, der Gebete auf sonderbare

Weise erhört«, sagte die Witwe und verdrehte die Augen gen Himmel. »Und jetzt, meine liebe Mistress Dallet, müßt Ihr Euch ausruhen, damit Ihr wieder zu Kräften kommt, während wir das Ding da unten verstecken. Gott sei's gelobt, daß es kalt ist, so wird er nicht stinken, und morgen kommt er uns aus dem Haus.«

Kapitel 3

Das Tageslicht schwand schon dahin, als sich die Franzosen erneut einstellten. Sie waren dick vermummt, schwer bewaffnet und hatten einen dritten Mann mitgebracht, der nach italienischer Mode inkognito ging, nämlich mit einer schwarzen Samtmaske, die unter seiner schlichten breiten Hutkrempe das ganze Gesicht verbarg. Doch die weichen Lederstulpen seiner hohen Stiefel waren umgeschlagen und hatten ein Futter aus roter Seide, und ich erhaschte einen Blick auf goldene Stikkerei, die mit Staubperlen abgesetzt war, als sich sein schwarzer Umhang versehentlich für einen Moment öffnete. Ein Mann von höherem Rang als die ersten beiden, dachte ich. Ihr Herr. Und niemand darf wissen, daß er hier gewesen ist.

Die ersten beiden Männer stellten ihre Laternen auf dem Tisch im Schlafzimmer ab. Abgesehen von diesem Licht wurde der Raum nur durch den Schein des Kaminfeuers erhellt. Master Dallet konnte es nicht leiden, wenn ich Geld für Kerzen ausgab, er sah ja genug davon, wenn er seinen hohen Gönnern aufwartete, warum also daheim gutes Geld auf so kostspielige Dinge verschwenden? Nun, da er tot war, begriff ich allmählich, daß er sein trautes Heim nicht als friedlichen Hafen vor den Sorgen und Fallstricken dieser Welt angesehen hatte. Es hatte ihn gerade nach diesen Fallstricken gelüstet, und sein trautes Heim war ihm dabei nur im Weg gewesen. Das stimmte mich sehr traurig, denn wenn man nicht einmal mehr dem *Rathgeber für das treffliche Eheweib* trauen kann, wem denn dann? Und jetzt empfing ich auch noch Fremde zu einer unchristlichen Tageszeit, und damit befand ich mich bereits auf der schiefen Bahn, was beweist, wie schnell so etwas geht, wenn man erst einmal auf Abwege geraten ist. Ich hatte nur noch eins im Kopf, nämlich sehr unverfroren aufzutreten und alles zu vertuschen, damit sie den Preis nicht herunterhandelten.

Das rote flackernde Licht vom Kamin warf große schwarze Schatten, die wie Riesen hinter den Fremden dräuten und sehr furchteinflößend wirkten. Ich blieb jedoch ganz fest, denn das Recht ist immer auf seiten der Witwen, die Geld brauchen.

»Madame Dolet, ist es Eurem Mann möglich gewesen, das Gemälde heute fertigzustellen?« fragte der Franzose, der den Auftrag erteilt hatte und besser Englisch sprach.

»Ja, es ist fertig. Er hat mich mit dem Verkauf betraut, da er einen bedeutenden Auftrag am anderen Ende der Stadt erhalten hat. Wenn es Euch beliebt, so mögt Ihr es jetzt prüfen.« Ich antwortete ihm in Englisch, der Sprache, in der er mit mir geredet hatte.

»Eigenartig«, sagte der zweite Franzose in seiner Sprache zu dem Maskierten. »Ich habe gehört, dieser englische Maler soll ein eitler Mann sein und sich keine Gelegenheit entgehen lassen, Lob einzuheimsen. Wahrhaftig, das muß ein sehr bedeutender Auftrag sein. Gleichwohl scheint mir, daß Euer Ausflug am Ende doch nicht umsonst gewesen ist.« Der Edelmann sprach mit lispelnder, verzerrter Stimme, da seine fremdländische Maske mit einem Mundstück versehen war, einem Stiel, der in einer Metallkugel auf seiner Zunge endete und seine Stimme verstellte.

»Ich würde meinen, es ist unmöglich, derlei so schnell fertigzustellen – und ich nehme es nicht an, wenn die Qualität zu wünschen übrigläßt«, setzte er in der gleichen Sprache hinzu. Mit mir redete er dann Englisch, aber mit starkem Akzent, der durch den seltsamen Apparat in seinem Mund noch verstärkt wurde. »Zeigt mir das Porträt.« Ich entzündete ein Binsenlicht am Feuer und führte sie in das Atelier.

»Da ist es, Mylord«, sagte ich und überreichte ihm die verschlossene Schatulle. »Wenn es Euch beliebt, so überprüft es näher am Feuer. Ich möchte keinen Fleck darauf machen.« Ich hielt mich mit dem tropfenden, in Fett getauchten Binsenlicht in einiger Entfernung von der kleinen Schatulle. Der hohe Herr setzte sich auf die Bank am Feuer und öffnete die Schatulle. Ich konnte hören, wie es ihm den Atem verschlug, als der Feuerschein auf das kleine Bildnis in dem aufgeklappten Holzkästchen fiel.

»Wie sie leibt und lebt«, sagte er auf französisch. »Noch erlesener als das Original. Das ist sie, wie ich sie mit eigenem Augen gesehen habe, sogar ihren Charakter erkennt man.« Der Mann mit der Maske lachte stillvergnügt und vielsagend. »Madame kann sich nichts Besseres wünschen.« Er musterte erneut das Porträt. »Gleichwohl . . . wie konnte es so rasch angefertigt werden? Hat sie etwa eine Kopie für einen Liebhaber machen lassen? Oder vielleicht hatte der Maler eine für einen anderen Interessenten angefertigt . . .« Er schien Selbstgespräche zu führen, laut zu denken. Ich machte ein dümmliches Gesicht, so als verstünde ich ihn nicht.

Der kleinere Franzose wandte sich an mich und fragte in Englisch: »Sagt mir, hatte Euer Mann das hier bereits gemalt?« O du liebe Zeit, wer weiß, welch ärgerliches Gerücht uns noch verfolgen würde? Warum hatte ich das nicht gleich bedacht? Was wieder einmal beweist, daß ein kleiner Betrug, das heißt eine im Haus versteckte Leiche, mancherlei nach sich ziehen kann, auf das man nie im Leben gekommen wäre. Da muß man doch tatsächlich nachträglich noch für den guten Ruf seines toten Ehemannes sorgen, wenn man für eine ehrbare Witwe gehalten werden will und nicht für jeder Achtung unwert, weil man sich mit einem schlechten Menschen verbunden hat.

»Mein Ehemann ist ein Mann von Ehre. So etwas würde er niemals tun. Ich habe ihm gestern abend von Eurem fürstlichen Angebot erzählt, und da hat er den ganzen Tag gearbeitet. Es war um seines Sohnes willen, der bald geboren werden soll.« Jetzt, da er tot war, fiel es mir leichter, ihn als rücksichtsvollen Ehemann hinzustellen. In meiner Phantasie war er auf einmal sehr ergeben und liebevoll und brachte mir kleine Geschenke mit, weil ich den Sohn trug, den er sich so sehnlichst gewünscht hatte. Doch selbst wenn er mir in meiner Phantasie eine goldene Kette und prächtig bestickte karmesinrote Ärmel und zahllose andere hübsche Dinge mitgebracht hatte, mußte ich sein Andenken jetzt in häßlicher schwarzer Trauerkleidung ehren, und das machte das Ganze um so tragischer, statt lediglich unvorteilhaft und ärmlich zu wirken. »Er konnte sich nicht fassen vor Freude, als sich herausstellte, daß ich schwanger war. Es war die Erhörung seiner Gebete, seiner Kerzen, die er vor der Heiligen Jungfrau in St. Vedast entzündet hatte. Ach, wie war er doch fromm, obschon er für seine hochgestellten Kunden nach außen hin den Weltläufigen, Umgänglichen spielte.« Bildete ich mir das nur ein, oder schauderte es einen der drei?

Doch der hohe Herr drehte sich um und fragte mich mit erstaunter und neugieriger Stimme: »Habt Ihr ihn das hier malen sehen?«

»O ja«, antwortete ich. »Den ganzen Tag hat er hier gesessen, still wie ein Geist, und hat vor sich hin gearbeitet. Ich habe nicht gewagt, ihn zu stören. Nicht einmal sein Essen hat er angerührt. Als er fertig war, ist er einfach verschwunden, ohne sich von mir zu verabschieden. Er hat dieser Tage so viel zu tun.« Bei diesen Worten erstarrte sogar der Edelmann ein wenig und schien unter seiner Maske blaß zu werden.

»Sagt der guten Frau, sie soll ihrem Mann ausrichten, daß das hier ein Meisterwerk und das geforderte Honorar wert ist«, sagte der hohe Herr auf französisch und bedeutete dem kleinen Mann mit einem Kopfnicken, er solle übersetzen, und der sagte mir das gleiche in Englisch und zückte eine Börse.

»Es wird mir eine Freude sein, ihm Euer fundiertes Urteil auszurichten, Mylord. Er wird Eure Meinung sehr zu schätzen wissen«, gab ich zurück. Ich umklammerte die Börse und wagte kaum zu atmen, während ich die Herren mit einem ausnehmend linkischen Knicks verabschiedete.

»Erzählt niemandem von dieser Miniatur oder von wem sie

erstanden wurde«, sagte der kleine Franzose mit dem besseren Englisch. War das eine Warnung oder Angst oder vielleicht beides, was da in seiner Stimme durchklang?

»Aber natürlich nicht, Mylord. Ich werde absolutes Stillschweigen wahren.« Doch während Nan sie zur Tür begleitete, blieb ich am Feuer stehen und fragte mich, warum sie mich nicht gebeten hatten, auch Master Dallet zu sagen, er möge den Mund halten? Ihre schweren Stiefel polterten die enge Treppe hinunter. Ich hörte, wie die Haustür hinter ihnen zuschlug. Von unten, aus der Küche der Witwe, drang Geklapper und Lärm. Das muß ja eine sehr vergnügliche Gesellschaft sein, dachte ich, so wie sie es treibt, sie kichert und kreischt ja wie ein junges Mädchen, wo bleibt denn da die ehrbare alte Witwe mit ihrer Vorliebe für Katastrophen?

Ich wollte das Geld gerade zählen, als ich hörte, wie Nan ihnen am Fuß der Treppe Schweigen gebot. »Es geht ihr sehr, sehr schlecht. Sie ist ganz gebrochen vor Gram. Das arme Lämmchen ist so unschuldig und muß so Gräßliches erleben. Ei, der Anblick hat sie fast umgebracht.« Nan redete sehr laut, selbst für ihre Verhältnisse, und ich faßte es als Warnung auf, daß jemand heraufkam und mich dabei erwischte, wie ich mich diebisch über das Geld freute, statt wie eine Märtyrerin im Bett zu liegen. Also versteckte ich das Geld, legte mich ins Bett und zog mir die Decke bis zum Kinn, damit niemand sah, daß ich voll bekleidet war. So etwas nennt man die Verschwörung der Frauen, und die gehört im *Rathgeber für das treffliche Eheweib* zu den schändlichsten Missetaten überhaupt, denn auf Frauen, die sich verschwören, ist kein Verlaß. Und ich hatte wegen der Verschwörung ein noch schlechteres Gewissen, als Nan einen Geistlichen hereinführte, der meine ganze Schlechtigkeit sehr wohl zu durchschauen vermochte, einen Bettelmönch, doch der war so fett und kurzatmig, daß er vielleicht doch nichts durchschaute.

Es war ohnedies ein Wunder, daß er überhaupt die Wendeltreppe hochgekommen war, denn die ist sehr eng und steil, so daß sie auch mir in meinem gesegneten Zustand tüchtig zu schaffen macht. Sein Gesicht war sehr rot, und er schnaufte und japste, als wollte er auf der Stelle tot umfallen, und dabei war er nur ein einziges Stockwerk heraufgestiegen. Wahrscheinlich hatte ihm die Witwe Wein angeboten, und er versuchte darüber hinwegzutäuschen, damit er um so frommer wirken und mir ehrfürchtige Scheu einflößen konnte. Wie auch immer, ich verspürte ehrfürchtige Scheu, weil er nicht auf der Wendeltreppe steckengeblieben war, doch das war nicht die Art ehrfürchtige Scheu, auf die er aus war. Bei meinem Anblick schien er zu erschrecken. Was hatte er erwartet?

»Master Pickerings Beichtvater, Mistress Dallet«, sagte Nan hastig, damit ich ja keinen Fehler machte. »Bruder Thomas kommt im Auftrag des Kapitäns.« Ich merkte, wie er sich in unseren kleinen Zimmern umsah, die ohne Kerzen ziemlich düster und erbärmlich sind, denn Binsenlichter wirken immer so billig.

»Ach, Bruder Thomas«, sagte ich matt, »bitte, verzeiht mir, wenn ich nicht aufstehe. Ich bin krank und habe Angst, daß ich das Kind verliere.« Ich war wirklich erschöpft, und mein Bauch kam mir ganz verknäult vor, was durchaus Wehen sein konnten, doch ganz sicher war ich mir da nicht. Und außerdem war es ein Tag gewesen, wie ich keinen mehr erleben möchte, der hier reicht fürs ganze Leben.

»Bitte nicht, nicht«, sagte er und sah mich bänglich an, »nur nicht das Kind gefährden. Bleibt, wo Ihr seid.«

»Ihr seid so verständnisvoll. Der Himmel möge es Euch vergelten, Bruder«, antwortete ich sehr leise und schwach, damit er auch ja merkte, daß ich krank vor Gram und Sorge war. Bruder Thomas wirkte unschlüssig. Die einzige Bank stand am Feuer. Also setzte er sich auf die Bettkante und blickte mich noch immer so bänglich an, als könnte ich ihn zur Sünde verleiten, doch ehrlich, nichts lag mir ferner.

»Captain Pickering war ganz außer sich vor Besorgnis, als er von Eurer bedrängten Lage hörte. Schließlich war er als erster am Unfallort und sah, was Eurem sehr geschätzten Mann zugestoßen war. Daher hat ihn Euer Verlust fast so betroffen, als wäre es sein eigener –« Aha, dachte ich, Ihr habt die hochstehenden Herren aufbrechen sehen, und jetzt vergeht Ihr vor Neugier, wer das war, denn es könnten ja gute Freunde gewesen sein, die auf Rache sinnen. Ja, bangt getrost weiter, schließlich hat Captain Pickering keinen Niemand ermordet. Und außerdem hat er sich zuviel herausgenommen, als er die Leiche, hochfahrend wie ein Edelmann, bei mir abladen ließ, und das nennt man, soviel ich weiß, die Sünde der Hybris, denn eins ist sicher, ich bin keineswegs unwissend und ungebildet. Es handelt sich um eine griechische Sünde, und kein Christenmensch sollte sich damit abgeben, weil das immer ein böses Ende nimmt. Vermutlich tat es ihm jetzt leid.

»Wie edelmütig von ihm«, sagte ich und ließ meine Stimme unendlich schwach und matt klingen.

»Er hat sich mit mir des längeren beraten, was die biblischen Texte uns über die Unterstützung von Witwen –«

»Wie ungemein fromm –«

»– sagen und schickt diese Börse, die Euch und Eurem ungeborenen Kind in der Stunde der Not helfen soll.«

»Wie wahrhaft mildtätig von ihm, so viel Interesse an unseligen Schicksalsopfern zu zeigen, daß er ihnen Beistand leistet.«

»Er ist ein guter Christ, unerschütterlich in seiner Pflichterfüllung.«

»Jedoch, heiliger Bruder Thomas«, murmelte ich, »eine Sache bereitet mir noch große Seelenqualen. Oh, lieber Gott, ist das schon wieder eine Wehe? Nur noch eins –«

»Und das wäre, Mistress Dallet?«

»Das Begräbnis. Ich bin zu schwach, um die Vorkehrungen zu treffen. Der Gedanke, ich könnte Master Dallet mit einem armseligen Begräbnis Schande machen, ist mir unerträglich. Er braucht Kerzen und einen Sarg –« Bruder Thomas blickte erschrocken. Hast du dir eingebildet, du kommst mir so leicht davon? *Mir* wirfst du nicht einfach eine Börse hin und machst dich aus dem Staub, du heuchlerischer Mittelsmann. »Ich möchte einen mit Blei beschlagenen haben – Schnitzwerk –

geschmackvoll – kein billiges Material. Master Dallet war schließlich ein namhafter Hofmaler.«

»Einen Sarg, nun ja, einen Sarg.«

»Und schickt bitte Nachricht ins Zunfthaus der Maler-und-Färber-Zunft. Teilt den Zunftbrüdern mit, daß er das Bahrtuch braucht. Und einen Leichenzug – er benötigt mehr als nur die Zunftbrüder – ein Mann von seiner Stellung muß mindestens sechs gemietete Leichenbitter haben –«

»Gewiß würden ein, zwei –«

»Vier. Wie könnt Ihr nur zwei sagen? Zwei – wie schäbig – oh, welch ein Gram, und der Schmerz läßt auch nicht nach. Oh, dieser Schmerz – bei dem Gedanken an nur zwei Leichenbitter geht er mir durch und durch.«

»Vier Leichenbitter«, sagte er seufzend.

»Und ich brauche zwei Bahnen schwarze Wolle, jede zehn Yards lang, für Trauerkleidung.«

»Trauerkleidung, ja, die ist gewiß vonnöten. Ist das alles?« Seine blaßblauen Augen, die tief in dem runden roten Gesicht eingebettet waren, musterten mich jetzt mit einem ganz anderen, sonderbar anerkennenden Blick.

»Oh, oh, was ist das? Ja? Oh, ich bin ja so schwach. Ah, jetzt ist es mir wieder eingefallen. Eine Gedenktafel aus Messing – nicht zu groß, sie soll nicht vulgär wirken. Mein armer, lieber Mann. Wie gräßlich er ausgesehen hat! Er muß in St. Vedast eine gravierte Gedenktafel aus Messing bekommen.«

»Abgemacht –« Als ich sein Gesicht sah, konnte ich nicht widerstehen.

»Mit einem Gedicht. Die schönsten Messingplatten haben Gedichte. Vielleicht macht Ihr eins? Ein angemessenes Denkmal, seiner leidtragenden Frau zuliebe.«

»Ein Gedicht scheint mir übertrieben. Das wird nach Buchstaben bezahlt –«

»Dann ein Motto? Etwas, was zu ihm paßt.«

»Warum nicht: *Ars longa, vita brevis*?« sagte Bruder Thomas mit ausdruckslosem, gerötetem Gesicht, jedoch mit ironischem Unterton.

»Und was bedeutet das, lieber Bruder Thomas? Ist das Latein? Und hinlänglich fromm? Oh, du liebe Zeit, hoffentlich setzen die Wehen nicht wieder ein.«

»Gott bewahre. Es bedeutet, daß die Kunst länger währt als unser schwaches, sündiges Fleisch.« Und sehr viel länger, als du dir vorstellen kannst, dachte ich, denn ich mußte dabei an Master Dallets künftige, posthume Karriere im Geschäft mit religiösen Bildern denken.

»Ausgezeichnet«, gab ich zurück. »Es würde Master Dallet freuen, wenn er davon wüßte.«

»Gewiß doch«, pflichtete der Mönch mir bei und erhob sich vom Fußende des Bettes.

»Ich danke Euch für Euren Besuch, Bruder Thomas«, sagte ich, so matt ich konnte.

»Gottes Segen über Euch und Euer Haus, Mistress Dallet«, antwortete er und verzog sich rückwärts zur Tür, doch seine klugen Augen ließen nicht von meinem Gesicht ab. Auf einmal sagte er: »Er hat nie gewußt, was er an Euch hatte, nicht wahr? Eine ebenso entschlossene wie kluge Ehefrau, die noch dazu tugendhaft ist, sollte man besser zu würdigen wissen. Sorgt Euch nicht, Mistress Dallet, ich werde mich persönlich darum kümmern. Die Inschrift wird so elegant, daß sie Euch zur Ehre gereicht.«

Wirklich gar kein so übler Mann, dachte ich, als ich ihn die Treppe hinunterschnaufen hörte. Ein Jammer, daß ich nicht aufstehen und zusehen kann, wie er sich durchquetscht, denn nach menschlichem Ermessen ist das unmöglich. Und was für eine interessante Gesichtsfarbe. Nur ein Hauch von Massicot, dafür mehr Mennige im Inkarnat, dann die Züge als erstes mit Rot herausarbeiten, das Blau der Augen sehr hell, ein höchst eigentümlicher Gegensatz . . .

»Poch, poch!« rief die Witwe Hull, statt an die offene Tür zu klopfen. »Herein«, rief ich vom Bett, wo Nan und ich den Inhalt der Börse zählten. Nan versteckte das Geld rasch unter dem Strohsack, als die Witwe mit ihrer Kerze ins Zimmer trat. »Ei, Ihr seht ja schrecklich aus«, sagte sie fröhlich und hielt ihr

Licht hoch, damit sie mich besser mustern konnte. Hinter ihr stand ihre Tochter mit einer Suppenterrine, die sie auf unserem Tisch abstellte. »Ich habe mir gedacht, daß Ihr heute abend nicht zum Kochen kommt, und da habe ich Euch gebracht, was vom Abendessen übriggeblieben ist – das heißt, was ich vor diesem hungrigen Klosterbruder verstecken konnte.«

»Ihr hört Euch aber munter an«, sagte Nan.

»Warum auch nicht? Er hat mit Geld um sich geworfen wie ein Edelmann. Ein interessanter Mensch! Ei, der ist jeden Tag in St. Paul's, um das Neueste vom Tage aufzuschnappen. Was der alles zu erzählen weiß! Wie der große Wolsey Tag für Tag intrigiert, damit er Kardinal wird, und daß die Königin von Frankreich jetzt tot ist und keinen Sohn hinterlassen hat und daß ein gar prächtiges Unwetter – oh, und dann wird immer behauptet, daß Frauen Klatschbasen sind! Ihr hättet sein Gesicht sehen sollen, als ich ihm erzählt habe, daß sich hohe Herren nach Master Dallet erkundigt haben. Dann habe ich ihm gezeigt, wie hübsch ich Master Dallet in der Speisekammer aufgebahrt habe, mit zwei Kerzen, und zwar sehr teuren, möchte ich hinzufügen, alles, damit das üble Geheimnis seines Herrn gewahrt bleibt, und er hat geschworen, morgen kommt er aus dem Haus und wird bestattet, und ich habe gesagt, das ist auch gut so, denn trotz des kalten Wetters hält er sich nicht viel länger. O ja – ein Mann von Welt – aber was ist das? Ihr eßt ja gar nichts?« Ich hatte gerade die Schale Suppe abgelehnt, die Nan mir gebracht hatte.

»Es geht mir nicht gut. Sagt, wie fühlen sich Wehen an?«

»Das merkt man, wenn man sie hat. Das muß keine Frau erfragen. Du meine Güte, sehen Eure Augen geschwollen aus – und ich dachte, Ihr habt nur dem guten Klosterbruder zuliebe geweint. Laßt mich Eure Hand sehen. Auch geschwollen – seht nur, wie tief der Ring einschneidet! Sagt, habt Ihr öfter Kopfschmerzen?«

»Immerfort, aber woher wißt Ihr das?«

»Ach laßt, ich weiß, was ich weiß.« Nan sah besorgt aus. »Regt Euch nicht auf«, sagte die Witwe zu ihr. »Ich möchte nur, daß sie gut auf ihre begabten Händchen aufpaßt. Junge Frauen sollten sich nicht das Herz mit Sorgen beschweren, wenn sie schwanger sind. Aber jetzt versucht, einen Löffel voll zu essen. Die Terrine könnt Ihr mir später herunterbringen.« Doch ich konnte Nan und die Witwe an der Tür flüstern hören.

»Es steht nicht gut um das Kind, oder?« sagte Nan.

»Es wäre ein Glück, wenn sie es jetzt verliert. Ich kenne die Anzeichen. Das Kind vergiftet sie«, die Stimme der Witwe wurde noch leiser. »Auf diese Weise habe ich meine Älteste verloren. Frisch gefreit, rasch gereut. Wir haben sie in ihrem Brauthemd begraben.«

»Sollte ich Goody Forster holen?«

»Zu spät. Was immer die ausprobiert, es macht alles nur noch schlimmer.«

»Kann man denn gar nichts tun?«

»Betet, Mistress Littleton, betet, so gut Ihr könnt, daß die junge Frau es durchsteht, sonst landen wir alle in der Gosse.« Was für rasende Kopfschmerzen. Ein Fuß fühlte sich an, als wollte er aus eigenem Antrieb zittern und zucken. War das ein böses Vorzeichen? Wie schrecklich, wie ungerecht. Der Tod ist ein schamloser Betrüger und auch ohne die Sache mit dem Jüngsten Gericht schon gräßlich genug. Mutter hatte nur ein wenig Temperatur, dann bekam sie das Schweißfieber, und das entriß sie uns, und Vater folgte ihr nur eine Woche später. Niemand hatte etwas geahnt, denn zwei Wochen zuvor hatten beide noch gesund und munter ausgesehen. Ihr einziger Trost war der Gedanke, daß ich in guten Händen und mit Master Dallet verheiratet war, wie sie es abgesprochen hatten. Und ich hatte eingewilligt, um sie glücklich zu machen. Und dazu kamen noch die funkelnden dunklen Augen, wie ich schon sagte, und außerdem tat er mir leid, doch die Geschichte spare ich für später auf. Man sollte nie aus Mitleid heiraten, doch Master Dallet schien reich zu sein, und er versprach, für mich zu sorgen wie für eine Königin, was er später aber vergaß. Und jetzt bedeutete das Kind, das mir im Kummer Trost und Freude sein sollte, meinen Tod, machte meine Knöchel so dick wie

Baumstämme und mein Gesicht im Spiegel so grobschlächtig und aufgedunsen, daß ich nicht einmal auf der Totenbahre schön aussehen und niemand sich ob dieser schrecklichen Tragödie grämen würde. Häßlich zu sterben ist ungerecht, ach, so ungerecht.

Ich wollte nicht sterben. Mein ganzer Körper sagte, ich will leben, leben. Ich spürte, wie etwas Dunkles, völlig Nacktes, Klammes und Kaltes mich niederdrückte und in seiner Schlechtigkeit auf mir lastete. Im Geist rief ich mit der ganzen Kraft meiner Seele *Hilfe*! Vor meinen Augen verschwamm alles. Die Kopfschmerzen machten, daß mir das Blut in den Ohren rauschte, doch dann hörte ich ein merkwürdiges Rascheln. Ein mildes Licht erhellte das Zimmer, als wäre jemand in den Raum getreten, wie beim Malen der Schwindel-Miniatur, die ich sündiger Mensch so unbedingt hatte machen wollen. Ich war todmüde, und als ich vor Erschöpfung einschlief, da sagte etwas: »Wir sind ja hier.« Nein, seid ihr nicht, antwortete ich im Geist. Hier ist niemand mehr, nur ich und Nan und der Knochenmann. Niemand.

Kapitel 4

Was meine Mutter träumte, ging immer in Erfüllung, und das ist etwas, was nur wenigen gegeben ist, obschon manch einer es mit seltsamen Elixieren versucht, die dem Körper schaden. Vor meiner Geburt, als mein Vater mit einem Fuß im Schuldturm stand, träumte sie von einer Schatzkiste auf einem Schiff. Und siehe da, am nächsten Tag traf von jenseits des Kanals ein Brief ein, in dem Vater gebeten wurde, nach England zu reisen und die Wandbilder der königlichen Kapelle in Sheen zu restaurieren, denn dort hatten Hände und Gewänder der Gläubigen die Heiligen bis auf Köpfe und Schultern abgerieben. Das war ein großes Glück für meine Eltern, die packten und flohen, und ihre Gläubiger immer drei Schritt hinter ihnen her. Und obschon mein Vater sich beklagte, das Restaurieren von Heiligensteißen sei unter seiner Würde, trug es ihm dennoch den Ruf eines geschickten Kunsthandwerkers ein, und so fehlte es ihm später nie an hochstehenden Gönnern, und das kommt einer Schatzkiste gleich, auch wenn es nicht so aussieht. Was wieder einmal beweist, daß man Träume nicht einfach für bare Münze nehmen darf, auch wenn sie in Erfüllung gehen, sondern sie als Zeichen auffassen und darüber nachdenken sollte, denn Zeichen sind nicht immer klar und deutlich.

Bis zu jenem Tag waren mir die wahren Träume meiner Mutter nicht gegeben gewesen, doch ich muß gestehen, daß ich einmal einer alten Frau in einem Laden in der Nähe von der Goldsmith's Lane ein Pulver abkaufte, das mir angeblich Träume von einem künftigen Ehemann bescheren würde. Ich träumte von einem äußerst gutaussehenden Mann mit kräftigen Händen, auf denen die Adern hervortraten, doch funkelnde braune Augen hatte er nicht, und obendrein bekam ich davon Kopfschmerzen, und so warf ich das Pulver weg. Doch in der Nacht, als man Rowland Dallets blutigen Leichnam nach Haus brachte, hatte ich einen entsetzlichen Traum, der mir so ungemein wirklich vorkam, als träumte ich überhaupt nicht, sondern als geschähe alles wirklich.

In meinem Traum wachte ich auf und sah, daß das Kind, das ich noch in mir trug und das mein Trost in einem sehr tragischen Leben sein sollte, bereits geboren war. Doch an Stelle eines winzigen Neugeborenen war das Kind ein großer, häßlicher Junge von ungefähr zwei Jahren, knochig und bleich, mit strähnigem, dunklem Haar und kaum das, was man sich gemeinhin unter einem Trost vorstellt, denn dann hätte er hübscher aussehen müssen. Er lag zusammengekrümmt in der Wiege neben meinem Bett, in die er mit seinen seltsam langen, knubbeligen Beinen kaum hineinpaßte. Seine riesigen Augen, gleichsam glühende Eulenaugen, schlugen mich in einen gräßlichen und unbeschreiblichen Bann, selbst wenn ich solche Augen im wirklichen Leben sehr abstoßend finden würde. Über ihm und rings um ihn schien das Böse wie ein dunkler Schatten zu lauern.

Der große, knochige Wechselbalg wimmerte im Dämmerschein, und ich wußte, ich mußte ihn aufnehmen, da ich seine Mutter war, und außerdem war er so häßlich, daß er mir wiederum leid tat, obschon es mir lieber gewesen wäre, er hätte jemand anders gehört. Und als ich dann aufstehen wollte, schaffte ich es nicht, etwas schien mich niederzudrücken, mich davon abzuhalten, meine Pflicht an dem Wesen in der Wiege zu tun, nämlich es aufzunehmen und zu stillen, denn das brauchte das knochige Wesen vermutlich. Als mich das seltsame Geschöpf nicht mit dem Blick seiner äußerst merkwürdigen, zauberisch blauen glasartigen Augen anlocken konnte, versuchte es mir mit Worten Schuldgefühle einzureden. »Mutter«, greinte es, »ach, ich bin ja so hungrig.« Doch als es den Mund aufmachte, sah ich eine Reihe ebenmäßiger, spitzer Zähne, die fast bläulichweiß glänzten und schrecklich abstoßend waren. Als ich die Arme nach ihm aus streckte, spürte ich, wie die Dunkelheit über ihm mich irgendwie anzog, so als wollte sie mich aufsaugen, bei lebendigem Leib verspeisen. »Mutter, komm«, greinte das Dämonenkind. Irgendwie hatte die darüber schwebende dunkle Kraft mit Master Dallet zu tun, doch wie, das wußte ich nicht, auch wenn es im Traum völlig einleuchtete, daß er zu dergleichen imstande war.

»Faß es nicht an«, sagte eine tiefe, kräftige Stimme.

»Ich muß aber«, antwortete ich.

»Laß ab von dem Kind. Es hat nichts mit dir zu schaffen. Rowland Dallet hat im Leben mit verbotenen Dingen gespielt und hat etwas unvorstellbar Fürchterliches auf dich und die Welt losgelassen. Spürst du denn nicht, wie böse es ist? Wie stark es ist? Es möchte durch dich geboren werden.« Ich konnte seine Kraft spüren. Sie glich einem aufziehenden Gewitter, bei dem einem die Haare zu Berge stehen und man auf Armen und Beinen eine Gänsehaut bekommt. Die Kraft zog an mir, und darunter spürte ich ein höllisches Feuer. Da verflog jeder Gedanke, an diesem Geschöpf des Trostes, das nicht einmal einen Boten der Hölle hätte trösten können, meine Pflicht zu tun, und ich fürchtete mich sehr. Hilfe, Hilfe, schrie ich im Geist, und ich fühlte, wie etwas Warmes und Starkes mich zurückhielt.

»Halte dich fest. Hilf uns, Susanna. Du mußt es zwingen zu verschwinden.« Das kräftige Wesen, das mich vom Abgrund zurückzog, redete mit mir, und ich spürte, da war mehr als nur eins, es schien all seine Freunde herbeigerufen zu haben, weil das saugende schwarze Wesen so stark war. Im Traum war ich natürlich sehr froh, daß es da war, auch wenn ich mich Fremden im wirklichen Leben nicht so bereitwillig anvertraut hätte.

»Es soll weggehen. Warum ist es da?«

»Drei Männer haben eine fluchbeladene Kiste gefunden, doch einer von ihnen hat die hohle Büste mit nach Hause genommen, in dem das böse Wesen eingesperrt war, hat sie auseinandergenommen und es freigesetzt. Was er da freigesetzt hat, lauert noch hier, denn dieser Ort zieht es an: ein Dämon des Chaos und der Zerstörung, der dazu geschaffen ist, Unheil auf all seinen Wegen anzurichten. Jetzt will er einen irdischen Leib haben, und so hat der Dämon dir wie ein Kuckuck ein fremdes Ei ins Nest gelegt. Begreifst du denn nicht, wenn es geschlüpft ist, wirft es dich fort wie eine leere Hülle. Es zählt auf deine irregeleitete Liebe und daß du es mit deinem Leben nährst. Wir haben dir gezeigt, was es ist. Und jetzt hör auf mich, laß ab von dem Kind, ehe es dich meinem Griff entzieht.«

»Aber es ist mein . . .« Mit wem redete ich da? Im Traum wirkte alles logisch. Außer daß ich nicht zu schlafen schien und mir viel wirklicher vorkam als im wirklichen Leben, das zuweilen richtig langweilig sein kann.

»Du mußt von dem Kind ablassen«, sagte die Stimme, und sie vibrierte wie die tiefste Glocke im Kirchturm von St. Paul's. Wechselnde Farben erhellten für einen Augenblick das Zimmer, und ich sah eine Säule aus strahlendem Licht, die durch das Dach und viele Meilen hoch in den Himmel ragte. Irgendwie hatte die Säule eine menschliche Gestalt. Und dazu ein schönes Gesicht, dunkel und leuchtend, und sie hatte Flügel, die sich zum Himmel reckten. Ich war verwirrt, und mein Herz hämmerte vor Entsetzen. Doch ich nahm allen Mut zusammen und machte erneut den Mund auf. »Wenn ich von ihm ablasse, was bleibt mir dann? Nichts, gar nichts.«

»Nichts?« kam die Stimme. »Nein, etwas doch. Sieh dir das hier an.« Langsam fuhr das Strahlenwesen mit der Hand über den nächtlichen Himmel. Wo die Hand vorbeikam, war kein sternenschimmernder Himmel mehr, sondern hochsommerliches Blau. Ein großer leuchtender Regenbogen spannte sich über den Himmel. »Der gehört dir, wenn du ihn mit den Händen einfangen kannst«, sagte das rätselhafte Geschöpf.

»Aber wie? Ich kann das nicht. Ihr wißt, ich bin noch nie gut im Rätselraten gewesen. Bleibt und sagt mir mehr. Wie soll ich das schaffen? Was ist, wenn ich es nicht schaffe?« Doch die leuchtende Säule war verschwunden. Das Zimmer war klein und dunkel. Ein fauliger Geruch und ein gespenstisches, schwefliges Licht umgaben die Wiege, die leer und voller schwarzer Blutflecke war.

Geraume Zeit später erwachte ich und war sehr schwach. Helles Tageslicht fiel ins Zimmer, und Nan spähte mir ins Gesicht. »Sie hat die Augen aufgeschlagen!« rief sie. »Sieh mal, was wir für dich haben, alles, wonach du dich gesehnt hast. Hier ist Apfelsinenmarmelade, wie du gesagt hast. Und eine Bahn Leinen. Und Mistress Hull hat eine Wiege aufgetrieben, die fertig zum Verkauf stand. Und sieh nur, Bruder Thomas hat dir zwei Bahnen der feinsten Wolle gebracht. Da, fühl mal!« Sie hielt mir die Wolle an die Wange, so wie man Spielsachen in der Hoffnung um ein sterbendes Kind häuft, daß eins davon es dazu bewegt, sich zu rühren und zu lächeln wie früher. Ich drehte den Kopf auf dem Kissen. Mir wurde kalt ums Herz. Neben meinem Bett stand die böse Wiege aus meinem Traum.

»Wie – wie seid ihr über Nacht an die ganzen Sachen gekommen?« fragte ich.

»Ach, Kindchen, es war mehr als nur eine Nacht. Drei Nächte und drei Tage«, sagte Mistress Hull, die auf der Bank saß und nähte. »Und die ganze Zeit haben wir bei Euch gewacht. Ihr seid in einen seltsamen Schlaf gefallen, lagt fast wie tot und wolltet nicht aufwachen. Manchmal habt Ihr am ganzen Leib gezittert, und Eure Gliedmaßen haben sich bewegt und gezuckt. Einmal mußten wir Euch festhalten, sonst hättet Ihr Euch verletzt.« Nan sah betreten aus, vermutlich hätte sie mir das nicht alles erzählt.

»Pssst. Ihr wißt doch, man darf sie in ihrem Zustand nicht aufregen«, sagte sie zu Mistress Hull und bedachte sie aus zusammengekniffenen Augen mit einem Blick, der durchgehende Pferde zum Stehenbleiben bringen kann, nicht jedoch Mistress Hull, die Nan an Jahren voraus ist und auf ihre älteren Rechte pocht.

»Und was sich nicht alles getan hat«, fuhr Mistress Hull fort, denn darin gleicht sie mir: Sie läßt sich nicht gern mitten in einer Geschichte das Wort abschneiden. »Nicht zu sagen. Master Dallet hatte ein prächtiges Leichenbegängnis, wirklich ganz prächtig, und der Sarg war sehr elegant, obschon er gestunken hat, als wäre er unter dem Bahrtuch geplatzt. Aber alle haben ihm die Letzte Ehre erwiesen und damit auch Euch.«

»Als ob er das verdient hätte«, fuhr Nan dazwischen.

»Und es waren ein paar elegante Leute anwesend, wirklich sehr elegant, und Fremde. Einer von ihnen, ein sehr vornehmer hochgewachsener Herr, nicht mehr ganz jung, blaß, aber sehr leutselig, ist an mich herangetreten und hat gesagt, er möchte Vorkehrungen treffen, für Master Dallets Sohn zu sorgen, wenn dieser im Sommer geboren wird, denn er würde ihn gern in seinem eigenen Haus aufziehen.« Mistress Hull platzte fast vor lauter Neuigkeiten.

»›Und was ist mit meiner Herrin?‹ habe ich ihn gefragt«, unterbrach Nan, die immer beweisen möchte, daß sie die Klügste ist und an alles denkt, »und da hat er gesagt: ›Oh, um die kümmere ich mich auch. Master Dallet war mir ein Herzensbruder.‹ Aber ich könnte schwören, daß ich diesen Menschen noch nie im Leben gesehen habe.« Nan purzelten die Worte genauso heraus wie Mistress Hull.

»Aber er hat den Eindruck eines sehr hochstehenden Herrn gemacht. Sein Hut war mit einem großen Edelstein besetzt. Seine Augen waren sehr hell, und er hat sich ständig umgeblickt. Auf mich hat er wie ein ungemein kluger Mann gewirkt, zu klug für meinen Geschmack. Ich konnte ihn mit anderen reden hören, sehr geistreich und mit eingeflochtenen lateinischen Brocken, wie es Ärzte tun, so richtig gelehrt! Und eine grüne Samtrobe in fremdländischem Schnitt hat er angehabt, überall mit Zobel verbrämt. Und da er so schrecklich dick war, hat er gewiß das Doppelte dafür zahlen müssen.« Mistress Hull konnte zwar kein Latein, doch mit Preisen kannte sie sich besser aus als ein Pfandleiher.

»Und vergeßt die goldene Kette nicht, gediegenes Gold mit einem merkwürdigen Zeichen darauf.«

»Ein Ausländer, ein hochstehender ausländischer Herr. Ach, du hast ja keine Ahnung, wie wir darauf gewartet haben, daß du die Augen aufschlägst. Wo es so viel zu erzählen gibt.« Mehr sagte Nan nicht, aber mir war klar, sie dachte, was auch ich dachte, nämlich daß es äußerst verdächtig ist, wenn reiche fremdländische Herren sich auf einmal um das Kind von jemand anders kümmern wollen und wenn es sich obendrein nicht um einen Prinzen, sondern um ein ganz gewöhnliches Kind handelt, das nicht einmal türkische Piraten entführen würden.

»Oh, schweigt still. Seht Ihr denn nicht, daß wir sie ermüdet haben? Wie geht es Euch, mein armes kleines Täubchen? Besser? Es geht Euch doch gewiß besser.« Als Antwort stieß ich einen Schrei aus. Die Wehen hatten eingesetzt, und dieses Mal täuschte ich mich nicht. Das Geschöpf wollte geboren werden.

»Cat, hol Goody Forster – und trödle nicht herum«, rief Mistress Hull. »Na, lauf schon!« Und die Tochter der Witwe rannte, während Nan mir die Hand streichelte und mir einzureden versuchte, alles würde gut werden und Frühgeburten wären oftmals Glückspilze.

»Es kommt anders, Nan, ich habe ihn im Traum gesehen. Einen Jungen mit schwarzem Haar –«

»Sei still. Du mußt zur heiligen Margarete beten. Die sorgt gewiß dafür, daß es wohlbehalten geboren wird.«

»Aber ich möchte nicht, daß es geboren wird. Ich sage doch, ich habe ihn gesehen. Es ist ein Junge. Ein Junge mit schwarzem Haar. Und, und – etwas stimmt nicht mit ihm.«

Um Mitternacht holte die Hebamme bei Kerzenschein den Kopf des Geschöpfes, und gleich darauf hielt sie es in den Händen. »Es ist ein Junge«, sagte sie. »Eine Totgeburt. Wahrscheinlich schon ein Weilchen tot.«

»Welche – welche Farbe hat sein Haar?« fragte Nan mit leiser, erschrockener Stimme.

»Schwarz, soweit ich sehen kann«, antwortete die Hebamme. »Und – o mein Gott, seht Euch den Mund an!« Ihre Stimme klang entsetzt.

»Gott steh uns bei«, sagte Nan. »Es hat ja Zähne. Spitze Zähne!«

»Allmächtiger. Dergleichen habe ich noch nie gesehen.« Auch Mistress Hulls Stimme klang erschrocken. »Seht nur, wie dünn und klein, wie Fischzähne. Nur gut, daß es tot ist. Welche Frau hätte den wohl stillen können?«

»Sie darf es nicht sehen«, sagte die Hebamme. »Je eher es unter der Erde ist, desto besser.« Gleichwohl erhaschte ich einen Blick auf das gräßliche, verschrumpelte tote Ding, das nicht größer war als eine nackte Ratte und einen Kopf wie ein Frettchen hatte. Seine Hände jedoch waren hübsch geformt, auch wenn die Fingernägel Krallen waren, und als ich es da mit der verschrumpelten Nachgeburt in dem Kupfergefäß liegen sah, in dem es hätte gewaschen werden sollen, da tat es mir in der Seele leid. Ich meine, wer möchte schon so häßlich geboren werden? Aber man sollte immer gerecht bleiben. Ein Kind ist ein Kind, und jedes verdient eine liebende Mutter, die vielleicht seine guten Seiten fördert, obschon das bei dem Ding da eine Heidenarbeit gewesen wäre.

Und ich will ganz aufrichtig sein, denn die Sünde der Lüge möchte ich nicht auch noch auf mich laden, es fällt ungleich leichter, gerecht zu bleiben und damit den Haß auf etwas mit Mitleid wettzumachen, wenn das Ding tot ist und man nicht auch noch das Mitleid wieder wettmachen muß. Armes, namenloses häßliches Ding, es war nicht einmal getauft worden und kam daher auch nicht in den Himmel. Sollte ich dafür beten? Bete, daß es für immer zu seinem Schöpfer zurückkehrt, denn es hatte nichts mit dir zu schaffen, klang ein Echo meiner Traumstimme, obschon ich wach war. Das war alles sehr verwirrend, und ich merkte, daß mir die Tränen übers Gesicht liefen. Ich war sehr müde, nicht nur von den Geburtsschmerzen, sondern auch vor Entsetzen, weil ein ausnehmend schlimmer Traum wahr geworden war und ich statt eines schönen, engelgleichen Kindleins, das mein Trost hätte sein sollen und das möglicherweise gelbe Locken gehabt hätte, ein Dämonenkind geboren hatte.

»Ich schaffe es in aller Stille beiseite«, sagte die Hebamme. »Und ihr und ich, wir müssen eisern den Mund halten. Ein Wort –« Ja, ein Wort, und der Hexenjäger stand uns ins Haus, und der war um einiges schlimmer als der Schuldeneintreiber. Schließlich klatschen und tratschen Menschen schrecklich gern, und über nichts redeten Frauen lieber als über Mißgeburten mit zwei Köpfen oder sechs Zehen oder vielleicht ohne Hirn, und alles, weil die Mutter eine schwarze Katze oder eine alte Frau mit dem bösen Blick gesehen hat. Denn ein Kind mit Zähnen, ein echtes Dämonenkind, bekam man nur, wenn man mit dem Teufel eine Orgie gefeiert und ihm beigelegen und übernatürliche Lust empfunden hatte, und dann sind alle neidisch, abgesehen davon, daß gewisse Gliedmaßen des Teufels eiskalt sind, und für mich hört sich das nicht sehr lustvoll an.

Solche neidischen Klatschweiber stifteten natürlich Unheil und liefen schnurstracks zum Hexenjäger, der immer auf Geld aus ist und eine Kopfprämie bekommt, wenn er eine Hexe gefunden hat, selbst wenn die noch gar nicht wußte, daß sie eine ist. Und dann würde auch ich als Hexe angeklagt werden und unter der Folter gewiß alles gestehen, denn Schmerz kann ich überhaupt nicht ertragen. Und dann wären auch Nan und Mistress Hull und Goody Forster Hexen, weil sie mir geholfen hatten, und wer weiß, wer sonst noch mit hineingezogen würde, und so würde es immer weitergehen, bis der Hexenjäger genug Geld hätte, daß er die Stadt verlassen und anderswo Jagd auf Hexen machen könnte.

Jetzt logen wir zwar, aber ich würde noch viel mehr lügen, wenn ich dem Hexenjäger gestünde, ich hätte mich mit dem Teufel orgiastisch vergnügt, wo ich doch keinem anderen als Master Dallet beigelegen hatte, und das im Dunkeln und nur dreimal, so daß ich nicht einmal ihn gesehen hatte, und was die Lust anging: Fehlanzeige. Und obendrein wäre es praktisch Selbstmord, wenn ich mich auf diese Weise umbringen ließe, und das war im Sinne der Kirche die größte Sünde überhaupt, also ließ ich das lieber sein und blieb am Leben. Und zugegeben, hatte ich nicht eine wunderbar tragische Geschichte von dem nachgeborenen Sohn eines armen, liebenden, ermordeten Ehemannes zu erzählen, der mir ein großer Trost hätte sein sollen, doch aufgrund des furchtbaren Schrecks zu früh geboren wurde und seinem Vater in den Himmel folgte?

Kaum hatte das Ding meinen Körper verlassen, da fühlte ich mich munter wie ein Fisch im Wasser. Und Wasser floß in der Tat aus mir heraus, denn ich mußte so oft auf den Nachttopf, daß es an ein Wunder grenzte. Meine Finger sahen ganz schrumpelig aus, so rasch wurden sie wieder schlank. Von meinem Handgelenk konnte ich die Haut einfach so hochheben. Das sieht ja aus, als hätte sich die Haut abgelöst, dachte ich. Wirklich äußerst sonderbar. Ob ich von jetzt an wohl mit einer zu weiten Haut herumlaufen mußte wie ein alter Mann in gebrauchten Kleidern? Nan und die Hebamme verbrannten das blutige Stroh aus der Matratze, und die alte Frau nahm das tote Ding mit, das sie fest eingewickelt hatte, und ich schlief ein.

Es erwies sich, daß wir mit dem Leichenbegängnis meines Mannes in all seinem Pomp einen großen Fehler gemacht hatten. Master Dallet war so in die Grube gefahren, wie er gelebt hatte, nämlich über seine Verhältnisse, und jetzt spielte er mir einen letzten Streich, und dabei hatte ich ihn im Geist schon zu einem viel netteren Ehemann werden lassen. Noch ehe die Gedenktafel an der Wand von St. Vedast angebracht worden war, kamen seine Gläubiger zu dem Schluß, daß er am Ende doch wohlhabend gewesen sein mußte. Ich lag noch immer im Kindbett, als sich der erste einstellte, ein Apotheker, bei dem er seine Farben gekauft hatte. Den bezahlte ich mit dem Rest der drei Pfund, denn er war eine ehrliche Haut, und obendrein hatte er ein so trauriges Gesicht und zwölf Kinder und eine kranke Frau, wie er sagte.

Ihm folgten die Schankwirte, die Freudenhausbesitzer und die Spieler, die Art Menschen, die man wirklich nicht achten kann, weil sie andere mit den Versuchungen des Teufels locken und sie dazu bringen, zuviel auszugeben und arme Witwen wie mich ins Unglück zu stürzen. Die erbosten mich, und daher drohte ich ihnen mit dem Gesetz und machte eine kleine Anzahlung, damit sie Ruhe gaben. Es waren so furchtbar viele, und ich verlor die Geduld, obgleich eine Witwe lieber beten sollte, statt sich herumzuzanken. Und als dann der Goldschmied kam und einen unbezahlten Ring zurückforderte, schrie ich ihn an: »Holt ihn Euch gefälligst von seiner Hure, Mistress Pickering!«, und Nan rief hinter ihm her: »Ihr solltet Euch schämen, eine arme Witwe zu belästigen, die gerade ihr einziges Kind verloren hat«, während er die Treppe hinunterlief. Dann kam ein Schneider und wollte Geld für Kleidung, die ich nie gesehen hatte, und ein Mann vom Mietstall Geld für Ausfahrten, die ich nie gemacht hatte. Mittlerweile war alles Geld dahin, auch alles aus der Börse des schuldbewußten Kapitäns.

»Oje, oje, sie schwärmen wie die Fliegen«, sagte Mistress Hull, die sich nach meinem Ergehen erkundigen wollte. »Gerade habe ich einen Notar und einen Tuchhändler die Treppe herunterkommen sehen. Sind hier oben noch mehr?«

»Im Augenblick nicht«, brummte ich.

»Mistress Littleton, ich weiß aus eigener trüber Erfahrung, daß es an der Zeit ist, Mistress Dallets Farben und persönliche Habe zu verstecken, sonst nehmen die Gläubiger ihr noch das letzte Hemd. Und wie kann sie malen, wenn sie nichts mehr hat?« Also machten sich die beiden an die Arbeit und trugen die Wollbahnen, das Nähzeug, die Staffeleien, den Tisch und die Farben die Treppe hinunter. Diese Arbeit sagte Mistress Hull zu, da sie es ihr erlaubte, unsere Habseligkeiten noch eingehender zu durchschnüffeln.

»Oh, was ist das? Eine Laute? Ich wußte gar nicht, daß Mistress Dallet spielen kann.«

»Meine Herrin spielt wie eine Dame und singt dazu, obschon sie seit ihrer Heirat mit diesem Bösewicht keine Note mehr gesungen hat.«

»Und was ist mit der Truhe hier? Die sieht mir schrecklich schwer aus. Fremdländisch, oder? Oh, was für hübsche Messingbeschläge.«

»Sie ist flämisch. Dort arbeitet man solche Dinge aufwendiger. Wir wollen versuchen, sie hinunterzuschaffen. Cat kann uns dabei helfen. Wenn wir sie leerräumen, bekommen wir sie vielleicht nach unten.« Und so räumten sie die Truhe leer und legten all die guten Porträtzeichnungen meines Mannes einfach auf den Fußboden, was irgendwie einer Entweihung gleichkam, aber noch schlimmer war es, daß sie auch *Das höchst erbauliche Leben der Heiligen Jungfrau und Gottesmutter* und den *Rathgeber für das treffliche Eheweib* dazulegten, auch wenn sie auf den Zeichnungen lagen. Ich meine, ich bin mit Büchern immer sehr achtsam umgegangen, weil sie voller Weisheit und mir Vorbild sind, nur daß überall, wo die Heilige Jungfrau wandelte, Rosen und Lilien sprossen, und das ist keinem Sterblichen gegeben, wie gut er auch immer sein mag. Gleichwohl ist das Buch voll von erbaulichen Beispielen für die heiligen Gedanken und die täglichen guten Werke der Jungfrau, was wiederum zu erhebenden Gedanken anleitet. Der Mann, der das Buch geschrieben hat, muß wirklich ein sehr bedeutender geistlicher Denker gewesen sein, denn so wie er beschreibt, was sich zugetragen hat, muß er die Heilige Jungfrau persönlich gekannt haben, und ihre vollendete Güte hat gewiß auf ihn abgefärbt.

»Und was für ein Bruchstück von einem Buch ist das hier? Es hat ja nicht einmal einen Deckel«, sagte Nan. Ich warf dem Ding einen schiefen Blick zu. Die Handschrift war ein Gekritzel, das kein normaler Sterblicher lesen konnte, auch wenn es Englisch gewesen wäre, was aber nicht der Fall war. Doch das Pergament war von allerbester Qualität, und die Ränder waren breit und wie neu.

»Ach, Master Dallet hat doch immer alten Kram mit nach Haus geschleppt! Wie die verrottete alte Büste, die er auseinandergenommen hat. Taugt zu gar nichts. Wirf es weg, Susanna.«

»Das Pergament ist sehr gut. Aus dem Grund hat er es gewiß haben wollen, nämlich um es zu schleifen und wieder zu verwenden. Vater hat immer gesagt, das ist ein knauseriger

Zug.« Angenommen, es kämen noch mehr Franzosen, die weitere Miniaturen haben wollten? Das Zeug da käme mir gut zupaß, denn so müßte ich kein Geld für Pergament ausgeben, was sehr teuer werden kann, wenn man sich mit den unterschiedlichen Qualitäten auskennt und nicht übers Ohr gehauen werden will. Ich könnte die Ränder einfach abschneiden, und auch die Mitte wäre gewiß noch zu gebrauchen. »Ich glaube, ich habe noch Verwendung dafür, Nan«, sagte ich.

»Was Knauserigkeit angeht, so ist Master Dallet unübertroffen, das kann man wohl sagen«, meinte Nan. »Packt es zu den anderen Sachen, einen Platz in der Truhe verdient es nicht.«

Mistress Hull hatte das Kinn in die Hand gelegt und betrachtete nachdenklich unseren Tisch. »Sie werden sich wundern, wenn kein Tisch und keine Stühle im Haus sind«, sagte sie. »Wir wollen doch niemanden mißtrauisch machen, oder? Die müssen wir dalassen.«

»Nehmt wenigstens den Teppich mit. Nach so etwas suchen sie nicht, da Master Dallet kein Testament und keine Inventarliste hinterlassen hat. Außerdem hat er Mutter gehört.«

Natürlich konnte sich Mistress Hull ein künstlerisches Urteil über die halbfertig hinterlassenen Gemälde meines Mannes nicht verkneifen, was wirklich sehr ungehörig ist, wenn man bedenkt, welch furchtbares Zeug ihr Seliger gemalt hat. »Du meine Güte!« platzte sie heraus. »Wenn das nicht ein scheußliches Werk ist. Master Dallet hätte grüne Erde als Untermalung wählen sollen. Mein Mann hat darauf geschworen.« Aha, das erklärt die grünen Heiligen, dachte ich. Der alte Master Hull hatte nicht die geringste Ahnung, wie man einen lebendigen Fleischton erzielt, nachdem er die Untermalung fertig hatte. Oder vielleicht war es sein Bindemittel, was die Farben nach dem Mischen so glanzlos machte. Ich verwende Vaters Bindemittel, es war sein Geheimnis, und nur Master Dallet und ich kennen es. Es gibt den Farben etwas Durchscheinendes und macht sie so dünn, daß man mit mehreren Lasuren einen leuchtenden Hautton aufbauen kann.

Vater hatte sein Bindemittel von seinen Reisen in Italien

mitgebracht; er hatte den Helfer im Atelier eines großen Künstlers bestochen und danach endlos damit herumexperimentiert und war selbst Alchimisten um noch seltsamere Ingredienzen für seine Versuche angegangen. Master Dallet hatte probiert, ihm das Geheimnis mit Geld aus der Nase zu ziehen, dann mit der höchsten Form der Schmeichelei: Er nahm Unterricht bei ihm, was für ein Mitglied der Zunft, die Vater niemals aufgenommen hätte, eine große Herablassung war. Doch erst als er mich heiratete, verriet Vater ihm endlich das Geheimnis, das zusammen mit seinem Unterricht, wie man Ähnlichkeit zum Modell erzielt, der Schlüssel zu Master Dallets ganzem Erfolg war.

»Und wer ist diese gräßliche Frau mit dem Drachenblick?«

»Die Gattin des Bürgermeisters.«

»Das sieht fertig aus.«

»Es ist auch fertig. Sie will es nicht annehmen.«

»Ach ja, das ist der Haken bei Porträts. Ein Heiligenbild nimmt jeder an. Aber ein Porträt? Man ist beleidigt, und der Maler bekommt keinen Penny für seine Mühe. Bei Porträts hat sich mein Seliger immer eine Anzahlung geben lassen. Hat behauptet, er müßte Material kaufen.«

»Das geht nicht, wenn man es mit hohen Herren zu tun hat. Zuweilen nehmen sie es sogar an und bezahlen dann doch nicht.«

»Warum hat es ihr nicht gefallen, abgesehen davon, daß es nicht lügt?«

»Sie hat gesagt, sie wäre viel schlanker geworden, seitdem er das Bild gemalt hat, und wollte es übermalt haben. Mein Mann hat gesagt, er würde den Teufel tun und diese alte Wildsau noch mehr verschönern, und das ist der Stand der Dinge.« Mistress Hull prüfte das Gemälde aus der Nähe, dann aus der Ferne. Sie klopfte mit dem Fuß auf den Boden. Mir wurde allmählich klar, warum Master Dallet trotz einer sehr mäßigen Begabung soviel Erfolg hatte.

»Hmm«, sagte sie. »Ich finde, da habt Ihr Eure erste Aufgabe. Macht die Taille der alten Schachtel schmaler, übermalt das

Doppelkinn und befreit sie von den Runzeln zwischen den Augenbrauen. Dann schicke ich meine Cat damit zum Haus des Bürgermeisters und lasse ausrichten, daß Master Dallet den Schaden noch gerade vor seinem Tod ausbessern konnte und sie ähnlicher malte. Dann sehen wir, was sich ergibt.« Mit einer lose sitzenden Haut kann man nicht lachen; sie wabbelt, vor allem am Bauch. Und so lachte ich nicht, ich lächelte.

»Eine ausgezeichnete Idee«, sagte ich. »Wollt Ihr einen Anteil?«

»Bei diesem noch nicht«, antwortete sie. »Wenn die Aasgeier den Leichnam erst einmal saubergepickt haben, sehe ich Euch schon auf dem Fußboden schlafen. Und was nutzt es Euch, wenn Ihr krank werdet?« Sie versteckten den Rest des Lebensnotwendigen, darunter auch das beste Federbett und unsere größeren Kochtöpfe, und überließen mich meinen Gedanken, wie rätselhaft die Ehe doch ist. Als mein Mann noch lebte, hatte ich kein Wörtchen mitzureden, wie er sein und auch mein Geld ausgab. Aber als er tot war, besaß ich seine Schulden, so als hätte ich das Geld selbst durchgebracht. Und über diese Situation schweigt sich der *Rathgeber für das treffliche Eheweib* aus, obschon sie etwas ganz Alltägliches sein muß, und ich finde, mit einer Welt, die eine Ehefrau nicht als menschliches Wesen gelten läßt, bis man Geld bei ihr eintreiben kann, mit der stimmt etwas nicht. Und es war ganz typisch für Master Dallet, daß er mir noch aus dem Grabe mit dem Schuldturm drohte. Das genaue Gegenteil des sagenhaften König Midas, bei dem alles, was er anfaßte, zu Gold wurde. Master Dallets Berührung verwandelte Gold in einen Schuldschein des Büttels.

Als letzter kam ein Advokat mit einer Papierrolle und zwei Arbeitern, und der war von allen am schlimmsten. Während die Arbeiter den Tisch und die Bank und die Bratpfanne hinaustrugen, schnüffelte der kalte, habgierige Kerl überall herum, durchwühlte die wenigen alten Sachen, die ich im Schrank gelassen hatte, und stöberte die Restbestände im Atelier auf der Suche nach etwas Wertvollem durch. Schließlich kam er wieder herein und stocherte mit seinem Stock unter dem Bett herum, fand jedoch nichts. »Keine Truhen?« fragte er. »Kein Silber? Keine alten Bücher?«

»Ihr seid zu spät gekommen«, sagte ich. »Die Aasgeier haben den Leichnam saubergepickt.« Noch nie habe ich einen Menschen so erregt gesehen. Sein schmaler kleiner Mund wirkte noch blutloser als zuvor, und er verdrehte die Schweinsäuglein.

»Er hatte etwas, was mir gehörte. Er hatte es . . . ausgeliehen. Es ist nicht da.«

»Was Ihr seht, ist alles, was noch da ist. Vielleicht solltet Ihr seinen Gläubigern nachsetzen, denn die sind die beiden letzten Tage durch das Haus marschiert.«

»Gläubiger – ja, das muß es sein«, brummte er.

»Master Ludlow, sollen wir das Bett mitnehmen? Sie liegt noch drin«, sagte einer der Arbeiter, der die Möbel hinausgetragen hatte und jetzt zurückkam.

»Das Bett auch«, sagte er mit kaltem, zornigem Blick.

»Ich bin Wöchnerin«, sagte ich. »Könnt Ihr es mir nicht noch ein paar Tage lassen?« Ich blutete noch immer und hatte schmerzhafte Nachwehen.

»Noch ein paar Tage, damit Ihr es verkaufen und mich um den Erlös betrügen könnt? Nein, es kommt mit.«

»Aber es war das Brautbett meiner Mutter«, protestierte ich und fing unwillkürlich an zu weinen, was ich gar nicht gern vor so schlechten Menschen wie dem da tue. »Mein Vater und meine Mutter sind in diesem Bett gestorben.« Selbst die Arbeiter blickten betreten.

»Schämt Ihr Euch denn gar nicht?« schrie Nan, die das Geschehen mit versteinerter Miene verfolgt hatte.

»Tut mir leid, aber Ihr müßt das Bett räumen«, sagte der Arbeiter mit dem grauen Bart. Als Nan mir aus dem Bett half, sah ich, wie der andere Mann den Blick abwandte. Dann hockte ich mich am Kamin auf den Fußboden, und sie bauten das große geschnitzte Bett auseinander, warfen das Stroh zu Boden und nahmen auch die Bettvorhänge und das zweitbeste Federbett mit.

»Vergeßt die Wiege nicht«, fauchte ich den Advokaten an, als er sich nach weiteren Wertgegenständen umsah. Ich merkte, wie es in seinen Augen beim Anblick der düsteren Wiege auffunkelte. Er zeigte sie dem jüngeren, rotbraun gekleideten Mann. Während der Arbeiter sie forttrug, wurde mir eigenartig leicht ums Herz, so als wäre mir eine geheime Last abgenommen. Ich lächelte, und der ältere Arbeiter blickte mich erstaunt an. »Auf der Wiege liegt ein Fluch«, sagte ich, »— und den hat er jetzt mitgenommen. Ich wünsche ihm viel Freude daran. In die Wiege werden nur Ungeheuer gelegt.« Ich brach in fiebriges Gelächter aus, und er machte das Zeichen gegen den bösen Blick.

Es hat etwas Befreiendes, wenn man alles verliert. Zunächst weint man, dann wird man ganz gefühllos, dann zählt man die Dinge auf, die man verloren hat, und überlegt, wie schlimm es wohl noch werden kann und daß man nie zurückbekommt, was man verloren hat. Danach wird einem sonderbar leicht zumute. Ohne die Dinge, die man seit langem besessen hat, ist man ein anderer Mensch, jeder Mensch, kein Mensch. Das ist ein wunderliches Gefühl und seltsam befreiend, so als wäre man betrunken und seiner Sinne nicht mächtig. Ich durchmaß das leere Zimmer mit wildem Haar und weichen Knien, und eine irre Heiterkeit packte mich. Am Fenster blieb ich stehen.

»Oh, sieh mal. Da kommt ein alter Kerl in langem Gewand auf unsere Haustür zu. Ei, weißt du was? Das ist die Tracht der Maler-und-Färber-Zunft. Wenn das nicht der Büttel ist, der auch Geld holen will.« Ich lachte schon wieder schallend, und als ich merkte, wie erschrocken Nan blickte, da lachte ich noch schallender. Und ich lachte noch immer, als sich der Schuldeneintreiber ernst und gravitätisch die Treppe hochmühte und mir in unserem leeren kleinen Vorzimmer einen Kondolenzbesuch abstattete.

»Ihr braucht mir gar nichts zu sagen«, lachte ich, »Master Dallet hat auch bei der Zunft geborgt.«

»Fünf Pfund, Mistress Dallet, für Materialien und Blattgold.«

»Dann nehmt die Wände mit, weiter ist hier nichts mehr zu holen.«

»Aber unsere Brüder von der Zunft haben uns mitgeteilt, daß Ihr eine schöne Messinggedenktafel gravieren laßt ...« Oh, diese Zünfte, dachte ich. Sie stecken alle unter einer Dekke. Mein Vater mußte außerhalb der Stadtmauer wohnen, damit sie ihm nichts tun konnten. Andernfalls schicken sie den Büttel und nehmen dem Ausländer die Arbeit weg und verbrennen sie. Natürlich nicht, wenn er einen hohen Gönner hat, der ihn schützt, aber zuweilen hilft selbst das nicht. Dann fiel mir Mistress Hull und ihr Plan ein, meine Arbeit als Nachlaß eines toten Zunftbruders auszugeben, und da freute ich mich, denn das geschah ihnen recht und war eine Genugtuung für Vater und all die armen Italiener und Franzosen, die Fahnen malen, die dann verbrannt werden, und die es nie zu einem anständigen Honorar bringen.

Der Schuldeneintreiber musterte den herumliegenden Abfall, denn das war alles, was es im Atelier noch zu holen gab. Eine leere Blase, aufgeschlitzt, und ein paar Lumpen in der Ecke. Aus einer umgekippten Flasche stieg uns beißender Terpentingeruch in die Nase. Auf den Borden lagen eklige Dinge, faule Eier, alte Muschelschalen, unbrauchbare Pinsel und ausgefranste Stücke von edelstem Pergament, die nicht mehr zu verwenden waren. »Hat er Euch nichts hinterlassen?« fragte er enttäuscht.

»Master Büttel, die Extrakerzen, die Gedenktafel, die gemieteten Leichenbitter, all das war ein Geschenk eines alten Bekannten von Master Dallet. Leider war mein Mann ein Verschwender, der mich in größter Not zurückgelassen hat.«

Als er den Groll in meiner Stimme hörte, drehte er sich zu mir um und sagte pietätvoll und heuchlerisch: »Mistress Dallet, auch wenn Euer Vater ein Ausländer war, so ist unsere Bruderschaft gleichwohl nicht so herzlos, als daß sie Witwen und Waisen der Zunft die Unterstützung versagen würde. Während Ihr zwischen Leben und Tod geschwebt habt, haben wir einen Arzt an Euer Bett geschickt. Und ich bin gekommen, um Euch zu sagen, daß Ihr die oberen Räume auf Lebenszeit bewohnen dürft, die, wie Ihr wißt, der Zunft gehören, desgleichen werden Euch auf unsere Kosten Kerzen und Feuerholz geliefert, solange Ihr Euch nicht wieder verheiratet. Aber ich war nicht darauf gefaßt, Euch so ausgeplündert anzutreffen. Das hier«, und damit zeigte er auf den kahlen Raum ringsum, »ist eine Schande für die Bruderschaft. Master Dallet war ein bedeutender Mann, ein Mann mit Phantasie, eines Oberhofmalers würdig, und das wäre er zweifellos eines Tages auch geworden. Doch nun, gemeuchelt von gemeinen Räubern – eine Tragödie. Und für uns eine noch größere Tragödie, als Ihr wissen könnt. Sein vorzeitiger Tod hat dazu geführt, daß er das Geheimnis seines Bindemittels mit ins Grab genommen hat.« Ha, ha. Das erklärt seine Herumschnüffelei im Atelier, dachte ich bei mir. Hier scheint jeder etwas anderes zu suchen.

»Bindemittel?« fragte ich mit groß aufgeschlagenem Unschuldsblick.

»Gewiß hat er Notizen hinterlassen . . .«

»Master Dallet war Maler, kein Schriftsteller. Er hat nichts als Skizzen hinterlassen. Die mußte ich zum Feueranzünden verwenden, doch viel getaugt haben sie nicht. Sie sind zu schnell verbrannt.« Ich muß zugeben, wenn man die dumme Gans spielt, hat man seine Ruhe. Mehr erwartet ohnedies keiner von einer Frau, und die einzige Gefahr besteht darin, daß man sich daran gewöhnt, und das wäre angesichts dieser gefährlichen Zeitläufe wirklich fatal.

»Mein Gott, diese Frauen! Sie würden noch die Sibyllinischen Bücher verbrennen und sich über den üblen Geruch beschweren. Nein, woher solltet Ihr auch etwas wissen? Wenn Ihr die Rezeptur hättet, sie wäre uns ein hübsches Sümmchen wert. Die Zunftversammlung hatte bereits getagt und beschlossen, ihm das Geheimnis abzukaufen. Doch er war immer so beschäftigt, nie hatte er Zeit . . .« Ha, genau das gleiche habt ihr bei Vater versucht. Und genau wie Vater hat er euch hingehalten. Er mußte mich erst heiraten, um es zu bekommen, und dabei hatte er mich nicht einmal gern.

»Ach, das ist wirklich jammerschade und für jeden von uns eine Tragödie.« Der Büttel hatte noch nicht einmal den Anstand, verlegen auszusehen. Der sitzt arg in der Klemme, dachte ich. Ich könnte ihm ja das Bindemittel verkaufen, wenn sie mir nur glauben würden, aber mir würden sie wohl kaum zahlen, was Master Dallet bekommen hätte. Und, oje, Vaters rächender Geist würde aus dem Grab kommen, falls einer der alten Knacker von der Zunft, wie er sie immer nannte, sein größtes Arbeitsgeheimnis in die Hände bekäme. Ein Geheimnis muß ein Geheimnis bleiben und ist wahrscheinlich das Wertvollste, was er mir vermacht hat, abgesehen von zwei leergeräumten Zimmern, zehn Schilling, meinen Malutensilien und einer Laute, die ich angesichts der Sorgen, die selbst einen starken Mann in die Knie zwingen würden, nicht mehr anrühren mochte.

»Mistress Dallet, mit Verlaub, Ihr seid jetzt zwar gramgebeugt, aber Ihr seid doch noch jung. Ihr könntet Euch wieder verheiraten.«

»Wer würde mich wohl nehmen? Master Dallet hat mein Erbe und meine Mitgift durchgebracht. Was Ihr hier seht, ist alles, was mir geblieben ist.«

»In so kurzer Zeit? Ei, er war doch kaum ein Jahr verheiratet.« Er schüttelte den Kopf und musterte mich, als wäre ich eine Milchkuh, die zum Verkauf stand. »Gleichwohl«, sagte er, und jetzt klang seine Stimme väterlich und berechnend zugleich, »Ihr seid nicht unansehnlich. Und wer so in Bedrängnis ist wie Ihr, sollte bedenken, wie vorteilhaft eine erneute Heirat wäre. Ein älterer Witwer vielleicht, mit Familie, das wäre doch eine vortreffliche Partie . . .« Er strich sich nachdenklich den grauen Bart. »Gebt die Hoffnung nicht auf, Mistress Dallet. Gebete werden erhört.« Der alte Kuppler blickte so knauserig, daß mir das Herz in die Schuhe sank. Ich stellte mir nämlich einen alten Mann vor, dem bereits zwei Frauen an Überarbeitung gestorben waren, mit einem Dutzend Kinder, die ich aufziehen sollte, und der nach einer ehrbaren jungen Frau Ausschau hielt, die so verzweifelt war, daß sie ihm im Austausch für eine langweilige und lieblose Ehe das Haus führte und das Bett wärmte. So ist das also, wenn man Witwe ist, dachte ich. Und es ist weiß Gott noch unangenehmer, als es im letzten Teil vom *Rathgeber für das treffliche Eheweib* geschildert ist, und der ließ mich meiner Meinung nach allmählich ganz schön im Stich. In weniger als einem Jahr war ich auf dem Heiratsmarkt Gebrauchtware geworden. Nie wieder Musik unter dem Fenster, nie wieder Blumen, nie wieder flehentliche Bitten an den Vater. Nur noch ein scheußlicher, erniedrigender Handel, als heuerte man einen Pächter für sein Land an. Mir war zumute, als wäre ich vom Rand der Welt gefallen.

Kapitel 5

Die Kerzen waren heruntergebrannt, und man hatte die Musiker fortgeschickt, als sich die Unterhaltung der Abendgesellschaft dem Übernatürlichen zuwandte. Mutter Guildfords gestrenger Blick, der das Thema Galanterie gleich im Keim erstickt hatte, wurde weich, da sie zu gern erbauliche Geschichten über Geistererscheinungen hörte. Die Damen der Prinzessin blickten sich mit großen Augen an, und der Herzog von Suffolk, ein routinierter Herzensbrecher, nutzte die kurze Unaufmerksamkeit der alten Anstandsdame und warf der Prinzessin einen feurigen Blick zu. Mary Tudor errötete zart, doch ihre leuchtenden Augen erwiderten den Blick. Jane Popincourt, ihre Französischlehrerin und Hofdame, begann mit der erstaunlichen Geschichte von einem Spinnrad, das jede Nacht in der Wand eines Schlafzimmers zu hören war, das sie einst bewohnt hatte.

»O ja, ich weiß noch, wie ärgerlich Ihr wart, weil Ihr keinen Schlaf finden konntet«, rief die Prinzessin.

»Und ich war es, die die Maurer holte und sie die Wand aufstemmen ließ. Und was glaubt Ihr, haben sie gefunden?« Mutter Guildford schenkte der ehrfürchtig lauschenden Runde einen erwartungsvollen Blick. Nach einer dramatischen Pause fuhr Jane fort: »Eine versiegelte Kammer mit einem verstaubten, unbenutzten alten Spinnrad, das ganz voller Spinnweben war. Wir haben den Priester gebeten, die Akten durchzusehen, und haben herausgefunden, daß eine Frau, die für die Königin gesponnen hatte, in jenem Zimmer gestorben war.«

»Mit Verlaub«, schnitt ihr Suffolk, ein grobschlächtiger,

kräftig gebauter Mann, das Wort ab, »warum sollte ein Geist, der von allen irdischen Sorgen befreit ist, mit einer so leidigen und mühseligen Arbeit fortfahren? Nein, Geister kehren nur dann zurück, wenn sie eine Botschaft für die Lebenden haben – oder vielleicht nach Rache dürsten.«

»Da ergibt sich doch die Frage, ob im Spinnen nicht auch eine Botschaft liegt.« Der junge Herzog de Longueville, den man kürzlich in der Schlacht von Guinegate gefangengenommen hatte, der jedoch alle Freiheiten eines höfischen Edelmannes genoß, bis sein Lösegeld bezahlt war, konnte es kaum erwarten, der Gesellschaft seine eigene Geschichte zu erzählen. »Ich glaube, wenn Geister am Werke sind, dann immer mit einer Absicht. So gibt es beispielsweise in dieser Stadt jemanden, den ich . . . sehr gut . . . kenne, und der hat von einer höchst ungewöhnlichen Geistererscheinung gehört.«

»Oh, erzählt!« rief die Prinzessin und klatschte in die Hände.

»Anscheinend gab es in dieser Stadt einen jungen, sehr gutaussehenden Maler mit einer einzigartigen Begabung zum Porträtmalen. Er war frisch verheiratet mit einer schönen Frau, der er treu ergeben war und die ihr erstes Kind erwartete –«

»Ah, dann ist es eine Liebesgeschichte«, rief die Prinzessin. Mutter Guildford warf de Longueville einen grimmigen Blick zu, der selbst einen Löwen mitten im Sprung gezügelt hätte, doch er ließ sich nicht beirren.

»So ist es«, bestätigte de Longueville munter. »Aber eine mit ungewöhnlichem Ausgang. Dieser Maler, der erst kürzlich seinen Meister gemacht hatte, war hoch verschuldet. Doch er war ein Glückspilz, denn ein hoher Herr erteilte ihm den fürstlichen Auftrag, ein kleines Gemälde nach einem großen zu malen, ein Kleinod sozusagen.« Die Runde beugte sich vor, und Suffolk stützte die Ellenbogen auf den Tisch. Der Franzose verstand sich aufs Erzählen. »Am folgenden Tag kehrte der hohe Herr zurück und traf draußen vor der Tür einen Geistlichen, der einer frisch Verwitweten Beistand leisten wollte, deren Ehemann in der Nacht zuvor bei einer Straßenschlägerei ermordet worden war. Es war der Künstler, den man genau an dem Abend umgebracht hatte, als der Auftrag erteilt wurde, während seine Witwe nichtsahnend auf seine Rückkehr wartete.«

»Ach, ist das traurig«, sagte Mistress Popincourt. »Viel zu traurig für eine Liebesgeschichte.« Mutter Guildford fuhr sich mit dem molligen Zeigefinger verstohlen über die Augenwinkel.

»Stellt Euch die Bedrängnis des Edelmannes vor, als ich – äh, er feststellte, daß das Kleinod unmöglich fertiggestellt sein konnte. Gleichwohl fand er, als er das Atelier des Künstlers betrat, ein Meisterwerk vor, das vollkommener war, als es irdische Hände erschaffen können.« Die Gesellschaft hielt einhellig den Atem an. »›Woher stammt dieses Kleinod?‹ fragte der Edelmann. Und die junge Frau des Künstlers, die noch immer nichts von ihrem großen Verlust wußte, sagte, ihr Mann sei an diesem Morgen lautlos gekommen, habe den ganzen Tag ohne Speis und Trank gearbeitet und sei nach getaner Arbeit genauso lautlos verschwunden. Die Frau argwöhnte nichts, doch der Edelmann wußte sofort: Es war der Geist ihres toten Mannes, der, treu bis über das Grab hinaus, zurückgekehrt war, um den Auftrag auszuführen und für sie und das Kind zu sorgen.«

»Erstaunlich!« rief ein anderer Edelmann.

»Und so rührend. Ach, wie schlecht die Welt auch sein mag, es gibt noch immer wahre eheliche Liebe.« Mutter Guildford wischte sich ein paar dicke Tränen ab.

»Hier, in dieser Stadt, sagt Ihr?«

»Wer das wohl gewesen sein mag. Habt Ihr nicht gesagt, Ihr hättet den Mann gekannt?«

»Da es um die Ehre einer Dame geht, habe ich Stillschweigen geschworen«, sagte de Longueville und war mit dem Aufsehen zufrieden, das er erregt hatte.

»So sagt schon«, beharrte Jane Popincourt, »der hohe Herr, das wart Ihr, nicht wahr?« De Longueville räkelte sich gesättigt und nackt auf dem großen Bett und lehnte sich in die Kissen zurück. Obschon die schweren Samtvorhänge ganz zugezogen waren, bedeckte sich Mistress Jane statt mit dem Hemd züchtig mit dem Bettlaken. De Longueville lächelte verschmitzt und zog daran.

»Laßt mich noch einmal sehen«, sagte er.

»O nein, nicht ehe Ihr gestanden habt«, rief sie mit gespielter Schamhaftigkeit.

»Nun, dann bin ich geständig: Ich war es«, sagte de Longueville und zupfte an dem Laken.

»Aber wer war die Frau?« sagte Mistress Jane auf einmal erschrocken und hielt das Laken mit beiden Händen fest. »Undankbarer! Ihr habt eine andere!«

»Zusätzlich zu Euch, die mein ein und alles ist?« neckte er sie. »Das sei ferne von mir, meine süße kleine Jeanne.« Doch als er ihre Miene sah, fuhr er ernster fort: »Ich habe im Auftrag von jemand – anders – gehandelt. Die Frau ist eine hochgestellte Edeldame, bitte verzeiht, aber ich habe geschworen, ihren Ruf zu schützen.« Auf einmal mißtraute Mistress Jane seinem sinnlichen Lächeln, seiner einschmeichelnden Stimme. Blitzten diese dunklen Augen allein bei ihrem Anblick auf? Sie musterte sein Gesicht, wollte eine verborgene Bedeutung ablesen. Hatte sie nicht alles für dieses Stelldichein aufs Spiel gesetzt? Wenn etwas durchsickerte, riskierte sie ihren Ruf und ihre Stellung bei der Prinzessin. Er könnte über sie klatschen, wenn er sie verließ. Männer, ach, ihnen ist nicht zu trauen, dachte sie. Als ob ein Mann jemals widerstehen könnte, mit einer Eroberung zu prahlen. Hast du nicht erlebt, wie er das Geheimnis eines anderen verraten hat, nur um auf einer Abendgesellschaft zu glänzen. Nein, wenn er den Mund halten soll, muß ich ihn tiefer verstricken, dachte sie. Sie lächelte und schob das Laken beiseite.

»Schön«, sagte er, »Ihr seid reizvoller als Venus selbst.« Und während er sich zu einer zweiten Runde in Sachen Liebe bereit machte, beschloß sie, seinen Diener zu befragen, die Witwe ausfindig zu machen und herauszufinden, wessen Bildnis der Geist gemalt hatte. Da sie wegen ihrer Sorgen nicht so ganz bei der Sache war, konnte er sie entschieden weniger befriedigen als zuvor. Doch de Longueville, der seine Mätressen gern verunsicherte, freute sich über ihre Reizbarkeit und ließ sich von der Leidenschaft hinreißen und von den fein gesponnenen Geheimnissen ablenken, die er so kunstgerecht vor ihr verbarg. Das allerneueste war die Versendung eines Miniaturporträts von Mary Tudor, der Schwester des Königs, an Louise von Savoyen, die Mutter des französischen Thronerben, denn das hatte diese äußerst ernst zu nehmende und ehrgeizige Dame angefordert.

Thomas Wolsey, Almosenpfleger des Königs, Mitglied des Kronrats, Bischof von Lincoln und im letzten Krieg gegen Frankreich Befehlshaber des Nachschubs, saß in seinem Studierzimmer in Brideswell, als man Robert Ashford, seinen Privatsekretär, meldete und dazu einen Priester, den Beichtvater von Jane Popincourt. Wolsey beriet sich gerade mit dem Küchenchef seiner Privatküche, der in einem Haushalt, in dem höchster Wert aufs Essen gelegt wurde, eine Persönlichkeit von großer Wichtigkeit war. Entsprechend war der Küchenchef in damastenen Satin gekleidet, trug eine goldene Kette um den Hals und benahm sich mit dem Selbstvertrauen eines Mannes, der über zwei Meisterköche für die Herrentafel, zwei Küchenaufseher, vier Küchendiener, zwei Gehilfen im Anrichteraum, einen Gehilfen in der Spülküche und einen Gehilfen in der Besteckspülküche gebot, ganz zu schweigen von einem Heer niederer Küchenjungen, Männer, Frauen und Kinder.

Wolseys Umfang machte seine Leidenschaft für eine gute Tafel anschaulich, doch unter dem üppigen Fleisch und der scheinbaren Gesundheit verbarg sich eine schwache Verdauung, und um die drehte sich alles. Der Küchenchef der Privatküche hatte dafür zu sorgen, daß der Verdauungstrakt seines Herrn wie ein gut geöltes Uhrwerk arbeitete, denn solange die Wolsey-Uhr funktionierte, gedieh das Königreich. Wolsey war die geheime Macht, die sich seit dem Tode des schlauen, knauserigen alten Königs, der Heinrich VIII. gezeugt hatte, um

Englands Zukunft kümmerte. In Wolseys fähigen Händen lag alles, was ein vergnügungssüchtiger junger König üblicherweise vernachlässigte. Immer wenn es Gesetze zu bedenken, Verträge abzuwägen, Papiere vor der Unterschrift zu prüfen galt, kurzum, wenn langweilige Arbeit im Studierzimmer drohte, war der König heilfroh, daß Wolsey ihm die Steigbügel hielt und zu ihm sagte: »Laßt Euch durch diese Angelegenheit nicht von der Jagd abhalten, Euer Majestät. Geht Eurem königlichen Vergnügen nach, während ich, Euer demütiger Diener, die langweiligen Pflichten des Kronrats auf mich nehme und Eure Geschäfte ganz in Eurem Sinne erledige.«

Und Wolsey hatte die langweiligen Geschäfte so gut im Sinne des Königs erledigt, daß langweiliges Geld, langweilige Herrenhäuser und langweilige Bistümer wie reifes Obst in die beflissenen, wenn auch molligen Hände des Almosenpflegers gefallen waren. Augenblicklich nahmen zwei Großprojekte ganze Fächer des mit vielen Schubladen versehenen, ewig berechnenden Hirns in Anspruch, während das morgige Bankett in einer Schublade abgelegt wurde, die man »Verschiedenes, ständig Wiederkehrendes« nennen konnte. Bei dem ersten Projekt handelte es sich um die Suche nach einem Herrenhaus in der Nähe der Hauptstadt, jedoch ohne Pestilenzluft. Wolsey fürchtete sich vor Krankheit, wie sich nur ein Mann mit vielschichtigen und weitreichenden Plänen fürchten kann. Und so beschäftigte er Vorkoster, stellte Ärzte ein und ließ Wasser aus weit entfernten Quellen heranschaffen. Der Gedanke, daß etwas so Gewöhnliches wie vergiftete Luft seine prächtigsten Pläne zunichte machen könnte, war sozusagen Majestätsbeleidigung; er bevorzugte ebenbürtige Feinde. Er hatte sich einen Pachtvertrag für einen Herrensitz am Fluß verschafft, der Hampton Court hieß und wo die Luft seinen Ärzten zufolge bekömmlich sein sollte; jetzt plante ein Teil seines Hirns eine Residenz, die seiner Prächtigkeit würdig wäre.

Das zweite Projekt war nicht so persönlich, lag ihm aber gleichwohl genauso am Herzen: Es ging um eine vollständige Neuordnung der europäischen Mächte, natürlich zugunsten

Englands. Das Herzstück seines Plans war ein Bündnis mit Frankreich, Englands größtem Feind, als Gegengewicht zu Spanien und dem Heiligen Römischen Reich. Der Schlüssel zu dem Plan war jedoch eine Frau, nein, eher ein kokettes, unbeschwertes, verwöhntes Mädchen von siebzehn Jahren, Mary Tudor, die jüngere Schwester des Königs. Gerade als sich Wolsey den Kopf darüber zerbrach, wie er sein Projekt angehen sollte, war die Gemahlin des Königs von Frankreich gestorben, was ihm wie gerufen kam. In Geheimverhandlungen (und hier war ihm de Longueville wirklich zupaß gekommen!) hatte Wolsey dem französischen König Heinrichs frisch verwitwete Schwester Margaret, die Königin von Schottland, angeboten. Doch der alte König hatte sie abgelehnt. Die Königin, so sei ihm zu Ohren gekommen, wäre korpulent und zählte bereits fünfundzwanzig Jahre.

Wolsey hatte abgewartet wie die Katze vor dem Mauseloch, während der alte König andere Bräute prüfte und verwarf. In aller Ruhe taxierte er den Alten: ein Mann, der versucht, seine verlorene Jugend zurückzugewinnen, so überlegte der durchtriebene Prälat. Er will Schönheit, er will Leichtfertigkeit, er redet sich ein, daß er das alles nur wegen eines Erben tut. Mit beinahe satirischer Geschicklichkeit hatte der Almosenpfleger des Königs den allerbesten Köder vor seiner Nase baumeln lassen: Er hatte angeboten, das Bündnis zwischen Frankreich und England mit der schönsten und leichtfertigsten Prinzessin Europas zu besiegeln. Der französische König zögerte; Wolsey schickte ihm per Geheimkurier ein lebensgroßes Porträt ihres Kopfes in Dreiviertelansicht, mit leicht geöffneten Lippen, einladend schimmernden Augen unter langen Wimpern (es hatte nicht geschadet, daß der Meister, der es malte, recht gut aussah und eine Schmeichelzunge besaß). Das Gemälde war dazu gedacht, das Blut des alten Mannes in Wallung zu bringen. Bei dem Gedanken mußte Wolsey lächeln. Selbst sein französischer Kundschafter, dem man das Porträt übergeben hatte, war der Bewunderung voll. Ein äußerst heikles Unterfangen, das brillant gelungen war. Und er hatte unter großer Geheimhaltung arbeiten müssen, damit der Schwiegervater des englischen Königs, der König von Spanien, nicht zum Gegenzug ausholte, denn der hatte seine Spione überall!

Nachdem das Bankett durchgesprochen war und es in allen Gehirnschubladen summte, verabschiedete Wolsey seinen Küchenchef. Der Almosenpfleger des Königs erwartete in Kürze de Longueville mit guten Nachrichten aus Frankreich, hoffentlich. Statt dessen kamen Master Ashford und ein Priester, dessen Name Wolsey hätte einfallen sollen, auf den er aber im Augenblick nicht kam. Als man seinen Sekretär und den Beichtvater vorließ, blickte Wolsey betont von Papieren auf, mit denen er sich angeblich beschäftigte, und tat damit kund: Beeilt euch bitte.

»Euer Gnaden haben mich gebeten, über neue Entwicklungen im Fall de Longueville zu berichten. Ich bin gekommen, weil ich Grund zu der Annahme habe, daß er insgeheim mit Frankreich korrespondiert.« Master Ashford war unwillkürlich bänglich zumute. Er war zwar jung und ein Draufgänger und vergleichsweise neu in bischöflichen Diensten, hatte jedoch schon begriffen, daß man auch die gefährliche Kunst beherrschen mußte, den Großen dieser Welt schlechte Nachrichten zu überbringen. Und bei seiner Tätigkeit als privater Kundschafter, Laufbursche und Briefeschreiber in vier Sprachen hatte er bereits die völlige Skrupellosigkeit erkannt, die sich unter Wolseys seidig anmutendem Ehrgeiz versteckte. Daß er jedoch mit dem Beichtvater und den Geheimnissen vorstellig wurde, die er von ihm erfahren hatte, dafür gab es auch ein privates Motiv, und das lohnte das Risiko: Er wollte seinen Hauptrivalen ausstechen, Wolseys anderen Privatsekretär, diesen glattzüngigen George Cavendish, diesen Schönredner, der schon in der Wiege eine Hofschranze gewesen war und Ashford ungerechterweise um die ihm gebührende Anerkennung brachte. Jetzt wollte er mit einem einzigen Coup in der Gunst seines Herrn höher als jener steigen.

Der Priester, dem Master Ashford mit Silberzunge, Goldmünzen und Versprechungen auf die Gunst des mächtigen Bischofs das Geheimnis aus der Nase gezogen hatte, schien unter Wolseys kaltem Blick plötzlich zu schrumpfen.

»Gewiß ist er zu vorsichtig, als daß er einen Geheimplan in den Beichtstuhl brächte. Seid Ihr überzeugt, daß es sich nicht um oberflächliche Privatkorrespondenz handelt?« Wolseys Stimme klang eisig.

»Nicht er hat gebeichtet, sondern Mistress Popincourt, die ganz verrückt vor Eifersucht ist, weil er sich heimlich das Porträt einer anderen beschafft hat«, unterbrach Ashford. Wolsey wandte ihm sein gutes Auge zu und schenkte ihm einen Fischblick. Das macht das rote Haar, dachte er, und da ihm selbst beim Kämmen immer mehr Haare ausfielen, musterte er gereizt Ashfords volle, ungebärdige kastanienbraune Lockenpracht. Das macht ihn unbesonnen. Was er braucht, ist Gesetztheit, Reife. »Der Priester hier wird es bestätigen«, sagte Ashford. Und zu beflissen ist er auch, dachte Wolsey. Wie ein Welpe. Findet einen verfaulten Knochen und glaubt, ich bin interessiert. Er muß noch geschult werden. Der Priester nickte zu Ashfords Worten.

»Eine andere Frau? Welche andere Frau?« Wolseys Neugier war geweckt. Gut, dachte Ashford, er hat angebissen. Jetzt haben wir gewonnen. Und vor seinem inneren Auge tanzte Cavendishs hochmütige, verärgerte Miene. Das nächste Mal, mein lieber Cavendish, wird Ashford hinter dem Bischof schreiten und den Federkasten und das Protokollbuch zum Kronrat tragen, nicht du.

»Hört mich zu Ende an, vielleicht zieht Ihr dann ähnliche Schlüsse wie ich.« Am besten nicht gleich mit allem herausrükken, dachte Ashford. Eine harte Lehre im Ausland, wo er skrupellose Machtmenschen beobachten konnte, hatte aus Ashford einen Fachmann dafür gemacht, den richtigen Zeitpunkt abzupassen. Diese Gabe war für einen Mann, der mit sechzehn Jahren beim Tod seines Vaters zehn Pfund und ein Pferd geerbt hatte, von großem Nutzen, fast so nützlich wie seine saubere Handschrift und die Sprachbegabung, die er während seiner kurzen Laufbahn als Söldner in fremden Diensten entdeckt hatte. Gott und das Glück waren immer auf seiner Seite gewesen, und so hatte er es zu einer ausgezeichneten Stellung gebracht, doch für Ashford war Glück eine Selbstverständlichkeit, er hatte es irgendwie gepachtet, zumindest aber stand es ihm zu. Alles eine Sache der Strategie, dachte er und freute sich, daß sein Plan aufging. Man weckt Interesse, ohne alles zu verraten. Es glich der Einnahme eines Arsenals, ohne daß dabei das Pulver hochging.

Wolsey vergrub das Kinn in der Hand und lauschte. Sein rechtes Lid hing herunter, und das wirkte unheildrohend auf den Beichtvater und schien ihm die Sprache zu verschlagen. Ashford hielt inne, fuhr dann aber fort. »Bei einem Abendessen in Greenwich überredeten die Gäste de Longueville, eine Gespenstergeschichte zum besten zu geben. Anscheinend hat ein gewisser Edelmann einem gewissen Maler in der Stadt den Auftrag für eine Miniatur nach einem lebensgroßen Leinwandgemälde erteilt –«

»Ja, ja, fahrt fort.« Wolseys Geduld reichte nicht für langatmige Geschichten.

»Als er zurückkehrte und die Miniatur abholen wollte, traf er vor dem Haus des Künstlers einen Priester, der die Frau des Künstlers gerade davon unterrichten wollte, daß ihr Mann in der Nacht zuvor am anderen Ende der Stadt ermordet worden war. Doch wie staunte der Edelmann, das Porträt war dennoch fertig. Die ahnungslose Frau erklärte, ihr Mann sei in Geistergestalt zurückgekehrt und habe das Werk vollendet.«

»Geistergestalt, ha«, höhnte Wolsey. »Der Mann hatte einen Lehrjungen, der die Arbeit fertigstellte, und die Frau drehte ihm eine Lehrlingsarbeit für ein Meisterhonorar an.«

»Das war auch mein erster Gedanke, Euer Gnaden. Ihr wißt ja, wie leicht erregbar Franzosen sind. Das Bildnis soll jedoch ein Meisterwerk allererster Güte sein.« Ashford verzog das Gesicht und gab die drollige Nachahmung eines französischen Kunstkenners. Auch wenn er sich noch so sehr um den gebührenden Ernst bemühte, er konnte nicht verbergen, daß ihm ein gelungener Streich gefiel. Und genau dieser Charakterzug hatte Wolsey bewogen, ihn einzustellen. Er war der Kundschafter schlechthin. Wolseys beste Pläne hatten immer etwas von einem Streich an sich, und da sich die beiden auf dieser Ebene verstanden, gelang es Robert Ashford, so zu handeln, als wäre Wolsey nicht fern, sondern leibhaftig zugegen. Es war eine Begabung, die Wolsey schätzte und zugleich verachtete, so wie man einen etwas unguten Charakterzug verachtet, den man eigentlich hätte ablegen sollen, als man es in der Welt zu etwas brachte. Ashford mit seinem lebendigen, klugen Gesicht, den haselnußbraunen Augen und dem ungebärdigen kastanienbraunen Lockenschopf würde stets anecken und nie elegant wirken, während Cavendish wiederum mit seinem weichen, hellen Aussehen und der gelassenen, ritterlichen Veranlagung Wolsey das Gefühl vermittelte, heiter und Gott gleich zu sein.

»Natürlich.« Wolsey reagierte auf den übereifrigen Welpen, den er da vor sich hatte. »Was sonst würde die Geschichte so wunderbar abrunden? Aber fahrt fort.« Wolsey interessierte sich wider Willen. Er machte es sich auf seinem großen Stuhl bequemer. Gut, er hängt am Haken, dachte Ashford.

»Mistress Popincourt erriet durch einen Versprecher, daß der beteiligte Edelmann de Longueville war, und kam zu dem Schluß, er hätte eine andere Mätresse, eine, die höher in seiner Gunst stand, denn wann hätte er je ihr Porträt um den Hals getragen? Sie durchsuchte seine Sachen, fragte seine Dienerschaft vorsichtig aus und stellte fest, daß er in der Tat ein Porträt hatte malen lassen und auch drei Pfund dafür gezahlt hatte, und das machte sie noch zorniger. Doch das Porträt befand sich nicht in seinem Besitz. Aus dem Diener bekam sie nicht mehr heraus, der bekreuzigte sich nur, um den bösen Geist abzuwehren. Ich war jedoch neugierig geworden, stellte Nachforschungen an und fand heraus, daß de Longueville eine Kuriertasche nach Dover geschickt hatte – Inhalt: eine kleine Schachtel, die in gewachste Seide eingenäht war –«

»Das Porträt.«

»So ist es. Es wurde einem französischen Kapitän anvertraut, der es Louise von Savoyen überbringen sollte.« Mitten ins Schwarze. Ashford blickte heiter und gelassen.

»Louise von Savoyen? Der französische Herzog spielt ein doppeltes Spiel mit mir!« sagte Wolsey wütend und stand jäh auf. »Dann muß das Porträt –«

»Euer Gnaden, einen Augenblick, und Ihr wißt es genau.«

»Was meint Ihr damit?«

»Euer Gnaden, da ich weiß, wie Ihr in solchen Angelegenheiten denkt, und da ich Euch in allem getreulich diene, habe ich einen Schnellkurier hinterhergeschickt und das Schiff abfangen lassen. Mein Diener hat den Diener des Kapitäns bestochen und das Päckchen sichergestellt, sozusagen ausgeliehen –«

»Brillant! Ashford, ich prophezeie Euch eine große Zukunft.«

»– und hier ist es.« Ashford zog einen Lederbeutel hervor und legte ihn mitten zwischen die Papiere und Depeschenbehälter auf Wolseys riesigen Eichenschreibtisch. Der kecke junge Sekretär sah, wie es in Wolseys Auge unter dem finsteren Hängelid aufblitzte; erleichtert erkannte er das unmerkliche Lächeln und die Tatsache, daß sich der Bischof um eine gelassene Stimme bemühte, als er sagte: »Mein lieber Master Ashford, würdet Ihr die Güte haben, diesen trefflichen Priester nach draußen zu begleiten und meinen Geheimschreiber zu rufen?«

Der Schreiber, ein junger Priester und kundig im Entschlüsseln abgefangener Korrespondenz, löste die Siegel mit geübter Hand, ohne sie zu beschädigen, und durchtrennte dann behutsam die Fäden der gewachsten Seide, in die die Schatulle fest eingenäht war. Drinnen befanden sich ein mehrfach gefalteter, verschlüsselter Brief und ein schlichter runder Behälter von ungefähr zwei Zoll im Durchmesser.

»Der Schlüssel ist einfach de Longuevilles gewohnter, Euer Gnaden«, sagte der Schreiber, der seine Entschlüsselungsutensilien mitgebracht hatte. Er entzündete eine Kerze am Feuer und erhitzte den Brief vorsichtig, denn er konnte in verborgener Schrift aufgezeichnet worden sein, dann machte er sich an die Arbeit. In der Stille hörte man nur seinen Gänsekiel kratzen, während Wolsey die Schatulle mit der geübten Behutsamkeit des großen Kunstkenners öffnete. Doch selbst ihm verschlug es den Atem, als er das schimmernde kleine Bildnis im Innern des gedrechselten Holzkastens erblickte.

»Die Prinzessin Mary, wie ich vermutet hatte«, sagte er. »Louise von Savoyen möchte wissen, wie ihre Feindin aussieht.« Er hielt die Schatulle schräg und ließ das Licht in einem anderen Winkel einfallen. Wolsey hielt sich für einen hervorragenden Kenner in allem, was in der bildenden Kunst und Musik erlesen war, so wie es sich für einen Kirchenmann von Rang geziemte. »Es ist eine Kopie von Dallets Porträt. Doch sie übertrifft das Original, was für eine Kopie höchst erstaunlich ist.« Er hielt das Porträt dichter an sein gutes linkes Auge. »Und meiner Ansicht nach nicht von Dallets Hand.« Er winkte seinem Geheimschreiber, und der wußte auf der Stelle, was er wollte, und reichte dem Bischof das Vergrößerungsglas. »Seht her«, sagte Wolsey und betrachtete die Miniatur durch das Glas, »die Arbeit ist zierlicher. Seht Ihr die Schraffur unter dem Kinn? Fast unsichtbar, so fein sind die Striche. So arbeitet in England niemand. Ja, vermutlich stellt sich heraus, daß Dallet einen fremdländischen Lehrjungen hatte – einen, der ihn übertroffen hat und dessen Namen er aus Neid verschwieg.«

»In der Tat höchst kunstvoll gefertigt«, sagte der Geheimschreiber, der den kurzen verschlüsselten Brief in ordentliches Englisch übertragen hatte und sich nun die Miniatur ansah, die sein Herr in der Hand hielt.

»Master Dallet hätte seine Krone nicht lange behalten, wenn dieser Lehrjunge bekannt geworden wäre. Der hätte sich sogar ohne einen Meistertitel selbständig und ihm Konkurrenz machen können«, bemerkte Ashford, der dicht hinter dem Geheimschreiber stand, ihm über die Schulter blickte und das Gemälde mit seinen klugen haselnußbraunen Augen betrachtete.

Wolsey legte es hin und griff nach dem entschlüsselten Brief.

»Artigkeiten«, sagte er, »und wenig mehr. ›Das Bildnis, das diesen Brief begleitet, ist von Prinzessin Mary Tudor, der jüngeren Schwester des Königs von England, wie es von Euch angefordert wurde. Mein Wort darauf, daß das Porträt nicht lügt und ihren Charakter wie auch ihre Züge in aller Lebendigkeit und in allen Einzelheiten wiedergibt –‹ De Longueville muß in regelmäßigem Briefwechsel mit dieser Frau stehen. Elender! Doch wie können wir das jetzt für uns nutzen?« Wolseys Finger trommelten ungeduldig auf der Lehne seines großen, mit Kissen gepolsterten Stuhls, während er nachdachte.

»De Longueville hat recht mit ihrem Charakter. Dieser Künstler scheint mittels der Gesichtszüge die Gedanken der Person schlechthin abzubilden. Das ist wirklich höchst ungewöhnlich«, sagte Ashford.

Wolsey drehte sich jäh zu ihm um und sagte: »Und welche Gedanken scheinen das zu sein? Was kann die Französin diesem Gemälde entnehmen? Eine ehrliche Antwort bitte.«

Ashford antwortete mit dem Ungestüm und der Bitterkeit eines hitzköpfigen jungen Mannes, der abgewiesen wurde und dessen Wunde noch frisch ist. »Sie wird ein leichtfertiges Mädchen sehen, das nur Liebe, Schmuck und Kleider im Kopf hat – ein aufbrausendes Mädchen ohne die erforderliche Beharrlichkeit für weitreichende, ehrgeizige Pläne. Kurzum, einen Menschen, der leicht zu lenken –«

»– und ihr nicht gewachsen ist«, beendete Wolsey den Satz. »Vielleicht ist es besser, sie das wissen zu lassen, damit sie die Ehe nicht hintertreibt. Wir werden es ihr mit einem langsamen Kurier zuschicken, wenn die Vorbereitungen fast abgeschlossen sind. Und laßt uns beten, daß der alte König mit seiner neuen jungen Frau noch einen Erben zeugen kann – einen englischen Erben für den französischen Thron.«

»Doch wenn der König sterben sollte, bevor das Kind volljährig ist –«

»Wir müssen schon jetzt Pläne machen, um sicherzustellen, daß die Königin Regentin wird, anderenfalls –«

»– anderenfalls wird Franz von Angoulême Regent, und

Louise von Savoyen wird Regentinmutter. Eine Mutter, deren ganzer Ehrgeiz nur auf eins abzielt, nämlich ihren Sohn auf den Thron zu bringen.«

»So ist es. Kleinen Kindern kann etwas zustoßen, Ashford. Ein offenes Fenster, eine kranke Amme. Nein, wir müssen ihr immer drei Schritt voraus sein.« Wolsey besaß bereits das Vertrauen der Prinzessin. Er zweifelte nicht daran, daß sie sich von ihm leiten lassen würde. Doch auf die Entfernung! Wolsey schüttelte den Kopf und bedauerte, daß sie so jung war und nicht begriff, welche Kräfte gegen sie ins Feld geführt wurden. Wenn es doch nur Margaret gewesen wäre! Voll Bedauern klappte er die Schatulle mit dem Porträt zu. »Das hier gebe ich höchst ungern aus der Hand«, sagte er, »aber der Gedanke, daß ich schon bald den unbekannten Meister in meinen Diensten haben werde, tröstet mich über den Verlust hinweg.«

Der Geheimschreiber brachte mit sorgsamer Hand die Siegel wieder an dem Brief an. Wolsey seufzte, als er sah, wie die Schatulle erneut in die gewachste Seide eingenäht wurde, als wäre sie nie abgefangen worden, dann wurden auch die äußeren Siegel wieder angebracht. »Master Ashford, treibt diesen Maler auf, und bringt ihn mir hierher nach Brideswell«, sagte er. »Einen Mann, der die Seele mit einem Pinsel abzubilden vermag, kann ich gut gebrauchen.« Er entließ den Geheimschreiber und widmete sich der Überlegung, wie er de Longueville den Verrat vorhalten und ihn noch fester in sein Netz ziehen könnte.

»Louise von Savoyen«, stotterte de Longueville. »Aber natürlich stehe ich im Briefwechsel mit vielen der großen Familien Frankreichs – warum sollte ich nicht mit meinen Freunden korrespondieren?«

»Mitten in den heikelsten Geheimverhandlungen? Mylord de Longueville, von dieser wichtigen Angelegenheit hängt Eure Zukunft genauso ab wie meine.«

»Dann darf ich Euer Gnaden höflichst daran erinnern, daß wir Louise von Savoyen und ihren Sohn, den Herzog von Angoulême, in dieser Sache auf gar keinen Fall vor den Kopf stoßen dürfen. Die beiden verlieren durch diese Ehe möglicherweise auf immer den Thron. Die Prinzessin wird bei Hofe mächtige Feinde haben, daher ist es geraten, die Verbindung mit ihnen aufrechtzuerhalten.«

»Unfug. Ludwig XII. wirkt mit seinen zweiundfünfzig Jahren zwar alt, ist jedoch gesund. Und sollte er sterben, so ist seine neue Königin die Königinmutter und unseren Interessen höchst gewogen.«

»Und ich sage Euch, er soll den Tod der alten Königin noch immer nicht verwunden haben. Er hat an ihrer Gruft geweint und geschworen, ihr binnen eines Jahres zu folgen.«

»Reines Theater. Eine jüngere Frau wird ihn heilen.«

»Oder ihn umbringen, Mylord, und in diesem Fall braucht Ihr andere Freunde am französischen Hof.«

»Mylord de Longueville, Ihr argumentiert in Eurem eigenen Interesse.« Wolsey täuschte einen Tobsuchtsanfall vor, hielt inne, schien sich zu fassen und schüttelte den Kopf, als läge sein christliches Gewissen im Streit mit seinen niederen Instinkten. Dann fuhr er sich mit der Hand über die Stirn, und als er sprach, hörte es sich an, als wäre er von dem inneren Kampf ganz ermattet. »Gleichwohl, ich übe mich in Vergebung und bin Euch sehr verbunden für Eure privaten Bemühungen in dieser Sache. Euch winkt eine reiche Belohnung, falls es zu dieser Ehe kommen sollte. Doch das A und O ist Geheimhaltung – die Kundschafter des Heiligen Römischen Reiches sind in dieser großen Stadt so zahlreich wie die Flöhe. Gebt also acht, daß Ihr kein Sterbenswörtchen verlauten laßt, auch nicht versehentlich.« Es war eine prächtige Vorstellung und dazu gedacht, den Jüngeren einzuschüchtern und ihm zugleich zu vermitteln, daß er irgendwie Macht über den Älteren hätte, daß er ihn verstünde. Doch das war eine Täuschung. Wolsey hatte geheime Tiefen, die niemand auslotete. Das finstere Hängelid zuckte. Der Knittermund gab keine Gefühle preis.

»Aber meine Ausgaben«, rutschte es dem jungen Mann heraus.

»Ach ja, Kostüme, Maskenspiele, weltliche Vergnügungen. Wie ich höre, wart Ihr auf dem Ball in Richmond prächtig anzusehen. Und dann«, fügte Wolsey durchtrieben hinzu, »ist da noch die Sache mit den drei Pfund für ein Miniaturporträt. Eine wirklich fürstliche Summe. Ihr hättet es doch gewiß für weniger bekommen können?« De Longueville blickte erschrokken. »Mein lieber junger Mann, vergeßt nie, daß ich alles weiß«, setzte Wolsey gutgelaunt hinzu. »Wie ich höre, soll die Miniatur von einem Geist gemalt worden sein. Erklärt das den ungewöhnlich hohen Preis?« De Longueville war froh, daß er das Thema wechseln konnte, und begann mit seiner Geistergeschichte, mit der er sich während der vergangenen Woche bei Abendeinladungen so beliebt gemacht hatte. Und Wolsey tat überrascht und staunte im stillen über die Leichtgläubigkeit des sonst so nüchternen Franzosen.

Kapitel 6

Ach, wie ungemein entmutigend ist es doch, wenn man eine alte Frau mit Drachenblick anstarrt und sich ausdenken muß, wie man sie verschönern kann, ohne alles zu erfinden, sondern nur ein wenig zu flunkern, und ihr Porträt nach dem Bild zu gestalten, das sie sich von sich selbst macht. Das Atelier sah schrecklich kahl aus, desgleichen unser Zimmer, beides wirkte recht erbärmlich. Aber immer noch besser, als auf der Straße zu liegen oder in einer wohltätigen Institution für griesgrämige fromme Menschen Fußböden zu schrubben oder Schlimmeres. Ich hatte ja nun schon immer insgeheim Erbauliches malen wollen wie Christus und die Jungfrau Maria, die allen guten Menschen ein Vorbild sein sollte, die dann wiederum staunen würden, daß ich so hübsche Gemälde anbot, und sie kaufen und uns dadurch ein behagliches Leben gestatten würden. Doch der alte Drachen hatte Geld, und wir brauchten ein Bett, um das zu ersetzen, was man uns weggenommen hatte. Hier hilft die Phantasie weiter, und daher ist es gut, daß ich soviel habe, denn ohne sie hätte ich mir diese Frau niemals jung vorstellen können, aber es gelang mir.

Zunächst übermalte ich ihr Doppelkinn in einem gefälligen Grauviolett und setzte ein paar Glanzlichter auf die neue Kinnlinie, die ich bei der Prinzessin abkupferte, die eine sehr hübsche hatte. Dann versetzte ich das Glanzlicht auf ihrer Nase, so daß sie weniger pferdeartig wirkte, ohne sie jedoch zu verkürzen, denn das wäre ihr vielleicht aufgefallen. Darauf legte ich eine weitere Lasur über das ganze Gesicht und milderte die Falten. Allmählich machte mir die Arbeit auch Spaß, denn irgendwie erschuf ich einen völlig neuen Menschen, verlor dabei aber jegliches Schamgefühl. Dann beschloß ich, ihren Schmuck üppiger und glänzender zu malen und ihr Seidenkleid noch mehr schimmern zu lassen, denn in Schmuck war Dallet schlecht gewesen, und seine Kleider sahen immer aus, als stammten sie allesamt von demselben Schneider, nur andersfarbig. Aber wie seltsam, während ich arbeitete, wurde ich das Gefühl nicht los, daß mir jemand über die Schulter schaute, auch wenn mich das nicht weiter störte. Und war da nicht ein Geräusch, ein leises Lachen, eine Art liebliches Glockengeläut? Nein, das konnte nur ich sein.

Mittlerweile machte mir die Arbeit sehr viel Spaß, und ich hatte mir die Ärmel aufgekrempelt wie eine Hausmagd, der Saum meines alten Rocks war überall mit Farben bekleckert, aber glücklicherweise handelte es sich nicht um meinen besten. Die Nase juckte mir, ich fuhr mit dem Handrücken darüber, damit ich sie nicht auch noch bemalte, dann lehnte ich mich zurück und betrachtete mein Werk. Es war sehr gut. Das Auge hatte ich nicht verändert, damit sie sich auch ja wiedererkannte, aber mehr war auch nicht geblieben. Ich hatte kaum noch Licht und war ganz steif vom langen Sitzen auf dem kleinen Schemel, daher ließ ich ab, denn die Lasur konnte bis zum nächsten Tag trocknen, stand auf, reckte mich, warf einen Blick aus dem Fenster und fühlte mich wohl. Als ich mich umdrehte, hörte ich etwas flitzen und erblickte etwas höchst Merkwürdiges. Ein kleiner, rosiger, nackter Kinderfuß schien in der Wand zu verschwinden, doch vielleicht spielte mir auch das abnehmende Licht einen Streich.

Nan war auf einen Plausch unten bei der Witwe Hull, daher hatte ich Zeit zum Nachdenken. Draußen war es Frühling, mit Blumen und Vögeln, aber auch mit ekelhaften Gerüchen, denn die Rinnsteine erwärmen sich und stinken, was wieder einmal beweist, daß alles seine zwei Seiten hat, eine gute und eine schlechte. Das Zwielicht wollte den letzten goldenen Schein vom Himmel verdrängen. Aus dem Brauhaus gegenüber drang lauter Gesang und Frauengelächter, und drei Männer versuchten, einen Betrunkenen nach Haus zu schaffen, doch da alle betrunken waren, gelang es ihnen nicht besonders gut.

»He, seht mal die Frau da im Fenster. Die hat ja eine blaue Nase.«

»Halt den Mund, du Dummkopf, du bist blau. O weh, jetzt habt ihr ihn fallen lassen.«

»Blau, ich sag's doch.«

Ich zog den Kopf ein und lief zum Spiegel. Ein großer blauer Streifen quer über der Nase. Ich erschrak. Das merkt er. Und dann sagt er wieder, ich bin häßlich. Und er schlägt mich, weil ich seine Utensilien benutzt habe. Dann fiel es mir wieder ein. Das kann er ja nicht mehr. Ich lachte. Vielleicht wische ich die Farbe nicht weg, dachte ich, nur um zu beweisen, daß ich sogar eine blaue Nase haben kann, wenn mir danach ist. Ich goß jedoch etwas Terpentin auf einen Lappen und säuberte sie lieber, denn morgen ging es vielleicht noch schwerer ab, und angenommen, ich mußte zum Markt? Also setzte ich mich hin und dachte beim Säubern über Gut und Böse nach, denn das ist wie eine Waagschale und nur gerecht und gehört alles zusammen. Ich meine, einerseits ist es schlecht, arm zu sein und keine Möbel zu haben, aber andererseits ist es gut, Freunde und Hoffnung zu haben. Und da Master Dallet nicht mehr da war und Mistress Hull keine gehässigen Blicke mehr zuwarf und sich nicht mehr über die Gemälde ihres Mannes lustig machte, konnten wir Freundinnen sein.

»Abendessen, Abendessen!« rief Nan von unten hoch, denn jetzt aßen wir alle in der Küche, machten gemeinsame Haushaltskasse und konnten daher besser leben.

»Pfui, du stinkst nach Terpentin. Was hast du da im Gesicht?« Nan redet und redet, aber nur, weil sie sich ständig Sorgen machen muß.

»Ich dachte, ich hätte alles weg. Was ist das, Hühnchen? Sind wir denn schon reich?«

»Ihr müßt bei Kräften bleiben. Master Hull mußte auch immer bei Kräften bleiben, wenn ihn die Eingebung überkam.

Und außerdem seid Ihr nach den ganzen Ereignissen noch nicht völlig genesen.« Mistress Hull ist immer sehr rücksichtsvoll und übergeht häßliche Dinge, die jemanden so unglücklich machen könnten, daß er möglicherweise Trübsal bläst und nicht malt. »Wie läuft es mit der alten Dame? Habt Ihr sie schon abgespeckt? Nach dem Abendessen zeige ich Euch meine Gemälde von Adam und Eva. Vielleicht ist ein Bild darunter, das Ihr als Vorlage benutzen könnt.«

Falls mich jemand eitel und prahlerisch finden sollte, so möchte ich ihm entgegenhalten, daß Adam und Eva die schlimmste Prüfung überhaupt waren und den Menschen Demut lehren konnten und ich bereits überlegte, ob ich mit Fußbödenschrubben in einer wohltätigen Institution nicht doch besser dran wäre. Master Hulls Evas nebst Adam waren genauso grün und häßlich wie seine Heiligen, nur daß die Heiligen voll bekleidet waren, Adam und Eva hingegen nackt wie Neugeborene, und sie tollten im Garten Eden mit einer großen Schlange herum, der er das Gesicht eines häßlichen, alten Teufels gegeben hatte. Das waren nun wirklich keine religiösen Bilder, es sei denn, es handelte sich um eine nichtchristliche Religion, die ich nicht kannte. Ehe ich sie sah, hatte ich gedacht, sie zu kopieren wäre ein Kinderspiel, das Geld würde eine Zeitlang nur so hereinströmen, und am Ende würden die Menschen begreifen, daß meine wahren, erleuchteten Bilder, die ich noch nicht gemalt hatte, viel besser wären.

Kaum hatte ich sie gesehen, da war mir klar, daß ich arg in der Klemme saß, ich, die ich mich insgeheim großgetan und mich gebrüstet hatte, doch glücklicherweise nicht laut, sonst wäre alles noch viel schlimmer gewesen. Master Hull konnte nämlich die menschliche Anatomie nicht richtig zeichnen, daher sahen seine Menschen entfernt wie Insekten aus. Aber ich konnte sie noch viel weniger zeichnen, und seine Gemälde taugten nicht als Vorlage, denn auf denen war sie auch falsch. Hände und Gesichter gelingen mir immer ausgezeichnet, denn das habe ich gut gelernt, seit Kinderzeiten. Mein Vater hat mich darin ausgebildet, er ließ mich unermüdlich, bis ich weinen mußte, einen häßlichen alten Schädel zeichnen, denn er sagte, man kann kein Fleisch zeichnen, wenn man nicht über den Knochen darunter Bescheid weiß. Und ich mag hübsche Kleider und zeichne sie ständig, denn ich muß schon sagen, fast gefällt mir das besser, als sie zu besitzen. Außerdem nehmen sie weniger Platz ein, und man braucht keinen großen Kleiderschrank.

Nun bin ich zwar als Dame erzogen worden, und man hat mich in Französisch und Italienisch und Musik unterwiesen, doch nackte Körper zu zeichnen, das habe ich nicht gelernt, da es unanständig ist, und überhaupt, selbst wenn man ein Aktmodell hätte, so dürften es anständige Mädchen ohnedies nicht ansehen. Ich saß also in einer schrecklichen Patsche, mußte nackte Menschen malen, die so herumtollten, daß sich lüsterne Mönche daran erfreuten, statt schallend darüber zu lachen. Mir war nach Weinen zumute, doch statt dessen log ich, bat aber vorher Gott wieder einmal um Vergebung, und Er hatte mir letztens wahrlich viel zu vergeben. Ich sagte einfach, es wäre leicht, solche Bilder zu malen, und schloß mich im Atelier ein, weil ich nachdenken und zeichnen und einen Ausweg aus diesem Dilemma suchen wollte, denn woher soll Mistress Hull sonst die Wurst nehmen, die sie so gern ißt. Ihre Strickwaren kauft doch niemand, und vom Verkauf von Stecknadeln kann kein Mensch leben. Ich finde, Gott sollte sich besser um die Witwen kümmern, doch Mistress Hull sagt, Gott hilft nur denen, die sich selbst helfen, und ich fand immer, sie hätte unrecht, doch neuerdings denke ich darüber anders.

Ich machte mich also daran, das beste der Gemälde zu kopieren, doch der Adam geriet mir melonenförmig und mit langen Spinnenbeinen, da ich nicht wußte, wo diese eingesetzt waren. Eva sah etwas besser aus, aber auch nicht viel, und je länger ich sie betrachtete, desto mehr schien ihr Busen am falschen Fleck zu sitzen. Ich rieb die mißlungenen Stellen weg und versuchte es von neuem, und schon bald war die Zeichnung nur noch ein großes schwarzes Geschmiere, und meine

Hände und mein Gesicht waren voll Zeichenkohle, abgesehen von den Stellen, wo die Tränen liefen. Mir war zumute, als müßte ich ersticken, und so steckte ich den Kopf aus dem Fenster, um frische Luft zu schnappen, und da lag ein widerlicher Betrunkener in der Gosse vor dem Brauhaus ›Zur Ziege und zum Krug‹ und rief: »He, Schätzchen, was treibst du da oben? Hast du den Schornstein gekehrt? Laß mich deinen Schornstein kehren.« Ich war so zornig, daß ich hinging, den Nachttopf holte und den Inhalt durch das Fenster auf ihn entleerte, doch ich traf ihn nicht, und er lachte und war noch immer trokken, abgesehen von dem Teil, der im Rinnstein lag. Allmählich bin ich die ›Ziege und den Krug‹ leid und hätte nichts dagegen, wenn man sie schließen und daraus ein Freudenhaus machen würde. Ihr Ale ist übrigens auch ungenießbar, und wenn wir gutes haben wollen, müssen wir bis zum ›Einhorn‹ gehen.

Als ich den Mann, alle viere von sich streckend, in der Gosse liegen sah, da kam mir der Gedanke, wenn er nackt wäre, könnte ich die Proportionen richtig hinbekommen, denn genau die stimmten auf meinen Zeichnungen nicht. Und schon wieder mußte ich Gott um Vergebung bitten, weil ich mir einen Mann nackt vorgestellt hatte, der es in Wirklichkeit gar nicht war. Ich würde ja die Jungfrau Maria um Vergebung bitten, doch der wäre das gewiß peinlich. Und dabei hatte ich mir einmal eingebildet, ich könnte mein Leben nach ihrem ausrichten, doch das stellte sich als unmöglich heraus. Außerdem könnte jemand so Wundersames und Feines wie die Heilige Jungfrau unmöglich etwas so Stinkendes und Schmieriges wie Farbe ertragen. Ich mag jedoch den Geruch von Farbe. Nichts macht mich glücklicher.

Bei dem Gedanken, wie gern ich male und wie ungern ich Fußböden schrubbe, kam mir eine großartige Eingebung. Ich hatte doch ein Aktmodell, von dem ich die richtigen Proportionen bekommen konnte, und das war hier mit mir im Zimmer, oder? Nun habe ich zwar keinen so vollkommenen Körper wie Eva, doch Eva war auch nicht vollkommen, und daher war es erlaubt. Ich versperrte also die Ateliertür mit einem

Schemel, schloß die Fensterläden, entkleidete mich und stellte mich vor die getünchte Wand. Dann markierte ich die Proportionen mit Zeichenkohle unmittelbar auf der Wand, was an manchen Stellen wirklich nicht leicht war. Ich machte eine Seitenansicht und eine Vorderansicht und staunte nicht schlecht, weil die Beine ganz woanders eingesetzt waren, als ich gedacht hatte. Blieb nur noch die Hälfte des Problems, denn Männer sehen anders aus als Frauen, und ich habe, glaube ich, schon erwähnt, daß Master Dallet in dieser Hinsicht nicht viel nutze war, und außerdem war er tot.

Ich hatte mich so in das Problem vertieft, daß ich einfach dastand und vergaß, mich wieder anzukleiden, was nun wirklich unzüchtig ist, doch ich war mit meinen Gedanken ganz woanders. Mir schien, ich konnte das Problem mit Adam dadurch lösen, daß ich alle Teile, die ich nicht zeichnen konnte, unter Blättern oder hinter einem Baumstumpf verbarg, da Mönche ohnedies nur an Eva interessiert sind. Und da kam mir eine prächtige Eingebung zu einem Gemälde, und so wurde die Idee zu *Adam und Eva, im Garten Eden badend* geboren, das ich dann als erstes verkaufte. Adam ist bis zur Taille im Wasser, und man sieht ihn nur in Rückenansicht, wie er Eva anstarrt, und Eva räkelt sich auf einem großen Felsen, wringt ihr langes Haar aus und macht einem Zuschauer hinter Adam schöne Augen. Und eine große, gefleckte Schlange mit sehr lüsternem Gesicht hängt von einem Baum herunter, denn darauf scheint es bei diesen Gemälden anzukommen. Es war eine Eingebung, die mich so erregte, daß ich mich hinsetzte und fast schon die ganze Rohzeichnung fertig hatte, als ich Nan an die Tür klopfen und hämmern hörte.

»Susanna, was um Himmels willen treibst du da drinnen?« rief sie.

»Ich zeichne Eva!« antwortete ich laut, doch dann ging mir auf, daß ich völlig unbekleidet war, was sich nicht schickte und aufhören mußte.

»Warum um Himmels willen hast du die Tür zugesperrt?« fragte Nan, als ich ihr aufmachte. Zugegeben, ich muß ziemlich komisch ausgesehen haben, denn mein Mieder war verkehrt geschnürt und mein Gesicht noch immer schwarz. »Du liebe Zeit, du siehst ja wie ein Schornsteinfeger aus!« rief sie.

»Es ging nicht anders«, sagte ich. »Eva und Adam machen viel mehr Arbeit, als ich dachte. Sie sind wirklich schrecklich unzüchtig, Nan.«

»Dann hast du also die Tür zugesperrt, damit dich niemand beim Zeichnen sehen kann? Du bist mir ein komisches Mädchen, auch wenn ich dich selbst aufgezogen habe«, sagte sie.

»Nan, hast du gewußt, daß der Fuß genauso lang ist wie der Unterarm?« fragte ich, denn meine wunderbaren Entdeckungen ließen mich nicht los.

»Genau das habe ich gemeint«, gab sie zurück.

Es stellte sich heraus, daß der Besuch bei der Gattin des Bürgermeisters nicht so leicht zu bewerkstelligen war, wie es anfangs aussah, denn erst mußten meine neuen Trauerkleider aus der guten Wolle fertiggestellt sein, damit mich die Dienerschaft nicht für eine Bettlerin hielt und fortjagte. Daher verbrachten wir die halbe Nacht mit Zuschneiden und Nähen, und ich gab dem bescheidenen alten schwarzen Kleid noch eine persönliche Note, damit es ungewöhnlich wirkte, was jedoch schwieriger zu nähen war als ein schlichtes Kleid. Die viele Arbeit erboste Cat, die in Wirklichkeit Catherine Hull heißt und keinerlei Heiratsaussichten hat. Sie weinte und tobte und sagte, sie sehe gar nicht ein, warum sie helfen müsse, weil doch ich ein neues Kleid bekäme, und immer bekäme ich alles und brauchte nie in der Küche zu helfen, da ich mich jetzt nur noch mit der albernen Malerei beschäftigte, und alles wäre so ungerecht. Ihre Mutter erwiderte, ich sei eine gramgebeugte Witwe, und da sagte Cat, auch das wäre ungerecht, denn immerhin sei ich einmal verheiratet gewesen, und sie bekäme nie einen Mann. Und ich sagte, sie hätte es verdient, mit Master Dallet verheiratet zu sein, denn der sei so gemein wie eine Schlange gewesen. Darauf gebot Nan uns Schweigen, und wir blieben die ganze Nacht auf und weinten und versöhnten uns, denn mittellose Frauen haben es schwer, selbst wenn Aussicht auf Wohlstand besteht.

All die Schwierigkeiten bedeuteten zweierlei: Erstens, wir brauchten mehr Zeit, bis das Kleid fertig war, und zweitens, Cat durfte mich zum Bürgermeister begleiten, damit sie die Sehenswürdigkeiten zu sehen bekam, und ihre Mutter schärfte ihr ein, was sie sagen sollte, damit sie keinen Fehler machte und alles verdarb. Sie trug das Gemälde, da ich die gramgebeugte Witwe spielte und angeblich zu schwach zum Tragen war, doch das war nicht weiter beschwerlich, da es nicht groß und ein Tafelbild war, das heißt, ein Bild, das auf einer Holzplatte gemalt war und zu dem paßte, was der Bürgermeister von sich hatte malen lassen und was ihm ausnehmend gefiel. Ein Lakai in prächtiger Livree führte uns in die Diele des Bürgermeisters, wo wir uns auf eine harte Bank setzten und lange unverrichteter Dinge warten mußten. Dann kam die Gattin des Bürgermeisters in Begleitung von zwei Damen herein, die ihr ihre Aufwartung machten, und sie war eine mächtige, hochfahrende Dame mit genau dem Doppelkinn, das Master Dallet gemalt hatte, aber mit noch grimmigerem Blick. Ich erzählte ihr von dem letzten Wunsch meines Mannes, ausgerechnet sie mit ihrem Porträt zufriedenzustellen, und enthüllte es, und schon liefen ihr die Tränen.

»Er hat mein wahres Ich eingefangen«, sagte sie, wischte sich die ganze Feuchtigkeit ab und tat so, als hätte sie nicht geweint. »Ich sehe jetzt ein, daß ich mich in ihm getäuscht habe. Ich fand ihn hart und zynisch, doch nun begreife ich, daß er Vollkommenheit anstrebte. Was für ein entsetzlicher Verlust für Euch.«

Und da wischte auch ich mir die Augen und sagte, der Gram brächte mich fast um, doch wenigstens hätte er mir so schöne Dinge wie das Bild hier hinterlassen, und das wäre mir ein Trost. Und die ganze Zeit über empfand ich tatsächlich tiefen Gram, denn mir war aufgegangen, daß ich wirklich ein Vermögen machen könnte, wenn ich reiche Damen von häßlichem Aussehen wie die hier verschönte, da es davon weitaus mehr gibt als hübsche. Und es ist ja nicht ihre Schuld, daß sie unansehnlich sind, und jede Frau sollte sich einmal im Leben hübsch vorkommen. Und wenn sie dann ein Bildnis von sich betrachten, das schöner und durchgeistigter ist, so könnte sie das vielleicht milder und gütiger stimmen, und davon hätte die Welt einen Nutzen, ohne daß es geradeheraus gelogen wäre.

Und so verabschiedeten wir uns mit einem hübschen Sümmchen, und Cat ging wie auf Wolken, weil der Lakai, der jung war und gut aussah, ihr schöne Augen gemacht und ihr die Hand gedrückt hatte, als er uns hinausbegleitete, und ich wollte am liebsten tanzen, weil ich meine Rolle wirklich sehr gut gespielt hatte. Als wir heimkamen, hätten Mistress Hull und Nan am liebsten auch getanzt. Also faßten wir uns bei der Hand und tanzten ein Weilchen, und Mistress Hull sagte die Schritte an.

»Uff«, sagte Mistress Hull und wischte sich die Stirn, als sie sich hinsetzte. »Es ist lange her, daß ich getanzt habe. Ach, wie war ich früher leichtfüßig! Aber eine Witwe kann in dieser bösen Welt nicht vorsichtig genug sein. Habe ich Euch schon gesagt, daß sich während Eurer Abwesenheit ein ungemein gutaussehender junger Mann in samtener Livree nach Master Dallets Lehrjungen erkundigt hat?«

»Nach einem Lehrjungen? Was habt Ihr gesagt?«

»Die Wahrheit, daß er keinen hatte.«

»Und dann?«

»Hat er mich so sonderbar angesehen, und dann hat er gesagt, er würde der Sache auf den Grund gehen, auch wenn ich ihm nicht helfen wollte.«

»Dann hat er nichts Gutes im Schilde geführt. Vielleicht dient er jemandem, der versucht, etwas von Master Dallets ausstehenden Schulden einzutreiben.«

»Das war auch mein Gedanke. Für mich hörte sich das sehr verdächtig an, und so habe ich ihm erzählt, mir wäre plötzlich eingefallen, daß es vor langer Zeit einmal einen Lehrjungen gegeben hätte, der wäre jedoch nach Antwerpen gegangen, um bei einem Meister in die Lehre zu gehen, dessen Namen ich vergessen hätte.«

»Lehrjunge, ha!« rief Nan. »Ohne Zweifel eine List von jemandem, der Geld haben will. Auf was die Leute nicht alles kommen!«

»Wenigstens war er nicht von der Zunft. Dann säßen wir nämlich schön in der Patsche«, sagte Mistress Hull. »Und nicht vergessen, meine Damen, jedes Gemälde in diesem Laden ist von toten Zunftbrüdern gemalt worden.«

»Rücksichtsvoll von ihnen, daß sie uns so viele hinterlassen haben«, sagte ich etwas anzüglich.

»Ungemein rücksichtsvolle Herren«, lachte Mistress Hull. »Sagt, Susanna, habt Ihr schon ganz vergessen, wie man die Laute schlägt? Zu einem Abend wie diesem gehört Musik.«

»Ich glaube nicht, daß ich es vergessen habe, aber sie ist verstimmt. Seit meiner Hochzeit habe ich nicht mehr gespielt.« Also ging ich und holte meine Laute und stimmte sie, obschon es lange dauerte, da sich die Saiten schrecklich verziehen, wenn man sie lange Zeit nicht stimmt, und dann sangen wir alte Weisen, bis die Kerzen heruntergebrannt waren.

Vermutlich hat es sich angehört, als wäre es, abgesehen von den Körpern, bei denen ich mogelte, ein Kinderspiel gewesen, *Adam und Eva, im Garten Eden badend* zu malen. Aber bei dieser Art Bild gibt es noch einen anderen Haken. Ich meine, wer weiß schon, wie der Garten Eden ausgesehen hat? Wie England kann man ihn nicht malen, denn er sollte fremdländisch und schöner als alles hier auf Erden sein, sonst wäre er ja nicht der Garten Eden. Nun fand ich Landschaften ohnedies schon immer langweilig, und der Garten Eden ist viel Landschaft. Mancher Maler malt Adam und Eva sehr groß und läßt die Landschaft weg, doch dann müßte ich die Körper besser malen und dürfte nicht soviel mit Blattwerk und Ranken schummeln, denn nur weil es für mich bequemer ist, können sie nicht einfach aus dem Nichts kommen, sondern müssen in Beziehung zu Pflanzen und Bäumen gesetzt werden, und schon sind wir wieder bei dem Problem mit dem Garten Eden.

Nun war mein seliger Vater zu seinen Lebzeiten ein gestrenger Lehrmeister und ließ mir nichts durchgehen. Er sagte, ich solle aufhören, Phantasiedamen mit prächtigen Kleidern zu zeichnen und mir statt dessen Schädel und tote Kaninchen und häßliche Dinge vornehmen, daß sogar meine Mutter weinte und sagte, das wäre nicht nötig, denn wozu wäre das Ganze überhaupt gut? Aber ich wollte Vater gefallen, und obendrein war mein Bruder jung gestorben, und zeichnen konnte der ohnedies nicht, doch nun stellte sich heraus, daß Vater am Ende doch recht behielt, denn ich saß in der Patsche. Zu den Dingen, in denen mein Vater mir nichts durchgehen ließ, gehörte nämlich das Malen von Landschaften, also mußte ich wieder und wieder eine von seinen kopieren, die er auf Reisen gemacht hatte, daran sollte ich Bäume und Farbperspektive und obendrein Felsen und Berge üben, was nun wirklich am allerlangweiligsten ist, und so etwas sollte niemand malen müssen. Ich weinte, und er sagte, ich würde es ihm eines Tages noch danken, und jetzt hätte ich das wirklich gern getan. Ich griff einfach auf seine Landschaft von früher zurück, weil die nicht wie England aussah, und verschönte sie mit vielen Blumen, und es wurde ein annehmbarer Garten Eden. Ich mußte einiges verändern, beispielsweise den seltsamen Felsen im Hintergrund hinter all dem Blattwerk. Er trug eine Burg auf dem Gipfel. Doch da es im Garten Eden keine Burgen gibt, ließ ich die Burg einfach weg und setzte auf den Gipfel ein goldenes Licht, das aus einer Wolke fiel, so als befände sich Gott dort oben. Diesen fremdländischen Ort verwendete ich auf die eine oder andere Art für alle meine Evas nebst Adam. Und irgendwie machte ich mich lustig, vor allem über Vater, dem es mit dieser Landschaft sehr ernst gewesen war und der gesagt hatte, wenn die Menschen Landschaften mehr zu schätzen wüßten als Bildnisse von sich selbst, dann könnten sie auch ein Meisterwerk erkennen.

Ich hatte die Landschaft gerade fertig und verpaßte Eva eine weitere Lasur, damit sie hübsch und rosig wurde, als Mistress Hull nach oben kam und sie sich ansehen wollte.

»Ei, habt Ihr tüchtig gearbeitet. Laßt einmal sehen.« Evas Haar war mir besonders hübsch gelungen, es wellte sich lang und dunkel, und Augen kann ich wirklich ausdrucksvoll malen, selbst diesen »Komm, Süßer«-Ausdruck, mit dem Mistress Pickering meinen Mann vermutlich in seinen vorzeitigen, jedoch nicht unverdienten Untergang gelockt hat. Es gab noch einige kleinere Probleme, doch ich fand, die meisten hatte ich gut gelöst. »Hach! Diese Eva ist ein leichtes Mädchen! Wer hätte gedacht, daß eine Frau so was malen kann! Sollten ihre Knie wirklich so fett werden? O nein, nur keine Bange. Ich kenne meine Kunden. Die mögen allesamt fette Knie. Ha! Davon könnte ich glatt ein Dutzend verkaufen! Was für ein Glück, daß Ihr so begabt seid!«

Ich war ihr so dankbar, daß ich ihr meine besten Skizzen zeigte, und Mistress Hull prüfte sie mit gewitztem, kaufmännischem Blick, was mich sehr beeindruckte.

»Hmm. *Eva führt Adam in Versuchung.* Hübsch, dieser lüsterne Blick, mit dem er den Apfel ansieht. Aber warum ist er denn ganz zugerankt? Diese Eva – ei, ist die obenherum großzügig ausgestattet. Oh – meiner Treu – die hier! Ha! Davon müßt Ihr mehrere machen. Ich bin sicher, die geht für das Doppelte weg. Wie seid Ihr nur darauf gekommen?« Ihre Augen funkelten, als sie meine Skizze *Evas Versuchung* erblickte, insgesamt meine gewagteste Arbeit, denn sie bewies, daß ich die Evas allmählich so gut zeichnen konnte, daß man Adam kaum mehr vermißte. Das heißt, Eva räkelte sich hier auf einem grasbewachsenen Ufer, unzüchtig von der Schlange umspielt und mit wirklich unbußfertigem Gesichtsausdruck, während ihr der angebissene Apfel aus der Hand rollte, die wiederum ganz schlaff herunterhing, weil Eva so aufgelöst war. Ich staunte selbst, daß mir soviel dazu eingefallen war, aber zuweilen kommt es einfach über mich, und außerdem hatte mich der Gedanke in Rage versetzt, was für eine Schlange mein Seliger doch gewesen war, der meine ganze Mitgift vergeudet hatte, nur um vor dieser gräßlichen Mistress Pickering großzutun, und angelogen hatte er mich auch und mir erzählt, sie hätte einen Klumpfuß.

Während ich meine Zeichnungen zeigte, kam Cat herauf und schnüffelte herum, da sie davon überzeugt ist, daß ich es mir oben schlicht wohl sein lasse, statt Töpfe zu schrubben, wohingegen ich in Wahrheit sehr hart arbeite, außer daß mir diese Arbeit mehr Spaß macht, als einen Haufen schmutziges Geschirr mit Sand zu bearbeiten. Sogar sie machte Augen, und wenn man eine säuerliche Jungfer, die auch nicht einen freundlichen Gedanken hegt, mit etwas erstaunen kann, ist das wirklich eine Leistung.

»Mutter, dieses Badebild sieht genauso aus, als hätte es ein Mann gemalt. Und es ist so klein, daß man es hinter einem Vorhang verstecken kann, denn so halten sie es. Ich denke, das wirst du auf der Stelle los.« Sie betrachtete es aus einem anderen Blickwinkel. »Aber die Farben leuchten zu stark. Die sehen überhaupt nicht wie Vaters aus. Willst du uns den Büttel auf den Hals holen?«

»Verlaß dich auf deine alte Mutter, mein Kind. Das hier sind Gemälde von Master Dallet, und sie zeugen von seinen geheimen Neigungen, die er vor seiner Frau verborgen hat. Und das ist auch ganz natürlich, wenn man bedenkt, worum es sich dabei handelt, und daß sie so jung und frisch verheiratet waren und so weiter. Er hatte sie gelagert, und ein Freund hat sie allesamt zurückgebracht. Siehst du, wie die Lasur schimmert? Sie sieht genauso aus wie die auf seinen Porträts. Man kann es doch seiner armen Witwe nicht anrechnen, daß sie so anzüglich sind – die Ärmste hat ein Recht darauf, ihre schmale Rente aufzubessern.«

Cat lachte hämisch. Die Witwe Hull betrachtete das Badebild noch einmal mit durchtriebenem Vogelblick, und ich packte die Skizzen weg, denn ich wollte Cats Miene beim Anblick von *Evas Versuchung* nicht sehen.

»Das macht das Bindemittel, das Ihr verwendet, nicht wahr?« stellte Mistress Hull fest. »Es läßt die Farben durchscheinen. Mein Mann hat mir einmal davon erzählt, als er betrunken war. Jeder Maler hat da sein Geheimnis. Mein Mann hatte immer Angst, jemand würde seine Lehrjungen bestechen und ihm seins rauben. Und dann hatten wir erst Browne und dann Hethe, und was tut er? Versucht, ihnen ihres zu rauben. Eures ist besonders schön – Eure Farben leuchten wie die Buntglasfenster von St. Paul's. Ihr habt Glück. Wenn Ihr einmal in ganz arger Bedrängnis seid, könnt Ihr das Geheimnis verkaufen.«

»Wer sollte es mir abkaufen, wenn die Gemälde von Master Dallet sind?«

»Hmm. Da habt Ihr wiederum recht – was für ein Kuddelmuddel aber auch. Ein Jammer, daß Frauen nicht Meister werden dürfen.«

»Das würde ich ohnedies nicht schaffen«, sagte ich, denn mir war Adams Rumpf eingefallen, der noch immer einer Wurst ähnelte, wie viele Rippen ich ihm auch aufmalte.

Der Frühling kam mit Macht, mit blühenden Apfelbäumen, die vor dem grau bewölkten Himmel ganz licht und freundlich aussahen, und mit grünen Halmen, die zwischen den Steinen der Gartenmauern sprossen. Ich hatte mich wohl zu sehr mit dem Garten Eden beschäftigt, und das muß meine Sinne berauscht haben, denn ich konnte nur noch in Farben denken, als wäre ich betrunken. Zuweilen blieb ich einfach stehen und staunte, weil ich mir die Farbe der Wolken oder die Art, wie eine schlammige Pfütze schimmerte, genau ansehen mußte. Und die ganze Zeit über dachte ich daran, daß ich gute gebrannte Umbra brauchte, doch die ist sehr kostspielig, und wo sollte ich statt irgendeiner Nachahmung die echte Ware aus Italien herbekommen? Alle hielten mich für verrückt, sogar meine Hausgenossinnen, doch in Wahrheit dachte ich nach. Nan streute aus, das käme von dem furchtbaren Gram, und das wiederum machte mich in unserer Wohngegend zur tragischen Gestalt. Die Leute tippten sich an den Kopf und schnalzten, aber ich hatte kaum Zeit, den Eindruck, den ich machte, zu genießen, da ich unentwegt denken mußte. Zuweilen vergaß ich sogar, mich richtig anzukleiden, und einmal zog ich mir das Mieder verkehrt herum an, weil ich nicht richtig aufgepaßt hatte, und da dachten alle, nun wäre ich vollends irre geworden. Und die Hunde liefen mir nach, weil ich so zutraulich wirkte und scheinbar herumstreunte wie sie.

Eines Tages kam ich mit einem Korb Brot am Arm vom Bäcker zurück, und da sah ich die ganze Straße auf einmal so flach, als malte ich sie, sie hatte gar keine Tiefe mehr, und da es gerade geregnet hatte, wirkten die Glanzlichter auf dem Pflaster, über das die Menschen gingen, und auf dem Dreck in der Gosse wie gemalt. Die Geschäfte und Wohnhäuser aus Fachwerk lehnten sich über die Straße wie Frauen, die ein freundliches Schwätzchen halten, und die farbigen Schilder leuchteten wie Edelsteine. Menschen waren an der frischen Luft, und die Bürger und Zunftbrüder in ihren farbenprächtigen Gewändern, die sich einen Weg durch das alltägliche Schwarz und Rotbraun und Mausgrau des gemeinen Volkes bahnten, wirkten wie märchenhafte Seeungeheuer in einem Elritzenschwarm. Fensterläden waren aufgeklappt, Ladenbesitzer beugten sich über ihre Ladentische, und manche riefen ihre Waren aus, wenn jemand vorbeikam. Alles war ganz verzaubert, und nur ein Gemälde konnte dem gerecht werden, aber das wäre natürlich nicht zu verkaufen, weil alle bekleidet waren.

Unseligerweise war ich so ins Schauen vertieft, daß ich, ohne es zu merken, vor dem gräßlichen Brauhaus ›Zur Ziege und zum Krug‹ stehenblieb, und da blieben auch alle Hunde stehen und setzten sich rings um mich, wohl weil sie ein Stückchen Brot haben wollten oder es zumindest rochen. Und dann kam ein gräßlicher, behaarter Betrunkener in Zimmermannstracht aus dieser erbärmlichen Schenke, verneigte sich und sagte: »Madam Blaunase, darf ich Euch zu Eurem Schloß geleiten, damit Ihr die Kohle auf Eurem Gesicht erneuern könnt?« Ich rieb mir heftig das Gesicht, doch dieses eine Mal war es sauber, und all seine Freunde, die ihn angestiftet hatten, kamen nach draußen und lachten.

»Ihr solltet Euch schämen, eine ehrbare Witwe derart anzupöbeln!« sagte ich, doch sie lachten schon wieder, als sie sahen, wie ich die Hunde wegscheuchte, die an mein Brot wollten. Ich war zornig, denn er hatte mich beim Schauen gestört, und dabei versenke ich mich noch mehr als beim Denken.

Und all die betrunkenen Saufkumpane lachten und grölten: »Die ist zu gut für dich, Peterkin.«

»Viel zu hochmütig.«

»Du willst zu hoch hinaus. Königin Susanna die Wahnsinnige hält sich für was Besseres.«

»Eine Frau sollte sich lieber wieder verheiraten, solange jemand sie noch haben will.«

»Vor allem, wenn sich herausstellt, daß sie ein weiches Hirn hat.«

»Ein weiches Hirn schadet bei Frauen nichts, Hauptsache, sonst ist nichts weich.«

»Sind Eure Speisen auch voller Kohle?«

Ich schenkte ihnen keinen einzigen Blick, sie sollten wissen, daß ich über solch ungezogene Bemerkungen erhaben war. Ich stürmte nur sehr aufgebracht davon, denn durch sie war die Straße wieder gewöhnlich geworden.

Im Laden ›Zur Stehenden Katze‹ fand ich eine runzlige alte Mistress Hull, die nur so strahlte und mich in den Arm nahm, und Nan und Cat taten es ihr nach, ehe ich den Brotkorb abstellen konnte.

»Gute Neuigkeiten, wunderbare Neuigkeiten! Wir haben *Eva im Bade* verkauft«, riefen Nan und Cat.

»An einen gräßlichen alten Franziskaner mit Silberblick, der aus York zu Besuch ist. Nicht auszudenken! So weit ist unser Ruf schon gedrungen!« Mistress Hull war ganz aus dem Häuschen. »Zunächst hat er so getan, als betrachte er einen *Christus in Ketten*, doch dann hat er sich nach Märtyrerinnen erkundigt. Pfui! Man denke! Aber Ihr hättet sehen sollen, wie seine Augen funkelten, als ich ihm *Eva im Bade* gezeigt habe.

Er sagte, sie sollte ihm für seine Betrachtungen über die Schlechtigkeit der Frauen dienen, die den Sündenfall des Mannes bewirkt hätten. Ich sagte: ›Zehn Schilling, keinen Penny weniger.‹ Er bot fünf. Ich erzählte ihm, es handle sich um ein Meisterwerk, und da der Maler verschieden sei, würde es noch im Wert steigen. Er bot sechs. Ich sagte ihm, derlei Gemälde gäbe es in den Privatsammlungen der höchsten kirchlichen Würdenträger Englands. Am Ende habe ich es für acht verkauft, dazu noch zwei Nähnadeln und einen Stecknadelbrief. Nun frage ich euch, wozu braucht ein ehrlicher Klosterbruder einen Nadelbrief?«

»Ein *unehrlicher* würde sich damit bei einer verheirateten Frau mit Schlafzimmerblick einschmeicheln«, bemerkte Cat.

»Ich kann mir schwerlich vorstellen, daß eine Frau *dem* einen Schlafzimmerblick zuwirft«, sagte Nan.

»Acht Schilling – und schon so bald! Wie geht es denn mit der Schlange voran?«

»Ich habe gerade erst damit angefangen.«

»Dann macht schnell, schnell, und wir werden alle reich.« An diesem Abend feierten wir mit einer prächtigen, großen Pastete, von der ich Bauchgrimmen bekam, das bis zum nächsten Tag anhielt. Doch selbst Bauchgrimmen kann inspirieren, wenn man in Mallaune ist, und so waren meine Krämpfe eine große Quelle der Erleuchtung für mich, und ich arbeitete den ganzen Tag ungemein zufrieden vor mich hin. Ich meine, ich kenne keine schlimmere Schlange als Rowland Dallet, daher beschloß ich, der Schlange statt des üblichen Teufelsgesichts das seine zu geben, und das führte ich ganz in Grün aus, was mir großen Spaß machte. Doch dann ließ ich mich natürlich hinreißen und ging seine Skizzen durch, bis ich eine fand, die mit ziemlicher Sicherheit Mistress Pickering darstellte, weil nämlich kein Name, sondern nur ein »P« darunter stand. Wie hinterhältig von ihm, vor allem da er mir weisgemacht hatte, sie wäre mißgestaltet und hätte ein schreckliches Muttermal im Gesicht.

Also gab ich Eva Mistress Pickerings glupschäugiges Aussehen, und das machte mir noch mehr Spaß, denn da suhlte sie sich mit dieser grotesken alten Schlange und drückte sie an ihren Busen, den ich recht dürftig malte, aber ihre Schenkel, die malte ich viel fetter, als sie bei einer armen, verkrüppelten Dame, die angeblich hinkte, sein konnten. Hinken, ha! Das Gesicht der Schlange, das heißt von Rowland Dallet, blickte sie lüstern an, und sie sah wirklich so hingerissen aus, als handelte es sich statt einer großen, glitschigen, schwärzlich-grünen Schlange, die sich auf ihr ringelte, um einen gutaussehenden Mann. Den angebissenen Apfel, der fortkullerte, malte ich in einem schönen, glänzenden Rot, so daß er das Auge auf sich zog und zum Mittelpunkt des Bildes wurde.

Ich arbeitete und arbeitete. Vaters Landschaft hatte nie schöner ausgesehen, nur fand ich, ich sollte das himmlische goldene Licht auf dem Berggipfel durch eine Gewitterwolke ersetzen, aus der ein Blitz zuckte, was Gottes Zorn andeutete, und das machte mir noch mehr Spaß. Zuweilen hielt ich inne, wischte mir den Schweiß von der Stirn und mußte einfach lachen. Und komisch, ich hatte den Eindruck, daß hinter mir jemand kicherte, vielleicht waren es auch zwei oder drei, und ich drehte mich unversehens um, konnte aber nichts weiter als eine Art Blitz sehen und ein Rascheln hören. Und noch etwas kam mir komisch vor, aber das muß ich mir eingebildet haben. Mir war, als sähe ich etwas Rosiges blitzschnell verschwinden, eine Art Kinderfuß, doch das habe ich wohl nur geträumt, weil ich zu hart gearbeitet hatte.

»Susanna, Susanna, wer ist da drinnen bei dir?« konnte ich Nans Stimme durch die Ateliertür hören.

»Niemand, komm herein. Ich habe das Ganze skizziert, zumindest den Anfang.« Nan trat ein und machte große Augen. »Du mußt es dir mit Lasuren vorstellen«, sagte ich, »das hier vermittelt nur eine grobe Vorstellung.«

»Grob, das trifft es. Was hast du nur angestellt? Die Schlange hat Master Dallets Gesicht, soviel steht fest. Und die Frau, auf der er sich räkelt, das ist Mistress Pickering, wie sie leibt und lebt.«

»Dann hast du sie also gesehen, Nan? Und was ist mit dem Muttermal und dem Klumpfuß und all den furchtbaren Leiden, die ihr dieser Erzlügner angedichtet hat? Du hast gewußt, daß er sündigte und mich betrog, und hast es mir nicht gesagt. Das war nicht sehr nett von dir.«

»Ach«, sagte sie und blickte betrübt, »ich dachte, du könntest doch nichts daran ändern, und wenn du davon gewußt hättest, es hätte dir das Herz gebrochen, und so haben wir allesamt den Mund gehalten.«

»Wir allesamt? Wir allesamt? Also hat jeder Bescheid gewußt, daß mein Mann ein Galgenstrick und Taugenichts und ein gräßlicher – *gräßlicher* – Verführer war, nur ich nicht? Ihr seid alle gemein, gemein, gemein!«

»Nein, sind wir nicht. Wir wollten dich nur schonen. Die Welt denkt sich nichts dabei, wenn ein Mann den Frauen nachläuft. Für ihn ist das die Würze des Lebens. Nur Frauen kommen bei so was in Bedrängnis. Und du – du nimmst alles immer so ernst. Ich meine, vielleicht hättest du auch noch die Rezepte aus dem Buch ausprobiert, in dem du immer nachschlägst, und dann hätte er gemerkt, daß du Bescheid weißt, und hätte dir etwas angetan, um dich aus der Welt zu schaffen. Der Mann war eine Schlange, ich habe ihm nie über den Weg getraut.«

Das beunruhigte mich aber doch, denn vornehme Manieren sind ein Zeichen für eine gute Kinderstube, und im *Rathgeber für das treffliche Eheweib* werden verschiedene Möglichkeiten aufgezählt, wie man christliche Vergebung üben kann, vor allem dann, wenn ein Ehemann von nichtswürdigen Frauen in Versuchung geführt wird. Aber vielleicht hatte Nan ja recht, denn in dem Buch stand nichts über böse Männer, die nichtswürdige Frauen in Versuchung führen, und daher hätte es so ausgehen können wie mit dem Rezept für Gemüsesuppe im dritten Kapitel, die haarscharf schmeckte, als hätten sie Teufel gekocht, die mit dem linken Fuß zuerst aufgestanden waren, und die ich beseitigen mußte. Nur daß ich Rowland Dallet nicht hätte beseitigen können. Doch irgendwie beseitigte er sich selbst, und das machten wahrscheinlich all die guten Rezepte aus dem Buch, die ich ausprobierte, damit er Erfolg hatte. Ich meine, er wußte, daß ich einfach überfloß von christlicher Vergebung und Güte und nur darauf wartete, diese nach vielen empfohlenen Rezepten an ihm auszuprobieren, und damit hatte ich so viele glühende Kohlen auf sein Haupt gesammelt, daß er sich dieser nichtswürdigen Person einfach an den Hals werfen mußte, um das Böse zu vergessen, das er getan hatte. Und so kam er ums Leben, weil sein christliches Gewissen diese wahre Ergebenheit und Nachsicht nicht länger ertragen konnte, und so sollte es auch kommen, also hat das Buch recht. Aber eine Schlange bleibt er gleichwohl.

»Dann habe ich ihn wohl genau getroffen«, sagte ich.

»Gewiß«, sagte Nan und betrachtete das Bild eingehender. »Ei, was für Augen ihm diese schamlose Person macht«, sagte sie und fing an zu kichern. »Mein Gott, und erst dieser Ausdruck auf dem Gesicht der Schlange! Ich würde sonstwas darum geben, den Ausdruck auf seinem Gesicht zu sehen, wenn er das hier erlebt hätte! Ha!«

»Ich dachte mir schon, daß alles recht anschaulich geworden ist«, sagte ich erfreut.

»Oje, oje, es ist das vulgärste Bild, das ich meiner Lebtage gesehen habe«, sagte sie, »und ich weiß nicht, ob ich lachen oder dich übers Knie legen soll! Schäm dich!« Sie schlug die Hände vors Gesicht, doch ich sah, daß ihre Schultern zuckten. Mir schien das ein gutes Zeichen. Ein niedrig Gesinnter, der nichts von der wahren Bedeutung des Gemäldes wußte, auf dem es in einem höheren Sinn um Sünde und Vergebung ging, würde wahrscheinlich ein hübsches Sümmchen dafür zahlen. Doch trotz allem, was Mistress Hull über den Verkauf von vielen Gemälden dieser Art gesagt hatte, wußte ich genau, daß ich nie wieder mit so viel Schwung würde malen können wie dieses erste Mal, denn ich muß schon sagen, eine Eingebung des Augenblicks wie diese kam nie wieder.

Kapitel 7

In der Abenddämmerung ritten zwei Männer auf Maultieren in den Limestreet Ward ein. Das war eine Gegend, in der an die Stadtmauer von London angebaute, einst hochherrschaftliche Wohnhäuser in Mietwohnungen umgewandelt wurden. Hier stand auch das schmalbrüstige alte Haus des namhaften Antiquars, Ritters und ehemaligen Abenteurers Sir Septimus Crouch. Über der Haustür war eine Nische, in der ein sonderbarer hölzerner Kobold stand, der über beide Bakken grinste, der Türklopfer war ein messingner Eselskopf aus alten Zeiten. Die Läden im oberen Stockwerk waren geöffnet, und altmodische Vorhänge aus durchscheinendem Leinen wiesen auf Schlafzimmer und Studierzimmer des Hausherrn hin. Crouch glaubte fest daran, daß Abendwind, den man ins Haus ließ, krank machte.

Hinter dem Leinen war schon flackernder Kerzenschein zu sehen. Sir Septimus war daheim und studierte das kürzlich in seinen Besitz gelangte Buch der Weissagungen mit Hilfe eines aufgeschlagenen Zauberbuchs. Es war ein schwieriges Werk, die Verse waren in schlechtem Latein abgefaßt und spielten immer wieder auf rätselhafte irdische, himmlische und diabolische Dinge an. Das Zimmer war beengt und vollgestopft. Der sich neigende Fußboden zeugte vom hohen Alter des Hauses. Stapel von alten Schaubildern, Landkarten und seltsamen Büchern, Kästen mit antiken Münzen und Medaillen und merkwürdige Pokale, Bleidolche und andere Gerätschaften, die eher für die Ausübung der Magie bestimmt waren als für den praktischen Gebrauch, drängten sich in wildem Durcheinander auf den Borden eines offenen Schrankes, auf seinem Arbeitstisch, oben auf einem geöffneten Kleiderschrank und selbst unter dem Bett, wo sie dem Nachttopf seinen Ehrenplatz streitig machten. Auf dem Arbeitstisch vor seinem Manuskript standen ein Schädel und ein prachtvoll gearbeiteter silberner Trinkpokal, der mit unzüchtigen Gestalten verziert war.

»Ha, hmm«, dachte er laut und brachte den mächtigen Leib auf dem gepolsterten Stuhl in eine andere Sitzstellung, dann schob er sich die ledergerahmte Brille wieder auf die Nase. »Eindeutig das Geheimnis. Das heilige Blut – ein Gegenstand – gewährt vollkommene Macht über die gesamte Christenheit und die Heiden. Es wird irgendwo von diesen Leuten versteckt – die Abtei von Sion. Nach dem, was der ehrenwerte Simon in den ersten Versen der Weissagung andeutet, werden sie sich irgendwann zeigen, die wahre Dynastie wieder einsetzen und ein Reich schaffen, wie man es hier auf Erden noch nie gesehen hat. Also, gibt es sie nun noch, oder handelt es sich um einen allegorischen Namen? Der Steuermann. Hmm. Gebietet durch die Jahrhunderte über die Abtei und ihre heilige Aufgabe. Das ist ziemlich klar. Falls es diesen Burschen noch immer geben sollte. Wer könnte das sein? Sie dürften einige verschlissen haben, seitdem dieses Buch vergraben wurde.« Crouch stand auf und schenkte sich noch einmal aus der Silberflasche auf seinem Tisch von dem schweren, süßen Wein ein. Er blickte betrübt in den Kelch und schwenkte den Wein. Der letzte aus dem Faß, und nirgendwo in ganz London seinesgleichen. Gleichviel, er würde bald Edleres genießen, wenn er erst Könige beriet und den Aufstieg von großen Reichen überwachte. Hier stand es geschrieben. Er mußte die Weissagungen nur entschlüsseln. Wolsey, wer war das schon? Ein Niemand. Crouch würde die Macht hinter dem neuen Thron sein, dem größten, den Europa je gesehen hatte. Crouch wußte Bescheid. Crouch hatte studiert. Nur Crouchs brillantes Hirn sah, daß der Weg dahin durch dümmere Männer verstellt war, Schwachköpfe, die sich einbildeten, sie regierten die Welt. Das Geheimnis des Buches – es würde ihm endlich die herausragende Stellung verschaffen, die ihm gebührte. Er trank, dann begab er sich wieder an die Aufgabe, sein Fragment zu entziffern, und dachte dabei laut vor sich hin.

»Also, hier am Anfang sagen die Verse den Untergang der falschen Könige voraus ... wer mögen die sein? Dieser Tage gibt es so viele ... Laß sehen, hier spielt er auf den Dämon an, der über den französischen Teil der Hölle herrscht, hmm, ja, er dürfte also die Dynastie der Kapetinger meinen ... doch was ist dann die Dynastie des Wahren Blutes? Alle Anzeichen deuten darauf hin, daß der vortreffliche Simon dieses weiter hinten im Buch offenbaren will. Und diese andere Sache, »die Spaltung der Eiche«. Daraus werde ich überhaupt nicht schlau, obschon der ehrenwerte Simon es für wichtig zu halten scheint. Zum Teufel mit diesem Dallet, er hat mich betrogen. Ich kann nur hoffen, daß seine Seele in der Hölle schmort.« Unten klapperte der Eselskopf gegen die Tür. Crouch lauschte den Schritten seines Dieners, der öffnen ging, und versteckte das Buchfragment unter einem Papierstapel.

Der Fremde, der hereingeführt wurde, war hochgewachsen, grauhaarig, würdevoll und trug ein ausländisches Gewand.

»Maître Bellier, zu Euren Diensten, hochverehrter Sieur Crouch.« Beim Anblick des unzüchtigen Bechers blitzte es in den Augen des Fremden auf, ein flüchtiges Lächeln des Wiedererkennens huschte über sein Gesicht. Der Ausdruck des Fremden entging Crouchs zynischen und bösartigen grünen Augen durchaus nicht. Aha, dachte er, wie merkwürdig. Da habe ich meine Antwort. Wir sind uns ebenbürtig.

»Ein antiker Kunstgegenstand, eine Kuriosität, die ich kürzlich erworben habe«, sagte er scheinheilig-freundlich.

»Aber gewiß doch, Sieur Crouch, ich verstehe vollkommen. Der Becher ist ein alter Bekannter. Von dem gibt es in Europa eine ganze Reihe.« Das schmale und kluge Gesicht des Fremden verzog sich zu einem spöttischen Lächeln.

»Fürwahr, Maître Bellier, das habe ich nicht geahnt. Nehmt bitte Platz und sagt, was Euch zu mir führt. Liegt Euch am Kauf von Raritäten? Ich besitze einige seltene Gegenstände, die Euch interessieren könnten, obschon der Becher hier unverkäuflich ist.«

»Ach, Sieur Crouch, Ihr habt meine Absicht bereits entdeckt. Wir wissen nämlich, daß Ihr zufällig auf den Hort von London gestoßen seid.«

»Der Hort von London?« Crouch hob eine Augenbraue. »Fürwahr, davon habe ich noch nie gehört.«

»Und Ihr habt auch noch nie von den Tempelrittern gehört, den einstigen Besitzern großer Reichtümer, denen jedoch durch ein Komplott des Königs von Frankreich mit dem Papst alles geraubt wurde?«

»Ich beschäftige mich mit Geschichte, Maître Bellier. Ich weiß sehr wohl, daß man sie unter der Herrschaft Philipps des Schönen der Hexerei und obszöner und diabolischer Praktiken für schuldig befunden hat.«

Der Fremde beugte sich zu Crouch hinüber und sprach jetzt in vertraulicherem Ton. »Ah, mein Freund, wir beide sind weltläufige Männer. Sie waren die größten Bankiers, die die Welt überhaupt gekannt hat. Sie waren so redlich, daß ihnen alle Schätze der Welt anvertraut wurden – eine große Versuchung für jeden Herrscher. Ihr und ich, wir beide wissen doch, daß sie gute Christen waren – mit einigen Ausnahmen.«

»Ausnahmen?«

»Nun, in großen altehrwürdigen Organisationen wird es immer einige geben, die – andere Praktiken ausprobieren. So gab es einige Isolierte, Stolze, die nicht nur Gott und Christus anbeteten, sondern auch das durch eine weibliche Gottheit der Antike verkörperte Generationsprinzip und einen mächtigen Mittler zwischen den Kräften des Himmels und der Hölle . . .«

»Baphomet . . .«

»Ach, dann wißt Ihr Bescheid. Hören wir also auf, uns etwas vorzumachen. Meine Herren sind willens, Euch gewisse wertvolle Gegenstände abzukaufen.«

»Woher wißt Ihr, daß ich die besitze?«

»Die seltene Münze, die Ihr Monsieur de Norfolk verkauft habt. Sie wurde einem unserer Spitzel gezeigt. Wußtet Ihr, woher sie stammt? Ich glaube nicht. Es ist eine französische Münze aus der Zeit der Merowinger. Aus der Zeit König Dagoberts. Ich versichere Euch, solch eine Münze hat nichts im Königreich England zu suchen, es sei denn als Teil des Horts von London. Wir wissen genau Bescheid, was er umfaßt. Einen ähnlichen Schatz gibt es nämlich vielerorts. In einigen Städten wurden die Tempelritter von Gesinnungsfreunden gewarnt. Wo immer abgefallene Templer die Möglichkeit zur Flucht hatten, verbargen sie ihre wichtigsten Schätze bis zur Zeit ihrer Wiederkehr. Der Zeit des Untergangs der Dynastien.«

»Was wollt Ihr? Ich habe nicht alles. Wir haben durch drei geteilt.«

»Zwei Dinge. Wir wollen das Buch der Weissagungen von Simon Magus. Und wir wollen wissen, wo sich die Büste von Baphomet befindet.«

»Das Buch – ach ja, das Buch. Ja, ich erinnere mich. Es gehörte nicht zu meinem Anteil . . .« Der Fremde beobachtete den schnaufenden Crouch mit durchdringendem Blick.

»Mein Herr ist willens, gut zu zahlen, sehr gut.«

»Ich könnte es für Euch auftreiben. Der andere hat keine Ahnung von seinem Wert. Doch sagt, was enthält es?« Crouchs Stimme klang ausdruckslos.

»Weissagungen von Macht, zu welchem Schluß Ihr zweifellos auch schon gekommen seid, Monsieur Crouch, da Ihr den Text gefunden haben dürftet, mit Hilfe dessen Ihr das Versteck des Horts entdeckt habt«, sagte der Fremde mit dem ausländischen Gewand. »Weissagungen von dem Blut, das Herr der bekannten Welt werden wird, von dem größten Geheimnis der Christenheit.«

»Also könnte der Mann, der das Buch besitzt, die größte Macht der ganzen Christenheit werden?«

»Wohl kaum, Sieur Crouch. Ihr müßt wissen, daß wir bereits eine Kopie des Buches haben, und unsere Zahl ist groß.« Crouch warf ihm unter schweren Lidern einen Blick zu.

»Wir?« sagte er. »Warum möchte die Abtei von Sion dann

noch eins haben?« Das war aufs Geratewohl geredet, traf jedoch ins Schwarze.

Maître Bellier erblaßte und erwiderte: »Ist das nicht offensichtlich, Sieur Crouch? Wir möchten es verbrennen. Denkt daran, wer es findet, wird ein reicher Mann.«

»So reich wie der Steuermann?« Crouch musterte ihn. Ich weiß Bescheid, sagte seine Stimme. Geh in die Knie, gib auf.

»Keine Ahnung«, sagte Maître Bellier. »Wechseln wir das Thema. Solltet Ihr das Manuskript finden, so rate ich Euch gut, es nicht zu behalten. Und des weiteren rate ich Euch, die Hände von Baphomets Büste zu lassen.«

»Auch die gehörte nicht zu meinem Anteil. Ein häßliches Ding; es ging an einen Künstler, der danach verlangte, sie zu kopieren.«

»Dann habt Ihr Glück gehabt, Sieur Crouch. Wer auch immer die Büste anfaßt, ist verloren. Gewisse Menschen aus dem ehrenwerten Orden, von dem die Rede ist, waren Meister des Okkulten. Sie waren rachsüchtig und fesselten auf jedem Grundstück, wo sie Baphomet versteckten, einen Dämon der Zerstörung an die Büste. Wir sind im Besitz der Beschwörungsformel, die den Dämon zurück an Ort und Stelle schickt.«

Wo auch immer sich diese Abtei befindet, dachte Crouch, es handelt sich um Toren, nicht um Teufelsbeschwörer. Wenn sie diesen Dämon losketten und sich dienstbar machen würden, sie könnten ihr Ziel viel schneller erreichen. Allein schon bei dem Gedanken juckte es ihn in den Fingern. Die Macht der Hölle zu seinen Diensten, das Ziel jahrelanger Studien der Schwarzen Magie. Wer hatte ihm das Dämonenkind geraubt? Das war die Gelegenheit gewesen. Doch irgendwie war sie ihm aus den Fingern geglitten. Vorbei. Bei dem Gedanken seufzte er bekümmert.

»Ein Jammer, sie dürfte verschwunden sein«, sagte Crouch.

»Der Anstand gebietet, sich des Dinges zu entledigen, doch dieser Tage sind so viele Dämonen der Zerstörung losgelassen, was zählt da einer mehr?« Maître Bellier hob die Schultern und lächelte philosophisch. »Gleichwohl habe ich Mitleid mit dem Unglücksraben, der die Büste in seinem Besitz hat. Sieur Crouch, ich danke Euch, daß Ihr mir Eure wertvolle Zeit geopfert habt. Während meines Aufenthalts in England steige ich im ›Einhorn‹ ab. Bitte, sucht mich auf, falls Ihr das Buch auftreiben solltet.«

Draußen vor der Tür hielt Maître Belliers Diener die beiden Maultiere. Während er wartete, war es in der Straße dunkel geworden, und er hatte sich bei einer Nachbarin Feuer geben lassen und die beiden Fackeln angezündet, die er mit sich führte.

»Eustache«, sagte sein Herr, als er sein großes rötlichgraues Maultier bestieg, »ich glaube, dieser Mann hat das Buch gesehen. Mag sein, er besitzt es sogar – oder zumindest einen Teil davon. Er weiß von der Abtei. Das wird dem Steuermann nicht gefallen.«

»Er weiß vom Steuermann?«

»Ja, aber nicht, wo er sich befindet. Ich halte den Mann für äußerst klug und skrupellos. Aber ich glaube, er nimmt uns die Mühe ab, die Besitzer des Buches aufzutreiben und zum Schweigen zu bringen. Wir werden ihn beobachten, ihn jedoch in Ruhe lassen, bis er alles beisammen hat, dann nehmen wir es an uns.«

»Aber woher wollen wir wissen, wann er das geschafft hat?« fragte der Diener, reichte Maître Bellier eine Fackel hoch und bestieg dann flink sein Maultier, hielt das andere jedoch noch fest.

»Wenn es so aussieht, als ob er ins Ausland reisen will. Dann kümmern wir uns um ihn.«

Oben ließ sich Crouch in sein Nachthemd helfen, sein Herz hämmerte, und sein Hirn raste. Dieser Franzose mit seinem sinnlosen Übereifer. Zweifellos hielt er sich für klug. Aber er hatte das Geheimnis verraten. Die Abtei von Sion existierte, der Steuermann existierte, die Weissagungen trogen nicht, und ihre Erfüllung stand unmittelbar bevor. Das Buch war von unschätzbarem Wert.

Nur zum Vergnügen berechnete er zunächst den Preis, den ein Usurpator vielleicht für ein Buch der Weissagungen zahlen würde, das ihn an die Macht und seiner Sache Gefolgsleute brächte. Dann hielt er inne und taxierte den Preis, den ein regierender Monarch vielleicht für die Kenntnis der Zukunft Frankreichs zahlen würde. Welche Wonne, ihnen das Wissen der Jahrhunderte anzubieten. Er malte sich aus, wie er eine Auktion abhielt. Wen würde er einladen? Wolsey für den König von England? Heinrich hatte noch immer Ansprüche in Frankreich. Oder vielleicht den Kaiser des Heiligen Römischen Reiches? Ein möglicher Kandidat. Er hat mehr Geld, und Frankreich war ihm ein Dorn im Auge. Doch in Wahrheit ist es eine Verschwendung, dachte er. Wie alle Herrscher sind sie zu dumm, als daß sie etwas Wertvolles zu schätzen wüßten. Nur ich würde dieses Buch richtig zu nutzen wissen. Während sein Hirn Pläne und Gegenpläne schmiedete und er sich seinen Aufstieg zu den Höhen der Macht ausmalte, wuchs die Gier, das ganze Manuskript zu besitzen, und nagte an ihm. In dieser Nacht tat er kaum ein Auge zu.

Kapitel 8

Zunächst war es mir sehr leicht vorgekommen, doch als ich erst einmal dabei war, merkte ich, daß ich nicht genügend überlegt hatte, wie man eine posthume Karriere aufbaute. Ich hatte gedacht, der schwierigste Teil wären die vielen Lügen, die ich der Kundschaft aufbinden müßte, doch darin hatte ich mich geirrt. Es stimmt, die Lügen belasteten meine Seele, doch glücklicherweise war ich in der Osterzeit zur Beichte gewesen, und das war vor der ganzen Schwindelei. Also brachte ich für jede Lüge ein kleines Zeichen am Türrahmen an, damit ich kommenden Advent die genaue Zahl beichten konnte und keine unterschlüge. Das ist praktisch, wenn man nicht allzuoft zur Beichte geht, doch wenn ich eine Nonne wäre, es würde kein gutes Ende mit mir nehmen. Ich meine, ich habe viel für die Kirche übrig, besonders wenn die Musik gut ist, und natürlich liebe ich Gott und Jesus und all die Heiligen und vor allem die Jungfrau Maria, die ich mir gern zum Vorbild nehmen würde, aber das ist einfach aussichtslos. Ich bin auf der Suche nach einer nicht so hohen Heiligen, vorzugsweise einer Malerin, als Vorbild, aber bislang habe ich noch keine gefunden. Und solange ich das nicht habe, ist es einfacher, dreitausendvierhundertundeinundzwanzig Lügen insgesamt zu beichten, als jede einzelne aufzuzählen. Und der Priester sagt ohnedies immer: »O nein, Ihr müßt nicht jede einzelne aufzählen«, und das mit ermattet klingender Stimme, weil meine Beichten so lange dauern. Vielleicht sollte ich beichten, daß ich ihn damit hereinlege, aber ich glaube, er weiß Bescheid und hat mich aufgegeben.

Das mit den Lügen ist also nicht ganz so schlimm, doch wo kaufen Tote ihre Farben? Das heißt, lange kann man nicht so tun, als machte man Besorgungen für den Ehemann, denn irgendwann sagt der Apotheker: »Wenn ich mich recht entsinne, so wurde Euer Gatte in St. Vedast bestattet und hat eine hübsche Messingtafel an der Wand, oder?« Und so werden die Wege länger und länger, bis man alle Apotheker Londons abgeklappert und sich die Füße wund gelaufen hat. Und jemanden aus dem Haus kann ich nicht schicken, denn der würde gewißlich betrogen. Farben muß man fühlen und riechen, anfassen und sehen, sonst weiß man nicht, ob sie gut sind oder ob man etwas Zweitklassiges angedreht bekommt.

Ein Weilchen reichte ich noch mit dem, was ich hatte, aber für den dummen Garten Eden hatte ich gleich all meine grünen Farben aufgebraucht. Alaun konnte ich überall kaufen, ohne daß jemand argwöhnte, ich würde daheim unter Beimischung von Lilien- und Stiefmütterchenessenz Farben herstellen. An Indigo kam ich heran, wenn ich vorgab, ich wollte etwas Garn färben oder ein altes Kleid, das sich in Blau besser machen würde. Doch wenn man Feiellbraun und Azurblau und Malachit und Türkisgrün kaufen will, dann fragen sich die Leute, wozu die Witwe eines Malers die wohl braucht, und die einzige Antwort ist nicht sehr ehrbar, denn sie denken, man hat sich mit einem anderen Maler eingelassen und lebt heimlich in Sünde, damit einem die Rente nicht verlorengeht. Und was am schlimmsten ist: Wenn Klatsch und Tratsch blühen, kommt vielleicht der Büttel vorbei, sucht nach Männern und findet statt dessen Gemälde.

Nachdem ich das mit Mistress Hull besprochen hatte, die eine sehr gewitzte Frau ist, beschlossen wir, jemanden einzuweihen und ihn tüchtig zu bestechen, und zum Glück kannte ich einen solchen Menschen. In einem Gäßchen, das in der Nähe der Goldschläger von der Bladder Lane abgeht, gibt es einen Apotheker, der auch Alchimist und nicht gerade sehr ehrlich ist, das aber auf ehrliche Art und Weise. Ich meine, er betrügt nicht allzu schlimm, aber er glaubt, daß die Gesetze nur für andere gelten. Darum ist mein Vater auch so gut mit ihm ausgekommen, der glaubte nämlich auch, daß die Gesetze nur für die anderen wären, insbesondere die Zunftgesetze, die nur englische Maler schützen, die nicht richtig malen können, und die deshalb bessere Künstler ausschließen müssen. Master Ailwin stellte sehr gute alchimistische Farben her, beispielsweise Auripigment und Grünspan und Bleiweiß, und er kam an alles heran, was man so brauchte, sogar an Dinge, die etwas mit Schwarzer Magie zu tun hatten, wie Daumen von Toten, doch so etwas möchte ich gar nicht haben. Der einzige Haken an Master Ailwin ist, daß er zu allem seine Meinung sagen muß. Nie kommt man schnell aus seinem Laden, immer muß man disputieren, und dabei bestreitet er ohnedies die ganze Unterhaltung allein. Außerdem gehen bei ihm zwielichtige Gestalten ein und aus, doch daran störte sich Vater nie. Er sagte immer, das Leben ist voller zwielichtiger Gestalten, und solange sie sich malen lassen, soll man nicht daran rühren.

Und so kleidete ich mich eines schönen Morgens in mein bestes schwarzes Kleid, das aus dem guten Wolltuch mit den kleinen Biesen rings um den Rock und den Ärmeln im französischen Stil, und dazu meine französische Kapuze, die sehr elegant ist, holte mir Nan und machte mich durch das Ludgate-Tor auf den Weg in die Stadt und zu Master Ailwin. Der blaue Himmel hatte jedermann auf die Fleet Street ins Freie gelockt, und ein Apparat auf dem Wasserturm machte sogar Musik, er hatte Glöckchen und spielte Kirchenlieder. Oben auf dem Turm ist das Bild des heiligen Christophorus, unter ihm sind Engel und darunter die Glöckchen. Der Wasserturm steht in der Nähe der Fleet Bridge, wo jedermann vorbei muß, wenn er durch das Stadttor will. Die Südseite der Straße ist gesäumt von schönen Häusern aus Stein mit Zierat, der wundersam anzusehen ist.

Und wieder einmal erwies sich, wie wichtig in dieser bösen Welt gute Kleidung ist. Wenn ich mich schlicht kleide und frohgemut und hart arbeite, dann machen mir behaarte Männer aus der ›Ziege und dem Krug‹ schöne Augen und reißen sich darum, mich zur Haustür zu geleiten. Doch wenn ich nichts Gutes im Schilde führe und mein bestes Kleid aus dem schwarzen Wolltuch anhabe, mit dem mich der Mörder meines Mannes bestochen hat, und wenn alles zum Tor drängelt und dazu noch Karren und Esel mit Feuerholz, Eiern und Obst im Wege sind, dann machen mir die Leute Platz, und bedeutend aussehende Menschen im Kaufmanns- und Advokatengewand halten mit ehernem Blick niedere Männer davon ab, mich zufällig zu streifen. Es ist auch hilfreich, daß Nan die Hunde fortscheucht, denn ich würde kaum noch wie eine bedeutende Witwe aussehen, wenn die Leute mitbekämen, daß mir die Hunde nachlaufen, was doch seltsam ist.

Wirklich vornehme Menschen benutzen das Tor ohnedies nicht, sondern sie kommen zu Wasser und steigen dann die Treppe vom Fluß hinauf. Und sie müßten sich eigentlich gar nicht unter das gemeine Volk mischen, aber sie fürchten um ihr Leben, falls sie nicht vor der London Bridge aussteigen und die Bootsführer allein darunter hindurchfahren lassen. Danach steigen sie wieder ein, doch es kommt sie hart an, daß sie sich ein Weilchen unter das niedere Volk mischen müssen, um auf die andere Seite der Brücke zu gelangen. Ich gehe immer gern die Thames Street entlang, weil man da sehen kann, ob jemand wirklich Hochvermögendes aussteigt, dessen Kleidung man bewundern kann. Mir gefallen nun einmal schöne Kleider, aber ich erfreue mich lieber mit den Augen daran, als daß ich sie im Schrank hätte, wo sie mir im Wege wären. Besonders gefallen mir Farbe und Schimmer. Und manche Menschen tragen ihre Kleider, und andere werden von ihren Kleidern getragen, und auch das ist interessant anzusehen.

Auf der Thames Street konnte ich Livrierte rufen hören: »Macht Platz, Platz für Seine Gnaden!« und wußte, daß jemand Bedeutendes die Treppe heraufkam und sich unter die Menge mischen mußte, wo ich dann einen Blick auf ihn erhaschen konnte. Ich hoffte auf einen Lord mit goldener Stickerei, doch die Läufer kündigten fortwährend Bischof Wolsey an, damit wir ihm nicht auf den Saum traten, und das ist auch richtig so, denn Kirchenmänner von Rang dürfen sich recht oft unmittelbar mit Gott unterhalten, was ich aufregend finde.

Die Menge teilte sich unter Geschrei und Gedrängel, und ich sah, daß dem Bischof ein Kreuzträger mit einem großen Silberkruzifix voranschritt. Hinter ihm und neben ihm gingen Wachen und Zeremonienmeister und Schreiber in seiner Livree, dazu mehrere Priester in schlichtem Gewand. Zwei Männer in zur Livree passenden samtenen Schauben, Federkasten und Schwert im Gürtel, folgten seinem Zug, und da sie jung waren und gut aussahen, bildeten sie einen starken Kontrast zu dem Bischof, denn der war sehr fett und obendrein alt, möglicherweise sogar schon vierzig. Einer der beiden war blond und rosenwangig und sah in dem dunklen Violett und Grau besonders gut aus. Wo auch immer der Bischof hinblickte, er blickte auch dorthin. Wann immer der Bischof die Nase rümpfte, er rümpfte sie auch. Der Bischof blickte gereizt. Mit einer geschmeidigen Geste reichte ihm der blonde Mann mit dem Federkasten seine Ambrakugel, und der Bischof steckte die Nase hinein, damit er nicht die schlechte Stadtluft einatmen mußte. Der andere Schreiber beobachtete den ersten dabei, wie der seinem Herrn so elegant half, und das mit so eifersüchtiger und erboster Miene, daß ich am liebsten losgelacht hätte. Dann blickte der Bischof geradeaus, so als dächte er erhabene Gedanken, bei denen man ihn nicht stören durfte, und der blonde Mann sah aus, als dächte auch er Erhabenes, und der andere, der kastanienbraune Locken hatte, was stets auf einen schlechten Charakter hindeutet, wandte die Augen ab, als könnte er den Anblick des blonden Schreibers nicht ertragen. Darüber hätte ich am liebsten noch mehr gelacht, was wieder einmal beweist, daß die Welt stets kleine Vergnügungen bereithält, wenn man die Menschen nur genau beobachtet.

Der Bischof schien nicht zu merken, daß seine Wache die gaffende Menge teilte, sondern steckte die Nase in die Ambrakugel. Seine Augen waren sehr kalt, doch das lag gewiß daran, daß er so tief in Gedanken versunken war. Als Almosenpfleger des Königs war er gewiß auf dem Weg nach Greenwich, um dem König bei seinen guten Werken frommen Rat zu erteilen, und das machte ihm wohl Sorgen, da Könige bei ihren guten Werken viel Hilfe brauchen. Seine Gewänder waren märchenhaft und ganz aus damastener Seide in den schönsten dunklen Violetttönen, mit ein wenig Elfenbein abgesetzt, und dazu kam ein erlesen gefertigtes großes goldenes Kruzifix mit einem Christus.

Nun kann ich ja verstehen, daß jemand, der wirklich gute damastene Seide trägt, nicht in den Schlamm treten möchte, doch in der Menge gärte es, da Ausgefallenes sie oft aufhetzt und sie sich nicht so an Farben erfreut wie ich. Ich konnte die Menschen Dinge murren hören wie »Diese Pracht – putzt der sich aber raus – wie ein Fürst«, »Wo der herkommt, wie kann er da nur so vornehm tun?« und dergleichen mehr. »Zu großartig für einen Gottesmann«, fauchte eine alte Frau, doch leider in der Nähe eines hartgesichtigen Priesters aus dem Gefolge des Bischofs.

»Was war das, Weib?« fragte der Priester und blickte sie grimmig an. Die Frau fuhr zurück, denn wer möchte schon weggeschleppt werden und die Zunge durchbohrt bekommen, und so stammelte sie: »Ich habe gesagt – ich habe gesagt, Gott hat den Mann groß gemacht«, und schon hatte sie es geschafft, in dem Gedränge hinter mir unterzutauchen. Ich merkte, daß sich der Schreiber umsah und flüchtig lächelte, und in seinen Augen blitzte es bei der schlagfertigen Antwort der Frau auf. Ich stand ganz in der Nähe und konnte sehen, daß er haselnußbraune Augen hatte, die klug und freundlich blickten, obschon sie nicht so schön funkelten wie dunkelbraune, die ich für meinen Teil anziehender finde. Eine schöne Nase hatte er auch und ein wirklich hervorragendes Profil, was ihn wahrscheinlich eitel machte, denn so geht es mit Menschen, die ein gutes Profil haben. Blieb noch die Sache mit der verkehrten Haarfarbe, die von einem hitzigen Charakter und Eifersucht zeugte, obschon er sehr gut gebaut war, und das fällt jemandem wie mir natürlich immer auf. Ich dachte gerade, welch ein Jammer, daß ein so hervorragendes Profil an jemanden verschwendet war, bei dem alles auf einen schlechten Charakter hindeutete, als ich merkte, daß er mich auch ansah. Ich gab den Blick unumwunden zurück und blickte fest und mißbilligend, er sollte nämlich merken, daß es sich nicht schickte, eine ehrbare Witwe so anzuschauen, und er prustete, weil er ein Lachen unterdrükken mußte, was nun wirklich bewies, daß er einen schlechten Charakter hatte.

Das hörte der Bischof, und seine Augen schossen zur Seite, er hatte wohl Angst, daß ein Mörder oder so ähnlich den Laut ausgestoßen hatte, und da fiel sein Blick auf mich, und das war nun wirklich ungewöhnlich und für mich vollkommen unvergeßlich.

Wolseys Gesicht war in Fett eingebettet und von vielen Sorgenfalten zerfurcht, und seine Augen blickten sehr scharf und ziemlich einschüchternd, und das rechte mit dem Hängelid zuckte und verlieh ihm etwas Finsteres. Normalerweise würde ich mich vor diesem bösen Blick verstecken, doch als ich ihn so ansah, da tat er mir sehr leid, denn wer so aussieht, der muß einfach böse blicken, vor allem dann, wenn Leute, unter die man sich nur ungern mischt, sich darüber lustig machen, wie man aussieht und wie man gekleidet ist. Und er tat mir auch leid, weil ich ihm an den Augen ablesen konnte, daß er ein weltlicher Intrigant war, doch daß all seine Ränke ihm nur schadeten, denn ein Gottesmann sollte sich an Gott halten, so wie sich ein Maler ans Malen halten sollte.

Ich merkte jedoch, daß er merkte, er tat mir leid, und da schürzte er den Mund, als wollte er sagen: Welch neue Narretei ist das? Versuche nicht, mich zu täuschen, ich durchschaue dich. Ich weiß, das ist viel für einen einzigen Blick, doch was ich gesehen habe, das habe ich gesehen. Und daher wußte ich auch, daß es Wolsey und mir bestimmt war, uns eines Tages zu begegnen, nur weil sich unsere Blicke auf der Thames Street kurz getroffen hatten. Aber ich hoffte, es würde noch eine gute Weile auf sich warten lassen, denn je größer der Bogen ist, den man um große Männer macht, desto sicherer ist man, vor allem dann, wenn man wie ich zum gemeinen Volk zählt. Die ganze Prozession zog vorbei, stieß wieder zu den Bootsleuten und war verschwunden, und ich vergaß dieses Gefühl von Vorherbestimmung.

In der Guthrun's Lane kann man die Goldschläger hinten in ihrer Werkstatt sehen, wie sie Blattgold zwischen Pergament fein und dünn hämmern. Ich bin gut im Aufbringen von Blattgold, denn das habe ich für Vater gemacht, doch ist das jetzt kaum noch gefragt, da ich keine vornehme Kundschaft habe, und meine nichtswürdigen Evas nebst Adam erfordern kein Blattgold. Master Ailwins Laden befindet sich genau am Ende der Gasse, er ist klein und eng, jedoch sehr langgestreckt, und hinten gibt es Öfen und Glasgefäße mit blubberndem, stinkendem Zeug, und dazu alle Arten von Krügen, Behältnissen und Schachteln mit Dingen, die er einmal brauchen könnte, meistens jedoch nicht. Sein Fensterladen war aufgeklappt, und ich konnte im Inneren einen gewaltigen und reich aussehenden Mann erblicken, der etwas kaufte. Der reiche Mann war in eine Unterhaltung mit Master Ailwin vertieft, der buschige weiße Augenbrauen hat und dem aus den Ohren Haare wachsen. Von dem reichen Mann konnte ich nur den Rücken sehen, doch es war ein sehr rundlicher Mensch, nicht übermäßig groß, und er trug ein Gewand aus grünem Samt in fremdländischem Schnitt, vielleicht italienisch. Er wirkte sehr aufgebracht, und ich konnte sehen, wie er mit der großen runden Faust in einem großen schwarzen Handschuh auf den Ladentisch einhämmerte. Hoffentlich hatte Master Ailwin nicht zu knapp gewogen, das könnte ihn teuer zu stehen kommen, und was würde dann aus mir? Also wartete ich mit Nan draußen, und schon kamen mehrere Katzen, die sie wegscheuchte, und ich ging nicht hinein, weil ich meine Geschäfte geheimhalten wollte, und das wiederum bedeutete, ich führte nichts Gutes im Schilde.

Daher wartete ich an der Ecke zur Bladder Lane und tat so, als interessierte mich Master Ailwins Apotheke nicht im geringsten. Inzwischen hatten sich auch zwei große Hunde eingestellt, doch Nan blieb keine Zeit, sie wegzuscheuchen, da kam der Unbekannte auch schon schnaufend aus der Tür gestürmt und rannte mich mit seiner massigen Gestalt fast über den Haufen. Sein Gesicht gefiel mir nicht. Seine Augen waren sehr hell und kalt und wirkten, als wäre es besser, nichts von seinen Gedanken zu wissen. Seine Haut war so häßlich und bleich wie die eines Geschöpfes, das nach dem Regen aus der Erde oder aus einem verfaulten Baumstumpf kriecht. Er hatte Falten zwischen den Augenbrauen, Tränensäcke und einen seltsam breiten Mund, den er so angeekelt zusammenkniff, als wäre er über einen der Hunde gestolpert und nicht über mich. Dann blickte er auf mich herab und bedachte mich mit einem Lächeln, das nicht bis zu den berechnenden Augen reichte und bei dem mir unbehaglich und bänglich zumute wurde. Ich sah, daß er mein Mißfallen spürte. Er sprach in dem verschlagenen, heuchlerischen Ton, mit dem der Schlachter dem Kalb gut zuredet, ehe er ihm die Kehle durchschneidet. »Euch kenne ich doch«, sagte er. »Seid Ihr nicht Rowland Dallets Witwe?«

Ich antwortete: »Die bin ich, Sir, doch da ich Euch nicht kenne, wird unsere Bekanntschaft warten müssen, bis wir einander geziemend vorgestellt worden sind. Gehabt Euch wohl«, und damit wollte ich an ihm vorbei, doch nicht in Richtung von Master Ailwins Laden, da er nicht wissen sollte, wohin ich strebte. Nan und alle knurrenden Hunde folgten mir. Er jedoch bewegte sich recht flink für jemanden von seinem Umfang, baute sich in seiner ganzen Breite vor mir auf und vertrat mir den Weg.

»Führwahr, Mistress Dallet, lauft mir nicht so schnell davon. Ich freue mich, Euch genesen und wieder wohlauf zu sehen«, sagte er und stemmte dabei die schwarz behandschuhte Hand gegen die Mauer, so daß ich nicht an ihm vorbeikam. Dann rückte er mir so auf den Leib, daß mir unbehaglich wurde. Ich hörte, daß er von der Anstrengung, mich aufzuhalten, ins Schnaufen gekommen war. Hauptsache, er atmete mich nicht an. »Was ist aus dem Kind geworden?« fragte er mit honigsüßer, heuchlerischer Stimme. »Gedeiht es? Vielleicht hat man es Euch nicht ausgerichtet, aber ich habe angeboten, für es aufzukommen?«

»Sir, das Kind wurde tot geboren«, sagte ich und versuchte, mich an ihm vorbeizudrängen.

»Unerhört«, knurrte er und sah überrascht aus, rührte sich jedoch nicht vom Fleck. »Was seid Ihr?« Und das war wirklich interessant, denn er sagte nicht: »Wer seid Ihr?«

»Ich bin eine Witwe und muß mich recht und schlecht durchschlagen, weil mein seliger Mann keinerlei Vorsorge für mich getroffen hat«, gab ich zurück. »Und jetzt gehabt Euch wohl, Sir.«

»Und Ihr auch, Mistress Dallet«, sagte er, doch dann besann er sich scheinbar auf seine guten Manieren und zog so schwungvoll den mit Edelsteinen besetzten Hut, daß es wiederum spöttisch wirkte. »Wenn wir uns das nächste Mal unterhalten, werde ich dafür sorgen, daß wir einander geziemend vorgestellt werden.« Damit machte er auf dem Absatz kehrt und ließ uns stehen.

»Wenn es in der Hölle friert«, sagte Nan, die mich zuweilen in Erstaunen versetzt. Wir sahen ihm nach, wie er fortging, und erst als er verschwunden war, kehrten wir auf einem Umweg zum Apotheker zurück, und mir schien, daß eine dunkle Wolke meinen Tag verdüsterte.

»Ei, wenn das nicht die kleine Susanna Maartens ist. Diese blauen Augen würde ich überall herauskennen! Immer herein, immer herein, was kann ein alter Mann für eine so bezaubernde – oh, Witwe, ja, tun? Ei, das ist wirklich schlimm. Und dabei hat Euer Vater so viel von diesem Master Dalbert, so hieß er doch, gehalten. ›Ein brillanter, junger Mann‹, hat er gesagt. Euer verehrter Vater, ein Kunsthandwerker von großen Gnaden und großer Genauigkeit, aber starrköpfig! Der junge Mann jedoch – viel bessere Manieren als Euer Vater – schade, schade. Und was führt Euch allein hierher? Möchtet Ihr etwas haben, womit Ihr Euch einen anderen Mann angeln könnt? Oder vielleicht ein Pulver, mit dem man zu Geld kommt – Ihr seht mir nämlich so aus, als könntet Ihr Euch den Ehemann ganz allein einfangen.«

Er stöberte auf den Regalen im vorderen Teil des Ladens herum, in denen viele merkwürdige Schachteln und Päckchen lagen, einige mit unlesbaren alchimistischen Etiketten. Auf seinem Ladentisch lag eine Marmorplatte, auf der er schneiden und Pulver abmessen konnte, und daneben stand eine Waage zum Abwiegen. Durch die geöffnete Tür konnte ich in den hinteren Teil des Ladens blicken und sah seinen Lehrjungen eifrig den Fußboden des langen, vollgestellten Raumes kehren. Getrocknete Fledermäuse, Bündel mit Pflanzen, die wie Unkraut aussahen, und andere seltsame Dinge hingen von der Decke des Hinterzimmers, und dann war da noch ein Schrank mit merkwürdigen Glasgefäßen.

»Geld jedoch«, fuhr Master Ailwin fort, »ach, Geld – das steht auf einem anderen Blatt. Wer kommt dieser Tage noch zu Geld, ohne die jenseitige Welt ein wenig zu bemühen?« Der Lehrjunge sah auf und erblickte mich im Vorderzimmer. Er tat so, als kehrte er weiter, kehrte dabei jedoch immer näher, so daß er an der geöffneten Tür lauschen konnte. Dann stützte er sich auf seinen Besen und starrte mich an. »Das liegt an den Zahlungsmitteln, die taugen nämlich nichts mehr, taugen dank der Verbrecher im Münzamt überhaupt nichts mehr. Welches Zahlungsmittel taugt dieser Tage überhaupt noch? Alle verfälscht, allesamt. Aber zur Zeit des alten Königs, als es noch ehrenhafte Minister gab –« Master Ailwins Bartspitze sah angesengt aus, und er hatte etwas auf dem Kopf, das einmal eine Kappe gewesen war, und trug ein so verflecktes und altes Lederwams, daß es aus der Zeit König Richards stammen konnte. Wenn man so etwas in der guten alten Zeit getragen hatte, konnte es damals auch nicht viel besser gewesen sein. Ich mußte ihm das Wort abschneiden, sonst gab ich meinen Plan am Ende noch auf und suchte das Weite.

»Ich brauche einige Dinge, vor allem jedoch Farben. Aber die brauche ich von einem so verschwiegenen Menschen wie Ihr –«

»Das istverderbt, und Ihr wißt es. Verderbtheit! Bestechung. Verkauf von hohen Ämtern. Aber was kann man schon erwarten, wenn die Kirche mit schlechtem Beispiel vorangeht, Simonie –«

»Heute möchte ich Türkisgrün und Bleiweiß kaufen, Master Ailwin.« Dem Lehrjungen sproß der erste Flaum. Er war ganz knochig und schlaksig, und nichts an ihm wollte richtig zusammenpassen. Mir fiel auf, daß er mich noch immer so anstarrte. Über der Kleidung trug er eine alte, fleckige Schürze, und seine Kniehose war überall geflickt. Was stimmte eigentlich nicht mit mir? Liefen mir jetzt auch noch die Lehrjungen nach?

»Wozu überhaupt?« Master Ailwin schien plötzlich Verdacht zu schöpfen. »Führt Ihr einem anderen Maler das Haus? Denkt daran, mein Mädchen, der Grat zwischen Anstand und Gosse ist schmal. Die Tugend einer Frau. Sie ist ihre Krone –«

»Ich male selber, Master Ailwin.«

»Ihr selber? Also, das ist mir denn doch zu bunt. Im Wolkenkuckucksheim, wo die Hennen krähen und die Hähne Eier legen und die Frösche ›Ringel, ringel, Rose‹ singen, da mögen auch Frauen malen –«

»Ich verdiene damit gutes Geld, und ich brauche einen Lieferanten.«

»Ihr verdient gutes Geld? Das ist das Wolkenkuckucksheim. Und wie wollt Ihr der Zunft entgehen?«

»Indem ich meine Farben bei Euch kaufe und Euch für Euer Stillschweigen bezahle, so nämlich«, sagte ich, denn er brachte mich schier zur Verzweiflung.

»Ihr wollt mich also bestechen, daß ich die gerechte Ordnung der Welt durcheinanderbringe?« fragte er, legte den Kopf schief und kratzte sich unter der unförmigen, alten Filzkappe.

»Das hatte ich vor.«

»Junge Frau, dafür sollte man Euch in Öl sieden. Wißt Ihr eigentlich, was Ihr da von mir verlangt? In einer Welt des Anstands und der Tugend –«

»Master Ailwin, in jener Welt sollte sich jeder Bedürftige eigenhändig das Brot verdienen dürfen. Soll ich lieber betteln gehen? Ich habe ein Recht darauf, mir zu verdienen, was ich brauche.« Ich war so außer mir, daß ich ihn anschrie. Er blickte mich lange an, so als sähe er mich in einem ganz neuen Licht.

»Ihr seid beinahe eine von uns«, sagte er. Dann stützte er sich auf den Ladentisch und musterte mein Gesicht eingehend aus der Nähe. »Habt Ihr schon einmal in Gottes Wort gelesen?« fragte er.

»Das war mir noch nicht vergönnt«, antwortete ich.

»In der Bibel steht geschrieben, daß in den frühen Tagen der Christenheit, vor der großen Verderbnis, alles allen gemeinsam gehörte. Allen gemeinsam! Das bedeutet, daß alle Reichtümer, die heute den großen Herren, ja sogar der Kirche selbst gehören, der Allgemeinheit gestohlen worden sind. Dazumal in der guten alten Zeit, als alle Männer ihr Brot im Schweiße ihres Angesichts verdienten –«

»Und alle Frauen –«

»Oh, und alle Frauen –«

»Vor allem die Maler –«

»Ei, vermutlich auch die Maler, falls es die gab –«

»Natürlich gab es die. Und sie brauchten Farben.«

»Wir sollten uns erheben und uns alles zurückholen. Die Ländereien mit Steckrüben für alle bepflanzen, Feuerholz gegen die Kälte schlagen, Kaninchen für die Hungrigen fangen und –«

»Und Malerinnen Farben verkaufen. Gewiß gehört das auch dazu.«

»Nun ja, natürlich. Nichts Umwerfendes, aber von großer Symbolkraft.«

»So ist es. Und es wäre noch symbolischer, wenn Ihr mir diese Farben zu dem gleichen Preis abgeben würdet, den die selbstsüchtigen hohen Herren und die verderbten Zunftbrüder von den Gilden dafür zahlen.«

»Die übervorteile ich doch immer!« rief er. »Weniger! Susanna Dillard berechne ich weniger!«

»Das ist eine bedeutende Geste«, sagte ich.

»Bedeutsam. Und sollen die Witwen nicht witwenlos sein und die Waisen nicht waisenlos –«

»Ihr habt mein Blut in Wallung gebracht«, sagte ich. »Jetzt male ich mit neuer Kraft, da ich weiß, daß ich mich mit jedem Pinselstrich gegen die verderbten Herren dieser Erde erhebe.«

»Pinsel zu Schwertern«, rief er.

»Zwei Unzen Bleiweiß«, rief ich. Und mit feurigem Blick machte er sich daran, mir auf seiner großen Waage abzuwiegen, was ich brauchte.

»Du lieber Himmel, worum ging es denn bei dem ganzen Geschrei?« fragte Nan, als wir uns mit allem, was wir brauchten, von ihm verabschiedet hatten.

»Ach, er ist irre«, antwortete ich. »Das kommt von den ganzen Dämpfen, die er im Hinterzimmer einatmet. Quecksilber, Auripigment, Gott weiß was. Es steigt ihm zu Kopf. Seit unserer letzten Begegnung ist es schlimmer mit ihm geworden.«

»Und was ist mit dem Gerede von gleichem Besitz für alle? Das ist doch unanständig«, sagte sie naserümpfend. »Und ketzerisch. Ich meine, Herren sind Herren, und das gemeine Volk ist gemein, weil es so Gottes Wille ist. Wenn er gewollt hätte, daß alle gleich viel besitzen, dann wäre es auch so.«

»Da komme ich auch nicht mit«, sagte ich. »Ich male lieber und lasse andere disputieren. So gefällt es mir besser. Oh, du liebe Zeit, hoffentlich erinnert er sich an sein Versprechen, daß er mir einen guten Preis machen will.« Wir waren bereits auf der Hauptstraße, als wir jemanden hinter uns herlaufen und außer Atem rufen hörten.

»Mistress! Mistress!« Es war der Lehrjunge. Ja, nun war es passiert. Jetzt liefen mir auch noch die Lehrjungen nach, soviel stand fest. Er drängte sich an den Hunden vorbei und redete noch immer atemlos auf uns ein. »Mistress, der Herr ist zuweilen vergeßlich. Ihr wißt schon, er hat Sorgen, und dann seine Arbeit. Aber wenn Ihr Nachricht in den Laden schickt, dann kümmere ich mich darum, daß alles, was Ihr haben wollt, ordentlich zusammengestellt und bei Euch abgeliefert wird. Das dürfte bequemer für Euch sein. Gewiß verläßt eine Dame wie Ihr bei schlechtem Wetter nicht gern das Haus.«

»Das ist sehr zuvorkommend von dir – ah –«

»Tom, Mistress. Tom Whitley, zu Euren Diensten, Mistress.«

»Nun ja, dann will ich es so halten«, antwortete ich, doch als wir weitergingen, merkte ich, daß er uns nachsah, bis wir um die Ecke bogen.

»Oje, ich glaube, er hat sich in dich verliebt«, sagte Nan.

»Kindliche Schwärmerei«, gab ich zurück.

»Öffne ihm behutsam die Augen«, sagte Nan. »Schließlich sorgt er dafür, daß gut gewogen wird, solange sein Herz für dich schlägt. Wenn du ihn vor den Kopf stößt, betrügt er dich gewiß.«

»Keine Bange, Nan, irgendwie erinnert er mich an Felix.«

»Weil er auch nicht zeichnen kann?«

»Ja, das auch. Aber er meint es gut, und das geht meistens schief. Du weißt, Felix war immer mein Liebling. Er hätte sich um mich gekümmert, wenn er am Leben geblieben wäre.«

»Ja, dann wäre vieles anders«, sagte Nan, machte einen ganz grimmigen Mund und trat nach einem Stein in der Gosse.

Wir betraten den Laden unter unseren Räumen, und da stand Mistress Hull und war in ein Verkaufsgespräch mit einem Mann vertieft, der mit seinen verdreckten Stiefeln, der grauen Kapuze und dem schwarzen Umhang weitgereist wirkte. Sie kehrten uns den Rücken zu und verstellten den Blick auf das Bild vor sich. Er sah nicht aus wie einer unserer üblichen Kunden, denn Priester war der nicht. Er trug ein Schwert. Vielleicht ist es ein ausländischer Priester, und vielleicht kleiden die sich auf Reisen so, dachte ich. Ich sah, wie er zu jedem zweiten Satz im Redefluß der Witwe Hull höflich nickte.

»Wie geschaffen für Eure privaten Meditationen über Sünde und Vergebung –« Er nickte. Offensichtlich ein Priester. Verkaufte sie endlich einen grünen Christus?

»Die Farbe gleicht den anderen gar nicht, ist es von derselben Hand?« erwiderte der Fremde mit intelligent klingender

Stimme. Aha, es mußte sich um Adam und Eva handeln. Ich kann darauf verzichten, daß ein intelligenter Mensch sich meine Evas nebst Adam zu genau ansieht, dachte ich besorgt.

»Ihr kennt Euch aber gut mit schönen Gemälden aus. Nein, das hier ist eines der wenigen Werke – das allerletzte –, das der bedeutende Hofmaler Rowland Dallet seiner Witwe hinterließ. Die Ärmste ist so krank vor Kummer, daß ich es auf mich genommen habe, das hier zusammen mit einigen anderen ihrer Habseligkeiten zu verkaufen.« Schlau, Mistress Hull, schlau, dachte ich. Man sollte ihre Schlagfertigkeit nie unterschätzen. Der Mann nickte. Gut, dann argwöhnt er nichts. »Ich habe bemerkt, daß Ihr beim Eintreten das Tintenhorn angesehen habt. Es hat mir gezeigt, daß Ihr ein großer Gelehrter seid, ein Mann von Urteilsvermögen.« Ich sah, wie der Hinterkopf des Mannes in der Kapuze erneut nickte. Ich erstarrte. Wehe, du gibst ihm zu Adam und Eva ein Tintenhorn gratis. Diesen Gedanken schoß ich ab wie einen Pfeil, er sollte in ihren Kopf dringen. Schlage den höchsten Preis heraus.

»Die Komposition ist ungewöhnlich. Die Schlange . . .«

»Master Dallet war ein ganz hervorragender Maler.« Mistress Hull flüsterte jetzt dramatisch. »Um Euch, und nur Euch, die Wahrheit zu sagen, ich glaube nicht, daß sie eine Ahnung von seinem Wert hat. Meiner Meinung nach hat sie den Preis zu niedrig angesetzt. Doch wer bin ich, daß ich gegen den Wunsch einer so frommen, gramgebeugten Frau handele? Selbstlos ist sie, vollkommen selbstlos . . . es wäre ihr eine große Hilfe . . .«

Nan und ich versuchten, hinter dem Fremden auf Zehenspitzen die Treppe zu erreichen. Doch ein Dielenbrett knarrte, und auf einmal drehte sich der Mann um. Sein Blick nagelte mich fest. Ich wußte, ich kannte ihn von irgendwoher, aber von wo? Seine Miene war streng, sein Mund zu einer festen, entschlossenen Linie zusammengepreßt. Er schien mich auch zu kennen – aber woher bloß? Ich eilte die letzten Schritte zur Treppe.

»Bleibt, Mistress Dallet«, sagte er in gebieterischem Ton.

Ich stand wie gelähmt, mit einem Fuß auf der Treppe. Oh, jetzt erkannte ich ihn. Es war die Nase, diese hervorragende gerade Nase, und darüber die gescheiten, vergnügten haselnußbraunen Augen. »Kommt her, kommt her, ich beiße nicht«, sagte er. Schweigend drehte er die Holztafel um, die er in der Hand hielt, so daß ich das Gemälde sehen konnte. *Evas Versuchung* nebst sich suhlender Schlange. Er blickte mich abschätzend an und versuchte, sich einen Reim auf meine Verwirrung zu machen. Ich stand wie angewurzelt. Es zuckte um seine Mundwinkel. Er hatte sich zu etwas durchgerungen, aber o weh, was mochte das sein? »Kommt her«, schmeichelte seine Stimme, »wir beide müssen uns einmal ernsthaft unterhalten.« Widerwillig tat ich einen Schritt. »Ihr seid ja ganz blaß geworden, Mistress Dallet, möchtet Ihr Euch hinsetzen?« Ich schüttelte stumm den Kopf. Ich hatte Bauchgrimmen, und meine Hände waren kalt.

»Ihr habt mich ganz schön an der Nase herumgeführt, und das wißt Ihr«, fuhr er fort. »Master Dallet hatte gar keinen Lehrjungen, und es hat mich einiges gekostet, das herauszufinden. Das war wirklich nicht nett von Euch.« Mir hatte es die Sprache verschlagen. Er schob die Kapuze zurück, legte den Kopf schief und maß mich mit abschätzendem Blick. »Eure Miene sagt mir, daß mich meine Ahnung nicht trügt«, meinte er. Was wieder einmal beweist, daß ich recht hatte, dachte ich. Mir war von Anfang an klar, daß dieser Mann Ärger bedeuten würde.

»Ich weiß nicht, was Ihr meint«, antwortete ich lahm.

»Dann beantwortet mir eine einzige Frage, Mistress Dallet. Warum habt Ihr der Schlange das Gesicht Eures Gatten gegeben?«

Kapitel 9

»Und das, Euer Gnaden, ist des Rätsels Lösung, die Erklärung für den Geist. Der Maler hatte eine schlaue Frau, die Tochter eines Ausländers, die äußerst geschickt in kleinen Formaten malt. Er starb unversehens und verschuldet, und sie bringt sich damit durch, daß sie ihre Arbeiten als seine ausgibt.«

In Violett und mit großem Pektorale machte Wolsey eine eindrucksvolle Figur; aber sein Lächeln war dünn und erreichte nicht die Augen. »Äußerst einfallsreich und beharrlich von Euch, Master Ashford«, sagte er zu dem Mann, der vor ihm stand, während er in seinem Audienzzimmer in Brideswell in der Fleet Street auf dem großen, gepolsterten Stuhl saß. Wolseys Füße in den Samtschuhen ruhten auf einer niedrigen Fußbank; die Galle machte ihm an diesem Tag zu schaffen, gleichwohl hatte er seit dem Morgengrauen ohne Unterlaß gearbeitet. Neben dem ehrgeizigen Kirchenfürsten stand Cavendish, gefällig ehrerbietig und mit verbindlicher Miene, hinter ihm mehrere seiner adligen Gefolgsleute. Schade, daß es den Meistermaler nicht gab, doch andererseits versprach das Ganze zumindest eine vergnügliche kleine Ablenkung. Eine Kuriosität wie das Kalb mit den zwei Köpfen oder der Hund, der zählen kann. Die Gefolgsleute traten von einem Fuß auf den anderen. »Wieder einmal erweist sich, wie unendlich durchtrieben Frauen doch sind«, bemerkte Wolsey.

»Oh, wie wahr, Euer Gnaden«, sagte Cavendish. Wolsey nickte beifällig, und Ashford kochte innerlich. Dieser aalglatte Schmeichler versuchte tatsächlich, ihm sein Verdienst zu stehlen. Wolsey dachte jedoch an die Miniatur. War das ein Zufallstreffer gewesen?

»Gleichwohl zeigt eine solche Frau einen gewissen Fleiß, den man ihr nicht absprechen kann«, sagte Wolsey und nickte in Ashfords Richtung.

»Oh, wie wahr, Euer Gnaden.« Da hast du's, Cavendish, dachte Ashford. Was weißt denn du schon von der Sache? Schließlich fragt er nach meiner Meinung.

»Ihr habt mit ihr gesprochen? Ist sie zänkisch und frech? Anormal? Ein Mannweib möglicherweise?«

»Sie – sie ist nicht wie Frauen üblicherweise sind, Euer Gnaden. Sie ist jung, und ihre Rede ist etwas wirr. Ihre Augen sind . . . anders. Blau, eher groß, wie bei manchen Einfaltspinseln, die man zuweilen zu sehen bekommt. Aber sie scheinen alles aufzunehmen. Und was ihre Malerei angeht, so bin ich zu dem Schluß gekommen, daß die Frau eine Laune der Natur sein muß, denn ihre Arbeiten sehen aus, wie von einem Mann gemalt.«

»Ist das Bild, das Ihr ihr abgekauft habt, ihre eigene Arbeit, oder hat sie Euch schon wieder irregeführt?« Wolsey musterte die eingehüllte Bildtafel, die sich sein adliger Kammerherr unter den Arm geklemmt hatte.

»Die Art des Bildes läßt mich glauben, daß sie nicht lügt. Sagt, erinnert Ihr Euch noch an Rowland Dallets Züge?«

»Ich entsinne mich, daß er selbst sehr von ihnen eingenommen war.«

»Aha. Dann zeige ich Euch jetzt das Gemälde, Euer Gnaden.« Ashford hatte sich nicht getäuscht, was das Aufsehen anging, als er die Tafel enthüllte. Beim Anblick der üppigen, rosigen Eva und der Schlange mit dem lüsternen menschlichen Gesicht prustete Wolsey los, und sein Privatsekretär legte sich die Hand vor den Mund, um sein Lächeln zu verbergen. Wolseys Edelleute lachten schallend.

»Also, wenn *das* kein Abbild der Sünde ist«, sagte der Almosenpfleger des Königs belustigt und mißbilligend zugleich.

»Wie Ihr seht, hat sie der Schlange das Gesicht ihres Mannes gegeben«, erläuterte Master Ashford.

»Diese Ehefrau ist wohl kaum eine geduldigte Griseldis, wie, Ashford? Kein Wunder, daß der Mann so hohe Schulden angehäuft hat.« Wolsey lachte in sich hinein. Ashford warf einen Blick auf das Gesicht von Cavendish, dem keine schlagfertige Bemerkung eingefallen war, und wohlige Zufriedenheit durchströmte ihn.

»Euer Gnaden, mir scheint, daß mich einmal jemand auf die Frau aufmerksam gemacht hat«, sagte einer seiner Ritter und zeigte auf das Gemälde. »Eine übel beleumdete Dirne. Ich könnte schwören, es ist die Ehefrau eines gewissen Captain Pickering.«

»Pickering? Ich glaube, den Mann kenne ich. Seine Frau, sagt Ihr?« fragte ein anderer Ritter.

»Das also ist des Rätsels Lösung. Sehr schlau, in der Tat sehr schlau. Ihr seid ein wahrer Bluthund, Ashford. Wenn ich Euch auf ein Problem ansetze, verfolgt Ihr es bis zum Ende. Seid versichert, daß ich Euch das nicht vergesse.« Ashford verneigte sich und sonnte sich in der Gunst des großen Mannes. »Ein merkwürdiges Bild. Der Garten Eden kommt mir ein wenig felsig vor, was meint Ihr?«

»Mir kommt er wie der Süden Frankreichs vor, Mylord«, antwortete Ashford, der in Wolseys Diensten weit gereist war.

»So gar nicht schmeichelhaft. Meiner Ansicht nach sollte der Garten Eden wie England im Sommer aussehen. Habt Ihr die Malerin mitgebracht?«

»Wie es Euer Wunsch war, Euer Gnaden. Sie wartet im Vorzimmer.«

Wolseys Hirn arbeitete fieberhaft. Verschwendung war ihm ein Greuel. Nun hatte dieses Malgenie ihn zwar enttäuscht, weil es eine Frau war. Doch auch Frauen können nützlich sein, insbesondere wenn sie sich leiten lassen, dachte er. Was könnte schlauer sein, was harmloser und schmeichelhafter wirken, als an den Haushalt eines Edelmannes einen Porträtmaler auszuleihen, der ein Bildnis anfertigt und zugleich die Ohren aufmacht? Und eine Frau – die gelangt in Kreise, die einem Mann auf immer verschlossen sind. Alles kommt auf ihren Charakter an, überlegte er.

Als sich die Tür öffnete und ein Lakai die Malerin ins Zimmer führte, rechnete Wolsey die guten und die schlechten Seiten seines Planes gegeneinander auf. Sie war jünger, als er gedacht hatte: gut und schlecht zugleich, aber eher schlecht. Als sie niederkniete und seinen Ring küßte, nahm er sie näher in Augenschein. Schickliches Schwarz, geziemend demutsvoll und gottesfürchtig. Gut. Hat gewißlich Ehrfurcht vor meiner geistlichen Autorität. Dann musterte er sie noch eingehender. Etwas an ihr war merkwürdig. Etwas wartete darauf, sich Bahn zu brechen. Machte das die verirrte rötliche Locke, die sich aus ihrem schlichten Kopfputz gelöst hatte, oder vielleicht die grüne Farbe, die er unter dem Nagel ihres rechten Zeigefingers sah? Etwas wollte sich Bahn brechen, eindeutig schlecht. Die Hände waren mollig, die Finger kurz und flink. Wirkten kundig. Gut. Sie blickte auf, und er erforschte ihr Gesicht mit seinem einschüchternden Hängelidblick. Aha, sie war gerade dem Mädchenalter entwachsen, mit ein paar kindlichen Sommersprossen auf der Stupsnase und einem großzügigen, fröhlich wirkenden Mund. War sie eine Klatschbase? Das wäre schlecht. Die Augen jedoch sprachen eine andere Sprache. Blau, mit hellen Wimpern, erschrocken blickend. Ein schlichtes Gemüt. Ashford hatte recht. Gut. Dann sah er näher hin. Die Augen gaben den Blick zurück, einen merkwürdig mitleidsvollen, abschätzenden Blick, sorgsam verborgen, aber gleichwohl erkennbar für den gerissenen Almosenpfleger des Königs. Schlecht. Er wollte urteilen und nicht beurteilt werden. Sonderbar bei einer Frau, eindeutig schlecht. Insgesamt sehr gemischte Gefühle, dachte er. Abwarten. Abwarten.

»Mistress Dallet, habt Ihr Beispiele für Eure kleinformatigen Arbeiten mitgebracht?«

»Das habe ich, Euer Gnaden«, antwortete sie und öffnete den kleinen Holzkasten, den sie bei sich trug. Sie holte drei schlicht gedrechselte Schatullen heraus, von denen jede ungefähr zwei Zoll im Durchmesser maß. »Die Arbeiten hier habe ich zu meinem eigenen Vergnügen angefertigt. Die erste zeigt meine liebe Mistress Littleton –« Sie reichte Wolsey die Schatulle, und er öffnete sie eigenartig behutsam. Alle Anwesenden konnten hören, wie er den Atem anhielt. Der Pinselduktus, mit kleinsten Pinseln aus Fehhaar ausgeführt, war unendlich fein, die Farben leuchteten satt. Fast zu satt für ein so gewöhnliches Thema, dachte Wolsey, als er die grauhaarige alte Frau mit der schlichten Haube sah, deren blasses Gesicht sich vor einem Hintergrund aus strahlendem Himmelsblau abhob.

»Eine Dienerin«, sagte er gemessen. Ohne es zu wollen, rührte ihn das winzige Bild. Das Gesicht wirkte abgehärmt, die Augen freundlich. »Aber mehr als nur eine Dienerin«, bemerkte er. »Ehrlich. Vertrauenswürdig. Kümmert sich um Euch – nein, opfert sich auf. Eine alte Kinderfrau vielleicht. Eure, so will mir scheinen.«

»So ist es, Euer Gnaden«, antwortete sie. Wolsey hob eine Augenbraue und ließ das Gesicht auf dem Doppelkinn ruhen. Ja, genau das wollte er haben. Er gab die Miniatur an einen seiner Gefolgsleute weiter, der laut über die vollendete Pinselführung staunte, doch nicht sah, was Wolsey daran abgelesen hatte. Charakter, Wahrheit, die zwei Zoll poliertes Pergament ausstrahlten.

»Das zweite Bild zeigt Mistress Catherine Hull«, sagte die Frau. Wolsey öffnete die kleine Schatulle und blickte in die scharfen Augen eines auf die Zwanzig zugehenden Mädchens, die ihn ansahen. Sie hätte hübsch sein können, mit den üppigen gelben Locken und rosigen Wangen, aber etwas Unzufriedenes lag in ihrem Gesichtsausdruck.

»Ein junges Mädchen, dessen Bitterkeit ihre Schönheit vergiftet. In diesem Alter sollte man noch voller Hoffnung sein, doch sie hat keinerlei Heiratsaussichten. Sagt, besitzt dieses junge Mädchen eine Mitgift?«

»Nein, Euer Gnaden. Ihre Mutter ist Witwe und betreibt einen Laden mit Krimskrams. Sie hat keinen Freier.«

»Ist sie wirklich so anziehend, wie Ihr sie abgebildet habt?«

Etwas an dem Bild – vielleicht nur der Wert, den es als Kleinod besaß – ließ das Mädchen bedeutender, kostbarer und interessanter erscheinen, als es bei einer Person ihres Standes üblich war. Merkwürdig, was ein Bild bewirken kann, dachte Wolsey, während er die Miniatur an seinen Privatsekretär weitergab. Vielleicht sollte ich mich nach dem Ruf des Mädchens erkundigen und ihr aus Mildtätigkeit eine Mitgift schenken. Mit fünfzehn, zwanzig Pfund könnte sie sich einen Ladenbesitzer angeln, jemanden ihres Standes.

»Tom Whitley, Lehrjunge bei einem Apotheker«, sagte die Malerin, als sie ihm die dritte Schatulle gab. Kopf und Schultern eines gewöhnlich aussehenden braunhaarigen Jungen, der eine Rose in der Hand hielt. Irgendwie hatte die Malerin auf kleinstem Raum die Illusion eines seit kurzem sprießenden, noch flaumigen Schnurrbarts und schwärmerischer Augen geschaffen. Und auf einmal trauerte der große Mann seinem jüngeren Ich nach, das er schon vor so langer Zeit abgelegt hatte, und für einen winzigen Augenblick verspürte er das ganze Herzeleid junger Liebe. Mistress Lark, frisch und hübsch, wie sie die Tische in der Schenke ihres Vaters abwischte. Sie hatte sich seine Tonsur angesehen und gelacht. Und er hatte draußen am Spalier eine Rose gepflückt und sie ihr hingestreckt in der Hoffnung, daß er in ihren Augen Zuneigung erblicken würde, wenn sie sah, was in seinem Gesicht geschrieben stand. Hebe dich hinfort, sagte er im Geist zu dem Andenken an das kräftige, hübsche Mädchen mit den aufgekrempelten Ärmeln. Sie war jetzt eine ehrbare Matrone; er hatte ihr einen bedeutenden Ehemann verschafft, als er immer höher stieg und sie aufgeben mußte. Hatte er nicht ehrenhaft an ihr gehandelt? Hatte er nicht ehrenhaft an den Kindern gehandelt, die er mit ihr hatte und als seine Nichte und seinen Neffen aufziehen ließ? War es nicht das, was Gott und sein eigener, sich über alles hinwegsetzender Ehrgeiz erforderten? Noch einmal musterte er die stämmige, dralle kleine Frau in Schwarz, die diese Gefühle in ihm geweckt hatte. Sie schien nicht zu wissen, was sie bewirkte. Ashford hatte recht. Eine Laune der Natur.

»Ihr solltet nur kleinformatig malen. Ich finde, diese Arbeiten übertreffen – das da –« Er deutete auf das Ölbild. Sie errötete.

»Ich arbeite auch viel lieber kleinformatig«, sagte sie. »Die Farben werden auf Wasserbasis gemischt und sind sauberer. Von Ölfarben bekommt man Kopfweh, wenn man nicht gut lüftet.«

Ja, eine Laune der Natur. Weiß überhaupt nicht, was sie tut. Das war die einzig mögliche Erklärung. Wolsey hatte einmal ein sonderbares Kind gesehen, das sabberte und nichts anderes von sich gab als Psalmen, die aber vollendet. Das Geschöpf, dessen Aufpasser jahrelang mit ihm die Jahrmärkte bereist hatte, wurde ihm als eine Art heiliger Narr vorgeführt. Entsann er sich recht, so war es gestorben, als es ein Dach über dem Kopf und anständiges Essen hatte. Gott schuf die Launen der Natur als Mahnung, was alles Er tun konnte, wenn es Ihm beliebte. Wolsey beobachtete, wie die flinken, drallen Finger die Schatullen wieder schlossen. Ihre fachmännische Geschicklichkeit störte ihn. Ein unerwünschter Gedanke kam ihm: Angenommen, Frauen könnten sich genauso gewandt ausdrücken wie Männer, falls man ihnen die gleiche Ausbildung zukommen ließe? Lachhaft. Er schob die Vorstellung mit vernünftigen Erklärungen beiseite. Irgendwie hatte diese von Gott geschaffene Laune der Natur ihrem Mann die Fertigkeit gefühlsmäßig abgeschaut. Das mußte die Antwort sein.

»Meiner Ansicht nach können es Eure Miniaturen mit den besten fremdländischen Werken meiner Sammlung aufnehmen, Mistress Dallet.« Wolseys Höflinge, die immer rasch zur Hand waren, wenn es die Ansichten ihres Herrn zu unterstützen galt, murmelten Zustimmung. Die Malerin blickte in die Runde der fremden Männer und auf die mächtige, farbenprächtige Gestalt, die in ihrer Mitte thronte, und fing den Blick dieser Augen auf. Jetzt weiß ich, wie sich ein Tanzbär fühlt, dachte sie. Auf einmal wollte sie nur noch fort. Doch man darf sich nicht verstecken, wenn einen die Großen dieser Welt vorladen, und so wich und wankte sie nicht, auch wenn ihr bei dem Gedanken, was sie damit über sich gebracht hatte, ganz elend zumute wurde. Das habe ich wirklich nicht gewollt, dachte sie. Ich hätte daheim bleiben und mich zufriedengeben sollen. Furcht blitzte in den erschrocken aufgeschlagenen blauen Augen auf. Niemand außer Wolsey bemerkte es. Aha, dachte er. Ich habe sie.

»Ich möchte Euch in meine Dienste nehmen, als Malerin, zu fünfzehn Pfund im Jahr. Hier sage ich Euch, was ich haben möchte, und während meiner Abwesenheit erteilt Euch Master Cavendish Anweisungen.« Eine Kuriosität für seine Sammlung wie eine Uhr mit Glockenschlag. Doch dieses Mal mehr als nur eine Kuriosität. Ihm fiel die arme Mißgeburt ein, und er ermahnte sich, behutsam vorzugehen, die Begabung nicht zu zerstören, wenn er Nutzen daraus ziehen wollte. »Ich erwarte, daß Ihr stets von einer ehrbaren Frau Eurer Wahl begleitet seid«, setzte er hinzu und bemühte sich um eine onkelhafte Miene. Sie sah den Blick, und es gelang ihr, die aufsteigende Panik zu unterdrücken.

»Es ist mir eine Ehre, Euren Vorschlag anzunehmen, Euer Gnaden«, antwortete sie mit hämmerndem Herzen.

Die ganze Unterredung hatte kaum eine Viertelstunde gedauert. Wolsey, der Kriege und Maskenbälle mit derselben Effizienz organisierte, verweilte nur kurz in Gedanken, bevor er sich wieder der endlosen Abfolge von Geschäften zuwandte, die seinen Tag ausmachten. Ein Maler, der Ähnlichkeit abbilden konnte, war für jeden Fürsten ein großer Gewinn. Und einer, der Ähnlichkeit auf kleinem Format schaffen konnte, wurde noch mehr bewundert und gereichte dem Gönner zur Ehre, der seine Gunst beweisen konnte, indem er edle Kleinodien mit dem Abbild des Herrschers oder seiner selbst zum Geschenk machte. Doch ein Maler, der den Charakter auf einer Handspanne abbilden konnte, der war eine Kostbarkeit und für einen Diplomaten, der Motive auf tausend Meilen Entfernung einschätzen mußte, unglaublich wertvoll. Und die hier ist ein schlichtes Gemüt, überlegte Wolsey. Das kann durchaus seine Vorteile haben. Aber sie braucht einen Aufpasser. Sie darf mir nicht abhanden kommen.

Wolsey blickte Cavendish an, der so angenehm im Umgang war. Nein, den brauche ich, dachte er. Dann blickte er den Hilfsprediger seiner Kapelle an – nein, der würde sich nur um seinen Ruf sorgen. Dann fiel sein Blick auf Ashford, der das weibliche Geschlecht mehr als einmal bitter angeprangert hatte. Es ging um eine Frau, die ihre Verlobung mit ihm gelöst hatte, weil sie einen wohlhabenderen Mann heiraten wollte. Und das war auch richtig so. Eltern hatten schließlich das Recht, sich die beste Anlage für die Mitgift auszusuchen. Und Ashford hat wirklich etwas Weltfremdes, der glaubt noch an all die Schwüre in Rosenlauben, dachte Wolsey. Er muß erwachsen werden. Und während er über Ashfords aufreizenden, stacheligen Charakter nachdachte, wurde Wolsey insgeheim sehr vergnügt. Ein Mann, der Frauen haßt, das wird ein köstlicher Spaß, das wird ihm guttun und ihn Demut lehren. Der wittert doch bei allem, was Röcke trägt, Verrat. Wirklich nützlich. Er wird mir über jeden ihrer Schritte berichten, nur weil er sie zu Fall bringen will.

»Master Ashford«, sagte er, »ich wünsche, daß Ihr diese Frau im Auge behaltet, insbesondere auf Reisen. Und laßt zwei goldene Schatullen anfertigen. Ich habe vor, sie mit den Porträts meiner Nichte und meines Neffen auf die Probe zu stellen.« Ja, für seinen Sohn, den kleinen Thomas Winter, aus dem er wiederum einen Kirchenfürsten machen würde, kam nur Gold in Frage. Hatte der Papst nicht auch einen Sohn? Und Wolsey war fest entschlossen, der erste englische Papst zu werden.

Trotz aller Probleme, die man hat, wenn man ein toter Maler ist, sie sind nichts gegen die, die man als lebendige Malerin hat, denn darauf ist niemand so richtig gefaßt, und das ist mißlich. Kaum hat man sich mit den Großen dieser Welt eingelassen, schon hat man kein eigenes Leben mehr, und auch das bedauerte ich zutiefst. Und wie sich dieser lästige Sekretär Wolseys aufblähte, weil er mir auf die Sprünge gekommen war, und wie er im Atelier herumschnüffelte und sich alles ansah und sagte, er würde mir behilflich sein und mich unterweisen, weil ich mich in der Etikette hoher Häuser auskennen müsse, die seiner Meinung nach sehr kompliziert war. Normalerweise hätte ich ihm schlicht für seine Bemühungen gedankt, aber ich war in meinem Atelier, und das löste mir die Zunge. Ich blickte ihn also an und sagte: »Jeder Tanzbär braucht wohl einen Aufpasser.« Er stand nur da und sah inmitten all der runden, rosigen Evas so groß und schlaksig und beschämt aus, und da bemerkte ich einen eigenartigen Ausdruck in seinen Augen, einen Ausdruck, als ob wir einander verstünden. »Gibt er Euch immer solche Aufträge?« fragte ich.

»Es ist eine Ehre, der ergebene Diener eines so großen und edlen Herrn zu sein«, sagte er.

»Ganz meine Meinung«, gab ich zurück.

»Das hier muß verschwinden«, sagte er und deutete in die Runde.

»Ich weiß«, erwiderte ich, »das ist alles sehr unzüchtig. Derlei dürfen ehrbare Frauen nicht sehen.«

»Ganz davon zu schweigen, derlei zu malen«, sagte er. »Wie seid Ihr überhaupt darauf gekommen?«

»Ach, der Maler unten hat vor seinem Tod solche Bilder gemalt. Und als Mistress Hull gesagt hat, sie braucht Nachschub, habe ich ihr den Gefallen getan.«

»Dann seid Ihr in Wirklichkeit zwei tote Maler.«

»Vermutlich«, sagte ich und seufzte zerknirscht.

»Ihr solltet Euch schämen«, sagte er.

»Das täte ich ja auch, wenn ich Zeit dazu hätte. Es ist nämlich nicht leicht, sich durchzuschlagen. Jedermann behauptet, gute Christen sorgen für Witwen und Waisen, aber mich haben sie dabei wohl übersehen – und ich bin beides.«

»Ich weiß«, sagte er. Und da wußte ich, mehr bekam ich nicht aus ihm heraus, obschon mehr in ihm zu stecken schien. Unwillkürlich überlegte ich, was das wohl sein mochte.

Ashford saß allein an seinem kleinen Schreibtisch im Vorzimmer zu Bischof Wolseys Kabinett, schrieb den letzten Brief des

Almosenpflegers nach Frankreich noch einmal ab und übersetzte ihn. Auf dem Feuerrost glühten ein paar Kohlen, und trübes, graues Licht fiel seitlich durch die schmalen Fenster. Der kalte und klamme Frühling stimmte sein Herz melancholisch. Wieder einmal war es Cavendish, der Wolsey in den Kronrat begleiten durfte, doch dieses Mal war es Ashford einerlei. Er wollte allein sein, um seine Verwirrung zu verbergen. Es war genau die Jahreszeit, in der Mistress Lucas ihm brieflich mitgeteilt hatte, daß sie die Verlobung löste, um einen wohlhabenden älteren Nachbarn zu heiraten. »Ich habe mein Herz nicht gut genug gekannt«, schrieb sie, und dann zählte sie seine Untugenden auf, so viele Untugenden! An der Aufstellung erkannte er die Hand ihres Vaters. Der hatte ihn einen »kleinen Habenichts« genannt. Bei dem Gedanken an diese Beleidigung knirschte er mit den Zähnen. Ha! Wenn er ihm jetzt die Auszeichnungen unter die Nase reiben könnte, die auf den Diener eines großen Mannes wie Bischof Wolsey warteten. Ein Jammer, daß ein einfacher Landedelmann nicht am Hofe des Bischofs empfangen wurde.

Doch etwas störte ihn beim alljährlichen Schwelgen in Bitterkeit. Immer wieder sah er vor seinem inneren Auge ein sommersprossiges Gesicht mit einem Fleck grüner Farbe direkt auf dem Nasenrücken und hörte, wie ihm eine drollige Stimme Lebensweisheiten aus einem Ratgeber für gute Umgangsformen erklärte. Gerade als er seinen Zorn wieder auf die Erinnerung an das schmale Gesicht und die adretten blonden Zöpfe von Mistress Lucas gesammelt hatte, hörte er jemanden sagen: »Jeder Tanzbär braucht wohl einen Aufpasser«, und er blickte auf sie hinunter und in ein Paar eigenartig mitfühlender blauer Augen und sah eine dralle, kleine Gestalt, die fest in ernstes Schwarz geschnürt war. Eine Betrügerin, sagte er bei sich. Sie ist auch nicht besser als der Rest. Anfangs hat sie alle mit dieser Gespenstergeschichte hinters Licht geführt. Dann haben sie und dieses Weib mich auf die Suche nach einem Lehrjungen geschickt, den es gar nicht gab. Und wenn man bedenkt, daß sie diese gräßlichen Bilder von Adam und Eva gemalt und sie als Werke eines Toten ausgegeben hat! Aber dennoch empfand er die Frau inzwischen als sehr unterhaltsam. Doch diesen Gedanken unterdrückte er heftig. Eine Witwe ohne Vermögen oder Familie – sie war nicht ehrbar, sie war unwert. Halt! Spiel nicht den Heuchler, indem du die Argumente benutzt, die der alte Master Lucas gegen dich verwendet hat! Nein, diese Frau war wie alle ihres Geschlechts, nur beherzter und klüger. Er kam nicht von ihr los, und dieses Mal fielen ihm die kurzfingrigen Hände ein, die so sauber und behutsam waren, jedoch unter dem Nagel des Zeigefingers grüne Farbe aufwiesen. Und hatte er nicht auch eine rötliche Locke unter ihrem zweispitzigen Kopfputz hervorlugen sehen? Das war der Beweis. Diese Frau bedeutete Ärger, denn das war bei Menschen mit dieser Haarfarbe immer so.

Er nahm den Gänsekiel erneut zur Hand und begann zu schreiben. Die glattzüngigen diplomatischen Sätze beschwichtigten ihn. Doch gleichwohl schmerzte und störte ihn etwas. Eine Magenverstimmung, redete er sich entschlossen ein.

»Master Robert Ashford?« Beim Klang der Stimme blickte Ashford auf und sah jemanden, mit dem er früher Geschäfte gemacht hatte, einen Antiquar, der gelegentlich mit einer seltenen Münze oder einer antiken Medaille für die Sammlung des Bischofs vorstellig wurde. Rasch streute er Sand über seine Arbeit, trocknete sie und legte sie in eine Schublade, dann blickte er auf und gab Antwort.

»Seid gegrüßt, Sir Septimus. Kann ich Euch behilflich sein? Was führt Euch zu mir?«

»Ach, Master Ashford, Geschäfte, Geschäfte, wie üblich. Welch bewundernswerte Pflichterfüllung!« Crouchs Augen glitzerten boshaft. »Ich habe ein, zwei kleine Kuriositäten aufgetrieben, die den Bischof interessieren dürften. Ich wäre Euch sehr verbunden, wenn Ihr ihn darauf hinweisen würdet, daß ich eine seltene Münze aus der Zeit vor Karl dem Großen – merowingisch, glaube ich – habe. Das Profil ist ausnehmend gut erhalten. Für die nächste Audienz – könntet Ihr mir da einen Platz besorgen?« Ashford nickte stumm. »Ach, wie liebenswert, ich wußte ja, ich kann auf Euch zählen. Aber, Master Ashford, warum so grimmig und schweigsam? Wie ich höre, ist Euer neuester Auftrag ein Leckerbissen. Sich um eine lüsterne Witwe zu kümmern, was könnte es für einen jungen Mann, der das Vergnügen liebt, Schöneres geben?« Ashford kniff den Mund zu einer festen Linie zusammen. Noch so ein Einfaltspinsel, dachte Crouch. Er hat sich verraten. Ich habe ihn.

»Neuigkeiten machen dieser Tage rasch die Runde«, sagte Ashford. Crouch lächelte. Und jetzt zwei Fliegen mit einer Klappe schlagen. Streu ein wenig Information aus und säe Gift. Dann kommt er zu dir gelaufen und vertraut sich dir an, und am Ende findest du durch ihn heraus, wo sie es versteckt.

»Ach, mein Junge, Klatsch hat Flügel. Doch sagt, hat Euch die Witwe keine kleinen Raritäten zum Verkauf angeboten? Sagen wir, ein altes Manuskript oder einen anderen antiken Schatz? Ich bin immer auf der Suche nach derlei Dingen.«

»Auf mich wirkt sie nicht wie eine Sammlerin. Ihre Räume sind sehr kahl.«

Interessant, dachte Crouch. Kennt sie den Wert und hat es versteckt, oder hat es Ludlow schon in die Finger bekommen?

»Ach ja, aber ihr Mann hat gesammelt. Er besaß eine Reihe seltener Schätze. Genug jedenfalls, daß eine Witwe angenehm davon leben kann, wenn sie es geschafft hat, sich seiner zu entledigen, ehe er das Geld mit anderen Frauen durchbrachte.«

»Was meint Ihr damit?« fragte Ashford, und Crouch lächelte vielsagend, beugte sich vor und blickte dem erschrockenen jungen Mann in die Augen.

»Ach, mein lieber Junge, wir sind doch Männer von Welt. Wie schafft sich eine kluge, hinterlistige Ehefrau einen Mann vom Hals, der ihr lästig ist? Sie schickt dem Ehemann seiner Geliebten einen Brief, und am nächsten Tag findet man ihren Mann ermordet auf der Straße.« Crouch sah mit Vergnügen, wie Ashford blaß wurde. Gut, gut, dachte er, der wollte sich gerade in sie verlieben. Was für ein Glück, daß ich rechtzeitig zur Stelle war. Nähe hätte alles noch verschlimmert, und dann wäre ich nie mehr an das Manuskript herangekommen. Junge Männer – wie vorhersehbar, wie leicht entflammbar, wie dumm. Noch ein paar Vertraulichkeiten, und der hier frißt mir aus der Hand. »Ihr wirkt erschrocken. Wenn Ihr so lange gelebt habt wie ich, Master Ashford, dann wißt Ihr, daß niemand trügerischer ist als Frauen. Das sagt uns doch schon die Geschichte! Alles Böse auf der Welt geschah durch Versucherinnen: Eva, Helena, Messalina. Unter einem schönen Äußeren verbirgt sich ein böses Herz.« Ashford schauderte es, und Crouch freute sich über die Wirkung, die er erzielt hatte. »Gebt nicht Euch selbst die Schuld, mein Junge«, setzte er hinzu, und seine Stimme troff von Vertraulichkeit. »Jeder von uns ist irgendwann einmal am Felsen der Sirenen gestrandet. Diesem Herzeleid entgeht keiner. Aber gerade durch dieses Leid erteilt uns der Herr eine Lehre.« Crouch war ein Mensch, der nur zu gern alles um sich herum zerstörte, weil es so einfach zu bewerkstelligen war. Und dieses Mal war es so leicht, daß es ihm fast keinen Spaß machte. Was war schon ein einzelner Mensch? Eine Familie war besser, und eine Dynastie zu stürzen, das war eine echte Herausforderung. Ja, bald habe ich den Rest des Buches, dachte er zufrieden, während er einen Pagen an der Eingangstür anwies, seinen Diener zu rufen und sein Maultier zu holen.

Noch binnen einer Woche ging ich nach Brideswell und wartete wie alle anderen Höflinge meinem neuen Gönner auf. Das Gute daran war, daß Brideswell unweit unseres Hauses gelegen war, daher mußte ich nicht in aller Herrgottsfrühe bei Kälte aus dem Bett, und hinzu kam noch das ausnehmend gute Essen aus der bischöflichen Küche. Schlimm war, daß das ganze Haus von Männern wimmelte, vor allem von Priestern, die mich und Nan anstarrten, als entweihten wir geheiligten Boden mit großen, dreckigen Füßen. Man schickte mich jedoch schnurstracks an die Arbeit, und so suchte ich mir einen Platz mit gutem Licht, und den fand ich in der Bibliothek, wo ich umräumen und für die mir Modell Sitzenden einen anständigen Stuhl ans Fenster stellen ließ. Der ganze Aufruhr lockte immer mehr Menschen an, die sich die Sachen ansehen wollten, die ich in dem Kasten, den Nan trug, mitgebracht hatte. Und dann kam auch noch ein Musiker aus der Kapelle, der mir die Zeit vertreiben und den Abzubildenden beruhigen sollte, und der stimmte seine Laute und blickte verärgert. Und ihm folgte eine Schar großer Jagdhunde mit messingbeschlagenen Halsbändern, und die setzten sich im Kreis um mich und blickten mich an, denn man weiß ja, wie es mir mit Hunden ergeht. Vielleicht denken sie, ich habe Futter für sie. Ha, Leute, jetzt sollt ihr einen Bären tanzen sehen, dachte ich. Jetzt könnt ihr etwas erleben.

Doch wie staunte ich, denn Mistress Dorothy und Master Thomas Winter waren Kinder und kamen mit ihrer Kinderfrau von irgendwo im oberen Stockwerk. Ich freute mich, daß der Bischof sich als guter Christ erwies, der sich so liebevoll um zwei Waisen kümmerte, daß er sie sogar malen ließ, denn das geht gewiß weit über das hinaus, was die Bibel von uns fordert. Mistress Dorothy war älter und ruhiger, Master Thomas jedoch mußte weggeführt werden, weil er unartig war und mit Sachen um sich warf und brüllte, daß er als erster an die Reihe kommen wolle. Ich sagte ihm, daß ich erst üben müßte und daß, wer zuletzt lacht, am besten lacht, und da sah er recht erschrokken aus, doch seine Kinderfrau gab ihm eine Süßigkeit und ließ mich mit Mistress Dorothy allein, und all die Lords und Ritter und Priester und was weiß ich sahen vergnügt aus. Dann wiederum mußte ich Dorothy versöhnlich stimmen und sagte, sie käme als erste an die Reihe, weil sie wohlerzogener sei, und ich würde sie viel hübscher hinbekommen, wenn ihr Bruder nicht herumhüpfte und -schrie. Sie nickte und sagte, ich möchte doch bitte auch ihr Püppchen malen, und da wußte ich, jetzt hatte ich gewonnen. Und in der Ecke bemerkte ich Master Ashford, der alles, was ich machte, beobachtete und so blaß aussah, als hätte er sich das Wechselfieber zugezogen.

Ich setzte sie also in das Licht am Fenster, und da lehnte sie nun in den Kissen des großen Stuhls und hielt sich an ihrer

Puppe fest. Und auch all die großen Hunde legten sich hin, und der Lautenspieler spielte, und die neugierigen Priester und Ritter traten herzu und rückten mir auf den Leib, weil sie alles mitbekommen wollten, bis ich sie warnte, daß bereits der kleinste Tropfen Feuchtigkeit das Bild zerstören kann. Dann machten alle große Augen, als Nan mir in den Seidenkittel half, und staunten laut, wie winzig doch meine Pinselchen waren, so als hätten sie noch nie gesehen, wie eine Miniatur entsteht. Doch ich bemerkte sie nicht mehr, denn ich befand mich wieder in der Stille und in dem Raum, der mich stets umgibt, wenn ich mich völlig ins Malen versenke.

Wenn man das hört, sollte man meinen, das größte Problem mit Kindern wäre ihr Gezappel, doch es liegt ganz woanders. Der Haken ist, daß ihre Gesichter so rund sind – je kleiner, desto runder – und daß ein Kindergesicht praktisch aus zwei Kreisen besteht, mit einem kleinen Knopf als Nase, der fast nicht zu sehen ist. So läßt sich schwerlich der Charakter abbilden, obschon auch Kinder einen haben. Manche Maler lösen das Problem und geben sie einfach als kleine Erwachsene wieder, aber das ist verkehrt, und zuweilen bekomme ich Bilder zu sehen, die mich entsetzen, vor allem von Männern, die wohl keine Kinder haben.

Doch Mistress Dorothy war schon etwas älter und daher leichter zu malen, und deshalb fing ich auch mit ihr an. Während ich ihr Gesicht musterte, bemühte ich mich, ihre Gedanken zu erspüren, so wie ich es immer mache, und die versuche ich dann in das Bildnis einzubeziehen. Sie war ganz ratlos und traurig, obschon mir nicht klar war, warum. Als ich die ersten Pinselstriche an ihrer Stirn tat, da wußte ich, daß ich den Schlüssel zu ihren Zügen besaß. Sie hatte Pech mit ihrem Aussehen, denn ihr Gesicht war etwas zu kantig geraten, und mit Ende der Kindheit würde sich auch der letzte Liebreiz verflüchtigt haben. Ich malte jedoch ihre ernsten Augen und die betrübten, plumpen Züge höchst liebenswert, und das war auch richtig so. Beim Arbeiten konnte ich Ausrufe und Bemerkungen hören, doch sie waren für mich nicht mehr als das Geräusch der Laute und das Gezwitscher der Vögel im Garten jenseits des Fensters.

Nach einem Weilchen war sie steif, und ich hatte genug geschafft, daß ich die Miniatur im Atelier beenden konnte, und alle wollten essen, sogar die Hunde, und da hörte ich auf. Mistress Dorothy wollte wissen, ob ich später noch mehr Farben nehmen und ihre Perlenkette noch schimmernder und prächtiger machen würde, und ich erzählte ihr, daß ich die Stickerei und das Geschmeide immer daheim machte. Sie nickte altklug, besah sich meine Utensilien, stellte Fragen über Farben, wie man es schaffte, daß Formen rund wirkten, wenn sie doch flach waren, und andere Fragen, die ich beantwortete, so gut ich konnte. All die Gaffer blickten sehr sonderbar, während ich redete, daher nehme ich an, daß sie sich noch nie Gedanken über Malerei gemacht hatten.

»Es ist gut«, konnte ich Master Ashfords Stimme in meinem Rücken hören, als ich meine Pinsel auswusch.

»Sie ist ein kluges Kind«, antwortete ich, aber der Ton seiner Stimme verwunderte mich.

»Frauen, selbst kleine, schwatzen einfach zuviel«, sagte er.

Ich lachte ihn aus. »Es ist eine Verschwörung«, sagte ich.

Doch seine Antwort war wirklich merkwürdig. »Und Ihr wagt es, das auch noch zuzugeben. Was macht Euch zu dem, was Ihr seid?«

»Meine Natur und mein Schicksal«, gab ich zurück, da er mich mit seiner Bemerkung gekränkt hatte.

Mit Master Thomas war kein Auskommen, er brachte die ganze Bibliothek in Gefahr. Also gingen wir mit ihm in den Garten, obschon es feucht war, und während seine Kinderfrau ihm gut zuredete, tobte er herum und prahlte, hielt einen Augenblick in seiner Kurzweil inne und plapperte, als landete ein Schmetterling im Flug. In diesen Pausen skizzierte ich ihn großformatig in Kohle und fing seine charakteristische Kopfhaltung ein, während er die Erwachsenen belehrte, was ich höchst vergnüglich fand. Sein Porträt wollte ich dann im Atelier malen. Er hatte, wie seine Schwester, einen etwas zu großen Kopf und auch diesen altklugen Blick. Ein merkwürdiges Gesicht, das mich stark an den Bischof, seinen Onkel, erinnerte. In den Garten waren uns nicht so viele Leute gefolgt, doch alle wirkten sehr interessiert an meinen Skizzen, und Master Ashford warf mir einen scharfen Blick zu, als er meine Zeichnungen von Master Winter sah, doch da ich mir keiner Schuld bewußt war, wandte er sich einfach ab und schüttelte den Kopf, als wäre ihm eine Fliege ins Ohr geraten. Danach gingen wir ins Haus, und alle Hunde standen auf und folgten mir unter Gejapse mit hängender Zunge, und da schüttelte er noch einmal den Kopf.

Mir schien, diese ersten Porträts waren eine Art Prüfung, weil man sehen wollte, ob ich wirklich selbst male. Als ich sie dem Bischof brachte, betrachtete er sie lange, dann räusperte er sich und sagte, sie seien gut geraten und genau so, wie er erwartet hätte. Als Master Ashford mich von meiner Audienz nach Hause begleitete, blickte er noch gereizter als gewöhnlich, und als wir das Haus in Brideswell endlich durch eine Seitentür verlassen hatten, sagte er: »Ihr seid ein dreistes Ding. Ihr habt Glück, dieses Mal seid Ihr noch mit heiler Haut davongekommen.«

»Ich weiß nicht, was Ihr meint«, sagte ich und machte vor ihm einen langen Schritt über den Rinnstein.

»Ihr wißt genau, daß Ihr ihnen die Züge des Bischofs gegeben habt«, sagte er und holte mit einem ausgreifenden Schritt wieder auf.

»Ich male, was ich sehe, nicht weniger und nicht mehr«, sagte ich. »Außerdem ist er ihr Onkel. Warum sollte also keine starke Ähnlichkeit bestehen? Das ist nur natürlich.«

»O ja«, pflichtete Ashford mir mit sarkastischer Stimme bei. »Entweder seid Ihr dumm oder die durchtriebenste Frau auf der ganzen Welt.«

»Mir scheint, ich bin Malerin, und Ihr seid durchtriebener, als Euch guttut, auf was auch immer Ihr anspielt«, sagte ich, und darauf schwieg er den ganzen Weg bis zu meiner Haustür.

Als ich jedoch über die seltsame Unterhaltung nachdachte,

fand ich, ich hätte den Argwohn möglicherweise verdient, da ich bereits zwei tote Maler gewesen war, was sehr hinterhältig ist und jedem einen schlechten Ruf eintragen dürfte. Doch all die Schnüffler und Gaffer, die mir beim Malen der Kinder zugesehen hatten, streuten aus, ich wäre ein Wunderkind und eine Laune der Natur, und als ich die nächsten Bildnisse für den Bischof malte, hatte sich die Zahl der Zuschauer verdoppelt, und sie schubsten sich, um besser sehen zu können, und was der Ungezogenheiten mehr waren. Und sie redeten über mich, als ob ich gar nicht anwesend wäre, beispielsweise: »Ihre Finger sind nicht gerade schlank, erstaunlich, daß sie so zierlich arbeiten kann« oder: »Was tut sie da? Das wird doch viel zu blau« oder schlimmer noch: »Verdammt schöner Busen, äh? Was soll das ganze Gemale? Da könnte man ja auch ein gutes Jagdpferd das Tanzen lehren.« Es muß langweilig sein, als Höfling herumzustehen, wenn man nichts weiter zu tun hat, als alles Neue zu begaffen, nur um die Zeit totzuschlagen. Natürlich ging Wolsey zuweilen mit dem König auf die Jagd oder begleitete ihn, wenn er fern von London weilte, und dann zogen diese Höflinge und Bittsteller und der ganze Troß hinter ihm her wie ein Bienenschwarm hinter seiner Königin, und ich hatte meine Ruhe.

Doch mit dem großen Mann als Gönner kam ich rasch in Mode, und hochgestellte Menschen standen Schlange, um von mir »gemacht« zu werden. Teilweise wollten sie Wolsey schmeicheln, wenn sie um meine Dienste baten, und teilweise schmeichelte Wolsey ihnen, wenn er um ihre Porträts »für meine Sammlung bedeutender zeitgenössischer Persönlichkeiten« bat, wie er das ausdrückte, und das auf diese vertrauliche, einschmeichelnde Art, die er an sich hatte. Schon bald sickerte durch, daß es zu Wolseys Kurzweil gehörte, seine wachsende Sammlung von Miniaturen, Medaillen und antiken Münzen mit Porträts zu betrachten. Und schon verlangte jeden Ehrgeizling brennend danach, zusammen mit Nero und Karl dem Großen in derselben Schublade zu liegen, und ich wurde daheim belagert und auch, wenn ich dem bischöflichen Hof meine Aufwartung machte.

Bei soviel Arbeit hätte ich eigentlich reich werden müssen, doch natürlich wollen bedeutende Menschen alles auf Pump haben und zahlen, wann es ihnen beliebt, und so hatte ich bislang nur einen kleinen Vorschuß von Master Ashford erhalten, und um den mußte ich auch noch bitten, denn Material bekommt man nicht umsonst. Ein Glück, daß ich das hervorragende Pergament hatte, von dem ich abschneiden konnte, und allmählich wurden die Ränder des alten Buchbruchstücks, das mein knausriger Mann aufbewahrt hatte, immer weniger.

»Ihr macht Eure Sache gut«, sagte Master Cavendish eines schönen Tages, als er mir die Befehle des großen Mannes überbrachte. »Seht Euch das hier an. Sagt man nicht, daß Nachahmung die beste Schmeichelei ist?« Er hielt mir eine gerahmte Miniatur hin, eine Schundarbeit mit trüben Schatten und einem Gesicht, das mehr einer Eidechse als einem Menschen glich. Master Cavendish hatte eine ausdruckslose Miene aufgesetzt, aber ich merkte, er wartete voller Schadenfreude auf das, was ich dazu sagen würde.

»Nur die erstklassige Nachbildung schmeichelt«, sagte ich. »Seht Euch doch die Augen an, sie sind nicht einmal auf gleicher Höhe. Wer das gemalt hat, muß betrunken gewesen sein.«

»Die Meister der Zunft behaupten, fremdländische Arbeit wäre billig und Schund. Was würdet Ihr dazu sagen?«

»Nun, daß ich in England geboren bin. Hat das da ein Meister gemacht? Wenn Ihr mich fragt, so braucht er ein, zwei Lehrstunden, ehe er sich daran wagen kann, kleinformatig zu malen.«

»Sie haben Angst, daß die neueste Mode noch mehr fremdländische Künstler ins Land lockt, also wagen sie sich selbst daran, auch wenn es nicht ihr Gebiet ist.«

»Und sie es auch gar nicht können«, sagte ich ziemlich bissig, wollte es aber wieder ausgleichen und sagte: »Ich bin dankbar, daß ich einen Gönner von so erlesenem Geschmack habe, der schlechte Arbeit auf den ersten Blick erkennt.«

Cavendish lachte. »Er wollte wissen, was Ihr sagt, wenn Ihr das hier zu Gesicht bekommt. Und ich habe richtig geschätzt, als Kunstkennerin seid auch Ihr nicht zu unterschätzen, obschon Ihr eine Frau seid.« Ehe ich Zeit hatte, mich gekränkt zu fühlen, fuhr er fort: »Und wen, meint Ihr, stellt das Porträt dar?«

»Gemessen an dem ›B‹ dort und dem Hut, den ich kenne, dürfte es sich um Sir Thomas Boleyn handeln, doch die Züge machen das nicht deutlich.«

»Wieder richtig, und wie stolzgeschwellt er war, als er mir das hier gezeigt hat.«

»Master Cavendish, wie muß ein Mann beschaffen sein, der sich mit solch einer Arbeit brüstet?«

»Nun, Mistress Dallet, hat Euch denn noch niemand erzählt, daß der Bischof sich ein diebisches Vergnügen daraus macht, Besuchern seines Kabinetts Eure Arbeiten zu zeigen? Er bekommt einen Arglosen zu fassen und fragt: ›Für welche Art Maler haltet Ihr das hier?‹ Und der Besucher sagt: ›Fürwahr, ein geschickter Mann, zweifellos vom Kontinent.‹ Und dann sagt Mylord Bischof: ›Ha, da täuscht Ihr Euch! Das Bild wurde unmittelbar hier in London gemalt, und das von einer Frau!‹ Ei, wie sie sich dann schämen und von einem Fuß auf den anderen treten und sagen: ›Oh, von einer Frau? Bei allen Heiligen, darauf wäre ich nie gekommen.‹ Und Mylord antwortet: ›Treibt mir einen Mann auf, der so malt, und ich mache ihn berühmt.‹ Dann lacht er sich halbtot über das, was sie ausgraben, denn Kunstkenner ist keiner von ihnen.«

Als nächster saß mir Charles Brandon Modell, der Zechkumpan und Stallmeister des Königs, der zum Herzog von Suffolk ernannt worden war; außerdem war er dafür berühmt, einige reiche Damen geheiratet zu haben, was wiederum beweist, daß der Zufall seine Hand auf geheimnisvolle Weise im Spiel hatte, doch glücklicherweise zu meinen Gunsten. Aber damals begriff ich noch nicht, daß es sich um eine Schicksalsfügung handelte, und war sehr verärgert. Der Herzog kam, um Wolsey seine Aufwartung zu machen und um seine Hilfe in einer Geldangelegenheit zu bitten, und als er die Sammlung im Kabinett gesehen hatte, wollte er auf der Stelle von mir gemalt werden. Er war ein großer, trinkfreudiger Kerl, nicht übermäßig mit Hirn gesegnet, und er war jung wie der König. An der Art und Weise, wie er meinen Busen anstarrte, merkte ich, daß er sich seinen Ruf bei den Damen zu Recht erworben hatte, doch ich ließ mich nicht hinters Licht führen, da ein Mann, der seinen Weg über Freundschaft mit den Großen dieser Welt macht, auf eine reiche Mitgift rechnet, sonst kann er nämlich nicht mit seinen hochwohlgeborenen Freunden mithalten.

»Malt meinen Blick feurig«, forderte er, als er den gewaltigen Körper auf den Stuhl fallen ließ. »Und schickt den Lautenspieler mit seinem verdammten Plinkeplink weg. Ich habe Bruder Peter mitgebracht, der soll uns aus *Lanzelot* vorlesen.«

»Mylord, ich male stets, was ich sehe, und ich versichere Euch, daß Euer Blick von Natur aus feurig ist«, gab ich zurück. Doch es ist nicht leicht, einen Mann zu malen, der zunächst aus dem Fenster sieht, dann seine Schuhe bewundert, dann der Dienerin schöne Augen macht und schließlich komische Laute von sich gibt, um einen Jagdhund anzulocken.

»– und da versetzte Sir Lanzelot ihm einen fürchterlichen Hieb auf sein Visier, und er fiel auf der Stelle tot um –«

»Verdammt guter Hieb! Solch einen Hieb habe ich auch schon ausgeteilt, in Thérouanne, aber er ist an dem verfluchten vorgezogenen Visier des Franzosen abgeglitten. Zumindest habe ich dem Burschen das Genick gebrochen . . .«

»Euer Gnaden, würdet Ihr bitte das Gesicht wieder zur Seite drehen? Ja, so. Zuerst den ganzen Kopf zum Fenster, dann nur die Augen zu mir zurück.«

»Seid Ihr noch nicht fertig? Wie lange braucht Ihr denn dafür? Lady Bourchier hat mir versichert, daß Ihr flink seid.«

»Es dauert länger, den feurigen Blick eines Kriegers einzufangen als das liebliche Auge einer Dame«, erwiderte ich, denn ich ähnelte mit jedem Tag mehr den glattzüngigen Höflingen, deren schlechtem Beispiel ich ausgesetzt war, und das glich so gar nicht dem Vorbild einer wohlerzogenen Unterhaltung, wie sie im *Rathgeber für das treffliche Eheweib* empfohlen wird.

Das besänftigte ihn, und so lehnte er sich unter viel Geschnaube auf dem Stuhl zurück, und der Klosterbruder las weiter von Lanzelot vor, der Menschen umbrachte und unzüchtige Beziehungen zu Damen unterhielt. Einer der mächtigen Jagdhunde, die anscheinend stets zugegen waren, gähnte, und Suffolks Gefolgsleute traten von einem Fuß auf den anderen und lehnten sich vor lauter Langeweile an die Möbel. Ich hörte das Gemurmel der üblichen neugierigen Gaffer, das ziellose Gesumm einer Fliege, das Klappern von Geschirr, das im hinteren Saal abgetragen wurde, doch alles verklang, während ich mich immer tiefer in die Welt der Malerei versenkte, die weder Geräusch noch Zeit kennt.

Erst als ich meine Utensilien zusammenpackte und Suffolk die fast vollendete Miniatur betrachtete, fiel mir unter den Zuschauern ein bleicher, kugelrunder Mann mit schwerer Schaube auf, der sich mit Master Ashford unterhielt, als wären sie die besten Freunde. Mein Herz fing so laut an zu hämmern, daß ich Suffolks Stimme in meinem Ohr kaum noch wahrnahm.

»– hört Ihr mich?« Ich blickte auf, und da stand er dicht neben mir und starrte auf meinen Busen.

»Oh – oh, ja, natürlich, was ist?«

»Und auch eine Kopie, und verratet kein Sterbenswörtchen, daß es ein zweites Porträt gibt.« Ja, natürlich. Das erste, in aller Öffentlichkeit gemalt, ist für den König. Das zweite dürfte für eine Dame sein. Verheiratet, dachte ich bei mir, daher muß er ihr heimlich den Hof machen.

»Beide sind zum Ende der Woche fertig.«

»Nicht so laut«, sagte er und wollte mir den Arm um die Taille legen, den ich jedoch fortschob. »Ich hole sie selbst ab.« Seine Stimme war vertraulich und nah. Jeder mußte denken, daß er mir einen Antrag machte. Zu meinem Entsetzen sah ich den gräßlichen Mann, den nicht einmal Hunde leiden mochten, mit Master Ashford auf mich zukommen.

»Ja, ja, Mylord, ganz wie es Euch beliebt«, sagte ich, und

panischer Schrecken ergriff mich, als der Herzog auf dem Absatz kehrtmachte.

»Mistress Dallet, hier ist ein Sammler seltener Kunst, der schon viel von Euch gehört hat und Eure Bekanntschaft machen möchte«, sagte Master Ashford. »Er sagt, daß er Euren seligen Mann gut gekannt hat.« Schon wieder starrte ich in diese hellen, berechnenden Augen. Ich bekam kaum mit, daß wir einander vorgestellt wurden. ». . . Sir Septimus Crouch . . . hat dem Bischof für seine Sammlung einige seltene antike Münzen beschafft . . .« Die Worte schienen an meinen Ohren vorbeizuschwirren.

»Ein tragischer, tragischer Unfall. Um so mehr freue ich mich, daß Euch Erfolg beschieden ist.« Von seiner Stimme bekam ich eine Gänsehaut. Ashford schien überhaupt nicht aufzufallen, wie abstoßend der Mann war. Ja, sie benahmen sich wie die besten Freunde, als teilten sie ein Geheimnis. So sind die Männer, oder? Herzensbrüder. Merken rein gar nichts.

»Seltene Dinge? Wie reizend, wie reizend«, stammelte ich.

»Raritäten, ja, ja, obschon nichts seltener ist als eine Malerin Eurer Güte, Mistress Dallet.« Sein Ton gefiel mir nicht. Ich fand, er klang doppeldeutig.

»Sir Septimus, Ihr seid zu bescheiden. Dergleichen hat man in England bislang noch nicht gesehen. Französische Münzen aus dem Herrschergeschlecht vor Karl dem Großen. Von den Merowingern, die sich im Nebel der Geschichte verlieren. Man denke nur, damit ist jetzt bewiesen, daß es den sagenumwobenen König Dagobert wirklich gegeben hat! Seine Lordschaft wird entzückt sein. Nur eine echte Münze von König Artus könnte ihm noch mehr Freude bereiten.«

»Es wäre in der Tat ein ungewöhnlicher Zufall, wenn solch ein Schatz ans Tageslicht käme – doch ein Schatz wohl nur für gelehrte und geistreiche Männer wie den großen Bischof Wolsey. Nur die klügsten Köpfe interessieren sich für meine Raritäten. Euer seliger Mann war meines Wissens auch Sammler von Raritäten, Mistress Dallet. Solltet Ihr etwas dieser Art unter seiner Habe finden, etwa einen antiken Abguß oder das

Bruchstück eines alten Manuskripts, denkt daran, daß ich es Euch mit Vergnügen zu einem anständigen Preis abkaufe.« Er schien durch seinen eigenen Redefluß außer Atem zu geraten.

»Die Gläubiger meines seligen Mannes haben alles fortgeholt«, brachte ich krächzend heraus. Ashfords Augen wurden schmal, und seine Kinnmuskeln verkrampften sich.

»Was für ein Jammer«, sagte Septimus Crouch.

»In der Tat ein Jammer, daß sie nicht mehr Nutzen aus einem wohlgemeinten Brief gezogen hat«, murmelte Ashford, und ich sah, daß Crouch ihn mit einem Blick zum Schweigen brachte.

»Ein Jammer, daß Werke des Geistes den Geistlosen in die Hände gefallen sind. Vielleicht sollte ich diese Gläubiger ausfindig machen. Mit wem sollte ich mich unterhalten?«

»Mit den Freudenhausbesitzern, den Schankwirten, den Würfelspielern, den Säufern und den Schneidern von ganz London. Probiert es auch bei einem Advokaten namens Ludlow, der mir selbst noch die Wiege für mein Kind weggenommen hat.« Bei diesen Worten kniff Crouch die Augen zusammen. Ashford jedoch blickte erstaunt.

»Das Kind ist gestorben«, sagte ich.

»Ihr aber, Mistress Dallet, habt die Tragödie zum Triumph verwandelt. Ich mache mir große Hoffnungen, daß ich noch nähere Bekanntschaft mit Euch und Euren erlesenen Bildnissen schließen kann.«

Als ich aus dem Raum floh, merkte ich, daß die Hunde bereits fort waren.

Kapitel 10

Louise von Savoyen empfing den Boten aus Paris in dem geräumigen Vorzimmer ihres Schlafgemachs im Château de Blois. Strahlende Sonne fiel durch die hohen Fenster und sprenkelte Lichtmuster auf die farbenprächtigen Gobelins an der Wand hinter ihr. Draußen, unter den Mauern des Schlosses, schlängelte sich die Loire schläfrig und grün zwischen hellen, sandigen Ufern dahin. Die Rufe der Bootsleute auf dem Fluß und der Wäscherinnen am Ufer und die Geräusche des Dorfes am Fuße des Schlosses wurden von der warmen Luft heraufgetragen, drangen als vages Gesumm an ihr Ohr und zeugten von Wohlstand und Beschaulichkeit.

»Ach, der Bote von de Longueville«, sagte die Mutter des künftigen Thronerben zu der hochgewachsenen, anmutigen jungen Frau neben sich, als sie das kleine, in gewachste Seide gehüllte Päckchen in der Hand des Boten mit den staubbedeckten Stiefeln erblickte, der vor ihr kniete. »Dieses Mal hat er sich mit der Antwort aber Zeit gelassen.«

»Madame, das Schiff wurde durch das Wetter aufgehalten«, sagte der Bote. »Ihr wißt doch, das englische Wetter, der stürmische Kanal . . .«

»Dann dürfen wir uns wohl glücklich schätzen, daß es hier so schön gewesen ist«, antwortete sie. »Steht auf, meine Hofdamen werden sich um eine Erfrischung für Euch kümmern, während Ihr auf meine Antwort wartet.« Als ihre Dienerinnen ihn nach draußen begleiteten, dachte der junge Ritter bei sich, wie sehr Louise von Savoyen doch einer Nonne glich. Schwer vorstellbar, daß diese strenge kleine Frau in Schwarz einmal schön gewesen sein soll. Ihre blassen, ebenmäßigen Züge sind ganz angespannt vor Wachsamkeit und Aufopferung. Er wußte jetzt, alles, was er gehört hatte, stimmte. Das war keine Frau, um die man zum Klang der Laute warb. Ein Leben ohne Luxus und frühe Witwenschaft hatten ihr nur eine einzige Leidenschaft gelassen: Sie wollte ihren einzigen Sohn, ihren Cäsar, auf den französischen Thron bringen. Diesem Ziel hatte sie ihr ganzes Leben gewidmet.

»Bleib, Marguerite«, sagte sie zu ihrer Tochter, als die junge Frau mit den anderen gehen wollte. »Ich brauche deine Hilfe in dieser Angelegenheit.« Marguerite war mit dem Duc d'Alençon verheiratet und lebte fern in der Normandie, doch zur Beisetzung der alten Königin Anne, Louises großer Gegenspielerin, hatte sich hier die ganze Familie wieder einmal versammelt. Als Marguerite sich umdrehte, verfing sich ein verirrter Sonnenstrahl in ihrem üppigen kastanienbraunen Haar, das nur halb von ihrem Kopfputz bedeckt war, und ihre Mutter freute sich einen Augenblick über die Farbe. Es war der gleiche Farbton wie bei Marguerites jüngerem Bruder François, Louises ganzer Hoffnung. Sie hatte Marguerite zu ihrer treuesten Verbündeten in der großen Sache erzogen, und jetzt, da sich ihre bewährtesten Freunde wie Wetterfahnen nach dem neuesten Wind aus Paris drehten, brauchte sie wieder einmal den hellen Kopf ihrer Tochter und die frische Kraft, die sie aus Marguerites unwandelbarer Loyalität zog.

Ach, wie bitter, wie bitter, dachte Louise, so lange haben wir gewartet, so dicht war der Thron schon in Reichweite, und jetzt das. Im vergangenen Winter war ihre alte Feindin, die Königin, gestorben, und damit war das letzte Hindernis beseitigt, das einer Heirat von François und Claude, der mißgestalteten Tochter der Königin und Erbin des Herzogtums Bretagne, im Wege gestanden hatte. Im Mai hatte sie die Ehe endlich erzwingen können. Als Herzog der Bretagne konnte allein François die Länder vereinen, die von Rechts wegen zu Frankreich gehörten. Sie hatte ihre ganze Familie hier im Königsschloß von Blois versammelt, weil sie weiter für ihren Sohn intrigieren wollte. François mußte herrschen. Laut sagte sie: »Der alte König träumt noch immer von einem Sohn; er verhandelt wieder mit den Engländern.« Mit den Engländern, den Erbfeinden Frankreichs, die ihr Eroberungsheer nach einer demütigenden Schlappe, in der ihr Sohn knapp der Gefangennahme entgangen war, gerade abgezogen hatten.

»Mit den Engländern, nicht den Spaniern, Mutter?«

»Der Papst hat die Verbindung mit der Tochter König Ferdinands verboten. Und da hat der englische König seine Schwester, die Witwe des schottischen Königs, als Friedensunterpfand angeboten. Sie paßt vom Alter her, und unfruchtbar ist sie auch nicht. Doch meine Kundschafter haben mir berichtet, daß sie ihm zu alt und zu fett ist. Ah, und ich habe aufgeatmet! Auf Frankreichs Thron darf keine Engländerin sitzen. Was für eine Geschmacklosigkeit! Begreift er denn nicht, was Gottes Wille in dieser Sache ist? Seine erste Frau war unfruchtbar; sein Sohn von der Erbin der Bretagne ist gestorben. Es ist Gottes Wille, daß unser François auf den Thron kommt. Doch nun hat der englische König erneut geschrieben und ihm seine jüngste Schwester angeboten, und das ist eine Versuchung für König Ludwig. Ich könnte schwören, daß der englische König zu jung und zu unerfahren ist, als daß ihm das eingefallen wäre; dazu reicht sein Verstand nicht, wenn ihn nicht ein Klügerer beriete. De Longueville hat mir von diesem Wolsey berichtet, diesem hinterlistigen Priester, der ihm einflüstert. Die Frau, so sagt man, ist jung und gesund und wird den König gewiß überleben. Ich könnte schwören, der spitzfindige Priester plant, eine Engländerin zur Regentin Frankreichs zu machen. Doch das wird nicht geschehen, nur über meine Leiche. Öffne mir das hier, Marguerite, und hilf mir mit deinem Urteil; nimmt der König das Angebot nun an, oder tut er es nicht?«

Marguerite durchtrennte die Fäden mit dem kleinen silbernen Federmesser, das auf dem Schreibtisch ihrer Mutter lag. Sie streckte ihr den Brief hin, doch in ihren klugen Augen blitzte es neugierig auf, als sie die runde, versiegelte Schatulle erblickte, die dem Brief beigefügt war. Sie war zwei Jahre älter als ihr Bruder und François so ergeben wie ihre Mutter. Ihre Kindheit und Jugend waren von dem verzweifelten Bemühen ihrer Mutter geprägt gewesen, ihn den Händen ehrgeiziger Edelleute zu entreißen, die ihn fern von ihr aufziehen wollten. Während Louise um den Erben kämpfte, hatte Marguerite an seiner Erziehung teilgenommen, Schach mit ihm gespielt und sich in seinem Freundeskreis an geistreichen Unterhaltungen beteiligt.

Wer sie damals zusammen sah, dem fiel vor allem auf, wie ähnlich sich Bruder und Schwester waren: kastanienbraunes Haar, lange Nasen, aristokratische Gesichter, die nur aufgrund des humorvollen und klugen Blicks der bernsteinfarbenen Augen nicht häßlich wirkten. Doch im Laufe der Jahre hatten sie getrennte Wege eingeschlagen; François war Soldat und Genußmensch geworden, während sich die zweiundzwanzigjährige Marguerite mit einem nicht zu ihr passenden Ehemann langweilte und alle Träume von ritterlicher Liebe begraben hatte. Sie war eine Schirmherrin der Künste geworden, sammelte witzige Geschichten und richtete Abendgesellschaften aus, bei denen gelehrt disputiert wurde. Als Beistand diente ihr zunehmend eine mystische Beziehung zu Gott. Louise war auch gottesfürchtig, doch ihr Gott hatte nichts wolkig Verschwommenes wie der von Marguerite. Eher hielt sie Ihn für einen himmlischen Ladenbesitzer und erwartete, daß Er auf Bestellung lieferte, was sie Ihm in gerechter Münze bezahlte. Dadurch war Louises Welt viel einfacher als die ihrer Tochter, aber es war ausgerechnet das differenzierte Urteil, das sie an ihrer Tochter am meisten schätzte, auch wenn sie es überhaupt nicht verstand.

»Der Brief hier, nutzlos«, verkündete die Mutter. »Eine oberflächliche Beschreibung, die auf hundert Mädchen passen könnte, und eine alberne Gespenstergeschichte. Zumindest hat er eine Kopie des Porträts gesandt, das an den König gegangen ist. De Longueville ist ein abergläubischer Trottel. Nutzlos. Hoffnungslos. Ich will alles über die Mitgift, die Bedingungen wissen. Ist das die Frau, die auf Frankreichs Thron sitzen wird?«

Doch in Marguerites Augen blitzte es beim Anblick des Bildnisses in der kleinen Schatulle auf. »Mutter, seht Euch das an. Der hier kann es mit Fouquet aufnehmen. Fürwahr, die Pinselstriche sind unsichtbar!« Louise reichte ihrer Tochter den Brief und nahm ihr das kleine Behältnis mit dem Porträt ab. Unwillkürlich hielt sie den Atem an. In der goldenen Sonne Frankreichs leuchteten die Farben noch satter. Die Perlenschnüre, das Geschmeide, alles strahlte und glühte. Das rotgoldene Haar der Prinzessin glänzte wie Seide; ihre Haut wirkte so zart und schimmernd, als wäre sie lebendig; aus ihren Augen blitzten Kühnheit und Jugend – so sah sie die verbitterte, wachsame ältere Frau aus dem Kasten heraus an.

Beim Anblick des hübschen Rotschopfs und der blitzenden Augen kniff Louise ihre zusammen. »Ja, die ist es«, sagte sie. »Der kann er nicht widerstehen. Der Vertrag mit den Engländern ist so gut wie unterzeichnet. Er wird sich einbilden, sie bringt ihm den dahingeschwundenen Frühling zurück. O Gott, verflucht sei die Verblendung, die alten Männern vorgaukelt, sie könnten noch immer Söhne zeugen! Und die Augen – sieh sie dir an, Marguerite. Wie findest du die Augen?«

»Kokett, Mutter, und verwöhnt. Dieser Prinzessin hat man jeden Wunsch von den Augen abgelesen. Mutter, Ihr müßt achtgeben, daß sie dem König nicht einen Erben mit einem Herrn bei Hofe macht.«

»Du hast recht, Tochter. Der Gedanke wäre mir nie gekommen, wenn ich nicht dieses Bild gesehen hätte. Ich dachte, man hätte ihm ein gottesfürchtiges kleines Milchgesicht angeboten, das besser zu einem alten Mann paßt. Dieses Geschöpf ist zu klug, zu eigensinnig. Schließlich war ihr Vater ein skrupelloser Usurpator. Denk daran, es liegt ihr im Blut.«

»Aber denkt auch daran, daß er gewitzt war und alt geworden und im Bett gestorben ist.«

»Um so schlimmer. Die hier ist zumindest jung. Ungelegte Eier sind am leichtesten unschädlich zu machen.«

»Was wollt Ihr unternehmen, Mutter?«

»Ich werde bei Hofe das Gerücht ausstreuen, daß sie in England einen Liebhaber hatte. Das macht den alten König eifersüchtig und wachsam. Und es wird sie zumindest davon abhalten, mit einem kräftigeren Erzeuger einen falschen Erben zu machen.«

»Schreibt de Longueville und fragt ihn, ob es viele Männer gibt, denen sie ihre Gunst zu schenken scheint, dann könnt Ihr auch das noch ausstreuen.«

»Nicht nötig. Der König wird seine eigenen Kundschafter schicken. Er wird seine eigenen Aufpasser benennen. Aus Angst, daß sie ihm Hörner aufsetzt, wird er eine eherne Mauer um sie errichten.«

Marguerite lachte. Blitzartig war ihr alles klar. Ein eifersüchtiger alter Mann, von Gerüchten umgetrieben, der sich verzweifelt bemühte, jung zu sein und ein anspruchsvolles Mädchen zu befriedigen. »Fürwahr, Mutter, er wird sich verausgaben!« platzte sie heraus.

»So ist es«, sagte Louise und lächelte mit schmalen Lippen. »Diese englische Prinzessin ist zu verwöhnt und zu launisch für die Aufgabe, auf die die Engländer sie angesetzt haben. Es fehlt ihr an Willenskraft, Regentin von Frankreich zu werden.« Marguerites gescheiter Blick wanderte von der Miniatur zu der unbeugsamen Miene ihrer Mutter. Ein Kätzchen und eine Löwin. Ein ungleiches Paar.

»So, so, Mistress Susanna, Ihr seid wieder einmal auf Reisen gewesen. Warum beehrt Ihr unseren bescheidenen Laden noch, da Ihr doch so hoch gestiegen seid?« Die weißen Haare, die Master Ailwin aus den Ohren wuchsen, schienen während meiner Abwesenheit noch länger geworden zu sein, und er sah noch wunderlicher aus als zuvor, falls das überhaupt möglich war. Er tappte herum und summte vor sich hin. »Vermutlich seid Ihr jetzt zu hochstehend, um noch das Auripigment zu verwenden, das in meinem armseligen kleinen Laden hergestellt wird. Schickt nach Frankreich, schickt nach Italien! Ich bin jetzt jemand! Ich erinnere mich an eine Zeit, da wart Ihr dankbar und habt mir etwas zugesteckt. Jetzt weiß ich nicht, ob ich noch Zeit für Euch habe.« Er begann, Feiellbraun abzuwiegen, vergaß dann, was er tun wollte, und räumte es wieder weg.

»Master Ailwin, daß man mich nach Richmond zum Malen eingeladen hat, heißt noch lange nicht, daß ich nicht wieder nach Haus komme und genau wie früher Farben brauche. Für Lady Guildford habe ich alles aufgebraucht, was ich hatte. Ihr kleinformatiges Bild hat ihr so gut gefallen, daß sie es auch in groß haben mußte. Ist es meine Schuld, daß ich eine Begabung habe, alten Damen zu schmeicheln? Dabei war das Ganze ermüdend, und nicht einmal das Essen war gut. Außerdem machen mich Herrenhäuser ganz elend. Da behandelt man mich wie eine zu große Truhe, die im Wege steht. ›O ja, tut die Malerin hierhin – nein, vielleicht dorthin.‹ So geht es einem, wenn man zum Gesinde gehört und keine hohe Dame ist. Wenn ich Glück habe, bekomme ich einen anständigen Winkel für mich und Nan, wo die albernen Damen nicht meine Sachen begrapschen und mit ihren Fettfingern mein Inkarnat betatschen, daß die Farbe nicht halten will.«

»Dann beschäftigt Ihr Euch jetzt mit geistlichen Dingen? Mit der Fleischwerdung?«

»Meister, Inkarnat, das ist die Fleischfarbe und zugleich auch das Pergament mit der Grundierung«, sagte Tom, der wieder einmal lauschte.

»Das weiß ich«, schnauzte Master Ailwin.

»Meister, wenn Ihr Mistress Dallet erlaubt, mich ins Hinterzimmer zu begleiten, suche ich ihr heraus, was sie haben will, wiege es ab und erspare Euch die Mühe.«

»Mühe! Du Halunke, aufräumen sollst du! Heute abend trifft sich hier die Gesellschaft, und ringsum sehe ich nur gestapelte Sachen und nirgendwo eine Sitzbank!«

»Na, dann gehe ich doch gleich nach hinten«, sagte er und winkte mir, ich sollte mitkommen, während Master Ailwin die Sachen auf dem Bord neu anordnete und über die Jugend und ihre Unehrerbietigkeit in diesen bösen Zeitläuften schimpfte und murrte.

»Mistress, vergebt ihm, er hat wieder so einen Anfall«, sagte Tom, und da tat mir der arme Junge leid, der sich so treu und fürsorglich um seinen übellaunigen Herrn kümmerte, auch wenn er beim Abliefern der Farben zuweilen Augen wie ein gestochenes Kalb machte.

»Aber gewiß doch«, sagte ich und sah mich um. »Du liebe Zeit, wie findest du hier, was du suchst?«

»Jedesmal, wenn er etwas zurückbringt, stellt er es woandershin«, sagte der Lehrjunge, »und ich gehe hinter ihm her und ordne richtig ein, was mir möglich ist. Manchmal kann nicht einmal ich die Sachen wiederfinden. Laßt sehen, Ihr wollt also Malachitgrün haben?«

»Oh, sag mal, was ist denn das da?« Inmitten eines Durcheinanders von alten Glasgefäßen und halbvollen Behältern lagen auf einem Arbeitstisch mehrere alte Pergamente mit wunderlichen Zeichen, ein aufgeschlagenes Buch mit Schaubildern und eine sonderbare silberne Statuette einer nackten Frau mit rätselhaftem Lächeln.

»Nicht übel, wie, für eine Heidin?« Er nahm die Statuette in die Hand. »Der Meister hat ihren Wert in Silber aufgewogen und sie vor der Schmelze bewahrt. Es gibt einen Ausländer, der wunderliche Dinge sammelt, und der will, wenn er zurückkommt, das Doppelte dafür geben.«

»Doch nicht etwa ein seltsamer, kugelrunder Mann, der japst?« fragte ich besorgt.

»O nein, ein dünner, alter französischer Kerl mit zerfurchtem Gesicht und grauem Haar. Nicht Sir Septimus Crouch, falls Ihr den meinen solltet. Das ist ein schleimiger Händler. Aber dem wischen wir immer eins aus – seht her. Dem verkaufen wir diese Fälschungen als Antiquitäten.«

»Diese Pergamente? Aber die sehen doch nicht alt aus.«

»Vielleicht nicht von Anfang an, aber bestimmt, wenn wir sie bearbeitet haben. Schatzkarten, alchimistische Allegorien, mit denen man den Stein der Weisen finden kann. Die Leute bringen dem Meister etwas zum Entschlüsseln, und wenn es wertloses Zeug ist, kauft er es und verfälscht es. Das letzte große Ding, das er ihm angedreht hat, war die Karte zum verlorengegangenen Schatz der Tempelritter. Aber seht her –« Der Junge kramte in dem Durcheinander und zog ein hölzernes Tafelbild hervor, altersbraun oder zumindest mit einem alt aussehenden Firnis. Selbst auf so alt getrimmt, erkannte ich es sofort. Eine meiner badenden Evas nebst blätterumranktem Adam und leuchtender Bergspitze im Garten Eden. Vorn im Laden klingelte ein Glöckchen, und wir im Hintergrund hörten eine brummige Unterhaltung.

»Das haben wir von einem Schankwirt, der es von einem Mönch in Zahlung genommen hat. Ist es nicht hinreißend? Crouch wird seine helle Freude daran haben.«

»Was stellt es denn dar?« fragte ich gespielt unschuldig, was mir angesichts der Zerstörung meiner schönen Lasuren nicht leichtfiel.

»Also«, sagte er in einem gelehrten, geschwollenen Tonfall, der sich ganz nach Master Ailwin anhörte, wenn er prahlt, »es handelt sich um eine Allegorie des Heiligen Grals und wurde von dem toten französischen Meister Fouquet gemalt. Seht her. Hier sind Adam und Eva, sie stellen die Ursünde dar, und dort ist die Vergebung, sie wartet auf dem in goldenes Licht getauchten Gipfel.«

»Aber woher weißt du, daß es sich um den Heiligen Gral handelt?«

»Es ist der Berg, Mistress. Jeder Schüler des Okkulten erkennt diesen Berg auch ohne die Festung auf dem Gipfel. Ich habe einen Holzschnitt von ebendiesem Ort. Das ist Montségur, die Festung der ketzerischen Katharer. Es wurde schon immer gemunkelt, daß sie den Gral aus dem Heiligen Land herausgeschmuggelt und dort versteckt hätten. Doch als die Inquisition sie alle umgebracht hatte, konnte niemand das Versteck finden. Wer den Gral findet, kann über die ganze Christenheit gebieten, so sagt man. Oder wenn es ein Ungläubiger ist, so kann er sie zerstören. Gralsgeheimnisse sind bei uns heißbegehrte Ware. Nur noch übertroffen vom Stein der Weisen oder der unsichtbar machenden Salbe.«

»Salbe, die unsichtbar macht? Wie könnt ihr die verkaufen? Sowie die Leute merken, daß sie nicht unsichtbar sind, kommen sie zurück und belangen euch.«

»O nein. Man muß sich dafür mit den richtigen Ritualen reinigen und eine sehr schwierige Formel vollständig aufsagen, ohne zu zögern. Und dabei kommt jeder ins Stocken. Also – wird er nicht unsichtbar. Manchmal sagt der Meister auch, daß ein Fluch auf jedem liegt, der sie nicht vollständig aufsagt. Und dann stocken sie ganz gewiß. Ein einziges Stottern, und Schluß! Dann sind sie verflucht und kommen und wollen ein Exorzismus-Handbuch haben. Da fällt mir ein, die müssen wir neu drucken. Ihr kennt nicht zufällig einen billigen Drucker, oder? Dieser Tage muß ich das alles für Master Ailwin erledigen, und unseren alten Drucker hat man eingesperrt.«

»Warum laßt Ihr sie nicht einfach kopieren?«

»Weil sie dann teurer würden, und Ihr kennt ja den Meister. Er sagt, es ist ungerecht, daß diese Geheimnisse nur für die Reichen sein sollen.«

»Aber wenn es doch Fälschungen sind, Tom? Das hast du doch gerade gesagt. Hält er es nicht für besser, die Reichen zu täuschen anstatt die Armen?«

»Das kommt von den Sitzungen der Gesellschaft. Die regen ihn immer so auf. Und dieser Tage behält er nicht mehr als eine Sache im Kopf. ›Alles für die Armen‹, so sagt er, ›es muß endlich Schluß sein mit dieser verfluchten Ungerechtigkeit.‹«

»Die Gesellschaft? Welche Gesellschaft?«

»Ach Mistress Susanna, das darf ich nicht verraten. Aber Eure lieben blauen Augen sagen mir, daß Ihr sie nicht für böse haltet. Es ist die Gesellschaft der Wahren Frommen. Sie treffen sich und disputieren über die Bibel, wollen Datum und Art der Wiederkunft Christi bestimmen. Doch meistens disputieren sie darüber, wie der Himmel beschaffen ist. Gibt es dort neben Milch und Honig auch Ale, welche Art Musik wird gespielt, ist das Tanzen gestattet, und wenn man mehr als einmal verheiratet gewesen ist, lebt man dann mit allen seinen Frauen zusammen, solche Fragen eben. Ihr dürft sie nicht verraten. Obschon es Ketzerei ist, sind sie harmlos, und es hält sie beschäftigt.«

»Ich würde meinen Mann im künftigen Leben gewiß nicht wiedersehen wollen. Hoffentlich behalten sie ihn in der Hölle.«

»Oh, liebe Mistress Dallet, wie schlecht, wie grausam muß er doch zu Euch gewesen sein . . . oha, vorn gibt es Ärger.« Durch die offene Tür drang Geschrei und Gestampfe zu uns. »Mistress Dallet, ich bin mit Euren Päckchen fertig. Dort ist die Hintertür, dann müßt Ihr nicht an den Streitenden vorbei. Ich muß dem Meister helfen. Oh, warum gibt Gott ihm nicht seinen Verstand zurück?« Er legte das Geld, das ich ihm gab, in eine Kassette, griff sich eine schwere Eisenstange und lief nach vorn, um Master Ailwin zu helfen.

»Betrug! Man hat mich betrogen!« brüllte es vorn im Laden. Ich schlich mich näher und versteckte mich hinter aufgestapelten Fäßchen. Wer war betrogen worden? Ich konnte den Ärmel einer Juristenrobe heftig gestikulieren sehen. Ein betrogener Advokat? Gut, das geschah ihm recht. Ich lugte um die Tür. Oh, das geschah ihm mehr als recht. Es war Master Ludlow, der gräßliche Advokat, der mir das Bett meiner Mutter weggenommen hatte. Sein sonst so bleiches Gesicht war hochrot. »Diese Verse der Prophezeiung sagen nichts darüber aus, wo er gelegen ist?«

»Nein, Master Ludlow, denn Ihr habt nur den letzten Teil des Buches. Das hier sind mächtige Weissagungen über eine ferne Zukunft. Der Untergang der französischen Könige wird die Könige der Erde vernichten, ein großer Kaiser wird erstehen, der sowohl die christlichen wie die heidnischen Länder erobert, danach versinkt auch er im Chaos – es muß bedeuten, daß das Ende des Hauses Valois bevorsteht, was vom Finder des Geheimnisses bewirkt wurde . . .«

»Oh, verflucht sei Simon Magus! Warum hat er das Geheimnis nur nicht ans Ende des Buches gesetzt? Wen schert schon der Untergang von Königen? Natürlich unterliegen auch

Könige dem Besitzer des Geheimnisses! Jetzt begreife ich alles! Es handelt sich um das Geheimnis, hinter dem der verfluchte Crouch her ist. Aber warum sollte er Herrscher der Welt werden, wenn ich das sein kann? Er hat die Mitte, hol ihn der Teufel! Er ist als erster im Haus des Toten gewesen!«

»Kommt, kommt, Master Ludlow, es führen auch andere Wege zu dem Geheimnis. Gerade haben wir einem ausländischen Kuriositätenhändler ein seltenes allegorisches Gemälde des berühmten toten französischen Meisters Fouquet . . .«

Ich hatte genug gehört. Auf Zehenspitzen ging ich zur Hintertür hinaus und trat auf die Gasse. Ich hatte viel zu lange verweilt, und Londons Straßen wurden in der Abenddämmerung unsicher. Die Augen geradeaus gerichtet, hastete ich auf die Straße und nach Haus. Hinter mir vernahm ich Schritte. Es hörte sich an, als folgte mir jemand von der Gasse her. Entsetzt blickte ich mich um.

»Mistress, Mistress, wartet.« Außer Atem holte mich der Lehrjunge ein. Er hatte noch immer die schwere Eisenstange in der Hand, und in seinem Gürtel steckte ein Messer. »Ich begleite Euch nach Haus«, sagte er. »Ihr seid zu lange geblieben. Die Straßen sind voller . . .« Auf einmal zupfte er mich am Ärmel und gebot mir stehenzubleiben. Der Advokat eilte mit wütender Miene die Straße entlang. In dem kühlen violetten Licht trat eine Gestalt unter dem Vorsprung eines hohen Hauses hervor. Ihre Züge konnten wir nicht ausmachen, doch das war auch nicht nötig. Der mächtige, kugelrunde Leib war gespenstisch vertraut.

»Ludlow, ich habe auf Euch gewartet. Wie Ihr wißt, finde ich es unverzeihlich, wenn man sich nicht an Vereinbarungen hält. Habt Ihr es bei Euch?«

»Ich habe keine Ahnung, was Ihr meint.«

»Das Manuskript. Ihr habt es Ailwin gebracht. Was würde Euch sonst hierherführen. Ihr habt dem Kapitän den Brief geschickt. Ihr wart als erster im Haus des Malers und habt seine Habe an Euch genommen . . .« Mit wachsendem Entsetzen begriff ich, was ich da hörte. Er konnte nur Captain Pickering meinen. Es konnte nur mein Haus sein, das das Geheimnis barg. Mir war, als hörte ich etwas in der Gasse flattern wie eine Riesenmotte, und ich verspürte eine Kälte, als wäre ein Dämon zugegen. Nein, das konnte nicht sein. Es mußte mein hämmerndes Herz sein.

»Ich weiß nicht, was Ihr meint. Ich war im Auftrag eines Kunden dort, das ist alles . . .« Der Kopf des Advokaten schien hin und her zu schnellen, als wollte er einem Geräusch nachspüren.

»Ihr habt es, Ludlow. Ihr habt es bei Euch. Beide Teile. Und jetzt wißt Ihr, warum ich es haben will.« In der violetten, nach Sommer duftenden Luft über mir konnte ich ein ersticktes, schrilles, erregtes Quietschen wie von einer Fledermaus hören. Ein böses, hämisches Wesen schien auf dem Wasserspeier über uns zu hocken.

»Ich habe sie nicht, Ehrenwort. Ihr wollt doch die Mitte haben. Ich habe sie nicht. Mein Teil ist wertlos, wertlos, Ehrenwort . . .«

»Spürt Ihr das hier, Ludlow? Acht Zoll spanischer Stahl dicht an Eurer Leber. Wenn Ihr nicht aufgespießt werden wollt, so kommt mit in diese Gasse, wo uns keine Vorbeigehenden in unserer kleinen Unterhaltung stören.« Ich merkte, daß Toms Arm mich gegen die Mauer des Ladens in den Schatten drückte, während der Advokat die immer dunkler werdende Gasse betrat und gleich hinter ihm die kugelige Gestalt von Sir Septimus Crouch, der ihm den Arm um die Schulter legte wie ein guter Freund.

»Ich habe die Mitte nicht, Sir Septimus. Ich – ich konnte sie nicht bekommen. Hier – nehmt meinen Teil – gratis, umsonst. Als – als Unterpfand unserer Freundschaft.« Der Advokat griff in sein Gewand und hielt dem Antiquar eine Art Bündel hin.

»Als Unterpfand des Eides besitze ich jetzt Eure – Seele –« Ein schauerlicher Schrei, und der Advokat fiel zu Boden. Schnaufend beugte sich der Antiquar über den Stöhnenden und durchsuchte seine Kleidung mit behandschuhten Händen.

»Verschwunden! Nicht da! Hinterlistiger Hundsfott, wo habt Ihr die Mitte versteckt? Daheim? Bei meiner Ehre, ich werde sie finden, und wenn ich bis ans Ende der Welt gehen müßte.« Rasch schnitt er dem Advokaten die Börse vom Gürtel, verließ dann leise die Gasse und entschwand unseren Blicken. Der Horizont war jetzt tiefrot gesäumt, und die ersten Sterne traten heraus. Wie seltsam, wie furchtbar, an solch lieblichem Sommerabend zu verbluten. Hatte das der Fluch bewirkt? War es irgendwie meine Schuld? Was wurde jetzt aus mir?

»Master Ludlow, Master Ludlow.« Tom beugte sich über den Liegenden. »Nicht bewegen, wir tragen Euch in den Laden.«

»Ich bin ein toter Mann, mein Junge. Ihr tragt nur meinen Leichnam. Sieben Jahre . . . ist es her . . . daß ich meine Seele verschrieben habe. Und jetzt . . . der Pakt ist abgelaufen. Hüte dich vor dem Hexenmeister, mein Junge . . . laß dich nicht verlocken . . . von falschen Versprechungen . . . Reichtum . . . oh, mein Gott, ich bin verloren . . .« Der gurgelnde Atem setzte aus. Die hohen, eng zusammenstehenden Häuser versperrten dem letzten Zwielicht den Weg in die Gasse, wir standen in völligem Dunkel. Doch in der angstvollen Stille hörte ich ein leises »hfff, pfff«, so als atmete ein gewichtiger Mann.

Kapitel 11

Mord ist an sich schon schlimm genug, doch was danach kommt, ist noch schlimmer. Wenn man den Behörden mitgeteilt hat, daß man eine Leiche gefunden hat, wenn fromme Mönche, die sich um derlei kümmern, sie abgeholt haben, dann kann es sehr spät werden. Und je später es wurde, desto besorgter wurde ich. Wir konnten ja nicht erzählen, daß wir den Täter kannten, da Sir Septimus ein sehr angesehener Mann war und wir die Art Nichtswürdiger, die man foltert, damit sie Informationen preisgeben, falls man die bei uns vermutet hätte. Daher erzählten wir nur Master Ailwin davon, denn wir brauchten einen Plan, und wenn man in der Klemme sitzt, ist es allemal gescheiter, sich von einem älteren, erfahrenen Menschen leiten zu lassen. Master Ailwin blickte ein wenig in die Luft, dann sagte er, bloß nichts den Behörden erzählen, denn sie sind die Staatsmacht, und da alle irdische Macht in kurzer Zeit vergehen würde, sollte man sie nicht auch noch unterstützen. Nicht schlecht für einen Mann, dessen Hirn seit längerem herumtrieb wie ein nichtvertäutes Boot. Und dann kamen alle Brüder von der Gesellschaft zu ihrer Sitzung, ein recht abgerissen und erbärmlich aussehender Haufen, der zu Master Ailwin wie zu einem großem Philosophen aufblickte, da er noch wunderlicher war als sie. Aber alle sprachen mit uns über unser Problem, und irgendwie tat das gut.

Zunächst schimpften sie, der Mord hätte ihnen den Abend verdorben, und dann sagte jemand, man könnte doch zur Abwechslung statt über den Himmel auch einmal über die Schlechtigkeit der irdischen Macht disputieren, und jemand anders antwortete, Sir Septimus könnte uns gesehen haben und wir schwebten daher in großer Gefahr. Und dann sprachen alle dem Ale zu und schrien durcheinander, scharrten mit den Füßen und stritten sich, was zu tun wäre. Am Ende beschlossen sie, daß sich Tom bei mir daheim verstecken solle, da ich unter Wolseys Schutz stand, und daß sie uns alle miteinander nach Haus bringen würden, denn es war sehr dunkel, und der Mond schien nicht. Also entzündeten sie Fackeln, umringten uns und zogen mit einem Trinklied auf den Lippen durch die Straßen, und das Lied hatte so gar nichts Frommes an sich, außer daß es von einem Abt von Cucany handelte, der zuviel trank. Leute öffneten die Fensterläden, schimpften und schütteten ihren Nachttopf über uns aus, dazu gesellten sich alte Schuhe und verfaultes Obst, und das war nicht nett, doch die Nachtwächter taten uns nichts, weil wir in der Überzahl waren.

»Was ist denn das?« rief Mistress Hull.

Und Nan sagte: »Nie wieder, nie wieder lasse ich dich allein ausgehen. Wir dachten schon, man hätte dich umgebracht.«

»Herein, herein, wer sind denn all die Leute mit den Fakkeln?« fragte Mistress Hull.

»Gute Christenmenschen, die Mistress Dalbert wohlbehalten heimbringen«, verkündete Master Ailwin, und Mistress Hull blickte sehr beeindruckt: Dies war ein Mann, der viele Freunde und obendrein einen ausnehmend langen weißen Bart hatte!

»Wer, Susanna, sagst du, war der aufmerksame Mann? Master Ailwin?« fragte Mistress Hull, während sie die Tür hinter uns zuschlug und fest verriegelte. »Männer mit hellblauen Augen, wie er sie hat, gefallen mir. Man merkt ihnen an, daß sie tiefschürfende Denker sind.«

»O ja«, sagte ich.

»Und bleibt Tom heute wieder zum Abendessen?«

»Er bleibt über Nacht. Wir haben mit angesehen, wie ein Mann ermordet wurde, und er muß sich jetzt bei uns verstekken, bis wir etwas Besseres gefunden haben.«

»Nun, das trifft sich prächtig, endlich ein Mann im Haus«,

sagte sie, und Tom sah auch gleich richtiggehend eingebildet aus und nicht mehr so niedergeschlagen.

»Und jetzt erzählt ihr uns beim Essen, wo ihr gewesen seid.«

»Gleich, Nan, laßt mich erst meine Sachen nach oben bringen.« Ich betrat das dunkle Atelier mit einem Binsenlicht, doch als ich meine neuen Farben auf das Bord legte, senkte sich ein dunkler, schwerer Schatten auf mich, und mir war zumute, als befände sich etwas Böses im Raum, genau das Gefühl, das ich in dem Gäßchen hatte, als Master Ludlow ermordet wurde. Lieber, lieber Gott, betete ich bei mir, ich brauche dringend Hilfe, auch wenn ich sie letztens nicht gerade verdient habe. Und dann war mir, als hörte ich etwas Wundersames. Etwas Fedriges und Raschelndes, genau wie damals, als ich die Miniatur für die Franzosen malte. Und auf einmal lachte es von fern glöckchenhell und sehr lieblich. »Wer ist da?« rief ich und drehte mich jäh um.

»Keine Angst«, sagte eine reizende Stimme, »ich werde mit allem fertig.« Etwas oder jemand stand, eingehüllt in einen Umhang, in der Ecke des Ateliers. Mir zitterten die Knie, ich hielt das Binsenlicht hoch, und in seinem flackernden orangefarbenen Schein erblickte ich das hübscheste Gesicht, das ich meiner Lebtage gesehen hatte. Ob Mann oder Frau, das konnte ich nicht ausmachen.

»Wie seid Ihr hereingekommen? Seid Ihr mir gefolgt?«

»Oh, ich folge Euch schon eine geraume Weile. Aber im Augenblick braucht Ihr mich besonders dringend. *Es* hat Euch nach Haus verfolgt, daher dachte ich, ich sehe einmal nach dem Rechten.«

»Was ist *es*?«

»Ach, Ihr würdet Euch nur Sorgen machen, wenn Ihr Bescheid wüßtet. Chaotische Geister sind dazu geschaffen, Unheil zu stiften, mehr nicht. Wenn Ihr nichts dagegen habt, so begleite ich Euch jetzt nach unten und liefere Euch wohlbehalten dort ab.«

»Was meint Ihr damit?« fragte ich erschrocken.

»Na ja, dieses Es könnte Euch ein Bein stellen und Eure Röcke in Brand setzen. Es ist ziemlich aufgeblasen wegen des Unheils, das es gerade erst gestiftet hat, und es weiß, daß Ihr mir am Herzen liegt. Kommt, ich halte Euch am Ellbogen fest, während wir nach unten gehen.«

»Aber die Treppe ist zu eng für zwei.«

»Ich brauche keine Treppe«, sagte das liebliche Wesen und kam näher. Es hatte lange braune Locken und wirkte irgendwie durchscheinend, und unter seinem schlichten Umhang konnte ich ein hübsches Gewand erkennen. Doch das arme Ding hatte einen Buckel. Hinter seinem Kopf war ein großer, zitternder Klumpen, den es unter dem schweren Umhang versteckte. Außerdem ging es barfuß, und die blassen Füße wirkten zu zart für unsere abgesplitterten Dielenbretter. Als ich jedoch die schmale Wendeltreppe hinunterging, das Binsenlicht in einer Hand und das Buch unter dem anderen Arm, da spürte ich, wie mich etwas Starkes festhielt, und meine Füße traten ungewöhnlich sicher auf, obwohl die Stufen sehr abgetreten und stellenweise glatt sind.

»Wer ist denn das?« rief Mistress Hull. »Wie ist denn der in Euer Zimmer gekommen? Ich könnte schwören, ich habe heute niemanden nach oben gelassen. Na schön, so wie ich Eure Freunde kenne, wird er vermutlich mit uns zu Abend essen wollen.« Das Gesicht des Besuchers verzog sich zu einem höchst belustigten Lächeln, anscheinend hatte er noch nie etwas so Komisches wie Mistress Hull erblickt.

»Ich bin Hadriel«, sagte er oder sie, so als ob das alles erklärte.

»Also gut, Master Hadriel – oder ist das Euer Taufname? Der hört sich für mich nicht danach an, als wärt Ihr viel mit dem Taufwasser in Berührung gekommen, aber laßt nur – Ihr seid zum Abendessen eingeladen, wenn Ihr wollt – das heißt, na ja, es sollte sich nicht knickerig anhören, Ihr seid herzlich willkommen –« Hadriel lachte, als er sah, wie verwirrt Mistress Hull war, und der Laut vertrieb die Schatten aus allen Zimmerecken.

»Ich würde sehr gern zu Abend essen«, sagte er – oder war er eine Sie? Ich hätte es noch immer nicht zu sagen gewußt. Und ein Name wie seiner, nun, ein richtiger Taufname war das nicht, daher half er mir auch nicht weiter. Mistress Hull war sich jedenfalls sicher, also würde es bei Master Hadriel bleiben. Er folgte uns mit belustigter Miene in die Küche, dort stellte er sich neben die breite steinerne Feuerstelle und musterte den Kochtopf, der dort hing und in dem es blubberte, so als hätte er noch nie dergleichen gesehen. Alle setzten sich in die Küche, denn dort war es heimelig und angenehm, und es roch gut.

»Wer ist denn das?« fragte Tom argwöhnisch und eifersüchtig. Ich konnte ein Flattergeräusch hören, so als hätte sich eine Fledermaus in den Schornstein verirrt. Etwas Schweres schien ins Zimmer einzusickern. Hadriel beugte sich über den Kochtopf, griff zum Schürhaken und stocherte damit im Schornstein herum.

»Master Hadriel, der uns beim Abendessen Gesellschaft leistet«, stellte Mistress Hull ihn vor. »Aber was tut Ihr denn da, Master Hadriel?«

»Ich kann dich da oben hören«, sagte Hadriel in den Schornstein hinein. »Hebe dich hinfort.« Das Geflatter hörte auf, und Hadriel strahlte Mistress Hull an. »In Eurem Kamin hatte sich etwas verfangen, aber ich habe es verjagt. Nun, wie steht es mit dem Essen?«

»Alles bereit, wir warten nur auf Euch. Wascht Euch die Hände, während wir die Schüsseln auftragen. Oh, wo ist das Brotmesser?« Während Nan geschäftig hin und her eilte, drehte ich mich um und sah, daß Hadriel auf der Küchenbank saß und sich die rußigen Finger an seinem alten Umhang aus rauhem Stoff abwischte. Die blassen, beinahe durchscheinenden Füße hatte er übereinandergelegt, und über sein Gesicht huschte ein ungemein liebliches Lächeln.

»Immer stelle ich etwas an. Und dabei behaupten viele, es würde mir besser ergehen, wenn ich mir nicht die Hände schmutzig machte.«

»Wenn sich eine Arbeit lohnt, bekommt man in der Regel

schmutzige Hände. Das seht Ihr schon an mir und meiner Malerei. Als Dame mit sauberen Händen würde ich meines Lebens nicht froh.« Als ich ihm Becken und Wasserkrug brachte, blickte Hadriel mich an und lächelte schon wieder. »Nicht nur Eure Hände, Susanna. Wie seid Ihr denn an den Ockerfleck auf dem Ohr gekommen?«

»Oh«, sagte ich und legte die Hand auf das Ohr. Hadriel lachte.

»Laßt sehen, zwei weitere Gedecke . . .«

»Da wir heute Gäste haben, laßt uns auch eine Flasche Wein aufmachen, kommt . . .« Auf einmal waren alle heiter und fröhlich. Das mußte an Hadriels Lachen liegen. Und aus unerfindlichem Grund lachten wir auch alle. Die Schüsseln klapperten, der Wein machte die Runde, und Cat mußte ganz schrecklich kichern, was sich zu einem Schluckauf steigerte, so daß ihre Mutter sie auf den Rücken klopften mußte.

»Die Luft anhalten, Mistress Cat«, schlug Tom vor.

»Bis zehn zählen«, sagte Nan.

»Probiert es mit Wasser, das durch ein Stückchen Stoff getrunken wird«, sagte Hadriel, »es soll ein unfehlbares Mittel sein.« Sein Gesicht war vom Essen und Trinken rosig angehaucht, und das war auch gut so, denn er hatte viel zu blaß und ungesund ausgesehen.

»Ja, probiere das Mittel unseres Gastes aus!« riefen alle, und nach mehreren Versuchen gelang es Cat, durch ein Geschirrtuch zu trinken.

»Weg«, platzte sie heraus, doch ihr Gesicht war noch immer rot, und wir lachten alle und reichten den Wein noch einmal herum. Master Hadriel wirkte eindeutig beschwipst, und dabei hatte er kaum etwas getrunken. Mistress Hull schenkte ihm Wein nach.

»Oh, keinen Tropfen mehr, liebe Mistress Hull, es geht nichts mehr hinein«, sagte er. »Wein steigt mir schnurstracks zu Kopfe, weil ich so selten welchen bekomme.«

»Dann eßt noch ein wenig, lieber Hadriel«, sagte Mistress Hull, die dem Wein selbst gut zugesprochen hatte.

»Meine Liebe«, antwortete er und neigte sich dabei gefährlich zur Seite, »ich bekomme kaum einen Bissen hinunter. Normalerweise esse und trinke ich nicht.« Bildete ich mir das nur ein, oder zitterte sein Buckel?

»Eure Mutter sollte besser für Euch sorgen – Ihr seid viel zu dünn. Nicht essen und trinken! Und was ist nur in sie gefahren, daß sie Euch solch einen seltsamen Namen gegeben hat? George wäre doch ein hübscher Name gewesen oder vielleicht Michael, aber Hadriel?«

»Auf die Idee ist wohl eher mein Vater gekommen«, sagte Hadriel und sah ganz rosig aus.

»Das erklärt alles!« sagte Mistress Hull. »Männer! Wenn Ihr mich fragt, so seht Ihr mir mehr wie ein Michael aus.«

»O nein, der ist viel größer. Und ob der größer ist«, sagte Hadriel.

»Und jetzt heraus mit der Sprache, wieso versteckt sich ein so netter Junge wie Ihr in Susannas Zimmer? Also wirklich! Ihr hättet wenigstens zur Tür hereinkommen und uns begrüßen können, wie es sich schickt!«

»Nicht verschteckt – komme recht oft. Dasch macht ihre Kunscht. Hübsche Bilder gefallen mir. Die Adam-Bilder . . . ein gelungener Witz! Habe seit Ewigkeiten nicht mehr so gelacht. Aber sie sitzt ganz schön in der . . . Patsche . . . ja. Schuschanna, liebesch Mädchen, man musch sich um dich kümmern . . . da war doch etwasch . . . etwasch, wasch ich tun wollte. Jemanden beeinfluschen. Kirchenfürscht. Aber welchen? O ja, den fetten. Du hascht ja keine Ahnung, wieviel Ärger unsch die Kirche macht. Wasch war dasch? O ja, ich musch losch . . .« Hadriel schwankte ein wenig beim Aufstehen.

»Schon so bald? Aber Ihr könnt doch des Nachts nicht nach draußen gehen. Strauchdiebe könnten Euch überfallen!«

»Dasch kümmert mich nicht. Nichtsch zu schtehlen . . .« Hadriel strebte der Küchentür zu und stützte sich dabei an der Wand ab.

»Ich lasse einfach nicht zu, daß Ihr so nach draußen geht!«

»So? Wasch meint Ihr . . .?«

»Seht doch nur Eure Füße! Ihr habt ja nicht einmal Schuhe an!«

»Wasch soll am Barfuschgehen verkehrt sein? Ich trage nie Schuhe.«

»Aber Ihr könntet Euch doch draußen im Dunkeln die Füße stoßen! Cat, geh in mein Zimmer, schau in der großen Truhe nach, in der ich Vaters Sachen aufhebe, und bring ihm das Paar Schuhe, das da noch ist.«

»Mutter! Vaters Sachen?«

»Cat, meine liebe Catkin, ich habe sie schon viel zu lange aufgehoben. Seine Schuhe machen ihn auch nicht wieder lebendig, und dieser arme Junge hat von seiner Mutter keine bekommen.« Damit warf sie Hadriel die Arme um den Hals und weinte an seiner Schulter. »Ach, hätte mir Gott doch so einen Sohn geschenkt! Mein lieber, armer Junge, so hübsch, und nichts zu essen und keine Mutter! Laßt mich – schnief – Eure zweite Mutter sein . . .« Hadriel sah ungemein betreten aus, er war ganz rot im Gesicht, doch dann tätschelte er sie unbeholfen.

»Tschuldigung«, sagte er leise. »Habe keinen groschen Segen zu vergeben – Segen – blosch die kleinen – die Künschte, na ja, ischt nicht viel . . .«

Die Schuhe wirkten an seinen zarten Füßen seltsam klobig, und als ich ihn mit den Schnürbändern kämpfen sah, ging mir auf, daß er noch nie im Leben Schuhe gehabt hatte, was angesichts seiner schönen und blassen Füße merkwürdig war. Ich dachte ein Weilchen darüber nach, und dann dachte ich darüber nach, wie er selbst im Haus den Umhang nicht abgelegt und wie er mir die Treppe hinuntergeholfen hatte. Da war nur ein Schluß möglich. Und als er in die Dunkelheit hinausstolperte, war ich mir sicher.

»Seht mal, Master Hadriel hat einen Gänsekiel aus seinem Federkasten vergessen. Oh, warum hast du denn die Fensterläden aufgemacht?« hörte ich Nans Stimme in meinem Rücken. Aber ich beugte mich über die Fensterbank und drehte mich nicht um. Und mein Blick folgte dem strahlenden Zickzackkurs eines beschwipsten Engels, der sich in den nächtlichen Himmel schwang.

So furchtbar war der Zorn des Königs, daß die schwere Eichentäfelung an den Wänden beim Klang seiner Stimme zu erzittern schien.

»Ich sage dir, er hat mich verraten! Und täusche dich nicht, Schwester, dich hat er auch verraten.« Heinrich VIII. im seidenen, mit Goldstoff unterlegten und mit Goldfäden und Perlen bestickten blauen Schlitzwams durchmaß den Raum mit dem wiegenden, kraftvollen Schritt eines wütenden Bullen. Er war noch jung, hochgewachsen und kräftig, und er trug das rötlichblonde Haar über den Ohren kurz geschnitten. Ihm schwollen die Adern an dem muskulösen Hals. Seine Augen waren vor Wut nur noch Schlitze.

»Aber hat er nicht gesagt, er wäre zu krank, um mich zu empfangen, und habe ich ihm nicht geschrieben und ihn Ehegemahl genannt, und hat er mir nicht als Zeichen seiner Gunst Geschmeide geschickt?« Sein Zorn versetzte Mary Tudor in Angst und Schrecken, sie, die so viele Jahre der Augapfel ihres Bruders gewesen war, sein Spielzeug. Niemand hatte fröhlicher an seinen Maskeraden teilgenommen, zu seiner Begleitung auf dem Virginal gesungen, seine Freunde empfangen und unterhalten. Und nun jählings dieses Unwetter. Ihr Herr und Bruder war gekommen, ihr mitzuteilen, daß ihre seit Kinderzeiten abgesprochene Ehe nicht länger gültig war.

»Seine Tante, diese durchtriebene Hexe, die in den Niederlanden regiert, hat ihn überredet, mich hinzuhalten, bis der Hieb gefallen war. Hinter meinem Rücken ein Geheimabkommen zu unterzeichnen! Der Kaiser hat von Anfang an ein falsches Spiel mit mir gespielt. Und ich sage dir, Schwester, mit diesem elenden Wicht bist du nicht mehr verlobt. Soll sich Prinz Karl von Kastilien doch eine andere Braut suchen!«

»Aber – aber mein Geschmeide, meine Aussteuer im flämischen Stil, mein Brautsilber . . . und ist die Ehe nicht durch

Stellvertreter vollzogen worden? Und geküßt hat er mich auch, das weiß ich genau. Es ist eine Sünde, ich habe Angst.« Marys Augen huschten hin und her wie die eines gefangenen Rehs. Sie rang die Hände. Verzweifelt suchte sie nach weiteren Ausreden. Niemand durfte herausbekommen, warum.

»Das Silber wird besser zum französischen König passen, und du auch, Schwester. Der König von Frankreich ist ein großer Fürst, erwachsen und in der Blüte seiner Jahre, kein jämmerlicher Grünschnabel. Du wirst Königin von Frankreich, und er wird dich vergöttern. Wolsey, erklärt meiner aufsässigen Schwester noch einmal, daß diese Ehe nicht wahrhaft vollzogen und somit ungültig ist.«

»Bedenkt, Mylady, daß Ihr Eurem König und Bruder nicht nur in allen Dingen Gehorsam schuldet, sondern daß sich niemand im Lande so gut in kirchlichen Angelegenheiten auskennt wie er. Sogar der Papst hat der Glaubenstreue und Klugheit Eures Bruders Lob gezollt. Alle, die sich in derlei Dingen auskennen, sagen, daß diese Ehe nicht wahrhaft vollzogen wurde, da ein Kuß dazu kaum ausreicht, nicht einmal die Übergabe des Ringes. Die Zeugen haben Eure Ehe *de praesenti* beeidet, die bei Eurer Volljährigkeit vollzogen werden sollte. Und ich sage Euch mit der ganzen Vollmacht, die mir die Heilige Mutter Kirche gegeben hat, daß Eure Ehe nur dem Namen nach bestanden hat und somit keine echte Ehe gewesen ist. Eine echte Ehe erfordert echten Vollzug, wie er auf dem Brautlager bezeugt wird. Ist das klar? Selbst die Heilige Mutter Kirche sagt, daß Ihr frei seid und dem Willen Eures Herrn gehorchen könnt. Es ist ein wahrer Segen und ein Glück, daß Ihr Königin eines so großen Reiches wie Frankreich werdet, und das verdankt Ihr der großen Umsicht und Fürsorge Eures Bruders, des alleredelsten Fürsten.« Wolseys Stimme klang honigsüß und untertänig. Mit halbem Auge bekam er mit, wie die Röte aus Heinrichs Nacken wich. Frauen, schien Wolseys Ton anzudeuten, sie begreifen wirklich gar nichts. Besser, man lockt sie mit Spielzeug, als daß man ihren Geist zu hart auf die Probe stellt.

König Heinrich sah, wie seine Schwester in ihren Schoß blickte und an der Stickerei ihres Kleides zupfte. Unablässig rollte sie eine kleine Saatperle zwischen den Fingern. Wolsey hat recht, dachte Heinrich. Als er erneut sprach, klang seine Stimme milder.

»Mary, Mary, du wirst eine große Königin und Mutter von Königen. Du wirst die Kronjuwelen Frankreichs tragen, und das sind die berühmtesten und schönsten auf der ganzen Welt. Ein großer Fürst verzehrt sich in Liebe nach dir, während dieser kränkliche Junge zweifellos nicht einmal das Erwachsenenalter erreicht. Denk an dein großes Glück, und gehorche jemandem, der klüger ist als du.«

»Es ist mir ein Herzensanliegen, Euch in allen Dingen gehorsam zu sein, Mylord«, sagte Prinzessin Mary mit leiser Stimme, hob aber noch immer nicht den Blick. König Heinrich faßte das als Demut auf. Er konnte ihre Augen nicht sehen. »Aber – aber ist der König von Frankreich nicht alt und mißgestaltet?« Mary sprach leise, zögernd, stellte sich unwissend und schlecht informiert. Da sie aber genauso verschlagen und eigensinnig war wie ihr Bruder, mußte sie die Rolle des dummen kleinen Mädchens durchhalten, wenn sie ihm das Versprechen abringen wollte, das sie so heiß begehrte.

»Mißgestaltet?« lachte Heinrich. »Aber nicht doch, liebe Schwester. Ja, im Herbst des Lebens steht er durchaus, aber er ist noch voller Manneskraft. Daher kannst du ihn um so eher bezaubern.«

»Bruder, darf ich Euch um eine einzige Gunst bitten? Dann heirate ich in allem Gehorsam den französischen König und willfahre Euch in allen Dingen, wenn ich Königin von Frankreich bin.«

»Und das wäre? Wenn es in meiner Macht liegt, es sei dir gewährt«, sagte Heinrich. Der Sturm hatte sich gelegt, und er war zufrieden, daß sich seine willensstarke Schwester so rasch fügte.

»Falls – falls der König von Frankreich sterben sollte, darf ich mir dann den nächsten Ehegatten selbst aussuchen?«

Heinrich war entrüstet. Das war unerhört. Er hatte wohl das Bild vom gebieterischen König im Herbst seines Lebens zu schön ausgemalt und sich dabei selbst eine Grube gegraben, und so behielt er sich insgeheim das Recht vor, seine Meinung aus Gründen der Staatsräson zu ändern, wie es einem König zustand. Seiner Schwester antwortete er jedoch: »Ja, wenn es dir so gefällt.«

»Was mir gefällt, wird auch stets Euch gefallen«, sagte sie so unterwürfig, daß ihr Bruder nicht mitbekam, wie zweischneidig ihre Worte klangen.

Er klatschte in die Hände und rief: »Heda, Wolsey, bringt mir das Papier, das Ihr vorbereitet habt. Die Rede hier mußt du lernen, Schwester, bis du sie auswendig vortragen kannst. Und morgen halten wir eine offizielle Audienz ab, auf der du dich von diesem falschen und bösartigen Prinzen Karl lossagst.« Es raschelte, und der ehrfurchtgebietende Wolsey holte eine Rolle mit Papieren unter seinem Obergewand hervor. Es waren Dokumente, die unterzeichnet werden mußten, und eine blumige Rede für Mary, in der sie ihr Ehegelöbnis aufkündigte. Wolsey hatte sich selbst übertroffen. Als er die Rede laut vorlas, lächelte König Heinrich und nickte. Die Schuld lag bei Karl; er war schlecht beraten und hatte sich von böswilligem Klatsch gegen sie einnehmen lassen. Und mit seinem Treubruch hatte er sie so gedemütigt, daß sie nun alle eheliche Zuneigung widerrief. Der Ehevertrag war null und nichtig. Aus eigenem Entschluß durchtrennte sie das eheliche Band. Marys Miene wechselte von übellaunig zu erstaunt, während sie den Worten lauschte, die sie vortragen sollte.

»Ihr müßt natürlich damit enden, daß Ihr den König um Verzeihung bittet, und erklären, daß Ihr ihm in allen Dingen gehorsam seid und er mit Euch nach seinem Belieben verfahren möge. Also, ich wiederhole das jetzt langsam, und Ihr sprecht mir bitte nach«, sagte Wolsey, während er mit halbem Auge Heinrichs Reaktion abschätzte. Die Miene des Königs strahlte höchste Zufriedenheit aus.

»Gut gemacht, Wolsey, gut gemacht. Ihr habt mir in dieser Sache hervorragend gedient.«

»Euer Majestät, ich lebe nur dafür, Euch so zu dienen, wie Ihr Euch selbst dienen würdet, hättet Ihr Zeit für diese kleinen Einzelheiten.« Wolsey hatte Rede und Urkunden in der Woche zuvor aufgesetzt. Er hatte nie daran gezweifelt, daß es leicht sein würde, diese schwache Frau für seine weitreichenden Pläne einzuspannen.

Strahlender Sommersonnenschein fiel durch die schmalen, rautenförmigen Fenster in Bischof Wolseys Kabinett. Draußen in seinem Obstgarten wetteiferten zwitschernde Vögel, während Gärtner die schwersten der fruchttragenden Äste abstützten. Drinnen ging Wolsey seit dem Morgengrauen mit Master Cavendish die Listen durch. Der größte Coup seiner diplomatischen Karriere durfte nicht an einer einzigen falsch geregelten Einzelheit scheitern. Wolsey mußte nämlich zwei Hochzeiten planen: eine durch Stellvertreter in England und eine in Frankreich, bei der sich die Blüte des englischen Adels die Ehre geben würde. Englische Pferde, englische Soldaten, englische Zelte für das Hochzeitsturnier, alles, von den Wagen für das Brautsilber bis hin zum Nachtgeschirr, mußte aufgelistet und abgerechnet werden. Ein ganzes Heer von Sekretären und Schreibern hatte ihm die Listen zur Überprüfung vorbereitet. Vierzehn Schiffe waren für den Transport zur Verfügung gestellt worden.

»Tafelsilber, ja. Das große Salzgefäß, hmm, Servierschüsseln, Kerzenhalter, alles da. Laßt sehen – zwei Wagen, zehn Stuten zum Ziehen, jede zehn Pence den Tag . . . Cavendish, habt Ihr die Liste der Ehrenjungfrauen, die die Prinzessin begleiten?«

»Hier ist sie, Euer Gnaden.« Mit einer geschmeidigen und gefälligen Geste überreichte Cavendish die Liste.

Wolsey legte sie auf die Listen mit dem Brautsilber, den Pferden, dem Leinen und den Bettvorhängen und überprüfte sie eingehend mit dem guten Auge. »Was ist das? Die muß gestrichen werden, ihr Vater ist nicht bedeutend genug. Und hier ... was hat Mistress Popincourt auf der Liste zu suchen?«

»Die Prinzessin hat sie ausdrücklich angefordert. Und Ihr habt gesagt, ich sollte Damen den Vorzug geben, die ein gutes, sauberes Französisch sprechen. Die sind schwerer aufzutreiben, als man denken sollte –«

»Der König von Frankreich hat mir einen Brief geschickt. Mistress Popincourt, so ist ihm zu Ohren gekommen, hat einen schlechten Ruf. Sie soll de Longueville vor seiner Rückkehr nach Frankreich ihre Gunst geschenkt haben. Er möchte nicht, daß seine Braut solch schlechten Einflüssen ausgesetzt ist.«

»Hat er sie namentlich erwähnt?«

»Namentlich. Und sie ist nicht die einzige. Mir scheint, seine Kundschafter machen Überstunden. Hm – hier sehe ich Mary Boleyn, die Tochter von Sir Thomas. Auch sie wurde erwähnt. Streichen. Hat Sir Thomas schon auf meine Bitte um die andere Tochter geantwortet? Ihr Französisch soll hervorragend sein, und sie ist bei der Regentin der Niederlande gut in höfischen Umgangsformen geschult worden.«

»Er hat an Margarete von Österreich geschrieben und darum gebeten, sie aus ihren Diensten als *fille d'honneur* am niederländischen Hof zu entlassen, sie ist schon unterwegs nach Greenwich.«

»Wie alt ist sie, sagt Ihr?«

»Vierzehn, Mylord.«

»Also nicht zu jung. Und zweifellos Jungfrau. Ja, Anne Boleyn. Sie geht mit. So, und was ist mit den weißen Zeltern, laßt sehen ... Zaumzeug, ja, da ist es. Stallmeister ...« Wolsey deutete auf einen Stoß Papiere. »Was davon segelt auf der ›Elizabeth‹?«

»Die Ehrenjungfrauen, das Brautsilber, die Musikanten –«

»Sind das auch alles Frauen? Der König von Frankreich will keine Männer haben.«

»Alle bis auf die Kirchenmusiker und die Trompeter. Die Malerin reist auch mit, dazu ihre Dienerin und der Junge, der ihr die Farben zerstößt –«

»Streicht den Jungen. Was bildet sie sich ein, wer sie ist, mit solchem Hofstaat? Die Königin von Persien? Was um Himmels willen ist nur in mich gefahren, daß ich sie mitziehen lasse? Hatte ich nicht entschieden, sie bleibt hier? Mitten in der Nacht ist mir jedoch eingefallen, es könnte so klüger sein. Nun zu den Bettvorhängen ... was ist das für ein Aufruhr? Ashford, habe ich nicht gesagt, daß ich beschäftigt bin?« Wolseys zweiter Privatsekretär in seinem düsteren Grau hatte den Raum stumm wie ein Schatten betreten.

»Mylord, ich bringe einen Brief, der soeben aus Rom eingetroffen ist. Von Sylvester de Giglis am päpstlichen Hof.«

»Aus Rom? Warum habt Ihr das nicht gleich gesagt? Was schreibt de Giglis über meinen Kardinalshut? Ist mir dieser Elende, dieser Bainbridge, noch immer im Wege?«

»Mylord, das weiß ich nicht. Es dürfte im Brief stehen.«

Wolsey erbrach die Siegel und las schweigend. Nach einer geraumen Weile sagte er langsam: »Der Kardinal von York ist in Rom gestorben.«

»Mylord, welch glückhafter Zufall«, bemerkte Ashford.

»Nicht ganz so glückhaft, aber ein Zufall immerhin«, meinte Wolsey ausdruckslos. »Bainbridge wurde von seinem Kaplan vergiftet. Ein Italiener, glaube ich. Und wie die sind, das weiß man ja.« Wolseys Blick fiel auf Ashfords stummes, blasses Gesicht.

»Danke, Ashford, Ihr könnt gehen«, sagte er und genoß es, wie Ashfords Augen zur Seite schossen und Cavendishs selbstgefällige Miene musterten. Ein ungehobelter Klotz, dachte Wolsey. Geschickt, nützlich, aber ohne das gefällige Benehmen, das einem persönlichen Diener wohl ansteht.

»Euer Gnaden, wollt Ihr morgen dem König aufwarten? Die Gelegenheit wäre günstig, ihn um das Bistum York anzugehen.«

Cavendishs salbungsvolle Stimme brach das lange Schweigen.

»Fürwahr, Cavendish, welch ausgezeichnete Idee – sie ist mir auch schon gekommen. Und York House – ein sehr bequemer Wohnsitz, auch wenn er renoviert werden muß. Ach ja. Und schickt nach der Malerin. Ehe sie aufbricht, möchte ich ein Porträt von mir im Profil malen lassen – die bessere Seite. In Purpur.«

Kapitel 12

Susanna, was wollte der Junge?« fragte Mistress Hull, als Nan und ich ihren vollgestellten kleinen Laden durchquerten, um auf die Straße zu gelangen. Der Frühling war zum Sommer geworden, und mir war das Glück fast genauso gewogen wie meinem Gönner, der mit jedem Monat mächtiger wurde. Mistress Hull hatte sich einen Stuhl unter das Regal mit den grünen Heiligen gestellt und strickte emsig, und Cat und Tom saßen auf der langen Bank hinten im Raum. Cat wickelte ein Wollknäuel auf, und Tom hielt das Garn mit ausgestreckten Armen. Er verdrehte die Augen, als wir vorbeigingen, so langweilte und ärgerte er sich.

»Er will, daß ich dem Erzbischof meine Aufwartung in York House mache, für ein weiteres Porträt. Was strickt Ihr denn da? Sieht das aber hübsch aus.«

»Einen ersten Satz Strickärmel. In der Nacht, nachdem Master Hadriel fort war, ist mir eine Erleuchtung gekommen. Wenn ich zwei Farben wie die hier nehme und damit abwechsle – so –, dann ergibt das ein Muster, was wie geschlitzt aussieht. Sehr modisch, findet Ihr nicht auch?« Ich sah mir das Strickzeug genauer an. Noch nie waren Mistress Hull die Maschen so gleichmäßig geraten.

»Wie einfallsreich. Die wird gewiß jeder haben wollen.«

»Ich weiß auch nicht, aber letztens sprudele ich nur so über vor Einfällen. Ich träume sogar vom Stricken. Was haltet Ihr von einem Muster zwei rechts, zwei links, und das reihenweise versetzt, das müßte dann wie kleine Tropfen aussehen. Ich kann es kaum erwarten, wie es sich macht. Wirklich, seit ich den lieben Master Hull verloren habe, bin ich nicht so glücklich gewesen wie heute. Obschon natürlich nichts seinen Platz einnehmen kann . . . gleichviel, welche Farbe war das noch, Tom, die Master Ailwin herstellen kann? Ich glaube, ich verlege mich darauf, mein Garn selbst zu färben, sonst stimmen die Farben doch nie. Meine Einfälle bedrängen mich so, daß ich keine Ruhe finde, bis ich sie ausgeführt sehe, mit eigenen Augen. Ich sage Euch, es ist eine Erleuchtung von Gott.«

»Erleuchtung fürs Strickzeug? Mutter, wie kannst du nur. Als ob sich Gott für so niedrige Dinge interessieren würde.«

»Unfug. Wenn Sein Auge den Sperling sieht, warum dann nicht auch mein Strickzeug? Ich bin überzeugt, wenn ich die Bibel wie ein Priester lesen könnte, ich würde die Stelle finden. Und Sein Auge sieht gewiß auch ein übellauniges Mädchen. Warum bist du noch nicht mit der blauen Wolle fertig? Die brauche ich als nächstes.« Wir machten uns eilig auf den Weg, ohne einen Blick zurückzuwerfen.

Es war ein bewölkter, feuchter und drückender Tag, Gewitter lag in der Luft. Ein seltsamer, schwüler Wind raschelte in den Bäumen. Wir durchschritten The Strand in Richtung Westminster in einer Menge von Gardesoldaten, Bogenschützen, Schreibern in Robe und Advokaten auf Maultieren. Hinter uns trieb ein Junge Schweine. Der Wind trug ihren erstikkenden Gestank über uns hinweg. Etwas schien mich niederzudrücken. Bei Charing Cross blieben wir stehen, und ich blickte mich um. Nach Süden hin, zu unserer Rechten, erstreckten sich die Turnierplätze, und man konnte bis hierher hören, wie die Edelleute an den Hindernissen übten. Zu unserer Linken standen große Mietshäuser und die Häuser der Wohlhabenden, dahinter kamen die Mauern, Tore und Türme von York House. Ich spürte, wie mir im Nacken die Haare zu Berge standen. Wir wurden verfolgt, da war ich mir ganz sicher.

»Was für eine furchtbare Luft. Wenn da nicht ein Gewitter im Anzug ist. Und ich für mein Teil bin froh, wenn es ausbricht.« Mit einer Hand zupfte Nan an ihrer Haube, in der anderen trug sie meinen Farbenkasten. Eine Bö zerrte an meinen Röcken. Ich blieb stehen, zog sie wieder zurecht und drehte mich unversehens um. In der Luft über uns meinte ich ein widerliches Gebrummel zu hören. War das etwa ferner Donner? Die grauen Wolken zogen jetzt schnell dahin. Es kam mir so vor, als sähe ich hinter uns eine große Gestalt in Schwarz in einem offenen Torweg verschwinden. War das der grausige Mörder? War er uns gefolgt, wollte er mich allein erwischen?

»Nan«, flüsterte ich. »Ich könnte schwören, ich habe ihn gesehen – jenen Mann. Er verfolgt uns.« Nan blickte entsetzt. Wir näherten uns jetzt dem Torhaus zum großen Hof von York House. Drinnen wird er es nicht wagen, uns zu belästigen, dachte ich. Da wimmelt es von Gesinde. Am Tor sind Wachposten. Von panischem Schrecken ergriffen, fing ich an zu rennen, und Nan immer hinter mir her, so gut es ging, denn der schwere Kasten rumpelte und klapperte beim Laufen. Die ersten Regentropfen fielen. Warmer Regen, doch nicht genug, um die Luft zu reinigen. Jetzt hatten wir es beinahe geschafft, vor uns ragte das Torhaus auf. Ich zog den Kopf ein und rannte darauf zu. Doch ich war wie blind, verlor den Halt und stieß mit jemandem zusammen. Kräftige Männerarme packten mich. Ich fand das Gleichgewicht wieder und wollte mich schreiend losreißen.

»Still, still, Transuse. Wollt Ihr mir die Wache auf den Hals hetzen?« Er legte mir die Hand auf den Mund, und ich merkte, daß er mich durch die kleine Seitenpforte zog.

»Susanna, du dumme Gans, das ist doch Master Ashford. Und er ist vor dir, nicht hinter dir. Halt den Mund und mach die Augen auf.« Das tat ich und blickte dem eindeutig mißbilligenden Robert Ashford ins Gesicht, Wolseys Sekretär. Ich merkte, daß ich errötete.

»Und was habt Ihr schon wieder angestellt, daß Ihr flieht, als wäre der Leibhaftige hinter Euch her?« Seine Stimme klang so angewidert, als hätte er einen Straßenjungen beim Apfelstibitzen erwischt.

»Da ist ein Mann, ein gräßlicher Mann«, keuchte ich.

»Dem Ihr zweifelsohne ein falsches Gemälde von einem toten Meister angedreht habt oder einen vergoldeten Bleibarren, während Ihr Euch wieder einmal als arme Waise und Witwe herausredet. Ist Euch nie die Idee gekommen, daß Ihr eines Tages für Eure Dreistigkeit zahlen müßt?« Da wurde mir klar, daß er mir nicht glauben würde, was ich über Sir Septimus Crouch zu sagen hatte. Crouch war ein Edelmann, ein Ritter, und er wurde bei Wolsey empfangen. Ich hatte sie wie die dicksten Freunde miteinander reden sehen. Ich war ein Niemand, ein weiblicher Niemand.

»Nicht, was Ihr denkt. Ich habe Pech gehabt und mitbekommen, wie ein bedeutender Edelmann heimlich einen Mord begangen hat. Jetzt scheint mir – scheint mir . . .«

»Scheint Euch, daß er Euch verfolgt. Macht das Euer schlechtes Gewissen, daß die Phantasie so mit Euch durchgeht? Wie kommt Ihr darauf, daß ein bedeutender Edelmann, der einen Mord begangen hat, sich die Mühe machen würde, Euch durch die Straßen von London zu verfolgen? Ein bedeutender Edelmann würde seine Gefolgsleute schicken und Euch vor Eurer eigenen Haustür abfangen.« Er begleitete uns die Treppe hinauf und durch die unübersichtlichen Flure und Audienzzimmer im prächtigen erzbischöflichen Palast. »Nein, diesen bedeutenden Edelmann habt Ihr Euch eingebildet. Ihr brächtet es sogar fertig, Euch auch noch den Mord einzubilden. Zwei Betrunkene auf der Straße, einer von ihnen fällt hin, und schon dichtet die weibliche Phantasie den Rest dazu. Wir sind da. An dem Vorzimmer vorbei, dort, wo Ihr die Arbeiter Gobelins aufhängen seht, dort befindet sich sein neues Kabinett. Er erwartet Euch.«

»Aber – aber wenn Ihr gesehen hättet, wie ein bedeutender Edelmann jemanden mit dem Messer ersticht, weil er ihm einen Schatz rauben will, was würdet Ihr tun?«

»Natürlich das Land verlassen. Meinen Namen ändern. Mir einen großen schwarzen Hut und einen Umhang als Verkleidung zulegen.«

»Jetzt macht Ihr Euch über mich lustig. Das kann ich doch alles nicht.«

»Dann seid auch nicht überrascht, wenn Euer und mein Herr Euch nicht auffordert, auch nur eines davon zu tun. Ich habe ihm die Liste Eurer Dienerschaft gegeben. Jetzt verwendet Eure blühende Phantasie einmal darauf.« Damit schob er mich unter dem Türbogen hindurch in das Vorzimmer und verschwand wie ein Schatten, und sein Abscheu wehte hinter ihm her – und ein unangenehmer schwüler Geruch.

Seltsamerweise traf ich Wolsey allein an. Nicht einmal Cavendish, das Schoßhündchen, war zugegen. Doch vor der geöffneten Tür meinte ich Schritte zu hören, als lungerte da draußen ein Mensch herum, ein Lauscher. Wolsey saß auf einem schweren Eichenstuhl, der so reich geschnitzt und gepolstert war wie ein Thron. Nachdem ich seinen Ring geküßt hatte, befahl er mir, Nan ins Vorzimmer zu schicken und sie anzuweisen, die Tür bis auf einen Spalt von sechs Zoll zu schließen, damit jeder wußte, daß er beschäftigt war. Oje, dachte ich. Gleich macht er mir einen gräßlichen Antrag. Und ich wage nicht, ihn abzuweisen.

»Mistress Dallet, ich möchte, daß Ihr auf dieses heilige Buch schwört, daß Ihr niemals preisgebt, was in diesem Raum vor sich gegangen ist.« Jetzt hatte ich wirklich Angst. Angenommen, er glaubt eines Tages nicht mehr an meine Verschwiegenheit und beschließt, daß ich in einem tiefen Verlies noch viel besser schweigen kann?

»Ich schwöre es, Euer Gnaden. Gottes Rachestrahl möge mich treffen, wenn ich je ein Wort verrate.« Der Schwur war nicht gerade kurz, und als ich ihn hinter mich gebracht hatte, war ich völlig verschüchtert.

»Und nun«, sagte der Erzbischof von York, beugte sich erschreckend vertraulich vor und lächelte, daß ich überzeugt war, er wollte etwas Unzüchtiges von mir, »sollt Ihr ein Porträt von mir malen, für meinen Privatgebrauch. Niemand darf wissen, daß es existiert. Es ist ausschließlich für mich gedacht.«

Oje, dachte ich. Als ob Adam nicht genug war. Der hier gibt sich gewiß nicht mit Ranken oder einem großen See zufrieden. Na schön, wenigstens ist es kein unsittlicher Antrag.

»Seht Ihr dieses Material, seht Ihr, wie schwer es ist, wie es schimmert? Könnt Ihr das malen?« Wolsey hatte eine Stoffprobe aus purpurroter Seide hervorgeholt, sie maß ungefähr zwei Handspannen und glänzte im Licht.

»Ja, Euer Gnaden.«

»Ich möchte, daß Ihr mich im Profil malt – die gute Seite, die linke, und in einer Robe, so geschnitten wie die, die ich jetzt trage, aber in der Farbe hier.« Mir fielen Steine vom Herzen. Ich kann jeden malen, wenn er bekleidet ist.

»Selbstverständlich kann ich das. Aber warum im Profil?«

»Mein rechtes Auge – ich möchte nicht, daß Ihr das malt.«

»Mit Verlaub, Euer Gnaden, wenn ich Euch in einem Gewand malen kann, das Ihr nicht anhabt, dann kann ich auch Euer rechtes Auge so schön wie Euer linkes malen. Die Dreiviertelansicht wirkt sehr vornehm. Bei Porträts ist das sehr in Mode. Profil ist altmodisch.«

»Ich bezweifle, daß Ihr daraus eine Dreiviertelansicht machen könnt. Denn ich möchte das hier auf dem Kopf tragen. In der gleichen Farbe wie die Robe.« Jetzt war mir alles klar. Er hatte aus dem Schreibtisch eine alte Medaille geholt, die das Profil eines verstorbenen Kardinals zeigte. Er wollte mit dem Kardinalshut auf dem Kopf gemalt werden. Und in der Zurückgezogenheit seiner Winternächte würde er dieses Bild dann anstarren und seinen Ehrgeiz sammeln wie Truppen, die eine Stadtmauer erklimmen wollen. Er würde Kardinal werden, koste es, was es wolle.

»Dann möchtet Ihr das Bildnis wie die Medaille haben?«

»Genau so.« Ich begann, meine Farben aufzureihen. »Ich bin ein vielbeschäftigter Mann«, sagte er, »es muß schnell gehen.«

»Dann fange ich hier damit an und beende es im Atelier«, sagte ich.

»Ich möchte nicht, daß Ihr es mit ins Atelier nehmt. Wer

geht dort ein und aus? Ich höre, daß Reisende dieser Tage stehenbleiben und sich die Wunderdinge ansehen, als bestaunten sie die Männer, die am Kirchturm von St. Paul's die Stunde schlagen. Nein, Ihr bleibt hier, bis es fertig ist, hier kann Euch niemand zusehen.« Draußen krachte der Donner, und der Regen prasselte, als hätte man Schleusentore geöffnet. Ich beeilte mich, das Fenster zu schließen. Auf einmal hatte ich Angst.

»Ich werde Kerzen brauchen, Euer Gnaden, wenn es wegen der Wolken noch dunkler wird. Ich denke, ich bin vor Einbruch der Nacht fertig . . . ich denke . . .«

»Wenn der Regen aufgehört hat, soll Euch eine Eskorte nach Haus begleiten. Wenn nicht, könnt Ihr mit Eurer Dienerin bleiben, bis es fertig ist«, sagte er, faltete die Hände im Schoß und ordnete sein Doppelkinn, während ich sein Profil auf dem Pergament skizzierte.

»Bitte, den Kopf stillhalten . . . ja, so ist es am kleidsamsten«, sagte ich, damit er sich nicht bewegte.

»Ihr werdet ohnedies bald packen müssen«, sagte er.

»Euer Gnaden, was meint Ihr damit?«

»Wie das? Haben Cavendish oder Ashford Euch nichts gesagt? Ich habe Vorkehrungen getroffen, daß Ihr mit Prinzessin Marys Hochzeitsgefolge segelt. Ihr sollt ein paar Gedenkminiaturen für Seine Majestät malen und für meine Sammlung verschiedene Porträts von Leuten am französischen Hof. Ich habe Euch eine Liste zusammengestellt. Ashford hat sie. Habt Ihr das großformatige Porträt des französischen Königs von Perréal gesehen? Nein? Also, wir Engländer müssen ihnen zeigen, daß wir in den Künsten nicht hinter ihnen zurückstehen. Nein, ganz und gar nicht. Selbst unsere Frauen malen besser als Perréal. Seid Ihr ganz sicher, daß Ihr das Porträt nicht bei Eurem Aufenthalt in Greenwich gesehen habt?«

»Euer Gnaden, ich hatte noch nicht die Ehre, die Gemälde in Greenwich zu sehen.«

»Ach – dann muß dafür gesorgt werden, dafür muß gesorgt werden, Ihr sollt sie nämlich mit denen des Königs von Frankreich vergleichen, wenn Ihr dort seid. Der König von England hat mich gefragt, welche Gemälde des neuen Stils der französische König besitzt. Er möchte größere haben. Meisterwerke. England darf in der Malerei nicht hinterherhinken. Ihr werdet Euch also unauffällig erkundigen, damit niemand etwas merkt, und dann schickt Ihr mir ein Bestandsverzeichnis. Das ist meinen Kundschaftern nicht gelungen. Sie schreiben ›eine schöne große *Geburt Christi*‹, doch nicht, wie groß oder in welchem Stil, nicht einmal, wer sie gemalt hat. Ja. Und Ihr werdet mir das verschaffen. Dann besorgt sich unser König eine noch größere, in besserem Stil und noch besser gehängt. Und ganz beiläufig, beiläufig versteht sich, werde ich mit den französischen Gesandten in der Galerie an den Gemälden vorbeischlendern. Und wenn sie sagen: ›Ah, diese kleine *Geburt Christi,* wie provinziell, wie reizend und charmant, habt Ihr nichts von Leonardo?‹, dann weiß ich, daß sie lügen, lügen!«

Während ich malte, überlegte ich, was da wohl mit Frankreich verhandelt werden sollte. Eins stand fest: Eine Prinzessin zu verheiraten war schwieriger, als ich gedacht hatte.

»Ihr seht niedergeschlagen aus. Warum freut Ihr Euch nicht über diese Ehre?« fragte der große Mann.

»Euer Gnaden, es ist mir ein Vergnügen, Euch in allen Dingen zu gehorchen, aber ich dachte gerade daran, wie ich reagieren würde, wenn ein französischer Höfling sagte, meine Gemälde wären provinziell, reizend und charmant.«

Der mächtige Wolsey lachte stillvergnügt. »Daran habe ich auch schon gedacht«, sagte er. »Laßt mich die Skizze sehen.« Stumm hielt ich ihm die Abbildung seiner geheimen Wünsche hin. »Sehr gut«, sagte er und nickte. Ich blieb über Nacht und vollendete das schimmernde Rot und die Kleinodien auf dem geheimen Porträt im Licht des neuen Tages.

»Man hat mir befohlen, Euch nach Haus zu begleiten.« Ich blickte erschrocken von dem Wassergefäß auf, in dem ich meine Pinsel und die kleine Perlmuttpalette auswusch. Robert Ashford stand zerzaust und griesgrämig an der Tür. Einige seiner Schulternesteln waren nicht zugeschnürt, und rasiert hatte er sich auch nicht. Unter seinen Augen waren dunkle Ringe, und die Falten in seinem Gesicht wirkten tiefer.

»Und was bringt Euch auf die Idee, daß ich begleitet werden möchte? Und noch dazu von einem übellaunigen Mann, der eindeutig die ganze Nacht lang getrunken hat? Geht zu Bett, bis Ihr Euch wieder am Tag freuen könnt.«

»Und Ihr freut Euch wohl allzusehr daran. Der Morgen des Triumphes. Kein Wunder, daß Ihr so hoch in Gunst steht. Ihr seid eine Meisterin in der Kunst der Verstellung. Euer Ehemann verschwindet praktischerweise, als Ihr hinter seine Geheimnisse kommt. Dann schmeichelt Ihr Euch mit Euren Gemälden in den Häusern hochgestellter Männer ein. Gut gemacht, aber wie heuchlerisch! Und wenn Ihr deren schmutzige Lüste gestillt habt, können sie so tun, als wäre es das Honorar für ein, zwei Bilder. Alles über die Rechnungsbücher und offengelegt wie die Kosten für einen Kirchensänger oder eine Rinderseite. Ich hätte es nie geglaubt, wenn ich es nicht mit eigenen Augen gesehen hätte. Ihr widert mich an.« Er war ins Zimmer gekommen und stand mir jetzt genau gegenüber. Ich glaube, er wollte einschüchternd aussehen, doch mein Buch sagt, Tugend ist eine starke Rüstung gegen böse Zungen, daher ließ ich mich nicht einschüchtern. Aber Nan, die nicht viel von Büchern hält, blickte erschrocken.

»Wehe, Ihr meint, was ich da heraushöre.«

»Ich meine es und noch viel mehr. Glaubt Ihr etwa, ich weiß nicht, mit wem Ihr Euch gestern eingeschlossen habt? Eineinhalb Stunden lang?«

»Und was habt Ihr getan? Draußen vor der Tür gelauscht? Dann wißt Ihr ja auch, daß Nan bei mir war, und Ihr solltet Euch schämen, eine Witwe in Verruf zu bringen.« Nan nickte heftig Zustimmung.

»Über Euren Ruf braucht Ihr Euch keine Sorgen zu machen, falsches Weib. Ihr steht Euch jetzt viel zu gut mit dem Herrn, als daß ich ein Sterbenswörtchen sagen dürfte. Aber ich weiß auch, daß er Eure Dienerin draußen warten hieß.«

»Und die Tür zum Vorzimmer offenstehen ließ.«

»Offen? Ha, sechs Zoll. Tugendreiche sechs Zoll! Was kann man in einem Zimmer nicht alles hinter sechs heuchlerischen Zoll treiben!«

»Und was interessiert Euch so an diesen sechs Zoll? Daß der Spalt zu klein für Eure Schnüffelnase war? Oder lauerte Master Cavendish hinter Euch und hinderte Euch am Spionieren?«

Bei der Erwähnung des glattzüngigen und diplomatischen Cavendish lief er so karmesinrot an, daß ich fürchtete, er könnte bersten. Mit dem ersten Schuß ins Schwarze getroffen, dachte ich. Cavendish ist ins Vertrauen gezogen worden und er nicht. Und mit der Aufforderung, mich nach Haus zu bringen, reibt ihm Wolsey das auch noch unter die Nase.

»Wenn Ihr weniger hochmütig wärt, könntet Ihr in seiner Gunst steigen«, sagte ich, um ihn noch mehr zu reizen. Irgendwie verlangte diesen Mann danach, gereizt zu werden, und wer war ich, daß ich der Verlockung widerstand?

»Jezabel«, fauchte er, während er hinter uns den Raum verließ. Schweigend folgte er uns durch die schlammigen Straßen. Als wir die ›Stehende Katze‹ erreicht hatten, machte er kehrt und verließ uns wortlos. Nan und ich standen da und sahen ihm nach; seine Kniehose schlug Falten, sein Barett saß schief, und sein Gang war zornmütig.

»Was ist nur in einen großen Mann wie den Bischof gefahren, daß er einen so unleidlichen Menschen um sich duldet?« fragte Nan.

»Ich glaube, er eignet sich gut für Aufträge im Ausland«, antwortete ich.

»Als Diplomat?« höhnte Nan. »Dann stellen die Ausländer, was Manieren angeht, keine so hohen Ansprüche wie wir Engländer.«

Kapitel 13

In der Nacht hatte es ein wenig geregnet, und in den frühen Morgenstunden hatte die Feuchtigkeit Kraniche zur Futtersuche auf die hügeligen Wiesen jenseits der Loire gelockt. Diesem glückhaften Vorzeichen hatte der alte König von Frankreich nicht widerstehen können und im rosigen Frühlicht seine Falkner, Jäger und Hunde angefordert. Die Jagd auf Vierfüßer, mit lärmenden Hörnern, bellenden Hunden und ihrer ganzen Kraftmeierei, langweilte ihn mittlerweile. Die Falknerei jedoch war eine Wissenschaft; sie verlangte ausgezeichnete Kenntnisse über Tiere, Vögel und Menschen. Stille und Strategie waren wichtiger als prahlerische Heldentaten. Da er zu schwach zum Reiten war, wurde er, hager und graugesichtig, von zwei ruhigen rötlichbraunen Pferden in einer Pferdesänfte zu den feuchten grünen Wiesen jenseits des Château de Blois getragen. Auf seinem Handgelenk saß sein Liebling, ein Gerfalke, und neben seiner Sänfte ritten seine alten Ratgeber in Jagdkleidung, die von dunkler Erdfarbe war, damit die Vögel, die sie anpirschten, nicht erschraken und aufstoben. In einiger Entfernung ritt ein Dutzend Falkner, dahinter kamen die Hundeführer, die den zottigen grauen Tieren Ruhe geboten. Und ein weiterer Trupp berittener Falkner kreiste die Kraniche ein. Der Kranich, mit scharfem Schnabel und viel größer als ein Falke, galt als die edelste Jagdbeute. Die Kranichjagd mit mehreren abgerichteten Vögeln, die den Kranich gleichzeitig in der Luft schlugen, war eine äußerst schwierige Kunst.

Ein alter Kranich plusterte die Federn und stob auf. Auf ein Zeichen des Königs hin wurden zwei Falken losgelassen und dazu sein eigener. Unter schrillem Geschrei flogen sie ihre Beute an. Vollendet, dachte der König, das ist vollendet. Der Kranich hieb mit dem scharfen Schnabel nach dem ersten Falken, dann griffen ihn auch der zweite und der dritte Falke an. Doch der König hörte Hufgeklapper und Gewieher von schlecht dressierten Pferden hinter sich. Der Wind wehte laute Stimmen und Gelächter heran. Junge Herren des Hofes, sorglos, unbekümmert. Der Lärm hatte die Kraniche aufgestört. Sie schlugen mit den großen Schwingen und stiegen auf, kamen ihrem bedrängten Gefährten zu Hilfe. Mit hohen, durchdringenden Schreien griffen sie die Falken an, drangen auf sie ein, hieben nach ihnen. Der König preßte den Mund erzürnt zu einer schmalen Linie zusammen, und bei dem Anblick wurde sein Gesicht noch grauer. Wie konnten diese achtlosen Flegel es wagen, ihm den Angriff der Falken zu stören! Es kam selten vor, daß sich Kraniche so beunruhigen ließen. Das Geklirr von Zaumzeug und der Stimmenlärm hatten sie auf die Gefahr aufmerksam gemacht und ihm die Jagd verdorben. Doch die jüngeren Männer hatten bereits gemerkt, was sie angerichtet hatten, und ließen ihre Pferde inzwischen im Schritt gehen. Der König brauchte sie gar nicht anzusehen, er wußte auch so, wer da kam. Ihre Stimmen hatten sie verraten. François d'Angoulême und seine Freunde Bonnivet und Fleurange. Laut, lästig, dreist.

Doch wie ein General im Feld mußte sich der König auf die Schlacht konzentrieren. »Die Hunde«, sagte er, und als der kämpfende, noch immer um sich schlagende Kranich zu Boden fiel und sich zwei Falken auf ihn setzten, da packten die auf seinen Befehl losgelassenen Hunde das Tier bei den Beinen. Doch sein eigener Falke war verwundet und abgestürzt. Sein bester, sein liebster. Der Oberfalkner des Königs galoppierte zu ihm hinüber. Würde er überleben? Die sonst so finstere Miene des Königs war steinern vor Wut, seine Augen schossen Blitze. Die entkommenen Kraniche waren bereits weiße Flecken am hellblauen Morgenhimmel.

»Euer Majestät, was für ein Jammer . . .«, sagte der Comte de Guise und beugte sich zu dem wutentbrannten König.

»Dieser dreiste Kindskopf«, zischte der König durch zusammengebissene Zähne. »Um Frankreichs willen, ein anderer Erbe muß her.«

Sie waren wieder einmal zusammen, Bruder und Schwester, und es war fast wie in alten Zeiten, ehe ihre Heirat mit dem Duc d'Alençon sie in die Abgeschiedenheit der Normandie geführt hatte. Die Familie hatte sich zu Sommeranfang in Blois versammelt, um eine lang erwartete Hochzeit zu feiern, die von François mit Claude von Frankreich, der ältesten Tochter des Königs und seiner zweiten Königin, Anne von Bretagne. Es war der vorletzte Schritt zur höchsten Macht, doch einer, dem man unendliche Hindernisse in den Weg gelegt hatte. Im Gegensatz zum Königreich Frankreich konnten die ausgedehnten Ländereien der Bretagne auch in der weiblichen Linie vererbt werden. Der König hatte Anne, die Witwe seines Bruders, geheiratet, um die gebietsmäßige Einheit Frankreichs herzustellen. Doch angesichts der Gefahr, daß ihre Töchter, die Erbinnen der Bretagne, ins Ausland heirateten, hatten die Generalstände gebeten, daß man Claude mit ihrem Vetter François vermählte, dem männlichen Thronerben. Die alte Königin war wütend gewesen. Sie wußte, ihre zarte, mißgestaltete Tochter würde daran zugrunde gehen, wenn sie dieser brillanten, sorglosen und ehrgeizigen Familie in die Hände fiel. Die Königin verabscheute die hartnäckige, intrigierende Louise von Savoyen und konnte die Hochzeit verhindern, solange sie lebte. Doch jetzt, da sie im Grabe lag, war alles eingetreten, was sie befürchtet hatte: Ihr geliebtes Kind, verwachsen und sanftmütig, hatte sich bis über beide Ohren in einen Ehemann verliebt, der sie nur aus Vernunftgründen heiratete. Wieder einmal hatte Louise triumphiert. Ihr Sohn war jetzt Herzog der Bretagne. Unter vier Augen hatte Louise ihm klargemacht, daß er die halbe Bretagne an seinen Schwager verlieren würde, falls er der jüngeren Tochter Renée die Erlaubnis zur Heirat erteilte. Daher hatte François beschlossen, daß seine Schwägerin sich nie vermählen durfte, sollte er König werden.

»Ich habe Euren Springer genommen, Monsieur«, verkündete Marguerite, die Augen noch immer auf das Schachbrett aus Ebenholz und Elfenbein gerichtet. Ihr kastanienbraunes Haar war fast gänzlich unter der spitzen Haube der verheirateten Frau und einer schwarzen Samtkapuze verborgen. Zwei ihrer weißen Schoßhündchen lagen zu ihren Füßen. François, ein schlanker Zwanzigjähriger, der sauber rasiert war, blickte auf. Ihre Gesichter ähnelten sich sehr: lange Nase, gescheite, intelligente Augen und eine Spur Humor um den beweglichen, schmalen Mund. Louise hatte sich die Erziehung der Geschwister etwas kosten lassen, und deren Bildung war seit Kinderzeiten beinahe legendär. Und da sich Marguerite fern dem Hof langweilte, stellte sie ein Buch mit unartigen, witzigen Erzählungen zusammen, während ihr Bruder Gedichte schrieb und in seinen Mußestunden Frauen nachstieg. Ihre Geschicke hatten sie verschiedene Wege geführt, doch sie verstanden sich durch und durch.

»Ich räche mich mit meinem Turm«, antwortete François und machte seinen Zug. Er war in lavendelblauen Satin gekleidet und trug ein flaches, mit purpurrotem Samt verbrämtes Barett. Schon hatte die Abenddämmerung eingesetzt, und ein Diener entzündete die Kerzen in der langen Galerie. Die großen Gobelins kräuselten sich in einer verirrten sommerlichen Brise, die durch die geöffneten Fenster wehte, und die Kerzen flackerten und rauchten in den soeben aufgestellten Leuchtern. Am Ende der Galerie spielte eine von Claudes Hofdamen das Virginal, während eine andere sang. Claudes Nadel fuhr durch einen Stickreifen mit einem Altartuch. Eine sonderbare gesundheitliche Störung machte sie mit ihren sechzehn Jahren unförmig und fett und ihr Gesicht rund und aufgedunsen. Das prachtvolle hellblaue Satinkleid betonte noch, wie blaß und furchtbar reizlos sie war. Immer wieder hob sie den Blick vom Altartuch und warf dem unendlich gutaussehenden und verwegenen Mann, mit dem man sie verheiratet hatte, einen bewundernden Blick zu. Wie weit entfernt von ihr saß er doch, und wie war er in das Gespräch mit seiner hochgewachsenen eleganten Schwester vertieft. François spielte Schach, ein Spiel, das sie nie beherrschen würde. Wie klug er doch aussah, wie er da saß und sich mit Dingen beschäftigte, die sie nie verstehen würde. Ach, wenn er sich doch umdrehen und in ihre Richtung blicken würde.

»Ich wußte, daß Ihr so ziehen würdet. Schach«, sagte Marguerite.

»Das ist ungerecht. Letztes Mal hast du gewonnen, dieses Mal bin ich an der Reihe. Schließlich bin ich der Dauphin.« François wich Marguerites Dame aus, doch er wußte, der Aufschub war nur vorübergehend.

»Wenn ich Euch jedesmal gewinnen ließe, machte es keinen Spaß mehr«, antwortete Marguerite. »Schachmatt.«

»Pah, heute abend langweilt mich Schach. Ruf deine Damen, sie sollen für mich tanzen, und wie Paris gebe ich dann der Schönsten einen Preis.«

»Paris hat sich mit seinem Preis mehr Ärger eingehandelt, als er ahnen konnte. Und Ihr, Monsieur, müßt umsichtiger sein. Der König will Euch ersetzen.«

»Daß ich nicht lache. Unmöglich. Dazu ist er viel zu alt.«

»Und was ist, wenn die englische Prinzessin sein Blut in Wallung bringt?«

»Sie müßte wahre Wunder vollbringen, wenn sie dieses Wrack zum Leben erwecken will.«

»Sie ist gar nicht so schlecht, Bruder. Und Ihr müßt aufhören herumzuspielen und müßt Pläne schmieden. Falls sie ein Kind bekommt, müßt Ihr sicherstellen, daß Ihr Regent werdet. Eine englische Regentin wäre Frankreichs Untergang. Ihr müßt an den Hof gehen. Redet mit den Alten, mit de Guise und La Trémoille und den anderen, die Euch so langweilen. Schmeichelt ihnen. Erweist Euch als klug und reif.« François war blaß geworden. Der Thron, bereits in Reichweite, konnte ihm noch entrissen werden. Ihm, dem einzigen männlichen Erben der Valois, dem einzigen Sohn, ihm, dem von seiner Mutter abgöttisch geliebten Cäsar. So gewaltig war sein Selbstvertrauen, daß er die Möglichkeit nicht in Betracht gezogen hatte.

»Wer hat das gesagt? Hat Mutter diesem Plan zugestimmt?«

»Sie hat ihn sich ausgedacht. Aber ich warne Euch, Ihr müßt so tun, als ob Euch die Idee dazu von ganz allein gekommen wäre. Sie sorgt sich dieser Tage so, daß ich um ihre Gesundheit fürchte. Der König wirft ihr alle möglichen Steine in den Weg. Er tobt über die Anweisungen, die sie den Köchen, den Wäscherinnen erteilt. In seinem Haus befiehlt nur er, sagt er. Habt Ihr nicht bemerkt, wie bitter, wie böse er schaut, wenn er sie unter den Hofdamen erblickt, bei Eurem Anblick übrigens auch. Zeigt Mutter, daß Ihr Euch ernstlich verändert habt. Es wird sie erleichtern. Sie liebt Euch über alles und lebt nur für Euer Glück.«

»Das geht doch nicht. Das ist unmöglich«, sagte François kopfschüttelnd.

»Das geht ganz einfach, und Ihr dürft die Dinge nicht treiben lassen, sonst ist es zu spät«, sagte sie. »Die Verhandlungen sind weit gediehen und von seinen engsten Beratern abgesegnet. Die verachten Euch genau wie er. Und sie haben ihm Appetit gemacht und ihn in seiner Verblendung bestätigt.«

François schüttelte ungläubig den Kopf. »Ein Kind als Erbe? Frankreich würde auseinanderfallen. Die Bretagne würde sich von der Krone lossagen. Es sei denn – man würde das Kind mit Renée vermählen. Schamlos – mein Erbe teilen? Dann wäre Bourbon ja genauso mächtig wie ich . . . Gleichwohl, nein, nein – es leuchtet ein. Bis zur Volljährigkeit des Kindes würden sie eine Marionette als Regenten benötigen. Eine fremdländische Königin, einen Schwächling, den sie in der Hand haben. Mit einer Regentin würden die Greise ihre Macht behalten, koste es Frankreich, was es wolle.« Selbst François, dessen junges Hirn sich nie lange mit einem Thema befaßte, begriff allmählich, welche Zerstörung die Laune eines alten Mannes anrichten könnte.

»Seht Euch nur dies an«, sagte seine Schwester, »und Ihr

begreift alles. Sagt Mutter aber nicht, daß ich es Euch gezeigt habe.« Sie holte eine kleine, runde Holzschatulle aus dem Strickbeutel an ihrem Handgelenk und stellte sie mitten auf das Schachbrett. Geschickt versperrte sie den anderen in der Galerie mit ihrem Körper die Sicht. »Über dieses Bildnis kursiert eine äußerst merkwürdige Geschichte. De Longueville hat behauptet, daß es in London von einem Geist gemalt wurde.« Und während seine Schwester mit ihrer Geschichte begann, öffnete François den Deckel der Schatulle und betrachtete das frische, eigensinnige Gesicht ausgiebig. Eine echte Schönheit und nicht wie die mißgestaltete, fette kleine Frau, die er der Bretagne zuliebe am Hals hatte. Auf einmal verspürte er Angst. Angst wegen der Erben mit dem kecken Gesicht, die diese Frau zwischen ihn und den Thron stellen konnte. Und inmitten der Angst etwas anderes. Begehren.

Der große Bankettsaal in Greenwich war mit Goldstoff drapiert, der wiederum von einem gestickten Fries mit den königlichen Wappen Frankreichs und Englands geziert war. Es war bereits Mitte August, und eine strahlende Hochsommersonne funkelte auf Gold und Seide, auf Stahl und Goldbrokat, während die farbenprächtige Versammlung englischer Lords, ausländischer Würdenträger und päpstlicher Gesandter auf das Eintreffen der Hochzeitsgesellschaft wartete. Wolsey war zugegen, prächtig, strahlend, dazu Norfolk, Dorset, Buckingham, Suffolk und die ersten Grafen des Reiches. Ein hoher Spitzenkragen und eine gediegene Goldkette betonten Suffolks kräftigen Stiernacken. Sein Gesicht leuchtete rot von der Hitze im Raum. Schweiß rann unter seinem üppigen, juwelenbesetzten Federhut hervor und verklebte das dunkle Haar an den Schläfen. Als er sich unter die Menge mischte, ließ er an seinem wiegenden, großspurigen Gang den Mann erkennen, der sich höchster Gunst erfreute. Sein Gesicht war Inbild der Selbstgefälligkeit. Der französische König hatte ihm seine Mitwirkung bei den Heiratsverhandlungen mit einer Zuwendung von achthundertfünfundsiebzig *livres tournois* vergolten – eine außergewöhnlich hohe Summe für einen Mann von *petite famille*, der es allein durch die Freundschaft mit dem König von England so weit gebracht hatte.

Wolseys französische Zuwendung war dreimal so hoch wie Suffolks, doch für ihn war das ein Taschengeld. Selbst bei einer Festlichkeit dachte er nur ans Geschäft. Eine seiner Hirnschubladen registrierte, wer in dem vollen Saal mit wem redete. Aha, sagte dieser Teil seines Hirns, ich weiß, wer fehlt. Der spanische Botschafter. Ein Zeichen unseres Triumphes. Eine andere Gehirnschublade berechnete gleichzeitig, wie bald er mit Unterstützung des Papstes seinen Kardinalshut bekommen würde. Sehr bald, sehr bald, flüsterte es. Du hast alle gut bestochen. Geh behutsam vor, geh klug vor, Thomas Wolsey, und du wirst noch der erste englische Papst. Eine kleinere Gehirnschublade entschied, ob er König Ludwigs Geld für die Renovierung von Hampton Court ausgeben oder für York House aufsparen sollte. So viel zu tun und so wenig Zeit. Vielleicht sollte ich meinen Mitarbeiterstab vergrößern, dachte diese Gehirnschublade.

Endlich traf die königliche Gesellschaft ein. König Heinrich VIII. und Königin Katharina führten den Brautzug an. Mary, die in ihrem prachtvollen Brautkleid ganz steif wirkte, schritt, von ihren Damen begleitet, unmittelbar vor der Gesandtschaft, die den französischen König vertrat. Die beiden Minister, die man zu den der Hochzeit vorausgegangenen Friedensverhandlungen entsandt hatte, wandelten gravitätisch einher. Es waren der französische General Thomas Boyer und der Gouverneur der Normandie, John de Silva. Doch der Prächtigste von allen war Ludwig von Orléans, Duc de Longueville, der in reich mit Juwelen besetzter Schaube als Stellvertreter des französischen Königs glänzte. Der Erzbischof von Canterbury begann die Zeremonie in Latein. Während die langatmige lateinische Ansprache dahindröhnte, ließ Prinzessin Mary, die unter dem schimmernden rotgoldenen Haar ganz blaß war, ihre Augen zunächst über die prachtvollen Stickereien auf dem erzbischöflichen Ornat schweifen und dann weiter, verbarg den Blick jedoch unter gesenkten Wimpern. Ihr Herz hämmerte, und ihre Knie zitterten. Es war der größte Tag ihres jungen Lebens. Sie wurde Königin von Frankreich. Im Geist ließ sie die vielen Ehrungen und Vorteile an sich vorüberziehen, die Wolsey ihr aufgezählt hatte. Sie mußte aufpassen, gewaltig aufpassen, denn sie durfte sich keinen Versprecher leisten, wenn sie de Longueville die Hand zum Eheversprechen *per verba de praesenti* reichte. Ihr Französisch mußte sich vollendet anhören. Wie sie für diesen Augenblick geübt hatte!

Langsam und genau wiederholte sie ihr Eheversprechen auf französisch. Sie spürte Hunderte von Augen in ihrem Nacken. Sie beobachteten ihr Gesicht, ihr Gewand, ihre Hände. Sie sehen, daß ich schön bin, dachte sie. De Longueville steckte ihr den Goldreif an den vierten Finger der linken Hand, dann küßte er sie. Fast geschafft, jubelte sie innerlich, und bislang kein Versprecher auf französisch! Dann führten die Damen sie aus dem Saal und kleideten sie in das prachtvolle Nachtgewand für den symbolischen öffentlichen Vollzug der Ehe. Ihr Atem ging stoßweise, sie spürte, wie ihr das Herz gegen die Rippen pochte, als man sie zu dem riesigen Brautlager geleitete. Die Priester hatten es bereits mit Weihwasser besprengt und die Stelle gesegnet, wo sie liegen sollte. De Longueville stand wartend daneben. Er hatte die Schaube abgelegt und trug darunter ein leuchtendrotes Wams und eine Kniehose. Vorsichtig halfen ihre Damen ihr auf das mit Tapisserien umhängte Bett. De Longueville entblößte ein Bein bis zum Oberschenkel und legte sich neben sie.

Mary lehnte in den üppig verzierten Kissen, lag so steif wie eine Statue und blickte in die Menge der Würdenträger, die den Raum füllten. Weitere Ansprachen in Latein dröhnten über sie hinweg. Sie konnte sehen, wie die Nächststehenden sich den Hals verrenkten, damit sie auch ja alles mitbekamen. Der dunkle Kopf eines hochgewachsenen, gewichtigen Mannes mit grünsamtenem Hut nebst Reiherfeder zeigte sich über der Menge. Suffolk, gold- und erfolgstrotzend. So sollte ein Mann sein. Kühn, tapfer, wollüstig und jung. Und englisch.

Und sie mußte in das Bett eines fremdländischen alten Mannes, für Geschmeide, für Kleider, für die Macht, nach der es ihren Bruder so gelüstete und aus der sie sich nichts machte. Niemand sonst im Raum wußte es, aber dieser Bulle, dieser Mann, der sich von jeder wohlhabenden Frau entflammen ließ, hatte ihr in den Monaten vor ihrer Verlobung einen Brief geschrieben, in dem er ihr in schrecklicher, kaum zu entziffernder Rechtschreibung von Liebe sprach. Und sie hatte ihm geantwortet. In aller Heimlichkeit hütete sie das prachtvolle kleine Porträt, das er ihr auch geschickt hatte und das ihn mit feurigem und kriegerischem Blick zeigte. Doch vor dem scharfen Auge des Königs hatte sich Suffolk zurückgezogen. Warum nur? dachte sie. Er war doch der engste Freund ihres Bruders. Was wußte ein vertrockneter alter Mann schon von Liebe? Ihre Augen blitzten kurz auf, und Suffolk wandte bemüht den Blick ab, machte ein erschrockenes Gesicht, so als verstünde er nicht. Wie konnte er es wagen, Unverständnis zu heucheln! Würde das immer so sein, wenn sie erst Königin von Frankreich war? Ihre Jugend und Schönheit vergeudet in einer leeren Zeremonie, und kein Mann, der ihr jemals wieder von Liebe zu reden wagte?

Doch dann flatterten ihre Gedanken zu ihrem französischen Brautschmuck. Prachtvoller als Königin Katharinas würde er sein, hatte Wolsey geschworen. Und dazu Kleider und Bälle und Maskeraden. Das alles hatte sie sehr gern, tanzen, spielen und von der Gesellschaft bewundert werden. Gewiß würde ihr das die Last versüßen, die Braut eines alten Mannes zu sein. Und konnte eine Witwe nicht tun und lassen, was sie wollte, insbesondere wenn sie Königin war? Das hatte Wolsey gesagt, und der mußte es wissen. Königin. Das Wort hatte einen guten Klang. Königin von Frankreich.

Das lateinische Gedröhne hatte aufgehört. Während die Menge wartete, berührte der französische Edelmann ihren Leib mit seinem Bein, Symbol einer fleischlichen Beziehung. Eine Welle von Beifall lief durch die Menge, Hälse reckten sich, und Suffolks Gesicht verschwand. Der Erzbischof erklärte die Ehe für vollzogen. Die Damen der Prinzessin kleideten sie wieder an, dieses Mal in ein kariertes Gewand aus purpurnem Satin und Goldbrokat, und die ganze Gesellschaft, Herzöge, Edelleute und Gesandte, zog zur Messe in die Palastkapelle. De Longueville schritt mit König Heinrich, dessen Satinkleider von Gold und aufgestickten Juwelen strotzten. Mary ging jetzt neben Königin Katharina, beide trugen die gleiche Haube aus Goldbrokat.

Die hundert und mehr Gerichte des Hochzeitsmahls zogen in einer Art Nebel an Mary vorbei. Komplimente und Artigkeiten flogen hin und her, und ihr wurde schwindlig vor Genugtuung, dazu kam noch das Gefühl, von nun an würde ein jeder Tag so vergehen. Sie würde im Mittelpunkt stehen, sie, die Königin. Dann spielten Flöte und Harfe zum Tanz auf. Heinrich war ein hervorragender Tänzer, er legte die Schaube ab, und dann tanzten er und Buckingham in Wams und Kniehose so begeisternd, daß sie die ganze Gesellschaft mitrissen. Der Mittelpunkt, dachte Mary. Ich bin der Mittelpunkt. Er tanzt für mich. Der König feiert mich. Jeder Gedanke an Suffolk war verflogen. Ich werde Königin sein, dachte sie, und dann gehört alles mir. Ich werde für immer im Mittelpunkt stehen. Die Männer werden mich vergöttern. Die Frauen werden mich beneiden. Für immer. Der Gedanke blendete sie.

»Los, Cavendish, ich will alles hören, was beim Empfang des Sieur de Marigny durchgesickert ist.« Wolsey war wieder einmal bettlägerig, seine alte Krankheit war erneut aufgetreten, ein blutiger Ausfluß aus den Eingeweiden. Bleich und kraftlos lag seine massige Gestalt in den Kissen seines Himmelbetts in Brideswell, und auf einem Bettisch, den er sich über den mächtigen Leib gestellt hatte, versah er Berichte mit Anmerkungen. Rings um ihn auf der Bettdecke häufte sich Korrespondenz aus ganz Europa.

»Euer Gnaden, der Sieur de Marigny hat auf einem weißen Pferd zwei Truhen mit Silber, Siegeln, Gerätschaften und Geschmeide mitgebracht. Ein überaus salbungsvoller Mensch, der nach französischer Sitte Kratzfüße vor der Prinzessin machte und der Braut Artigkeiten sagte. Das Geschmeide war prachtvoll. Ich habe das Bestandsverzeichnis hier . . .« Cavendish reichte seinem Herrn ein Stück Papier, und der nickte.

»Der Schätzwert, Cavendish. Wie seid Ihr auf den gekommen?«

»Der König hatte Juweliere aus der Row geholt, die mußten warten, und kaum waren die Truhen aus dem Empfangszimmer geschafft, da ließ er sich schon die Preise nennen. Doch selbst er staunte über den großen Stein, den ›Spiegel von Neapel‹. Der von Juwelen umgebene Diamant ist so dick wie der Finger eines Mannes, und die Perle darunter hat die Größe eines Taubeneis.«

»Eins steht fest, Cavendish, der König von Frankreich weiß, wie man Aufsehen erregt. Und Marignys Auftrag?«

»Er soll die Prinzessin begleiten und sie in die Etikette des französischen Hofes einführen.«

»Und was haltet Ihr von ihm?«

»Er ist ein bedeutender Edelmann von untadeliger Höflichkeit, aber er hat einen Adlerblick.«

»Oder den Blick eines Tugendwächters. Alte Männer, alte Männer, Cavendish. Niemand ist eifersüchtiger als ein alter Mann. Reicht mir den Gerstensaft, Cavendish, ich bin wie ausgetrocknet und fühle, daß ein neuer Anfall naht.« Cavendish erschrak wirklich, denn Wolsey wurde plötzlich aschgrau im Gesicht. Er schenkte ihm aus dem großen Silberkrug auf dem Nachttisch einen Becher voll.

»Euer Gnaden, der Arzt . . .«

»Haltet mir den Mann noch einen Augenblick vom Hals, Master Cavendish. Ich könnte schwören, er macht alles nur noch schlimmer. Da drüben. Seht Ihr die kleine Flasche? Stellt sie näher, damit ich an sie herankomme, wenn ich sie brauche.« Cavendish ordnete mit besorgtem Blick die Kissen hinter Wolseys Kopf und hielt den Becher, während sein Herr mit geschlossenen Augen in kleinen Schlucken trank.

»Ah, das tut gut, habt Dank, Master Cavendish.« Wolsey

öffnete die Augen und sah, daß Cavendish ein bekümmertes Gesicht machte. Mit einem durchtriebenen Lächeln flüsterte er: »Ha, Cavendish, Ihr denkt gewiß, ich verdiente eine unauffälligere Krankheit. Was würdet Ihr von einem Pfahl im Fleisch halten?« Belustigt beobachtete er die widerstreitenden Gefühle auf Cavendishs Gesicht: Erschrecken über den ketzerischen Vergleich mit dem Apostel, der Wunsch, ihm durch Zustimmung zu schmeicheln, und Ratlosigkeit, ob das nun ein Witz sein sollte oder nicht.

»Euer Gnaden . . .«, setzte der erschrockene junge Mann an, doch dann hörte er Wolsey spöttisch lachen. Und aus Gefälligkeit lachte er mit, wenn auch bänglich.

»Kommt, Master Cavendish, in all Euren Berichten spüre ich eine gewisse Verärgerung durch. Was hat sich heute sonst noch zugetragen? Hat Euch de Marigny beleidigt?«

»De Marigny? O nein, Euer Gnaden, der ist ein Ausbund an Höflichkeit. Ein echter Edelmann, wenn auch Franzose. Es ist dieser – dieser gräßliche, dieser, dieser . . . Master Perréal, den er mitgebracht hat. Nach dem Empfang saß ich in der Falle, und wie, mein Wort darauf!«

»Perréal, der Maler des französischen Königs?«

»Ebendieser. De Marigny hat ihn mitgebracht. Er ist ein drahtiger, kleiner, dunkler Kerl mit einem äußerst unverschämten Lächeln. Er tut so, als ob er kein Französisch versteht, das nicht mit Pariser Akzent gesprochen wird. ›Ach?‹ sagt er und hält sich die Hand hinters Ohr, wenn ihn bei einem Wort die Aussprache stört. Und dann lächelt er so ein verhaltenes Lächeln, während derjenige, der das Wort gesprochen hat, es wieder und wieder probiert, um den Fehler wettzumachen. Ich hätte ihn erwürgen können, Ehrenwort . . .«

»Dann dürfte *Euer* Französisch Anstoß erregt haben.«

»Meins und das anderer, Euer Gnaden. Er soll die Garderobe der Prinzessin entwerfen und sie als Braut malen, damit sie neben dem großen, häßlichen Gemälde des französischen Königs hängen kann, das er mitgebracht hat. Da Seine Majestät wußte, daß ich Euch berichten würde, schickte er mich und einen seiner Kammerherrn, daß wir ihn zu den Hofdamen der Prinzessin brachten, um ihre Kleider anzusehen. Und dann mußten wir uns den lieben langen Nachmittag die Bemerkungen dieses gräßlichen Mannes über den Schnitt ihrer Unterärmel und den Ansatz der Nesteln für ihre Schleppen anhören. ›Oh, wie altmodisch. In einem Mieder von derart provinziellem Schnitt kann sich eine Königin von Frankreich nun wirklich nicht blicken lassen. Was, das soll ein Dekolleté sein? Unmöglich, dieser Schnitt im flämischen Stil.‹ Wenn Ihr mich fragt, so versteht er viel zuviel von Damenkleidern. Das ist unschicklich, Ehrenwort. Und dann die Galerie . . .«

»Ah, dann mußtet Ihr ihm auch die Galerie zeigen?«

»Er wollte die Gemälde des Königs sehen. Der Mann war unausstehlich. ›Ganz reizend auf eine gewisse altmodische Art. So nördlich, so provinziell. Diese *Geburt Christi*, verblaßt die bereits? Ach ja, man kann sehen, daß die Lasuren schlecht sind. Wer, sagt Ihr, hat das gemalt? Hethe? Er versteht nichts von Leinwandmalerei. Ein Jammer, daß Ihr Engländer keine wirklich große Kunststadt wie Tours habt. Die Italiener vollbringen dieser Tage wahre Wunder. Habt Ihr nichts von Leonardo?‹ Ich habe gedacht, der hört überhaupt nicht mehr auf.«

»Aha, Cavendish, ich merke, Ihr sinnt auf Rache.« Cavendish biß sich auf die Lippen und ließ den Kopf hängen. »Dann sollten wir diesem Porträtmaler unsere Privatsammlung vorführen. Sagt die Wahrheit, Cavendish, wer ist der unausstehlichste Mensch, den Ihr kennt?«

»Er, Euer Gnaden. Er macht mich wahnsinnig.«

»Doch vor ihm – ehrlich jetzt.« Cavendish schwieg. »Kommt, kommt. Würdet Ihr nicht ›Ashford‹ geantwortet haben, ehe dieser französische Kerl ihn aus dem Feld geschlagen hat?« Cavendish errötete. »Aha, ich sehe, ich habe recht«, stellte Wolsey fest.

»Er verfolgt mich, er denkt sich tausenderlei kleine Bosheiten aus, mit denen er mich hänselt, und er bildet sich ein, ich merke es nicht. Euer Gnaden, lieber würde ich Zeit in einem Faß voll Flöhe zubringen als in seiner Gesellschaft.«

Wolsey lachte stillvergnügt. Das tägliche Drama ihres Wettkampfs belustigte ihn stets von neuem; und es schmeichelte ihm wirklich, da es nur darum ging, wer sich als erster in seiner Gnade sonnen durfte. So blieben sie schön bei Fuß, und er ging sicher, daß einer ihm stets die Umtriebe des anderen hinterbrachte. Das gehörte zu den vielen kleinen Tricks der Mächtigen, die Wolsey während seines raschen Aufstiegs gelernt hatte. Männer, ach, wie leicht waren sie zu durchschauen. Nur Frauen, die verstand er nicht. Doch glücklicherweise hat Gott bestimmt, daß Frauen tun müssen, was man ihnen befiehlt, dachte Wolsey, als ihm dieses Problem durch den Kopf ging.

»Ich finde, der Franzose hätte ein Faß Flöhe verdient, und bei einem Franzosen kämen die Flöhe auf ihre Kosten.«

Cavendish warf dem Erzbischof einen raschen Blick zu, da er nicht wußte, wie er darauf reagieren sollte.

»Was meint Ihr, Cavendish, soll Ashford Perréal durch meine Sammlung führen?«

»Eine ausgezeichnete Idee, Euer Gnaden«, sagte Cavendish mit ausdruckslosem Lächeln. Wolsey sah seine Miene und lachte schallend.

»Ach, richtig. York House wird gerade renoviert. Seine Gnaden, der mächtige Bischof Wolsey, sollte als Oberaufseher einen Mann mit Geschmack einstellen. Italienischer Stil – das heißt der Stil, der heutzutage groß in Mode ist. Der ziemlich primitive Arazzo hier soll vermutlich ausgetauscht werden.«

»Die Wandbehänge in diesem Raum sind vollkommen neu«, sagte Ashford, und dabei mußte er den mächtigen Impuls unterdrücken, Maître Perréal durchzuschütteln, bis ihm die Zähne klapperten.

»Ach ja, der nördliche Stil. So steif, so überholt. Seht nur, die Gesimse dort, nirgendwo eine flüssige Linie. Der anmutige Charme des Italienischen hingegen – über dem Fenster dort würde sich ein Füllhorn gut ausnehmen. Oder vielleicht ein Cherub. Ah, das dürfte der strenge Geschmack des Kirchenmannes machen – gleichwohl, in Rom . . .«

»Das hier ist London, nicht Rom, und Rom ist nicht London«, knurrte Ashford. Er näselte mit normannischem Akzent. Perréal hörte höflich zu, doch jedesmal, wenn Ashford redete, gestattete er sich ein Zucken um die Nasenflügel, als röche es faulig im Zimmer.

»Ergreifend«, erwiderte Perréal. »Schlicht, aber ergreifend. Warum laßt Ihr das nicht über dem Türsturz dort einmeißeln?« Er deutete auf die Tür, der angeblich die Cherubim fehlten. Ashford hörte in dem Wort etwas durch. Es lag an Perréals »R«. Er witterte Rache.

»Master Perréal«, sagte er mit gespielter Bewunderung. »Ihr kennt Euch doch so gut in dem neuen Stil aus. Sagt, wann habt Ihr in Italien gelernt?«

»Italien? Ei, der italienische Stil ist doch überall bekannt . . .«

Ashford seufzte tief und mit geheucheltem Bedauern. »Außer bei uns, wir sind leider weit vom Schuß, ungemein weit. Habt Ihr ein Glück, daß Ihr in Tours lernen durftet. Ich könnte mir vorstellen, daß italienische Künstler die Reise nach dort weniger scheuen als hierher. Bedauerlicherweise fehlt uns ein solcher Mittelpunkt der Kultur . . .« Ashford sah, wie Perréals Miene zu Stein wurde. Es waren die »Rs«, die noch immer den Mann aus der Touraine verrieten. »Zur Sammlung des Bischofs bitte durch diese Tür«, setzte Ashford salbungsvoll hinzu. »Ihr werdet feststellen, daß die Täfelung ein bezauberndes Beispiel für den nördlichen Stil ist. Sehr schlicht und von der strengen Steifheit, die einem Kirchenfürsten wohl ansteht. Habt Ihr gewußt, daß Lord Wolsey ein härenes Gewand trägt?« Perréal bedachte seinen Führer mit einem haßerfüllten Blick.

Die Wände über der schulterhohen Täfelung waren reich vergoldet und mit einem religiösen Motiv bemalt: die Darstellung Jesu im Tempel. Die Figuren waren steif, hatten leuchtende Farben und zeigten den symmetrischen Gewandfaltenstil von ehemals. Im Hintergrund erblickte man einen Tempel, der eher dem Tower ähnelte. Er hatte eine vergoldete Kuppel über den Zinnen der Brustwehr und war stilisiert und nicht perspektivisch dargestellt. Ashford beobachtete Perréals Miene. Sie war ein Abbild der Verachtung. Gut, dachte Ashford, meine Strategie wirkt allmählich.

»Und welcher Meister hat das da gemalt?« fragte der französische Künstler.

»Master Brown von der Maler-und-Färber-Zunft.«

Auf der Täfelung hingen Gemälde, jedes war durch einen Damastvorhang gegen Staub geschützt. Religiöse Szenen zur Kontemplation, Porträts längst dahingeschiedener Kirchenmänner und Gönner, die übliche Ausstattung eines erzbischöflichen Kabinetts. Viele stammten offensichtlich aus einem seit langem verschwundenen Atelier, hatten flache Gesichter, die schlecht zu den schablonenhaften Körpern, den Einzelheiten der Kleidung und der aufwendigen Vergoldung paßten, mit denen die Mängel der Komposition überdeckt werden sollten.

»Lord Wolsey dürfte kein Kunstkenner sein.«

»Oh, die hier hat er von seinem Vorgänger geerbt. Sie sind vornehmlich von historischem Wert«, tat Ashford sie ab.

»Das da in der Ecke. Warum übergeht Ihr das?« Perréal hob den Vorhang. Ashford lächelte in sich hinein, als er hörte, wie es dem Franzosen den Atem verschlug. *Evas Versuchung* in satten Farben, die durch die fast transparenten Lasuren schimmerten, so frisch und hübsch modelliert, daß man meinte, geradewegs in das Bild hineinfassen zu können. Im Vordergrund die üppige, rosige Eva in einem blumigen Garten Eden, im Hintergrund ein bekannt aussehender Berg, in den Gottes Rachestrahl einschlug. »Faszinierend«, sagte der französische Maler. »Vor meiner Abreise aus Paris habe ich etwas ganz Ähnliches gesehen, jedoch mit dunklem Firnis übermalt und mit Kerzenrauch geschwärzt, da es als Werk unseres großen Fouquet durchgehen sollte.« Als er merkte, daß sein Führer die Zähne zusammenbiß, lächelte er. »Mir scheint, dieser falsche Fouquet ist dem Grab entstiegen und hat die Szene noch einmal gemalt. Hmm. Der Mann kann hervorragend mit Lasuren umgehen. Die dargestellten Formen – genau, doch eher wahrheitsgetreu als anmutig. Das hier ist keine wahre Kunst. Wenn Ihr mich fragt, so ist der Mann Flame. Ein Flame mit italienischem Lehrer. Hoffentlich hat Euer Erzbischof nicht zuviel für das Werk bezahlt.«

»Es war ein Geschenk«, fuhr Ashford ihn an und wandte sich einer großen, verschlossenen Truhe zu, die auf schweren geschnitzten Füßen stand. »Die Sammlung des Erzbischofs befindet sich hier. Er hat einige seltene Münzen und bittet Euch, sie zu bestimmen und zu schätzen. Dazu besitzt er noch eine Sammlung von Miniaturporträts im neuen Stil.«

Ashford hörte Perréal tzss, tzss machen, während er die verschiedenen Medaillen und Münzen in der Hand hin und her drehte. »Die hier«, sagte er, »zeigt das Profil des Kaisers Nero. Die Inschrift ist zwar abgegriffen, aber wir haben einige davon in Les Tournelles. Die hier – aha. Die sind merowingisch. Aus der Zeit König Dagoberts. Wo wurden sie gefunden? Hier? Äußerst merkwürdig.« Ashford war so damit beschäftigt, den Franzosen zu mustern, daß er nicht einmal aufblickte, als eine wohlbekannte Gestalt ihn in Englisch von der Tür her ansprach.

»Ach, Ashford, gut, daß ich Euch hier antreffe. Wie läuft es mit dem Franzmann?« Ashford in der Klemme, das konnte sich George Cavendish nicht entgehen lassen. Ashford funkelte den fröhlichen jungen Mann mit den Apfelwangen zornig an. »Oh, seht nur«, bemerkte Cavendish, »er hat die erste Dallet aufgemacht.« Zusammen sahen sie zu, wie der eingebildete Franzose erstaunt die Augenbrauen hochzog. Ihre Meinungsverschiedenheiten waren vorübergehend vergessen, sie blickten sich an und grinsten.

»Wer hat das hier gemacht?« fragte der französische Künstler.

»Ein schlichter, provinzieller Stil«, sagte Cavendish.

»Ja, englischer Stil«, setzte Ashford hinzu. »Ihr müßt doch zugeben, daß er auf eine gewisse naive Art amüsant ist.« Da er den Franzosen ködern wollte, hatte er ganz vergessen, daß der Stil der bösen, ehemännermordenden kleinen Malerin insgeheim etwas Giftiges hatte.

»Dieser Stil wurde in Frankreich entwickelt. Unser Fouquet . . .«

»Der französische Stil hat sich auf die Illumination von Manuskripten beschränkt«, bemerkte Ashford. »Sagt, Cavendish, ist Euch auch schon aufgefallen, daß die Porträts in französischen Manuskripten immer gleich aussehen?«

»Ja, merkwürdig, das ist mir auch aufgefallen. Alle sehen sie wie Fische aus«, erwiderte Cavendish.

»Es zeugt nicht von Originalität, das Porträt von der Manuskriptseite zu trennen«, rutschte es dem Franzosen heraus.

»Und die Technik ist auch neu. Hättet Ihr gern ein Vergrößerungsglas, damit Ihr die Farbabstufungen betrachten könnt? Die Pinselstriche sind mit ungeübtem Auge nicht zu sehen.« Ashford sah den kleinen Franzosen hämisch an, während Cavendish ihm ein Vergrößerungsglas reichte. Was für ein Jammer, daß ich ihn nicht Mistress Dallet vorstellen kann, dachte Ashford. Die würde ihn mit Haut und Haaren verspeisen und die Knochen ausspucken. Und dann malte er sich aus, wie sie ganz in Schwarz an Perréals Beerdigung teilnahm, wie sie sich die Augen betupfte, nachdem sie seinen Tod so kunstvoll bewerkstelligt hatte. So bezaubernd, so anziehend, so todbringend. Und doch klopfte ihm bei dem Gedanken an sie das Herz, so kunstgerecht hatte sie ihn in ihrem Netz gefangen. Frauen.

»Der Hintergrund«, half Cavendish nach. »Das Blau ist recht originell. Ein Geheimverfahren. Findet Ihr nicht, daß es das Inkarnat gut hervorhebt?«

Es war jedoch nicht das Sujet der Gemälde und nicht ihre Technik, mochte sie noch so blendend sein, was den Franzosen verstört hatte. Das Geheimnis des heiteren blauen Himmels würde er daheim in seinem alchimistischen Laboratorium lüften. Nein, was ihn so verstörte, war die Abbildung der Gesichter. Es gab da einen Kniff – wie sich beispielsweise eine Braue wölbte, wie das Licht auf die Pupille fiel –, der zeugte von dem unbekannten Meister von *Evas Versuchung*, denn der mußte auch der Maler dieser erlesenen kleinen Porträts sein, die er gerade aus der Schublade geholt hatte. Perréal, der Künstler und Bildhauer, der auch die Bildnisse für Hochzeitsbehänge und Grabmäler entwarf, war zudem Alchimist. Und darüber hinaus war er Mitglied eines internationalen Geheimbundes von Alchimisten, Künstlern, Architekten, Mystikern, Kavalieren und Phantasten, der seit Kreuzritterzeiten existierte: die Abtei von Sion, die Mutterorganisation der Tempelritter, doch durch die Spaltung der Eiche davon abgetrennt. Geduldig hatte die Abtei, die Hüterin des größten Geheimnisses der Christenheit, seit Jahrhunderten auf den geeigneten Zeitpunkt gewartet, dieses Geheimnis zu offenbaren. Dann würde sich die Weissagung erfüllen: Die – wahre Dynastie würde wieder auf dem Thron Frankreichs sitzen und damit die Verwandlung der Welt vollenden. Und im Vorgriff auf diese Zeit hatten sie ganz Europa mit seltsamen Gegenständen überzogen, die von ihrem künftigen Sieg kündeten: Steine wie Grabmarkierungen mit geheimnisvollen Inschriften, geheime Zeichen und Codewörter, die sich in Akrostichen, Gedichten, Gemälden, Landkarten und Weissagungen verbargen. Die Urchristen hatten ihre Versammlungsorte mit einem Fisch gekennzeichnet, die Abtei stand dem nicht nach, obschon ihre Zeichensprache nicht ganz so wäßrig war.

Während er das Bild anstarrte, sah er Zeichen, die anderen entgangen waren. Irgendwo in London gab es einen Mann, der entdeckt hatte, was die uralte Geheimgesellschaft schon so lange verbarg. Und jetzt machte sich dieser Mann quer durch Europa über sie lustig, indem er immer wieder das gleiche Geheimnis malte. Was wollte er damit sagen? Warum tat er das? Welcher Geheimzirkel trieb ihn dazu? Feinde. Ja, es mußte der Feind sein. Ein Bild hatte er in Paris gesehen, Maître Bellier hatte es mitgebracht, und angeblich war es alt. Und hier fand er das nächste, mitten im Lager des Feindes. Es mußte sich um eine Verschwörung handeln. Warum zeigten sie ihm das? Wolsey, dieser listige Kirchenfürst, mußte geheime Gründe dafür haben. Er hatte das Geheimnis. Die Kirche war der mächtigste Feind des Geheimnisses. Es handelte sich um irgendein raffiniertes Zeichen.

Er hatte gesehen, was er gesehen hatte. Montségur, den Ort der geheimen Weissagung, gemalt am Anfang aller Zeit, ehe die Festung ihn bekrönte. Der Ort, wo die Erlösung der Welt verborgen lag, in mystisches Licht getaucht. Und hier, in einem Schrank, in ebendiesem Raum, gab es eine Münze von König Dagobert. Es konnte nur bedeuten, daß ein Unbekannter das Versteck gefunden hatte, in dem eine Kopie des Manuskriptes verborgen war. Ein Unbekannter, der es in die Welt hinausposaunte. Was wollte er? Geld? Macht? Der Steuermann mußte davon benachrichtigt werden. Der Mann, der das hier gemalt hatte, mußte gefunden und zum Schweigen gebracht werden. Er betrachtete das kleine Porträt in seiner Hand noch einmal. Ja, zum Schweigen gebracht, doch vorher mußte er das Geheimnis dieser winzigen Bilder preisgeben. Ein begabter Bursche, aber ein Narr, vor allem verglichen mit mir, dachte der Maler.

»Lebt der Mann, der das hier gemalt hat, in London?«

»Das hat kein Mann gemalt«, sagte Cavendish und blickte grinsend zu Ashford, denn beiden war die aschgraue Gesichtsfarbe des Franzosen aufgefallen.

»Der Teufel . . .«, flüsterte der Künstler. »Welche Mächte . . .?«

»Er hat gesagt«, verkündete Ashford, »daß dieses kein Mann gemalt hat.« Der Franzose blickte auf und bemerkte ihre fröhlichen Mienen.

»Kein Mann? Wenn es aber kein Mann war, dann . . .«

». . . war es eine Frau.« Die Engländer lachten schallend über die Verwirrung des Franzosen. Wütend reckte sich der Künstler zu voller Größe.

»Ihr habt mich nur hierhergeführt, weil Ihr Euch über meine Kunst lustig machen wollt«, sagte er.

»Wir? Aber wir doch nicht«, sagte Ashford.

»Wie könnt Ihr uns für so ungezogen halten?« sagte Cavendish. »Ihr? Der größte Maler Frankreichs? Unser Herr ist Euch außerordentlich dankbar, daß Ihr seine antiken Schätze bestimmt habt. Hier, diese Börse soll Euch seine Wertschätzung zeigen.«

»Börse? Ist meine Ehre mit Geld zu kaufen?«

»O nein, der Gedanke sei ferne von uns«, sagte Ashford. »Unser Herr wollte, daß Ihr Euch seine Sammlung anseht und ihn beratet, wie er sie weiter vervollständigen kann.«

»Ja, und das erfordert ein äußerst scharfsinniges künstlerisches Urteil.«

»Wir möchten jedoch nicht, daß Ihr Euch übernehmt.« Nach und nach gelang es ihnen, den aufgebrachten Franzosen zu besänftigen. Seine Wut wurde zu Gestammel, und am Ende wurde das Gestammel wieder zu vernünftiger Rede.

»Etwas jedoch verblüfft mich«, sagte er, nachdem er erneut seine gewohnte verächtliche Miene aufgesetzt hatte. »Ihr sagt, daß diese merowingischen Münzen hier in England gefunden wurden. Ich interessiere mich ganz ungemein für Raritäten dieser Art. Sagt, wurde dabei noch mehr gefunden? Schmuck vielleicht oder eine seltene Kiste?«

»Darüber weiß ich nichts. Der Erzbischof sammelt nur Münzen und Medaillen. Mag sein, daß der Antiquar, der die Münzen verkauft hat, mehr darüber weiß.«

»Ein Antiquar? Wer könnte das sein?« fragte Perréal scheinbar leichthin.

»Sir Septimus Crouch, ein namhafter Gelehrter und Schüler des Okkulten. Er lebt hier in London, in der Limestreet Ward, unmittelbar an der Stadtmauer.«

Kapitel 14

Ach, Nan, und ich dachte, Besitzlosigkeit ist eine Tugend, und nun sieht es so aus, als ob ich noch immer zuviel besitze. Wie bekomme ich das nur alles in eine kleine Kiste?« Bekümmert betrachtete ich meine aufgehäufte Habe, die ich für unbedingt nötig bei einem langen Aufenthalt an einem ausländischen Hof erachtete. Mein bestes Kleid, zwei Paar Strümpfe, ein Leinenkragen, Umhang und Nachthemd, eine neue Kapuze und meine Bücher. Und dazu noch meine Malutensilien, zumindest ausreichend Vorrat, bis ich eine Nachschubquelle auftun konnte: Tuschen und Pinsel, Kreiden und Gesso, Gummiarabikum, Farbpigmente, Messer, Werkzeuge zum Polieren, Mörser und Stößel zum Zerstoßen der Farben und mein schwarzer Seidenkittel. Dazu Seiten von gutem Papier, flach aufeinandergelegt, mehrere schlichte, kleine gedrechselte Schatullen und der Rest meines Pergaments, darunter auch das gute alte Stück mit der Schrift, das mittlerweile voller Löcher war, weil ich zum eigenen Gebrauch schon soviel herausgeschnitten hatte. Draußen war es noch dunkel, obschon der Morgen heraufdämmerte. Wir hatten den Feuersturz von der Glut genommen, um Licht zu haben. Am gestrigen Abend hatte ich gepackt, neu gepackt und noch einmal gepackt und dann schließlich doch alles liegenlassen und auf eine frühmorgendliche Eingebung von oben gehofft, mit der ich das Problem spielend lösen würde.

»Man sollte meinen, bei dem vielen Platz auf dem prächtigen großen Schiff hätten sie dir wenigstens zwei Kisten zugestanden«, sagte Nan, während sie ihre überzählige Wäsche zu einem Bündel zusammenrollte. »Wie viele Maler schicken sie schon mit? Schließlich bist du kein Musikant oder ein königlicher Reitknecht.« Seit ich in der Welt aufgestiegen war, achtete Nan sehr auf meinen Rang und paßte gut auf, daß man mich nicht zu weit unten an die Tafel setzte oder in der Kapelle zu weit hinten. Zuweilen verschaffte sie mir sogar einen Sitz vor einem Maler-Färber und behauptete, kleine Gemälde wären vornehmer als »große, ungeschlachte«. Fresken rangierten bei ihr an letzter Stelle, kamen praktisch dem Fahnenmalen gleich, und sie behauptete, ein Mann, der so etwas machte, hätte keinen Stolz im Leib und gewißlich kein Recht, mir die Sicht auf Hostie und Kelch zu versperren.

»Laß mich noch einmal sehen. Die Farben brauchen nicht viel Platz, die Wäsche auch nicht. Wenn ich also dieses Kleid anziehe, kann ich das andere daheim lassen und mir im Ausland ein zweites schneidern lassen, wenn es sein muß –«

»Laßt die Bücher daheim, Mistress Dallet. Die Franzosen haben Bücher in Hülle und Fülle, und Bücher sind schwer.« Robert Ashford hatte sich wie auf Katzenpfoten in unsere Zimmer geschlichen, stand an der Tür und störte und schikanierte uns, als hätte er ein Recht dazu. Mein Entschluß stand fest. Sollte ich etwa ohne den *Rathgeber für das treffliche Eheweib* in die Fremde ziehen? Wo ein ganzer Teil nur davon handelte, wie man mit Ausländern und Leuten umging, die schwer von Begriff waren, und ein weiterer davon, wie man hochgestellten Persönlichkeiten auf unaufdringliche und schickliche Art aufwartete. Dieser unleidliche Master Ashford wollte ja nur, daß ich irgendeinen schrecklichen Fehler beging und mich als ungehobelt und ungeeignet für einen prächtigen Hof mit vielen hochmögenden und gesitteten, wenn auch etwas verderbten Menschen erwies. Und wer will schon gern auf französisch über das Leben der Jungfrau Maria lesen, sie hat ja gar kein Französisch gesprochen, und daher wäre es auch längst nicht so erhebend. Die Bücher kommen mit, dachte ich.

»Ich nehme sie mit«, sagte ich, ohne ihn anzusehen.

»Und um was handelt es sich, daß Ihr Euch nicht davon

trennen mögt?« Er trat herzu und wollte sie aus der Kiste holen, doch ich knallte den Deckel zu. Meine Bücher gehören mir und sind nicht für Leute gedacht, die sich nur lustig machen, weil sie nicht in Latein geschrieben sind.

»Genau wie ich mir gedacht habe; nichts für ein fremdes Auge«, sagte er und schulterte meine Kiste. »Farben- und Giftmischen läuft fast auf das gleiche hinaus, was meint Ihr?«

»In meinen Büchern steht nichts über Farbenmischen«, sagte ich und schloß mißbilligend den Mund. Bücher über Malerei sind etwas für Trottel, soviel sollte er wissen. Wer schreibt schon seine Geheimnisse für andere auf? Er drehte sich um und warf mir einen höchst sonderbaren Blick zu, dann ging er die Treppe hinunter und trat auf die Straße.

Draußen wartete sein Diener mit den Pferden, zwei großen rötlichbraunen Wallachen mit Sattelkissen hinter dem Sattel und einem Packpferd aus Wolseys Stall. Der Himmel färbte sich bereits rosig. Dieses eine Mal war es mucksmäuschenstill hinter den verriegelten Fensterläden des Brauhauses ›Zur Ziege und zum Krug‹. Ich werde dich vermissen, alte Straße; ich werde sogar die ›Ziege und den Krug‹ vermissen. Ein alter gefleckter Hund kam aus der Gasse hinter der Schenke und setzte sich betrübt zu meinen Füßen. Mistress Hull und Cat standen weinend an der Tür – Mistress Hull, weil sie glaubte, daß sie uns nie wiedersehen würde, und Cat, weil sie sich ärgerte, daß sie nicht mitreisen durfte, um den französischen Hof mit eigenen Augen zu sehen.

»Lebt wohl und Gott befohlen«, rief Mistress Hull und umarmte Tom. »Dich werde ich nicht wiedererkennen, wenn du ausgewachsen und kräftiger zurückkommst.« Ashford drehte sich jäh um.

»Was soll das heißen? Er kommt nicht mit«, sagte er.

»Er kommt nicht mit?« fragte ich zurück. »Aber er muß mit Ihr habt versprochen . . .«

»Ihr seid nicht die Königin von Persien, Mistress Dallet, und Ihr braucht keinen kompletten Hofstaat. Eine Dienerin, mehr hat man Euch nicht zugestanden.« Er blickte ratlos in die Runde, als er unsere entsetzten Mienen sah. »Hat man Euch das nicht ausgerichtet?« fragte er.

»Keineswegs. Ihr wißt, daß er nicht hierbleiben kann. Ich habe Euch erzählt, warum.«

»Ach das«, sagte er abfällig. Dann sah er Toms betroffene Miene, und da blickte er schon wieder ratlos. »Ist das wahr?« fragte er.

»Ja«, sagte der Junge.

»Und deswegen hast du deinen Meister verlassen?«

»Er wollte es so, Sir. Ich weiß, daß der Mann mich gesehen hat. Er ist später zu meinem Meister gekommen und hat sich nach mir erkundigt. Mein Meister hat ihm erzählt, ich wäre an der Pest gestorben.«

»Was verstehst du vom Farbenstoßen?«

»Mistress Susanna verwendet so wenig, daß . . .«

»Kurzum, du verstehst dich überhaupt nicht darauf, und sie hat nicht die allergeringste Verwendung für dich.« Er schüttelte den Kopf und blickte jetzt wirklich mitleidig. »Gleichwohl, es könnte wahr sein, warum sonst . . .?« sagte er bei sich. Dann löste er die Börse von seinem Gürtel und drückte Tom ein paar Münzen in die Hand. »Da«, sagte er, »tut mir leid, aber der Bischof hat die Liste höchstpersönlich abgesegnet. Suche dir einen besseren Meister als diese Frau.« Und dann hob er mich mit grimmiger Miene auf das Sattelkissen und schwang sich selbst aufs Pferd.

»Ihr solltet Euch für Eure Hartherzigkeit schämen«, sagte ich.

»Ich schäme mich nur, daß es die Pflicht verlangt, mich von einer solchen Frau den ganzen Weg nach Dover umfassen zu lassen«, gab er zurück. Halsstarrig wie ich war, versuchte ich, mich am Zwiesel festzuhalten, damit ich nicht vom Sattelkissen rutschte. Den Mann fasse ich nicht an, dachte ich. Es ist mir einerlei, ob ich falle, immer noch besser, als ihn zu berühren. Die Freude mache ich ihm nicht. Ohne den Kopf zu drehen, sagte er: »Mistress Dallet, auch wenn es uns beiden noch so unangenehm ist, Ihr müßt die Arme um mich legen, sonst fallt Ihr herunter, falls das Pferd einmal scheut. Ich habe geschworen, Euch wohlbehalten abzuliefern.« Widerwillig faßte ich ihn um die Mitte und hielt mich an seinem Schwertgurt fest. Dabei wurde mein Gesicht auf seinen Rücken gedrückt. Ich konnte jede Bewegung spüren, wenn er im Sattel die Balance hielt, und nahm ganz nahe seinen warmen Geruch wahr. Sein Brustkasten, das merkte ich, war kräftig und breit. Was für ein Jammer, daß er mir nicht für Adam Modell steht, dachte ich in meiner Schlechtigkeit. Ich bekomme den Rumpf einfach nicht hin. Fort mit euch, verscheuchte ich die Gedanken. Das hier ist der unausstehlichste Mann auf der ganzen Welt. Warum muß einer Frau nur das Herz klopfen, wenn ein gutaussehendes Exemplar der Gattung in der Nähe ist, auch wenn es überhaupt nicht für sie taugt und sie es ohnedies nicht haben will? Mag sein, wir sind tatsächlich so wunderlich, wie die Männer behaupten.

Wir ritten in völligem Schweigen dahin und schlossen uns dem Gesinde des Bischofs an, das ihn auf dem Weg nach Dover begleitete. Anscheinend hatte jeder Edelmann im Reich um die Ehre gebeten, die Prinzessin und ihr Gefolge zu den Schiffen zu begleiten, und um niemanden vor den Kopf zu stoßen, durften alle mitziehen, jeder mit einem noch prächtigeren Troß als der andere. Als wir über die London Bridge in Southwark einritten, sah ich, daß sich inmitten des Getümmels von Rittern zu Pferd, livrierten Dienern, Pagen mit Fahnen und reich verzierten Sänften eine vertraute kleine Gestalt hinter einem Maulesel mit silbernem Zaumzeug und einem Abt obendrauf duckte. Tom folgte uns.

Der Wind war stürmisch, der Himmel schiefergrau und regendräuend, während wir in Richtung Dover ritten. Auf der Landstraße wimmelte es von Reitern in blinkender Rüstung mit flatternden Wimpeln, von Dienerschaft, von Schreibern und Aufsehern, von edlen Herren auf schönen spanischen Reitpferden und Damen auf Zeltern und in Sänften. Der ganze Zug war so lang, daß ich kaum den Anfang sehen konnte, der sich vor uns in der Ferne verlor. An der Spitze des Zuges ritt die königliche Garde mit dem König und der Prinzessin, die schwangere Königin zog neben ihnen in einer Sänfte mit. Das weiß ich nur, weil ich es hörte, denn sehen konnte ich es nicht. Jeder von Bedeutung war anwesend: die höchsten Edelleute des Reiches mit Goldketten und reichen Gewändern, die sie eigens für diese Gelegenheit hatten anfertigen lassen. Vierhundert Ritter und Barone, zweihundert Männer von Stand und Knappen und eintausend Zelter zogen unter einem bleiernen Himmel durch den herbstlichen Morast. Über einhundert Wagen mit den Damen rumpelten schwerfällig die Straße entlang. Hinter dieser ganzen Pracht stapften die Diener, Musikanten, Sekretäre und Lakaien. Berittene Stallburschen führten schwere Pferde, Zelter mit Geschenken und Pferde mit Paßgang. Gardesoldaten umringten die Wagen mit den Zelten, den Gewändern, dem Brautgeschmeide und dem Brautsilber. Inmitten dieses niederen Volkes zogen Nan und ich hoch zu Roß, hinter Ashford und seinem Diener sitzend, dahin.

»Master Ashford, wie lange noch?«

Keine Antwort.

»Master Ashford, wer ist der prächtig aussehende Edelmann da drüben?«

Keine Antwort. Der Mann war keinem Gespräch zugänglich. Die Reise wurde von Meile zu Meile länger und beschwerlicher. Ich hatte es satt, auf seinen Rücken einzureden. Mißbilligung, die ich wirklich nicht verdiente, lastete wie eine dicke Wolke schwerer über uns als der flache graue Septemberhimmel. Ich tue so, als ob er nicht da ist, dachte ich, doch das ist schwierig, wenn man sich an jemandem festhält. Und so bestaunte ich zunächst die Kleider der Damen, die ich sehen konnte, und kam dabei auf ausgezeichnete Einfälle zu dem Kleid, das ich mir sofort nach meiner Ankunft für Frankreich schneidern lassen würde. Gleichwohl war ich für lange Ritte nicht geschaffen, ich wurde müde, und der Kopf sank mir immer tiefer und blieb schließlich zwischen seine Schulterblättern liegen. Ich konnte spüren, wie ihn schauderte. Warum sind

Männer nur so beschaffen, dachte ich. Derlei Gedanken stellen sich ganz von selbst ein, wenn man einen langen Ritt macht und sich dabei an jemanden klammern muß, der ziemlich groß und kräftig gebaut ist und ein wunderschönes Profil, jedoch einen üblen Charakter hat.

Man sollte meinen, ich als Witwe hätte diese Gelegenheit sozusagen beim Schopf gepackt, da eine Witwe sich angeblich auf jeden stürzt und nicht sehr wählerisch sein darf. Und er dachte das gewiß auch und benahm sich mir gegenüber dementsprechend sonderbar, doch so war ich ganz und gar nicht. Ich dachte an Master Dallet, der so ausnehmend gut aussah und so funkelnde dunkle Augen hatte. Aber selbstsüchtig und gemein und obendrein unehrlich war er auch. Da hockte ich nun hinter diesem gutaussehenden Mann, der ganz gewöhnliche haselnußbraune Augen hatte, die mir einmal ziemlich nett vorgekommen waren, und nun stellte sich heraus, er war der Unausstehlichste. Was wieder einmal beweist, daß ich nichts von Männern verstehe, dachte ich. Zwei schlechte Kerle nacheinander; das Problem ist wohl das gute Aussehen. Wenn ein Mann ein schönes Profil oder funkelnde Augen hat, dann ist er natürlich eingebildet und taugt nicht für eine vernünftige Frau. Wenn ich überhaupt noch einmal heirate, dann einen Heiteren, Rosigen, Rundlichen mit einem scheußlichen Profil, beschloß ich. Das ist wie ein schönes Gewand nebst gräßlichem Korsett im Gegensatz zu einem bequemen, alten Kleid, das unansehnlich ist, in dem man sich aber wohl fühlt.

Während ich darüber nachdachte, fielen die ersten Tropfen, und der griesgrämige Kerl vor mir knurrte: »Verflucht, es regnet«, so als ob das meine Schuld wäre. Wir hörten Möwen kreischen, was bedeutete, daß das Meer nicht mehr fern sein konnte, und vor uns auf den Hügeln lag die große Burg, die auf den Klippen über den Hafen wacht. »Die Burg ist gewiß voll bis zum letzten Winkel, laßt uns eine Abkürzung nehmen, ich kenne nämlich ein Wirtshaus am Hafen, dort erwischen wir vielleicht noch ein Plätzchen.« Vermutlich sollte ich seine Klugheit bewundern, als wir aus dem Zug der sich auf der morastigen Landstraße dahinquälenden Diener und Soldaten ausscherten und rumpel, pumpel über die Felder trabten, das Packpferd immer hinterher. Ich jedoch dachte an den heiteren, rundlichen Mann, der meine Kochkünste bewundern und mir abends vorlesen würde. Vielleicht konnte er ja auch das Flageolett spielen, dann könnten wir zu zweit musizieren. Master Dallet hatte es abends nie im Haus gehalten.

Doch dann frischte der Wind auf, und der Regen fiel heftiger, und als wir in die Stadt kamen, waren alle anderen schon vor uns da und suchten Obdach wie wir, und das ›Weiße Pferd‹ war bereits voll, desgleichen die ›Burg‹ und der ›Löwe‹, und wir waren völlig durchnäßt und zitterten vor Kälte. Zu guter Letzt fanden wir eine gewöhnliche Schenke mit Namen ›Zur Meerjungfrau‹. Sie war voller Seeleute, die sich betrunken auf Bänken lümmelten und vor dem Fenster grölten und sangen, dazu gesellten sich andere Menschen, die anscheinend keiner geregelten Beschäftigung nachgingen. Ein einäugiger Mann mit schmutziger Schürze sagte Master Ashford, daß er für unsere Pferde Platz in seinem Stall hätte, wir müßten ihm jedoch für Futter den doppelten Preis zahlen wegen der Prinzessin und so weiter, und Futter wäre dieser Tage teuer. Dann zwinkerte er mit dem einen Auge und sagte, er hätte auch ein Bett, das allerletzte in der ganzen Stadt, und das kostete auch das Doppelte. Master Ashford bekam sehr rote Ohren, als ihm aufging, daß der Mann ihm sündige Gelüste unterstellte, und das ausgerechnet mit mir. Zunächst dachte er, er könnte wie all die Seeleute auf einer Bank vor dem Feuer schlafen, änderte jedoch seine Meinung, als sich herausstellte, daß es in dem Zimmer zwei Betten gab, wovon das große schon mit sechs Männern von Stand belegt war. Und das zweite Bett, sagte der Einäugige, böte in Wirklichkeit fünf Männern Platz und würde ihn noch mehr kosten, damit er den letzten Platz nicht auch noch verkaufte, denn er wäre ein armer Mann und hätte große Ausgaben. Master Ashfords Gesicht zuckte, was ein interessanter Anblick war.

Wir nahmen das Abendessen in der Schenke auf unseren

Kisten sitzend ein, denn so wurden sie uns nicht gestohlen, und als unsere Sachen getrocknet waren, gesellte sich Master Ashfords Diener zum Schlafen zu Bischof Wolseys Pferden, damit sie nicht über Nacht verschwanden oder sich in lahmende Schindmähren verwandelten. Oben in dem engen Bodenraum unter dem Spitzdach lag einer der Edelleute bereits im Bett und schlief bekleidet, gestiefelt und gespornt. Ein anderer war betrunken und pinkelte ins Feuer, und seine Freunde machten sich darüber lustig, daß er den Wein nicht bei sich behalten könne.

»Oh, was für ein scheußliches Bett. Ich könnte schwören, das Laken hier ist noch nie gewaschen worden. Was ist denn das? Oh! Es wimmelt von Flöhen!« Nan ekelte sich schrecklich und fing an, Laken und Bettzeug auszuschütteln.

»He, Weib, hier werden keine Flöhe ausgeschüttelt!«

»Ja, jedem seine eigenen Flöhe!«

Der Regen prasselte immer lauter gegen die geschlossenen Fensterläden. Unvorstellbar, daß jemand bei diesem furchtbaren Wetter nach Frankreich in See stechen konnte.

»Hat der Mann ein Glück. Zwei Frauen für sich allein, und wir haben keine. Hier wird geteilt, du Halunke.« Master Ashford blickte sehr zornig, und seine Hand fuhr ans Messer.

»Ihr werdet Euch vor dem Almosenpfleger des Königs zu verantworten haben, wenn diese beiden Frauen morgen früh nicht wohlbehalten nach Frankreich aufbrechen.«

»Oho, Bischof Wolseys Dirne, was?« Jetzt war ich noch zorniger als Master Ashford, denn es ist abscheulich, wenn ein Mann von Stand, auch wenn er betrunken ist, eine ehrbare Witwe nicht von einer übel beleumdeten Frau unterscheiden kann.

»Gott strafe Euch für Eure böse Zunge«, fuhr ich ihm über den Mund »Ich bin Malerin im Haushalt des Bischofs und fahre nach Frankreich, weil ich die Königin und die dortigen Edelleute malen soll, damit ihre Gesichter auch in England bekannt werden. Und wenn es in Dover nicht so rappelvoll wäre, würden wir in einer viel eleganteren Herberge absteigen, nicht unter gewöhnlichen Menschen ohne Geschmack, sondern in einer, die nur für hohe Herrschaften und Fürsten ist.« Master Ashford fiel die Kinnlade herunter, denn so viel Entschiedenheit hatte er mir wohl nicht zugetraut, aber ich wußte, wie man mit betrunkenen Kerlen umgeht, schließlich wohnte ich schon lange gegenüber vom Brauhaus ›Zur Ziege und zum Krug‹.

Darauf zogen sich die Betrunkenen zurück und taten so, als staunten sie ehrfürchtig. »Nein aber auch. Eine Malerin! Hat man so was schon gehört?«

»Die spricht nur mit Fürsten. Sollten wir uns verneigen?«

Ich bin es jedoch gewohnt, für mich einzustehen, daher auch die vielen Dinge in meiner Kiste, nicht bloß Kleider.

»Wenn ihr euch respektvoll benehmt, zeige ich euch etwas. Wer von euch hat eine Liebste oder eine Mutter, die sich über das Abbild seines Gesichtes freuen würde?« Jetzt fingen sie an, sich zu zanken und Witze zu reißen, und während sie abgelenkt waren, öffnete Nan meine Kiste und reichte mir handtellergroßes, zugeschnittenes Papier und mein kleines Zeichenbrett aus poliertem Pappelholz, das glatter als Seide ist. Schließlich schoben sie einen aus ihrer Mitte nach vorn, den Jüngsten, und ich hieß ihn, sich ans Feuer zu setzen, befeuchtete meinen Pinsel und zeichnete sein Bildnis mit Sepiatusche. Ich spürte, daß Master Ashford neben mir stand und meine Hände beim Zeichnen betrachtete. Was für ein merkwürdiger Mensch, dachte ich. Zuweilen spüre ich, wenn wir schweigen, daß zwischen uns etwas ist, etwas Ungewöhnliches, so als bräche warmes Sonnenlicht durch kalte Wolken. Die Zechbrüder waren abgelenkt und schubsten und drängelten sich, weil sie zusehen wollten, und danach benahmen sie sich viel manierlicher, denn insgeheim hoffte jeder, er könnte mich vor unserem Aufbruch auch zu einer Zeichnung überreden. Ich sah, wie Master Ashford zunächst sie und dann mich musterte und den Kopf schüttelte. Was bedeutete das? Männer sind mir ein Rätsel.

Dennoch rissen die Zechbrüder schon wieder Witze, als wir das Kopfpolster in die Mitte des Bettes legten, dann stieg Nan mit grimmigem Blick und voll bekleidet auf einer Seite vom

Kopfpolster ins Bett, und Master Ashford setzte sich genauso voll bekleidet auf die andere Seite und machte sich daran, seine Stiefel zu säubern.

»Master Ashford, wollt Ihr etwa in Stiefeln schlafen?« fragte ich und zog mir die schmutzigen Schuhe aus.

»Damit sie mir heute nacht nicht davonlaufen«, sagte er.

»Warum schlaft Ihr dann nicht gleich mit Sporen?«

»Die wickle ich in meinen Umhang, so, und ich rate Euch gut, tut das auch mit Euren Schuhen, wenn Ihr sie morgen wieder anziehen wollt.«

Also rollte ich meine Habe auch in meinen Umhang und machte daraus ein Kissen wie er, da das Kopfpolster einem anderen Zweck diente. Doch mit Nan und dem Polster in der Mitte blieb mir nur die Bettkante, wo es am kältesten ist, weil die Decke nie breit genug zu sein scheint. Aber dann stellte sich heraus, daß ich ohnedies nicht schlafen konnte, weil Master Ashford ächzte und sich wälzte und die ganze Nacht an seinen Flohstichen herumkratzte. Einmal hörte ich ihn aufschreien, und da freute ich mich, daß er schlecht träumte, weil ich seinetwegen die ganze Nacht kein Auge zutat. Und als ich am Morgen hörte, daß wir nicht nach Frankreich aufbrechen würden, ehe sich das Wetter gebessert hatte, da wurde ich noch verdrießlicher, denn es hatte den Anschein, als könnte das Wochen dauern.

Und das Wetter wuchs sich zum Problem aus. Burg und Stadt waren gerammelt voll von Leuten, die der Prinzessin bis zu ihren Schiffen die Ehre geben und natürlich in Tuchfühlung mit allen nur möglichen bedeutenden Menschen sein wollten, die hier anzutreffen waren. Was als großes Fest begann, das verdarb der Regen völlig. Niemand durfte vor dem König aufbrechen, denn er ist der König, und der König wollte mit seinem Lieblingsschiff, das nach ihm benannt war, hinaussegeln und seiner Schwester zum Abschied ein Stück das Geleit geben. Doch da das nicht ging, konnte niemand abreisen, und so langweilten sich alle, und nicht einmal Karten, Würfel und Tanz boten genügend Kurzweil. Dann entdeckte mich Mylord

Suffolk, und da er ein schlichtes Gemüt mit einem Blick für Frauen hatte, meinte er, man könne die Zeit auch damit totschlagen, daß ich eine Reihe Zeichnungen von den »großen Schönheiten des Hofes« machte. Er trug dem König seine Idee vor, und der fand es höchst bedauerlich, daß seine eigenen Hofmaler nicht anwesend waren, um sie auszuführen. Suffolk jedoch überzeugte ihn und half sogar dabei, die Damen auszuwählen. Und so hatte ich in der folgenden Woche alle Hände voll zu tun, und der König höchstpersönlich betrachtete meine Zeichnungen und erklärte, sie seien »sehr ähnlich«, was eine hohe Ehre ist.

Doch schließlich schlug das Wetter um, und eine frische Brise schob die grauen Wolken am Himmel auseinander. An jenem Nachmittag kam Master Ashford in die Burg, als ich gerade Mistress Elizabeth Grey zeichnete.

»Packt zusammen«, sagte er, als ich fertig war, »es geht los, morgen um vier Uhr in der Frühe mit der Flut.«

»Aber die ›Elizabeth‹ ist doch noch nicht eingelaufen.«

»Wir haben Nachricht, daß die ›Elizabeth‹ auf dem Weg nach Dover im Unwetter verschollen ist. Alles mußte neu geordnet werden. Der König segelt nicht auf der ›Great Harry‹, sondern kehrt nach Haus zurück. Gestern nachmittag ist Cavendish eingetroffen, und dieses eine Mal war er etwas nützlicher als ein nasser Waschlappen.« Die ›Elizabeth‹ verschollen? War das ein schlechtes Omen? Bei dieser prächtigen Hochzeitsfeier war schon so viel schiefgelaufen, und jetzt auch das noch. Doch lange dachte ich nicht darüber nach, denn mich kränkte der grimmige Blick meines Aufpassers.

»Ach, da habt Ihr also gesteckt. Ich habe mich schon gefragt, wieso Ihr nicht herumschleicht und Anstoß an mir nehmt.«

»Es gibt Leute, die haben Nützliches zu tun.«

»Arbeite ich hier etwa nicht?« Ich wusch im Vorzimmer meine Pinsel in meinem Becken mit Wasser aus, das Nan mir gebracht hatte. Neun kleine Tuschezeichnungen in Sepia, in die ich die Farben mit dem Stift eingetragen hatte, damit ich später danach malen konnte. Ich hatte geschuftet wie ein Akkergaul, um sie fertigzustellen, abgesehen davon, daß Ackergäule nicht malen.

»Und noch eins. Ich glaube, ich habe Euren Jungen gesehen, diesen Tom. Er hat sich bei der Dienerschaft herumgetrieben, während Ihr gezeichnet habt.«

»Na und?«

»Hatte ich nicht gesagt, schickt ihn fort? Wie könnt Ihr es wagen, die Befehle des Bischofs zu mißachten.«

»Ich brauche ihn, und er ist mir gefolgt, und das könnt Ihr mir nicht gut ankreiden, oder? Er paßt auf meine Sachen auf, damit sie nicht gestohlen werden, und hilft Peter mit den Pferden und . . .«

»Peter hat also die ganze Zeit Bescheid gewußt? Der Halunke bekommt eine Tracht Prügel, mein Wort darauf. Und die hättet Ihr auch verdient, Ihr mit Eurem vorwitzigen Mundwerk und Eurem Hochmut.« Aber ich wußte, das würde er nicht wagen, also tat ich die Worte mit einem Schulterzucken ab. Und was Tom anging, so hatte ich den Maat auf der ›Jesus of Lubeck‹ bereits tüchtig bestochen, damit er ihn mit den Stallburschen hinüberschmuggelte. Geschah Robert Ashford ganz recht, wenn er feststellen mußte, daß die Welt nicht immer nach seiner Pfeife tanzte.

In der ›Meerjungfrau‹, in Sichtweite des Hafens gelegen, ging es an jenem Abend noch höher her als sonst, denn man betrank sich, sang und nahm Abschied und krakeelte und grölte, während die große Flotte die ganze Nacht über bei Fackelschein beladen wurde. Brautsilber kann durchaus im Frachtraum lagern, bis das Wetter umschlägt, Lebewesen jedoch nicht. Wiehernde Zelter wurden mit Tragriemen in den Schiffsbauch hinuntergelassen, während Diener, Aufseher und niederes Gesinde voll beladen die Laufplanken hochstolperten. Kleine Boote setzten vor und zurück zu den vierzehn großen Schiffen, brachten verspätete Soldaten in Grün und Weiß, den Farben des Königs, vom Ufer an Bord der Schiffe, die auf

Reede lagen. Ashford erblickte Nan und mich auf der Laufplanke zu unserem Schiff, das vom Kai aus beladen wurde. Bepackte Diener, Haushaltsbeamte mit Anweisungen in letzter Minute und Musikanten, die eingewickelten Instrumente auf dem Rücken, stolperten auf das Riesenschiff. Oben an Deck sah ich den Kaplan der Prinzessin und Priester. Flackernder Fackelschein schimmerte auf dem vergoldeten Schnitzwerk des Vorschiffes, das hoch über uns emporragte. ›Henri, Grace à Dieu‹. Das größte der großen Schiffe. Ashfords Gesicht sah im Fackelschein düster aus.

»Ich werde Euch wohl wiedersehen«, sagte er.

»Es wird sich kaum vermeiden lassen«, gab ich zurück. »Schade, aber das ist nun einmal Euer Los.«

»Der König segelt nicht mit«, sagte er, als wäre das irgendwie von Bedeutung.

»Man hat uns im unteren Deck Platz angewiesen, bei den Kanonen«, sagte ich. »Da werde ich kaum etwas sehen, aber ich will versuchen, auf dem Hauptdeck zu bleiben.«

»Da steht Ihr nur im Weg herum. Man wird es Euch nicht erlauben«, sagte er kurz angebunden.

»Das sagt Ihr. Ihr seid ja bloß neidisch, daß ich nach Frankreich fahre und Ihr nicht.«

»Aber ich fahre mit«, antwortete er. »Cavendish hat mir neue Befehle gebracht.«

»Etwa mit uns?«

»Nein, auf der ›Lubeck‹«, sagte er, und sein Blick wurde abweisend. Oje, dachte ich. Hoffentlich geht ihm Tom gut aus dem Weg.

»Freut Ihr Euch denn gar nicht, daß Ihr mitdürft? Es wird alles sehr prächtig.«

»Ja, gewiß.« Irgendwie klang seine Stimme besorgt. Hatte er Vorahnungen? »Möge Gott uns alle behüten«, sagte er und machte jählings auf dem Absatz kehrt.

»Ha«, empörte sich Nan, »da geht der ungehobeltste Klotz auf der ganzen Welt.« Zusammen stiegen wir die schwankenden Laufplanken hinauf, und es gelang uns, so lange an Deck zu bleiben, daß wir den König höchstpersönlich sehen konnten, wie er seine Schwester zum Ufer geleitete und sie im Schein der rauchenden Fackeln küßte, und dann hießen die Trompeter sie an Bord willkommen.

Hoch oben in der Takelage der ›Henri, Grace à Dieu‹ saß eine wunderschöne durchscheinende Gestalt in wehendem, farbenfreudig getüpfeltem Gewand und mit unsäglich häßlichen Schuhen. Unsichtbar für das gewöhnliche menschliche Auge reckte Hadriel die schillernden Flügel in den blauen Himmel und ließ sich genüßlich die Federn von der lebhaften kühlen Meeresbrise sträuben. Die Segel der ›Great Harry‹ waren mit Löwen und der Tudor-Rose bemalt, und ihre Leinenstander waren durch bestickte Seide ersetzt worden. Tief unter dem Sitz des fröhlichen Engels hob und senkte sich das Deck der Galeone in der ungestümen Dünung. Rings um das Schiff tüpfelte die Brautflotte mit geblähten weißen Segeln und flatternden Standern das graue Meer und die Schaumkronen wie junge Gänse, die hinter der Mutter herschwimmen. Hadriel freute sich so an dem Anblick, daß er zu singen begann, doch niemand dort unten hörte ihn. Der Wind fährt so eigenartig durch die Takelage, dachten alle.

Am Himmel sammelten sich graue Wolken, und Hadriel hörte auf zu singen und blickte besorgt auf, als ihm ein Regentropfen auf die Nase fiel. Ungeduldig schüttelte er den Lokkenkopf in Richtung der dunklen Wolken, und sie zogen weiter, um sich an anderer Stelle erneut zu sammeln. Dieses Mal drohte er ihnen mit der zarten, blassen Hand, und wieder riß der Wind sie auf. Die Seeleute unten blickten ungeduldig zum Himmel hinauf, und der Admiral des Flaggschiffs, der zu Ehren seines königlichen Passagiers noch immer seine Paradeuniform aus grünem und weißem Damast trug, erteilte Befehle, und sie flitzten davon. Wieder sammelten sich die mittlerweile schwarzen Wolken, und in der Ferne grollte der Donner.

»Sofort aufhören«, rief Hadriel, faltete die Flügel und blickte empört hoch. »Belphagor, ich weiß, daß du da bist. Glaubst du etwa, ich hätte nicht gemerkt, daß du mich verfolgst? Hör auf, Wolken zu blasen. Seit diese Dummköpfe dich aus dem Kasten befreit haben, bist du einfach unausstehlich.«

»Steck deine lächerliche kleine Nase nicht in meine Dinge«, knurrte eine übellaunige Stimme. »Flattere nach Haus, du Hymnen singender Schmeichler. Hier bist du nicht erwünscht.« Eine rauchige grünliche Gestalt wurde erkennbar, sie kauerte auf der Rahnock unter Hadriels Hochsitz – Belphagor, der Dämon, mit roten Augen, langer Nase und Wabbelbauch.

»Hübsch hast du dich ausstaffiert, Belphagor. Dein kleines Pelzding da bringt das Grün gut zur Geltung. Aber findest du den Ton nicht ein wenig *passé*? Ich meine, diese Galle-und-Senf-Farbe. Salatgrün wäre viel kleidsamer.«

»Das ist mein Ziegenschwanz, du Hirnloser. Du weißt, daß ich keine Kleider trage. Das ist meine eigene Farbe. Unsereins ist nicht so eitel wie ihr himmlischen Heerscharen. Und du, du kannst ja kaum reden, mit den häßlichen Dingern an deinen Füßen.«

Hadriel streckte die Füße aus, wackelte mit ihnen und bewunderte seine Schuhe. »Sie sind ein Geschenk, Belphagor. In zehntausend Jahren hat mir noch niemand ein Geschenk gemacht. Ich gebe und gebe, aber selber bekomme ich nichts. Mir gefallen sie. Hat dir schon einmal jemand etwas geschenkt?«

»Du Kindskopf. Mir bringt man immerzu Opfergaben.«

»Die Opfergaben bekommst du, damit du etwas tust. Das sind keine Geschenke ohne Hintergedanken. Und obendrein sind deine Opfergaben ziemlich geschmacklos. Was war das noch, als du letztens nicht widerstehen konntest? Ein toter schwarzer Hahn, wenn ich mich recht entsinne. Und dafür haben dich die Tempelritter dann eingesperrt. Billig, Belphagor, du hast dich billig verkauft. Aber diese hübschen Schuhe hier –«

»Der war auch ein Geschenk. Er war ein Geschenk, weil . . . weil . . . weil sie mich nur um etwas gebeten haben, was ich ohnedies tun wollte. Und so was zählt nicht.«

»Zerstörung säen und Vergeltung üben, meinst du? Dazu braucht man einen hellen Kopf, Belphagor, und als ich das letzte Mal hingeschaut habe, war nicht viel davon zu merken.«

»Ich habe aber einen hellen Kopf. Und gerade in diesem Augenblick säe ich Zerstörung und übe Vergeltung. Ich werde diese Schiffe allesamt versenken. Ich hasse Hochzeiten. Nie werde ich dazu eingeladen.«

»Und was würdest du tun, wenn man dich einlüde?«

»Zerstörung säen und Vergeltung üben.«

»Genau. Und deshalb wirst du auch nie eingeladen, du Trottel.« Da sich Belphagor auf die Unterhaltung konzentrierte, legte sich der Wind. Er erschrak, sah sich um und bemerkte, daß sich die grauen Wolken teilten, und da wußte er, Hadriel hatte ihn hereingelegt. Er wandte den grimmigen Blick zum Himmel, feuerte den Wind an und zog die Unwetterwolken erneut zusammen. Dann blähte er sich etwas auf, erhob sich von seinem Sitz hoch in die Luft und ließ sich die ersten Regentropfen auf das wirbelnde, rauchige Grün seines nur zur Hälfte sichtbaren Körpers klatschen. Dann blickte er über die Schulter und höhnte über Hadriel, der noch immer in der Takelage unter ihm saß.

»Deine Worte werden dir noch leid tun, wenn ich die Schiffe allesamt versenkt habe und dazu dieses alberne pausbäckige Mädchen, dem du folgst. Blubb, blubb, blubb. Pferde, Wagen, Soldaten, Silber, Seidenkleider, Prinzessin, einfach alles. Hinunter damit auf den Meeresgrund. Dann kann der französische König nicht heiraten, und ich habe Vergeltung geübt und bin frei. Ha! Da erkennst du, wie schlau ich bin.« Der Wind blies jetzt heftig, und die Flotte verteilte sich auf den dunklen Wellen. Aus dem schwarzen Himmel goß es in Strömen. Mit den nassen Segeln und den vergoldeten und geschnitzten hohen Aufbauten waren die Schiffe buglastig und krängten, daß es Hadriel von seinem Sitz riß. Er entfaltete die großen Flügel und erhob sich in die wirbelnde Luft. Der Dämon lachte. »Siehst du? Selbst du gibst sie auf, du Fliegengewicht, du Niemand, du Federvieh!«

Regen lief Hadriel über Gesicht und Haar, als er erzürnt den Hauptmast des Schiffes packte und sich dagegen stemmte, damit er sich wieder aufrichtete. Das Rauschen seiner großen Flügel ging im Brausen des Windes unter. Doch der Dämon war älter und stärker, er packte den Mast von der anderen Seite und stemmte sich dagegen, dann setzte er sich darauf und hockte sich hin wie ein riesiger Aasgeier. Mit dem ganzen Gewicht seiner verderbten Jahrhunderte drückte er den sich wehrenden Engel nach unten. Die hohen Wellen kamen den Geschützpforten schon bedrohlich nahe. Man konnte eine Frau kreischen hören. Aus dem Inneren des Schiffes drangen die verzweifelten Rufe der Männer an den Pumpen, die sich in den aussichtslosen Kampf gegen das eindringende Wasser stürzen wollten.

»Warum?« rief Hadriel, und der Regen lief ihm wie Tränen über das Gesicht. »Warum dieses Schiff?« Der Mast neigte sich tiefer. Noch etwas tiefer, und das graue Wasser würde durch die Geschützpforten eindringen und das Schiff zum Sinken bringen.

»Habe ich dir doch gesagt«, höhnte der Dämon. »Weil es die Prinzessin an Bord hat. Und deinen kleinen Schützling. Meinen ersten Plan hast du hintertrieben. Ich wollte geboren werden, als Mensch auf Erden wandeln und Unheil stiften. Du hast meine Geburt vereitelt. Und jetzt nutze ich meine Freiheit auf andere Weise. Und übe Vergeltung an dir. Siehst du, wo ich bin? Über dir, Hadriel. Ich spucke dir auf den Kopf.« Dicht neben ihnen schlug ein Blitz ein, und Hadriels blasses Gesicht leuchtete sonderbar grünlich.

»An mir kannst du gern Vergeltung üben, aber damit hast du deine Freiheit noch lange nicht, du Einfaltspinsel.« Hadriel redete schnell und spöttisch und versuchte, Belphagor abzulenken. Die buschigen Augenbrauen des Dämons wölbten sich. Der Donner rollte.

»Aber natürlich doch. Und für ein kleines Ding kommt sie mich billig zu stehen.« Belphagor blickte selbstgefällig.

»Erinnere dich an den Zauberbann, mit dem dich die Tempelritter belegt haben. Das war nicht nur Vergeltung am König von Frankreich, das war Vergeltung am König von Frankreich und seinem ganzen Haus. Außerdem hast du den falschen König erwischt. Du willst König Philipp haben, und der ist tot. Aber frei bist du erst, wenn du dich an seiner ganzen Familie gerächt hast. Ha! Du bist lange Zeit eingesperrt gewesen, Belphagor. Wahrscheinlich zählt diese Familie jetzt Hunderte.« Blitze schossen im Zickzack an ihnen vorbei, ihr Strahl erhellte das dunkle Wasser.

»Erwartest du etwa, daß ich sie alle durchzähle? Die sind doch alle gleich. Außerdem sind es so viele.« Wieder krachte der Donner.

»Ein Zauberbann ist ein Zauberbann. Es ist aus mit dir, Belphagor. Keine Ferien mehr. Keine Besuche bei deinen Vettern in der Hölle. Und wenn ich mich recht entsinne, so ist Enepsigos sehr verärgert, weil du sie letztens nicht mehr besucht hast.« Hadriel ermattete merklich, so gewaltig war die Anstrengung, zu reden und das Schiff auf Kurs zu halten. Zum ersten Mal in zehntausend Jahren mischte sich Schweiß unter den Regen auf seinem Gesicht, und seine großen Flügel schlugen langsamer. Als sich das Schiffsdeck noch tiefer neigte, sprangen ihm die hungrigen Wellen entgegen. Rings um die beiden, den Dämon und den Engel, tobten die wütenden Winde. Unter ihnen fiel ein Seemann über Bord und ertrank.

»Enepsigos?« Belphagor blickte bestürzt. »Aber was sage ich der bloß?«

»Sag ihr, daß du zu dumm warst, dich von dem Zauberbann zu befreien, und warte ab, was geschieht«, erwiderte Hadriel, dessen Atem stoßweise ging.

»Aber . . . aber . . . sein *Haus*? Ich muß mich ja mit Ahnenforschung beschäftigen. Die vermehren sich doch wie die Ratten, diese Menschenwesen. Wer soll da noch mitkommen?« Hadriel schien es, als ob das Gewicht des Dämons nicht mehr so drückte. Das Schiff richtete sich wieder auf.

»Fang an zu studieren. Keine Besuche mehr, bis du dich

schlau gemacht hast.« Der Regen ließ nach, und der Donner rollte wieder in der Ferne.

»Ich kann nicht lesen, Hadriel. Du mußt mir helfen.« Allmählich beruhigten sich die Wellen.

»Dir helfen? Warum? Ich bin der Engel der Künste, nicht der Schutzengel der Dämonen. Außerdem hast du mich Federvieh genannt. Nein, Belphagor, das mußt du schon selber machen.«

»Aber wo soll ich anfangen? Wie stelle ich das an?«

»Laß von diesen Schiffen ab, Belphagor. Du mußt nach Paris reisen. Vielleicht einen hübschen Ausflug an die Loire machen und ein paar Klöster aufsuchen – französische Wappenkunde ist nämlich schwierig. Diese vielen Wappenfelder.« Die dicken Wolken begannen sich zu lichten. Die Schiffe hatten sich jetzt auf dem ganzen Ärmelkanal verteilt, nur drei befanden sich noch in Sichtweite des Flaggschiffs. Die verschwommene graue Linie vor ihnen am Horizont wurde höher und höher und erwies sich als der gezackte Umriß felsiger Klippen. Frankreich – und Sicherheit. Die Galeonen krängten gefährlich auf der wütenden See, und der anhaltende, böige Wind trieb sie immer weiter vom Ziel fort. Der Admiral zog die Signalflagge hoch, um seine Schiffe zu sammeln, und von Schiff zu Schiff klang Trompetenschall über den tödlich grauen Ozean und verhallte in der Leere.

Vom Geschützdeck aus konnte man überhaupt nichts sehen, außer festgezurrten Kanonen und lauter Seekranken, weil das Schiff so rollte. Alle Passagiere weinten und beteten, und sogar die Pferde unten im Bauch gaben gräßliche Laute von sich. Fünfhundert Menschen hatte man in dieses Schiff gepfercht, und so gab es fast nichts, woran man sich festhalten konnte, und als das Schiff sich erst zur einen Seite neigte und dann zur anderen, wurden Nan und ich ziemlich durchgeschüttelt. Dann legte sich das Schiff so auf die Seite, daß wir Wasser durch die Löcher kommen sahen, wo eigentlich die Geschütze durchgeschoben wurden. Da betete ich und betete und zählte all meine

Sünden auf und sagte, alles täte mir ja so leid, sogar daß ich häßlich zu Master Ashford gewesen war, obschon der es nicht besser verdient hatte. Aber es fiel mir schwer, beim Beten nicht an mich zu denken, denn es war gar zu schrecklich, in diesem beengten, dunklen Raum inmitten lauter krallender und klammernder Menschen zu ertrinken, die die Luken aufreißen wollten, doch die waren gut verschlossen, damit kein Wasser eindringen konnte.

Aber dann hörten wir ein Knirschen und mächtiges Gefluche, das Schiff bewegte sich nicht mehr, und die Kanoniere sagten, wir wären auf Grund gelaufen. Das Schiff lag irgendwie schräg, doch wenigstens krängte es nicht mehr, daß alle seekrank wurden. Dann hörte ich oben viel Gerassel und Geklapper, Schritte und Stimmen, und da lugten Nan und ich aus einem der kleinen Löcher für die Kanonen, und siehe da, man ließ Boote zu Wasser, die sollten die Prinzessin und ihr Gefolge an Land bringen. Zunächst schickten sie Ritter vor, doch die Wellen gingen sehr hoch, und sie mußten tüchtig rudern, um mit den kleinen Booten an Land zu kommen, und dort mußten sie herausspringen und ans Ufer waten. Dann holten sie die Prinzessin und ihre Damen und Mutter Guildford, und alle zusammen waren nicht gerade wenig, und da kam eine große Welle und spritzte alle naß. Und jeder mußte durch das kalte Wasser ans Ufer waten, nur die Prinzessin nicht, die wurde von einem ihrer Ritter an den Strand getragen.

»Ha, damit wird der sich verdient gemacht haben«, meinte Nan, die, was Ritterlichkeit angeht, eine Zynikerin ist und sagt, im Grunde genommen geht alles nur ums Geld.

»Nan, er ist ihr treu ergeben. Es steht in meinem Buch, daß es einem Mann von Stand ein Vergnügen ist, seiner Dame auf diese Weise ehrenhaft zu dienen.«

»Du und dieses Buch«, brummelte Nan. »Du schwebst in den Wolken. Was machst du, wenn es regnet?«

»Soweit ich sehen kann, hat es gewaltig geregnet, Nan, und meine Wolken sind noch immer da. Ist dir nie der Gedanke gekommen, daß es mir vielleicht so gefällt? Ich bin erwachsen,

Nan, ich kann wählen. Ich will in den Wolken schweben, statt durch die Gosse zu gehen.« Nan schüttelte den Kopf. Es klapperte, die Luken wurden geöffnet, Tageslicht strömte herein. Oh, wie roch nach dem Gestank von Erbrochenem und all den vielen Menschen unter Deck die Seeluft gut.

»Wo sind wir?« rief jemand zu den Seeleuten hinauf.

»Vor Boulogne. Wir sind in der Hafeneinfahrt auf Grund gelaufen. Ihr solltet die hohen französischen Herren sehen, die alle am Kai warten.« Nan und ich kletterten mit den übrigen auf das schiefe Deck, doch ich trennte mich nicht von meiner Kiste, auch wenn man uns sagte, das Gepäck bleibt da. Aber als ich dann an der Schiffsflanke hinunterblickte und die klitzekleine Strickleiter sah, die schaukelte und zappelte, und das klitzekleine Boot, das tief unten auf und ab tanzte, da hatte ich sogar ohne Kiste Angst vor dem Hinunterklettern. Ich muß wohl sehr erschrocken ausgesehen haben, denn ein netter Mann mit Ohrring, ein Seemann, lachte mich an und fragte, was denn in der Kiste wäre, meine Juwelen etwa? Und ich sagte, etwas viel Wichtigeres als das, es wären meine Farben, die ich brauchte, um mir den Lebensunterhalt zu verdienen, und wenn sie weg wären, würde ich kaum genau die gleichen wiederbekommen. Und da kletterte er selbst mit meiner Kiste hinunter und half Nan und auch mir, aber ich blieb mitten auf der Leiter stecken und konnte mich nicht mehr rühren, obschon mir die Leute vom Deck und unten aus dem kleinen Boot gut zuredeten und sagten, ich solle weitergehen und nicht anhalten, sonst hinge ich da noch am Sankt-Nimmerleins-Tag. Ich muß schon sagen, Seereisen sind wirklich nicht meine Sache.

Wir waren alle durchnäßt, und der Himmel war ganz grau und kalt, und das machte die Sache auch nicht besser. Es war alles sehr verwirrend, die Leute schrien, und die hohen Herren hielten Begrüßungsansprachen, und jeder schien jeden vergessen zu haben, vor allem aber so geringe Leute wie uns. Während man die Pferde vom Schiff holte, die hinter den Booten herschwimmen mußten, suchten Nan und ich uns ein Plätzchen zum Aufwärmen. Wir fanden eine Schenke mit dem

Schild eines Riesen, der sich mehrere Schafe in den Rachen stopfte, und alles sprach Französisch. Aber in der fremden Sprache, die mir nur so im Kopf herumschepperte, war es schwierig, einen Platz am Feuer zu ergattern. Außerdem drängelten sich dort schon widerliche fremdländische Seeleute und sagten Sachen, die in meinen Französischlektionen nicht vorgekommen waren.

»Und ich dachte, du kannst Französisch«, sagte Nan, nachdem sie einem Mann, der mir an den Busen fassen wollte, eins mit der Hand übergezogen hatte.

»Ich kann auch Französisch. Richtiges Französisch. Das hier ist nicht richtig. Außerdem reden sie viel zu schnell.«

»Kurzum, wir sitzen in einem fremden Land fest, wo wir niemandem verständlich machen können, daß wir für unser Essen bezahlen wollen, anstatt unsere Gunst zu verkaufen. Was um Himmels willen tun wir jetzt?« So durcheinander hatte ich Nan noch nie erlebt.

»Wir werden uns etwas zu trinken bestellen«, erwiderte ich, und dann sagte ich in meinem allerschönsten Hof-Französisch, daß wir gerade aus England gekommen seien, zum Gefolge der Prinzessin gehörten und zu essen und zu trinken haben wollten. Ich weiß nicht recht, ob es ganz richtig herauskam, denn alle lachten, und ein Mann blies sich auf und tat so, als wäre er eine Dame mit einer langen Schleppe, und andere wiederum riefen dem Besitzer genau meine Worte zu, und das auch noch mit meinem Akzent, denn den fanden sie vermutlich lustig, und eine große, gestreifte Katze kam zu mir und legte sich auf meine Füße. Kurzum, es ging zu wie im Brauhaus ›Zur Ziege und zum Krug‹, nur daß wir drinnen waren, was allemal ein Fehler ist. Dann kam eine Frau mit fremdländischem Kopfputz, drosch mit ihrem Besen auf alle ein und sagte schon wieder etwas, was ich nicht verstand, und ihr Mann kam und fragte, ob wir Geld hätten, und das verstand ich, und so ordnete sich schließlich alles.

»Siehst du wohl, Nan, ich kann doch Französisch«, sagte

ich, als wir es uns bei einem sehr guten Würzwein und Hühnchen mit Brot gemütlich machten.

»Nicht genug, das sieht doch ein Blinder. Was soll hier bloß aus uns werden?« sagte sie und blickte sich unglücklich in dem überfüllten Raum mit der niedrigen Decke und dem Fußboden aus gestampftem Lehm um. Ringsum drängten sich Seeleute aller Nationen, tranken und würfelten. In einer Ecke saß eine Frau einem Mann auf dem Schoß, und einige Betrunkene sangen, doch jeder etwas anderes. Aber das Feuer war groß und wärmte, und als wir wieder trocken waren, schöpften wir neuen Mut.

»Nun, ich male alte Damen jung und junge Damen schön und alle Männer mit feurigem Blick, und wir sparen tüchtig Geld, und dann fahren wir wieder heim«, antwortete ich.

»Das geht nicht«, sagte Nan. »Wolsey stellt dich nicht wieder ein, wenn du die Prinzessin verläßt, und die wird Königin und dann Königinmutter, und wir müssen bis an unser Lebensende unter all diesen Ausländern leben.«

»Es wird schon alles gut, Nan, warte nur ab«, sagte ich. »Wir werden in einem Palast wohnen und uns nur noch in Seide kleiden.«

»Ein französischer Palast«, brummte Nan.

Es dauerte mehrere Tage, bis sich die Hochzeitsgesellschaft der Prinzessin wieder zusammengefunden hatte, und während wir auf Nachricht von den Schiffen warteten, machte ich mehrere Skizzen von den Damen in dem großen Haus, in dem die Prinzessin und ihr Hofstaat residierten. Während die großen Karren und die Pferde, die Zelte und die Gewänder für die Reise nach Abbeville bereitgemacht wurden, wo sie den französischen König heiraten sollte, kam uns zu Ohren, daß die ›Lubeck‹ untergegangen sei. Von den fünfhundert Soldaten und Seeleuten an Bord waren nur hundert gerettet worden, die es mit den treibenden Trümmern auf die Felsen gespült hatte. Alles freute sich, daß das Schiff nicht das Brautsilber an Bord gehabt hatte. Ich machte den Offizier ausfindig, der die Botschaft gebracht hatte, und traf ihn an, als er gerade sein Mietpferd in den Stall führte. Er war hohläugig und unrasiert und wirkte wie ein Gespenst in der festlichen Stimmung ringsum, wo livrierte Stallknechte sogar die Hufe der weißen Zelter vergoldeten und pfeifende Stalljungen sich mit klirrendem, frisch poliertem Zaumzeug vorbeidrängelten.

»Seid Ihr der Mann von der ›Lubeck‹?« fragte ich, und als er meine Stimme hörte, kehrte er der Bucht den Rücken zu.

»Ja, das bin ich«, sagte er bedächtig.

»Ich ... ich hätte gern Nachricht. Von einem Mann ... und einem Jungen.« Er machte eine grimmige Miene und schwieg.

»Auf der ›Lubeck‹ waren sechs Jungen. Keiner ist an Land gespült worden.«

»Nein ... kein Schiffsjunge. Ein Junge in rotbraunem Lederwams und grauer Kniehose. Braunes Haar. Gerade erst vierzehn Jahre alt.«

»Euer Sohn?«

»Nein, mein Lehrjunge. Er ... er hat mir die Farben zerstoßen.«

»Den habe ich nicht gekannt. Stand er auf der Liste?«

»Vielleicht ... vielleicht auch nicht.«

»Dann kann es sein, daß er noch lebt. Man hat die Überlebenden nach Calais gebracht, wo viele krank daniederliegen. Ihr könntet Nachricht schicken. Habt Ihr gerade ›Farben‹ gesagt? Dann müßt Ihr die Malerin sein, von der ich gehört habe.«

»Dann habt Ihr mit meinem Jungen gesprochen? Ihr habt ihn also gesehen – ehe das alles –«

»Nein, mit Wolseys Mann. Ashburn oder so ähnlich. Der hat andauernd zur ›Great Harry‹ hinübergestarrt, bis wir sie aus den Augen verloren haben. Er hat mir erzählt, dort an Bord gäbe es eine Frau, die sei Malerin und wolle nach Frankreich. Er hat gesagt, er wäre verloren, lebendig oder tot. Das hat ihm wahre Heldenkräfte verliehen, als uns der Sturm packte.« Der Mann sah mich mit hohlem Blick an und schüttelte den Kopf. »Komisch. Ihr seht mir gar nicht nach einer Verführerin aus. Er hat mich gefragt, ob ich schon einmal eine verhängnisvolle Zuneigung empfunden hätte. Ich habe ihm gesagt, so was würde mir nicht im Traum einfallen.« Master Ashford. Hatte er das alles hinter einer abweisenden Fassade und harten Worten verborgen? Hatte mich mein Gefühl doch nicht getrogen?

»Dann wurde auch er gerettet?«

»Er? Nein. Man erzählt sich, er hätte sich auf dem oberen Geschützdeck befunden, als sich die Kanonen losrissen. Wie ich gehört habe, hat es ihn zermalmt, Mistress, und über Bord gespült. Ihn und die anderen. Tot. So viele tot. Ihre Brustharnische haben sie nach unten gezogen. Ich hatte zwei Brüder auf dem Schiff. Ich kann es einfach nicht fassen –« Er schüttelte den Kopf, dann wandte er sich wieder zur Stalltür.

»Aber Master Ashford hat ganz gewiß keine Rüstung getragen.« Ich wollte ihn sehen, mit ihm reden. Merkwürdig, aber jetzt überfiel mich die Erinnerung an seinen breiten, in Wolle gekleideten Rücken. Er konnte nicht tot sein. Warum sollte ich um ihn trauern, wo wir doch nur frostige Worte gewechselt hatten?

»Warum ich? Warum wurde ich, der Sünder, der größte Sünder von uns allen, verschont? Warum mußte es mein armer Jimmy sein?« Der hohläugige Mann blickte immer geistesabwesender.

»Habt Ihr sie denn nicht schwimmen sehen?«

»Schwimmen? Kein Seemann kann schwimmen. Es bringt Unglück, einen Schwimmer an Bord zu haben. Warum wurde ich verschont. Habt Ihr eine Antwort, Mistress? Hat irgend jemand eine Antwort?«

»Gott kennt die Antworten. Es war Sein Wille.«

»Gott! Was nutzen mir Seine Antworten, wenn Er sie nicht laut äußert? Das sind überhaupt keine Antworten. Gott schweigt! Warum ist unsere Sünde so groß, daß Gott schweigen muß?«

Ich floh vor dem Mann und merkte, daß mir die Tränen übers Gesicht liefen, und während der Nacht verfolgten mich seine trübsinnigen Fragen. Ich setzte mich im Dunkeln auf, lauschte auf den Atem der Dienerinnen ringsum und dachte, wenn ich doch nur nicht für Toms Überfahrt bezahlt hätte, wenn ich doch nur nicht so selbstsüchtig, so dickköpfig und so stolz auf meine Schlauheit gewesen wäre. Und Robert Ashford. Wie seltsam, wie dumm. Was war das, was mir so zusetzte? Unsere Wege hatten sich kaum gekreuzt, und nun war er nicht mehr. Ist es möglich, daß es überall auf der Welt Menschen gibt, die sich vielleicht gut leiden möchten, sich aber nie begegnen? Oder wenn sie sich begegnen, dann sagen sie sich harte Worte statt freundlicher und finden daher nie heraus, was ihnen eigentlich bestimmt war. Wohin wandert die ganze verschwendete Liebe, wenn man sie durch Mißverständnisse, durch Angst verspielt? Wird sie irgendwo aufgehoben, all die Tränen um etwas, was man nie gekannt und gleichwohl verloren hat? Hör auf, Susanna, sagte ich zu mir. Deine Phantasie geht wieder einmal mit dir durch. Als er noch lebte, war er unausstehlich, und du hast ihn nicht einmal gemocht. Und jetzt, wo er tot ist, willst du ihn zu deiner verlorenen, tragischen Liebe hochstilisieren. Du bist gefühlsduselig, nicht vernünftig und noch viel weniger ehrlich. Das ist genauso dumm wie damals, als dir Master Dallet leid getan hat, weil er so seicht war, und dabei hättest du dir lieber selber leid tun sollen.

Und dann sah ich ihn vor meinem geistigen Auge, wie er versuchte, Tom nach Haus zu schicken. Ich hätte auf ihn hören sollen. Er hatte recht. Er hatte die Vorahnung, die den dem Untergang Geweihten gegeben ist. Er wollte Tom retten, aber es sollte nicht sein. Wie ein bekümmerter, mißbilligender Nachtgeist schien Master Ashford in dem Dunkel unter der Zimmerdecke zu schweben. Der Kummer zerriß mir schier das Herz.

Kapitel 15

Ihr sagt, daß sie schön ist? Dann hat das Gemälde nicht gelogen?« Regen prasselte gegen die schmalen gotischen Fenster des Hôtel de la Gruthuse, der Residenz des Königs in Abbeville, die ungefähr fünfzig Meilen vom Hafen von Boulogne gelegen war. Dort wollte er seine neue Königin in aller Pracht empfangen. Hunderte von Soldaten, hohe Beamte, einflußreiche Prälaten und die edelsten Familien des Landes waren in die kleine Stadt eingefallen. Ihnen folgten Heerscharen von Köchen, Dienern, Musikanten, Fahnenmalern und Schreinern, die für die Lustzelte, Festmähler und Bälle zu ihrem Empfang zu sorgen hatten. Alles schwärmte jetzt durch die Säle, Küchen und Keller des großen Hauses. Gut vier Dutzend Höflinge warteten dem König auf, obwohl der Anlaß inoffiziell war.

»Euer Majestät, sie ist schön wie ein Engel«, sagte Kardinal d'Amboise und beugte sich ein wenig zum König, der auf einem großen, gepolsterten Stuhl saß und den Gichtfuß auf einen Schemel stützte. »Monsieur de Vendôme war mit mir am Kai, um sie zu begrüßen. Er wird meine Worte bestätigen.«

»Ein Paradies«, sagte der Duc de Vendôme. »Worte werden ihrer Schönheit nicht gerecht.«

»Ja, ja, ein Wunder an Schönheit«, murmelten die Höflinge, von denen die meisten sie noch nie erblickt hatten.

»Wie ist es nur möglich, daß ausgerechnet England solch ein Wunder hervorgebracht hat«, sagte der König. »Diese . . . Händler. Nicht zu glauben, Monsieur d'Amboise, aber der englische Gesandte wollte tatsächlich die Juwelen sehen, meine Morgengabe an die Königin, und er hat gebeten, daß alle nach England geschickt werden. Ich habe ihm gesagt, sie bekommt sie eins nach dem anderen, nach der Hochzeit, und sie muß jedes Schmuckstück mit vielen Küssen bezahlen.« Die Augen des Königs glitzerten voller Vorfreude, und ein wölfisches Lächeln huschte über sein von Krankheit gezeichnetes Gesicht.

»Oh, wie recht, Majestät. Das wird eine erfreuliche Bezahlung sein.«

»Ich kann nicht mehr warten. Ich muß sie sehen.«

»Das geht nicht, Majestät. Bis zum offiziellen Empfang hier darf nicht einmal ein königlicher Bräutigam seine Braut sehen.«

»Aber ich bin der König. Ich werde es einzurichten wissen . . . inoffiziell. Zufällig. Eine Jagdgesellschaft. Ich werde sie *en route* überraschen. Schickt Monsieur d'Angoulême, der zu ihrem Empfang nach Etaples geritten ist, Nachricht, daß meine Jagdgesellschaft rein zufällig im Wald von Anders zu ihnen stoßen wird. Er soll vorausreiten und alles richten.« Binnen Minuten verließ ein Eilkurier die Ställe mit der Botschaft, daß der König auf der Jagd Goldbrokat über Purpurrot tragen würde, damit Mary die Farben ihrer Reisekleidung darauf abstimmen konnte, denn die Sitte verlangte, daß der König und die Königin von Frankreich stets in die gleichen Farben gekleidet sein mußten, wenn sie in der Öffentlichkeit auftraten.

Im Wald hingen die letzten goldenen Blätter an den Bäumen, die sich hoch über der schlammigen, ausgefahrenen Straße wölbten, welche das Gefolge der Prinzessin eingeschlagen hatte. Vor ihr ritten mehr als hundert Männer: Edelleute und Botschafter, uniformierte Knappen, Herolde, Stabträger, Trompeter. Hinter ihr folgte die Reihe der schweren vergoldeten Wagen mit ihrem riesigen Troß aus Damen, Dienerinnen und der umfangreichen Garderobe, alles quälte sich durch den Morast, und jeder Wagen wurde von sechs hintereinander angespannten großen Pferden gezogen. Eine Nachhut von zweihundert Mann folgte den Wagen, ihre militärische Eskorte, vermindert um die Soldaten, die mit der ›Lubeck‹ untergegangen waren. Als in der Ferne die Jagdhörner des Königs erklangen, hielt der Zug auf einer großen Wiese, die bereits braun und fleckig war, denn der Winter stand kurz bevor. Etwas weiter entfernt waren die leuchtenden Uniformen der königlichen berittenen Leibwache durch die Bäume zu sehen. Die zweihundert Soldaten der königlichen Jagdgesellschaft strömten auf die Lichtung, teilten sich und machten einer Gruppe von Edelleuten und Prälaten Platz, die den König umringte, so daß diese sich der englischen Gruppe nähern konnte. Darauf zogen sich die englischen und die französischen Edelleute zur gleichen Zeit zurück und ermöglichten die »zufällige« Begegnung. Die Prinzessin zügelte ihren weißen Zelter und spielte die Überraschte. Sie trug Goldbrokat und ein purpurrotes Hütchen, das sie sich keck schräg in die Stirn geschoben hatte. Ihr zarter, rosiger englischer Teint, ihre schlanke Gestalt und ihre strahlende Jugend entlockten den französischen Edelleuten, die neben dem König ritten, bewunderndes Gemurmel.

»Aber ihr Haar – es ist ja rot«, flüsterte einer der französischen Adligen. Rotes Haar galt bei den Franzosen als Zeichen eines ungezügelten geschlechtlichen Appetits und von Hochnäsigkeit.

»O nein, ganz und gar nicht, es ist golden«, antwortete ein taktvollerer Höfling.

»Eher ein rötliches Gold«, setzte ein anderer hinzu. Hinter ihm wurde gekichert.

»Hoffentlich hat sich der König mit der nicht übernommen.«

Über dem Klirren und Knirschen des Zaumzeugs und dem Stampfen der Pferde waren Stimmen zu hören, die auf englisch widerwillig die prächtige Aufmachung des französischen Königs bewunderten. Berechnende Blicke schätzten auf beiden Seiten den Gesundheitszustand des ältlichen Herrschers ab.

»Seht ihn Euch an, diesen Greis, wie er sich die Lippen leckt und wie ihm das Wasser im Mund zusammenläuft«, flüsterte der italienische Botschafter hämisch seinem Nebenmann zu. »Wenn der französische König die Frühlingsblumen noch erlebt, dann dürft Ihr auf fünfhundert Jahre hoffen.«

Der König saß auf einem spanischen Kriegsroß, das Schabracken aus schwarz und golden kariertem Brokat trug. Er ritt jetzt auf sie zu, und sie neigte vor ihm den Kopf mit dem kekken Hütchen. Er lächelte und zügelte das Pferd. Sie winkte einen Lakai heran, damit er ihr beim Absteigen behilflich war und sie dem König feierlich huldigen konnte, doch er bedeutete ihr einzuhalten. Helle und durchtriebene Augen blickten in die dunklen, hungrigen Augen Ludwigs XII., und da wußte die junge Braut, daß er ihr verfallen war. Der große König war besiegt. Sie brauchte ihn nur noch festzuhalten. Lächelnd warf sie ihm vom Pferd aus eine Kußhand zu. Und der König trieb sein großes Roß dicht an sie heran, legte ihr die Arme um den Hals und küßte sie vor den Augen der berittenen Gesellschaft. Niemand konnte hören, was er sagte, aber sie lächelte und nickte, und dann redete wiederum er und lächelte. Darauf machte er kehrt und gab seiner Leibwache ein Zeichen, bei der Prinzessin zu bleiben. Die »Zufallsbegegnung« war vorüber. Der König hob die behandschuhte Hand, und auf dieses Zeichen hin kam Franz von Angoulême auf seinem großen kastanienbraunen Hengst zum weißen Zelter der Prinzessin. In diesem feierlichen Augenblick galten für den König nur Rang und höfische Hierarchie, daher fiel die Wahl als Begleiter seiner neuen Königin auf ihn. Und sorglos wie ein Kind, das mit dem Feuer spielt, stellte der alte König seiner jungen Braut für den Rest ihrer Reise den erfahrensten Verführer am ganzen Hof zur Seite. Er versammelte seine ältlichen Edelleute um sich und wandte das Pferd in die Richtung, aus der er gekommen war. Als die Hörner den Aufbruch des Königs und seiner Begleitung verkündeten, wandte sich Franz an Mary.

»Die Reise dürfte lang und langweilig werden«, sagte sie und warf ihm unter gesenkten Wimpern einen Blick zu. Endlich einmal ein Franzose, der nicht zu kurz geraten war. Ein Franzose von Rang und in einem Alter, das ihre Jugend richtig zu würdigen wußte, auch wenn seine Nase zu lang und seine

Augen ein wenig zu schmal und zu listig waren. Sie wußte Komplimente von einem Jüngeren und sichtlich Verzauberten zu schätzen. Vielleicht war es am Hof des alten Königs ja doch nicht so langweilig, wie sie gedacht hatte.

»In Gegenwart einer solchen Schönheit kann die Reise gar nicht langweilig werden«, erwiderte Franz, doch sein Faunslächeln und sein vielsagender Blick gaben der beiläufigen Artigkeit etwas Zweideutiges. Wie lieblich, wie unendlich begehrenswert, dachte er. Hast du ihre Kußhand gesehen, merkst du, wie sie mit dir redet? Engländerinnen. Wild, ungesittet, unmoralisch. Eine geübte Verführerin. Und rothaarig. Neigt zu ungezügelter Wollust. Sobald die Hochzeit vorbei ist, wird sie einen Liebhaber brauchen, dachte er. Mit der Sorte kenne ich mich aus. Franz verspürte schon den Kitzel der Jagd: Heimlich Dienerinnen bestechen, auf den warnenden Pfiff der Wache am Fenster lauschen, durch Geheimgänge verschwinden, all das gehörte zur gestohlenen Lust im Bett eines anderen Mannes. Welch ein Triumph, die Frau eines anderen zu erobern. Und welch ungleich größerer Triumph, wenn sie eine Königin war.

Kapitel 16

Und ich sage Euch, wir kommen im Hochzeitszug gleich hinter der Königin.« Ich hörte Stampfen und Klirren. Wenn sie mit Sachen durch die Gegend werfen, bleibe ich besser draußen, dachte ich. Aber das ist der Haken, wenn man Dienstbote in einem vornehmen Haus ist. Man hat keine Wahl. Denn wenn ich wählen könnte, würde ich lieber keinen Stiefel an den Kopf bekommen, sondern mich mit Triefnase und Fieber zu Bett legen. Mein übliches Pech, daß ich bei meinem Botengang mitten in einen Streit geraten mußte.

»Und ich sage Euch, nicht die Flötenspieler kommen zuerst, sondern die Trompeter. Schließlich sind wir vor ihr in die Stadt eingezogen.« Trompeter haben gewaltige Lungen. Ich nieste schon wieder in meinen Ärmel und hielt mir die Ohren zu. Dann atmete ich tief durch und betrat den Schlafraum der Musikanten, der zuvor ein Weinkeller gewesen war. Da sich die Besitzer mit Musikanten auskannten, hatten sie die Fässer ausgelagert.

Man hatte der Prinzessin und ihrem großen Gefolge ein Haus gegeben, das von dem großen, häßlichen, alten Hôtel de la Gruthuse nur durch einen Garten getrennt war. Es war alles sehr beengt, denn außer den hochadligen Gästen hatte sie aus England fünfundsiebzig Edelleute und Männer von Stand mitgebracht, dazu fünfzig Haushaltsbeamte, darunter ihren Sekretär, ihren Kammerherrn, ihren Schatzmeister, ihren Almosenpfleger und ihren Arzt, sowie mehr als vierzig Damen und Edelfräulein als Gesellschafterinnen und obendrein Lady Guildford, die seit Kinderzeiten ihre Erzieherin und jetzt ihre

Oberhofmeisterin war. Und das ungerechnet all der Lakaien, die immer auf Trab waren, der Stalljungen und Diener, der Hofnarren und meiner Wenigkeit. Man kann sich unschwer vorstellen, wie jeder jederzeit über jeden stolperte, weil alle beweisen mußten, wie nahe sie der Königin standen, und daher stritten sie sich, wer an erster Stelle gehen durfte.

»Nein, nein, nein«, rief ein schlanker Priester. »Als erste in der Prozession hinter der Königin und ihren Pagen kommen die psalmodierenden Priester und Knaben, dann die Instrumente, dann die Trompeter, und die schwenken dann aus und stellen sich zu beiden Seiten des Saals neben der Estrade auf. Oh! Was wollt Ihr denn hier?«

»Sagt ihr, sie soll hier drinnen nicht niesen. Sie vergiftet die Luft.«

»Mutter Guildford möchte, daß ein Flötenspieler Mistress Boleyn zur Laute begleitet, während die Königin für das Bankett angekleidet wird.« Ich wischte mir schon wieder zierlich die Nase im Ärmel.

»Und einen Sänger?« Die Stimme des Schreibers klang kläglich.

»Nein danke, Mistress Boleyn und Mistress Gray singen sehr hübsch. Und Lady Guildford duldet nicht mehr Männer als nötig im Gemach der Königin.« Da gab es wieder einmal ein tüchtiges Gemurre und Geknurre, was für ein Drachen Mutter Guildford doch sei, und am Ende wählten sie einen aus ihrer Mitte. Der zog sich eilig seine Livree an und folgte mir die Wendeltreppe hinauf und die Flure entlang zu den Staatsgemächern.

Inmitten des ganzen Aufruhrs, der Drängelei und der Eifersüchteleien ging ich in den Gemächern der hohen Damen ein und aus, ohne daß sie mich richtig wahrnahmen, trug meinen Malkasten, wohin ich auch befohlen wurde, und Lady Guildford schenkte mir ihre Gunst, weil ich in England ein Bild von ihr gemalt hatte, auf dem sie ungemein vornehm und faltenlos aussah. Und wenn wir an einem verregneten Nachmittag spielten und musizierten, war ich auch da und vergnügte alle mit

Skizzen von Gewändern und Gesichtern. Weil ich mich über den Verlust des armen Tom und Master Ashfords hinwegtrösten wollte, hatte ich mit einem kleinen Tafelbild von dem triumphalen Einzug der Königin in Abbeville begonnen, und alle Damen äußerten sich zu meinen Fortschritten und baten, ich möchte ihr Gesicht blasser und ihr Geschmeide größer malen. Wenn ich also die ganze Pracht malte – eine Welt, die schöner war als die wirkliche –, dann linderte das den Schmerz ein wenig. Das hölzerne Tafelbild war elegant und maß nicht mehr als drei Handspannen, und unsere Prinzessin, die jetzt als Königin von Frankreich angeredet wurde, saß im Mittelpunkt in ihrer Sänfte und strahlte wie die aufgehende Sonne.

Abgesehen von dem Flötenspieler und einem sehr alten Türsteher, waren die Frauen an diesem ruhigen Nachmittag unter sich, die Ehrenjungfrauen bürsteten der Königin das Haar und schnürten sie in ihr Staatsgewand für das Empfangsbankett und den Ball, der ihr zu Ehren vom Herzog und der Herzogin von Angoulême gegeben wurde. Zwei Damen öffneten ihre Schmuckschatulle, und zwei weitere säuberten ihren Umhang und ihre Schuhe. Trotzdem warteten noch viele darauf, ihr helfen zu dürfen, oder sangen schöne englische Lieder zum Klang von Laute und Flöte. Die Musik mutete in diesem überladenen fremdländischen Gemach seltsam an. Ich arbeitete in einer Ecke an einer Zeichnung von Mistress Boleyn mit der Laute, die sie ihrem Vater schicken wollte. Mutter Guildford hatte alles gelassen im Blick und sah hin und wieder mit Adleraugen von ihrem Stickrahmen auf.

Da wurde die Tür jählings aufgerissen. Alle fuhren herum und machten große Augen. Hinter der offenen Tür hörten wir Männer Französisch sprechen und lachen. Der bleiche Türsteher hatte kaum Zeit, den Herzog von Angoulême anzumelden, als auch schon mehrere stark angetrunkene Männer in das Gemach eindrangen. Den Hochgewachsenen in Damastschaube und purpurroter Kniehose, den erkannte ich von den Feierlichkeiten her. Herzog Franz, betrunken und schwankend und mit zurückgeschobener Schaube, so daß Schlitzwams und bestickte Schamkapsel zu sehen waren. Neben ihm ein dunkelhaariger Mann, den ich auch schon einmal gesehen hatte, und dahinter noch zwei, die mir ebenfalls bekannt vorkamen. Mutter Guildford legte ihren Stickrahmen beiseite, eilte zur Tür und vertrat ihnen den Weg.

»Monsieur, Ihre Majestät empfängt zu dieser Stunde niemanden. Sie ist für einen Besucher Eures Ranges nicht passend gekleidet«, sagte die alte Dame fest.

»Unsinn, sie ist meine verehrte Mutter.« Der Herzog schwankte beim Sprechen. »Ich bin gekommen, um ihr zu huldigen. Seht Ihr, Bonnivet? Ich hatte recht mit der Haarfarbe. Rot, röter, am rötesten. Entweder seid Ihr blind, oder Ihr habt aus Höflichkeit gelogen.« Der Königin floß das lange Haar über die Schultern, da man es noch nicht unter ihren Kopfputz gezwängt hatte. Ich bekam ihren erschrockenen Blick mit, sie machte den Eindruck, als sähe sie den Mann, den Mutter Guildford nicht in ihr Gemach lassen wollte, in einem ganz neuen Licht, als Bedrohung.

»Aus dem Weg, Weib, Monsieur d'Angoulême wünscht seinen Ehrengast mit gebührender verwandtschaftlicher Zuneigung zu begrüßen«, sagte der Mann, den er Bonnivet genannt hatte.

»Vor dem Bankett empfängt die Königin von Frankreich nicht«, verkündete Mutter Guildford. Die Damen der Königin nutzten den Aufschub und drängten sie in ein Vorzimmer, wo der Herzog und seine Kumpane sie nicht sehen konnten. Ich bemerkte, daß der Herzog die Augen zusammenkniff. Er war es nicht gewohnt, daß man ihm in die Quere kam, soviel stand fest, und schon gar nicht bei Frauen. So sind die Franzosen. Empfindlich. Vor allem in diesen Dingen. Dauernd ziehen sie das Schwert, nur weil jemand auf ihren Schatten getreten ist oder sich beleidigend über den Wuchs ihres Schnurrbarts geäußert hat. Ich konnte sehen, daß er mit sich kämpfte, ob er Krach schlagen und die alte Dame zur Seite schieben sollte, doch die würde wahrscheinlich kreischen und einen schrecklichen Aufstand machen, aber ich konnte auch sehen, daß er trotz seiner Volltrunkenheit sehr beleidigt war, weil er seinen Kopf nicht durchsetzte.

»Die Frau nimmt sich zu wichtig«, knurrte er und drehte sich um. »Die soll mich kennenlernen.« Mißvergnügtes Geschimpfe folgte ihnen, als sie von dannen schwankten.

»Wirklich ein furchtbarer Skandal, Nan. Und ich glaube, der Herzog hat sie unbekleidet erwischen wollen.« Endlich lag ich zusammengekuschelt im Bett, hatte mich gegen die Kälte gut eingemummt und hustete so laut wie die Posaune des Jüngsten Gerichts. Alle waren zum Bankett gegangen, und da es in einem Flügel des königlichen Hôtel stattfand, konnten wir den Stimmenlärm und die Musik aus dem Saal hören und dazu das Gerenne von Köchen und Lakaien, wir brauchten nur die Fensterläden unseres kleinen Bodenfensters aufzumachen.

»Oh, wenn du wüßtest, was ich von dem Jungen gehört habe, der den Bratspieß dreht – siehst du, was ich mitgebracht habe? Das vermißt gewiß keiner, es ist ja so viel da. Und bei dem ganzen Gerenne und Gelaufe haben sie mich gar nicht bemerkt. Da draußen geht es hoch her. Auf der anderen Seite der Stadt hat man ein großes Freudenfeuer entzündet. Alles feiert.« Sie zog die Serviette von der Schüssel und zeigte mir, was sie mitgebracht hatte: ein paar Scheiben Schinken, schön würzig und heiß, dazu einen Laib Brot und eine Taschenflasche französischen Wein.

»Oh, Nan, bist du durchtrieben. Was würde ich bloß ohne dich anfangen? Hmm, sieht das gut aus. Ich werd's schon überleben.«

»Aber natürlich, Gott sei's gelobt, doch nicht, wenn du soviel durch die Gegend rennst. Oder möchtest du, daß sich der Husten in der Brust festsetzt? Heute abend mache ich dir einen Umschlag. Aber jetzt erzähle ich dir das von dem Jungen. Der sagt, er hat es vom Koch, der sogar noch besser Französisch spricht als du, und der hat es von einem Mitglied des herzoglichen Haushalts. Dieser Mann hat immer Appetit, einfach immer. Wenn er in Paris ist, kümmert er sich nie um seine Geschäfte, sondern treibt sich mit seinen Freunden in übel beleumdeten Häusern herum – mit diesem Bonnivet und Fleurange und Männern, mit denen er aufgewachsen ist, alles abgebrühte Radaubrüder. Sie reiten durch die Straßen und halten nach geeigneten Frauen Ausschau, die verfolgen sie dann nach Haus und fordern sie von ihren Ehemännern oder Vätern – oder täuschen oder bestechen sie. Ein ›Nein‹ kennen die nicht. Und die Frauen bei Hofe – oh! Man kann seine Eroberungen nicht mehr zählen, und dabei ist er erst zwanzig. Seine Schwester und seine Mutter, die drücken beide Augen zu. Und dann erst seine Schwester, die Herzogin von Alençon. Die soll sogar ein Buch schreiben.«

»Ein Buch? Aber sie ist doch keine Nonne? Also, Nan, das ist wirklich skandalös.«

»Der Skandal ist noch viel schlimmer. Man munkelt, daß es ein schmutziges Buch ist, Mistress Susanna, ein Buch mit schlüpfrigen Geschichten, die sie über die Liebeleien bei Hofe gesammelt hat.«

»Oje. Schneide mir noch ein Stückchen Schinken ab. Also habe ich doch recht gehabt. Dieser Mann hat es auf eine Liebelei mit unserer Prinzessin abgesehen. Wenn sie erst verheiratet ist, sollte sie ihre Tür gut abschließen.«

»An Mutter Guildford kommt er nicht vorbei, soviel steht fest. Und wenn er der König von Frankreich wäre, bei mir würde er nichts erreichen und bei ihr auch nicht. Der kennt sich nicht mit Engländerinnen aus. Wenn wir unsere Ehre verteidigen müssen, sind wir eisern.«

»Ich fühle mich im Augenblick leider eher matschig, Nan. Gib mir bitte den Becher. Wenn man so furchtbar erkältet ist, schmeckt selbst der Wein komisch.«

»Dieses eine Mal sei dir vergeben«, sagte Nan, und ihre Miene wurde weich bei dem traurigen Gedanken. »Ein hartes Leben ist das hier, und ich habe den Jungen auch sehr gern gehabt.«

»Was hatte er verbrochen, Nan? Mag er ein Sünder gewesen sein, das sind wir anderen doch auch. Warum wurden wir davor bewahrt?«

»Vermutlich weil Gott noch etwas mit uns vorhat. Aber trotzdem ist es ungerecht. Das mit dem sauertöpfischen Master Ashford kann ich ja verstehen. Da wollte irgendein böser Wassergeist wohl einen Tischgenossen haben.«

»Ich muß noch immer an ihn denken, Nan. Und was hat er nur von mir gehalten? Ich wollte ihm sagen, daß er sich geirrt hat. Ich schlage mich nicht durch wie diese französischen Damen. Ich lebe von ehrlicher Arbeit. Na ja, einigermaßen ehrlich«, setzte ich im nachhinein hinzu, denn mir waren all die Evas nebst Adam eingefallen. Aber wie auch immer, lange nicht so schlimm, wie jedermanns Geheimnisse in einem Buch mit schlüpfrigen Geschichten auszuplaudern. Außerdem war ich eine arme Witwe und mußte mich durchschlagen . . . In meinem Kopf hörte ich eine Stimme knurren: Ach, schon wieder dieses Gewinsel? sagte sie. Ihr entschuldigt Euren Dickschädel mit Selbstmitleid. Warum gebt Ihr nicht einfach zu, daß Ihr es so wolltet? Und ich streite nicht mit einem Toten, gab ich im Geist zurück. Doch dann erblickte ich ihn vor meinem inneren Auge ganz verfault auf dem Meeresgrund, und da tat mir das Herz weh. Oder vielleicht war es auch nur die Brust, weil ich Husten hatte.

Bei Tagesanbruch am nächsten Morgen begann man mit den Hochzeitsvorbereitungen, und es gelang mir, an einem vollbesetzten Fenster mit Blick auf den Garten noch einen Stehplatz zu ergattern, so daß ich den Hochzeitszug sehen konnte. Ein leichter Wind wehte und blies Asche auf die Fensterbank. Etwas davon blieb auf meinem Handrücken hängen: ein winziger, angekohlter Papierfetzen mit einem Buchstaben, der schwärzer war und deshalb noch zu erkennen.

»Was ist das?« schniefte ich. »Verbrennt man jetzt Bücher?« Ich fieberte noch immer, und der Garten schien im grauen Frühlicht zu schwanken.

Ein Schankkellner, der sich neben mich gequetscht hatte,

antwortete mir. »Ach, das ist wohl von dem großen Feuer gestern abend. Auf der anderen Seite des Flusses soll die halbe Stadt abgebrannt sein. Ich habe gehört, wie der italienische Botschafter sich beschwert hat, daß es ihn fast erwischt hätte.«

Oh, dachte ich, nun werde ich auch noch taub. »Ich habe nichts gemerkt. Ich lag gestern abend mit Fieber zu Bett. Daher habe ich die Feuerglocke wohl nicht gehört.«

»Man hat die Glocke gar nicht geläutet. Die hätte allen doch den Ball gestern abend vergällt. Man sagt, es wäre nicht so schlimm gekommen, wenn man mehr Männer zum Niederreißen der Mauern gehabt hätte.« Zuerst das Unwetter, jetzt das Feuer, dachte ich. Ich habe noch von keiner Hochzeit gehört, die unter einem solchen Unstern gestanden hätte. Wie kann das noch gut ausgehen?

»Seht Ihr, die englischen Ritter. Wie viele? Eins . . . zwei . . . ich komme auf sechsundzwanzig. Nicht schlecht. Ah, die Königin sieht in französischer Mode wirklich besser aus.« Die Französin auf meiner anderen Seite hatte ihr eigenes Urteil über englische Prachtentfaltung. Hinter den Herolden und Stabträgern folgten die Musikanten mit ihren verschiedenen Instrumenten und die psalmodierenden Priester. Jetzt trat die Prinzessin aus dem breiten steinernen Portal, und zwei vornehme Edelleute, Norfolk und Dorset, gingen zu ihrer Seite. Sie hielt einen Augenblick inne. Unter der Last des Geschmeides und in dem prunkvollen Kleid aus Goldbrokat und Hermelin wirkte sie viel kleiner und sah ganz verloren aus. Der kalte Wind zerrte an ihrem Gewand und ließ die bestickten seidenen Fahnen des Hochzeitszuges flattern. Glanzlos fiel das graue Licht auf das goldene Gewand und funkelte so matt auf der Überfülle der Kleinodien, daß sie beinahe schwarz wirkten. Jetzt halfen ihr die kräftigen, bärtigen alten Edelleute in den mit Juwelen besetzten steifen Gewändern die Stufen hinunter. Hinter ihnen folgten dreizehn ihrer bevorzugten Hofdamen, jede ihrerseits von zwei Herren von Stand begleitet. Der herbstliche Garten, der Durchgang zu dem großen Saal des Hôtel de la Gruthuse, war ein farbenprächtiges, bewegtes Blühen. Ich blieb am Fenster, bis auch der letzte Page im Hochzeitssaal verschwunden war. Vermutlich hielt ich es irgendwie für meine Pflicht, mir die Szene und die Gewänder für einen noch unbekannten künftigen Zweck einzuprägen, aber alles verschwamm so eigenartig. Das Singen, die Lobreden, der Glanz, alles wirkte seltsam gedämpft, so als hätte sich ein böser Schatten darübergelegt. Vielleicht kommt das vom Fieber, dachte ich und tastete mich zum Bett zurück. Nach einer kurzen Pause regnete es schon wieder in Strömen. In der Ferne, weit hinter den grauen Türmen des Hôtel de la Gruthuse, konnte ich den Donner rollen hören.

Claude von Frankreich, Erbin der Bretagne, älteste Tochter der Anne von Bretagne und des französischen Königs, Herzogin von Angoulême, saß in ihrem Ankleidezimmer, wo ihr mehrere ihrer Lieblingshofdamen Gesellschaft leisteten, dazu ein halbes Dutzend gefleckter, haariger Schoßhündchen, die Herzogin von Alençon, ihre Schwägerin, und Gaillarde, die Hofnärrin, eine hitzige, scharfzüngige kleine Frau mit dunklen Augenbrauen, die kaum größer war als ein Zwerg. Claude selbst überragte die kleine Frau nur um ein, zwei Zoll, sie hinkte und war zudem ungeheuer fett, ihr Gesicht war von einer sonderbaren Krankheit aufgedunsen, ihre Augenlider waren geschwollen, und sie schielte. Es lag am Blut, das wußte jeder. Sie ähnelte ihrer Mutter zwar, doch irgend etwas mußte schiefgegangen sein, denn die französische Prinzessin war nicht nur häßlich, sondern anormal. Dabei war sie sanft und von schlichtem Gemüt und hatte das zwanzigste Lebensjahr noch längst nicht erreicht. Und anscheinend waren die Menschen, wie um die Grausamkeit der Natur wettzumachen, um so freundlicher zu ihr. Als einzige bei Hofe hatte sie keine Feinde. Sie konnte einfach nicht begreifen, daß man sie ausnutzte. Für sie sah jeder gut aus und war klug und tugendhaft. Und weil es die Höflinge genossen, sich so großartig in ihrer Schlichtheit gespiegelt zu sehen, schenkten sie ihr nie reinen Wein ein.

»Oh«, sagte sie und betrachtete bekümmert das bestickte purpurrote Samtgewand, das sie trug, »dieses Kleid macht mich traurig. Mutter ist noch kein Jahr tot, und schon befiehlt der König, daß ich zu Ehren meiner Stiefmutter die Trauerkleidung ablege. Selbst bei meiner eigenen Hochzeit mit dem Herzog habe ich Schwarz getragen. Wie konnte er Mutter nur so schnell vergessen.«

»Wenn ein Mann eine rothaarige Frau sieht, hat er nichts anderes mehr im Kopf«, sagte Gaillarde mit ihrer komischen Baßstimme, trippelte erhobenen Hauptes und ahmte die neue Königin auf ihre drollige Art nach. Marguerite, Herzogin von Alençon, lachte schallend. »Er hat dem Hof erzählt, er hätte letzte Nacht dreimal den Fluß überquert und hätte noch öfter gekonnt, wenn er gewollt hätte. Ein Wunder der Natur! Daran ist das rote Haar schuld.« Gaillarde tätschelte den eigenen dunklen Kopf, als wollte sie sich putzen. Jetzt lachte sogar Claude. Dann wurde ihr Blick ratlos.

»Dreimal?« sagte sie langsam. »Aber nicht einmal Monsieur, der soviel jünger ist . . .« Sie schüttelte gedankenverloren den Kopf. »Das kommt daher, daß er der König ist«, verkündete sie, als hätte sie ein schwieriges Rätsel gelöst.

»Das muß es sein!« rief Gaillarde, und Marguerite lachte höhnisch. Ihre Mutter, Louise von Savoyen, war so furchtbar wütend, daß sie den Festlichkeiten ferngeblieben war, ihre Ausrede war Krankheit und der Straßenzustand. Doch Marguerites Mann hatte bei den Feierlichkeiten eine Hauptrolle gespielt, und so hatte Marguerite notgedrungen gelächelt und innerlich gekocht, als der alte Mann seine Hochzeit mit einer Frau feierte, die ihren Bruder den Thron kosten konnte. Was bildete sich diese Frau nur auf ihre Schönheit ein, wie kalt und hochfahrend war sie doch! Und wie albern sich der alte König benahm. Ekelhaft! Und was für ein Gefolge sie mitgebracht hatte, und alle plapperten in dieser fremden Zunge, waren ungehobelt, angeberisch und hatten kein Benehmen!

»Hier wird sich alles ändern«, sagte Marguerite. Sie überlegte, ob sie Claude für ihre Sache gewinnen konnte. »Engländer auf Schritt und Tritt. Und alle sind auf Gunst und Einfluß aus. Wenn man bedenkt, daß sie erst gestern unsere Städte angegriffen haben.«

»Gestern? Ich dachte, gestern war die Hochzeit . . . ja, gewiß war die gestern. Die Ausländerin hat ein großes Gefolge mitgebracht, weil sie ihre eigene Sprache hören möchte. Das hat Mutter auch so gemacht. Sie war nicht glücklich, wenn sie nicht rings um sich Bretonisch hörte. Natürlich ist Englisch anders. Bretonisch hört sich so heimelig an, aber dieses Englisch! Wie kann eine Sprache nur so häßlich klingen! Gewiß schämen sie sich für ihre Sprache. Und werden zweifellos Französisch lernen.«

»Ha! Die bilden sich doch ein, sie sprechen Französisch!« verkündete Gaillarde. »Hei, Mussiee, weck da mit dem Ferd, ich bin ein Edelmaan, vadammich!« Und dazu machte sie den wiegenden prahlerischen Gang eines englischen Edelmanns nach. Alle Damen kicherten. Das ermutigte Gaillarde, und so setzte sie noch ein lüsternes Grinsen auf, schob sich ein imaginäres Barett übers Auge, zupfte an der Taille eines imaginären Wamses und tat, als hielte sie Ausschau nach einer zugänglichen Dame. Claude blickte ratlos, aber als sie die anderen lachen hörte, täuschte auch sie ein Lachen vor, damit sie sich nicht so ausgeschlossen vorkam.

»Oh, Madame, so sind sie, genau so. Sie haben keine Manieren!« rief eine ihrer Damen.

»Aber einige Damen der Königin haben wunderbare Manieren«, sagte Claude. »Die, die so schön Musik gemacht hat, beispielsweise, Mademoiselle de Boline. Sie ist am Hof der holländischen Regentin erzogen worden und spricht Französisch fast wie eine von uns. Und oh! Madame d'Alençon, ich muß Euch etwas zeigen –« Claude ging zu einer großen Truhe und stöberte unter den Handschuhen und Strümpfen herum, die sie darin aufbewahrte. Dann hielt sie triumphierend ein Blatt Papier hoch. »Da«, sagte sie, »ich kann also doch wiederfinden, was ich weggelegt habe. Seht Euch das hier an.« Sie brachte das Papier mit und breitete es auf ihrem Ankleidetisch aus, so daß Marguerite und ihre Damen es betrachten konnten. »Das hier, unter den Engeln, das wird die Königin, meine Mutter, und das auf der anderen Seite wird der König in voller Rüstung und auf den Knien. Und dort in der Mitte, am Rocksaum der Jungfrau, seht Ihr das süße kleine Kind mit den Flügeln? Das ist mein Bruder, der Dauphin. So hat er ausgesehen, ehe er gestorben ist. Sie malt alle genau in dieser Größe und setzt die Rahmen mit einer Art Türangel aneinander. Und ich habe dann ein Triptychon, das ich zusammenklappen kann. Seht Ihr? Das Ganze wird nicht größer als meine Hand.« Und mit freudestrahlendem Blick legte sie ihre fette kleine Hand neben die größte Figur, eine Jungfrau Maria auf einer Wolke mit einem geflügelten Engel, der um die Ecke lugte, und einem kleinen Cherub, der sich im Saum ihres fließenden Gewandes verfangen hatte. »Das kann ich überallhin mitnehmen, es soll mich stets an die Güte der Jungfrau Maria und an den Segen des Himmels gemahnen.«

»Sie?« sagte Marguerite. »Wer macht das für Euch?«

»Oh, dieser heilige Mann, dieser englische Erzbischof Wulsei hat eine ausnehmend kluge und gottesfürchtige Witwe mitgeschickt, und die malt wunderschöne, winzige Gemälde, die uns den Himmel näherbringen. Ihr seht also, nicht alle Engländer sind schlecht. Schließlich sind wir alle Christenmenschen.«

»Ja, das sind wir«, pflichtete Marguerite ihr bei. »Gottesfürchtig, sagt Ihr?«

»Oh, sehr gottesfürchtig. Zunächst dachte ich, vielleicht sollte ich ihre Dienste nicht in Anspruch nehmen. Es schickt sich nicht für eine ehrbare Frau, in der Welt herumzureisen, und das ohne Ehemann. Aber sie hat gesagt, sie sei Witwe und ihr Mann hätte sie mittellos zurückgelassen, weil er ermordet wurde, der Arme, daher muß sie sich allein durchbringen. Also dachte ich, es kann doch nicht schaden, wenn ich mir einmal ansehe, was sie leistet. Und sie ist wirklich äußerst ehrbar. Nie sieht man sie ohne eine sehr grimmige, mürrische alte Engländerin, die ihre Ehre besser schützt als eine Mutter. Doch während sie gezeichnet hat, haben wir uns unterhalten, und für eine Person von so niedriger Herkunft habe ich ihre Unterhaltung sehr erbaulich gefunden. Sie liest jeden Tag in frommen Büchern und scheint sehr viel über das Leben der Jungfrau Maria zu wissen . . .«

»Liest Bücher, sagt Ihr?«

»Oh, sehr tugendhafte Bücher. Von einem hat sie mir erzählt, es ist von einem gottesfürchtigen Mann, der Ehefrauen und Witwen Ratschläge erteilt. Ich finde, man sollte es ins Französische übersetzen, damit Witwen in ihrem Gram Hilfe und Trost finden.«

»Englische Tugenden ins Französische übersetzen, hmm«, sagte Marguerite, und um ihre Mundwinkel zuckte ein verhaltenes belustigtes Lächeln. »Ich finde, wir sollten uns dieses Wunderkind einmal anschauen. Schickt sie zu mir, wenn sie Euch wieder aufsucht.« Das muß sie sein, dachte Marguerite und betrachtete erneut die Zeichnung. Das ist die, die das Porträt gemalt hat, das uns de Longueville geschickt hat. Tugendhaft, ha! Ich locke die wahre Geschichte schon aus ihr heraus, und dann kann ich de Longueville damit hänseln. Aber die Idee mit dem Andachtstriptychon, die gefällt mir. Vielleicht lasse ich mir auch eins machen. Claude ist ein so schlichtes Gemüt, sie weiß diese Arbeit gar nicht zu würdigen. Der würde auch ein Affe als Abbild ihrer Mutter gefallen.

Am anderen Ende des Flurs wurde eine Tür geöffnet, und sie konnte jemanden mit eilenden Schritten durch die mit Gobelins geschmückten Gemächer zu Claudes Räumen laufen hören. Eine Ehrenjungfrau, jung und außer Atem, kam mit verrutschtem Kopfputz hereingestürzt.

»Madame! Madame! Neuigkeiten! Oh, was für ein Skandal! Die Königin weint in ihren Gemächern, und all ihre Damen weinen auch!«

»Was ist geschehen?« fragte Marguerite, während sich Claude und ihre Damen erwartungsvoll zu dem Neuankömmling umdrehten.

»Oh, Madame, der König hat das gesamte englische Gefolge der Königin entlassen. Er sagt, er duldet in ihren Diensten nur Franzosen und Französinnen.«

»Wißt Ihr mehr? Wie ist es dazu gekommen?«

»Ach, er ist sehr böse auf diese Madame Gil'for', die mit der Königin gekommen ist. Sie nimmt sich zuviel heraus und entscheidet, wer bei der Königin vorgelassen wird und wer nicht. Und immer ist sie dabei, selbst wenn er sich mit seiner Königin vergnügen möchte, und das kann er nicht, wenn jemand, der ihm mißfällt, ständig anwesend ist. Oh, er sagt, niemand liebt seine Frau mehr als er, aber lieber wäre er wieder allein, als daß er jemanden wie Madame Gil'for' als Gesellschafterin duldet. Und jetzt weint sie, und er muß das Bett hüten, weil er sich wegen seiner Gicht kaum bewegen kann.«

Claude und ihre Damen hatten sich um Marguerite und die Edelfrau geschart, denn alle wollten die Neuigkeit hören. »O ja, es waren viel zu viele Engländer«, sagte eine.

»Und wie hochnäsig sie getan haben. Ich konnte diese Mère Gil'for' auch nicht ausstehen, sie ist ein übellauniger Drachen.«

»Gut, daß sie gehen müssen. Sie hätten der Königin helfen können, Intrigen zu spinnen, und der König ist zu alt, als daß er sie noch ertappen würde.«

»Frankreichs Ehre steht auf dem Spiel . . .«

»O weh, o weh!« rief Claude. »Wenn sie zu schnell aufbrechen, wird ja mein Bild nicht fertig. Ich muß zu Monsieur und ihn bitten, daß er sich beim König für sie verwendet. Er darf die Malerin nicht zusammen mit den anderen fortschicken. Oder diese reizende kleine Anne de Boline. Und Mademoiselle Bouchier, ach, die ist doch fast eine Französin. Die können ihm gewiß nicht so mißfallen haben wie die hochnäsige Madame Gil'for'.«

Doch wie üblich hatte Gaillarde das letzte Wort. Sie genoß Narrenfreiheit und ließ sich auf den Stuhl der Herzogin plumpsen, reckte die Nase hochmütig in die Luft und sprach mit komisch starkem englischen Akzent. »Tut mir leid«, sagte sie naserümpfend, »aber die Königin empfängt heute nicht.

Wer seid Ihr? Der Papst? Oh, ich bitte um Vergebung, aber Ihr müßt mit den anderen im Vorzimmer warten. Schließlich bin ich Madame Gil'for' und genieße in Riischmon' großes Ansehen. Oh? Noch nie von Riischmon' gehört? Das beweist, daß Ihr meiner Bekanntschaft nicht würdig seid.« Die Damen wollten sich schier totlachen über diese Nachahmung provinzieller Hochnäsigkeit, und Gaillarde klatschte in die Patschhändchen, daß die Glöckchen an ihrem roten Samtkleid klingelten, während sie sich selbst Beifall zollte.

Die Königin von Frankreich saß mit verweinten Augen in ihrem Gemach in Abbeville und diktierte ihrem Sekretär einen Brief. Es war ein verzweifelter Brief, den sie in aller Eile an ihren Bruder, den englischen König, schreiben ließ. Rings um sie saß ein Dutzend ihrer Damen, und alle waren blaß, weil man sie mit Schimpf und Schande nach Haus schickte. In den Vorzimmern, den Küchen, den Vorratsräumen und den Ställen des alten Steinhauses unterhielten sich entsetzte und benommene Männer und Frauen. Wer würde für ihre Heimfahrt aufkommen? Welcher andere Haushalt würde sie einstellen? In England gab es Gesinde in Hülle und Fülle. Musikanten, Köche, Stallknechte würden vielleicht nie wieder eine Anstellung finden. Die acht Trompeter fanden sich verbittert im Hof zusammen, und ihre Stimmen klangen mutlos. Wie viele Edelleute waren schon so bedeutend, daß sie Trompeter brauchten? Aus den höchsten Höhen, dem Dienst bei einer Königin, waren sie mit den übrigen in die tiefsten Tiefen gestürzt.

»Ich muß ihnen etwas zahlen . . .« Die Königin unterbrach sich mitten im Brief. »Wie sollen sie zurechtkommen? Sie haben mir treu gedient.«

»Ihr müßt den König von Frankreich bitten, daß er für ihre Heimreise aufkommt«, sagte der Sekretär und blickte von seinem Schreiben auf.

»Was auch immer Ihr tut, erzürnt ihn nicht«, setzte eine ihrer Damen hinzu. »Wartet, bis er nach Euch schickt. Dann seid ungemein liebreich und zärtlich. Wenn Ihr fordernd seid, wird er sich gegen Euch verhärten. Geht ihm statt dessen um den Bart. Und dann müßt Ihr lieb bitten . . .«

Die völlig verstörte junge Frau schwieg entsetzt. Das also bedeutete es, eine Königin zu sein? Eine Bettlerin, umgeben von intrigierenden Ausländern? Warum hatte ihr das niemand gesagt? Warum hatte sie das nicht geahnt?

»Aber ich brauche meine Mutter Guildford. Wer berät mich, wenn niemand in meiner Nähe ist, der älter und klüger ist als ich? Oh, wenn doch nur Mylord of York hier wäre. Er ist so gerissen, er würde den König gewiß davon überzeugen, daß er meine gute Mutter Guildford nicht wegschicken darf.« Außer sich blickte sie umher. Ihr war zumute, als erstickte sie. O ja, der Brief. Sie mußte es dem König erzählen, ihrem Bruder. Die Nachricht hatte Mutter Guildford aufs Krankenlager geworfen, und da sie jetzt ohne ihre verläßliche Stütze auskommen mußte, hatte die mädchenhafte Königin bereits eine Vorahnung davon, wie verloren und fremd sie sich ohne sie vorkommen würde.

»Ihr müßt an Mylord of York schreiben, wenn der Brief an den König fertig ist. Ein Weilchen ist Euch seine brüderliche Zuneigung gewiß, aber Mylord of York ist schlau, dem fällt schon etwas ein, wie wir zu Euch zurückkehren können«, hatte einer ihrer Zeremonienmeister geraten. Ja, es mußte sein. Der Erzbischof von York war gerissen und durchtrieben. Wolsey würde sich etwas furchtbar Schlaues ausdenken. Er würde ihren Bruder beraten. Sie würden den König von Frankreich zwingen, ihr Gefolge wieder in Dienst zu nehmen.

»Machen wir weiter, wo wir stehengeblieben sind«, sagte sie zu ihrem Sekretär. Sie atmete tief durch und faßte sich. »Sagt ihm, daß ich ganz allein bin, denn am Morgen nach meiner Hochzeit wurden mein Kammerherr und alle anderen männlichen Diener entlassen, desgleichen meine Mutter Guildford mit allen Edelfrauen und Edelfräulein, außer solchen, die mir in Zeiten der Not, da sie selbst unerfahren sind, keinen Rat geben können, und dazu besteht mehr Grund, als Euer Gnaden zur Zeit meines Aufbruchs annahm, wie meine Mutter Guildford Euch genauer berichten wird, als ich Euch schreiben kann, und ich bitte Euch, ihr Glauben zu schenken . . .« Mutter Guildford mußte König Heinrich die ganze Geschichte unter vier Augen erzählen, auch den Teil, den sie ihm nicht schreiben konnte, der ihn aber bewegen würde, ihr zu Hilfe zu eilen. Er mußte hören, daß ihr Arzt ihr gesagt hatte, daß der französische König höchstwahrscheinlich nicht lange genug leben würde, um sie zu schwängern, daß der rechtmäßige Erbe sie mit Anträgen bedrängte, daß ihre Ehre in Gefahr war, daß Englands großartige Träume sich allmählich in Luft auflösten. O ja, Mutter Guildford mußte ihm alles erzählen. Sie war hier verloren und verlassen an einem Hof, dessen Intrigen sie nicht ausloten konnte. Gewiß würde der englische König Mutter Guildford irgendwie zu ihr zurückschicken, denn nur sie konnte ihr sagen, wie man seinen Weg in diesem Irrgarten fand. Er mußte es einfach tun.

An diesem Nachmittag schickte der König nach ihr. Blaß, verstört, aber entschlossen, nahm sie ihre Laute mit an sein Krankenlager. Bei ihrem Anblick, so demütig, so gewillt, ihn zu bezaubern, leuchtete es in den eingesunkenen Augen auf, und der Anflug eines wölfischen Lächelns zuckte um die fahlen Lippen. Ich bin doch noch nicht zu alt, um dieses kleine Füllen zu zähmen, dachte er.

»Spielt mir Musik aus England«, sagte er. »Ich möchte heute aufgeheitert werden.« Zuerst spielte sie eine Weise für ihn, dann sang sie mit ihrer hellen Mädchenstimme. Bezaubernd, dachte der König. Sie spielte stundenlang. Italienische Pavanen, englische Balladen, spanische Weisen. Zuweilen lauschte der König, in die Kissen zurückgelehnt, mit geschlossenen Augen. Dann setzte er sich mit einem Ruck auf und bemühte sich, die Anzeichen seiner zunehmenden Schwäche zu verbergen. Sie gab ihm ein Rätsel auf. Er lachte. Hinreißend, dachte er.

»Sire«, sagte sie so liebreich, daß er meinte, sie würde um ein belanglos es Spielzeug bitten, »wollt Ihr mir eine Gunst gewähren?« Er nickte gütig. »Von all meinen Dienern ist meine liebe alte Mutter Guildford meine Beraterin seit Kinderzeiten, könntet Ihr sie nicht verscho ...« Auf einmal blickte das Mädchen in ein Paar harte schwarze Steine, eingelassen in einen furchterregenden Schädel, über dem sich die pergamentartige Haut eines alten Mannes spannte.

»Ich dulde es nicht, daß der Name dieser Frau in meiner Gegenwart noch einmal erwähnt wird«, sagte der König von Frankreich.

Erschrocken verstummte die Königin. Sie konnte ihr Herz hämmern hören, und ihre Hände wurden klamm, während es sie eiskalt durchzuckte: Sie war nicht länger die verhätschelte Prinzessin, der die schrecklichen Gefahren des Hoflebens nichts anhaben konnten. Dieser Mann würde mit ihr machen, was er wollte. Doch trotz aller Angst verspürte sie eine unbändige Wut. Tudor-Wut – ungestüm, leidenschaftlich. Wer war dieser alte Mann, daß er sich einbildete, er dürfte ihr die Jugend und Lebensfreude nehmen? Er glich einem Geschöpf aus dem Grab, das den Lebenden das Blut aussaugen mußte, um sich sein unnatürliches Leben zu erhalten.

»Ihr werdet bald gelernt haben, ohne sie auszukommen«, sagte der König. »Außerdem solltet Ihr Euch bemühen, mir in allen Dingen zu gefallen.«

»Mein Herr und König, ich habe keinen anderen Wunsch«, sagte sie und beugte den Kopf. Bis zu diesem Tag hatte sie nur den König in all seiner Pracht, seiner Würde und seinem Reichtum gesehen. Nun sah sie den Menschen, und das klar und unverstellt. Ihm fehlen schon Zähne, dachte sie, und Mundgeruch hat er auch. Seine Haut ist alt und voller Eiterpusteln. Sein Körper ist faulig und abstoßend. Man hat mich betrogen. Man hat mich verkauft. Und das hat mein eigener Bruder getan. Nein, der schickt Mutter Guildford nicht zurück. Er hat mit hohem Einsatz gespielt, aber ich bezahle die Rechnung. Man wird mich hier in Frankreich vernichten. Und zum ersten Mal in ihrem kurzen, verwöhnten Leben hatte die mädchenhafte Königin wirklich Angst.

Zwei Tage später brach ein prächtiger Zug von Abbeville in

Richtung Paris auf. Hunderte von französischen Soldaten bildeten die Vorhut, dazu berittene Leibwachen und Edelleute auf schweren Rössern, die mit Gold und Samt herausgeputzt waren. In ihrer Mitte wurde der König von Frankreich in einer Pferdesänfte von zwei schwarzen Stuten getragen, und die Königin von Frankreich hielt sich hoch zu Roß an seiner Seite. Hinter ihr ritten die wenigen Engländer, die noch zu ihrem Gefolge gehörten, ihr Almosenpfleger, ihr Arzt, ihr Stallmeister und ein halbes Dutzend Edeldamen. Es folgten ihre reich vergoldeten Wagen mit dem Brautsilber, die sich durch den aufgewühlten Morast quälten. Französische Stalljungen, die auf überzähligen schweren Pferden hockten, führten den langen Zug ihrer weißen Zelter an. Und dahinter, im Troß der Packesel, waren noch einige wenige der niederen Aufseher, Beamten und Stallknechte im Heer der französischen Bediensteten zu finden, das dem König überallhin folgte. Ehrfürchtig zogen die Bauern den Hut und warfen sich im Schlamm auf die Knie, wenn der Zug an winterlichen Gehöften und Dörfchen vorbeikam. Dergleichen würden sie ihrer Lebtage nie wieder zu sehen bekommen: der König von Frankreich und seine schöne englische Prinzessin auf dem Weg nach St. Denis zu ihrer Krönung.

Und an ebendiesem Tag brach in Abbeville eine lange, weit auseinandergezogene Schlange von Engländern in Gegenrichtung auf. Dick vermummt gegen die Kälte, zogen Scharen von Edelleuten mit ihren Packeseln dahin. Unter einem stahlgrauen Himmel folgten ihnen auf der morastigen Landstraße zu Fuß Hunderte von Dienern, die ihre gesamte Habe auf dem Rücken trugen. Vor ihnen lag Boulogne und eine gefährliche spätherbstliche Kanalüberfahrt.

Kapitel 17

Wie konnte man einen Advokaten nur so nahe bei der Kirche begraben? Da muß uns doch jemand hören.« Es hatte gerade Mitternacht geschlagen, und der Halbmond am schwarzen Himmel schien sich in den kahlen Ästen über dem kleinen Dorfkirchhof verfangen zu haben. Hinter ihnen schimmerte das graue steinerne Geviert eines normannischen Kirchturms matt im Mondschein.

»Wie konnte er sich nur in diesem Dorf beerdigen lassen und uns dadurch soviel Mühe machen, Herr«, sagte ein stämmiger Mann mit Fackel und Schaufel.

»Der elende Kerl hätte in ungeweihtem Boden bestattet werden müssen. Schließlich ist es seine Schuld, daß er tot ist. Warum mußte er mir in die Quere kommen? Wenn Ihr mich fragt, so ist das reiner Selbstmord.« Crouch lachte kurz über seinen Witz. »Aber jetzt kann er mir nichts mehr verweigern.« Septimus Crouch sah sehr zufrieden aus, als er seinen langen weißen Zauberstab hervorholte. Heute nacht würden die Toten reden, und er würde den mittleren Teil des Buches der Weissagungen in die Hände bekommen. Typisch Ludlow, daß er auch noch im Tod ein Trottel war. Crouchs Helfer, sein Koch und sein Lakai, senkten die Fackeln, damit er die richtige Mixtur aus Bilsenkraut, Schierling, Opium und Alraune in die Flammen sprenkeln konnte. »Jetzt«, schnaufte Crouch, den schon der kurze Gang vom Maultier bis zum Grab außer Atem gebracht hatte, »den Kreis.« Er zog das Schwert und ritzte damit, entgegen dem Uhrzeigersinn, einen Kreis in die Erde rund um Ludlows Grab. Der aufgeweichte Boden, der über dem

Sarg noch nicht nachgegeben und sich gesetzt hatte, war rasch ausgehoben, und dann hörte man Eisen auf Holz stoßen.

»Berald, Beroald, Balbin, Gab, Gabor, Agaba, erhebt Euch, erhebt Euch, ich rufe und befehle Euch«, intonierte Crouch und berührte den Sargdeckel mit dem langen Zauberstab.

»Damit würde ich mich an Eurer Stelle nicht abgeben«, sagte eine verschlagene, anzügliche Stimme. Crouch warf einen raschen Blick über die Schulter in Richtung Friedhofstor.

»Oh, da bin ich nicht, ich bin hier oben«, sagte die Stimme. Sie hatte etwas an sich, daß sogar Crouch eine Gänsehaut bekam. Seine Helfer, die durch die Experimente ihres Herrn gründlich abgebrüht waren, blickten entsetzt auf. Etwas Rauchiges, fast wie Atem an einem kalten Tag, wirbelte über ihnen und unmittelbar über dem Sarg.

»Hebe dich hinfort, Dämon oder Geist, was du auch immer bist«, sagte Crouch und hielt ihm den Talisman entgegen, den er um den Hals trug.

»Hebe dich hinfort, ha, papperlapapp«, sagte der Dämon, denn ein solcher war er. In dem nebligen grauen Umriß, der im Mondschein schimmerte, konnte Crouch ein häßliches Wesen mit langer Nase, kleinen, schmalen Augen, buschigen Brauen, dürren Armen und langen, häßlichen Fingern ausmachen. Die Gestalt war vollkommen nackt. Hmm, ein Ziegenschwanz, stellte Crouch fest. Und haarige Beine wie die einer Ziege. Aber die langen, mageren Füße mit den knubbeligen Zehen und dem Haarbüschel auf jedem Knubbel, die waren ganz und gar nicht die einer Ziege. Und obendrein besaß das Geschöpf eine männliche Ausstattung, wie sie Ziegen ganz und gar abging. Ich glaube, ich weiß, wer das ist, dachte Crouch, der Hexenmeister. Wie interessant – was man wohl mit ihm anfangen kann? Schließlich habe ich es nicht mit einem hellen Kopf wie Luzifer zu tun.

»Lord Belphagor, was bewegt Euer Gnaden dazu, meinen bescheidenen Versuch der Totenbeschwörung zu beehren?«

sagte Crouch. Er schenkte dem wirbelnden grauen Wesen einen strahlenden Blick und verneigte sich affektiert.

»Ihr habt es verkehrt angestellt«, sagte Belphagor. »Auf diese Weise bekommt Ihr seinen Leichnam niemals auf die Beine.«

»Was soll das heißen? Ich esse seit neun Tagen Hundefleisch, und seit dem gestrigen Sonnenuntergang trage ich ein benutztes Leichentuch. Ich glaube, daß ich alles richtig gemacht habe. Schließlich unterhaltet Ihr Euch nicht mit einem Stümper.« Crouch klang überheblich und selbstsicher.

»Ihr habt Salz gegessen«, antwortete Belphagor.

»Habe ich nicht«, sagte Crouch.

»Herr«, sagte der Koch. Crouch fuhr zu ihm herum und ließ den Zauberstab auf die Schulter des stämmigen Mannes sausen.

»Du warst das. Du hast etwas gesalzen.«

»Nein, Herr. Aber wißt Ihr noch, das Brot, das Ihr gestern gekauft habt? Gleich vom Bäcker, ohne einen Gedanken daran zu verschwenden. Ich habe noch gesagt, Ihr sollt es bleibenlassen.«

»Ha!« sagte Belphagor. »Da habt Ihr's. Ein Dämon duldet keinen Widerspruch. Und jetzt hört mir gut zu, Crouch. Ich bin bereit, Euch für ein, zwei Gefälligkeiten die verborgenen Schätze dieser Erde zu offenbaren.«

»Meine Seele? Ihr möchtet meine Seele haben? Bedauerlicherweise habe ich die schon Beelzebub verschrieben, aber ich bin gewiß, jemand von Eurer Stellung in der Hölle könnte gewisse Vereinbarungen tref ...«

»Eure Seele, Crouch, daß ich nicht lache. Was soll ich mit einer gebrauchten Seele in diesem Zustand? Ich bin nämlich anspruchsvoll. Eine hübsche Jungfrau oder eine fromme Witwe oder vielleicht ein frischgebackenes Priesterlein, alle überaus tugendhaft, deren Seelen würden mir schon zusagen. Kaum gebraucht, ganz frisch. Eure ist abgenutzt. Nein, ich brauche etwas anderes. Wie ich höre, seid Ihr ein Fachmann, was Antiquitäten angeht. Kennt Ihr Euch in Ahnenforschung aus?«

»Recht gut. Das gehört zum Studium der Antiquitäten und ist für jeden vornehmen Mann von Stand ein schickliches Bildungsziel. Möchtet Ihr dieses Studium aufnehmen, Euer Lordschaft? Dabei kann ich Eurer Herrlichkeit meine bescheidenen Dienste wirklich empfehlen. Es wird mir eine Ehre sein, Euch zu unterweisen. Ich kann die großen Häuser unserer Zeit bis zu den Cäsaren zurückverfolgen, mit vielleicht ein, zwei Lücken. Ich kenne mich aus mit antiken Siegeln, Wappenkunde und den Stammbäumen der Könige . . .«

»Ja, das ist es. Königshäuser. Was wißt Ihr über Philipp von Frankreich, der so um – laßt mich nachdenken – 1312 Eurer Zeitrechnung gelebt hat? Er ist tot, nicht wahr?«

»Ach, Ihr meint Philipp den Schönen aus dem Haus der Kapetinger. Ja, der ist bedauerlicherweise tot.«

»Dann hat das elendige Federvieh doch recht gehabt«, knurrte der Dämon kaum hörbar.

»Was habt Ihr da gesagt, Lord Belphagor? Wie kann ich Euch ferner dienen?« Crouch war ein Fachmann im Aufspüren von Schwächen, sogar bei Dämonen. Dieses Geschöpf kann ich benutzen, dachte er. Vorsicht, Vorsicht. Schmeichle ihm. Mach dich unersetzlich.

»Ich muß über sein Haus Bescheid wissen. Wer herrscht jetzt in Frankreich?«

»Die Valois, eine jüngere Linie der Kapetinger.«

»Dann sind sie noch immer da. Verdammt und zugenäht! Das wird ja eine Heidenarbeit, sie alle aufzutreiben und auszurotten«, brummte Belphagor.

»Gebricht es Euer Gnaden an fachmännischem Rat?«

»Nicht Euer Gnaden, du Trottel«, sagte der Dämon und wirbelte wütend hoch, »Euer Ungnaden, wenn's beliebt.« Die beiden zitternden Helfer hatten die Fackeln fallen lassen, hatten sich hingekauert und die Arme über den Kopf gelegt, doch Sir Septimus Crouch stand aufrecht, seine grünen Augen funkelten hart wie Diamanten, und sein Hirn arbeitete mit Höchstgeschwindigkeit.

»Fürwahr, ja, natürlich, ja, ja, Euer Ungnaden.« Du Bettler, du überempfindlicher Bettler, dachte Crouch.

»So ist es besser«, sagte Belphagor, und der rauchige Nebel schwebte zu Boden und verfestigte sich. Crouchs Helfer waren mittlerweile in Ohnmacht gefallen. Crouch ging schnaufend in die Knie und hob die zischende Fackel auf, ehe sie im Schlamm verlöschen konnte. Fasziniert beleuchtete er den Dämon, weil er ihn näher betrachten wollte. Belphagor verschränkte die Arme und grinste höhnisch. »Genug gesehen? Nun aber zur Sache. Ich muß mich auf dieser Erde unter Menschen bewegen können. Ich wollte mir dazu einen Körper verschaffen, aber . . . das hat jemand hintertrieben.«

»Ach? Wolltet Ihr in jemanden hineinfahren?«

»Nein, so einer hält nicht lange genug durch. Ich wollte geboren werden.« Der verschollene Dämon! jubelte Crouch im stillen. Es war vorherbestimmt. *Er* sollte diesen Dämon besitzen. Und er konnte sich sogar die Mühe sparen, ihn großzuziehen.

»Ein Jammer, mein herzliches Beileid«, sagte Crouch und blickte gerührt. Belphagor legte den rauchigen Kopf schief und musterte ihn. Als Dämon der Zerstörung fand er immer das Wort, mit dem er am meisten Unheil anrichten konnte.

»Ihr wärt noch gerührter, wenn Ihr wüßtet, daß das Gesuchte nicht bei dem Toten verborgen ist. Wenn es Ärger gibt, steckt immer eine Frau dahinter. Ihr könnt Euch die Mühe, das Grab zu durchstöbern, sparen.«

»Susanna Dallet – das Weib lügt, daß sich die Balken biegen!« rutschte es Crouch heraus, und in seiner Erregung und Wut ließ er beinahe die Fackel fallen. Über ihm wirbelte fröhlich Belphagor.

»Ihr wollt sie haben?«

»Ich will ihren Leib – scheibchenweise. Ich will das Manuskript haben, das sie vor mir verbirgt. Für wen arbeitet sie? Wolsey? Hat sie versprochen, es ihm zu verkaufen?«

»Sie ist auf Befehl dieses fetten Kirchenfürsten nach Frankreich gefahren«, verkündete Belphagor.

»Die Valois. Verdammt. Jetzt geht das Manuskript an sie und durchkreuzt meine Pläne.« Crouch knirschte mit den Zähnen und stapfte vor dem offenen Grab auf und ab.

»Was soll das ganze Gebrummel? Was steht denn auf dem Fetzen Pergament?«

»Das Geheimnis, das die Valois entthronen wird. Es ist das Herzstück der Verschwörung. Wer das Manuskript in die Finger bekommt, kann es an die Hälfte aller europäischen Monarchen verkaufen. Es wird unsägliches Unheil anrichten . . .«

»Unheil? Das höre ich gern, mein lieber, runder Mann. Ha, Unheil für die Valois. Hört zu, Crouch, ich brauche einen Menschen, der mir hilft. Jemanden, der weiß, wie Ihr Geschöpfe Euch fortpflanzt, sonst mache ich Fehler.« Belphagors buschige Brauen zuckten, und sein Gesicht wirkte im Fackelschein noch grüner. Er schwebte dicht an Crouch heran und blickte ihn prüfend an, als wäre er kurzsichtig. »Obendrein«, fuhr er fort, »seht Ihr Menschen für mich alle gleich aus. Ihr seid da eine Ausnahme, so prachtvoll, wie Ihr geformt seid, na, Ihr versteht schon. Das macht mir nämlich Probleme. Es handelt sich um eine kleine Aufgabe, und wenn sie erledigt ist, offenbare ich Euch alle Schätze dieser Erde. O ja, und Macht auch. Ehre? Ruhm? Geschlechtliche Lust, wie es Euch beliebt und soviel Ihr wollt? Sagt es, und es ist Euer. Alles – alles gehört Euch, wenn es geschafft ist. Abgemacht?«

»Fürwahr, aber ja doch. Eine brillante Idee, Lord Belphagor. Eine bessere hätte auch mir nicht kommen können.« Crouch war entzückt. Endlich, dachte er, ist mir ein Dämon ins Netz gegangen. Ich werde mir seine Schwäche zunutze machen, ihm seine Geheimnisse entlocken und mir seine magischen Kräfte zulegen. »Wie wäre es mit einem Vertrag?« fragte er. »Mit Blut unterzeichnet, es sei denn, Ihr bevorzugt eine andere Flüssigkeit?«

»Spart Euch die Mühe, Freund«, sagte der Dämon zutraulich. »Unter uns Verdammten gilt das gesprochene Wort.

Und das besiegeln wir mit Handschlag.« Der Dämon streckte ihm die rauchigen, durchscheinenden Finger hin, und Crouch bot ihm die mollige, behandschuhte Hand. Bei der Berührung des Dämons ging ihm die Kälte durch und durch, und die Haare standen ihm zu Berge. Am nächsten Morgen sah er dann im Spiegel, daß sie weiß geworden waren. Na wenn schon, dachte er, ich gebe ihnen die ursprüngliche Farbe zurück, wenn ich erst die Macht des Dämons besitze. Doch jetzt schauderte ihn, und der Händedruck des Dämons war noch lange zu spüren.

»Friert Euch?« fragte der Dämon scheinbar besorgt. »Dann wollen wir die Nacht bei einem guten heißen Würzwein bei Euch zu Hause beenden.«

»Leider müßt Ihr dafür zunächst meine Diener wecken. Ohne ihre Hilfe komme ich nicht aufs Maultier.«

»Oh, das ist Eure Sache«, sagte der Dämon. »Rüttelt sie doch wach.«

»Könnt Ihr sie nicht wachrütteln?« Doch schon bedauerte Crouch seinen vertraulichen Ton. Der Dämon wirkte erzürnt.

»Das geht nicht, du Trottel. Dafür wollte ich doch den menschlichen Körper haben. Den, um den mich dieses dumme Weib und Hadriel, dieses Federvieh, dieser Einfaltspinsel, betrogen haben. Ohne Körper kann ich die natürliche Ordnung der Dinge nicht verändern. Ich kann lediglich das beschleunigen, was schon fast eingetreten ist, so daß es wirklich eintritt. Ein Blatt, das fallen will, eine Wolke, aus der es gleich regnet, ein Backstein, der sich gelockert hat und dann jemandem auf den Kopf fällt, Sachen dieser Art. Ich kann Gewitterwolken zusammenblasen, doch nur, wenn sie bereits vorhanden sind.« Belphagor waberte wie matter Dunst über den beiden ohnmächtigen Dienern und betrachtete sie verdrießlich. »Was glaubt Ihr denn, warum wir Dämonen umgehen und Leuten Böses einflüstern? Wenn wir selbst Böses bewirken könnten, würden wir uns doch die Mühe des Einflüsterns ersparen.«

Crouch blickte erstaunt auf. Darauf wäre er nie gekommen. Einleuchtend, dachte er und musterte den aufgebrachten Dämon.

»Eure Faulpelze da wachen gewiß nicht auf, wenn Ihr ihnen nicht einen anständigen Tritt verpaßt«, sagte Belphagor mißmutig.

Crouch tat ihm den Gefallen und trat sie, daß sie aufwachten. »Ich . . . wußte nicht, daß Ihr jemanden braucht, in den Ihr, hm, fahren müßt . . . äh, könnt Ihr etwas aufheben?« Erstaunlich, dachte Crouch. Er kann also keinen Dolch nehmen und ihn mir in die Brust stoßen.

»Kommt mir nicht auf dumme Gedanken, Crouch. Es gibt jeden Tag tausenderlei Unfälle, die nur darauf warten, Euch zuzustoßen. Ich habe alles, was ich brauche. Ich lasse eine Bremse auf ein Pferd los, ein ganz bestimmtes Pferd, es geht durch und zerquetscht einen Menschen. Ich habe schon Schiffe versenkt . . .« Belphagor schwieg verärgert, denn ihm war das buglastige, ungefüge Schiff eingefallen, das er im Gewitter nicht zum Kentern gebracht hatte. Aber das war nicht seine Schuld. Bei dem Gedanken wurde er noch zorniger, und seine fast schon verfestigte Form begann sich wieder zu verflüchtigen.

»Großer Lord Belphagor, Euer Ungnaden, ich werde Eurer gewaltigen Kräfte stets eingedenk sein«, sagte Crouch diplomatisch.

»Gut«, sagte Belphagor. »Und jetzt begleite ich Euch zu Eurem Maultier und schwebe hinter Euch her zur Stadt.« Der nackte Dämon und der kugelige Ritter gingen zusammen zu den angebundenen Maultieren zurück, als wären sie uralte Freunde. Belphagor legte Crouch einen eisigen Arm um die Schulter und ließ beim Reden die buschigen Brauen wippen.

»Lord Belphagor, darf ich mir eine kleine Bemerkung erlauben?« fragte Crouch, legte dem Dämon vertraulich den Arm um die Schulter und unterdrückte ein Zusammenzukken, als er die Kälte spürte. »Ich glaube, Ihr könnt unbemerkt unter Menschen wandeln, wenn Ihr elegantere Kleidung anlegen würdet. Euer Ziegenschwanz verrät Euch. Die meisten Menschen lassen sich jedoch von einem schönen Anzug so blenden, daß sie Euren nichtstofflichen Zustand überhaupt nicht bemerken. Eure Schamkapsel wäre kaum größer als einige, die ich bei Hofe gesehen habe. Morgen früh machen wir einen Termin bei meinem Schneider aus. Ich finde, Ihr könntet eine recht elegante Figur machen.«

»Nun, Crouch, mein Freund, das ist ein prächtiger Einfall. Was haltet Ihr von einer Reise? Mir steht der Sinn danach, in Geschäften nach Paris zu fahren.«

»Paris? Mein lieber Belphagor, dorthin reise ich des öfteren. Aber dort ist die Mode etwas anders. Ihr werdet Euch weitere Garderobe zulegen müssen.«

»Mode? Was ist das, mein lieber Crouch? Wie ich schon sagte, in menschlichen Angelegenheiten brauche ich Hilfestellung.« Und schon träumte Belphagor von größerer Eleganz und Bedeutung in der höllischen Rangordnung. Luzifer hatte so hervorragende Manieren. Wenn er doch nur so glattzüngig reden könnte wie dieser Crouch . . .

»Ah, Mode. Ein Mann von Stand hat sich darin unbedingt auszukennen. Darin und in der Kunst des Tranchierens. Ja, es wird mir eine Freude sein, Euch einzuführen. In Paris trägt man die Schaube länger und tief ausgeschnitten, so daß man das Wams auf der Brust sehen kann und auch das Leinenhemd! Ach, Leinen. Ihr solltet spanische Stickerei wählen, das ist die beste.«

»Von Nonnen gefertigt?«

»Natürlich von Nonnen gefertigt. Sie wäre ungemein kleidsam für Euch . . .« Eitelkeit, dachte Crouch. Wie einfach ist doch ein so kleines Hirn zu manipulieren. Ich habe ihn am Haken.

Drei unbekannte Ritter in abenteuerlicher Verkleidung mit altmodischen weißen Umhängen, auf denen nach Kreuzritterart rote Kreuze prangten, sprengten durch die schlammigen Straßen von Canterbury auf die Tore der grauen normannischen Burg zu. Die Schar der Schildknappen, Packpferde und bewaffneten Gefolgsleute, die hinter ihnen ritten, zeugte dafür, daß sie schwerlich die fahrenden Ritter sein konnten, als die sie sich ausgaben. Es handelte sich um Englands beste Kämpen, die der Einladung des französischen Dauphins, François d'Angoulême, zum Hochzeitsturnier Folge leisteten. Und der engste Freund des Königs, Charles Brandon, Herzog von Suffolk, reiste zugleich als Sonderbotschafter zu diesen Ritterspielen. In seiner Begleitung befanden sich Sir Edward Neville und Sir William Sidney, die auch an dem Turnier teilnehmen wollten. Doch keiner von beiden wußte, daß Suffolk eine zusätzliche, geheime Mission hatte: Er sollte einen Angriffspakt zwischen Frankreich und England gegen Ferdinand von Aragon aushandeln.

Suffolk war noch nicht ab gestiegen, als schon ein Eilbote auf schaumbedecktem Pferd in den Burghof sprengte. Er sah sich um, erkannte Brandon trotz der phantasievollen Verkleidung und ritt auf ihn zu. »Mylord, Nachrichten!« rief er, und als Suffolk sich umdrehte, erkannte er einen Höfling, der ihm nach Frankreich vorausgereist war.

»Was ist, Sir Gerard?« fragte er und zügelte sein Pferd. Hinter ihm kamen alle zum Stehen, seine berittene Wache, seine Gefolgsleute, seine mit Zelten beladenen Packpferde, alle drängten sich im Torweg zum Burghof, so daß dieser völlig versperrt war.

»Der König von Frankreich hat das gesamte englische Gesinde entlassen, die Damen und Dienerinnen, die nach Frankreich geschickt wurden, sogar Mutter Guildford. Sie machen die Heimreise unter großen Entbehrungen und haben die Königin allein und sehr betrübt zurücklassen müssen.«

Suffolk stieg die Röte in den bulligen Nacken. Er zog die buschigen dunklen Brauen zusammen. Die kräftigen Kinnmuskeln zuckten vor Wut. »Die Howards«, sagte er. »Die

Howards und Norfolk. Das ist ihre Handschrift. Sie haben dem französischen König eingeflüstert, daß er das Gefolge entlassen soll.«

»Zweifellos, Mylord, zweifellos. Norfolk, der die Königin begleitet, hat das Vorgehen gutgeheißen.«

Dann stimmt es, dachte Suffolk. Er war kein Schnelldenker, aber wenn sich eine Idee einmal in seinem Hirn festgesetzt hatte, dann plagte er sich damit ab und zog und zerrte daran wie eine Bulldogge. Der König wollte das Bündnis mit Frankreich, weil Wolsey es für gut erachtete. Und Suffolk hielt in dieser Angelegenheit zu Wolsey. Wolsey hatte die Dienerschaft ausgesucht. Ohne sie war auch Wolseys Einfluß auf die Königin dahin. Doch er kannte Mary. Ohne ihre Mutter Guildford, die ihr Halt gab, würde sie außer sich geraten. Sie würde sich herrisch geben und Unheil anrichten. Sie war eine Frau, nein, schlimmer als eine Frau, ein Mädchen ohne weltläufige Erfahrung, dem man leicht den Kopf verdrehen konnte und das leicht zu täuschen war. Sie würde Dummheiten machen, würde sich den König entfremden, würde das Bündnis zunichte machen und damit Wolseys und seine eigenen Zukunftsaussichten. Wer weiß? Vielleicht würde sie vor Kummer sogar das Kind verlieren, das sie empfangen haben mochte. Oder schlimmer noch, ohne treue Dienstboten konnten ihr die Franzosen etwas ins Essen tun, so daß sie eine Fehlgeburt hätte, und mit dem Kind waren Englands Hoffnungen zunichte. Ja, es mußten die Howards sein. Sie wollten das Bündnis vereiteln, um Wolsey und ihn zugrunde zu richten. Und das alles, weil sie den französischen König ganz unter ihren Einfluß bringen wollten. Ja, sie waren zu allem fähig. Er mußte seine schweren Pferde zurücklassen und auf dem schnellsten Weg zur Küste reiten. Er mußte nach Frankreich und das Bündnis aushandeln, ehe die Howards ihm Einhalt gebieten konnten.

An diesem Abend saß Suffolk beim Schein einer Kerze und übermittelte dem König die beunruhigenden Neuigkeiten in der ungelenken Schrift und der aberwitzigen Rechtschreibung eines Mannes, der mehr Zeit auf dem Turnierplatz verbracht hat als mit seinem Hauslehrer. Am nächsten Tag brach er mit seinen beiden Gefährten allein und in höchster Eile auf, um sich nach Frankreich einzuschiffen. Mit grauen Kapuzenumhängen über ihrer merkwürdigen Verkleidung waren sie nun das Abbild von fahrenden Rittern, die ihrer bedrängten Königin zu Hilfe eilten. Und soviel Neville und Sidney wußten, war das auch der Fall.

»Der Duc de Suffoke ist in Calais gelandet, und mein Sohn ist ihm entgegengeritten und hat ihn zur Wildschweinjagd eingeladen, ehe sie an die Vorbereitungen für das Turnier in Paris gehen.« Louise von Savoyens Feststellung klang vielsagend. »Den schickt der englische König mit Absicht als Botschafter, mit einer bösen Absicht, meine Tochter.« Louise war am Ende doch von ihrer »Krankheit« genesen und hatte ihren Landsitz in Romorantin verlassen, um an der Krönung teilzunehmen. Erst am Tag davor war sie in einer Sänfte liegend eingetroffen, mit bleichem Gesicht – vom Reispuder – und kochend vor Wut. Jetzt residierte sie in genau dem Haus in St. Denis, in dem auch die ungekrönte Königin wohnte und in dem Claude, die Frau ihres Sohnes, ihre Tochter Marguerite und die Baronin d'Aumont, ihre liebe Freundin, ihr auf Befehl des Königs Gesellschaft leisteten.

»Suffoke? Wer ist das, Mutter? Doch nicht etwa der alte Intrigant mit dem Bart, der gleich nach der Hochzeit heimgefahren ist?«

»Nein, viel schlimmer. Ich habe einen Bericht von de Longueville bekommen. Demzufolge war er in England der Liebhaber der Königin. König Henri hat wohl Angst, daß unser König nicht den heißersehnten Erben zeugen kann. Den Sohn, mit dem die Engländer uns den Thron stehlen wollen. Dazu schickt er diesen Suffoke, als ›Kämpe‹ für England verkleidet, zum großen Krönungsturnier. ›Kämpe‹, daß ich nicht lache! Dieser Kämpe und Hengst soll unseren geliebten François um das bringen, was ihm zusteht.« Louise lehnte sich in die Kissen des Bettes zurück, in dem sie sich »ausruhte«, war aber voll bekleidet und in ihrer üblichen schwarzen Witwentracht.

Marguerite stand besorgt an ihrem Bett. »Diese Engländer . . . die kennen keinerlei Skrupel. Dieser Wolsey, dieser Intrigant!«

Louise setzte sich jählings kerzengerade auf, und ihre Stimme klang grimmig. »Hör zu, meine Tochter. Weder du noch Claude noch die Baronin, keine von Euch darf die Königin auch nur einen Augenblick allein lassen. Das gilt besonders, wenn dieser Suffoke endlich eintrifft. Er darf keine Gelegenheit haben, dem französischen Thron einen englischen Erben zu machen.« Sie packte ihre Tochter mit kräftigen Fingern am Arm, zog sie näher heran und redete ruhig und ingrimmig auf sie ein. »Schärfe Claude ein, daß es ihre Pflicht ist, ihre Pflicht Frankreich und ihren eigenen Kindern gegenüber, Kindern, die sie durch ihre Unaufmerksamkeit, ihr Unvermögen, argwöhnisch und wachsam zu sein, um den Thron bringen kann. Überzeuge dich, daß sie dich verstanden hat und das Geheimnis nicht in einem schwachen Augenblick gegenüber der falschen Person ausplaudert. Ich verlasse mich auf dich. Sie darf keinen Augenblick allein sein, wenn du deinen Bruder liebst.«

»Ja, Mutter, keinen Augenblick allein«, sagte die Herzogin von Alençon, verabschiedete sich von ihrer Mutter und kehrte in die große Galerie zurück, wo die Königin, Claude und ihre Damen die Zeit bis zu dem großen Mittagsmahl totschlugen.

An jedem Ende der Galerie flackerten und rauchten Kohlepfannen und vertrieben die kühle Feuchtigkeit. Üppige Arazzi, gerahmte Gobelins, waren einen Fuß von der Wand entfernt aufgestellt und wehrten die Kälte ab, die von den steinernen Wänden ausstrahlte. Gleichwohl waren die schweren Seiden und Brokate der Damen mit Pelz gefüttert, und ihr kunstvoller, juwelengeschmückter Kopfputz und die Kapuzen dienten einem doppelten Zweck, nämlich Wärme zu spenden und Pracht zu entfalten. Die Königin spielte mit Lady Grey und der Baronin Karten, während Mistress Anne Boleyn, deren reizendes Französisch soviel Anklang fand und die so gefällige Manieren am Hofe der holländischen Regentin gelernt hatte, den französischen Damen, die beim Spielen zuschauten, das komische englische Spiel erklärte. Claude hatte sich dafür eingesetzt, daß das Mädchen bleiben durfte, weil es so wohlerzogen war, daß man es kaum als Engländerin bezeichnen konnte.

Claude selbst spielte nicht mit. In der Regel machten sie Karten ganz wirr und neue Kartenspiele noch mehr. Außerdem bekam sie Kopfweh von dem ausländischen Akzent. Sie saß also in einiger Entfernung auf einer gepolsterten Bank, und eine Gesellschafterin las ihr aus einem frommen Andachtsbuch vor. Sie hielt das Gesicht so eigenartig still, daß Marguerite sofort wußte, warum. Eine junge Frau in schwarzer Witwentracht saß auf einem Schemel vor einer kleinen dreibeinigen Staffelei und einem Tisch mit säuberlich aufgereihten Muschelschalen, hatte sich einen schwarzen Seidenkittel über ihr Kleid gezogen und malte mit unvorstellbar winzigen Pinselchen. Obschon ihre Botschaft wichtig war, blieb Marguerite stehen. Ein flüchtiges Lächeln huschte um ihren wohlgeformten Mund, und die klugen Augen über der langen Nase blitzten auf – sie hatte das Porträt sofort erkannt.

Das kleine Quadrat aus Pergament, kaum größer als eine Kinderhand, das auf das Zeichenbrett geheftet und mit hellem Inkarnat vorgrundiert war, verriet die ganze Geschichte auf einen Blick. Die Malerin hatte mit den letzten Pinselstrichen die verschwommenen, rötlichen Konturen von Claudes Bildnis fertiggestellt. Und jetzt trug die Künstlerin mit faszinierender Genauigkeit Farbe mit so winzigen Strichen auf, daß sie für das Auge fast unsichtbar blieben. Zartes Blauviolett mischte sich mit dem Fleischton, und schon entstand aus den Abtönungen das kleine Gesicht. Eine Spur Schwarz, und Claude hatte dunkle Augenbrauen, dunkle Nasenlöcher und einen Schatten zwischen den Lippen. War es überhaupt Schwarz? Die Farben waren so raffiniert gemischt, daß Marguerite die Grundfarben kaum erriet. Wenn sie auf die Zeichnung aufgetragen wurden, zeigten sie das menschliche Gesicht in seiner wahren Farbgebung, und das kaum größer als ein Männerdaumen. Marguerite sah zu. Claudes unansehnliches Gesicht, aufgedunsen und schieläugig, blickte sie an, wie sie leibte und lebte. Gleichwohl hatte die Malerin irgendwie ihre Schlichtheit und ihre Neigung zu ernster Frömmigkeit eingefangen. Marguerite war erst gerührt, dann staunte sie über eine Begabung, die ihr Mitgefühl wecken konnte. Ich würde mich auch gern im Bild sehen, dachte sie. Eher spirituell. Vielleicht im Gebet.

Während die Künstlerin den ersten Farbauftrag auf dem Gesicht trocknen ließ, malte sie das Vorderteil von Claudes Kleid und dann ihre aufwendigen Ärmel und ihren Kopfputz. Für Marguerite stand eindeutig fest: Das hier war die Malerin der Miniatur, die Frau aus der Gespenstergeschichte, die im Troß der englischen Königin herübergekommen war. Dann hatte sie also doch keinen Liebhaber. Sie hatte die Miniatur eigenhändig gemalt und sie als Arbeit ihres Mannes ausgegeben, um das Honorar zu bekommen. Warum hatte sie ihre Verkleidung aufgegeben? Marguerite, die viel für Geschichten übrig hatte, zögerte einen Augenblick und wollte eine der verbliebenen englischen Gesellschafterinnen zum Dolmetschen herbeirufen, um die Malerin zu befragen. Nein, dachte sie. Später. Meine Angelegenheit kann nicht warten.

»Madame, ich muß Euch allein sprechen. Schickt Eure Vorleserin fort.« Claude, bemüht, ihre Kopfhaltung beizubehalten, willigte ein, und die Dame klappte das Buch zu, verneigte sich anmutig und zog sich zurück. Die Künstlerin malte unverdrossen weiter. Zweifellos versteht sie kein Französisch, dachte Marguerite. Dennoch senkte sie die Stimme. »Madame, Mutter ist eingetroffen und bringt schlechte Nachrichten. Man munkelt, daß der englische König den früheren Liebhaber der Königin, den Duc de Suffoke, geschickt hat, um sie zu schwängern, falls es der König nicht schafft. Seine Ernennung zum Botschafter ist nur ein Vorwand. Das Bündnis mit Frankreich ist nicht seine wichtigste Aufgabe. Mutter ermahnt Euch, daß Ihr die Königin unter keinen Umständen allein laßt, vor allem nicht mit diesem Suffoke, wie auch immer Eure Ausrede lautet, sonst tragt Ihr zur Enterbung Eurer ungeborenen Kinder bei.«

Die Malerin arbeitete weiter, als schenkte sie dem Drama, das neben ihr offengelegt wurde, keinerlei Beachtung. Claudes Mund formte die Worte »Enterbung Eurer ungeborenen Kinder« nach wie ein schwieriges mathematisches Problem. Als sie ein Weilchen nachgedacht hatte, sagte sie verlegen: »Ihr meint, der englische König hat einen Mann geschickt, der eine so große Sünde begehen soll? Ehebruch? Entehrung? Und sie willigt ein? Oh, diese elenden Engländer! Sie sind zu allem fähig!«

Selbst bei diesem Ausbruch arbeitete die Malerin unentwegt weiter, ihre Augen ließen keinen Augenblick von dem winzigen Bild ab. Sie malte Claudes goldfarbenes Mieder in klarem Ocker, dem sie zerstoßenes Gummiarabikum und etwas Zucker beigegeben hatte. Geschickt vermischte sie die Abtönfarbe aus Ochsengalle auf ihrer kleinen Perlmuttpalette mit Gummilösung, dann trug sie flink ein paar zierliche Pinselstriche am Rand der Form auf, und schon wirkte diese gerundet. »Ihr dürft jedoch niemandem davon erzählen, außer der Baronin d'Aumont«, sagte Marguerite. »Nur sie ist vertrauenswürdig. Die Königin darf nichts von unserem Argwohn erfahren, sonst täuscht sie uns. Denkt daran, es geschieht Euren künftigen Kindern und auch Eurem Herrn zuliebe.«

»Meinem Herrn zuliebe tue ich alles«, sagte Claude und vergaß ganz, den Kopf stillzuhalten. Die Künstlerin wusch jetzt ihre Pinsel in einem Eimer mit Wasser aus. Wie interessant, dachte Marguerite, die eine bedeutende Schirmherrin der Künste war. Farben auf Wasserbasis. Und ich habe sie für Ölfarben gehalten – sie wirken so satt – und gedacht, nur weil sie so wenig davon verwendet, riecht es nicht unangenehm. Jetzt packte die Künstlerin ihre Pinsel ein. Der Kasten war innen säuberlich geordnet, hatte kleine Fächer mit geheimnisvollen Gegenständen, kleinen Gefäßen und seltsamen Dingen, die in farbbekleckstes Leinen gewickelt waren. Claude bedeutete ihr mit der Hand, daß sie entlassen war. »Morgen«, sagte sie, »um die gleiche Zeit. Und bringt das Triptychon mit, ich möchte die Fortschritte sehen.«

Die Künstlerin verneigte sich, was Zustimmung und Lebewohl zugleich bedeuten mochte, schloß ihren Kasten, klappte die kleine Staffelei zusammen und zog sich wortlos zurück. Marguerite bedauerte, sie nicht aufgehalten und über den Geist befragt zu haben. Typisch Claude, da muß sie doch mit der bedauernswerten Ausländerin Französisch sprechen, und die versteht offensichtlich kein Wort. Doch dann schoß ihr ein Gedanke durch den Kopf, bei dem ihr der Atem stockte.

»Madame Claude, liebe Schwester, diese Malerin wirkt sehr gescheit.«

»Ei ja, das ist sie auch. Sie malt mir ein Andachtstriptychon mit Mutters Porträt und Engeln.«

»Aber sie spricht kein Französisch, oder? Woher weiß sie, was Ihr wollt?«

»Oh, sie spricht sehr nett Französisch«, sagte Claude, »ein wenig langsam zwar und mit einem wirklich wunderlichen Akzent. Nicht richtig englisch. Ich halte ihn für flämisch. Aber ich kann sie verstehen. Gleichwohl lasse ich sie nicht zuviel reden, denn von Akzenten bekomme ich Kopfweh.« Marguerite wurde eiskalt ums Herz. Mein Gott. Alles vor den Ohren einer Bediensteten der Engländer enthüllt. Rasch rief sie eine von Claudes Dienerinnen herbei.

»Such bitte sofort nach der Malerin. Bring sie in meine Gemächer, sie soll dort auf mich warten, aber sonst darf niemand sie sehen. Sag ihr, daß ich komme, sobald ich mich hier freimachen kann.«

»Marguerite, liebe Schwägerin, stimmt etwas nicht?«

»Aber nicht doch, liebe Claude. Ich bin nur neidisch auf Euer schönes Porträt. Ich würde mich auch gern malen lassen.«

Kapitel 18

An dem Tag, als die Bediensteten der Königin fortgeschickt wurden, war auch ich dabei, meine Kiste zu packen, und überlegte, wie Nan und ich es wohl ohne Geld und noch dazu ohne Pferd und Wagen nach Boulogne schaffen sollten, da ja alle anderen nach Paris weiterreisten, als ein französischer Lakai mit einer Liste kam und sagte, ich könne bleiben.

»Das muß diese Madame Claude sein. Sie möchte ihre Engel fertiggestellt haben«, sagte Nan. Doch für den Rest des Tages sahen mich alle mit verweinten Augen mißtrauisch an, so als hätte ich etwas Unrechtes getan, und als sie zwei Tage später aufbrachen, war ich froh, denn eine Frau, die für Lady Guildford wusch, hatte das Gerücht ausgestreut, ich dürfe bleiben, weil ich ein Verhältnis mit einem Lakai des Dauphins angefangen hätte, und eine richtige Engländerin wäre ich ohnedies nicht. Was könne man schon von jemandem erwarten, der Französisch spräche und so von oben herab tue wie ich. Ich weiß, es war nicht recht, daß mich das aufbrachte, aber ich war böse, und es half auch nicht, daß ich in meinem Buch die Stelle von der unendlichen Geduld der Jungfrau Maria gleich mehrmals hintereinander las, um mich zu beschwichtigen. Die Lektüre überzeugte mich nur davon, daß es einfach hoffnungslos war, ihr nachzueifern, ganz abgesehen davon, daß mein Stand längst nicht so hochgestellt wie ihrer war, und jungfräulich war ich auch nicht mehr.

Doch Arbeit heiterte mich wieder auf, und selbst unterwegs mit dem Hof nach St. Denis, vor Paris gelegen, arbeitete ich an der Zeichnung zu Madames Engeln, denn auf Reisen kann ich nicht malen, weil ich ja Holz für die Tafeln brauche, und Hasenleim konnte ich auch nicht kochen, denn dazu braucht man eine eigene Wohnung, weil er so komisch riecht. Die Engel wurden lustig, alle hatten Hadriels Gesicht, obschon ich ihrem Haar verschiedene Farben gab. Ich dachte viel an ihn, denn schließlich bekommt nicht jeder einen echten Engel zu sehen. Aber leider gehen die ihre eigenen Wege, daher kann man im Alltagsleben nicht auf sie zählen, nur daß ich das nicht jedem gleich sage. Dennoch waren diese Gedanken sehr erhebend und flossen in das Bild ein, das ich für Madame Claude malte, die winzige Dinge sehr gern hat, vor allem Illuminationen, und die nach einer Geldquelle aussah, da sie regelmäßiger zahlte als viele dieser hohen Herrschaften.

Ein Glück, daß ich trotz meiner ständigen Geldknappheit – denn noch hatte niemand bezahlt – reichlich Pergament allerersten Güte besaß, und so schnitt ich einfach immer mehr von dem Ding ab, das Master Dallet gehört hatte. Der beschriebene Teil taugte nicht für Porträts, aber ich überlegte, ob ich die Tinte nicht mit irgend etwas ablösen, das Pergament neu schleifen und polieren, eine dicke Grundierung auftragen und es für meine eigenen Ideen nutzen könnte, die mir unentwegt im Kopf herumgingen. Doch zwischen die Ideen schoben sich immer wieder traurige Gedanken an den armen Tom, der mir gefolgt und durch meine Schuld gestorben war, und auch an Master Ashford, der mein Herz ganz schön zum Klopfen gebracht hatte, auch wenn er sich wegen seiner üblen Laune wirklich nicht für eine ernsthafte Freundschaft geeignet hätte. Dennoch, den gräßlichen Tod durch Ertrinken hatte er nicht verdient, und ich konnte mir gut vorstellen, wie sie sich auf dem unteren Geschützdeck bei all dem hereinströmenden Wasser gefühlt haben mußten, schließlich hatte ich den Kanal auch überquert. Zuweilen plagten mich Alpträume.

Als wir dann in St. Denis ankamen, stellte sich heraus,

daß Nan ein neues Umschlagtuch und Strümpfe brauchte und daß meine Schuhe abgelaufen waren und Wasser durchließen, und bei Hofe, wo alles so fein ist, konnte ich nicht gut in Holzpantinen auftreten, also mußten neue her. Dazu brauchte ich Geld, und so ließ ich ab von meinen eigenen Ideen, arbeitete sehr hart und verbrauchte fast alle Farben, die ich mitgebracht hatte, für Madame Claudes Gemälde, doch jetzt konnte ich sie um einen Vorschuß für den Rahmen bitten, und vielleicht bekam ich ja auch einen neuen Auftrag. Und die Dinge wandten sich wirklich zum Guten, denn meine Engel gefielen Madame Claude sehr gut, da sich doch ihre tote Mutter darunter befand. Als ich ihr dann meine Miniaturen zeigte, betrachtete sie diese lange. Darauf verzog sie das Gesicht und blickte in die Luft, als dächte sie ganz scharf nach, und am Ende sagte sie: »Könntet Ihr von mir auch so ein Bild malen, das ich meinem Herrn schenken kann? Wenn er das auf Reisen mitnimmt, würde es ihn an mich erinnern, während ich daheim auf ihn warte.« Ach, das arme, arme Ding, selbst wenn sie eine Königstochter ist. Bildete sie sich etwa ein, eine Miniatur von ihr würde ihren Ehemann, diesen Herzog Franz, davon abhalten, jedem Rock nachzulaufen? »Und . . . und könntet Ihr mich hübsch malen? Ein . . . ein wenig schlanker um die Taille herum? Die Königin gibt jetzt die Mode an . . . und er, ach, alles spricht nur noch davon, wie schlank sie ist . . .«

»Venus soll üppiger gewesen sein und wohlgerundete Formen gehabt haben«, sagte ich taktvoll. Doch das arme Mädchen blickte sehr ratlos und verstört, und dann sagte sie: »Venus? War das nicht eine Heidin?« Ich wechselte das Thema und sagte, wie wohlbeleibt die früheren Königinnen von Frankreich, keine von ihnen eine Heidin, gewesen seien, und schließlich sagte sie seufzend: »Ich sehe genauso aus wie Mutter. Das macht das königliche bretonische Blut. Und man hat mir erzählt, daß der Vater des englischen Königs Henri ein Usurpator war und nur einen sehr entfernten Anspruch auf den Thron hatte. Das wäre eine Erklärung dafür.

Zweifelhaftes Blut. Oberflächliche Menschen laufen den falschen Dingen nach.« Madame Claudes Gedanken arbeiteten so sichtbar wie das Uhrwerk, das man sieht, wenn man auf einen Kirchturm hinaufklettert. Und sie knirschten und klapperten tüchtig, genauso wie die Kirchturmuhr. Doch man verzeiht ihr den Lärm, weil es an ein Wunder grenzt, daß sie überhaupt geht.

In St. Denis mußten wir warten, weil dort die Krönung unserer Prinzessin stattfinden sollte, und die Franzosen lassen nun einmal keine ungekrönte Königin nach Paris hinein. Daher konnte sie erst nach der Krönung und ihrem offiziellen Einzug in die Stadt, der an sich schon ein großes Fest ist, im Schloß Les Tournelles wohnen. Also wartete alles und mußte wegen des bitteren Winters die Zeit drinnen totschlagen, während die französischen Damen, darunter auch Claude, der Königin Gesellschaft leisteten und sie in französischen Sitten und Gebräuchen und Hofetikette unterwiesen. Und dort stellte ich dann auch fest, daß man annimmt, Maler hätten keine Ohren, denn sie klatschten und intrigierten, als ob ich gar nicht zugegen wäre. Und überall aus Sicherheitsgründen nur Frauen, sogar die Hunde und der Hofnarr waren weiblich, was wieder einmal beweist, wie französische Männer denken. Und wenn die Frauen unter sich waren, erzählten sie Geschichten, bei denen mir das Blut in die Wangen stieg, abgesehen von ein paar alten Damen, die sich für sehr fromm hielten, nur weil sie gern schreckliche Geschichten über Märtyrer hörten, und darin konnten sie es mit den Mönchen aufnehmen, denen ich früher die Evas nebst Adam verkaufte. Und so hörte ich denn auch brühwarm, daß der Herzog von Suffolk kommen und bei dem Turnier mogeln wollte und daß er von *petite famille* sei und daß unser Erzbischof und selbst unser König ihn in Wirklichkeit geschickt hätten, damit er der Königin ein Kind machte, weil der alte französische König sie nicht mehr schwängern könnte. Aber ich mußte den Mund halten, anstatt die Ehre der Königin mit der Frage zu verteidigen, wie die Geheimnisse des

Brautlagers wohl so schnell über den Kanal gedrungen wären. Ein vorlauter Künstler riskiert Kopf und Kragen, wie Nan mich des öfteren ermahnt.

Doch an dem Tag, als ich kam, um Madame Claude zu malen, da wußte ich, dieses Mal hatte ich eindeutig zuviel gehört, denn diese Herzogin Marguerite, die schlüpfrige Geschichten für ein Buch sammelt, war einfach so hereingeplatzt und hatte damit angefangen, daß »Mutter« ihr gesagt hätte, man dürfe unsere Königin Mary nie allein lassen. Ich wußte nicht so recht, wer »Mutter« sein mochte, da für mich alles noch so neu war, aber wenn eine nicht auf den Kopf gefallen und niemandes Freundin war, dann die hier. Ich überlegte, ob ich später nachfragen sollte, wer »Mutter« sei, doch die Gelegenheit bot sich nicht mehr. Ich hatte den Raum kaum verlassen, da kam eine Hofdame hinter mir hergetrippelt und sagte, Herzogin Marguerite wolle mich sehen und es ginge um große Ehre und ich solle mitkommen und im Vorzimmer zu ihrem Schlafgemach warten, aber ja nicht mit jemandem reden, denn natürlich sei die Ehre zu groß, als daß andere davon wissen dürften. Eine schöne Ehre, sagte ich bei mir und dachte an die Schlinge des Henkers oder irgendein gräßliches französisches Verlies. Und Nan konnte ich auch nicht mehr Lebewohl sagen, sonst kam sie in den Genuß der gleichen Ehre. Dann dachte ich, so ergeht es einem Menschen, der häßlich von seinem Ehemann denkt und schlechten Mönchen Geld für schlüpfrige biblische Bilder abnimmt.

Doch schon bald hörte ich rasche Schritte, ein schweres Kleid raschelte, und Herzogin Marguerite winkte mich in ihr Schlafgemach und schloß die Tür. Sie war ungefähr so alt wie ich, doch hochgewachsen und kräftig, und sie hatte die unglaublich lange Nase, die bei Franzosen für aristokratisch gilt. Nur Herzog Franz, ihr Bruder, hatte eine noch längere, und er war es auch, der den König dazu bewogen hatte, Mistress Guildford heimzuschicken, da war ich mir ganz sicher, denn die hatte ihm den Weg vertreten. Und die Herzogin hatte das gleiche dunkelkastanienfarbene Haar und die gleichen Augen, und die blickten sehr besorgt. Oh, gut, dachte ich. Vielleicht darf »Mutter« nicht erfahren, daß sie das Geheimnis so leichtfertig ausgeplaudert hat. Das heißt, sie kann nichts Offensichtliches tun, um mich zum Schweigen zu bringen. Ihr Schlafgemach war sehr hübsch, auch wenn es nur ausgeliehen war. Goldbestickte Gobelins mit ihrem Monogramm und dem Wappen ihres Mannes – jedenfalls nahm ich an, daß es das war – dienten als Vorhänge des großen Bettes aus dunklem Holz. Es gab auch ein paar hervorragende Wandbehänge mit mythologischen Themen, darunter das Urteil des Paris mit einer Athene, die ziemlich böse blickte und die, abgesehen von ihrem Helm, völlig unbekleidet war. Die anderen hatten noch weniger an, und ich muß schon sagen, im Vergleich dazu wirkten meine Gemälde von Adam und Eva geradezu züchtig.

Sie setzte sich auf ihr Bett, und ich knickste zunächst, dann hörte ich mir im Stehen an, was sie zu sagen hatte. »Eure winzigen Porträts sind wirklich faszinierend. Ganz der Stil unseres verstorbenen Maître Fouquet. Wo habt Ihr diese Kunst erlernt? Es ist sehr ungewöhnlich, daß sich eine Frau allein durchs Leben schlägt.«

Ich war mit meiner Antwort sehr vorsichtig. »Madame, mein Vater hat mich diese Kunst gelehrt, und sie ist seine Erfindung, denn darin sind sowohl seine eigenen Geheimnisse als auch die der Buchilluminatoren vereint. Er hat gesagt, es stünde einer Frau wohl an, ein ordentliches und anständiges Gewerbe zu lernen, falls sie durch ein grausames Geschick einmal allein dastehen sollte.«

»Dann seid Ihr also allein? Ganz allein?« Oje, die Unterhaltung lief völlig in die falsche Richtung.

»Ich bin zwar Witwe, habe aber das große Glück, mich auf die Großherzigkeit und Fürsorge meines früheren Gönners, des Erzbischofs Wolsey, verlassen zu können.« Der Name wirkte Wunder. Sie stützte den Ellenbogen auf das Kopfpolster, doch ihre Miene veränderte sich nicht. Ihre Augen blickten gescheit, und ihre Gedanken blieben im Gegensatz zu dem quietschenden, knarrenden Uhrwerk der armen Claude verborgen.

»Erzählt mir von Erzbischof Wolsey. Ist er ein alter Mann, und tut er gern gute Werke? Ich habe gehört, daß er oft kränkelt, und würde ihm gern ein Zeichen meiner Gunst senden.« Aha. Das ist mir eine ganz Schlaue, diese Dame, dachte ich. Wenn ich jetzt etwas Privates sage, hält sie mich für eine Klatschbase.

»Madame, der Erzbischof hat mich nicht in seine Geheimnisse eingeweiht, ich stehe zu niedrig, als daß ich genauere Kenntnis von so hohen Herrschaften hätte.«

Sie lächelte. »Ihr zeigt die gebührende Diskretion«, sagte sie.

»Madame, mein Wahlspruch lautet: ›Reden ist Silber, Schweigen ist Gold‹, vornehmlich bei einer Frau.«

Sie kniff die Lippen zusammen, und ihr Blick wurde mißmutig. »Woher habt Ihr diesen Sinnspruch?« fragte sie.

»Madame, aus einem Buch über Tugenden, das mir meine Mutter geschenkt hat. Es heißt *Rathgeber für das treffliche Eheweib* und handelt von gutem Benehmen in allen Lebenslagen. Außerdem enthält es ein hervorragendes Rezept für gebratene Brassen, aber das für Talgpudding, das will einfach nicht gelingen.«

Es kam mir vor, als sähe ich es um den Mund unter der langen, langen Nase zucken. Irgendwie erschien sie mir zu neugierig, zu humorvoll, als daß sie die böse, intrigante Dame sein konnte, für die ich sie gehalten hatte.

»Und warum klappt dieses Rezept nicht, wenn das Buch sonst so ausgezeichnet ist?« fragte sie.

»Ach, ich habe wohl nicht richtig nachgelesen. Der Mann, der das Buch geschrieben hat, ist sonst in allem so klug, da weiß er gewiß auch, wie einem der Talgpudding gelingt.«

»Hat er noch andere Rezepte, die unbefriedigend ausfallen, oder ist es nur das eine?« fragte sie und verbiß sich dabei ein Lächeln.

Ich seufzte tief. »Es gibt eins für Ehemänner, die ihr Vergnügen anderweitig suchen. Es sagt, man soll jener Dame nacheifern, die sich so um das Wohlergehen ihres Mannes sorgte, daß sie der armen Frau, mit der er schlief, die eigene Bettwäsche schickte, damit er es noch bequemer habe.«

»Die Geschichte kenne ich«, sagte die Herzogin. »Die Bettwäsche trug ihr Monogramm eingestickt, und als der Ehemann das sah, da schämte er sich und kehrte zu ihr zurück. Und das habt Ihr tatsächlich ausprobiert?«

»Es ging nicht, Madame. Mein Mann hatte doch die Bettwäsche versetzt und ihr davon ein Armband gekauft.« Ich merkte, wie mir das Gesicht brannte, so ergrimmte mich die Erinnerung.

Die Herzogin lachte schallend, obschon ich wirklich nicht wußte, was es da zu lachen gab. »Aber gleichwohl würdet Ihr sagen, das Rezept könnte trotz Eurer schlechten Erfahrung gelingen.«

»Ja, natürlich. Mein Mann muß das Buch vor mir gelesen haben. Und da er wußte, daß der fromme Mann, der es geschrieben hat, immer recht behält, war ihm klar, daß er nicht zurückkommen mußte, wenn er die Bettwäsche verkaufte«, erklärte ich.

Die Herzogin prustete vor Lachen, was wirklich ziemlich ungezogen von ihr war. »Sagt, Maîtresse Suzanne, wenn ich Eure Gönnerin würde, schweigt Ihr dann über alles, was Ihr aus meinem Mund gehört habt?«

»Madame, ich würde auch ohne diese große Ehre schweigen. Ich plaudere nicht aus, was mich nichts angeht. Und außerdem, wer würde mir schon Glauben schenken? Wegen meiner Malerei hält man mich schon jetzt für nicht ganz bei Trost.« Bei dem Gedanken seufzte ich.

Die Herzogin lachte schon wieder und sagte: »Ich glaube, ich habe mich nicht in Euch getäuscht, und ich dachte an mehrere Aufträge, solange wir in Paris sind. Sagt, habt Ihr ein Atelier?«

»Nein, Madame. Bis ich ein eigenes Zuhause habe, muß ich mich auf Miniaturen beschränken, weil ich die Farben dafür auf Wasserbasis mischen kann. Aber woher soll ich in einer fremden Stadt mit möglicherweise mächtigen Zünften bekommen, was ich benötige?«

»Dazu werdet Ihr mich brauchen. Ich bin in diesem Land eine bedeutende Schirmherrin der Künste. Wenn ich Euch gewogen bin, wagt es niemand, Euch in die Quere zu kommen. Ich kümmere mich darum, daß Ihr Euer Atelier bekommt.« Ich merkte, daß sie mein Gesicht prüfend musterte, und wußte, sie hatte die Dankbarkeit in meinen Augen gesehen. Ihre Züge entspannten sich, und jetzt war ihr Lächeln echt. »Es gefällt mir, eine Frau zu fördern, die in einem Männergewerbe arbeitet. Im *Buch von der Stadt der Frauen* sind kunstfertige und tugendhafte Frauen für alles Schöpferische zuständig, was Gott höchst wohlgefällig ist.«

»Es gibt irgendwo eine Stadt der Frauen?«

»Es ist ein Buch, keine Stadt«, antwortete sie in dem schulmeisterlichen Ton, mit dem man einen Lehrling verbessert. »Christine de Pisan hat es zur Verherrlichung von Frauentugenden geschrieben, und sie gilt in unserem Land als namhafte Dichterin.« Was für ein Land, dachte ich. Kein Wunder, daß es so schrecklich sündhaft ist. Allüberall Frauen, die Bücher schreiben. Aber ich kann es mir nicht leisten, wählerisch zu sein. Das Bild von meinem eigenen Atelier tanzte vor meinen Augen. Wann würde die Königin, so isoliert und gedankenlos, wie sie war, ausreichend Macht und Einfluß besitzen, um mir zu dem zu verhelfen, was ein Künstler zur Ausübung seines Gewerbes braucht? Als ob sie mir auch nur einen Penny gezahlt hätte, selbst wenn es ihr besser gegangen wäre. Außerdem kam jeder Sou für den Unterhalt ihrer Dienerinnen jetzt vom französischen König, und der war sehr knauserig und hatte auch noch nicht gezahlt. Dann fiel mir ein, daß auch Wolsey mir keinen Vorschuß auf die ausgesetzte Summe von fünfzehn Pfund im Jahr gegeben hatte, und so erschien mir die Schirmherrschaft der Herzogin, auch wenn sie für mich ein wenig zu, na ja, französisch war, in immer rosigerem Licht. Ich hörte sie stillvergnügt lachen. Wie ärgerlich. Da hatte ich mich in Gedankenlesen geübt, sie aber auch.

»Ich möchte, daß Ihr uns aus dem Buch vorlest und es gleich ins Französische übersetzt, damit meine Damen und ich über seine Vorzüge disputieren können«, sagte sie. Über ein Buch der Tugend disputieren? Ich war entsetzt. Was gibt es über Tugend zu disputieren? Ich spürte, wie das Sündhafte dieses Tuns mich mitriß. Mir war durchaus klar, was diese Hofdamen mit den losen Sitten dazu sagen würden. Das hatte ich nun von meiner Schlechtigkeit. Alles hatte an dem Tag angefangen, als ich auf die schiefe Bahn geriet und es aufgab, ein wahrhaft gutes Eheweib zu sein, und die Verfehlungen meines Mannes als Ausrede für mein eigenmächtiges Tun nutzte. Und nun irrte ich verloren an einem fremden Hof voller Intriganten herum. Ashford war tot, und alle hatten vergessen, warum Wolsey mich eigentlich hergeschickt hatte. Ich wußte nur noch, daß er Porträts haben wollte, doch von wem, das hatte er mir nicht gesagt, und er wollte wissen, wie viele Gemälde der König hatte, doch die hatte ich ohnedies noch nicht zu sehen bekommen. Irgendwie gehörte ich zum Gesinde der Königin, nur daß sie mich nicht bezahlte; mich bezahlte Herzogin Claude, doch nicht als ihre Dienerin. Und jetzt hatte ich anscheinend so etwas wie eine Gönnerin, aber nur, wenn ich es mir nicht mit ihr und den übrigen verdarb. Und obendrein wollte sie mich nicht nur als Malerin, sondern auch als Hofnärrin haben.

»Aber nicht doch«, sagte Marguerite von Alençon. »Gaillarde kann nicht lesen.« Sie lächelte ihr zweideutiges, schmales Lächeln, mit dem ich sie später auch malte. Dann musterte sie mich von Kopf bis Fuß mit allzu berechnendem Blick. »Sagt«, meinte sie, »würdet Ihr Euch gern wieder verheiraten? Wenn mir Eure Arbeit zusagt, könnte ich für Euch eine Ehe mit einem ehrbaren Herrn von Stand aus meinem Haushalt arrangieren.«

Meine Augen weiteten sich vor Entsetzen.

»Ach ja, die Bettwäsche«, sagte sie lachend. »Maîtresse

Suzanne, habt Ihr noch nicht gelernt, daß Männer nicht alle gleich sind? Wenn Ihr in Frankreich leben wollt, müßt Ihr philosophischer werden. Tugend muß sich an der Wirklichkeit erproben, sonst ist sie nur Phantasterei. Oder Heuchelei. Vergeßt nicht, morgen zu kommen, und bringt Euer Buch mit.« Im Hinausgehen wunderte ich mich über diese französische Dame, die seltsamer wirkte als jeder andere, den ich je kennengelernt hatte, ausgenommen vielleicht ich selbst.

Man hat mir erzählt, daß der Dauphin Franz bei der Krönung höchstpersönlich die Krone über den Kopf der Königin hielt, um ihr deren Gewicht zu ersparen, doch gesehen habe ich es nicht. Ich konnte mir gut vorstellen, daß er die Gelegenheit dazu nutzte, ihr unzüchtige Blicke aus scharfen, kleinen Augen zuzuwerfen, wie ich das früher schon bei ihm gesehen hatte. Als sie erst einmal gekrönt war, hielt die Königin durch die Porte St. Denis triumphal Einzug in Paris, wo Nan und ich uns bereits das neue Atelier angesehen hatten, das einer von Herzogin Marguerites Advokaten für uns gemietet hatte. Es war wirklich ganz prächtig und ging über das gesamte dritte Stockwerk eines schmalen, kleinen Hauses auf dem Pont au Change, unmittelbar dort, wo die Goldschmiede und Geldwechsler zu Hause sind – und einige Händler, die Juwelen, kostspielige Kuriositäten und Manuskripte aus früheren Zeiten anbieten, und auch Galerien, die Kunstwerke verkaufen, die einstmals vornehmen, vorübergehend mittellosen Leuten gehörten. Einen Schuhmacher gab es auch, der sehr elegante Schuhe anfertigte, doch die waren zu fein für mich. Und das Atelier lag angenehm nahe beim Hôtel des Tournelles – dem Palast, in dem der König residierte, wenn er sich in Paris aufhielt – und auch nicht weit von der Louvre-Festung, dem größten seiner Stadtpaläste. Der Fußboden in meinem neuen Atelier war nur ein klein wenig geneigt, und es gab ein schönes Nordfenster, was immer das beste Licht gibt, und zwei Kamine. Möbliert war es auch, obschon sehr einfach: ein großer alter Küchenschrank, ein Bettgestell, in das eine ganze Familie gepaßt hätte, und ein arg ramponierter Arbeitstisch.

»Der letzte Bewohner war Kupferstecher«, sagte die Vermieterin mit argwöhnischem Blick. »Ich glaube, der Advokat der Herzogin hat etwas von einem Maler mit Hausgesinde gesagt.« Und nichts von einer übel beleumdeten Frau, die sich als Witwe verkleidet, schien ihr Blick zu besagen.

»Ich bin Malerin, jedoch nur für hochgestellte Herrschaften. Ich lebe bei Hofe. Das hier ist nur mein Atelier. Der Advokat der Herzogin hat mir versichert, daß diese Behausung schicklich für eine ehrbare Frau ist, doch vielleicht hat er die Spelunke auf der anderen Straßenseite nicht bemerkt. Ich weiß nicht, ob es meiner Gönnerin recht ist, wenn ich auch nur eine Nacht gegenüber von etwas verbringe, was sich ›Das Faß des Riesen‹ nennt. In England hätte ich ein Atelier so weit unter meinem Stand nicht angenommen. Ich bekomme noch einen schlechten Ruf, wenn ich hierbleibe.« Die Augen der Vermieterin wanderten von meiner schwarzen Witwentracht zu Nan mit ihrer strengen Miene und dem ordentlichen Kleid und dann zu dem Lakai der Herzogin in seiner reichen Livree, der meine Kiste trug. Ich konnte sehen, wie sie nachrechnete.

»So was ist mir noch nie untergekommen«, sagte sie mürrisch.

»In England gibt es viele ehrbare Frauen, die ein Gewerbe betreiben – und Dutzende von Malerinnen. Vielleicht habt Ihr in Paris Weberinnen?«

»Aber natürlich, wie sonst sollte sich die Witwe eines ehrlichen Mannes wohl durchschlagen?«

»Und genauso ergeht es den Malerinnen in England. Nur daß die natürlich vornehmer sind, weil sie mit Persönlichkeiten von Rang verkehren.« Die grimmige alte Französin mit Haube und Schürze schüttelte verwundert den Kopf. »Widerlich . . .«, brummelte sie, »fremdländisch . . . gleichwohl, die Herzogin höchstpersönlich . . .«

»Was hast du der Frau erzählt?« fragte Nan, als die Vermieterin die Außentreppe hinunterstapfte.

»Daß es in England Dutzende von Malerinnen aus höchsten Kreisen gibt«, erwiderte ich.

»Du lügst, daß sich die Balken biegen«, sagte Nan und runzelte grimmig die Stirn. Das hatte Master Ashford auch immer gesagt, und es stimmte mich traurig, aber das mußte sie nicht unbedingt wissen.

»Oh, sieh mal aus dem Fenster«, sagte ich, um das Thema zu wechseln, »vor dem ›Faß des Riesen‹ sind drei Betrunkene hoch zu Roß. Oh . . . da . . . dachte ich mir's doch. Einer liegt schon unten.« Der Mann, der heruntergefallen war, lag rücklings im Dreck. Auf einmal erspähte er mich und zeigte hoch. Und als die beiden anderen zu mir heraufblickten, gab es viel Gegröle auf französisch, lauter Dinge, die ich nicht verstand.

»Barmherziger, schon wieder eine Schenke«, sagte Nan. »Du lernst nichts dazu, es ist aussichtslos. Was du brauchst, Susanna, ist ein Mann, der für dich sorgt – ein anständiger, kein Säufer oder Schürzenjäger –, denn eins ist so sicher wie das Amen in der Kirche, allein schaffst du es nicht in dieser Welt.«

»Ach, Unfug, Nan, ich hatte einen Mann, und der hat überhaupt nicht für mich gesorgt, und das Ganze fängt gerade an, mir richtig Spaß zu machen. Hör mal, das sind Jubelrufe. Der Zug der Königin dürfte fast in Les Tournelles angekommen sein.« Und so ließen wir natürlich alles stehen und liegen und eilten, um die Königin in ihrer Sänfte anzusehen, und neben der ritt sehr vertraut der Dauphin Franz, dazu kamen noch die Heerscharen ihrer französischen Dienerinnen, Fahnenträger, berittene Leibwachen und Trompeter, alles zog dem König entgegen, der die meisten Festlichkeiten ausgelassen hatte, vor ihr eingezogen war und sich zu Bett begeben hatte. Es war ein höchst prächtiger und erhebender Anblick, und alle redeten über nichts anderes als über das große Turnier zwischen England und Frankreich, das noch großartiger werden würde als der Einzug der Königin. Großartiger als alles, was man jemals gesehen hatte. Es sollte zu Ehren der Königin abgehalten werden, und der Dauphin hatte sich das Ganze ausgedacht.

»Nan, das Turnier muß ich einfach sehen.«

»Unfug. Der einzige sichere Platz für eine Frau ist die Tribüne, aber die ist den feinen Damen vorbehalten.«

»Ich muß aber hin. Alle behaupten, dergleichen hat man noch nie gesehen. Ich nehme eine Staffelei mit und sage jedem, daß ich den Auftrag habe, einen Druck von dem Fest zu machen.«

»Schon wieder eine schreckliche Lüge. Wer würde dir das wohl abnehmen? Keine ehrbare Frau läßt sich so blicken. Man wird über dich herfallen. Warum versuchst du nicht, von einem Fenster in Les Tournelles aus zuzusehen? Und regnen wird es wahrscheinlich auch. Willst du schon wieder krank werden? Dieses Mal könnte es sich zum Lungenfieber auswachsen. Denk daran, du könntest sterben, nur weil du so töricht warst . . .«

Aber je eindringlicher Nan warnte, desto mehr verlangte mich danach, mir das Ganze anzusehen. Und das ganz und gar nicht von weit weg aus einem Fenster über dem Park von Les Tournelles.

»Das allererste, was man in Paris tut, Lord Belphagor, man wechselt sein Geld. Und dann auf zum Cour des Miracles, wo man ein, zwei durchtriebene Franzosen als Leibdiener anheuert. Wir wollen doch Augen und Ohren in dieser Stadt haben und Männer, die sich nicht fürchten, im Dunkeln das Messer zu benutzen.« Crouchs Stimme klang vertraulich, weltläufig. Belphagor blickte ihn ungeduldig an.

»Hört, Crouch, die Unterteufel machen alles für mich, was ich will. Ich brauche keine gerissenen Burschen in meinen Diensten. Da wären mir ein, zwei freundliche, unschuldige Seelen lieber. Die sind anfangs vertrauenswürdiger und hinterher einfach köstlich.«

»Ach, aber sprechen Eure Unterteufel Französisch? Selbst Watkin hier kennt sich nicht gut genug aus, als daß er unsere heikleren Botengänge erledigen könnte.«

»Ihr sprecht Französisch. Ihr erledigt meine Botengänge«, sagte Belphagor unverblümt, und da Crouch Dampf aus seinen Ohren kommen sah, nickte er und lächelte matt.

»Eine ausgezeichnete Idee, Lord Belphagor. Wir wollen so wenig Leute wie möglich in unseren Plan einweihen«, sagte der gerissene Hexenmeister. Du Narr, flüsterte er im stillen. Es dauert nicht mehr lange, und ich besitze deine ganze schwarze Macht und deine Unterteufel obendrein. Du hast schon zuviel verraten.

»Crouch, Ihr treibt diese Verschwörer für mich auf; ich will gemeinsame Sache mit dem Steuermann machen und die Valois vernichten.«

»Aber das Manuskript . . .«

»Geschreibsel. Was soll mir das? Ich brauche es nicht.«

»Aber ich . . . Ihr braucht es, Lord Belphagor. Ihr müßt ihr Geheimnis kennen. Und wenn sie an der Macht sind, könnt Ihr sie an ihre Feinde verraten.« Dieser Dämon ist ein Kind, dachte Crouch. Wie einfach man ihn ablenken kann, wenn man ihm Unheil verspricht! Es ist, als ob man einem Kleinkind eine Süßigkeit anbietet.

»Gut, dann besorgt auch das.«

»Wir müssen Mistress Dallet finden.«

»Was meint Ihr mit ›wir‹? Ich bin jetzt ein Mann von Stand, und Ihr, Crouch, tut gefälligst, was ich Euch sage. Ihr treibt sie auf. Denkt daran, alle Reichtümer dieser Erde. Was meint Ihr, sollte ich Schwert und Dolch tragen, oder wirkt das am französischen Hof übertrieben? O ja, und sucht mir einen Tanzlehrer. In Calais habe ich einen Herrn sagen hören, daß man bei niemandem von Bedeutung empfangen wird, wenn man nicht die neuen Schritte beherrscht.«

Crouch knirschte mit den Zähnen. Ich habe meine Sache zu gut gemacht, dachte er. Gleichwohl, es lenkt ihn ab, und das kann ich zu meinem Vorteil nutzen.

Umstehende bekamen nichts von dieser Unterhaltung mit. Sie sahen nur zwei vornehm wirkende ausländische Herren auf schwarzen Maultieren, denen ein Spitzbube von Lakai auf einer alten gescheckten Stute durch die schmalen, verschlammten Straßen des rechten Seine-Ufers folgte. Einer der Herren war so rund, daß er seinem Maultier offensichtlich zu schwer war. Seine Fülle hing über den Sattel, daß es erstaunlich anzusehen war, und die Gaffer überlegten, wie er überhaupt auf das Tier gekommen war. Der zweite Herr war vielleicht noch reicher gekleidet als der erste und hatte etwas merkwürdig Durchscheinendes. Sein Gesicht war weiß gepudert, doch die sonderbar grüne Gesichtsfarbe schimmerte noch durch. Aber sein Hals, der ungepudert war, schien zu verschwinden, als wäre er aus Rauch. Die dicke Kette lag darum, als schwebte sie in der Luft. Der Makel wurde jedoch durch die üppige Pelzverbrämung der schweren Samtschaube wettgemacht, und bei einem Herrn von so offenkundigem Reichtum und solcher Vornehmheit konnte man das wohl kaum einen Makel nennen.

Am allerseltsamsten waren möglicherweise die beiden schwarzen Maultiere, die sich unter ihrem hübsch gearbeiteten Lederzaumzeug dahinmühten. Hätte jemand sie näher gemustert, er hätte gemerkt, daß ihre Nüstern etwas Feuer spien, was sie aber fast hinter ihrem dampfenden Atem verbargen. In Wirklichkeit waren sie zwei Unterteufel aus der Hölle, die Belphagor beschworen hatte, als sich herausstellte, daß die Engländer und ihre Diener, die scharenweise zu dem prächtigen Turnier angereist waren, alle Reittiere, abgesehen von der gescheckten Stute, aufgekauft hatten.

Der durchsichtige Herr verrenkte sich den unsichtbaren Hals nach den Sehenswürdigkeiten, und seine Nase, die die Größe und Form einer mittleren Gurke hatte, sog den fauligen Geruch der Straßen ein, als handelte es sich um Parfüm. »Hmm. Hier hat es sich seit meinem letzten Besuch gewaltig verändert. Nur die verdammte Kathedrale ist noch immer da und hockt wie eine Kröte im Mittelpunkt. Ach, dazumal – da ist ja Les Tournelles . . . man hat angebaut. Crouch, Ihr habt recht gehabt. Ich war viel zu lange in der Kiste. Nie wieder. Ah! Freiheit und schöne Kleider. Gibt es etwas Schöneres?« Sinnend blickte er Crouch an. Wie lange brauchte er seinen Rat noch? Ich habe ihn fast ausgesaugt, dachte Belphagor. Danach schaffe ich ihn mir vom Hals.

»Macht, Lord Belphagor«, sagte der listige Crouch, der genau wußte, wie man Zeichen von Erschöpfung bei Hirnen zu deuten hatte, die es mit seinem nicht aufnehmen konnten. »Ich zeige Euch, wie man sie erlangt.«

»Ich weiß schon, wie. Mit dem Geld, das Ihr für mich holt, kaufe ich mir Sklaven. Denn so läuft das doch wohl auf der Erde.«

»Natürlich, Euer Ungnaden. Für Geld kann man alles kaufen. Habt Ihr nicht bemerkt, wie ich den Schneider und den Kapitän gekauft habe?«

»Aber keine Maultiere.«

»Weil es keine gab. Im allgemeinen jedoch gibt es nichts, was man nicht mit Geld kaufen könnte. Menschen übrigens auch. Jeder Mensch hat seinen Preis.«

»Was stimmt dann nicht an meinem Plan, Crouch?«

»Lord Belphagor, Ihr dürft immer nur einen zur gleichen Zeit kaufen. Wenn Ihr gelernt habt, wie man Macht häuft, könnt Ihr Tausende mit einer Handbewegung zerstören. Warum altmodische Methoden anwenden? Menschen zu kaufen geht schneller, als ihnen etwas einzuflüstern, und wer die Macht hat, kann mehr als nur eine Seele zur gleichen Zeit kaufen. Wenn Ihr es richtig anstellt, gehen sich alle gegenseitig an die Kehle und ersparen Euch das lästige Herumflitzen. Und Ihr könnt Euch bequem zurücklehnen und sie ernten, wenn sie reif sind.«

»Oh, hervorragend, hervorragend. Ich wußte gar nicht, daß man Macht über Menschen erlangen kann. Bei uns in der anderen Welt ist alles noch, wie es seit Anbeginn der

Zeit gewesen ist. Aber Menschen scheinen mir in vieler Hinsicht anders.«

Crouch freute sich über Belphagors Worte. Es war fast, als hielte ihn der alte Dämon für einen Bruder. Seine Wachsamkeit läßt nach, dachte Crouch. »Vertraut auf mich, Euer Ungnaden. Mir liegt nur Euer Interesse am Herzen. Mit meiner Hilfe könnt Ihr die höchste Macht erlangen.«

Belphagor musterte Crouchs ausdrucksloses blasses Gesicht mit argwöhnischem Blick. Die grünen Augen funkelten vor Bosheit und Ehrgeiz. »Euch vertrauen, Crouch, nicht doch. Ihr seid eine verdammte Seele. Und noch dazu eine der schlimmsten Sorte, selbst gemessen an der Hölle. Ich bin nämlich nicht dumm.«

»Lord Belphagor, ich habe Achtung vor einem Kopf, der sich so fein gesponnene Ränke ausdenken kann. Gleich und gleich gesellt sich gern. Vertraut mir, weil ich Euch achte. Außerdem braucht Ihr mich, so wie ich Euch brauche. Warum wollt Ihr mir da nicht vertrauen? Aha, da sind wir ja. Der Pont au Change. Gleich haben wir genügend französisches Geld zur Durchführung Eurer Pläne, Lord Belphagor. Schaut den Geldwechslern hier gut auf die Finger, hier wird man nämlich übervorteilt. Und zuweilen ist das Gold nicht echt.«

»Meine Nase wittert echtes Gold. Kein Sterblicher kann Belphagor betrügen.« Crouch schwieg, lächelte jedoch im stillen. Unter gewaltigem Gehieve holte man ihn vor einer Schenke vom Maultier herunter, deren Wirtshausschild ein großes Faß zeigte, das von einem schlafenden Riesen bewacht wurde, und während der Lakai das gescheckte Pferd hielt, redeten die beiden schwarzen Unterteufel, die als Maultiere auftraten, leise und grummelnd in einer Sprache miteinander, die nur sie verstanden.

»Nachdem wir unser Geld gewechselt haben, geruht Ihr vielleicht, Euch die wunderbaren Läden mit antiken Kuriositäten auf dieser Brücke anzusehen, Mylord,« sagte Crouch, als sie sich unter dem niedrigen Türsturz der Wechselstube duckten.

»Ich weiß gar nicht, was Euch daran so gefällt. Für mich sind sie überhaupt nicht antik«, sagte Belphagor. »Ich würde lieber auf ein Gläschen einkehren.« Als sie im Laden verschwanden, kam ein Betrunkener aus dem ›Faß des Riesen‹ und starrte die beiden Maultiere an, die brav standen, ohne angepflockt zu sein. Beschwipst und neugierig, wie er war, musterte er eingehend ihre Nüstern. Seine Augen weiteten sich vor Entsetzen, und er floh schnurstracks zurück in die Schenke.

Die Ladentür öffnete sich erneut, und zwei zufriedene Gestalten tauchten auf. »Seht Ihr, Mylord? Es klappt jedesmal.«

»Ich weiß noch immer nicht, warum wir alles auf einmal wechseln mußten. Habt Ihr mir nicht erzählt, daß man mit Geld überall auf der Welt zahlen kann?«

»Kann man ja auch, kann man ja auch, Lord Belphagor, aber jedes Land hat seine eigene Währung. Es war nur so eine Redensart.«

»Und dieses Turnier, auf das alle so gespannt sind. Fürwahr, der Mann wollte ja gar nicht wieder aufhören. All die ausländischen Edelleute, die dazu eingetroffen sind. Ist das so sehenswert? Ich hatte gehofft, ich könnte ein, zwei Orgien besuchen oder vielleicht ein paar Morde miterleben, solange wir in Geschäften hier sind, aber so etwas scheint wegen des Turniers gar nicht stattzufinden.«

»Es soll fünf Tage dauern, und mit ein wenig Glück erlebt Ihr ein Gemetzel, bei dem Ihr gewiß auf Eure Kosten kommt, Mylord. Und abends finden Bankette statt. Dabei geht es in dunklen Winkeln hoch her, das könnt Ihr mir glauben. Ihr seht also, Ihr könnt sowohl Orgie als auch Mord auf die ehrbarste und verfeinertste Weise genießen.«

»Ach ja, ach ja. Crouch, Ihr verändert meine Vorstellung von Lustbarkeit. Kultur, fürwahr, wie prachtvoll. Sünde mit Kunstverstand. Ich merke, wie ich von Tag zu Tag kultivierter werde. Wenn man bedenkt, mit welch einfachen Vergnügungen ich mich früher zufriedengegeben habe. Ich glaube, ich lasse mir weitere Kleider anfertigen. Der französische Stil ist prächtiger als der englische. Was haltet Ihr von italienischem Brokat, mit Brillanten besetzt? Bei diesem Turnier will ich eine gute Figur machen. Und ... o ja ...«, unterbrach er sich und musterte die Maultiere. »Ich brauche etwas Eindrucksvolleres als Maultiere. Jungs, Ihr werdet jetzt Schlachtrösser. Große. Alles nur vom Besten.« Die beiden Maultiere blickten sich an, ihre roten Augen funkelten verärgert, und sie grummelten in ihrer sonderbaren Sprache.

An der Stelle, wo der Pont au Change auf das rechte Seine-Ufer stößt, gab es eine sehr geschmackvolle kleine Galerie, in der man haargenau die richtige Statue oder den richtigen Wandbehang als Gelegenheit erstehen konnte, wenn man Glück hatte, und in der ein Herr von Stand, der in Not geraten war, einen sehr guten Preis für eine Tischuhr oder das Familiensilber oder möglicherweise das Salzfaß erzielen konnte, ohne daß er warten oder sich mit widerwärtigen Menschen aus dem niederen Volk abgeben mußte. Doch das Beste, was man dort fand, waren die Gemälde. Genau das, was einem sonst kahlen Empfangsraum oder Studierzimmer eine elegante Note gab. Sujets, die der öffentlichen oder privaten Kontemplation dienten – religiöse, weltliche und mythologische –, hingen an den Wänden bis hinauf zur Decke, doch wie die Besitzerin sie herunterbekam, das blieb ihr Geheimnis, denn sie war mißgestaltet und bucklig, und sie kränkelte so, daß ihr Gesicht blaß und ihr Haar durchscheinend war.

Gleichwohl meinten die Nachbarn, daß sie sich durchaus hätte verheiraten können, wenn sie nicht verwachsen gewesen wäre, denn sie hatte ein sehr liebreizendes Gesicht. Und die Künstler in Paris hielten sie für einfühlsam, ganz abgesehen davon, daß sie ihnen bereitwillig ohne Auftrag gemalte und sonst unverkäufliche Werke abnahm. Vielleicht lag es am Anblick eines neuen Werks im italienischen Stil oder an dem heiteren Lächeln einer Madonna aus Elfenbein, die in einer Ecke aufgestellt war, oder an dem humorvollen, ermutigenden Blick der Händlerin, wenn sie sagte: »Ei, hier auf der Hand ist der Pinselduktus einfach vollkommen! Was soll das heißen, der Graf will Euch das nicht abnehmen? Dann besitzt er eben ein Meisterwerk weniger.« Doch woran es auch immer liegen mochte, ein Mann trat entmutigt ein und ging voller neuer Einfälle. Und zuweilen auch eine Frau, denn viele Illuminatoren in der Stadt waren Töchter oder Ehefrauen von Herstellern seltener Bücher, und die Frau in dem Laden handelte auch mit erlesenen Manuskripten und antiken Meß- und Stundenbüchern.

»Ah!« sagte Hadriel, warf seinen alten grauen Umhang ab und reckte die Flügel. »Kein einziger Kunde heute! Die sind wohl alle unterwegs und versuchen, eine Einladung zu dem Turnier zu ergattern. Das gesellschaftliche Ereignis für *tout Paris*! Ein wenig höher, meine Lieben, und mehr nach rechts.« Hoch oben, dicht unter der Decke, hielt ein halbes Dutzend zwitschernder kleiner Cherubim, deren Flügel schneller flatterten als die eines winzigen Zeisigs, eine üppig in Gold gerahmte Leinwand mit einem Porträt des heiligen Hieronymus. Ein siebter hämmerte einen großen Nagel in die Wand. »Ja, richtig! Wunderbar!« rief Hadriel und klatschte erfreut in die Hände, und die kleinen, lockenköpfigen Geschöpfe kamen herabgeflattert, setzten sich auf den Ladentisch und verstauten den Hammer darunter.

»Heute habe ich Uriel gesehen. Er ist wie eine Gewitterwolke über die Stadt geflogen. Was machst du, wenn er dich erwischt, Hadriel?« fragte einer der Cherubim.

»Ach, ich tue doch nur meine Pflicht. Was kann ich dafür, wenn ich eine Erleuchtung hatte, wie ich sie am besten erfüllen kann? Und was ich jetzt alles schaffe! Hierhin fliegen, dorthin fliegen und die Leute inspirieren, das heißt, seine Zeit schlecht zu nutzen. Jetzt, da ich ein Geschäft eröffnet habe, kommen alle zu mir. Künstler sind eben Künstler, und jeder, der hierherkommt, liebt schöne Dinge und verlangt nach Wundersamem, und ich inspiriere sie gleich in Scharen. Wenn ich erst einmal die Schwachpunkte beseitigt habe, bekommt ihr alle eine Zweigstelle, so wie es die italienischen Bankiers machen. Ach, ihr könnt mir glauben, ich hätte mir zwischen Rom und Florenz noch die Flügel wund geflogen! Und wie viele Künstler habe ich vernachlässigt. Für die Skythen habe ich seit Jahrhunderten keine Zeit gehabt. Was nutzt es, Engel der Kunst zu sein, wenn man seine Geschäfte so eingeschränkt und altmodisch führen muß.«

»Den Erzengeln wird das gar nicht gefallen. Die können Veränderungen nicht leiden. Du bekommst gewiß Ärger«, bemerkte ein kleiner Cherub, und seine dunklen Augen blickten ernst.

»Ah, pah! Was wäre die Welt ohne Neuerungen? Es wird Zeit, den alten Burschen klarzumachen, daß sie zu steifleinen sind! Schließlich inspiriere ich ja auch nicht immer die gleiche, alte Kunst. Sonst würden diese Sterblichen noch heute Wisente auf Felswände malen. Und jetzt, seht nur!« verkündete Hadriel fröhlich und deutete mit der Hand um sich. »Ich hatte, glaube ich, noch nie so viel Spaß, seit ich bei Mistress Susanna vorbeigeschaut habe. Fast möchte ich mir freinehmen und mir das Turnier ansehen. So wie sich die Pariser damit haben, muß es wirklich sehenswert sein.«

»Hadriel, du spielst zuviel. Und du weißt, daß man sehr böse auf dich sein wird, falls es herauskommt. Angenommen, man erzählt es Vater?«

»Aber es ist nur gerecht, wenn ich mir ein wenig Freizeit gönne, schließlich spare ich viel Zeit durch verbesserte Geschäftsmethoden, oder? Nur gerecht«, sagte Hadriel als Antwort auf seine eigene Frage. Er zog einen Kamm aus seinem ungewöhnlichen Gewand, schaute in den Spiegel, der zum Verkauf an die Wand gehängt worden war, und kämmte sich die durchscheinenden Locken in die Stirn. Darauf drehte er den Kopf hin und her und bewunderte die Wirkung.

»Hadriel, dürfen wir auch hin?«

»O ja, ich auch, ich auch!« riefen die anderen.

»Und ich dachte, ihr habt etwas gegen Spiele«, sagte Hadriel.

»Wir doch nicht.«

»Arbeiten wir nicht auch?«

»Ja, und für dich. Du bist an allem schuld«, zwitscherten die hellen Stimmchen der Cherubim. Sie waren weder Mädchen noch Jungen, ebensowenig wie Hadriel Mann oder Frau war, obschon die Sterblichen, die sich einbilden, ihre Art, Geschäfte zu treiben, wäre die einzig richtige auf der ganzen Welt, sie dauernd nach Geschlechtern einordnen wollten. Der Vater hatte sie zuerst erschaffen, doch dann war Er bei der Erschaffung des Menschen vom Modell abgewichen, aber keiner wußte, warum. Am Ende befriedigten Ihn beide Modelle nicht so recht, wie jedermann weiß, der einmal darüber nachgedacht hat. Hadriel selbst glaubte, Ihm könnte einfach die Puste ausgegangen sein, doch Hadriel kam immer auf die abwegigsten Gedanken. Die Erzengel hatten mehr als einmal ein Wörtchen mit ihm reden müssen, und Hadriel hatte auch immer wieder Besserung gelobt, dann aber alles vergessen. Folglich gerieten die Künstler auf der ganzen Welt auf Abwege. Sie malten bärtige Patriarchen als Akt, beschäftigten sich insgeheim mit Anatomie und gruben antike heidnische Statuen aus, die sie kopierten. Das brachte alle auf schlimme Gedanken, und schwupps veränderte sich die Welt, und die Erzengel machten sich wieder einmal auf die Suche nach Hadriel und hielten ihm vor, welch furchtbaren Schaden seine verdrehten Gedanken in einer Welt schlichter, leichtgläubiger Gemüter anrichten konnten.

»Ach, tatsächlich?« gab Hadriel zurück. »Ja, ich allein bin schuld. Wollen wir auf den Sieger wetten? Aber wehe, ihr nehmt Einfluß auf den Ausgang. Das müßt ihr mir versprechen.«

»Abgemacht!«

»Dann nichts wie los!«

»Urlaub!« rief ein kleiner Engel, und schon stoben sie wie ein Schwarm Vögel geradewegs durch die Decke auf und hoch in den bewölkten Himmel über Paris.

Kapitel 19

Franz von Angoulême und sein Schwager, der Herzog von Alençon, inspizierten auf zwei flott ausschreitenden Zeltern den Stand der Bauarbeiten auf dem Turnierplatz.

»Der Himmel will mir gar nicht gefallen«, sagte d'Alençon und blickte zu den dicken grauen Wolken über dem Parc des Tournelles hinauf.

»Der Kopfputz der Damen wird schon keinen Tropfen abbekommen«, sagte Franz mit einer umfassenden Handbewegung. »Da drüben, über die Tribünen, ziehen wir ein Zeltdach mit einer ausgefallenen Bemalung.« Trotz der Kälte wimmelten Tischler auf den Tribünen, und man hörte Gehämmer und Gesäge. »Dort kommen die Schranken hin, wenn sie fertig sind. Die Engländer haben ihre Zelte dort . . .«

»Ist das nicht ein ungünstiger Platz?«

»Einen besseren wüßten die doch gar nicht zu würdigen«, sagte Herzog Franz und tat das Problem mit einer abfälligen Bewegung der behandschuhten Hand ab.

»Der Duc de Suffoke soll ein Barbar sein. Vollkommen ungebildet. Gleichwohl betraut ihn sein König mit den heikelsten Staatsangelegenheiten.«

»Ich habe mich erkundigt. Seine Tricks – falls er sich tatsächlich darauf versteht – sind die des verschlagenen Erzbischofs Wolsey. Ich habe vor, ihn beim Turnier durch und durch zu blamieren.« Franz klang locker und selbstbewußt.

»Das dürfte schwerfallen. Habt Ihr den Mann schon gesehen? Er ist zusammen mit Mylord Dorset, dem anderen englischen Kämpen, eingetroffen. Der Duc de Suffoke ist ein wahrer Bulle. Was ihm an Hirn fehlt, macht er durch Muskelkraft wett. Die anderen englischen Ritter kaufen französische Pferde, doch er verschifft seine eigenen. Er scheut weder Kosten noch Mühe, wenn es gilt, die Blüte der französischen Ritterschaft zu schlagen.« Sie waren am Ende des Turnierplatzes angelangt und betrachteten das grüne Gras, das schon bald nur noch aufgewühlter Morast, vermischt mit Blut, sein würde.

»Ich glaube nicht, daß es so leicht sein wird, wie er sich einbildet«, sagte Franz mit listigem Blick. »Ich habe einen Plan. Im Geiste der Ritterlichkeit und Freundschaft zwischen unseren Nationen habe ich beide, ihn und Dorset, gebeten, als meine *aides-de-camp* die Schirmherrschaft über das Turnier zu übernehmen.«

»Aha«, sagte d'Alençon, »das bedeutet, falls Ihr nicht antreten könnt . . .«

»Müssen sie gegen alle antreten, selbst gegen die Herausforderer der Franzosen aus den eigenen Reihen.«

»Und sollten die Engländer zu gut abschneiden, was sie natürlich nicht tun, dann . . .«

»Dann ziehe ich mich zurück und lasse die Engländer die Engländer schlagen.«

D'Alençon antwortete mit einem anerkennenden Lachen. Dann wurde seine Miene wieder ernst, denn ihm war etwas anderes eingefallen. »Was meint Ihr«, sagte er, »ist etwas dran an dem Gerücht über die wahren Absichten des englischen Kämpen, das bei Hofe die Runde macht?«

»Ihr meint, daß der englische König ihn ausgesandt hat, um dem Thron von Frankreich einen Erben zu zeugen? Auch darin werden wir ihn besiegen. Meine Frau und Eure Frau lassen sie keine Minute aus den Augen. Sie wird niemals allein sein, vor allem nicht mit ihm. Habt Ihr je gehört, daß sich meine Mutter in einer Frauensache überlisten ließe?« Franz lachte. Doch dabei erschien vor seinem inneren

Auge das Bild dieses schlanken rothaarigen Mädchens mit den leuchtenden Augen. Viel zu gut als Ehefrau für einen alten Mann, dachte er. Unwillkürlich flammte Begehren in ihm auf, Begehren nach einer unerreichbaren Frau. Hatte sich der alte Ludwig XII. seine häßliche, mißgestaltete Gemahlin, eine Königstochter, nicht auch zugunsten der kürzlich verstorbenen Erbin der Bretagne vom Hals geschafft? Das ließ sich alles regeln, wenn er erst König war. Er würde diese Frau besitzen. Jetzt. Später. Er wollte es, er, Franz von Angoulême, der Erbe aus dem Hause Valois.

»Was ist, wenn es regnet?« fragte d'Alençon und blickte sich auf dem Turnierplatz um.

»Dann habe ich einige Lustbarkeiten für drinnen geplant«, sagte Franz mit ausdrucksloser Stimme. Irgendwie wußte d'Alençon, daß damit nicht nur Schmausen und Tanzen gemeint waren.

Kalter Nebel waberte vom Meer durch die engen Straßen von Calais, dem englischen Stützpunkt auf dem Kontinent. Es war früh am Morgen, doch die Sonne ließ sich hinter dem Grau nicht blicken. Schwere Pferde, ein jedes von Stallknechten ohne Sattel geritten, zogen hintereinander wie sagenhafte Ungeheuer durch den Dunst. Da jedes Tier ein Vermögen kostete, waren sie von bewaffneten Soldaten umringt, und Futter, Zaumzeug und Rüstung, Hufschmiede, Ausbilder und Pfleger folgten in einem Troß von schweren Wagen. Die Pferde des Herzogs, die besten, die England zu bieten hatte, wurden zu dem großen Turnier in Paris geschafft.

Im Wirtshaus ›Zum Schiff‹ stand ein Junge mit einem Bündel in der Hand auf der Schwelle. »Na, mach schon, sonst mußt du noch laufen, um sie einzuholen.« Der Mann, der sich auf eine Krücke stützte, mußte selbst bei diesen wenigen Worten schon husten. Er war durch Krankheit abgemagert, und um seine Augen schimmerte es noch immer grünlichschwarz von dem Schlag ins Gesicht, der ihm das Nasenbein gebrochen hatte.

»Master Ashford, solch eine Chance bekommt man nur einmal im Leben. Wie soll ich Euch dafür danken?«

»Lerne dein Gewerbe, mein Junge, und lerne fleißig. Was für ein Glück für dich, daß ich Master Warren kenne und daß der einen Jungen braucht. Deine Erfahrung ist ihm etwas wert, denn nicht jeder hat eine rasche Auffassungsgabe in der Kunst des Pferdekurierens.«

»Aber . . . aber ich sollte Euch nicht allein lassen. Wie kann ich das, wo Ihr noch nicht gesund seid?«

»Geh jetzt, und blicke nicht zurück. Ich schulde dir etwas, nicht du mir.« Der erste der zugedeckten Wagen rumpelte an ihnen vorbei, und der Junge erkannte den Postillion auf dem Deichselpferd, der ihm zuwinkte und auf den hinteren Teil des Wagens deutete.

»Lebt wohl, und vielen Dank noch.« Der Junge lief los und schwang sich hinten auf den Wagen, und von innen zogen Hände ihn hinein. Seit man sie aus den treibenden Trümmern der ›Lubeck‹ gezogen hatte, war zwischen den beiden eine seltsame Beziehung entstanden. Und Tom hatte ausgeharrt, wo ein leichtfertigeres Gemüt vor der schlimmen Krankheit und dem Delirium Reißaus genommen hätte, denn Ashford war dem eisigen Wasser zu lange ausgesetzt gewesen. Er hat sich diese Chance verdient, dachte Ashford, und er hat Glück gehabt. Dann humpelte er ins Haus, setzte sich an den Kamin, starrte düster ins Feuer und verweigerte das Frühstück trotz der verlockenden Dinge, die ihm die Frau des Wirtshausbesitzers anbot.

»Der Junge wird Euch fehlen, was?« sagte sie und wischte sich die Hände an der Schürze ab. »Mir auch.«

»Ihr seid eine Frau.«

»Natürlich bin ich das. Was wohl sonst?«

»Vielleicht könnt Ihr mir dann die Frauen erklären. Ihr kennt Euch aus, nicht wahr?«

»Ich denke schon«, sagte sie zustimmend und räumte die

benutzten Krüge und Holzbretter vom Tisch. Sie trug sie in die Küche, und Ashford starrte wieder finster ins Feuer.

Als sie zurückkam, um den Tisch abzuwischen, sagte er: »Dann erklärt mir, was Ihr in bezug auf Frauen hiervon haltet: Ein Mann hat von einem Edelmann gehört, daß eine gewisse Frau etwas Böses getan hat, und dann von einem anderen, daß er ihr vertraut und der festen Überzeugung ist, daß sie nichts dergleichen getan hat. Was meint Ihr dazu, ist die Frau schuldig oder nicht?«

»Das würde davon abhängen, was sie getan hat und was die geheimen Absichten des fraglichen Edelmanns waren.«

»Einer liebt sie.«

»Dann würde ich ihm nicht trauen.«

»Der andere ist ein Intrigant, möglicherweise sogar ein Mörder.«

»Dann würde ich ihm genausowenig trauen. Angenommen, er hat insgeheim versucht, sie zu verführen, und als sie ihn abwies, hat er aus Rache das häßliche Gerücht ausgestreut?«

»Möglich wäre es.«

»Dann gibt es nur einen Weg, die Wahrheit herauszufinden. Ihr müßt die Frau selber befragen.«

»Und wenn sie lügt? Aber wenn sie unschuldig ist . . . ich bin zu grausam gewesen, ich habe keine Antwort verdient.«

»Und jetzt sage ich Euch etwas als Frau, Master Ashford. Mag sein, Ihr habt ihre Freundschaft verwirkt, aber sie wird sich trotzdem freuen, wenn Ihr Manns genug seid, diesen Flecken auf ihrer Ehre zu löschen.«

»Oh . . . die Rede ist nicht von mir . . . ich habe nur ganz allgemein gesprochen, mehr nicht . . .«

»Ach, und ich rede auch nicht von Euch«, sagte sie, legte sich das feuchte Tuch über den Arm und stocherte mit dem Schürhaken in der Aschenglut vom Feuer des vergangenen Abends herum. »Ich habe auch nur ganz allgemein gesprochen.« Sie drehte sich um und blickte ihn an. »Und als Frau muß ich sagen, Ihr seid so ungefähr der schlimmste allgemeine Fall, der mir jemals untergekommen ist. Wenn Ihr sie so gern habt, dann solltet Ihr Euch lieber entschuldigen und Euren Fehler wiedergutmachen, falls Ihr die Geschichte verbreitet habt. Ich meine, allgemein gesprochen und nach Ansicht dieser allgemeinen weiblichen Person.«

Der heftige Regen hatte den Turnierplatz in aufgewühlten Schlamm verwandelt und die farbenfreudigen Zelte und die buntbemalten Tribünen durchnäßt. Doch zu guter Letzt war die Sonne wieder einmal durch die dicken Novemberwolken gedrungen, man hatte die Fahnen entfaltet, und die Tribünen füllten sich mit der Crème des französischen Hofes. Auf dem Ehrenplatz lag der König in einer Sänfte, neben sich seine schöne neue Königin. Die toten Pferde und toten Ritter aus den Begegnungen der vergangenen Tage hatte man ohne weitere Umstände fortgeschleift, denn dort, wo sie herkamen, warteten noch Hunderte, und Sterben brachte keine Ehre ein, sondern nur rasche Beseitigung. Was für ein Jammer, konnte man auf den Tribünen murmeln hören, daß die Engländer führten. Das lag vornehmlich am Duc de Suffoke, der fünfzehn Stechen siegreich bestanden, Lanzen zersplittert, Gegner vom Pferd geworfen und den Platz mit toten und verwundeten französischen Herausforderern übersät hatte. Es war beinahe schon ungerecht, daß ausgerechnet er, der so ungehobelt in der Konversation bei Tisch war und nicht einmal ein Gedicht auf eine Dame machen konnte, so viele Siege über Männer aus besserer Familie und von größerer Ritterlichkeit erringen konnte. Irgendwie ging das nicht mit rechten Dingen zu. Die Engländer mogelten. Und habt ihr gesehen, wie er vor der Königin Kratzfüße gemacht und sich aufgeblasen hat, so als ob er ihre Ehre verteidigte, wo er doch nur den Ruhm ihres jetzigen Volkes untergrub? Und die Königin klatschte, wenn er siegte. Jedermann konnte ihr an den Augen ablesen, daß sie den Siegeszug ihrer Landsleute mit ungebührlicher Begeisterung verfolgte.

Unsichtbar für das menschliche Auge, zappelte ein halbes Dutzend kleiner Engel auf dem Baldachin herum, der die Königlichen Hoheiten Frankreichs schützte.

»Wo ist Hadriel?« fragte eines der kleinen Wesen und schüttelte die blonden Locken.

»Der kümmert sich wieder um den Laden. Auf wen setzt ihr?« fragte das mit den dunklen Augen und strich sich die schillernden Federn seiner Flügel glatt.

»Dieses Mal auf die Franzosen. Ich setze drei.«

»Was, nur drei? Ich setze fünf auf die Engländer.«

»Fünf? Eine Menge guter Werke für einen einzigen Tag, vor allem seit Hadriel nur noch Arbeit, Arbeit, Arbeit kennt! Woher willst du die Zeit nehmen?«

»Ich habe mehr als genug Zeit. Denn du tust die Arbeit, weil ich wette, daß die Engländer gewinnen.«

»Und ich setze auf die Franzosen. Sie sind so schrecklich wütend. Und sie haben einen Plan ausgeheckt. Du wirst schon noch sehen.«

»Es wird nicht gemogelt. Hadriel hat es verboten.«

»Ich mogele nicht, aber sie. Flieg doch hin und überzeuge dich, und dann komm zurück. Wahrscheinlich setzt du dann keine fünf mehr auf die Engländer.« Der erste kleine Engel ließ die rundlichen, rosigen Füße über den Rand des Baldachins baumeln. Unter ihm blickte die Königin hoch und sah, daß sich die Fransen des Baldachins so eigentümlich bewegten. Der Wind frischt auf, dachte sie. Wir müssen den König wieder nach drinnen bringen. Sie meinte auch ein Flattern zu hören, doch das kam gewiß von den königlichen Fahnen, die über dem Baldachin im Wind knatterten.

Der dunkeläugige Cherub flog ganz um die französischen Zelte herum. Unter ihm ein wildes Durcheinander von Männern und Pferden, Sänften, Wundärzten, Waffenschmieden, die Dellen ausbeulten, Knappen, die Helme und Brustharnische polierten, Stalljungen und Stallmeistern und Pagen, die Botengänge machten und Nachrichten übermittelten. Er flog durch die Zeltwand in das seidengeschmückte Zelt des Dauphins und hockte sich auf eine Rüstung, die blank poliert und bereit in der Ecke stand. Franz war in das schwere, gesteppte Lederwams gekleidet, das er unter seiner Rüstung trug, und seine Ritter und Knappen umringten ihn. Vor ihm stand der größte Mann, den man je in Frankreich gesehen hatte, ein wahrer Hüne mit hellbraunem Bart und groben, grimmigen Zügen.

»Du meine Güte, wo habt Ihr denn den aufgetrieben, mein lieber Bourbon?« fragte der Herzog von Alençon einen hochgewachsenen, dunklen Mann, der ziemlich sauertöpfisch dreinblickte und dessen Kleidung unter dem Turnierharnisch schweißfleckig geworden war.

»Den habe ich durch Vermittlung des Kaisers bekommen«, sagte der Herzog von Bourbon, »und ihn als Botschafter des guten Willens einladen lassen.«

»Guter Wille, ha«, lachte d'Alençon.

»Überbringt meinem teuren Freund, dem Herzog von Suffolk, diese Botschaft«, sagte Franz. »Der Finger, den ich mir bei der letzten Begegnung verwundet habe, ist noch immer nicht einsatzfähig. Ich bin ihm äußerst dankbar, daß er eingewilligt hat, den geheimnisvollen Herausforderer an meiner Statt anzunehmen.« Es gab einige Verwirrung, und ein Page in Samtlivree rannte davon, um dem Herzog die Botschaft auszurichten. Die französischen Ritter lachten schallend, und der hünenhafte Kämpe gluckste stillvergnügt in sich hinein.

»Und jetzt braucht Ihr einen französischen Umhang, mein lieber Chevalier«, sagte Franz. »Und hier habt Ihr einen französischen Helm, damit Euer deutscher Euch nicht verrät.«

Während die Knappen den riesigen Deutschen rüsteten, machten die französischen Ritter Bemerkungen über ihn, als wäre er gar nicht anwesend.

»Mein Gott, das ist ja ein Ungeheuer.«

»Was nur gerecht ist. Die Engländer sind zu groß. Das ist Betrug. Es gibt ihnen einen ungebührlichen Vorteil.«

»Der ist zweimal so groß wie der Ochse Suffolk. Der bringt uns gewiß den Sieg.«

»Ein Deutscher, der für Frankreich kämpft, wenn das kein Witz ist.«

»Chevalier, wir zeigen Euch jetzt Suffolks Tricks. Denkt daran, daß er immer von unten nachstößt – damit hat er auch mich hereingelegt.«

»Meint Ihr, daß Ihr das verstanden habt?«

»Ich habe den Gegenhieb erst gestern geübt. Vergeßt nicht, ich habe für den Kaiser gekämpft«, erwiderte der hünenhafte Ritter. »Der Engländer fällt mit Sicherheit.«

Der kleine Engel in der Ecke zwitscherte vor Entrüstung. Wenn das nicht ungerecht war, er durfte nicht mogeln, und diese Franzosen mogelten so unverschämt. Verärgert rümpfte er die Nase, stieg durch das Zeltdach auf und flatterte zu den englischen Zelten hinüber. Hier herrschte das gleiche Durcheinander von Pferden, Knappen, Waffenschmieden und Gaffern, die alle durch den Morast hinter den Turnierschranken staksten. Der französische Bote schob sich zwischen zwei Frauen durch, eine mit einem Zeichenbrett bewaffnet, die andere mit einem Holzkasten. Hinter den beiden zockelte ein uralter Lakai in der Livree der Herzogin von Alençon, der einen Schemel trug. Aha, dachte das kleine Geschöpf, als es über sie hinwegflog, das muß Mistress Susanna sein, die immer so lustige Bilder malt.

»Mistress Susanna, Mistress Susanna, schaut geradeaus, und dann kehrt um.« Susanna blickte in die Luft und sah nichts. Sie rieb sich das Ohr und überlegte, woher das klare Kinderstimmchen gekommen sein mochte. Dann schaute sie geradeaus und erblickte zwei Männer, die ihr den Rücken zukehrten und auf riesigen schwarzen Pferden auf die Turnierschranken zuritten. Beim Anblick des einen außergewöhnlich rundlichen Mannes in dem schweren grünen Gewand stockte ihr das Blut in den Adern.

»Wir müssen fort«, sagte sie zu der älteren Frau, die den Kasten trug.

»Endlich kommst du zur Vernunft«, gab die Alte zurück. Der Lakai, der kein Englisch verstand, sagte gar nichts.

»Nein, es ist viel schlimmer. Ich habe den Mörder gesehen. Er ist hier.«

»Hier? Wozu um Himmels willen? Er muß dir gefolgt sein.«

»Ich habe dir doch gesagt, er will, daß niemand davon erfährt.«

Von Angst gepackt, drehte sie sich um und rannte davon, stolperte über einen Zeltpflock und schlug der Länge nach in den Dreck. Der Handlanger eines Waffenschmieds kam ihr zu Hilfe, und als sie eine Frau an diesem fremdländischen Ort Englisch sprechen hörten, boten auch andere Neugierige ihre Hilfe an, zogen an ihrem Ellenbogen und hoben ihr Zeichenbrett aus dem Dreck. Neugierig geworden, kehrte der dunkeläugige kleine Engel, der über diesem Aufruhr flatterte, um und lauschte.

»Oh, ein Bild«, sagte der Helfer des Waffenschmieds. »Eine Skizze von unserem Herzog, wie er diese französischen Gecken besiegt. Aber seht her, die Oberarmschiene habt Ihr ganz verkehrt gemalt. So sieht die aus.«

Jemand hielt Susanna das zerdellte Exemplar einer Oberarmschiene vor die Nase, während Nan versuchte, ihren Rock zu säubern.

»Mistress Dallet, Mistress Dallet!« rief eine Jungenstimme. Susanna blickte auf, als sie ihren Namen hörte. Die Stimme kickste zwischen hoch und tief und klang bekannt.

»Kennst du die?« fragte jemand.

»Aber ja, das ist Mistress Dallet. Sie ist die wunderbarste Malerin auf der ganzen Welt«, sagte die bekannte Stimme. Susanna blickte erstaunt auf.

»Tom! Oh, Tom, dann bist du doch kein Geist? In wieviel Nächten habe ich nicht geträumt, daß du ertrunken bist.«

»Ich bin kein Geist, da könnt Ihr jeden hier fragen. Ich – ich wollte ja auch nach Euch suchen, aber man hat mich hier so auf Trab gehalten.«

»Tom, mir hat man erzählt, daß du zusammen mit Master Ashford mit der ›Lubeck‹ untergegangen bist.« Und dann warf Susanna dem linkischen, sommersprossigen Jungen die Arme um den Hals, und der errötete heftig.

»He, Mistress, ich wäre auch fast mit der ›Lubeck‹ untergegangen«, sagte ein Spaßvogel.

»Ich auch«, rief ein anderer.

»Wie bist du hierhergekommen, Tom?«

»Master Ashford hat mich mit seinem eigenen Gürtel an einer Spiere festgebunden, obwohl er selber durch das losgerissene Geschütz und seinen Sturz schlimm verletzt war.«

»Dann ist er also wie ein Held gestorben, so wie man es sich erzählt.«

»Er ist nicht tot, Mistress Susanna. Er kuriert sich mit den übrigen Geretteten in Calais aus. Er hat mir eine Stellung als Stalljunge verschafft. Selber war er noch zu krank und konnte nicht mitkommen, und er sagt, er muß auf einen Brief vom Erzbischof warten.«

Susanna sah verstört aus. »Er lebt«, flüsterte sie. »Er lebt.«

»Er sagt, Unkraut vergeht nicht, auch wenn sich andere noch so darüber ärgern.«

»Dann ist er ganz der alte . . .«

Tom sah ihre Miene, und auf einmal war er zornig und neidisch und hatte deswegen ein schlechtes Gewissen, weil das undankbar von ihm war. Ihm war jedoch jählings aufgegangen, daß Susannas Gesicht seinetwegen noch nie so gestrahlt hatte und es auch nie tun würde. Die Eifersucht nagte an ihm. Er steckte die Daumen in den Gürtel und legte den Kopf schief. »Nein, nicht mehr der alte. Ihm ist etwas aufs Gesicht gefallen. Es ist ganz zerquetscht.« Und nicht mehr schön, auch wenn ich selbst unansehnlich bin, dachte er mit Genugtuung und sah Ashfords blutunterlaufene Augen und das geschwollene, entstellte Gesicht vor sich. »Er war sehr krank und hat gehustet und jede Menge Unsinn geredet. Jede Menge. Er ist nämlich durch und durch mißtrauisch. Und was er gesagt hat, das würde Euch nicht gefallen. Ich jedenfalls bin Euch immer treu gewesen, Mistress Susanna, immer.«

»Kommt er, Tom? Glaubst du, daß er kommt?«

»Heda, Tom, du Lümmel. Du wirst gebraucht, sollst einen Umschlag machen. Das beste Pferd des Herzogs lahmt, er ist ganz außer sich.«

Ein hochgewachsener Unbekannter mit Zaumzeug über der Schulter trat zu ihnen und zog Tom fort.

»Na dann«, sagte Tom widerwillig, kehrte Susanna den Rücken und folgte dem Fremden. Die Augen des kleinen Engels über ihnen, der ganz in ihrer Nähe gelauscht hatte, strahlten vor Freude, seine schillernden Flügel blitzten auf, und schon war er fort.

Susanna blickte Tom mit etwas schlechtem Gewissen nach. Ohne es zu wollen, war sie grausam gewesen. Gern wäre sie ihm nachgelaufen und hätte ihm gesagt, daß es ihr leid täte, aber sie wußte, damit machte sie alles nur noch schlimmer. Vor ihm konnte sie nicht verbergen, wie es um ihre Gefühle stand, und die galten nicht ihm. Robert Ashford. Er lebte. Es ist mir bestimmt, ihn wiederzusehen, dachte sie. Es hat so kommen sollen. Doch dann dachte sie, was ist, wenn ich mich irre? Was ist, wenn er nichts für mich empfindet? Was ist, wenn er mich haßt? Oder schlimmer noch, wenn ich ihn langweile? Was ist, wenn ich ihn bei unserem Wiedersehen gar nicht mehr mag? Was ist, wenn er niemals kommt? In ihrem Herzen herrschte Aufruhr, als sie durch den Morast nach Les Tournelles zurückstapfte, wo sie und Nan ihr Kleid auswaschen konnten. Auf einmal hatte das Turnier für sie seinen ganzen Reiz verloren.

»Nan, was meinst du, können wir nach Calais reisen?«

»Unfug, Susanna, du wirst von Tag zu Tag unbesonnener. Halte du dich an deine Arbeit, und was geschehen soll, geschieht.«

Der Cherub entdeckte den französischen Pagen am Eingang zu dem prächtigsten Zelt und folgte ihm.

»Was ist das?« sagte der Herzog von Suffolk. »Herzog Franz bittet mich, für ihn einzuspringen? Bei Gott, der Mann ist eine Memme. Wegen so eines Fingers würde nur eine Dame Theater machen.« Die Ritter um ihn lachten. Doch dann wurde Suffolks Miene ernst. Sein bestes Pferd lahmte, und dasjenige, das sein Ersatzpferd hätte sein sollen, hatte sich an dem französischen Getreide den Magen verdorben. Er brauchte ein frisches Pferd, und es mußte ein gutes sein.

Gerade wollte er Dorset fragen, als eine glockenhelle Kinderstimme unmittelbar über seinem Ohr zu sagen schien: »Sucht draußen, Mylord, und nehmt Eure Börse mit.« Er spürte etwas wie eine Fliege an seiner Schulter und wollte sie verjagen, doch da war nichts.

»Kommt einen Augenblick nach draußen, Mylord Dorset, mir ist da eine Idee gekommen«, sagte der Herzog von Suffolk. Als er mit großen Schritten inmitten seiner Gefolgsleute das Zelt verließ, erblickte er zwei groteske Reiter, die so prächtig beritten waren, daß sie geradezu lächerlich wirkten. Einer von beiden war so fett, daß er jedes Pferd, außer es war den Roßharnisch gewohnt, in die Knie gezwungen hätte. Der andere hockte zusammengesunken auf seinem Tier, seine Steigbügel waren zu kurz, und seine Zügel baumelten, als hätte er noch nie zu Pferd gesessen. Doch sein Reittier, ein großer Rappe mit glänzendem Fell, war so temperamentvoll, daß er Feuer zu speien schien, und wirkte dennoch lammfromm. Vollkommene Pferde mit bläulich-schwarzem Schimmer, die größten, die er seiner Lebtage erblickt hatte. Pferde, die einen wahren Krieger zum Sieg tragen würden. Rasch sagte der Herzog zu einem seiner Ritter: »Seht Ihr dort? Geht und bittet die Ritter, sich zu uns zu bemühen. Ich möchte eines oder beide Pferde kaufen.«

Septimus Crouch genoß die Aufmerksamkeit, die man ihm zollte. Nachdem ihn einige der Gefolgsleute des Herzogs mit viel Mühe aus dem Sattel gewuchtet hatten, benahm er sich höchst affektiert. »Mylord, ich kann diese Pferde nicht verkaufen, nicht einmal für Englands Ehre. Sie gehören nicht mir, sondern meinem Begleiter, dem wohledlen fremdländischen Fürsten Belfagoro.« Crouch war blitzschnell aufgegangen, daß ein Kerl wie Suffolk die Namen wohl aller großen englischen oder französischen Adelshäuser kannte.

»Belfagoro? Was für ein Name ist das?« fragte einer der Männer, die ihm vom Pferd geholfen hatten.

»Ach – ach, italienisch. Belfagoro ist in seiner Heimat ein mächtiger Fürst.« Belphagor verneigte sich ein wenig. Der Herzog verneigte sich auch ein wenig.

»Und welches Land ist das?« fragte Suffolk, der es hinsichtlich Rangordnung sehr genau nahm.

»Ach, ei, ja, hm, Tartaros. Er ist Erzherzog.«

»Tartaros? Nie gehört.«

»Ah ja, einer der kleinsten italienischen Staaten. In den . . . hm, Bergen, sehr abgelegen. Der Erzherzog ist im Kriege unbesiegt, aber er . . . hmm, konzentriert sich dieser Tage mehr auf die Pferdezucht.« Belphagor genoß das alles sehr. Früher wäre er fünfzig Fuß hochgeschossen und hätte Feuer gespien, um den Mann einzuschüchtern, doch da er inzwischen kultiviert war, genoß er das Spielchen um Rangordnung. Inzwischen prüfte der Stallmeister des Herzogs die beiden Rösser, die ein herzoglicher Page hielt. Erstaunliche Geschöpfe. Ihre Hufe wirkten wie aus massivem Stahl statt aus Horn und hatten keine weiche Stelle in der Mitte. Ihre Nüstern schienen in einem milden, leicht orangefarbenen Rot zu glühen, so als würden sie von einem inneren Feuerofen geschürt.

»Warum sollte ich den Engländern siegen helfen, wo ich doch keiner Seite den Vorzug gebe?« fragte Belphagor den Ritter, der ihm das Angebot des Herzogs unterbreitet hatte.

»Weil, wohledler Lord Belfagoro, unser Herr, der Herzog, auf dem Turnierplatz unbesiegt ist. Jetzt nutzen die Franzosen seine Ritterlichkeit aus und wollen ihn betrügen, sie wissen nämlich, daß seine Pferde nicht mehr mitmachen, und hoffen auf einen Sieg. Wenn Ihr uns also diese Pferde verkauft, könnt Ihr im französischen Lager hohe Wetten abschließen, die Gauner begaunern und obendrein eine hohe Summe kassieren.«

Die Unterteufel grummelten sich etwas in ihrer eigenen Sprache zu, und der Junge, der sie hielt, spürte, daß ihm die Haare zu Berge standen.

»Aha. Ein zweifacher Betrug und Reichtum obendrein. Abgemacht«, sagte Belphagor und nickte zustimmend. »Aber die Pferde sind nicht verkäuflich. Sie gehören sich selber. Ich kann Euch jedoch ihre Dienste für die Dauer des Stechens anbieten. Dafür erwarte ich allerdings eine anständige Bezahlung.«

»Einhundert Pfund.«

»Nichts zu machen.«

»Und zwei Sitze auf der Tribüne.«

»Wo auf der Tribüne?«

»In der Mitte, wo die Damen sitzen.«

»Nichts zu machen«, sagte Belphagor. »Ich bin keine Dame.«

»Vor ihnen, neben den Prinzen von Geblüt.«

»Darf ich, wohledler Lord Belfagoro, vorschlagen, daß Ihr dieses Angebot annehmt, da Euer Ansehen, wenn Ihr neben Prinzen von Geblüt sitzt, in den Augen anderer nur steigen kann.« Crouch, der dicht neben Belphagor stand, griff glattzüngig und diplomatisch ein.

Belphagor nickte Crouch freundlich zu, doch dessen Miene zeigte blanken Abscheu. Wie merkwürdig, dachten einige der Gaffer. Einen so häßlichen Edelmann haben wir schon lange nicht mehr gesehen. Seine Kniehose – viel zuviel Stoff; und seine Schuhe – groß wie Schleppkähne. Und was für merkwürdige Augen er hat, ganz eingesunken und rot unter den buschigen Brauen, und wie schrecklich behaart er ist! Weiß gepudert wie ein Hanswurst und – ist das möglich? Gar kein Hals. Gleichwohl, ein Mann, der solche Pferde besitzt, verdient Achtung, einerlei, wie er aussieht, selbst wenn er stellenweise verschwommen wirkt.

»Fordert Ihr Schadenersatz, falls die Pferde dabei draufgehen?«

»Die Pferde werden schon nicht draufgehen«, sagte Belphagor, und der Stallmeister nickte stumm. Nein, diese teuflischen Viecher nicht, dachte er.

»Ich möchte sie gern ausprobieren«, sagte der Herzog.

»Natürlich, Euer Durchlaucht«, stimmte Belphagor zu, und dann redete er leise mit den beiden Unterteufeln in ihrer eigenen Sprache. »Geht mit diesem Kerl. Macht ihm keine Scherereien. Verleiht ihm den Sieg. Ich, Belphagor der Große, verlange es von Euch.« Die Unterteufel knurrten, doch der vordere benahm sich lammfromm und ließ den albernen Sterblichen aufsitzen. Darauf ließ der Herzog ihn sämtliche Schritte ausführen: scharfe Kehren und Figuren, kurzer Rechts- und Linksgalopp, Anhalten in vollem Galopp. Erfreut probierte er die schwierigeren Manöver aus, die eine hervorragende Dressur erforderten: die Piaffe, die Levade und andere Figuren, die bei Paraden und im Krieg gebraucht wurden.

»Vollkommen«, hauchte er. Das riesige schwarze Geschöpf unter ihm schwitzte nicht einmal von der Anstrengung.

»Mylord, Euer Pferdeharnisch ist nicht groß genug«, sagte der Stallmeister.

»Macht Euch deswegen keine Sorgen«, sagte Belphagor, »ich habe doch gesagt, die bringt nichts um.«

Jäh erschauderte der Herzog, denn er war sehr abergläubisch. Um Himmels willen, auf was hatte er sich da eingelassen? Woher war ihm diese geheimnisvolle Eingebung gekommen? Was waren diese beiden großen schwarzen Wesen überhaupt? Pferde, schlicht und einfach Pferde, redete er sich ein und schüttelte die Stimmung ab, und siehe da, sie fraßen zufrieden Korn aus der Hand eines Stalljungen. Alles zu Ehren des Königs, unseres Herrn, redete er sich gut zu. Er würde nicht als Versager zu Heinrich VIII. zurückgekrochen kommen. Die Verhandlungen des Geheimvertrages kamen nur schleppend voran. Der alte König wollte Geld sehen, er schien verschlagen und wachsam zu sein. Mit seinem grauweißen Gesicht, dem pfeifenden Atem, der bedächtigen und gemessenen Sprechweise hemmte und enttäuschte er als Verhandlungspartner. Das Turnier wiederum war eine Wohltat. Mit Franz' Betrug, soweit er ihn verstanden hatte, war eher fertig zu werden als mit der Listigkeit des alten Königs. Das war freiheraus und französisch. Er, Charles Brandon, Herzog von Suffolk, würde durch Waffengewalt siegen. Er würde die Franzosen mit Schmach bedecken. Allein schon bei dem Gedanken ging sein Atem schwer, und er knirschte mit den mächtigen Kiefern. Es war ihm einerlei, was er ritt. Die Pferde waren verdammt gut.

Über ihm lachte der kleine Cherub laut auf und klatschte in die kleinen rosigen Hände. An dem bösen Streich war nur der Dämon Belphagor schuld. Den konnte Hadriel ihm nicht anhängen, falls er überhaupt dahinterkam. Er hatte ganz und gar nicht gegen die Abmachung verstoßen. »Drei zu fünf«, rief er glücklich und schoß pfeilschnell aus dem Zelt des Herzogs davon.

»Einen dickeren Verband«, sagte Herzog Franz. »Wenn ich den Zuschauer spiele, muß man den Verband von den Tribünen aus sehen können.« Sein Wundarzt wickelte ihm geflissentlich eine weitere Lage weißes Leinen um die Hand und gab ihm eine dunkle Seidenschlinge.

»Das war's, Monsieur. Achtet darauf, daß Ihr den Finger so haltet, damit sich nichts staut und Euch böses Blut macht.«

»Ganz recht«, pflichtete ihm Franz bei. »Augenblicklich

sollte ich lieber kein böses Blut machen.« Er lachte. Draußen hielt ein Junge seinen weißen Zelter. Sehr mit sich zufrieden, stieg er auf und trabte zu den Turnierschranken. Dort metzelte man sich jetzt im Kampf zu Fuß. Verdammt, dachte er, die Erschlagenen sind allesamt Franzosen. Wir müssen etwas unternehmen. Sogar noch hinter der Schranke, am anderen Ende des Platzes, spürte er die Augen der Damen auf sich. Eine winkte mit dem Taschentuch. Er wußte, was sie gerade sagten. »Was für ein Held. Seht, sogar noch verwundet stellt er sich ein und leitet das Turnier der Königin. Was für ein Bild von einem Mann.« Da war seine Schwester. Da war seine Mutter. Da war seine häßliche kleine Frau. Da waren sein König und die englische Prinzessin, die Königin geworden war. Mein Gott, sieh einer diesen Prahlhans Suffolk an, wie er in vollem Galopp reitet und plötzlich anhält, daß der Dreck in alle Richtungen spritzt, und wie er sich verneigt, daß seine Federn den Sattel berühren! Und sein Pferd trägt keinen Harnisch. Er muß sich seiner Sache sehr sicher sein, muß glauben, daß er seinen Gegner kampflos vom Pferd stechen kann. Dieses Mal, Suffolk, bekommst du, was du verdienst.

Auf der Tribüne brandete Jubel auf. Der französische Herausforderer kam auf einem mächtigen grauen Hengst aus Franz' eigenem Stall geritten und verneigte sich. Wenn er saß, merkte man kaum, wie hünenhaft groß der Deutsche war. Warte nur, bis er absteigt und dich erledigt, Suffolk, dachte Franz, dann kannst du etwas erleben. Doch die beiden Ritter hatten den Helm geschlossen und rasselten über den Platz geradewegs aufeinander zu. Es krachte, beide Lanzen trafen mitten auf die Markierung, gräßliches Gewieher, und dann ging der Graue zu Boden. Doch der riesige Mann im französischen Umhang hatte die Steigbügel abgestreift, und als der Graue mühsam hochkam und dann wieder zusammenbrach, gelang es ihm abzusteigen. Gut gemacht, dachte Franz, denn er hatte schon so manchen Ritter gesehen, der von seinem fallenden Pferd zerquetscht wurde, weil er sich nicht aus dem engen Turniersattel befreien konnte.

Suffolk hatte seine zersplitterte Lanze fortgeworfen. Bislang war er der Sieger. Die Franzosen auf der Tribüne tobten, als der Herausforderer wieder stand. Suffolk stieg vom Pferd und wollte sich ihm zu Fuß stellen, er staunte und wußte auch, warum. Der Mann war ein Riese. Das ist kein Franzose, dachte Suffolk, während sie mit gezogenem Schwert aufeinander zugingen. Er merkte, daß ihn die Wut packte. Es kam ihm vor, als sähe er die ganze Welt durch die Schlitze seines Helms in Rot getaucht. Und die Wut feuerte ihn so an, daß er die Hiebe, die seine Deckung passierten, kaum spürte. Er war zu wütend, um den Hieb von unten nach oben zu verwenden, auf den sich sein Gegner so beflissen vorbereitet hatte. Mit einem Kriegsschrei auf den Lippen zerschlug er die Deckung seines Gegners und hieb auf ihn ein. Der Mann stolperte und stürzte. »Aufhören«, kam ein Schrei, und er sah, daß Blut aus dem Helm seines Gegners sprudelte. Dann war der Mann von französischen Knappen umringt, und im Hintergrund konnte er Franz rufen hören: »Schafft ihn vom Platz, ehe sie seinen Helm aufmachen.«

Kein Franzose, dachte Suffolk, als er an dem verendenden grauen Hengst vorbeiging, seine Königin grüßte und ihr und England seinen Sieg zu Füßen legte. Er konnte sehen, daß sie vor Aufregung rote Wangen hatte. Aha, gut, dachte er. Sie wird meinem König, ihrem Bruder, einen guten Bericht schicken. Und trotz aller Siegesfreude verspürte er ein flüchtiges Bedauern. Es hatte eine Zeit gegeben, da hatte er sich eingebildet, er dürfte sich ihr nähern, doch jetzt stand sie so weit über ihm wie die Sonne am Himmel. Aber ich stehe in ihrer Gunst, dachte er. Und sah noch einmal die Bewunderung in ihren Augen. Ja, eindeutig in ihrer Gunst. Ein zweifacher Sieg.

Kapitel 20

Da ich nun einmal in Paris war, hatte ich mir vorgenommen, mich zu bilden und mir die bedeutenden Kunstwerke in den Palästen des Königs und in den Kirchen der Stadt anzusehen, doch leichter gesagt als getan, da Frauen nicht überall Zutritt haben, und Nan sagte, mein Vorhaben, mich als Mann verkleidet in das Münster von St. Magloire einzuschleichen, sei eine Schnapsidee, und sie erlaube das einfach nicht, und außerdem würde sie mich anzeigen, was nicht nett von ihr war. Doch der Palast von Les Tournelles ist eine gute Schule für jeden Künstler, der das Glück hat, in Paris zu sein, denn in fast jedem Raum hängen wertvolle Gemälde. In der Kapelle gibt es alte religiöse Bilder von inzwischen unbekannten Meistern, sie sind auf Goldgrund gemalt, haben keine Tiefe und sind allesamt im alten Stil. Und es gibt Jagdszenen und mythologische Szenen und Porträts von längst dahingeschiedenen Königen, die in der langen Galerie hängen. Marguerite, die Herzogin von Alençon, legte ein gutes Wort für mich ein und verschaffte mir Zugang zu vielen Räumen, die mir sonst verschlossen geblieben wären, und auch zu ihrer Privatsammlung, in der sich ein Buch mit Porträtzeichnungen ihrer Freunde befand, die vornehmlich im Atelier von Maître Jean Clouet entstanden sind, der das größte Porträtatelier von ganz Paris besitzt und viel zu tun hat. Zu meinem Glück verstand er nichts von den Geheimnissen der kleinformatigen Malerei, und ich behielt sie auch schön für mich. Das fiel mir nicht weiter schwer, weil ich eine Frau war und ohnedies alle dachten, meine Kunstfertigkeit beruhe auf Gefühl und Hexerei statt auf harten Lehrjahren.

Ich lernte wirklich viel durch das genaue Betrachten dieser verschiedenen Gemälde und Zeichnungen, aber einige machten mir auch Mut, da sie trotz aller Berühmtheit einfach scheußlich waren. Und das machte die anderen wett, an denen ich schier verzweifelte, weil ich es ihnen nie gleichtun würde, wie beispielsweise einige aus Italien. Dabei stellte sich auch heraus, daß der König keinen Leonardo hat. Alles nur dummes Gerede. Er besitzt die Kopie einer Madonna mit Engeln, und an der Komposition erkannte ich, daß der italienische Maler ein großer Meister war und wahrscheinlich selbst Engel gesehen hatte, da einer von ihnen Hadriel sehr ähnlich sah.

Ich hatte auch den Auftrag des Bischofs nicht vergessen, ihm eine Liste von dem zu schicken, was der französische König an der Wand hängen hat, und die war in Arbeit, jedoch noch nicht weit gediehen. Gewiß, Wolsey hatte mir noch nicht einmal einen Teil der fünfzehn Pfund gezahlt, die er mir jährlich zugesagt hatte, doch das ist Künstlerlos. Zumindest aber hatte er mir viel Arbeit verschafft, vornehmlich dadurch, daß ich mit nach Frankreich reisen durfte, und ein paar Leute hatten ja auch gezahlt, und da ich sparsam war, befand sich noch immer Geld in meinem Beutel. Außerdem waren die Namen meiner hochgestellten Kundschaft nützlich, wenn ich Material auf Pump haben wollte, was einer Frau besonders schwergemacht wird. Aber so ist das, wenn man hohen Herrschaften dient. Zuerst muß man borgen, um sich Material für das zu beschaffen, was sie haben wollen, und dann schuldet jeder jedem und wartet auf das Geld, das vielleicht eines Tages bezahlt wird oder auch nicht, falls der hohe Herr oder die hohe Dame nicht daran zu denken geruht. Aber es ging mir jetzt besser als früher, weil ich freie Kost und ein Atelier hatte, dessen Miete Herzogin Marguerite im voraus bezahlt hatte, und dazu Aussicht auf ein anständiges Honorar, wenn Madame Claudes Engel fertiggestellt waren.

Und als ich mich unmittelbar nach dem St.-Nikolaus-Tag ganz in ein Porträt der Mätresse Charles' VII. vertieft hatte, die Maître Jean Fouquet als Heilige Jungfrau wirklich anstößig in kaum bekleidetem Zustand gemalt hatte, und bei mir dachte, hätte er die weibliche Anatomie besser gekannt, er hätte ihre rechte Brust gewißlich nicht als große Kanonenkugel gemalt, die praktisch an der Schulter ansetzte, hörte ich hinter mir in der Galerie Schritte. Nan war vor lauter Langeweile auf einer Bank eingenickt, ihr Flickzeug rutschte ihr fast vom Schoß, und ein paar häßliche Katzen rieben sich den Kopf an meinem Rock, so als hätte ich Futter für sie, was aber nicht der Fall war. Ich hielt mein Vergrößerungsglas in der Hand, weil ich den Pinselduktus auf den Draperien eingehender betrachten wollte, hatte mich ganz darauf gesammelt und blickte mich daher auch nicht um.

»Nicht so unbekleidet wie *Evas Versuchung* und auch nicht so rosa«, sagte eine Stimme hinter mir. Draußen prasselte der Regen auf die Bleidächer und floß in Strömen an den hohen Türmen herunter. In der Galerie war es kalt, und es stank nach Urin. Ich drehte mich um, und da stand Robert Ashford wie ein Geist in einem feuchten grauen Umhang.

»Master Ashford! Man hat mir erzählt, Ihr wärt tot, und dann habe ich Tom getroffen, und der hat gesagt, Ihr lebt. Aber . . . aber ich dachte, Ihr wärt nach England zurückgekehrt.«

»Man hat mir gesagt, daß ich Euch hier finde.« Ashford kam näher, und da sah ich, daß er humpelte. Und sein Gesicht sah auch anders aus. Eine frische bläuliche Narbe zog sich über seine linke Schläfe, und er hatte sich die Nase gebrochen. Sie war jetzt etwas schief, und die Linie von der Nasenwurzel zur Spitze war auch nicht mehr gerade, sondern ein wenig krumm, wenn auch keine Hakennase.

»Tom ist ein guter Junge. Er ist bei mir geblieben, als ich . . . er ist geblieben. Wir haben uns unterhalten. Ihr habt recht gehabt. Da war wirklich ein Mörder, und es ist jemand, den ich kenne und dessen Wort ich vertraut habe. Wußtet Ihr, daß Tom Euch liebt?«

»Schon lange. Aber ich habe ihm nicht den Kopf verdreht. Ich wußte, er würde es auswachsen und etwas Passenderes finden.«

Ashford schwieg wie in Gedanken versunken. »Während ich . . . krank . . . daniederlag, man hatte mich nämlich aufgegeben . . . während ich in Calais war, hat mich eines verfolgt. Es gibt etwas, was nur Ihr mir sagen könnt. Dann gehe ich auch und belästige Euch nie wieder. Wie ist . . . wie ist Euer Mann ums Leben gekommen?«

»Master Dallet wurde im Bett ermordet, als er bei der Frau eines anderen war. So! Seid Ihr nun zufrieden? Warum müßt Ihr alte Dinge ausgraben, die mir weh tun?«

»Ich muß wissen . . . woher wußte der Ehemann, daß er genau in diesem Augenblick nach Haus kommen mußte?«

»Ihr meint Captain Pickering? Das habe ich erst später erfahren. Jemand hat ihm einen Brief geschickt. Ich habe herausgefunden, daß der Mann Ludlow hieß – ein furchtbarer Aasgeier und Advokat, der auf alles aus war, was mein Mann besaß und nicht herausrücken wollte.«

»Ludlow. Es paßt. Alles paßt. Sagt mir, wart Ihr traurig, als er starb?«

»Stellt man einer Witwe wohl solch eine Frage? Ich dachte, Ihr hättet Euch verändert, ich dachte sogar, ich würde mich freuen, Euch wiederzusehen, aber jetzt merke ich, Ihr seid ganz der alte! Grob und neugierig! Na schön, er hatte mich furchtbar angelogen, nämlich gesagt, daß Mistress Pickering humpeln würde und ein schreckliches Muttermal hätte und er nur wegen des Geldes zu ihr ginge. Wie würdet Ihr Euch da vorkommen? Und dann seine Leiche einfach zu Hause abgeladen bekommen, ohne daß Ihr Geld für die Beerdigung habt? Er hat genau das bekommen, was er verdient hat, und Ihr auch, finde ich, und ich schlage mich auch ohne Männer durch, und wenn ich alt bin, dann nehme ich den Schleier und male bis zu meinem Tode Engel für irgendein Kloster. Männer. Sie ändern sich nie, sie sind gemein und hochnäsig und untreu, einer wie der andere! Ich bin frei, und das bleibe ich auch und ernähre mich von dem Gewerbe, das mein Vater mich gelehrt hat! Meinetwegen können die Männer allesamt zur Hölle fahren!«

Bei dem ganzen Geschrei auf Englisch wachte Nan mit einem Ruck auf, und ihr Flickzeug fiel zu Boden. Die Katzen verzogen sich und versteckten sich im Kamin der Galerie, in dem zwar ein Holzfeuer angelegt, jedoch noch nicht entzündet worden war.

»Euer Vater hat Euch angelernt?«

»Natürlich. Er war ein wunderbarer Lehrer. Wie glaubt Ihr wohl, habe ich gelernt? Aus heiterem Himmel? Master Dallet hat mich doch nur geheiratet, weil er hinter den Geheimnissen meines Vaters her war, die der ihm nicht verkaufen wollte. Hinterlistig, wie? Dann hat er meine Mitgift durchgebracht und meine Aussteuer verkauft. Und Ihr wagt es noch, mich zu fragen, ob ich traurig war? Ich hatte mir die Ehe anders vorgestellt, aber eins ist sonnenklar, als Witwe bin ich besser dran.«

»Geirrt. Ich habe mich in jeder Hinsicht geirrt«, konnte ich ihn kopfschüttelnd in seinen Bart brummeln hören.

»Und was habt Ihr von mir gedacht, daß Ihr es wagt, mir mit ›Oh, ich habe mich geirrt, und jetzt geruhe ich, Euch den Hof zu machen‹ zu kommen? Angenommen, ich will mir von Euch nicht den Hof machen lassen, jetzt, da ich weiß, daß Ihr den bösen Klatsch über mich geglaubt habt, und der stammte auch noch von dem schlechtesten Menschen auf Gottes weiter Welt, und erst höhere Gewalt konnte Euch zur Einsicht bringen.«

»Könnt . . . könnt Ihr denn nicht glauben, daß die höhere Gewalt einen Zweck verfolgte?« fragte er. Ich musterte sein Gesicht eingehender. Es war spitz und blaß. Seine neue Nase hatte zwar sein Profil zerstört, ihm jedoch mehr Charakter verliehen. Eindeutig eine Wendung zum Besseren. Die haselnußbraunen Augen blickten niedergeschmettert. Mein Gott, warum hatte ich das nicht gleich gesehen? Es war unverkennbar, daß er genauso verliebt war wie Tom, dieser Grünschnabel. Er hatte nur nicht so viel Anstand, es ehrlich zuzugeben. Da hatte er nun in der ganzen Stadt herumgestöbert und Erkundigungen über mich eingezogen und, aus welchem albernen Grund auch immer, das Schlechteste angenommen. Und jetzt tat es ihm leid. Wie dumm Männer doch waren. Er konnte einem wirklich leid tun. Und Mitgefühl macht Frauen dumm, dachte ich, aber ich wußte, ich war ohnedies dumm.

»Was habt Ihr gehört? Wer hat Euch das erzählt?«

Er zögerte lange, ehe er antwortete. »Sir Septimus Crouch. Er . . . er hat gesagt . . . daß Ihr den gewissen Brief geschickt habt.«

Mir wurde ganz kalt vor Entsetzen. Wie konnte er nur diese furchtbare Lüge über mich glauben? Bei meinem Charakter hätte er doch merken müssen, daß ich zu derlei nie imstande wäre! Was mußte das für ein Mensch sein, der das auch nur einen Augenblick lang glauben konnte? Und als ich beim Erzbischof war und das heimliche Porträt malte, da hatte er mich praktisch beschuldigt, eine Liebschaft zu haben, und dabei ging ihn das nun wirklich nichts an. Mir fiel wieder ein, wie er dabei ausgesehen hatte, ganz aufgelöst und außer sich. Er mußte schon damals verliebt gewesen sein, sonst wäre er in jener Nacht nicht losgezogen und hätte sich betrunken. Und jetzt tat er mir auch nicht mehr leid. Was für eine Liebe ist denn das, die sofort das Schlimmste annimmt? Eine schlechte Liebe.

Er blickte mir ins Gesicht. »Es tut mir leid«, sagte er. »Ich gehe jetzt. Ich werde Wolsey über Euch schreiben. Er hat mich ohnedies mit einer anderen Aufgabe betraut . . .« Steif und blaß drehte er sich um und humpelte davon.

»Master Ashford, stillgestanden!« sagte Nan und vertrat ihm den Weg. »Ihr solltet Euch schämen.«

»Ja«, konnte ich ihn antworten hören, wenn auch leise.

»Und stolz seid Ihr auch. Zu stolz, als daß Ihr merktet, was Ihr meinem Schatz angetan habt. Dreht Euch um und seht sie Euch an.«

Er warf einen Blick über die Schulter, doch ich konnte ihn nicht richtig sehen, weil mir wegen der Tränen alles vor den Augen verschwamm. Und auch dabei stellen sich Frauen dumm an. Immer müssen wir weinen, auch wenn wir gar nicht wollen. Und ich wollte nicht weinen. Nicht um den da. Und wenn sich andere falsche Vorstellungen von einem machen, so weint man deswegen noch lange nicht, da sie ohnedies falsch sind. Das war gleich zweifach dumm, und draußen weinte der Regen aus dem kalten, grauen Himmel, und mein Gesicht war ganz naß und mein Herz genauso kalt und grau. Alles paßte zusammen, ich und die Natur, was nicht gerade originell ist. Als Kunstwerk hätte die Komposition nichts getaugt.

»Nachdem Ihr soviel angerichtet habt, könnt Ihr Euch nicht einfach wortlos davonmachen. Das ist unrecht«, sagte Nan fest. Er blieb stehen. »Ihr geht schön zurück. Ihr geht zurück und bringt das ins reine, sonst verfolgt Euch mein Geist bis ans Ende Eurer Tage, mein Wort darauf.«

»Ich kann nicht«, sagte er.

»Ihr meint, Ihr kommt nicht mit Euch ins reine«, sagte Nan. »Aber eins seid Ihr Susanna schuldig, nämlich daß Ihr mit ihr ins reine kommt. Ihr entschuldigt Euch jetzt und bittet sie um Vergebung, so wie es unser Herr Jesus befiehlt, und dann könnt Ihr meinetwegen in einer Wolke von Selbstmitleid abschwirren und Euch damit brüsten, was für eine tragische, einsame Gestalt Ihr doch seid.«

Er blickte verstört und entsetzt.

»Ihr wißt, daß ich recht habe, nicht wahr! Ihr könnt mir glauben, Master Ashford, ich bin zwar alt, aber dumm bin ich nicht. Und jetzt macht den Mund auf, sonst habt Ihr Eure Chance für immer verspielt.« Die Galerie wirkte in diesem Augenblick sehr lang. Der ungleichmäßige Schritt, mit dem er sie entlanghumpelte, schien in der Stille unnatürlich zu hallen. Draußen klatschte der Regen gegen die steinernen Mauern und schoß wie ein Wasserfall aus den Mäulern der Wasserspeier.

»Mistress ... Dallet. Ich habe geglaubt ... was kein Mann von Ehre ... von einer Frau glauben darf, und ... ich ... ich bitte Euch um Vergebung«, sagte er.

»So etwas hätte ich nie gedacht. Nur ein böser Mensch kann so etwas glauben ...« Ich rieb mir mit den Fingerknöcheln die Augen, doch sie flossen noch immer über.

»Susanna, du hast ihm nicht vergeben. Das mußt du aber.« Nans Stimme klang fest. Genauso wie damals, als ich zehn Jahre alt war und Felix meine Zeichnung von der Jungfrau Maria verdorben hatte, nur weil sie besser war als seine. Ich hatte ihm eine ganze Woche lang nicht vergeben. Doch dann wurde er krank, und als ich ihm vergeben hatte, starb er, und nichts war mehr wie früher. Ich hätte ihm eher vergeben sollen, auch wenn ich nicht wollte. Ich blickte in Master Ashfords blasses Gesicht. Auch er tat sich schwer damit, Abbitte zu leisten. Lieber redete er sich heraus. So wie ich. Er könnte sterben. Wir alle könnten sterben. Was taugt das Leben mit einem harten Herzen?

»Master Ashford, Euch ... ist vergeben. Ich vergebe Euch.«

»Ich vergebe Euch wahr und wahrhaftig«, half Nan nach. Ich sah, wie es in Master Ashfords haselnußbraunen Augen ein wenig aufblitzte. Fand er das etwa lustig?

»Mußte sie das oft tun, als sie klein war?« fragte er.

»Natürlich«, sagte Nan.

»Ich auch«, sagte er zerknirscht.

»Zwei vom gleichen Stamm«, sagte Nan. »Das macht das Haar.«

»Nan, mein Haar ist nicht rot, es hat nur einen Stich ins Rötliche.«

»Und meins ist in Wirklichkeit braun. Dunkelkastanienfarben. Überhaupt nicht rot«, sagte Robert Ashford. Ich mußte unwillkürlich lächeln. Ich berührte seine Locken.

»Dann hat Euer Haar Feuer gefangen«, sagte ich.

»Und wie lange hat Eures schon vor sich hin geschwelt?« fragte er, und fuhr mit dem Finger an einer Locke entlang, die mir wie üblich aus der Haube gerutscht war.

»Seit ihrer Geburt, Master Ashford, seit ihrer Geburt«, verkündete Nan.

»Mußt du immer recht behalten, Nan?« fragte ich.

»Ja, immer. Wer ist hier älter und klüger?«

»Du«, sagten Robert Ashford und ich einstimmig, und Nan nickte glücklich.

»Mistress Dallet, habe ich die Erlaubnis, um Euch zu werben? Ich bin nur ein jüngerer Sohn ohne Aussichten. Ich habe, als mein Vater starb, zehn Pfund und ein Pferd geerbt, doch das Pferd ist tot, und das Geld ist ausgegeben. Im Dienst des Erzbischofs werde ich es nie zu etwas bringen, weil mir Cavendish im Wege steht. Sagt ja, oder sagt jetzt, daß Ihr mich abweist, und laßt mich gehen. Ich will es Euch nicht verdenken. Ich bin früher schon von ehrgeizigen Frauen abgewiesen worden, das hat mich abgehärtet.«

»Master Ashford, ich habe nur meiner Hände Arbeit als Mitgift, und wenn ein Mann mir meine Arbeit wegnimmt, dann bringe ich gar nichts in die Ehe ein. Bedenkt das, ehe Ihr um mich werbt, falls Eure Absichten anständig sind. Und denkt daran, daß ich trotz all Eurer unzüchtigen Phantasien eine ehrbare Witwe bin und unanständige Anträge ablehne.«

»Dann passen wir hinsichtlich Finanzen und Haar nur allzugut zusammen.«

»Haar? Auf gar keinen Fall«, sagte ich. »Was jedoch die Finanzen angeht, so hat mich das nie gestört. Gottes Segen reicht mir.«

»Darin unterscheidet Ihr Euch von allen Frauen dieser Welt, und dafür bin ich dankbar.«

»Dann nehme ich an, daß Ihr mir noch immer den Hof machen wollt?«

»Ja, und zwar so lange, bis ich Euch davon überzeugt habe, daß ich kein hassenswerter Schurke und kein Klatschmaul bin. Ich bereue den Tag, an dem ich diesen abscheulichen Septimus Crouch kennengelernt habe.«

»Crouch? Das ist der schlimmste Verbrecher überhaupt. Ich habe gesehen, wie er gemordet hat und weggegangen ist, als wäre er mal eben bei einem Abendessen gewesen. Er hat den Advokaten Ludlow umgebracht, und alles wegen eines Buches, das es kaum wert gewesen sein dürfte. Das war wohl Schicksal. Ludlow hatte mir nämlich die Wiege weggenommen, und die war verflucht, weil das Kind darin gestorben ist. Und jetzt ist Crouch auch in Paris. Ich habe die größten Schwierigkeiten, mich vor ihm zu verstecken.«

»Hier? Susanna, weiß er, daß Ihr hier seid?«

»Ich glaube nicht. Er zieht dieser Tage mit einem gräßlichen italienischen Kerl herum.«

»Signor Belfagoro. Ich weiß. Für die Engländer ist er ein Held. Und selbst die Franzosen umwerben ihn jetzt. Ich wage schon gar nicht mehr, etwas gegen ihn zu sagen, die beiden werden einfach über den grünen Klee gelobt. Gleichwohl bin ich überzeugt, daß sie nichts Gutes im Schilde führen.« Er schüttelte langsam den Kopf, und seine Augen blickten ernst.

»Seid Ihr ihretwegen hier?«

»Wohl kaum, aber ich würde mich freuen, wenn es sich so verhielte.«

»Warum freuen?«

»Weil damit ein Rätsel gelöst wäre. Es gibt Leute, die sich verschworen haben, das Bündnis zunichte zu machen. Sie glauben, wenn es fehlschlägt, dann stürzt auch das Haus Valois, und sie gelangen an die Macht. Ich soll nun herausfinden, wer zu dieser Geheimorganisation gehört und wer der Kopf ist. Ich habe mich viel zu lange in Calais aufgehalten, weil ich geglaubt habe, die Kapitäne dort könnten mir weiterhelfen. Aber nein, er ist trotz seines Namens kein Seemann.«

»Da bin ich aber froh. Von Seeleuten habe ich genug, vor allem von Kapitänen.«

»Wenn Ihr Euch unter den hohen Herrschaften bewegt, haltet die Ohren für mich offen, für den Erzbischof und für England. Irgendwo, höchstwahrscheinlich bei Hofe, gibt es einen mächtigen Mann, der sich der Steuermann nennt.«

Im großen Saal in Les Tournelles hingen seltene Gobelins und Seidenfahnen, die mit Tudor-Rosen und König Ludwigs Wildschwein geziert waren. Oben auf der Galerie spielten Musikanten auf, und auf dem Parkett wimmelte es von Tänzern beiderlei Geschlechts, als Suffolk, der Sieger, die Königin durch die ersten Figuren des Tanzes führte. Wer sich zu alt fühlte oder von dem Turnier noch zu erschöpft zum Tanzen war, gab sich damit zufrieden, an der Wand zu stehen, zu klatschen und die Anmut der Damen und die eleganten Gestalten der Herren zu bewundern. Auf der Estrade saß der König auf einem hohen, gepolsterten Stuhl neben einem ganz ähnlichen, der noch warm vom Abdruck des jugendlichen Körpers der Königin war. Wie es sie zu tanzen verlangt hatte! Zuerst hatten ihre Finger auf der Stuhllehne getrommelt, dann hatten auch ihre Füße geklopft, und er konnte hören, wie sie im Takt der Musik atmete. Doch dem alten König taten die Gelenke zu weh, als daß er sich auf das Tanzparkett wagen konnte, und allmählich verübelte er der jungen Königin ihre Leichtfertigkeit, ihre animalische Freude, ihre Begeisterung. Vielleicht hätte er doch lieber die ältere Schwester heiraten sollen. Eine gefestigtere, nüchterne Frau, die nicht so gern tanzte. Am Abend zuvor – dem Abend nach Suffolks Triumph über den hünenhaften Herausforderer – hatte er ihr wieder einen Edelstein geschenkt, doch anscheinend hatte sie sich nicht so darüber gefreut wie sonst. Sie errötete nicht oder klatschte in die Hände, und ihr Dankeskuß fiel kühl aus wie eine Pflichtübung.

Sie hatte bereits mit d'Alençon und mit Dorset getanzt und wirbelte jetzt mit Suffolk herum. Der Dauphin jedoch hat sich wie ein Ausbund an Korrektheit benommen, sinnierte der König. Er wird erwachsen, begreift allmählich, was seine Pflicht ist. Da war er ja, brachte seiner Herzogin einen Becher. Claude – wie sie ihrer Mutter doch ähnelt, dachte der König. Angenommen, wie bei ihrer Mutter bleiben nur ihre Töchter am Leben? Das Haus Valois steht auf dem Spiel. Daraus kann noch ein Bürgerkrieg entstehen. Eine Katastrophe. Er mußte, er mußte mit seiner neuen Frau einen Sohn zeugen. »Monsieur«, sagte er und winkte Franz zu sich heran. »Die Königin tanzt zuviel mit dem englischen Herzog. Bringt sie zu mir zurück.« Während er zusah, wie sie auf ihren Stuhlkissen hin und her rutschte und den Flunsch kaum verbergen konnte, ging ihm auf, daß ihr die stillen Abende, die ihm so gefielen, nicht zusagen würden. Er mußte sie beschäftigen, er mußte sie vergnügen, er mußte beweisen, daß er im Herzen noch immer jung und galant war. Schließlich war er der König! Und war er nicht dazumal aus größeren Turnieren als Sieger hervorgegangen? Er würde es ihnen zeigen, er würde allen zeigen, daß er noch jung war. Und sie würde nur noch ihn sehen, nur noch ihn.

Franz warf seinem Herrn und König einen schrägen Blick aus schmalen, listigen Augen zu, dann dem zappeligen Mädchen neben ihm. Seine Augen erkundeten ihr zartes Profil, dann die Wölbung, wo ihr Mieder zwei hinreißende weiße Brüste nach oben drückte. Klug, wie er war, verbarg er, daß es ihn nach den Freuden dürstete, die er sich unter ihrem Kleid ausmalte. Das Gesicht des alten Königs war grau, eifersüchtig, entschlossen. Du taugst nicht für sie, dachte er. Ich werde Sieger sein. Bei der Vorstellung, wie süß sein Sieg, wie ihre Miene sein würde, wenn . . . bogen sich die Mundwinkel unter der langen Nase nach oben.

Am entgegengesetzten Ende des prächtigen Saals zeigte Crouch, heute Ehrengast der Engländer, dem fremdländischen Erzherzog und berühmten Pferdezüchter Belfagoro von Tartaros verschiedene hochgestellte Persönlichkeiten im Raum und gab sich alle Mühe, ihm den Stammbaum der französischen Könige zu erklären. »Also, das Haus Valois, das ist eine jüngere Linie der Kapetinger, zu denen Philipp der Schöne gehörte, und der Thron ist an die jüngere Linie der Valois gekommen, weil König Karl VIII. keinen Sohn hatte. Daher ist dieser König, Ludwig XII., eine Generation älter, denn er ist der Sohn des Herzogs von Orléans, dem Urgroßenkel des seligen Königs. Auch er hat keinen überlebenden Sohn.«

»Uff, Linien, Vetter, jüngere Linien, mir schwirrt der Kopf! Aber habt Ihr nicht gesagt, daß der König keinen Sohn hat? Ei, schaut ihn Euch doch an, so blaß und alt wie der ist, bin ich schon bald frei«, grummelte Belphagor. Crouch, der trotz seiner Breite größer als Belphagor war, blickte auf ihn herunter und lächelte höhnisch. Wie wenig du doch weißt, dachte er. Und Belphagor sagte im Anblick eines ganzen Raums voller Linien, Vettern und jüngerer Linien: »Los, Crouch, erzählt mir mehr von König Karls Vater, dem erlauchten Ludwig XI. Also, das war ein Kerl ganz nach meinem Herzen! Mord, Plünderung, Folter! Wie ist der denn bloß an der Macht geblieben?«

»Der Spinnenkönig hat sich in Plessis-les-Tours eingeschlossen und sich mit einer schottischen Garde umgeben, die ihm treu ergeben war . . .«

»Und wer ist der Kerl da drüben, der Lange, Dunkelhaarige, der ganz allein herumsteht? Seine Miene gefällt mir. Überheblich. Hinterhältig. Ein Kerl, mit dem ich gut auskommen könnte.«

»Das ist der wohledle Charles de Bourbon, ein großer Krieger vor dem Herrn und ein Held, der soeben die Erbin des größten Landbesitzes in Mittelfrankreich geheiratet hat.«

»Hat er Anspruch auf den Thron?«

»Nur einen sehr entfernten und fraglichen. Doch da er die Erbin hat, wird sein künftiger Sohn weitaus mehr Anspruch haben . . .«

»Ah, wunderbar, wunderbar«, sagte Belphagor, rieb sich die Hände und leckte sich schon die Lippen nach dem Mann mit dem finster glühenden, aufrührerischen Blick. »Falls dieser König ohne Söhne stirbt, kann ich das Land in einen Bürgerkrieg stürzen.«

»Doch jeder Bewerber, den Ihr unterstützt, muß mit gewaltigem Widerstand von seiten des Vetters Ludwigs XII. rechnen. Der Sprößling der Angoulêmes ist nicht nur der nächste Erbe, sondern auch noch mit der ältesten Tochter des Königs verheiratet und wird Dauphin genannt, es sei denn, die jetzige Königin bekommt einen Sohn.«

»Ach, da kann ich kaum noch folgen! Meint Ihr den großen Kerl mit der langen Nase da drüben, den Ihr mir bereits gezeigt habt? Der mit der häßlichen kleinen Frau, der immerfort mit anderen Frauen tanzt und schäkert und sich vor den anderen noch damit brüstet?«

»Ebendieser, Euer Ungnaden.« Belphagor blickte quer durch den Raum zu Franz hinüber und kniff die Augen zusammen, um sich sein Bild einzuprägen. Crouch, der dicht neben dem Dämon stand, damit keiner ihr Gespräch mitbekam, sagte leise: »Hier bieten sich viele Möglichkeiten, Lord Belphagor. Ihr müßt Euch nur absichern, daß Ihr den Mann, der die Valois entthronen soll, auch fest im Griff habt. Denn seine Macht wird Eure Macht sein. Am besten hält man ihn dadurch, daß man seine Gefolgsleute gegeneinander aufhetzt, dann muß er für Ausgleich sorgen, und damit habt Ihr ihn. Die Kunst der Machterhaltung ist eine Wissenschaft, die leider zu selten studiert wird, Mylord. Verlaßt Euch auf mich, ich führe Euch sicher durch diesen Irrgarten.«

Belphagor warf Crouch einen argwöhnischen Blick zu. »Macht mich mit dem Kerl, diesem Bourbon, bekannt, sein flackernder Blick gefällt mir. Er erweckt ganz den Eindruck eines mürrischen, ehrgeizigen Burschen und eignet sich als mein König.«

»Mylord, das dürfte im Augenblick schwierig sein, da er tanzt.«

»Ach, die Pocken auf diese ganze widerwärtige Festlichkeit! Dann sehe ich ihn eben später. Kommt, Crouch, diese Kreaturen wimmeln herum wie die Maden. Nein, Maden mag ich ja. Wie . . . wie . . .«

»Kaninchen vielleicht, Lord Belphagor?« schlug Crouch vor, und seine Augen funkelten boshaft und vergnügt.

»Ja, Kaninchen. Pelzig. Braunäugig. Widerwärtig.«

Am anderen Ende des festlichen Saals hatte sich eine Gruppe Damen um die untersetzte kleine Claude geschart, die nicht tanzte, und diese Damen betätigten sich aus den unterschiedlichsten Gründen in einer beschaulichen Sportart für drinnen, dem Klatschen, statt sich beim Tanzen körperlich zu betätigen. Zu der Gruppe gehörte die zarte, verkrüppelte Herzogin von Bourbon, die größte Erbin Frankreichs, mit ihrer furchteinflößenden Mutter, Anne de Beaujeu, einst Regentin von Frankreich, die selbst Königin gewesen wäre, wenn Frauen den Thron erben könnten.

»Und ich sage, das kleine Füllen, das der englische König uns geschickt hat, wird ihn schnurstracks in die Hölle bringen«, verkündete die alte Dame.

»Aber sie ist so aufmerksam. Habt Ihr beim Bankett nicht bemerkt, wie sie darum gebeten hat, daß man Prinzessin Renée etwas von dem Dessert ins Kinderzimmer schickt?« Claude hatte schon wieder vergessen, daß Mary der Feind war, und war in ihre alte Gewohnheit zurückgefallen, an allen Menschen etwas Gutes zu finden. Die Damen gaben sich alle Mühe, und das nicht nur zu ihrer eigenen Genugtuung, allzuschnell vergessenen Groll erneut zu entfachen.

»Habt Ihr Euren Mann mit ihr tanzen sehen?«

»Ja, und was die wohl geredet haben? Ich konnte sehen, wie sie errötet ist.«

»Er benimmt sich ihr gegenüber nur ritterlich, und das geschieht auf Befehl des Königs. Er hat es mir erzählt, und ich habe mit eigenen Ohren gehört, wie der König ihn darum gebeten hat.«

»Dann seid Ihr ein argloses Lamm.«

»Ein Lamm, das zur Schlachtbank geführt wird.«

»Er unterhält sich auch allein mit ihr. Habt Ihr gesehen, wie er sich auf dem Turnier zu ihren Ehren vor ihr gebrüstet hat? Nicht vor Euch hat er sich verneigt, sondern vor ihr.«

»Aber ... er war der Schirmherr des Turniers, das schickte sich so ...«

»Aber sie, oh, wie unzüchtig. Rote Haare, na, so was kennt man doch.«

»Ja, und der ungehobelte englische Herzog war ihr Liebhaber. Sie hat nach ihm geschickt.«

»Sie will dem König einen Erben unterschieben. Das schafft er nämlich nicht mehr. Der ganze Hof weiß Bescheid. Einen englischen Erben für den französischen Thron. Was sie nicht mit Gewalt erreicht haben, das bekommen sie durch List und Tücke. Niemand ist törichter als ein alter Tor, sag' ich.«

»Der sieht den Frühling auch nicht mehr, das könnt Ihr mir glauben. Seht nur, wie blaß er ist, der alte Mann, und von Kopf bis Fuß in Satin, als wäre er noch einmal Zwanzig. Wenn er keinen Mittagsschlaf macht, ist er gleich krank.«

»Nehmt Euch lieber in acht, meine liebe Madame Claude, wenn Euer Mann König wird. Es wäre nicht das erste Mal, daß ein französischer König seine Gemahlin zugunsten einer Geliebten einsperrte.«

»Wißt Ihr noch, Jeanne de France. Bekommt lieber

schnell ein Kind, dann kann er Euch nicht ins Kloster stekken, wie es damals der armen Königin ergangen ist.«

»Aufhören, aufhören! Das ist nicht wahr. Monsieur ist gut zu mir. Und irgendwann liebt er mich auch, da bin ich mir sicher. Außerdem hat meine Mutter mir die Bretagne vermacht. Und die würde er nie aufgeben.«

»Die Bretagne hat er durch die Ehe mit Euch. Er wird Advokaten anheuern, wartet nur ab. Die finden schon ein Schlupfloch, damit er Euer Erbe auch ohne Euch behalten kann. Ihr solltet Euch lieber darin üben, Eure eigenen Interessen besser zu wahren, Madame Claude, sonst verbringt Ihr den Rest Eures Lebens hinter Klostermauern.«

»Traut keinem Advokaten, wenn es Mann gegen Frau geht. Ich spreche aus bitterer Erfahrung«, bemerkte die alte Dame, die einmal Regentin von Frankreich gewesen war. Sie hatte quer durch den Raum ihren Schwiegersohn ausgemacht. Wunderbar, dachte sie. Ein starker Anführer, verbittert, stolz, nachtragend. Den bringe ich durch meine Tochter noch an die höchste Macht, und er wird mich rächen. Und dann wird in Frankreich meine Linie herrschen, nicht die Linie dieser jämmerlichen kleinen Frau, dieser Louise von Savoyen. »Ja, diese Prozesse«, sagte sie. »Nehmt Euch in acht, wenn Euer Gemahl Advokaten empfängt. Er wird – oh, da kommen zwei dieser englischen Damen. Man sollte ihnen verbieten, sich in ihrer häßlichen Sprache zu unterhalten! Ah, meine liebe Mademoiselle Gray und Mademoiselle Bourchier, bitte, setzt Euch zu uns. Wir sprachen gerade über das neue Bündnis . . .«

»Von Politik verstehen wir gar nichts, Madame de Beaujeu. Wir unterhielten uns über die neueste italienische Mode, bei der man die Taille höher am Mieder ansetzt . . .«

»Ja, und die Ärmel einhält, hier, unmittelbar über dem Ellenbogen, und dann wieder bauscht und erneut einhält . . . Meint Ihr nicht, daß es dieser Mode an Würde mangelt? Ich finde, ein voller Ärmel läßt Handgelenk und Hand viel zierlicher wirken.«

»Ja, kleine Hände und kleine Füße, beides macht wahre Schönheit aus.«

»Es ist dreierlei«, erwiderte Madame de Beaujeu und zitierte damit den überlieferten fraulichen Schönheitskodex. »Ein kleiner Mund gehört auch dazu.« Sie schürzte den eigenen, der von winzigen Fältchen umgeben war, was davon zeugte, daß sie das gewohnheitsmäßig machte. Jeder wußte, daß ein kleiner Mund bei Frauen auch klein in anderer Beziehung bedeutete, und danach strebte jede Dame. Anne de Beaujeu ließ ihre Augen, die so leuchtend und knopfartig waren wie Vogelaugen, durch den Raum schweifen, um anzudeuten, daß die Neuankömmlinge ihre volle Aufmerksamkeit nicht wert waren. Sie warf einen flinken Blick zur Estrade, wo sich Suffolk mit der Königin in dieser gräßlichen Fremdsprache unterhielt. Als Antwort lachte die Königin. »Man sollte sich vorsehen und nicht zuviel lachen«, sagte die alte Dame. »Das macht einen großen Mund.« Ihre Stimme klang abfällig. Doch die beiden Damen hatten ihre Königin nicht gesehen, da sie sich hinter ihnen befand, und so verfehlte die bissige Bemerkung völlig ihr Ziel.

»Also, schwarzes Karmin eignet sich schlecht für die kleinformatige Malerei, weil es nämlich genau richtig sein muß, und obendrein ist es sehr teuer. Das beste Karmin kommt aus Venedig, doch dieses hier aus Antwerpen tut es auch.« Master Ashford setzte den großen Beutel Gips ab, den er für mich heimgetragen hatte, holte das Päckchen, das ich soeben erstanden hatte, vom Bord, musterte es und legte es wieder zurück. Dann blickte er sich so neugierig in meinem Atelier um, als wäre es ein fremdes Land. Es war schon eine seltsame Fügung, daß wir uns auf der Straße getroffen hatten, als ich den schweren Beutel Gips und anderes mehr nach Haus tragen wollte und Nan dabei keine Hilfe war, da sie sich mit dem Schlachter um die Rechnung zankte und noch mehr anschreiben lassen wollte. Also, Robert Ashford könnte mir gefolgt sein, und das sähe ihm ziemlich ähnlich, weil er nie frei von der Leber weg redet wie ich.

»Bei dem Preis könnte es auch aus Venedig sein«, sagte er. »Ich habe noch nie eine Frau erlebt, die so viel Geld durchbringt, und das nicht für Kleider.« Ha. Er war mir also doch gefolgt, da hatte ich den Beweis. Woher wüßte er sonst, wieviel ich ausgegeben hatte?

»Wenn man Geld verdienen will, muß man Geld ausgeben. Schlechte Farben gleich schlechte Arbeit. Das hier zerstoße ich in einer Gummiarabikum-Lösung, aber schwarzes Karmin läßt sich besser zerstoßen, wenn man ein wenig Kandis ins Gummiarabikum gibt.«

»Und dieser ganze Gips?« sagte er und deutete mit der Stiefelspitze auf den Beutel.

»Als Gesso verwende ich nur feinen, gebrannten Gips, er heißt auch Bologneser Kreide – Gesso, das ist die weiße Grundierung wie auf der Tafel dort drüben, mit der ich gestern angefangen habe. Abgüsse wie die auf dem Bord da mache ich aus ungebranntem Gips, der bindet besser ab.«

»Und das alles hat Euch Euer Vater gelehrt?«

»Natürlich. Weisheiten wie diese fliegen einem nicht einfach zu, Master Ashford. Mein Vater war ein großer Mann, ein hervorragender Maler kleinformatiger und großformatiger Bilder. Auf der Suche nach diesen Geheimnissen hat er die ganze Welt bereist.«

»Hände aus Gips, warum gerade Hände?« fragte Master Ashford.

»Weil ich den Lichteinfall studieren muß, wenn ich ein Ganzfigurporträt male. Dafür braucht mir dann niemand Modell zu sitzen.« Ich hob ein Paar gefaltete Gipshände auf und hielt sie in unterschiedlicher Stellung am Fenster hoch, wies ihn auf die Veränderungen hin und wo der tiefste Schatten sein mußte. »Seht Ihr? Hier habe ich einen Kinderarm, und die da sind von Cat Hull. Ihre Finger eignen sich gut als Modell. Sie sind länger und schlanker als meine.«

»Habt Ihr ihn geliebt, ich meine Euren Vater?«

»Natürlich. Ihr Euren etwa nicht? Er hat mir alles gegeben; er hat mir . . . mich selbst gegeben.«

»Euch selbst?«

»Ohne meine Malerei bin ich nicht ich selbst. Ich liebe den Geruch und die Stille und die Bilder, die ich vor meinem inneren Auge sehe.« Master Ashford ging zum Fenster und zurück, dann blieb er stehen und blickte mich an. Es war ein gutes Fenster aus richtigem Glas, das in kleine, runde Fassungen aus Blei eingesetzt war, kein Leinen im Rahmen. Es war hoch und schmal, ließ aber viel Licht durch. Ich liebte dieses Fenster, liebte dieses Licht und wie es über meinen Arbeitstisch fiel. Etwas von diesem winterlichen Leuchten schien sich auch auf Master Ashfords erschöpftes Gesicht und sein abgenutztes Lederwams zu legen, und vielleicht, so dachte ich, liebe ich ihn auch. Doch irgendwie war ich noch auf der Hut, weil ich spürte, daß auch er auf der Hut war.

»Ich bin neidisch«, sagte er. »Ich liebe meinen Beruf nicht so sehr wie Ihr Euren. Vielleicht weil ich am Ende eines Tages nichts vorzuweisen habe. Ich spiele doch nur den Laufburschen für andere.«

»Aber die sind doch sehr hochgestellt.« Ich betrachtete seine Hände. Sie waren genau richtig, sehr kräftig und langgliedrig, und auf dem Handrücken waren die Adern zu sehen. »Master Ashford, würdet Ihr mir einen Gefallen tun? Nein, keine Schwerstarbeit wie mir den Beutel Gips nach Haus tragen.« Er blickte überrascht. »Ich habe noch keinen Abguß von einer Männerhand. Darf ich Eure abgießen? Später habt Ihr dann die Genugtuung, Eure Hände an jedem Heiligen und Lord zu sehen, den ich von nun an male.«

»Ist das alles, was Euch an mir interessiert? Ein Händepaar? Ich kann sie Euch erst leihen, wenn ich aus dem Süden zurück bin.«

»Ihr geht fort?«

»Nicht für lange. Das wollte ich Euch nämlich mitteilen.«

»Kehrt schnell zurück, wohin auch immer Ihr reisen müßt, und bringt nicht nur Eure Hände wieder mit, Master Ashford, denn ich möchte Euch gern bekochen, daß Ihr Euch den Bauch füllen könnt, und wieder in Eure Augen sehen.«

»Ihr könnt mir glauben, mir ist Eure Gesellschaft auch lieber als die nutzlose Jagd auf einen verrückten Seemann und auf einen Fetzen Papier mit einem Geheimnis.«

»Schon wieder ein Papier mit einem Geheimnis? Dahinter ist Crouch doch auch her. Das hat er nämlich an dem Abend zu Ludlow gesagt, als er ihn umgebracht hat. Also, eins verstehe ich nicht: Warum schreibt jemand, der ein Geheimnis wahren will, dieses dann auf? Das ergibt doch überhaupt keinen Sinn.«

»Er auch? Susanna, das ist der Beweis. Ich könnte schwören, er weiß, wer diese Leute sind. Seine plötzliche Reise hat einen Grund. Und wer ist dieser Signor Belfagoro? Der ist eindeutig inkognito. Niemand auf der ganzen Welt würde sich solch einen wunderlichen Namen zulegen. Aber das mag daher kommen, daß ich ihn so verabscheue, gleichwohl glaube ich, wenn ich des Rätsels Lösung gefunden habe, wird Crouch eine große Rolle dabei spielen. Ich bin dahintergekommen, daß er nichts ohne Absicht tut. Nichts, Susanna.«

Schon wieder fiel eisiger Regen in Strömen aus einem bleigrauen Himmel. Die englischen Gesandten waren heimgekehrt, der Hof hatte Paris verlassen und war nach Saint-Germain-en-Laye gezogen. Es war Advent, und bis zum großen Fest von Christi Geburt waren es nur noch zwei Wochen. Der Herzog von Bourbon hatte seine Frau und seine Schwiegermutter und die Pferde mit dem Hof fortgeschickt und war allein in Paris zurückgeblieben, da er noch »juristische Angelegenheiten« zu regeln hätte, die seine Zeit gewaltig zu beanspruchen schienen und ihn so verbitterten, daß selbst der Argwöhnischste wußte, daß seine »juristischen Angelegenheiten« keine Ausrede waren, um eine Mätresse aufzusuchen. Bourbon war aus dem Palast von Les Tournelles in das Haus eines seiner Advokaten gezogen, eines gewissen Maître Bellier, damit er sich besser seinen geheimnisvollen Geschäften widmen konnte. Leute mit Botschaften kamen und gingen. Spät am Abend konnte man hinter geschlossenen Fensterläden Männerstimmen streiten hören.

»Und ich sage Euch, ich habe ihn vergangene Woche gesehen. Er macht sich überall lieb Kind. Er hat dem englischen Herzog Pferde verschafft, als seine Sache verloren schien.«

»Vielleicht ist er gekommen, weil er das Manuskript abliefern will.«

»Nein, als ich mit ihm gesprochen habe, da hat er behauptet, sie hätten es in drei Teile geteilt und er hätte nur einen davon.«

»Eine Lüge.« Drinnen im Haus waren die Kerzen heruntergebrannt. Die Verschwörer saßen um den Tisch herum und prüften die Nachrichten, die aus allen Ecken Europas eingetroffen waren.

»Damals war es keine Lüge. Ich habe vor meinem Aufbruch in London Erkundigungen eingezogen. Ein Advokat namens Ludlow hatte einen Teil, und ein Maler namens Dallet den dritten. Aber Dallet wurde ermordet und Ludlow desgleichen.«

»Dann hat er alle drei Teile und ist dennoch nicht zu Euch gekommen.«

»Das bedeutet, er benutzt das Manuskript, um selbst an die Macht zu gelangen.«

»Nein. Ich glaube, er ist hier, weil er uns an den König verraten will. Das vollständige Buch enthüllt unser Geheimnis und unser Ziel, die Valois zu vernichten und die

Merowinger wieder auf den Thron zu bringen. Wir müssen jetzt handeln, sonst wird man uns wegen Hochverrats hinrichten.«

»Nein, wenn wir zu früh losschlagen, ist alles verloren. Wir haben unsere Streitmacht noch nicht gesammelt, und der Weissagung zufolge ist die Zeit noch nicht reif. Bedenkt, daß der König zu schwach und zu sehr mit seiner neuen Frau beschäftigt ist, als daß er sich um ein Manuskript kümmern würde. Nein, Monsieur Crouch spielt auf Zeit. Warum würde er sonst wohl wie ein Vergnügungsreisender die Stadt durchstreifen, ein paar Antiquitäten kaufen, überall herumscharwenzeln und diesen ausländischen Fürsten, mit dem er reist, als Italiener einführen? Der schlägt unter dem Schutz der Engländer die Zeit tot und wartet, daß der König stirbt und er mit Franz ins Geschäft kommen kann. Ein neuer, kraftvoller König, das könnte unser Ende bedeuten.«

»Dann darf er nie mit Franz ins Geschäft kommen.«

»Wir dürfen nicht zu früh losschlagen. Die Zeit ist noch nicht reif.«

»Das ist doch ganz einfach. Wir müssen lediglich verhindern, daß Franz an die Macht kommt. Die Königin muß einen Sohn bekommen und bis zu dessen Volljährigkeit Regentin werden. Dann kann Franz den Thron nicht besteigen. Aber ohne Unterstützung wird sie nicht herrschen können. Der Steuermann soll sich bei ihr einschmeicheln und ihr Berater werden. Das wird nicht leicht sein. Es gibt einen Aufruhr im Königreich, wenn sich Franz gegen den Steuermann erhebt. Doch in Zeiten gespaltener Macht kann der Kaiser Truppen sammeln und uns damit zu Hilfe kommen.«

»Unmöglich. Der König kann keine Kinder mehr zeugen. Das habe ich von einem seiner engsten Berater.«

»Aber der König hat verbreitet, daß er noch dazu fähig ist.«

»Der König siecht von Tag zu Tag mehr dahin. Wenn er

tot ist, wird man die Königin zwingen, sich für die Trauerzeit zurückzuziehen und sie in ihre Gemächer einsperren, bis sich herausstellt, ob sie nun einem nachgeborenen Erben das Leben schenkt oder nicht. Dort bekommen wir sie in unsere Gewalt. Wir werden ein neugeborenes Kind in ihre Gemächer schmuggeln, verkünden, daß ein Erbe geboren wurde, und sie zur Regentin ausrufen lassen.«

»Und wenn sie sich weigert, ein Kind einschmuggeln zu lassen?«

»Das wird sie nicht wagen. Man könnte sie sonst für den Kopf der Verschwörung halten. Und das wäre ihr Untergang. Lieber Regentin unter unserer Oberaufsicht als lebenslang eingesperrt durch Herzog Franz.«

»Warum ermorden wir Crouch nicht einfach, ehe er losschlägt?«

»Weil wir nicht wissen, wie viele an seiner Verschwörung beteiligt sind. Vielleicht die englischen Herzöge, vielleicht andere, die für den Fall Rache geschworen haben, daß er verschwinden sollte. Eins steht jedoch fest, dieser Fürst Belfagoro gehört dazu. Wir müßten beide umbringen und obendrein noch die englischen Herzöge.«

»Hat da jemand meinen Namen genannt?« Ein Rauchwölkchen, leichter Schwefelgeruch, und Belphagor stand am Kopfende des Tisches zur Linken des Herzogs von Bourbon, der entsetzt zurückfuhr. Die Kerzen in den eisernen Wandleuchtern flackerten in einem unerklärlichen Luftzug, dann aber brannten sie so hell, als würden sie von einer höllischen Kraft geschürt. Im Raum breitete sich unangenehmer Schwefelgestank aus. Einer der Verschwörer begann zu husten. Maître Bellier zog ein großes Taschentuch aus dem Ärmel und hielt es sich vors Gesicht.

»Oh, ich bitte Euch, laßt Euch nicht stören. Nein, nein, behaltet Platz, Ihr Herren. Nichts gefällt mir mehr als eine Verschwörung, außer vielleicht Massenmord. Und das eine ergibt sich oft aus dem anderen, nicht wahr?«

Der Herzog von Bourbon hatte jedoch nicht nur ein hitziges Temperament, sondern auch geschliffene Manieren, und er fand die glattzüngige Sprache wieder. »Mein lieber Sieur . . . ah, Belfagoro, was verschafft uns die Ehre? Und was führt Euch so jählings hierher? Seid versichert, daß wir Euch Unterstützung gewähren, soweit es in unseren armseligen Kräften steht, solltet Ihr diese brauchen.«

»Monsieur de Bourbon, nennt mich getrost bei meinem richtigen Namen. Ich bin Fürst Belphagor, Herr der Unterwelt, Herrscher über Dämonen und Befehlshaber einer ganzen Heerschar von Unterteufeln, der Euch in Eurer Sache helfen will.«

Maître Bellier und die anderen waren entsetzt. »Aber – aber unsere Sache – ist eine heilige Sache«, sagte der alte Advokat.

»Gott selbst hat es so bestimmt . . .«

»Das Wahre Blut . . .«

»Jemand hat uns durch diesen Versucher mit einem Fluch belegt. Wer könnte das gewesen sein? Es sind die anderen, die Abgefallenen.«

»Die Spaltung der Eiche. Die Tempelritter. Hebe dich hinweg, Dämon.«

»Hebe dich selbst hinweg, törichter Greis, ich könnte sonst böse werden. Eure Sache ist auch meine. Ich habe gehört, daß Ihr die Valois stürzen wollt. Ich auch. Mir ist es einerlei, welches Haus Ihr danach an die Macht bringt. Hauptsache, nicht die Valois.«

»Was habt Ihr gegen die Valois?«

»Eine kleine Meinungsverschiedenheit mit König Philipp.«

»Habe ich nicht gesagt, dahinter stecken die Tempelritter. Die haben diesen Teufel freigelassen.«

»Na und, warum sollte ich dazumal nicht ein paar Tempelritter gekannt haben? Ich bin schon eine ganze Weile im Raum. Soviel ich weiß, habt Ihr Euch gegen das herrschende französische Königshaus verschworen. Nein, nein – laßt nur, Ihr müßt nicht aufbrechen, ich verrate Euch schon nicht. Ich hege einen persönlichen Groll gegen den König und seine Erben und möchte mit Euch gemeinsame Sache machen. Also, die Idee mit dem falschen Erben, die ist ausgezeichnet. Ein Plan, der seine brillanten Aspekte hat.«

Belphagor machte es sich gemütlich, hockte sich auf den Tisch und schlug die Beine übereinander. Er sah ganz aus wie ein Herr von Stand. Er hatte sich das Samtbarett, an dem eine Reiherfeder mit einem großen Edelstein befestigt war, keck in die Stirn geschoben. An jedem Finger prangte ein Ring und im Ohrgehänge eine große Perle. Sein Wams bestand aus schwerem karminroten Samt und war mit Gold und Silber bestickt, und seine großen Stiefel waren aus seidenweichem Maroquinleder. Seine Stimme leugnete seine niederen Instinkte und klang weltmännisch und gepflegt. Crouch hatte gute Arbeit geleistet. Obschon Belphagor stellenweise etwas durchsichtig und von einer Aura des Bösen umgeben war, wirkte er Zoll für Zoll wie jemand, der gut zu ihnen paßte. Noch nie, dachte Belphagor, habe ich so aufmerksame und erbötige Zuhörer gehabt. Keine lästigen magischen Kreise, keine Schutzamulette. Ich konnte schnurstracks zu ihnen gelangen. Wunderbar, ich treffe eine Vereinbarung mit ihnen, und sie kommen gar nicht auf die Idee, mich mit irgendeinem abscheulichen Schwur aus einem Zauberbuch zu binden. Also kann ich sie ganz nach Belieben betrügen. Er knirschte kurz mit den spitzen Dämonenzähnen, denn er erinnerte sich an den Hahn. Wenn ich frei bin, räche ich mich. Dann fiel ihm ein, daß die Hexenmeister wahrscheinlich allesamt tot waren, und das ärgerte ihn noch mehr. Dabei mußte ein wenig Schwefelrauch aus seinen Ohren gekommen sein, denn die Runde um den Tisch war sichtlich verstört.

»Lord Belphagor, wie können wir Euch zu Diensten sein?« Das war Bourbon. Prächtig. Sie wollten ihm zu Diensten sein.

»Hat sich Eure kleine Gruppe hier wahr und wahrhaftig der Sache geweiht, die Nachkommen König Philipps vom französischen Thron zu stürzen?«

»Aber natürlich.«

»Wir haben uns seit Jahrhunderten der Sache geweiht, das Wahre Blut wieder auf den Thron zu bringen.«

»Das Wahre Blut? Und wer genau ist das?«

Die Verschwörer blickten sich an. »Die Merowinger, die wahren Herrscher Frankreichs, die gemäß einem prophetischen Text dazu bestimmt sind, aus der ganzen bekannten Welt, und dazu gehören auch die Länder der heidnischen Sarazenen, ein großes, nun ja, hmm, christliches Reich zu schaffen.«

Doch trotz des Versprechers spie Belphagor kein Feuer, sondern erwiderte nur im allermildesten Ton: »Oh, christlich? Prächtig, prächtig, fürwahr. Einige meiner besten Freunde sind Priester. Und Mönche. Ach, was für herrliche, überreife Seelen Mönche zuweilen haben.« Die Verschwörer atmeten erleichtert auf. Das entging Belphagor durchaus nicht. Er hatte sie eingelullt und konnte sie nun besser hinters Licht führen. Verschwörungen machten wirklich Spaß! Kaum zu fassen, was für ein Einfaltspinsel er früher gewesen war. Da er jetzt in diese eleganteren Kreise aufgestiegen war, wurde es ihm allmählich peinlich, daß ein Sterblicher wie Crouch um seine niedere Herkunft wußte. Sowie ich einen passenderen Sterblichen gefunden habe, schaffe ich mir diesen fetten alten Ritter vom Hals, dachte Belphagor. Dann kann keiner mehr dahinterkommen, daß ich nicht gerade ein Dämon der höchsten Sorte bin.

»Ihr Herren, ich bin gewillt, Euch in Euren Bestrebungen zu unterstützen. Wenn ich Euch den Tod des Königs binnen eines Monats verspreche, so brauche ich Eure Zusicherung, daß Ihr Eure Rolle spielt und die Thronfolge durch einen falschen Erben durcheinanderbringt. Was haltet Ihr von einem Pakt?« Sterbliche waren immer scharf auf einen Pakt. Das dumme war nur, daß er nicht lesen konnte, doch

Crouch hatte ihn gelehrt, ein feuriges B zu schreiben, das in unheimlichem Licht leuchtete. Das mache etwas her, hatte Crouch dem alten Dämon versichert. Er sah den Aufruhr um den Tisch. Einige der alten Herren waren entsetzt. Einer fing an zu protestieren, daß eine heilige Sache, der man sich seit Jahrhunderten geweiht hatte, nicht durch das Böse befleckt werden dürfe. Man brummelte, daß ein Pakt mit dem Teufel zugunsten einer guten Sache grundsätzlich zu verantworten sei, und brachte den alten Mann damit zum Schweigen. Das Argument muß ich mir für nächstes Mal merken, dachte Belphagor.

»Wer unterzeichnet für Euch?« fragte Belphagor.

»Ich«, sagte Bourbon. »Ich bin der Steuermann.«

Kapitel 21

Als die Lanzenstecherei vorbei war, kehrte der Herzog von Suffolk nach England zurück, der König legte sich zu Bett, und der Winter machte wirklich Ernst und brachte Frost und den ersten Schnee. Das Turnier hatte man für fünf Tage angesetzt, doch es dauerte beinahe einen Monat, da es so viele Verzögerungen wegen des schlechten Wetters gab. Die Festmähler und Lustbarkeiten in den Pausen hatten die Höflinge erschöpft, desgleichen die Köche und die Musikanten, die Fahnenmaler und die Dienstboten, die Ordnung machten, kehrten, polierten und so viel Holz heranschafften, daß man damit selbst die Hölle hätte heizen können.

Ehe die Engländer aufbrachen, suchte Tom mich in meinem Atelier auf, wo ich gerade Madames Engel fertigstellte und verstorbene Kinder für Himmelsbilder skizzierte, da mehrere Damen, die die Zeichnung zu den Engeln gesehen hatten, mir sagten, es wäre ihnen ein großer Trost, wenn sie auch solch ein Bild hätten. Und so setzte ich mich zu ihnen, und sie weinten und erzählten mir, wie ihre Kinder ausgesehen hatten, und ich zeichnete, bis sie sagten: »So stimmt es«, und dann nahm ich die Zeichnungen mit nach Haus und versah die Kinder mit Flügeln und einigen Wolken. Eine Jungfrau Maria oder ein bestimmter Heiliger kosteten zusätzlich. Das war etwas ganz anderes als Adam und Eva, doch irgendwie lief es aufs gleiche hinaus, ich machte Menschen glücklich, jedoch auf ehrbarere Weise. Und ich brauchte auch weniger Material, weil die Gemälde so klein waren, daß die Damen sie bei sich tragen und sie beweinen konnten, doch die schönen kleinen Holzschatullen und die Tafeln und die Klapprahmen stellten ein großes Problem dar, bis ich Maître Julius, den *tabletier*, kennenlernte, der in Wirklichkeit Flame war wie mein Vater, und mit ihm eine Abmachung traf.

»Warm habt Ihr es hier«, sagte Tom. Er sah noch knochiger aus als früher, da er noch immer wuchs. »Aber es riecht nicht gut. Kocht Ihr schon wieder Hasenhäute aus?«

»Ich habe von Maître Julius ein paar Tafeln bekommen. Dieser Tage male ich Engel. Engel und Porträts.«

»Ich könnte doch den Leim zubereiten und Euch die Tafeln grundieren«, sagte er. »Bei der vielen Kundschaft braucht Ihr Hilfe.« Er blickte sich um. Das Atelier war kahl und dennoch voll. Ich hatte noch immer keine anständigen Borde, jedoch eine Truhe und einen Schrank. Und obendrauf stand mein Spiegel, mit dem ich die Dinge von hinten betrachte. Es gab ein paar kleine halbfertige Tafeln, die zum Trocknen aufgestellt waren, auf dem Tisch lag eine Skizze, die ich kopieren wollte, und mehrere, die mir irgendwie verkehrt vorkamen und die ich an die Wände gesteckt hatte, weil ich sie betrachten und darüber nachdenken wollte.

»Schon möglich. Aber ich dachte, du willst nach Haus. Ich glaube, als ich die Leute bestochen habe, daß sie dich bei den Pferden mitreisen ließen, da habe ich meine Sache zu gut gemacht.«

Er blickte verlegen zu Boden. »Ich lerne, wie man Pferde kuriert. Es ist ein anständiges Gewerbe, und man mag mich, weil ich bei Master Ailwin schon gelernt habe, wie man Arzneien zubereitet. Und von der Sprache hier bekomme ich einen Knoten in der Zunge.«

»Im Haushalt eines hochgestellten Mannes bist du sicherer.«

»Er ist Stallmeister des Königs und ein großer Held«, sagte Tom.

»Ich weiß«, gab ich zurück.

»Und es ist ja ohnedies hoffnungslos!« platzte Tom her. »Mistress Susanna, Ihr seid so schön und gut und so unerreichbar wie die Sterne! Es ist so aussichtslos.«

»Ich bin viel zu alt für dich, Tom«, erwiderte ich. »Aber ich habe dich gern, als wäre ich deine ältere Schwester.«

»Dieser Master Ashford hat mich zwar gerettet, aber er ist nicht gut genug für Euch. Und das habe ich ihm auch gesagt. Er verdient Eure Liebe nicht, nicht so wie ich. Ich habe Euch zuerst gesehen . . .« Er machte auf dem Absatz kehrt.

»Warte, Tom, warte!«

»Wehe, Ihr umarmt mich noch mal. Das macht alles viel schlimmer«, sagte er.

»Nein, nein. Ich will dich ja auch nicht hierbehalten. Aber ich möchte, daß du einen Brief an Mistress Hull und Cat mitnimmst. Ich habe schon überlegt, wie ich ihn schicken sollte.« Auf einmal kam mir eine wunderbare Idee. »Und ich habe noch etwas. Ein Geschenk für sie. Richte ihnen aus, daß ich oft an sie denke und sie bitte, meine Sachen noch ein wenig länger aufzubewahren. Meine Geschäfte mit Engeln für französische Damen gehen gut.« Ich stöberte in meiner Kiste herum und trieb mein Porträt von Cat auf. »Das nimmst du mit«, sagte ich. »Behalte es schön bei dir, und laß es nicht feucht werden.«

»Aber . . . Ihr braucht es doch, wenn Ihr Eure Arbeit vorführen wollt.«

»Ich habe jetzt andere Sachen.«

Er öffnete die Schatulle. »Also, ich finde, die Haare habt Ihr zu gelb gemalt«, sagte er. Aber ich konnte sehen, wie es in ihm arbeitete. Er klappte den Deckel zu und sah mich an. »Dieser Kerl, dieser Crouch, bleibt auch hier. Zusammen mit dem häßlichen Italiener ist er die große Mode, denn beide haben dem Herzog beim Turnier geholfen. Er behauptet, er sei in Geschäften hier, aber ich habe Master Ashford gesagt, daß er Euch möglicherweise verfolgt. Seid vorsichtig, wenn Ihr bei Hofe seid. Euer Atelier liegt versteckt, aber bei

Hofe seid Ihr ungeschützt. Wir haben ihn schon einmal morden sehen. Ich . . . ich komme mir wie ein Verräter vor, daß ich Euch so einfach allein lasse.«

»Es ist besser, du gehst. Aber laß uns gute Freunde bleiben. Ich habe dich gern.«

Seine Augen blickten grimmig. »Ich wußte ja, es ist hoffnungslos«, sagte er im Hinausgehen und brachte zum Abschied kaum ein Nicken zustande.

Und ich dachte darüber nach, wie es kommt, daß Frauen Männern nicht einmal schöne Augen zu machen brauchen – sie laufen ihnen ohnedies nach –, und was für Probleme ich bekommen hätte, wenn Tom nicht so überaus ritterlich gewesen wäre, ganz im Gegensatz zu den Franzosen, die einen immer in die Ecke drängen wollen, wie dieser Bonnivet, der Freund vom Dauphin Franz, den ich dabei erwischte, wie er sich eine Dienerin, die bei Tisch auftrug, einfach schnappte und mit ihr in einem dunklen Flur verschwand, wo er doch gerade einer Dame den Hof machte und lauthals verkündete, er hielte die weiße Fahne der Minne für die kluge Herzogin Marguerite hoch, und die ist schon verheiratet, aber nicht mit ihm.

An diesem Nachmittag ging ich, eingemummt bis an die Nasenspitze, nach Les Tournelles. Ich wollte Herzogin Claude aufsuchen und ihr die Engel bringen, denn die waren fertig und sehr schön in einen Kasten mit dreiteiligem Rahmen eingelassen, der mit Hilfe von Scharnieren zugeklappt werden konnte. Den hatte Maître Julius angefertigt, und ich hatte ihn ganz mit Blattgold überzogen, das ich auf Pump ergattern konnte. Ich hatte sehr hart gearbeitet, damit das Bild fertig wurde, denn wir brauchten Geld. Trotz all der neuen Aufträge war niemand auf die Idee gekommen, mir einen Vorschuß zu geben, und selbst wenn ein Werk fertig war, konnte ich nicht damit rechnen, daß Geld hereinkam, weil Damen in der Regel am schlechtesten bezahlen. Ohne die Herzogin Marguerite säße ich ganz schön auf dem trockenen, dachte ich. Dann fielen mir meine Experimente ein, die Tinte von dem alten, aber erlesenen Pergament zu entfernen, und ich beschloß, Leuten, die keinen Vorschuß zahlten, ihre Engelbilder künftig auf gebrauchtem Papier mit einer besonders dicken Grundierung zu liefern, damit die Schrift nicht durchschimmerte. Porträts erfordern sauberes, unbenutztes Pergament, doch bei den Engelbildern konnte ich die Stellen, die durchschienen, mit üppigen Drapierungen oder dunklen Linien übermalen, und wer nicht anständig zahlte, verdiente auch nichts Besseres. Gleichwohl war ich in Bedrängnis. Ich hatte von Herzogin Marguerite vor ihrer Abfahrt ein wenig Geld erwartet, doch konnte ich mit ihr für die nächsten Monate kaum rechnen, da die Festsaison vorbei war und sie wie so viele andere große Familien die Stadt mit ihrer Mutter verlassen hatte, denn in Paris war nichts mehr los.

Als man mich zu Herzogin Claude führte, saß sie zusammen mit der Königin und mehreren Damen, englischen und auch französischen, und Mistress Anne spielte einige neue Musikstücke auf dem Psalterium, das sie vor sich aufgebaut hatte. Herzogin Claude und die Königin stickten an einem gräßlichen großen Chorrock, und die Königin wirkte äußerst gereizt. Von diesem Chorrock hatte ich schon gehört, er war für den Papst bestimmt, und die alte Königin Anne hatte diese Erde zu ihrem höchsten Bedauern verlassen müssen, bevor er fertiggestellt war. Und so mußte er unbedingt von königlichen Händen vollendet werden, was bedeutete, daß Königin Marie, wie sie jetzt genannt wurde, unentwegt sticken mußte, und dabei verabscheute sie Sticken. Und von Claude, die ihr half, hielt sie auch nicht viel, so zusammengestaucht und schieläugig wie sie war, und klug war sie auch nicht gerade. Aber Claude sagte, sie dürfe auch daran sticken, weil sie Königin Annes Tochter war, und Königin Marie war froh, daß es noch mehr Hände gab, die heilig genug waren, ihn anzufassen, denn sie wollte ihn fertigstellen – und Schluß damit. Wer die Engelmalerei betreibt, bekommt viel zu hören.

Königin Marie war also heilfroh, als sie den Chorrock beiseite legen und sich Madame Claudes Engel ansehen konnte, und Madame Claude weinte und sagte, ach, wie ähnlich es doch ihrer lieben seligen Mutter geworden wäre, und sieht der König nicht aus, wie er leibt und lebt, liebe Stiefmutter? Königin Marie zog einen nicht zu übersehenden Flunsch, pflichtete ihr jedoch bei, ja, die Ähnlichkeit grenze ans Wunderbare, dann wechselte sie das Thema und fragte, ob ich Engländerin sei. Ich erklärte ihr, ich sei mit ihr gereist, aber sie sei wahrscheinlich zu beschäftigt gewesen, um mich zu bemerken, und sie sagte: »O ja, das stimmt, Erzbischof Wolsey hat so etwas angedeutet.« Und ich erklärte, ich solle Gedenkbilder von ihr und dem König anfertigen, die Wolsey in Gold und Juwelen rahmen lassen und König Heinrich, ihrem Bruder, schenken wolle, und das heiterte sie beträchtlich auf.

»Oh, dann seid Ihr diejenige, die so niedliche kleine Porträts malt. Seid Ihr das, die – ich habe gehört, daß Ihr auch den Herzog von Suffolk gemalt habt.« Da wußte ich, daß er das Porträt als Geschenk für sie hatte malen lassen, was mir ganz schön verdächtig vorkam. Und wie ihr Gesicht strahlte, wenn sie seinen Namen nannte.

»Ja, Euer Majestät, ich habe ihn gemalt, als er gerade vom Turnierplatz gekommen war. Er hat gesagt, ich solle seinen Blick feurig malen.«

»Das hört sich ganz nach ihm an. Aber . . . habe ich nicht schon zuvor von Euch gehört? Ich habe gehört . . . wie war das noch . . . De Longueville hat eine Geschichte erzählt . . . von einem Geist und einem Gemälde. Erinnert Ihr Euch daran?«

Ich spürte, wie mein Gesicht ganz heiß wurde, doch glücklicherweise unterbrach uns Madame Claude und sagte: »O ja, die Geschichte habe ich auch gehört. Wie überaus rührend. Ergebenheit bis über das Grab hinaus. Glaubt Ihr auch daran, daß die Geister der Seligen zurückkehren? Ich glaube, daß meine Mutter noch immer in ihr Schlafgemach kommt. Ich spüre ihre Anwesenheit wie einen kalten Wind.«

Königin Marie blickte verärgert – wie konnte nur jemand Zugluft mit einem Geist verwechseln –, und die anderen Damen überboten sich mit Geistergeschichten und vergaßen mich völlig, und das war mein Glück. Ich wäre ja gegangen, aber ich mußte warten, weil ich bezahlt werden wollte. In diesem Augenblick wurde Herzog Franz gemeldet, und da war er auch schon, mit Bonnivet und Fleurange und anderen Freunden. Er kam wie in einer Gewitterwolke hereinstolziert, beugte sich über die Hand seiner Frau und sagte ihr Lebewohl, weil er in irgendwelchen Geschäften nach Blois wollte. Als er die Königin erblickte, warf er ihr einen Blick zu, als wäre sie eine intrigante Verräterin, und sie blickte erschrocken, als er seiner »Mutter«, das heißt der Königin, so überaus kalt Lebewohl wünschte, daß wiederum ich erschrak, wenn man bedachte, wie er letztens um sie herumscharwenzelt war. Aber Claude bekam gar nichts davon mit, sie war sehr gerührt über sein ritterliches Benehmen ihr gegenüber und redete noch davon, als er schon längst gegangen war.

»Oh, Ihr seid ja noch immer da«, sagte sie nach einem Weilchen, als sie bemerkte, daß ich wartete. »Ich habe kein Geld bei mir, aber Monsieurs Schatzmeister soll Euch auszahlen. Euer Werk gefällt mir sogar noch besser als das Gebetbuch, das ich mir im letzten Frühling in Paris habe machen lassen, Ihr sollt die gleiche Summe bekommen.« Sie rief einen der wartenden Lakaien herbei, und während ich innerlich jubilierte, begleitete er mich, damit ich das Geld bekam, das ich so dringend brauchte. Der Schatzmeister des Dauphins, ein Ritter, gab sich mit derlei Geschäften nicht ab, sondern hatte einen Schreiber, der sich mit anderen Haushaltsbeamten in der Nähe der Küchen niedergelassen hatte. Drinnen klapperte es gewaltig, und es duftete nach Braten, die Köche brüllten, und alle nasenlang kam jemand herausgestürzt, als ob es brannte. Doch während ich auf einer Bank saß und draußen vor der kleinen Tür des schatzmeisterlichen Schreibers wartete, bekam ich mit, daß sie sich darüber unterhielten, wie wütend Herzog Franz wäre.

»Ich sage Euch, der war vielleicht fuchsteufelswild.«

»Das überrascht mich nicht. Ich habe sogar ihren Kammerherrn sagen hören, daß man in dieser Sache etwas unternehmen muß. Der sagte gestern zu Madame Louise, daß Monsieur d'Angoulême, falls er so weitermacht, noch den Erben zeugt, der ihn enterbt. Dieser Riesendummkopf kann sich einfach nicht beherrschen. Wie kann man eine Frau nur so begehren, daß man sich dabei selbst enterbt? Aber seine Mutter, oha, das ist die einzige, die ihn zur Vernunft bringen kann.«

»Gottlob, daß wir Madame Louise haben, sonst würde sich diese intrigante, schamlose Engländerin noch zur Regentin machen.«

»Leiser. Da draußen ist noch so eine.«

»Die ›Witwe‹? Die soll ja die Mätresse von Erzbischof Wolsey sein, und er hat sie nach Frankreich geschickt, weil er sie loswerden wollte.«

»Vom Erzbischof auch? Ich habe gehört, daß sie die Mätresse des Almosenpflegers der Königin ist.« Pfui, das wurde ja immer schlimmer. Man sagt, der Lauscher an der Wand hört seine eigne Schand, aber ich hatte doch gar nicht lauschen wollen. Und die hier waren wirklich die schändlichsten Klatschmäuler überhaupt. Königin Marie tat mir leid, denn die nahmen sie besonders aufs Korn, und sie hatte nur einen alten Ehemann, um die Leute in Schach zu halten, und der dachte vermutlich so hehr und hoch, daß er nicht begriff, wie die Menschen sind. »Sag mal, stimmt es, daß sie sich einen Liebhaber hält, der ihr die Bilder malt, und dann ein höheres Honorar fordert, weil sie die als etwas ganz Neues und von einer Frau gefertigt ausgibt?«

»Ehem . . . keine Ahnung. Ich habe sie zeichnen sehen.«

»Aber hast du auch gesehen, wie sie das Gemälde *beendet* hat?«

»Nein, das nimmt sie fast immer mit nach Haus.«

»Ha, so läuft der Hase.«

Ich war sehr ärgerlich und stampfte mit den Füßen, damit sie sich daran erinnerten, daß ich noch da war, und sie riefen mich hinein, als hätten sie überhaupt kein Wörtchen gesagt.

»Ihr habt ein Livre von meinem Honorar einbehalten«, sagte ich, leerte die Börse aus und zählte ihnen das Geld noch einmal vor.

»Oh, ehem, das ist so Sitte. Eine Gefälligkeit. Das schuldet Ihr dem Kontor des Haushofmeisters.«

»Leider ist es Sitte, ausländischen Malern dieses Livre auszuzahlen. Damit sie den Mund halten. Und das ist wiederum eine alte englische Sitte.«

Sie warfen sich einen Blick zu und hoben die Schultern.

»Ich glaube nicht«, sagte der Haushofmeister.

»Ich glaube doch. Der Erzbischof hat einen sehr langen Arm. Und Ihr habt keine Ahnung, wie rachsüchtig er ist.«

Sie warfen sich noch einen Blick zu und hoben schon wieder die Schultern.

»Ein ausländischer Erzbischof, der sich um ein Künstlerhonorar kümmert? Das möchte ich bezweifeln«, sagte er.

»Die arme Herzogin Claude. Bei ihrer Ehrbarkeit würde es sie sehr betrüben, wenn sie erführe, daß ihr eigener Haushofmeister ein Spitzbube ist. Was meint Ihr, wie viele Illuminatoren und Gobelinmacher und Kaufleute wohl für mich eintreten würden, wenn es eine Untersuchung gäbe?«

»So bezahlt das ausländische Zankweib schon«, sagte der Lakai.

»Diese verfluchten Engländer. Je eher sie abziehen, desto besser«, hörte ich den Haushofmeister sagen, als ich mich auf die Suche nach Nan machte, denn ich wollte nach Haus.

»Nan«, sagte ich, während wir durch den Schneematsch

zum Pont au Change stapften, »dieses Les Tournelles ist eine wahre Brutstätte von Feinden der Königin. Die würden alles darum geben, wenn sie Schande über sie bringen und beweisen könnten, daß ihr schmutziger Klatsch stimmt.«

»Das geht uns nichts an, Susanna. Die hohen Herrschaften sollen auf sich selber aufpassen, und wir kleinen Leute gehen ihnen besser aus dem Weg. Halte dich zurück, und lausche nicht mehr. Aber ich freue mich, daß du den widerlichen Kerl gezwungen hast, dein Honorar auszuspucken.«

Die Ärzte des Königs stritten sich an seinem Lager in Latein, und während sie disputierten, hielten sie ein Glasgefäß mit königlichem Urin in das Licht, das vom Fenster einfiel. Zu beiden Seiten seines Bettes scharten sich die Kammerherren grüppchenweise vor dem Arazzo und bemühten sich, die Sprachfetzen zusammenzuflicken, soweit sie diese verstanden.

»Sie sagen, noch eine Dosis Abführmittel, ich bin sicher, das war's.«

»Es ist der Urin. Ich glaube, sie haben gesagt, er hat einen Stein ausgeschieden.«

»Einen Stein. Von einem Stein kann man genesen.«

»Ich denke, sie haben Aderlaß gesagt.«

»Mit einem Aderlaß haben sie es bereits versucht.«

Die Ärzte in ihren langen Gewändern nickten gelehrt und redeten über Körperflüssigkeiten, die sich nicht im Gleichgewicht befanden, und was von einer Quecksilberarznei zu halten wäre, die man in solchen Fällen oft verschrieb.

Der König, um den sich alles drehte, durchlitt die Endphase eines Gichtanfalls. Man hatte die Decke über seinen Füßen und Beinen auf ein Gestell gebreitet, damit sie seine verzogenen unteren Gliedmaßen nicht berührte, doch er hatte sich die ganze Nacht gedreht und gewälzt und im Schüttelfrost gezittert. Die Ärzte hatten es mit Hitze versucht, dann mit Kälte. Am Ende hatten sie ihn wiederholt zur Ader gelassen, ihm bestimmte geweihte Medaillen aufgelegt und den Anfall mit einer Dosis Opium unter Kontrolle gebracht.

»Sagt, Duprat, hat sich meine Frau nach meinem Befinden erkundigt?«

»Nur die Anordnung der Ärzte konnte sie von Eurem Gemach fernhalten, Majestät.«

»Meine Angelegenheiten . . . es geht mir jetzt besser. Bringt mir meine ausländische Korrespondenz.«

»Euer Majestät«, sagte der Leibarzt entsetzt, »zur Genesung bedürft Ihr der unbedingten Bettruhe. Hört Ihr? Unbedingt. Und ganz leichtes Essen. Und ein geregelter Tagesablauf, wenn Ihr wieder auf den Beinen seid, Ruhe, keine Festlichkeiten. Die Anstrengung war zu groß, dieses späte Zubettgehen in den letzten Monaten, das Reisen . . .«

Der König quälte sich in eine sitzende Haltung. Sofort halfen ihm zwei seiner Kammerherrn und stützten seinen Kopf mit zusätzlichen Kissen ab. Über dem Bett schien ein widerlicher Geruch zu hängen. War das Schwefel? Die Herren jedoch fanden, es röche nach Krankheit oder Arznei.

Am Kopfende des Bettes hockte Belphagor und war ganz der alte, rauchig und zu durchsichtig, als daß man ihn hätte sehen können. Interessiert beugte er sich zum König hinunter und nahm die Szene in sich auf.

»Ruhe, Euer Majestät. Ihr braucht Ruhe, wenn Ihr gesund werden wollt«, sagte der erste Arzt.

»Ihr müßt die verpestete und rauchige Stadtluft meiden und zur Genesung nach Saint-Germain reisen«, sagte der zweite Arzt.

»Erkundigt Euch nach der Königin«, flüsterte Belphagor.

»Meine Frau, wie hat sie die Nacht verbracht?«

»Im Gebet, Majestät. Sie hat den ganzen Nachmittag mit Eurer Tochter Claude an dem Chorrock gestickt und ist am Abend in die Kapelle gegangen, um dort für Eure Genesung zu beten.«

»Sie lügen«, flüsterte Belphagor. »Sie hat ungeduldig mit dem Fuß geklopft und sich nach Tanz und Musik gesehnt. Wißt Ihr noch, wie gelangweilt sie beim letztenmal getan hat, als Ihr ihr ein Kleinod aus den Kronjuwelen geschenkt habt? Der Kuß damals war kaum ein Küßchen. Sie hat nur Augen für Turnierkämpen. Ihr müßt Euch jung geben, sonst nimmt sie sich einen Liebhaber.«

Der König zuckte zusammen. »Niemals!« sagte er.

»Was war das, Euer Majestät?« fragte Duprat, doch die Ärzte hinter ihm begannen, in Latein etwas über *dementia* zu murmeln. Das letzte Anzeichen.

»Duprat, ich wünsche ein großes Fest zu feiern, ich will mich bei den Bürgern von Paris bedanken. Und danach . . .«

»Euer Majestät! Eure Gesundheit!« sagte der Arzt.

»Unfug. Wer kann meine Gesundheit besser beurteilen als ich? Ich will Kurzweil. Ich bin noch jung. Ein, zwei Tage Bettruhe, mehr brauche ich nicht. Schickt nach der Königin.«

»Laßt sie auf keinen Fall mitbekommen, wie schwach Ihr seid«, flüsterte Belphagor. »Man will versuchen, Euch den Thron zu stehlen. Festmähler, Gesellschaften, Tanz. Lebt wie ein König! Verwirrt Eure Feinde! Bezaubert die Königin aufs neue!«

»Warum leben, wenn ich nicht wie ein König leben kann?« sagte Ludwig XII. »Ich will Festmähler, Gesellschaften, Tanz! Und im Frühling gehe ich nach Blois und jage wieder. Ich bin ein neuer Mensch!«

Belphagor, jetzt feiner als Dunst, entschwand durch die kleinen, runden Fensterscheiben, die bereift waren und freute sich an dem Schaden, den er angerichtet hatte. Der Plan für die Regentschaft war ins Werk gesetzt.

Ursprünglich hatte Belphagor gleich zu dem Haus auf die Ile de la Cité flitzen wollen, das Crouch für ihn gemietet hatte, doch ihm boten sich so wunderbare Gelegenheiten, daß er der Versuchung nicht widerstehen konnte. Zunächst schickte er ein Pferd, das durchgegangen war, in eine Gruppe eingemummter Kinder, die auf der Straße Ball spielten, dann blendete er einen ältlichen Kaufmann mit dem Widerschein einer vergoldeten Heiligenstatue, die in einer Nische stand, damit er den Taschendieb nicht bemerkte, der ihn mit einem einzigen Schnitt des scharfen Messers um sein Geld erleichterte. Danach ließ er eine alte Frau mit einem Korb sauberer Wäsche stolpern und schwebte wie eine Wolke von Bosheit in eine Bäckerei, wo er dafür sorgte, daß der Brotteig nicht aufging. Mittlerweile hatte er ganz vergessen, daß er ja nach Haus wollte, doch die Glocken eines Kirchturms gemahnten ihn an die Uhrzeit, und er sauste heim, wo sein neuer Diener, ein vielversprechender Student der Theologie von der Sorbonne, auf ihn wartete. Was für eine verlockende kleine Seele, ganz frisch und unverbraucht, voll frommen Strebens – da konnte er einfach nicht widerstehen. Langsam, langsam, du mußt langsam vorgehen, redete er sich immer wieder gut zu, und so hatte er den ausgehungerten Burschen erst einmal zum Essen eingeladen. Dann hatte er ihm Arbeit angeboten – nur ein paar harmlose Aufgaben. Vorlesen, Botengänge. Die Dankbarkeit in den eingesunkenen, hungrigen Augen hatte Belphagor gefallen. Wenn ich mir den richtig erziehe, hatte er gedacht, dann kann ich mir diesen Crouch vom Hals schaffen. Ich weiß jetzt Bescheid, wie man sich als Herr von Stand benimmt.

An der Tür warteten seine Unterteufel auf ihn, sie hatten Menschengestalt angenommen und waren in die hübsche maurische Tracht gekleidet, die er ihnen gekauft hatte. Das alte Haus roch heimelig und vertraut nach Schwefel. Es wirkt recht elegant mit den beiden Unterteufeln an der Tür, dachte Belphagor. Eigentlich sollte ich mir von jetzt an immer ein Stadthaus halten.

»Ist Crouch schon zurück?« redete er den ersten Mauren in Dämonensprache an, und das Geschöpf antwortete mit dem Gequietsche und Gegrummele, das bei ihm als Sprache galt: »Nein, der verbringt den ganzen Nachmittag in den öffentlichen Bädern, läßt sich von weiblichen Menschenwesen streicheln und ißt Fleischküchlein.«

»So ein Taugenichts. Ist Nicholas schon da?«

»Der wartet seit einer halben Stunde in Eurem Studierzimmer, Lord Belphagor. Er ißt auch Fleischküchlein.«

»Haben sie schon angesetzt?«

»Nein, er ist magerer denn je. Menschliche Wesen sind so lächerlich; wie sie sich auch immer abmühen, sie behalten stets die Form, in der sie angelegt sind.«

Doch Belphagor in seinem schweren, pelzgefütterten Brokatgewand im französischen Stil, im schönen Seidenhemd und samtener Kniehose, das prächtige Barett mit einem Diamanten und einer Reiherfeder geziert, hatte sein großes Vestibül bereits durchschritten, wo auf einem Tisch verschiedene Fleischkuchen und Käsesorten und eine große Karaffe Wein aufgedeckt waren. Belphagor überprüfte alles. Der Wein halb ausgetrunken. Gut. In seinem Arbeitszimmer kaute Nicholas noch immer mit vollen Backen, saß in Belphagors großem Ohrensessel neben dem Feuer und prostete sich beim Lesen zu.

»Oh, Lord Belphagor!« sagte er und sprang so jäh auf, daß ihm die Krumen vom Schoß rieselten. »Ich habe gerade ein wenig vorweg gelesen. Ein sehr interessantes Manuskript.«

»Schon gut, mein Junge. Gebt mir nur meinen Sessel wieder. Höchst interessant, nicht wahr. Wenn Ihr mich fragt, der Mann ist ein Genie. Hat mich unendliche Mühe gekostet, einem seiner Freunde diese Abschrift zu entlokken. Man behauptet, dieses Buch könnte die Welt verändern. Ein Jammer, daß ich nicht lesen kann. Aber Ihr – ah, Ihr habt mir armem altem Herrn die Welt der Gelehrsamkeit erschlossen. Ich bin Euch ja so dankbar!« Nicholas verdrehte die Augen, doch das merkte Belphagor nicht, da er sich daran erfreute, wie gut er inzwischen die Kunst der glattzüngigen Rede beherrschte. »Und jetzt, mein lieber

Junge, machen wir weiter, wo wir stehengeblieben sind . . .«

»Wir sind hier: ›Wie man Städte oder Reiche regiert, die vor der Besetzung nach ihrem eigenen Gesetz gelebt haben.‹«

»Ja, das war's. Lest weiter. Ich lerne die ganze Zeit dazu.«

Und Nicholas las klar und bedächtig: »›Und wer auch immer Herrscher einer freien Stadt wird und sie nicht zerstört, der muß darauf gefaßt sein, daß sie ihn zerstört, denn im Namen der Freiheit und ihrer altehrwürdigen Sitten und Gebräuche, die weder durch das Vergehen von Zeit noch durch empfangene Vorteile in Vergessenheit geraten, findet sich stets ein Motiv für Rebellion.‹«

»Ah, schlau. Ja, schlau. Man muß wissen, wann man zerstört, wann man bewahrt und welche Vorteile ein jeglicher Weg bietet. Dieser Kerl, dieser Machiavelli ist brillant. Was habe ich nicht schon von ihm gelernt! Ja. Ja. ›Der unbewaffnete Prophet scheitert.‹ Was haltet Ihr davon, Nicholas?«

»Unser Herr Jesus Christus war unbewaffnet«, sagte der Theologiestudent. Aus Belphagors Ohren puffte ein Rauchwölkchen, er wahrte jedoch eine gelassene Miene.

»Und er hat ein böses Ende genommen«, sagte der Dämon. »Schmerzensreich. Traurig. Keine Enkel, die ihm das Alter versüßten. Nichts, was sich ein Mensch aussuchen würde. Reichtum dahingegen . . .«

»Seine Kirche bekehrt auf der ganzen Welt die Heiden, also hat der Unbewaffnete . . .«

»Das war damals, jetzt ist heute«, sagte Belphagor hastig, denn Disputieren erschöpfte ihn.

»Aber wenn etwas wahr ist, dann gilt es doch für alle Zeiten, nicht nur für eine gewisse Zeitspanne.«

»Ihr ermüdet mich, junger Mann. Lest weiter.«

Doch kaum war Nicholas bei dem Kapitel angelangt, wo es um die Herrschaft über neue Reiche ging, die man entweder durch Gewalt oder durch Vermögen erobert hatte, da klopfte einer der Unterteufel an die Tür des Arbeitszimmers.

»Lord Belphagor, der Herzog von Bourbon bittet um eine Unterredung mit Euch«, sagte der Maure in Unterteufelsprache. Doch Belphagors Hirn arbeitete noch auf französisch.

»Ah, der Steuermann! Herein mit ihm, herein! Lassen wir es für heute genug sein, Nicholas. Mein Diener wird Euch das Honorar für diese Woche geben. Er kann kein Französisch, also zeigt ihm nur Eure geöffnete Hand, das versteht er.«

Der Herzog von Bourbon bedachte den klapperdürren jungen Mann mit einem hochfahrenden Blick, als er flotten Schrittes Belphagors Studierzimmer betrat, und Nicholas kam sich vor wie eine streunende Katze, die sich hinausschleicht. Draußen blieb er stehen. Der Tisch war noch immer gedeckt und der Wein erst zur Hälfte getrunken. Die beiden Mauren schwatzten mit wunderlichen, knurrenden Lauten, als hätten sie ihn nicht bemerkt. Nicholas überlegte, drehte seine Kapuze um, machte daraus eine große Tasche und füllte sie mit Fleischküchlein. Dann hielt er inne. Aus dem Studierzimmer drangen Stimmen, und da dieser Lord Belfagoro Nicholas sehr neugierig gemacht hatte, weil er so ganz anders als alle Italiener war, die Nicholas bislang kennengelernt hatte, blieb er stehen.

Belphagor, der nie darauf achtete, ob Türen offen oder geschlossen waren, da er in der Regel hindurchwehte, hatte die Tür zum Studierzimmer offengelassen.

»Die Verschwörung macht Fortschritte, Monsieur de Bourbon. Ich habe heute Les Tournelles aufgesucht, und seid versichert, ich habe dafür gesorgt, daß der König in Kürze stirbt. Was macht der Plan für die Unterschiebung?«

Nicholas stockte das Blut in den Adern. Eine Verschwörung zum Königsmord! O mein Gott, er hatte schon zuviel gehört. Er stand wie festgenagelt. Auf einmal sahen die verschiedenen Käsesorten gar nicht mehr so lecker aus.

»Der läuft gut. Die Gesellschaft hat dafür gesorgt, daß einer der Haushofmeister bestochen wurde, er kauft ein Kind aus einem Waisenhaus. Selbst wenn alle festgenommen werden, wird meine Rolle dabei verborgen bleiben.«

»Gut, dann ist der Sturz der Valois besiegelt.«

»Genau darüber möchte ich mit Euch reden. Die Abtei wünscht, daß das Wahre Blut auf den Thron zurückkehrt. Die nächsten Nachkommen der Merowinger sind die Häuser Lothringen und Guise.«

»Na und?«

»Warum Lothringen? Warum Guise? Warum sollte nicht ich, Charles de Bourbon, König werden? Warum sollte der Steuermann anderen zu Diensten sein? Ich bin nicht zum Dienen geboren. Mit Eurer Hilfe, Lord Belphagor . . .«

»Oh, prächtig! Die Verräter verraten! Ein doppelter Betrug ist mir noch lieber . . .«

»Ich denke mir das so. Wenn der falsche Erbe untergeschoben ist, möchte ich zusammen mit der Königin Regent werden. Das Militär gehorcht mir. Und mit Eurer Hilfe ergreife ich dann die Macht. Und durch meine Frau habe ich einen unmittelbaren Anspruch auf den Thron. Mein Sohn wird meine Krone durch das Recht des Blutes und das Recht der Macht erben. Ich bin dem Thron so nahe wie einst Henry Tudor, als er die neue englische Dynastie gründete. Bourbon muß herrschen . . .«

Nicholas blieb bei den Fleischküchlein stehen, schob sie dann allesamt in seine Kapuze und drehte diese wieder um, so daß sie beulte wie ein Bettelsack. Wie auch immer seine Politik, seine Fleischküchlein waren hervorragend. Alsdann baute er sich hinter den beiden Unterteufeln auf, räusperte sich, um sich bemerkbar zu machen, und streckte ihnen die geöffnete Hand hin. Sie hörten ihn nicht. Er hustete leise. Sie hörten ihn noch immer nicht. Da er sich im Vorzimmer nicht gern durch größeren Lärm bemerkbar machen wollte, zupfte er an dem herabhängenden Satinärmel des einen, und der drehte sich mit einem so grimmigen Blick um, daß den armen Studenten jählings die Angst packte. Der Unterteufel kicherte, griff dann in eine große Börse und drückte Nicholas das Honorar in die Hand. Der machte große Augen. Statt zehn kupferner Sous hatte der Unterteufel ihm Livres in Gold gegeben. Ob er sich mit dem Unterschied nicht auskannte? Na schön, den mache ich gewiß nicht schlau, dachte Nicholas und floh aus dem geheimnisvollen Haus auf die verschneite Straße.

Draußen erschauerte er. Ich komme mir beschmutzt vor, dachte er. Und in der Klemme stecke ich auch. Ich sollte lieber kündigen. Und mir ein anderes Zimmer suchen. Doch über die Universität kann er mich jederzeit ausfindig machen, oder? Und dann das ganze Gold. Jetzt kann ich mir all meine Träume erfüllen. Bücher. Und ihm fiel das wunderschön illuminierte Meßbuch ein, nach dem es ihn in dem Laden verlangt hatte, in den er einmal geraten war, doch damals konnte er es sich nicht leisten. Jetzt war das möglich. Vielleicht fühlte er sich dann ja besser. Schmutziges Geld ist nicht mehr schmutzig, wenn man tugendhaften Gebrauch davon macht, redete er sich ein, als er in Richtung Pont au Change davoneilte.

»Keine Kundschaft«, sagte Hadriel. »Wenn es schneit, gehen die Geschäfte schlecht.« Hadriel plusterte die Flügel, machte es sich auf dem Ladentisch bequem, hob die Oboe erneut an die Lippen und blies eine liebliche, schmelzende Melodie. Zwei kleine Cherubim hockten auf der Bodentreppe und begleiteten die Melodie mit Rebec und Zimbel, während ein anderer in der Luft schwebte und mit schillernden Flügeln den Takt dazu schlug. »Gar nicht so schlecht, gar nicht schlecht, die Musik der Menschen«, sagte Hadriel und setzte das Instrument ab, während der kleine Engel mit dem Tamburin ans Kopfende der Treppe flatterte. »Man kann den Gesang der Seraphim so richtig satt bekommen.

Und immer die gleichen Worte. Und dann ihre Hochnäsigkeit! Und alles, weil jeder von ihnen sechs Flügel hat . . .«

»Hadriel, da ist jemand an der Tür«, verkündete eins der kleinen Geschöpfe.

»Wahrscheinlich Gabriel, der ein Wörtchen mit dir reden will«, sagte der kleine blonde Cherub.

»Nein, es ist der Student. Der, dem das Meßbuch so gut gefallen hat. Ich glaube, jetzt will er es kaufen. Ich höre Geld in seiner Tasche klimpern. Und seht euch nur seine Kapuze an! Er hat Fleischküchlein stibitzt!« Im Handumdrehen wurden die Musikinstrumente versteckt, und Hadriel warf sich den alten grauen Umhang über die fest zusammengefalteten Flügel. Die Tür ging auf, hinter Nicholas stäubte Schnee herein und schmolz auf dem Fußboden zu winzigen Tropfen.

»Ich wollte mich erkundigen, ob Ihr das Meßbuch noch habt«, sagte er zu der Ladenbesitzerin, »das alte mit dem Kalbsledereinband aus Maître Grégoires Werkstatt.«

»Oh, schon möglich«, sagte Hadriel. »Es hat nur auf den richtigen Käufer gewartet. Und Ihr seid Student der Theologie, stimmt's? Ihr seid ja ein Glückskind, daß Ihr so viel Geld beisammen habt. Und dazu noch den ganzen Fleischkuchen.«

Nicholas wurde rot. »Es . . . es war ein Geschenk. Möchtet Ihr etwas abhaben?« fragte er erwartungsvoll.

»Oh, ich, ich mache mir nicht viel aus Essen«, sagte Hadriel und tat das Angebot mit blasser Hand ab.

Irgendwie wirkte das Gesicht der Besitzerin so nett und freundlich, und sie schien nur darauf zu warten, daß Nicholas mit der Wahrheit herausrückte, und da sprudelte die ganze Geschichte aus ihm heraus. »Das Geld habe ich durch ein Versehen bekommen, von einem Ausländer, der Kupfer nicht von Gold unterscheiden konnte«, sagte er, »und ich habe gedacht, das ist eine Fügung, weil das Meßbuch für mich bestimmt ist, aber jetzt weiß ich, daß ich seiner nicht würdig bin. Ich habe den Herrn betrogen, der mich angestellt hat und dessen Diener mich bezahlt hat, und dann habe ich obendrein den restlichen Fleischkuchen mitgehen lassen, obschon ich glaube, der war wirklich für mich gedacht, weil er gesagt hat, ich kann alles aufessen, wenn ich will.«

»Ein merkwürdiger Herr«, sagte Hadriel. »Und dann noch Dienstboten, die Kupfer nicht von Gold unterscheiden können.«

»Oh, er ist mehr als merkwürdig. Und diese Diener! Pechschwarz und furchterregend wie die Teufel. Sie haben rote Augen, seltsame Kleider, und die Sprache, die sie sprechen, die habe ich noch nie im Leben gehört. Sie klingt wie Geknurr und Gebrumm, nicht wie Worte.«

»Hmm. Hört sich nach Unterteufeln an«, sagte Hadriel mehr zu sich selbst.

»Ich habe ihn schon immer wunderlich gefunden. Sein Haus riecht nach Schwefel, obschon es stets heimelig warm ist, und da ich mir meistens kein Feuer leisten kann, bin ich dankbar, daß ich mich dort aufhalten darf. Er geht überaus höflich mit mir um, obschon er ein hoher Herr ist und sich so schön kleidet, und er sagt, er betrachtet mich wie einen Sohn. Wie konnte ich nur? Signor Belfagoro vertraut mir, und jetzt, und jetzt ...« Nicholas' knochiges Gesicht sah verquält aus.

Hadriel strahlte. Sein Lächeln erhellte den ganzen Raum. Nicholas erschrak. Wie konnte sie bei seinem Geständnis noch lächeln?

»Signor Belfagoro? Dann ist er jetzt also Italiener und nach der neuesten Mode gekleidet? Das ist ein toller Witz. Und was heckt er in seinem überaus heimeligen, aber übelriechenden Haus mit seinen beiden Unterteufeln so alles aus?«

»Er sagt, er will sich bilden. Mich hat er als Vorleser angestellt.«

»Als Vorleser? Was läßt sich ein ungebildeter alter Narr denn so vorlesen?«

»Zuerst habe ich ihm aus dem *Rathgeber für den Höfling* vorgelesen, der von der neuesten Mode in feinen Umgangsformen handelt. Von da an ist er mit einer Gabel zum Bankett gegangen. Jetzt lese ich ihm einen Burschen vor, der sich Machiavelli nennt und darüber schreibt, wie man Macht an sich reißt und seine Feinde besiegt.«

Hadriel lachte schallend, und das hörte sich an wie tausend Silberglöckchen. »Natürlich versucht er nun, Macht an sich zu reißen und seine Feinde zu besiegen. Der alte Belphagor war schon immer ziemlich durchsichtig.«

Und zum ersten Male seit Wochen, seit dem Tage, als er diesen Signore in einer Schenke kennengelernt hatte, fühlte sich Nicholas gut aufgehoben. Hier war er am richtigen Fleck. Und Madame Hadriel war auch richtig, so selbstbewußt, so reizend, auch wenn sie mißgestaltet war. Sie mußte mächtige Verbindungen haben, daß sie es wagte, sich über Signor Belfagoro lustig zu machen. Vielleicht konnte sie ihm helfen. Er würde ihr sein schreckliches Geheimnis anvertrauen.

»Das . . . das Schlimmste habe ich noch gar nicht erzählt. Heute . . . ist ein hochgestellter Herr, ein mächtiger Edelmann, der höchste Edelmann Frankreichs, abgesehen vom Dauphin, heimlich zu Signor Belfagoro gekommen.«

»Hmm. Ich könnte mir denken, der will König werden, stimmt's?«

Nicholas atmete erleichtert auf. »Woher habt Ihr das gewußt?« sagte er. »Jetzt fürchte ich um mein Leben, falls er argwöhnt, daß ich gelauscht habe . . .«

»Ach, an Eurer Stelle würde ich mehr für meine Seele fürchten. Habt Ihr keine Ahnung, wer Belphagor ist?«

»Belphagor?«

»Und das Ihr, ein Student der Theologie? Was habt Ihr denn studiert?«

»Nun ja, hmm, das Neue Testament und das Alte Testament. Und die Kirchenväter, Augustinus und . . .«

»Das Böse habt Ihr nicht studiert?«

»Aber, aber, das Böse ist schlecht. Und ich will ein guter Mensch sein. Eines Tages bin ich Priester und mache meine alte Mutter glücklich.«

»Ach, mein lieber kleiner Nicholas. Da Ihr Euch nicht mit dem Bösen auskennt, seid Ihr über die Fallstricke des Bösen gestolpert. Habt Ihr nicht gewußt, daß Belphagor zu den Fürsten der Unterwelt gehört? Und Ihr seid seit Wochen im traulichen Miteinander bei ihm und lest ihm Machiavelli vor.«

»Dann . . . dann sollte ich sein Geld wegwerfen, oder?«

»O nein. Ihr habt ihn redlich übers Ohr gehauen, also gehört es Euch auch. Das Problem ist: Was stellt er bei Euren nächsten Zusammentreffen mit Euch an?«

Nicholas begann zu zittern. Kalte Schauer liefen ihm über den Rücken. »Helft mir«, sagte er mit angstvoller verzagter Stimme. »Bitte, helft mir, Madame –«

»Ach, nennt mich einfach Hadriel«, sagte Hadriel. »Ich glaube, ich weiß, was Ihr braucht, und das ist kein Meßbuch. Glücklicherweise habe ich dergleichen auf Lager. Wenn Ihr Eure Sache gut gemacht habt, gebe ich Euch das Meßbuch. So, und nun laßt Euch das hier zeigen, und dann plaudern wir ein wenig. Ich möchte alles über das von ihm ausgeheckte Komplott wissen, und was er in letzter Zeit sonst noch getrieben hat. Und ich muß Euch das hier zeigen . . .« Hadriel holte unter dem Ladentisch ein häßliches Büchlein hervor, dessen schwarzer Ledereinband sich bereits auflöste. Ein Zauberbuch. Nicholas' Zähne klapperten. Hadriel legte ihm den Arm um die Schulter, als wäre er ein alter Freund, beruhigte ihn mit dieser Geste und sagte ganz sanft: »Kommt, wir wollen es durchblättern. Seht Ihr hier? Das gilt ganz besonders für Belphagor. Bedenkt, was für einen hervorragenden Priester Ihr abgebt, wenn Ihr nicht nur das Gute kennt, sondern auch das Böse besiegt habt . . .«

Über ihnen lachte der braunäugige kleine Cherub unsichtbar und unhörbar und klatschte in die Hände. »Eine

List!« rief er. »Fünf zu drei für Hadriel.« – »Die Wette nehmen wir nicht an!« quietschten die anderen kleinen Engel und purzelten und schossen zusammen durch die Luft, als spielten Tümmler unter Wasser.

»Hier in Paris ist es kälter«, sagte Robert Ashford und zog den schweren grauen Wollumhang fester um sich. »Die Wärme ist um diese Jahreszeit das einzig Gute am Süden.«

Ein privater Ausrufer kam auf der Straße an uns vorbei, er pries die Weine eines Händlers an und wetteiferte mit den lautstarken Verkäufern der Buden für gebrauchte Kleidung, die eine Straßenseite säumten. »Knöpfe, Knöpfe! Schöne Knöpfe!« – »Kommt, Monsieur, kauft der bezaubernden Dame einen Muff aus Kaninchenpelz, kaum gebraucht!«

Master Ashford war noch immer auf der Hut, und ich war auch noch immer auf der Hut, doch nach seiner Rückkehr waren wir gemeinsam auf der Hut, und ich fand, ehrlich gesagt, Gefallen an seiner Gesellschaft, auch wenn wir kaum über das sprachen, was in uns vorging.

»Mir ist überhaupt nicht kalt, das verdanke ich dem wunderbaren Essen, zu dem Ihr mich eingeladen habt. Und die Musik war auch ausgezeichnet. Wer hätte gedacht, daß es nur Schüler waren? Ich für mein Teil finde, das waren bereits Meister.«

»Allmählich hasse ich diese Verfolgungsjagd. Morastige Straßen, wenn es überhaupt welche gibt, nur Schindmähren zu mieten, und die Wirtshausbesitzer sind bestechlich. Meinetwegen kann der Süden sein Wetter behalten. Mehr ist an ihm ohnedies nicht dran.«

»Oh, hört Ihr, Robert! Der Vogelmarkt! Das muß ich sehen.« Wir folgten dem Gezwitscher und Gepiepse und Flügelgeflatter und bogen um die Ecke. Da standen die Vogelfänger und ihre Buben mit Käfigen voller Amseln, Lerchen und Vögeln jeglicher Art, von denen ich nicht einmal die Namen kannte. Eine alte Frau rief ihre Tauben aus: »Tauben! Hübsch und fett!« – »Nein, nein, probiert meine Stare. Sehr lecker in der Pastete!« – »Singvögel, Singvögel!«

»Die da singen doch gewiß nicht«, sagte Master Ashford und blieb vor einem alten Mann mit einem Käfig voller Finken stehen. »Und zum Essen sind sie auch zu klein. Wozu sollen die gut sein?«

»Zum Verkaufen«, sagte der Mann, als wäre damit alles erklärt.

»Robert, sie sind für sich selber gut. Wie winzig sie sind und wie vollendet in den Farben, jede Feder am rechten Fleck. Davon passen ja drei in meine Hand. Sie erinnern mich an meine Bilder. Was fressen sie?«

»Weiß nicht. Füttere sie nicht. Fange sie nur.«

»Wahrscheinlich Hirse«, sagte Master Ashford.

»Und ich dachte, Brotkrumen. Woher wißt Ihr, was Vögel fressen?«

»Ach, als ich noch ganz klein war, habe ich den Vögeln im Winter Krumen auf meine Fensterbank gestreut. Ich dachte, wenn ich sie jeden Tag mit Futter anlocke, bringe ich sie dazu, mir aus der Hand zu fressen. Ich weiß, was Vögel mögen.«

»Hat es geklappt?«

»O nein. Mein älterer Bruder hat gewartet, bis sie zahm waren, dann hat er Leim auf das Fensterbrett gestrichen, sie gefangen und alle umgebracht. Und meine Mutter hat sie gekocht. Man tut Vögeln keinen Gefallen, wenn man sie füttert. Man sollte sie lieber in Ruhe lassen.«

»Ach«, sagte ich voller Mitgefühl und konnte dennoch den Blick nicht von den winzigen, vollkommenen Vögeln losreißen, die Gott mit seinem Pinsel so klitzeklein in sanften Abstufungen von Grau und Braun gemalt und in einem milden, lieblichen Gelb, das fast ein Grün war, gesprenkelt hatte. »Seht, die beiden mögen sich. Sie sitzen zusammen auf der Stange.«

»Das sehe ich auch«, sagte er, und ehe ich protestieren

konnte, handelte er schon den Preis für die Vögel aus, für alle sechs und dazu noch den Käfig.

»Dann soll ich ihnen nicht für Euch den Hals umdrehen?« fragte der Vogelhändler.

»Nein, ich will sie lebendig haben. Mit dem Käfig.«

»Master Ashford, woher habt Ihr gewußt, daß ich mir diese Vögel wünschte?« fragte ich, als wir anschließend zusammen die enge Straße zum Pont au Change entlanggingen, ich mit einem Arm in seinem und er mit dem großen, hohen Weidenkäfig in der anderen Hand, in dem die kleinen Vögel piepsten und flatterten.

»Ich weiß Bescheid«, sagte er. »Ich weiß beispielsweise, daß eine Frau mit gesundem Menschenverstand mir einen leisen Wink gegeben und um einen Elfenbeinkamm oder einen kleinen Silberspiegel gebeten hätte, den sie am Gürtel tragen kann, vielleicht auch um eine Kette.«

»Mir gefallen Vögel besser. Seht nur, die kleinen schwarzen Augen. Seht, der da zwinkert. Sie sagen mir, daß kleinformatig zu arbeiten nicht minderwertig ist.«

»Gott arbeitet hervorragend in kleinen Formaten«, sagte er, doch er sah dabei nicht die Vögel an, sondern blickte zu mir herunter. »Ich freue mich, daß Euch die Vögel am besten gefallen.« Warum machte es mich so glücklich, einfach mit ihm spazierenzugehen? Ich fürchtete mich vor dieser Art Glück. Es war mir gewiß nicht bestimmt.

»Gibt es im Süden mehr Vögel?«

»Oh, noch viel mehr. Sie fliegen für den Winter dorthin. Und noch weiter, nach Afrika, wo es immer warm ist. Aber auch im Süden gibt es sie in Hülle und Fülle. Und Antworten fand ich dort, wenn auch nicht genug. Ich habe einen alten Mönch gesehen, der mir erzählt hat, in der Festung Montségur läge ein Geheimnis verborgen. Was ich bezweifle, weil nämlich viele Menschen die Ruinen nach Schätzen durchsucht haben, seitdem man die ketzerischen Katharer vernichtet hat. Doch das Geheimnis – oder das angebliche Geheimnis – ist an eine Art Geheimkult gebunden, an Fanatiker, die die Merowinger wieder auf den Thron bringen wollen. Warum, das weiß ich auch nicht. Die Merowinger waren die untauglichsten Könige, die es überhaupt gegeben hat. Die ›Taugenichts-Könige‹, so hat man sie genannt, und Frankreich kann froh sein, daß es sie los ist.«

Die Mietshäuser zu beiden Seiten hatten prächtigeren Behausungen Platz gemacht, Stadthäusern der wohlhabenden Kaufleute und des niederen Adels. Dunkle, geschnitzte Türen, über denen Wasserspeier angebracht waren, hohe Fenster mit Ornamenten und spitze Türmchen zierten diese Häuser aus Stein. Durch Nebeneingänge liefen Dienstboten ein und aus, und hier und da standen schwer bewaffnete echte Schweizergardisten Wache.

»Es geht mir jedenfalls gegen den Strich, zurückzukehren und dem Erzbischof sagen zu müssen, daß seine Verschwörer ein Haufen Wahnwitzige sind. Die Merowinger kehren nie zurück, was auch immer ihr Buch der Weissagungen vorhersagt.«

»Ein Buch der Weissagungen? Wie das, um dessentwillen Crouch gemordet hat?«

»Genau das. Ich kann mir kein Geheimnis vorstellen, das so groß wäre, daß es die Merowinger zurückbrächte. Der Mann hat sich umsonst bemüht, es sei denn, er will die Gruppe mit dem Buch erpressen. Wahnwitzige oder nicht, sie könnten alle wegen Hochverrats hingerichtet werden, wenn ihre Pläne dem König bekannt würden. Entweder das, oder Crouch ist inzwischen genauso verrückt wie sie. Merowinger, daß ich nicht lache! Ihre Zeit ist abgelaufen.«

Zwei seltsame Diener in maurischer Tracht öffneten das Hoftor zu einem der Stadthäuser. Als sie das Tor nach innen schoben, hörte man auf dem Hof Pferde wiehern, dann trat jähes Schweigen ein. Mit halbem Auge erhaschte ich einen Blick auf einen gewaltigen Mann hoch zu Roß, gefolgt von einem Diener auf einem Klepper. Sie hatten angehalten und beobachteten uns. Ich zog mir die Kapuze tiefer ins Gesicht.

»Seht Ihr«, flüsterte ich. »Wenn man vom Teufel spricht ...«

»Das ist Crouch, aber ich glaube nicht, daß er uns gesehen hat«, sagte Ashford, griff nach meinem Ellenbogen und schob mich eilig weiter. Wir tauchten in einem Gäßchen unter und machten einen Umweg zum Atelier, wo Nan schon mit einem heimelig brennenden Feuer auf uns wartete. Obschon wir keinen Menschen hinter uns gesehen hatten, wurde ich das ungute Gefühl nicht los, daß man uns gefolgt war.

Die weihnachtliche Festzeit war gekommen und noch nicht ganz wieder gegangen. Wir hatten den ersten Tag des neuen Jahres. Schnee stäubte durch die graue Luft. Er begrub die schmutzigen Gassen von Paris unter Weiß, verfing sich in den Wasserspeiern der Kathedrale und wehte in den bräunlichgrauen Strom, der träge zwischen vereisten Ufern dahinfloß. Er fegte zwischen den schmalen Häusern des Pont au Change hindurch, daß jeder froh war, wenn er zu Haus bleiben konnte, und ließ die spitzen Türme von Les Tournelles verschwinden. Drinnen lag der König im Sterben.

»Was hat er gesagt?« ging ein Summen durch die Schar der Höflinge, die draußen vor dem Sterbezimmer warteten, während man die bleiche Königin hinausbegleitete.

»Er hat gesagt: ›Ich gebe Euch das beste Geschenk von allen, meinen Tod‹«, sagte jemand.

»Nicht auszudenken!«

»Endlich werden wir diese ekelhafte Engländerin los.«

»Nicht, wenn sie schwanger ist.«

»Die Frau des Dauphins soll in Hoffnung sein.«

»Die Königin ist schwanger, habt Ihr schon gehört?«

»Wirklich? Ich habe gehört, der König soll sie auf dem Sterbelager verflucht haben.«

»Oh, da kommt der Dauphin.«

»Wie ernst er aussieht.«

»Was der König wohl sagt?«

»Angenommen, er wird wieder gesund, was dann?«

Drinnen im Schlafgemach lag der König mit grauem Gesicht und war so elend, daß er sich kaum noch auf seinem großen Bett bewegte. Ein heftiger Brechanfall hatte ihn überkommen und so geschwächt, daß man jede Hoffnung auf Genesung aufgegeben hatte. Die Priester hatten ihm die Sterbesakramente gespendet, doch die Ärzte ließen nicht ab in ihrem Bemühen. Jetzt traten sie zur Seite und gestatteten Franz, an das Bett des Sterbenden zu treten. Der hochgewachsene und kräftige Prinz mit der langen Nase kniete nieder, um die Worte des Sterbenden zu hören. Der König quälte sich in eine sitzende Haltung; zwei seiner Kammerherren hoben ihn an, und der König umarmte Franz. »Ich lasse zwei junge Töchter und eine Frau zurück; ich vertraue sie Eurer liebevollen Fürsorge an.«

»Majestät, es gibt noch Hoffnung. Eure Ärzte versichern mir, daß Ihr schon bald genesen könnt.«

»Unsinn, Unsinn. Ich weiß, daß ich sterbe.« Der Atem des Königs ging langsam, seine Stimme war schwach. Franz, der ihn noch immer in den Armen hielt, ließ ihn sacht in die Kissen zurückgleiten. »Ich vertraue meine Untertanen Eurer Obhut an«, flüsterte Ludwig XII. Franz spürte, wie das Fieber in den Knochen des alten Mannes wütete. Erleichterung und Ehrgeiz mischten sich mit dem Erschrecken darüber, wie rasch die Stunde schließlich doch geschlagen hatte, und Entsetzen, daß der Tod auch Könige nicht minder häßlich ankam. Franz saß noch stundenlang am Kopfende des königlichen Bettes und lauschte dem rasselnden Atem, und in seinem Kopf kämpften widerstreitende Gedanken. Früher hatte alles so einfach gewirkt, das König-Sein. Jetzt auf einmal überlegte er, ob er jemals so fähig, so beliebt wie der alte Mann sein würde, der neben ihm im Sterben lag. Langsam verging die Zeit, die Kammerherren entzündeten Kerzen, und die brannten herab. Gegen elf Uhr abends tat der König in Franz' Armen den letzten Atemzug.

»Fleurange, es ist vorbei«, sagte Franz steif und erschöpft, als er nach Mitternacht das Sterbezimmer verließ. »Schickt nach meiner Mutter und meiner Schwester.«

Am Morgen verließ ein Bote Paris in gestrecktem Galopp in Richtung Romorantin, während man die Eingeweide aus dem Leichnam des Königs entfernte, ihn einbalsamierte und in den Staatsroben aufbahrte. Als der Leichnam des Königs eingesargt und im Trauerzug durch die schwarz verhangenen Straßen zur Kathedrale von Notre Dame getragen wurde, war Louise von Savoyen bereits mit ihrer Tochter unterwegs.

»Da seht Ihr, wie einfach es ist. Die Gußformen haben sich wunderbar gelöst. Und so sehen Eure Hände verkehrt herum aus. Und jetzt nehmen wir die Gußformen und gießen Eure Hände in Gips.« Wenn das nicht sehr schöne Hände waren! Der Rest war auch nicht schlecht, aber ich konnte mir nicht vorstellen, daß er sich jemals zu etwas so Unwürdigem herablassen würde, wie Modell für mich zu stehen, und außerdem würde er beleidigt sein, daß ich überhaupt auf die Idee gekommen war. Ich muß es aufgeben, mehr als Frauen und Propheten in langen Gewändern ist für mich nicht drin, dachte ich, denn selbst wenn ich einen Mann zum Modellstehen anheuerte und einhundert ehrbare Frauen dazu einlüde, würden alle, die nicht dabeigewesen waren, gewiß denken, es hätte sich Unzüchtiges abgespielt. Auch so schon dachten Schnüffler wie die Vermieterin, daß ich es in meinem Atelier schlimm triebe, nur weil er anwesend war, und dabei war Nan doch auch zugegen, obschon sie so tat, als strickte sie emsig und musterte meine Vögel, die prächtig gediehen. Master Ashford, der mir einen Beutel Hirse geschenkt hatte, betrachtete sie ein Weilchen, und ich dachte, er hat ein gutes Herz, denn mittlerweile hatte mich die Erfahrung gelehrt, daß sich hinter einem gefälligen Äußeren Niedertracht verbergen kann wie bei den bigotten Heuchlern, von denen man so hört, und Master Dallet hätte meinen Vögeln nie im Leben Hirse mitgebracht.

»Sie kommen mir sehr sonderbar vor. Aber auch lebensecht. Kann man den Abguß bemalen, oder bleibt er weiß?«

»O ja, man kann ihn bemalen, doch dafür muß man ihn erst versiegeln, weil das Material porös ist. So stellt man die billigen Heiligen für Kirchen her. Die naturgetreuesten Abgüsse sind jedoch aus farbigem Wachs. Das ist so durchsichtig, daß es menschlichem Fleisch ähnelt.«

»Ich kann mir nicht vorstellen, wozu jemand das haben will.«

»Aber ja doch, Wachsstatuen für Begräbnisse, falsche Reliquien, heilige, unverwesliche Leichname, so etwas.«

»So macht man das also«, sagte er mit einem äußerst eigentümlichen Lächeln.

»Oh, ein guter Kunsthandwerker muß sich in vielerlei auskennen. Der Reliquienhandel ist lukrativ. Lukrativer als die weinenden Statuen.«

»Susanna, ich kenne keinen ehrlichen Menschen, der so viel sündhaftes Wissen angesammelt hat wie Ihr. Kein Wunder, daß die Versuchung zum Betrug so groß ist.« Er goß Wasser in ein Becken, weil er sich die Hände waschen wollte.

»Und ich kann ihr vermutlich nicht widerstehen. Als ich klein war, habe ich meinem Vater zugesehen, wie er mehrere hervorragende Schweißtücher der Veronika angefertigt hat. Etwas Mennige mit einem Hauch Umbra vermischt, falls ich mich recht entsinne. Die Farbe von getrocknetem Blut muß genau stimmen. Und das Leinen muß auch alt sein.«

»Das ist ja furchtbar.«

»Master Ashford, habt Ihr schon einmal nachgezählt, wie viele Schweißtücher der Veronika es auf der ganzen Welt gibt? Mein Vater war bei weitem nicht der einzige. Nur Christi Leichentücher, damit hat er sich nicht abgegeben. Zu viel Stoff, zu wenig Gewinn. Die ganze Figur, versteht Ihr. Und Mönche zahlen nicht nach Zoll.«

»Und ich habe einst eine Pilgerfahrt zu einem heiligen

Leichentuch gemacht. Jetzt schäme ich mich, wenn ich daran denke, daß ich geweint habe.«

»Aber nicht doch. Es ist doch gut, wenn man den Leidensweg unseres Herrn beweint. Das Leichentuch hat nur ein wenig nachgeholfen, mehr nicht.«

»Susanna, Ihr seid stets für eine Überraschung gut.«

»Gebt zu, Ihr mögt es, daß ich nicht langweilig bin. Gefällt Euch meine Seife? Die habe ich nach dem *Rathgeber für das treffliche Eheweib* selbst gekocht.«

»Hmm. Sie ist ein wenig, ah, kräftig, glaube ich. Aber . . . wirkungsvoll. Sehr wirkungsvoll.«

»Da habt Ihr es. Ein wunderbares Buch. Ein Buch, das moralische und praktische Probleme zugleich behandelt, das gibt es nicht oft.«

»Ich wollte, ich hätte ein Buch, das mein Problem behandelt.«

»Das Geheimnis? Sagt nur nicht, Ihr glaubt allmählich selbst an den ganzen Blödsinn?«

»Es geht nicht um das, was ich glaube, sondern was andere glauben. Für welches Geheimnis riskieren sie soviel? Neuerdings verfolge ich Crouch durch die ganze Stadt, und ich bin überzeugt, er führt etwas im Schilde. Des Nachts trifft er sich mit Unbekannten in Kellern. Menschen kommen und gehen in dem Haus, das er sich mit diesem Italiener teilt, sie können nur mit Losung eintreten, und ich habe Dienstboten der höchsten Würdenträger des Königreiches ihre Pferde auf seinem Hof halten sehen.«

»Weiß Crouch, daß Ihr ihm folgt?«

»Zuerst wohl nicht, aber letztens macht er Umwege. Ich gehe hinter ihm her – er taucht in einer Gasse unter. Ich bleibe stehen. Er kommt am gleichen Fleck wieder herausgeeilt. Er weiß Bescheid.«

»Seid ja vorsichtig, kommt ihm nicht zu nahe. Er hat ein langes, scharfes Messer.«

»Und das alles für ein Bündnis? Verlorene Liebesmüh.«

»Oh, das glaube ich nicht. Der Erzbischof ist schlau. Ich

denke mir, er will wissen, wie stark die Verschwörung ist, dann weiß er wiederum, auf welche Seite er sich schlagen muß.«

»Susanna! Das ist unerhört! Er sollte unsere Verpflichtungen in den Wind schlagen, unsere heiligen Schwüre, unsere Prinzessin?«

»Oh, Entschuldigung. Es war nur so ein Gedanke. War nur so dahergeredet.«

»Na, Gott sei Dank. Ich befürchte, Euer angeborener Hang zum Betrügen schießt zu sehr ins Kraut. Und daraus folgen Angst vor eingebildeten Verschwörungen, Überspanntheiten und am Ende das Irrenhaus. Von dieser Sorte Menschen gibt es schon genug auf der Welt.«

Kapitel 22

Es war einmal eine französische Königin, die nach dem Tod des Königs einen Sohn gebar, und seit der Zeit fürchten die Franzosen, daß sich dergleichen noch einmal zutragen könnte. Daher brachten sie die Königin unmittelbar nach dem Tod des Königs in einen alten Palast am anderen Seine-Ufer, das Hôtel de Cluny mit den vielen engen, unübersichtlichen Räumen, und schlossen sie im Dunkeln und im Bett ein, und alles nur, weil sie wissen wollten, ob die Königin, wie die Königin von dazumal, ein Kind erwartete oder nicht. Das weiß ich, weil ich sie dort besuchte und sie sich darüber freute, denn sonst ließen sie keine Engländer zu ihr, statt dessen schickte ihr Louise von Savoyen, die alle Fäden in der Hand hatte, die äußerst scharfnasige und unangenehme Gräfin von Nevers, die mußte Tag und Nacht im Schlafgemach auf sie aufpassen. Die Königin zwangen sie, zum Zeichen der Trauer Weiß zu tragen, daher hieß sie »die Weiße Königin« und hatte nicht einmal mehr einen Namen wie ein Christenmensch. Aber so sind die Franzosen.

Der einzige Mensch, der den König wirklich betrauerte, war die arme Claude, die das Bild, das ich von ihrem Vater und ihrer Mutter nebst Jungfrau Maria und Engeln gemalt hatte, wieder und wieder betrachtete und sich die Augen ausweinte. Und dann schickte sie nach mir, weil ihr schon wieder eine Idee gekommen war.

»Ich bin in meinem Gram selbstsüchtig gewesen«, sagte sie, »und ich weiß jetzt, der einzige Trost liegt im Trösten anderer.« Da sie nun Königin werden sollte, warteten alle möglichen Bittsteller und Schmeichler vor ihrer Tür, über die ich mit Hilfe des Lakais, der mich geholt hatte, praktisch hinwegsteigen mußte. Sie empfing mich in ihrem Schlafgemach, wo sich außer ihr und zwei Ehrenjungfrauen niemand befand. In der Ecke stand ein kleines Betpult, und darauf hatte sie sich mein kleines Gemälde zur Kontemplation aufgebaut. Ihre armen Schielaugen waren rotgerändert, und sie tat mir leid, weil sie die einzige war, die die Wartezeit bis zu Franz' Krönung nicht zum Ränkeschmieden und zur Einflußnahme nutzte. »Es gibt jemanden, der noch gramgebeugter ist als ich. Wie ich höre, hat die Weiße Königin ihren Arzt gerufen, doch man will ihn nicht zu ihr lassen. Und die Vorhänge werden niemals aufgezogen. Oh, sie ist ganz gewiß krank vor Kummer, und niemand tröstet sie. Ich habe wenigstens mein Bild. Aber ich muß Opfer bringen. Ich möchte, daß Ihr es ihr bringt, mit ihr betet und mir ein anderes malt, das diesem genau gleicht.«

»Das ist wirklich sehr großherzig, Majestät. Aber wird man mich vorlassen?«

»Ich habe Herzogin Marguerite gebeten, ihre Mutter darum zu bitten, denn die erteilt die Erlaubnis, wer das Gemach der Weißen Königin betreten darf. Sie hat gesagt, sie kennt Euch, und hat höchstpersönlich die Erlaubnis erteilt. ›Sagt ihr, sie soll ihre ganze Galerie mitbringen. Die Weiße Königin langweilt sich.‹ Sie langweilt sich! Ach, die arme Madame d'Alençon, wie wenig versteht sie doch von schmerzlichen Verlusten.« Claudes livrierter Leibdiener begleitete mich über den Fluß und zum Hôtel de Cluny und dann durch einen Irrgarten von engen, alten Räumen zum Schlafgemach der Weißen Königin, das dem Einsperren von Königinnen vorbehalten ist und daher nicht viel benutzt wird. Vor der Tür durchsuchten Louise von Savoyens Wachtposten den Kasten, den ich mitgebracht hatte, sie wollten sichergehen, daß sich kein Heiratsvertrag mit dem König von Persien darin verbarg oder möglicherweise ein lebendiges Kindchen oder sonst etwas Verschwörerisches, was der künftige König mißbilligen könnte.

Im Zimmer waren die schweren Vorhänge zugezogen. Die Wandbehänge waren von sehr guter Qualität, obschon man sie in der Finsternis kaum sehen konnte. An den Wänden flackerten Kerzen in eisernen Haltern, und auf dem Nachttisch der Weißen Königin gab es noch eine Kerze und einen Gänsekiel und Tinte und einen angefangenen Brief. Ich näherte mich und knickste tief, und sie saß vollkommen angekleidet im Bett, ein weißes Gewand mit weißer Stickerei, und ich sagte, daß Königin Claude mich schicke, sie in ihrem Gram zu trösten, damit die alte Dame in der Ecke nicht aufmerkte.

»Ach, schon gut. Das ist nicht die Gräfin von Nevers. Es ist ihre Hofdame, und sie schläft.« Die Weiße Königin sprach englisch, als wäre ihr das eine große Erleichterung. »Ich weiß nicht, was über die arme Claude gekommen ist, daß sie Euch schickt, oder wie Ihr hier hereingekommen seid, aber ich dachte schon, ich drehe noch durch, wenn ich nicht bald mit jemandem englisch sprechen kann! Man hat meine englischen Damen fortgeschickt. Ich habe vor Zahnschmerzen geschrien, aber sie lassen nicht einmal meinen Arzt zu mir! Ich kann nichts weiter machen, als im Dunkeln sitzen und Briefe schreiben! Und die Antworten bekomme ich auch nicht! Man hält mich hier gefangen! Ich will nach Haus!« Bei diesem Ausruf schnaubte die alte Dame, und ihre Lider flatterten.

Ich antwortete auf französisch: »Königin Claude weiß, daß Ihr Euch vor Gram verzehrt, und schickt Euch zu Eurem Trost ihren größten Schatz, das Gemälde von ihrem Vater und ihrer Mutter mit den Engeln.« Der alten Dame sackte der Kopf vornüber, und sie fing wieder an zu schnarchen.

»Ach, das arme, dumme Ding. Aber laßt sehen. Habt Ihr sonst noch etwas zu meiner Erheiterung mitgebracht? Bilder? Geschichten? Man hat mir nur mein Gebetbuch gelassen. Ich bin vor Langeweile allmählich von Sinnen. Ich brauche meinen Arzt. Ich bin krank. Ich brauche meine Damen. Ich brauche geöffnete Vorhänge. Ach, das also ist Claudes Bild? Puh! Der König ist sehr ähnlich geraten. Und was Anne von Bretagne angeht, woher habt Ihr gewußt, wie Ihr sie malen mußtet?«

»Die Königin hat mir ein anderes Porträt gezeigt, aber ich mußte sie schöner malen.«

»Ja, das hört sich ganz nach ihr an. Richtet ihr bitte aus, ich weiß, wieviel es ihr bedeutet, und borge es nur, bis Ihr mir auch so eins gemalt habt, denn dann läßt man Euch wieder zu mir. Was meint Ihr, ob das klappt? Ich muß einfach englisch sprechen, sonst schreie ich noch das Haus zusammen.«

»Denen käme es doch nur gelegen, wenn Ihr das Haus zusammenschreien würdet.«

»Stimmt. Ihr hört Euch vernünftig an. Ich lasse ihr ausrichten, daß es mir zwar zuwider ist, wenn man mich in meinem Kummer stört, daß Ihr jedoch sehr zurückhaltend und ruhig seid und daß das Betrachten meines geliebten Ehegespons den Schmerz in meinem Herzen lindert.«

»Das hört sich an, als wüßtet Ihr sie zu nehmen.«

»Du liebe Zeit, ich lerne dazu. Sie haben einen gräßlichen Franzosen und zwei Hebammen geschickt, die haben furchtbar in mir herumgestochert. Aber keine englische Dame! Das reinste Fegefeuer. Was mache ich nur, wenn Franz beschließt, mich nach Blois zu schicken? Mich gefangenzuhalten, damit er Geld aus meiner Wiederheirat schlagen kann? Wie ich höre, streitet er sich mit meinem Bruder darüber, wer das Recht hat, mich wiederzuverheiraten. Alle beide können mich bis ans Ende der Welt schicken! Hat mein Bruder sein Versprechen vergessen, daß ich selbst wählen darf, wen ich heirate? Vielleicht sehe ich die Heimat nie wieder!« Und schon liefen die Tränen, was in Gegenwart eines Menschen von so niedrigem Stand, wie ich es bin, wirklich eine große Vertraulichkeit war, aber sie war sehr verzweifelt, und selbst Königinnen müssen zuweilen mit dem vorliebnehmen, was sie bekommen.

»Verweigert die Wiederheirat, Majestät. Jede Frau hat das Recht, einen Heiratsantrag abzulehnen.«

»Das hat mir der Erzbischof auch geschrieben. Mylord von York – er ist der letzte Freund, der mir geblieben ist. Man hat mir alles genommen – sogar mein Bruder hat mich verlassen!«

»Der Erzbischof ist sehr klug. Er rät gut.«

»O ja, das stimmt. Ihr seid ja in seinen Diensten gewesen. Aber was mache ich, wenn man mich weiter gefangenhält, jetzt, da meine Damen fortgeschickt sind? Muß ich nicht einwilligen?«

»Man wird es nicht wagen, Euch allzu schlecht zu behandeln. Der Skandal wäre zu groß.«

»Aber ich muß nach Haus, ich muß einfach. Gestern ist Franz gekommen und zudringlich geworden. Oh, diese Schmach, diese Schande! Ich, eine Königin, muß mir derlei anhören! Nur um ihn loszuwerden, habe ich ihm erzählt, ich wäre heimlich mit einem anderen verlobt. Nicht auszudenken! Dieser eitelste aller Gecken! Lieber verlasse ich diese Erde, als daß ich seiner Werbung nachgebe! Ich habe an meinen Bruder geschrieben, er soll mich vor ihm erretten. Was soll ich nur tun? Und dann ist eine alte Dienerin gekommen, um die Kerzen zu erneuern, und die hat mir zugeflüstert, ich solle alles hinnehmen, was geschähe, denn andere hätten mein Bestes im Sinn. Noch zwei Nächte, und ich würde um die Abendzeit Frankreich regieren. Eine Verschwörung! Vielleicht mehr! Wer weiß, wie das alles endet? Und was ist, wenn ich Frankreich gar nicht regieren will? Ich kann mir nichts Gräßlicheres vorstellen!« Und dann weinte sie sich die Seele aus dem Leib, so daß ich befürchten mußte, sie würde den Verstand verlieren, denn schließlich war das ganz schön viel für ein Mädchen von achtzehn Jahren, das lieber tanzte. Davon wachte die alte Dame endgültig auf und kam zu uns herüber und sah nach dem Rechten. Doch glücklicherweise lag das Bild vom König geöffnet auf dem Bett, und ich erklärte ihr, daß allein schon der Anblick die Weiße Königin erneut in tiefste Verzweiflung gestürzt hätte. Doch sehr überzeugt wirkte die alte Dame nicht. Dann brachte eine Dienerin Essen auf einem Tablett, und ich mußte gehen.

»Nun, was hört man aus dem Schlafgemach der Weißen Königin?« fragte Herzogin Marguerite, die mich gebeten hatte, sie aufzusuchen, wenn ich die Weiße Königin mit Claudes Engeln besucht hätte. Ich hütete meine Zunge, denn alles, was ich ihr erzählte, würde ja doch brühwarm an ihren Bruder Franz und an ihre Mutter, die listige Louise, weitergegeben werden, daher sagte ich nicht alles.

»Sie langweilt und grämt sich sehr in der Finsternis, weint sich die Augen aus und schreibt Briefe.«

»Hat sie Euch nicht anvertraut, daß sie schwanger ist?«

»Nein, ganz und gar nicht. Aber dergleichen würde sie mir ohnedies nicht anvertrauen.«

»Oh, jemand, der Englisch spricht, eine Frau – wer weiß, wer weiß?« Also, diese Marguerite ist gewiß durchtrieben. Vermutlich sollte ich, genau wie die Ärzte, etwas herausfinden. »Es wird gemunkelt, daß sie sich mit Laken ausgepolstert hat, um schwanger auszusehen. Stimmt das?«

»O nein. Sie sieht ganz und gar nicht ausgepolstert aus. Nur ein wenig fetter um das Kinn herum, weil sie den lieben langen Tag nichts weiter zu tun hat, als im Bett zu liegen und zu essen.«

»Genau wie ich mir gedacht habe. Es gibt Menschen, die sind wirklich zu mißtrauisch. Wittern überall Verrat.« Menschen, ha. Damit meinte sie wohl ihre Mutter, die wahrscheinlich besser im Ränkeschmieden war als die Weiße Königin.

»Hmm, wenn es nun eine Verschwörung gäbe, eine, von der sie nichts hielte und mit der sie nichts zu tun haben wollte, wenn sie jedoch nicht wüßte, an wen sie sich wenden soll?«

»Ich würde sagen, dann braucht sie jemanden, dem sie sich anvertrauen kann, damit man das heimlich regelt und so ihren guten Ruf bewahrt.«

»Dann würde ich sagen, in zwei Tagen um die Abendzeit, wenn Ihr versprecht, zu helfen und ihren Ruf zu wahren.«

»Sie möchte, daß Ihr wiederkommt.«

»Wirklich?« fragte ich.

»Ja, wir haben bereits einen Brief von ihr. Das ist natürlich eine Ausrede – aber warum nicht? Wie wäre es in zwei Tagen um die Abendzeit? Ihr tut damit ihr einen Dienst und mir auch.«

Mein Herz klopfte schneller. Ich muß blaß um die Nase ausgesehen haben. »Mit so etwas habe ich keinerlei Erfahrung. Ich male lieber.«

»Oh, Ihr sollt das nicht allein machen. Wir haben bereits Hinweise, daß sich etwas tut, es war nur nicht klar, wann. Nun wissen wir Bescheid, und ich möchte von Euch nichts weiter, als daß Ihr zur Stelle seid und mir über alles berichtet, was danach gesagt wird.« Ich machte den Mund auf, aber es kam kein Ton heraus. »Ach, kommt, kommt. Geschichten kann ich überall zu hören bekommen, aber keiner ahmt Stimmen so drollig nach wie Ihr. Ich versichere Euch, niemand wird bis zu ihr vordringen. Der gute Name unserer Familie steht auf dem Spiel.«

»Ich bin Euch für Eure Schirmherrschaft äußerst dankbar und bin in allen Dingen Eure treue Dienerin.« Marguerite reagierte mit einem vielsagenden Lächeln.

Das Hôtel de Cluny ist von Mauern umgeben, doch wer sich auskennt, der weiß, daß es von einer Nebengasse aus einen Geheimgang zu den Kellern gibt, den man bei einem früheren Umbau des alten Hauses vergessen hatte. Hier stapften zwei Männer im Schnee auf und ab und fröstelten in der früh einsetzenden winterlichen Dämmerung.

»Wo bleibt sie?« flüsterte der eine. »In einer Viertelstunde geht Madame de Nevers, und Maître B . . .«

»Schsch. ›Der Fuchs.‹«

»Der Fuchs sollte jeden Augenblick mit dem Ei hier sein.«

»Pssst. Da ist er.« Doch es war nicht Maître Bellier, der Erzverschwörer. Eine dick vermummte Frau, ärmlich und mißgebildet, mit einem Kind im Steckkissen im Arm, humpelte von der Straße her durch den Schnee. Eine schäbige Kapuze verdeckte ihren Kopf fast bis zu den Augen; ihr Gesicht war weiß, sie wirkte todkrank.

»Wahres Blut«, flüsterte die Frau und gab damit das Losungswort.

»Auf ewig«, erwiderten die Verschwörer, denn das war die Gegenparole.

»Der Fuchs schickt mich. Hier ist das Ei«, flüsterte die Frau. Das Kind in ihren Armen verhielt sich sehr ruhig.

»Lebt es?« fragte einer der Männer und hob die Decke, die das Gesicht des Kindes bedeckte. Er blickte in lebendige braune Augen, die viel zu klug und wissend für ein Neugeborenes wirkten. »Ah, hübsch und gesund. Ist es ein Junge?«

»Natürlich«, flüsterte die Frau mit matter Stimme. »Mein teurer, soeben geborener Sohn, dessen Geburt mich das Leben kosten wird.« Hmm. Das erklärt, warum sie so blaß ist, dachten die Verschwörer.

»Der Himmel möge es Euch vergelten. Euer Sohn wird es besser haben, als Ihr Euch träumen laßt. Seid beruhigt, man wird sich gut um ihn kümmern. Wie um einen König, um die Wahrheit zu sagen.«

»Den tausendfachen Segen des Himmels über Euch, Ihr guten Herren.« Die Frau schwieg und wischte sich eine Träne ab.

»So leb denn wohl, mein Sohn, sei lieb und schweig schön still.« Stumm wandte sie sich ab, und ihr Gesicht war ganz verquält, so mußte sie das Lachen unterdrücken, dann humpelte sie theatralisch das Gäßchen entlang und zurück zur Straße. Die Ärmste, einen Buckel hatte sie auch noch.

Die Geheimtür öffnete sich einen kleinen Spalt, und ein Auge spähte heraus. »Wahres Blut«, flüsterte es.

»Auf ewig«, flüsterten die Verschwörer, und ein draller Frauenarm öffnete die Tür weiter. Im Flur waren Schritte zu hören. Ein Mann beleuchtete das schlafende Bündel mit einer Fackel.

»Es ist so still, lebt es?«

»O ja, und wie. Es schläft.« Das Kind machte einen sehr komischen Hickser und schlief weiter. Fast hörte es sich wie ein Lachen an, nur daß Neugeborene noch nicht lachen können.

»Ja, jetzt höre ich es. Hier, haltet die Pfanne. Ja, es paßt genau hinein.« Die stämmige Frau hatte eine riesige Bettpfanne in der Hand, die, war sie mit glühenden Kohlen gefüllt, die Kälte aus den Laken vertreiben sollte. Die große Pfanne hatte einen eisernen Deckel und einen Holzgriff und war der einzige Behälter, der groß genug für ein Kind war und nicht durchsucht werden würde. Jeden Abend wurde er, mit heißen Kohlen gefüllt, ins Schlafgemach getragen. Kein Wachtposten würde es wagen, das Ding mit der Hand anzufassen. Die Verschwörer schoben das schlafende Kind hinein und klappten den Deckel zu. Da lag es nun in seinem eisernen Gefängnis, das Kind, das ihre Zukunft und Frankreichs Zukunft verändern würde. Wieviel doch von ihm abhing! Bald würde Frankreich einen neuen Erben haben und eine neue Regentin. Franz würde entthront werden. Die Abtei und ihr Führer würden die Regierung kontrollieren und Franz, den letzten Valois, vernichten, sobald es politisch angängig war.

Die beiden Männer waren sich der Bedeutung des Augenblicks bewußt, während sie zusahen, wie die Fackel hüpfte und die Treppe hinunter in der Finsternis des Kellers verschwand, sodann schlüpften sie geräuschlos in das Gäßchen und erstatteten dem Steuermann Bericht.

Es dämmerte bereits, als ich mit meiner Eskorte auf dem von steinernen Mauern umfriedeten Hof des Hôtel de Cluny eintraf. Ein Türsteher holte mich am Eingang ab, trug mir den

Kasten und führte mich durch all die unübersichtlichen kleinen Räume zum Schlafgemach der Weißen Königin. Mehrere Posten lümmelten vor der Tür herum, als warteten sie auf gar nichts. Madame de Nevers war für heute gerade gegangen, und eine Dienerin kam, die das Bett aufschlagen und anwärmen wollte.

»Halt«, sagten die Wachen, als ich mich der Tür näherte. »Wir müssen erst prüfen, was drin ist.« Der Türsteher stellte meinen Kasten auf dem Fußboden ab. »Und Ihr auch«, sagten sie zu der stämmigen Frau mit der Bettpfanne.

»Nichts als heiße Kohlen«, sagte die Frau. »Ihr verbrennt euch bloß die Finger, wenn ihr den Deckel anfaßt.«

»Das riskieren wir«, sagte ein Wachtposten, und ich hörte hinter mir ein gemessenes Lachen. Sieur de Périgord im Auftrag von Madame Louise. Auf einmal blickte die Frau bänglich.

»Das wird euch noch leid tun«, sagte sie. Doch ein Wachtposten legte die Hand auf die Bettpfanne.

»Eiskalt«, sagte er und klappte den Deckel auf.

Und dann geschah etwas sehr Seltsames, denn anders weiß ich es nicht zu beschreiben. Man hörte ein Flattern, so als ob aus der Pfanne eine Taube oder eine Ente befreit worden wäre, und eine Kinderstimme rief: »Ätsch!« und zwitscherte dann wie ein Vogel, nur viel melodischer. Die Wachen schreckten vor der Pfanne zurück, die mit einem Knall zu Boden fiel, während der Deckel klappernd davonkollerte. Die arme Frau, die sie gebracht hatte, sank ohnmächtig zu Boden. »Oh, bin ich nicht ein hübsches, hübsches Kindelein!« sang das Stimmchen, und wir blickten hoch und sahen ein kleines geflügeltes Wesen mit dunklen Locken und funkelnden braunen Augen wie eine übergroße Motte oder ein sehr großer Spatz unter der hohen, gewölbten Decke herumflattern, als wäre es versehentlich in einen Schornstein geraten. In diesem Augenblick schoß mir etwas durch den Kopf. Dahinter steckt Hadriel, dachte ich. Das ist seine Art von Humor. Du liebe Zeit, wie hat er die Verschwörung nur entdeckt? Sie muß das am schlechtesten gehütete Geheimnis von ganz Paris gewesen sein.

Einer der Soldaten bekreuzigte sich. Sieur de Périgord, ein sehr würdevoller Edelmann, rief: »Bleibt, wer oder was auch immer Ihr seid. Gebt Euch zu erkennen.« Ich konnte jemanden ein Gebet murmeln hören. Inzwischen steckte auch eine Dame den Kopf aus dem Gemach der Weißen Königin.

»Oh, mein Gott, eine Verschwörung!« rief sie. »Was um Himmels willen ist das?« Hinter ihr stand eine rothaarige Gestalt in einem zerknitterten weißen Gewand und wollte auch sehen.

»Die Königin ist aufgestanden. Zurück, zurück ins Bett, nur keinen Aufstand jetzt!« rief jemand, und die Frau an der Tür drehte sich um und warf dem Mädchen in Weiß hinter sich einen bösen Blick zu.

»Habt Ihr Euch das Ding bringen lassen?« fragte die alte Dame, die die Nacht über ihre Aufpasserin war. Über uns tanzte das kleine, geflügelte Wesen fröhlich in der Luft herum. Ich bemerkte, daß die stämmige Frau, die die Bettpfanne gebracht hatte, wieder zu sich kam. In dem neuerlichen Durcheinander gelang es ihr, den Wachen zu entkommen und zu verschwinden.

»Ich hätte nach einer Wildente in der Bettpfanne geschickt? Wohl kaum«, hörte ich die Weiße Königin naserümpfend sagen, ehe die Tür zugeschlagen wurde.

»Was für ein himmlischer, himmlischer Streich!« sang das kleine Ding in der Luft. »Richtet dem Steuermann aus, er soll das nächste Mal genauer hinsehen, wenn er Kinder kauft! Er wird niemals König! Hadriel hat es gesagt!« Ein Aufblitzen schillernder Flügel, und das Geschöpf verschwand einfach durch den massiven Stein der Decke.

»Was war das? Hat er etwas gesagt?«

»Es war eher ein Gezwitscher.«

»Es muß ein Vogel gewesen sein. Ja, ein großer Vogel.«

Hadriel. Er war hier in Paris und hatte nicht einmal bei

mir vorbeigeschaut. Gar nicht nett, wo ich so hart gearbeitet hatte und so dringend Erleuchtungen brauchte. Unzuverlässig, einfach unzuverlässig. Aber Streiche spielen und andere an der Nase herumführen. Wahrscheinlich hatte er wieder getrunken, das erklärte alles. Aber wie sollte ich der Herzogin beibringen, was vorgefallen war, ohne wie von Sinnen zu wirken?

Augenscheinlich war den anderen dieser Gedanke auch schon gekommen. Sie waren eifrig dabei, sich die Geschichte zurechtzubiegen.

»Man hat versucht, ein Kind in der Bettpfanne einzuschmuggeln.«

»Ja, ein Kind.«

»Aber als man die Frau entdeckte, ist sie geflohen, ehe jemand sie festhalten konnte.«

»Sehr schnell. Wahrscheinlich ein verkleideter Junge, sie war so schnell.«

»Ja, ein Junge in Frauenkleidern.«

»Sie hat das Kind mitgenommen.«

»Ja, hat es sich einfach geschnappt.«

»Sie hat uns abgelenkt.«

»Ja, und ein lebendiger Vogel hat sich im Schornstein verfangen.«

»Hier gibt es gar keinen Schornstein.«

»Er hat sich im Schornstein des Vorzimmers verfangen und ist hereingeflogen, als der Junge mit der Bettpfanne kam.«

». . . und man hat also etwas Großes, Geflügeltes statt des Kindes, wie die Verschwörer offenbar geglaubt haben, in die Bettpfanne getan, und das flog einfach heraus, und jemand rief: ›Ein Streich! Der Steuermann soll das nächste Mal genauer hinsehen, wenn er Kinder kauft!‹, und jetzt glauben alle, daß ein Kind drin gewesen sein muß.« Ich war in das Palais gegangen, in das Franz umgezogen war, nachdem der König in Les Tournelles gestorben war. Die Herzogin saß auf ihrem großen gepolsterten Stuhl am Feuer, nickte und lächelte über meine Geschichte. Es waren auch noch mehrere ihrer Damen zugegen, die, mit denen sie immer so gern über Tugend und vollkommene Minne und dergleichen mehr disputierte.

»Ende gut, alles gut. Da hatte jemand Sinn für Humor. Jemand, der die Verschwörer kennt und auf unserer Seite ist. Das ist sehr diskret gelaufen.«

»Wenn Ihr mich fragt, so wurde die Verschwörung von Männern ausgeheckt.«

»Und wieso meint Ihr das?« fragte sie.

»Weil nur Männer nicht bis neun zählen können, wenn es ums Kinderkriegen geht. Keine Frau auf der ganzen Welt würde versuchen, jemandem vier Monate nach der Hochzeit ein Neugeborenes unterzuschieben.« Die Damen lachten Tränen, dann wischten sie sich die Augen mit ihren seidenen, pelzgefütterten Ärmeln.

»Genau das habe ich Mutter auch schon gesagt«, meinte Herzogin Marguerite. »Ach, war sie ärgerlich, als sie die Gerüchte hörte! ›Ehrenwort, ich lasse sie alle hängen!‹ ist sie herausgeplatzt, aber ich habe nur gesagt: ›Laß sie ihr Komplott ruhig aushecken und hineinschmuggeln, was ihnen beliebt. Welche Frau, die noch ihre fünf Sinne beisammen hat, würde ein Kind annehmen, was bewiese, daß sie am Hochzeitstag nicht mehr Jungfrau war?‹«

»Nun gibt es nichts mehr, was den Krönungstag für den König, Euren Bruder, trüben könnte«, sagte eine der Damen erfreut.

»Zumindest nichts von dieser Art«, sagte Marguerite. »Der Steuermann. Wer mag das sein, und wie um alles auf der Welt konnte er sich auf einen so lachhaften Plan einlassen?«

Auf dem linken Seine-Ufer, nicht weit entfernt vom Hotel Cluny, beschäftigte sich ein unglaublich dürrer Student der Theologie in seinem eisigen kleinen Dachstübchen mit höchst merkwürdigen Dingen. Er hatte mit dem Eßmesser einen Zauberkreis um sich geritzt und rings um ihn Wörter in Hebräisch und Latein geschrieben, die er dem Zauberbuch entnommen hatte, das er jetzt in der Hand hielt. Vor ihm auf dem Fußboden stand eine Schüssel mit qualmenden, übelriechenden Kräutern: Gartenraute, Alraune und Nieswurz. Außerhalb des Kreises lag eine kleine, geöffnete Bleikiste vom Durchmaß einer Männerhand. Nicholas las laut, aber langsam und vorsichtig, damit er ja keinen Fehler machte: »Beim Siegel des Basdathea, beim Namen des Primematatum, den Moses aussprach, woraufhin sich die Erde auftat und Corah, Dathan und Abiram verschlang, erfülle all meine Forderungen und führe all meine Wünsche aus. Belphagor, stelle dich ohne Verzug ein, friedlich und schön gestaltet.«

»Du widerlicher, kleiner Schwachkopf, was zum Teufel treibst du da?« Belphagor manifestierte sich vor dem Kreis in einem halben Wams, das mit Schneiderkreide markiert war. »Ich war gerade beim Schneider, wo ich mir einen neuen Anzug für die Krönung schneidern lasse. Schickt mich sofort zurück, und ich werde Euch nicht bestrafen.«

»Ihr könnt mich ohnedies nicht mehr bestrafen. So steht es jedenfalls in diesem Buch.«

Erschrocken bemerkte Belphagor das Zauberbuch in Nicholas' Hand. »Werft das Ding aus dem Kreis. Hat man Euch in der Schule nicht beigebracht, daß man nichts ausprobieren soll, was man nicht gelernt hat? Ihr bringt Euch in arge Bedrängnis.«

»Soviel ich sehe, bin ich schon in arger Bedrängnis. Ihr habt gesagt, Ihr braucht jemanden, der Euch Kultur beibringt, aber bislang habe ich Euch nur Unzüchtiges und Machiavelli vorgelesen, und nun ist meine Seele in Gefahr.«

»Werft das Buch weg, lieber Nicholas, und ich lade Euch zum Essen ein, und wir vergessen das Ganze, ja? Die Rezepte aus dem Buch klappen ohnedies nicht.«

»Sie klappen recht gut, denn immerhin seid Ihr hier. Ich

weiß nur nicht, ob ich das, was ich da sehe, als ›schön gestaltet‹ bezeichnen würde. Puh! Diese Nase. Die großen Füße, die Ihr habt. Schön sind die wirklich nicht.«

»Nicholas, Nicholas, denkt einen Augenblick nach. Haltet zu mir, und ich schenke Euch alle Reichtümer dieser Erde. Ihr müßt nur das Buch wegwerfen, aus dem Kreis treten, und dann besiegeln wir alles mit einem Händedruck. Einverstanden?«

»Ich soll aus dem Kreis treten? Es wird ausdrücklich darauf hingewiesen, das nicht zu tun, hier, auf Seite zweiunddreißig.«

»Verdammter Bücherwurm! Wer hat Euch gesagt, daß Ihr Seite zweiunddreißig lesen sollt?«

»Ich lese immer erst alles durch, ehe ich etwas Neues ausprobiere. Ich habe übrigens auch den ganzen Machiavelli gelesen, selbst wenn Ihr dazu nicht lange genug stillsitzen konntet. Er sagt, wenn Menschen böse sind, braucht man ihnen nicht die Treue zu halten. Sagt, gibt es etwas Böseres als einen Dämon? Ihr habt mich hinters Licht geführt. Lord Belfagoro aus Italien, daß ich nicht lache!«

Belphagor spie schwefliges Feuer aus seinen Nasenlöchern, doch an dem Zauberkreis prallte es ab, ohne Schaden anzurichten. »Du kriechender, hirnrissiger Dummkopf! Du rückgratloser, madenzerfressener Haufen Würmerfraß. Stirb, du elender menschlicher Wicht, stirb!«

»Leeres Gerede, Belphagor. Ich habe das Zauberbuch und dazu meine Seele. Und jetzt in die kleine Kiste da.«

»Niemals.«

»›O wertloser Geist, der du böse und ungehorsam bist, bei Adonais Namen, Zebaoth, Adonai, Amioram, Adonai, der König der Könige befiehlt dir . . .‹« Und Nicholas las. Auch wenn ihm die Knie zitterten, seine Stimme klang fest. Er dachte an seine alte Mutter und an all die Opfer, die sie für sein Studium gebracht hatte. Ich kann nicht Prediger werden, wenn ich diesen Dämon nicht in den Kasten zwinge, dachte er und las den Rest des Dämonenzaubers laut und deutlich. »Klappe den Deckel hinter dir zu«, sagte er, als Belphagor zu einer Säule aus grünlichem, stinkendem Rauch zusammensank und sich in den Kasten verzog. Vorsichtig berührte Nicholas den Kasten mit einem Stab, den er nach den Anweisungen des Zauberbuchs angefertigt hatte. »›Sei verschlossen, sei verschlossen bis zum Sankt-Nimmerleins-Tag, auf daß kein Sterblicher dich öffnen kann bis zum furchtbaren Tage des Jüngsten Gerichts, bei dem Meer aus Glas, das vor dem Antlitz der Göttlichen Majestät ist, bei den vier Tieren vor dem Thron, die vorn und hinten Augen haben, bei dem Feuer, das den Thron umgibt, bei den heiligen Engeln im Himmel und dem Allwissenden Gott . . .‹« Der kleine Kasten wackelte und zitterte, so wütend war der gefangene Dämon. Behutsam trat Nicholas aus dem Kreis.

»Gut gemacht, Nicholas«, sagte Hadriel fröhlich. Der Engel manifestierte sich mit übergeschlagenen Beinen auf Nicholas' ungemachtem Bett, und auf einmal fand Nicholas, er sollte sich wieder um seinen Haushalt kümmern, obschon er wirklich in den letzten Tagen mit dem Einkauf der ganzen übelriechenden Kräuter und mit dem Lesen viel zu tun gehabt hatte. »Du weißt, daß nicht einmal wir Engel das hätten schaffen können. Mensch-Sein hat einige Vorteile.«

»Na hoffentlich«, sagte Nicholas etwas verstimmt. »Ich meine, wo wir doch unsterbliche Seelen und das alles haben.«

»Die, mit Verlaub, erst erlöst werden mußten«, sagte Hadriel.

»Mit einem Engel streite ich nicht«, brummte Nicholas.

»Aber versuchen würdest du es, nicht wahr? Diese Menschen!« Hadriel lachte, und der silbrige Glöckchenklang ließ Nicholas seinen Mißmut und die schreckliche Angst vergessen, die ihm seit Tagen wie ein Kloß im Magen lag und selbst jetzt noch da war, wenn er den kleinen Kasten ansah und das herausdringende Quietschen und Toben hörte.

»Was mache ich mit dem Ding da?« fragte er.

»Nun, den trägst du mit dir herum und machst dir damit

einen Namen! Denk nur an die erbaulichen Predigten, die du jetzt halten kannst! Wie viele Theologen sind wohl so gedankenmächtig, daß sie einen Dämon einsperren können?«

»Na ja, ich hatte Hilfe . . .«, sagte Nicholas und musterte die Spitzen seiner abgetretenen Schuhe.

»Habt ihr die nicht alle? Aber kaum einer von euch nimmt sich die Zeit, dafür zu danken.«

»Danke. Ich danke Euch aus tiefstem Herzen.«

»Ha! Endlich ein Dankeschön! Wunderbar, wunderbar«, lachte Hadriel, riß die Läden der Dachstube auf und erhob sich mit mächtigem Flügelschlag in den schweren, schneedräuenden Winterhimmel.

»Wartet! Kommt zurück! Ich habe noch mehr Fragen . . .«, rief Nicholas aus dem Fenster, doch er sah nur noch ein schillerndes Aufblitzen über den spitzen grauen Türmen und den hohen Schieferdächern von Paris.

Kapitel 23

Auf der langen steinernen Diele in Baphomets gemietetem Stadthaus warteten die Verschwörer auf Nachricht, wie ihr Unternehmen ausgegangen war. Einige saßen an dem großen Eichentisch und aßen hektisch von den Küchlein und dem Trockenobst, das Septimus Crouch ihnen hatte auftischen lassen. Andere schenkten sich Wein aus der silbernen Karaffe auf der Anrichte ein. Maître Bellier, hochgewachsen und würdevoll, durchmaß den Raum hin und zurück, dann richtete er eine bängliche Frage an seinen kugeligen Gastgeber.

»Monsieur Crouch, ist Euer, äh, Partner Signor Belfagoro noch nicht zurück?«

Crouch, der den Vorsitz am Kopfende des Tisches führte, lehnte sich in Belphagors großem Stuhl zurück, ein leichtes, überhebliches Lächeln umspielte seine Lippen, und seine hellen Augen leuchteten triumphierend. Nicholas und Belphagor waren zur gleichen Zeit verschwunden und hatten ihm den höllischen Haushalt, die unsterblichen Unterteufel mit den diabolischen Kräften überlassen, ebenso die seltenen Schätze dieser Erde, die sich im Keller häuften. Alles. Zunächst hatte sich Crouch vorsichtig verhalten, da er sein Glück kaum fassen konnte. Dann war er zur Messe gegangen, wo er eine unglaubliche Neuigkeit von der Universität gehört hatte, daß nämlich ein armer Student sein mündliches Examen erfolgreich bestanden hatte, indem er einen Dämon vorführte, der in einen Kasten gesperrt war. Nicholas, dachte Crouch, und jetzt bin ich der Herr.

»Oh, Fürst Belfagoro«, sagte Crouch diplomatisch, »der ist vom Fürsten der Finsternis in wichtigen Geschäften nach Haus befohlen worden. Ich erwarte ihn in Kürze zurück, jedoch Ihr wißt, wie das mit Dämonen ist – sie haben einfach kein Zeitgefühl. Für sie sind Äonen wie ein Augenblick. Und außerdem neigt er dazu, sich von der Dringlichkeit seiner Geschäfte ablenken zu lassen. Ich kann Euch jedoch versichern, daß er mich zu seinem Vertreter ernannt hat. Belohnungen, die Ihr ihm zugedacht habt, darf ich an seiner Statt entgegennehmen, und ich werde sie, pfff, an ihn weitergeben.« Maître Bellier blickte bedenklich an seiner langen Nase hinunter und musterte den schnaufenden Herrn neben sich. Crouch bedachte ihn mit einem herablassenden Lächeln. Er blickte in die Runde. Die Kerzen waren fast heruntergebrannt, und es mußte wieder Essen aufgefahren werden. Die Luft war stickig vor Angst und schlimmer Vorahnung. Crouch winkte die Unterteufel mit der fetten Hand herbei.

»Heda, mehr Frücht-i und Wein-o, schnell-o, schnell-o!« Crouch gehörte zu den Menschen, die sich einbildeten, sie könnten jede Fremdsprache – selbst Unterteuflisch – sprechen, Hauptsache, sie hängten einfach einen Vokal als Endsilbe an die Muttersprache. Diese Angewohnheit erzürnte die Unterteufel, und daher mußten sie schon seit Wochen das mächtige Verlangen unterdrücken, ihm die Gedärme aus dem Leib zu reißen. Sie quietschten und grummelten sich etwas zu und verzogen sich in Richtung Küche. Ein Glück für die Welt ganz allgemein, daß Unterteufel so stinkfaul sind und nur selten Gebrauch von ihren ungewöhnlichen Kräften machen, es sei denn, die Herren der Unterwelt zwingen sie dazu. Diese Unterteufel verübelten jeden Wechsel der Gestalt, jede kleinste persönliche Gefälligkeit und jede Haushaltspflicht, die man ihnen abverlangte. Nur Belphagor hatte sie beherrscht, und während sie fegten, die Toiletteneimer entleerten, die Betten machten und die Riesenmahlzeiten zubereiteten, die Crouch benötigte, um Leib und Seele zusammenzuhalten, wurden sie immer zorniger. Mittlerweile schossen ihnen ständig Flämmchen aus Ohren und Nasenlöchern, und ihr Gegrummel hörte kaum noch auf.

Jemand hämmerte gegen die Haustür, und einer der Unterteufel kam aus der Küche und öffnete. Ein großer, dunkelhaariger, junger Edelmann mit glühenden Augen wurde hereingeführt.

»Der Steuermann, endlich, der Steuermann.« Ein Mann eilte herzu und half ihm aus dem feuchten Umhang, den er vor dem Feuer ausschüttelte. Ein anderer führte ihn zu einem Platz. Ein dritter schenkte ihm die Neige Wein ein.

Crouchs helle Augen nahmen die Szene mit einer gewissen boshaften Gleichgültigkeit wahr. Warum den Steuermann wie einen Gott behandeln? Warum sollte er nicht Steuermann werden? Beherrschte er nicht die Unterteufel der Hölle? Warte, warte, ermahnte ihn eine innere Stimme. Du wirst noch größer als er.

»Bislang ist noch keine Nachricht eingetroffen«, berichtete Maître Bellier und beugte sich diskret zu Bourbons Ohr.

Der blickte überheblich zu ihm hoch: »Keine Nachricht? Es ist weit über die Stunde. Ist alles wie geplant verlaufen?«

»Ich habe im Hôspital de la Trinité erst heute morgen einen Jungen beschafft. Schön, gesund und das Ebenbild des Königs.«

»Dann sind sie irgendwie aufgehalten worden. Wir werden schon bald Nachricht haben.« An der Haustür war eine Art Kratzen zu hören, und wieder öffneten die Unterteufel. Der zerzauste Mann, der eintrat, starrte die beiden großen feuerspeienden Geschöpfe erschrocken an.

»D – die da«, sagte er und zeigte mit dem Finger. »Denen kommen ja Flammen aus den Nasenlöchern.«

»Aber natürlich«, sagte Crouch beschwichtigend. »Was habt denn Ihr erwartet? Wir sind nämlich Fachleute, was Verschwörungen angeht. Wir haben uns die Hilfe der Hölle verschafft.«

Zitternd fiel der Mann vor dem sitzenden Herzog von

Bourbon auf die Knie. »Monsieur, alles ist aus«, sagte er mit verstörter Stimme. »Die Bettpfanne wurde geöffnet und das Kind an der Tür abgefangen.«

»Und wer kam dafür ins Gefängnis?« fragte der Herzog mit befehlsgewohnter Stimme.

»Niemand, Monsieur.«

»Niemand? Unmöglich.«

»Ich versichere Euch, niemand. Es kommt zu keiner Anklage. Jemand hat statt des Kindes einen lebendigen Vogel untergeschoben. Der ist unter großem Flügelgeflatter herausgeflogen, und jetzt lacht sich alle Welt halb tot.«

»Lacht? Man lacht mich aus? Denen werde ich es zeigen. Wo ist die Frau?«

»Sie ist verschwunden und nicht aufzutreiben.«

»Dann war sie das. Sie hat das getan. Ja, das leuchtet ein. Man sollte niemals Frauen in eine Verschwörung einbeziehen.«

»Monsieur, sie hat uns offensichtlich an die andere Seite verraten«, sagte Maître Bellier.

»Ja, und so gerissen, daß man der Weißen Königin nichts anhängen kann, was auch immer behauptet wird.«

»Dann hat sie uns nicht an die Valois verraten, sondern an die Leute der Weißen Königin. Wer von ihnen mag es gewesen sein? Dieser verfluchte englische Arzt? Wer ist im Schlafgemach der Weißen Königin vorgelassen worden?«

»Er nicht, Monsieur, ihm wurde der Zutritt verweigert. Ihm und den anderen Engländern, sogar ihren Damen.«

»Dann muß ich unter den Franzosen suchen, gewiß hat die Gräfin von Nevers . . .«

»Halt, Monsieur. Es gab doch jemanden. Von Königin Claude geschickt. Eine Witwe, die tröstende religiöse Bilder malt. Sie soll Engländerin sein, obschon einige behaupten, dem Akzent nach wäre sie Flämin.«

»Susanna Dallet . . . die Pest über sie, hinter allem steckt diese Frau«, sagte Crouch.

»Wie lautete doch gleich der Name?« fragte der Herzog von Bourbon.

»Mistress Susanna Dallet, Malerin aus der Stadt London. An jedem Wendepunkt hat sie meine Pläne durchkreuzt. Maître Bellier, sie ist im Besitz des dritten Manuskriptteils, den Ihr so heiß begehrt.« Crouch japste richtiggehend vor Empörung.

»Sie hat den dritten Teil? Das erklärt alles. Die Allegorie der Ursünde – die Gemälde von Adam und Eva. Der Berg des Geheimnisses. Sie hat ihn gelesen, sie hat die Bedeutung entschlüsselt, sie spielt Katz und Maus mit uns. Die Abtei von Sion ist verraten.« Entsetztes Stimmengemurmel im Raum.

»Das Geheimnis von fünfzehn Jahrhunderten.«

»Das Wahre Blut. Verrat. Sie muß beseitigt werden.«

Bourbons unnatürlich ruhige Stimme übertönte das Stimmengewirr. »Aber bei Hofe ist sie von Freunden umgeben. Dort bleibt ein Mord nicht geheim.«

»Monsieur de Bourbon, ich habe die Kreatur bis zu ihrer Höhle verfolgt. Sie hat ein Atelier, in dem sie allein ist. Ihre Vermieterin wurde bereits bestochen, sie hat es sehr vorsichtig durchsucht, hat aber nichts gefunden.«

»Doch gewiß steckt sie nicht allein dahinter. Welcher Mann benutzt diese gemeine und durchtriebene Frau als Spion?« Belliers Stimme klang entsetzt.

»Es gibt nur ein Hirn in England, das so teuflisch, so meisterhaft ist. Erzbischof Wolsey«, verkündete Crouch.

»Der Erzbischof. Das Bündnis. Ja, es paßt alles. Der Kirchenfürst unterstützt den Fürsten von Valois. Er will verhindern, daß die Merowinger zurückkehren.«

»Und das Geheimnis wahren. Er hat das Geheimnis entdeckt und weiß, daß es die Kirche vernichten würde.«

»Dann können wir auf sein Stillschweigen rechnen. Er wird die Kirche schützen, koste es, was es wolle. Unser Geheimnis ist bei ihm gut aufgehoben.«

»Aber wie gut aufgehoben bei ihr?«

»Gut aufgehoben bei einer Frau? Unmöglich. Solange es das Manuskript gibt, droht uns Entdeckung.«

»Dann ist es abgemacht«, sagte Bourbon. »Wir müssen die Frau zwingen, uns das Versteck des Manuskripts zu verraten, und sie dann zum Schweigen bringen.«

»Abgemacht«, sagte Crouch.

»Das dürfte nicht schwierig sein«, sagte der Steuermann.

König Franz I. saß in seinem Audienzzimmer, umgeben von seinen alten Freunden, seinen Höflingen, die gerade alle zu neuen Ehren kamen, weil sie ihm nahestanden. Bonnivet würde Amiral de France werden, Bourbon Connétable de France, seine Schwester erhielt eine Grafschaft, ihr Mann wurde Statthalter der Normandie, und seine Mutter bekam den Titel Herzogin sowie zwei Grafschaften und wurde die geheime Macht hinter dem Thron. Den ganzen Tag über hatte Franz Gesandtschaften von den Herrschern Europas empfangen, die ihm zur Thronbesteigung gratulierten, um seine Gunst buhlten und Bündnisse erneuern wollten. Franz jedoch war mit anderen Gedanken beschäftigt, Gedanken an eine rothaarige Frau, die in einem Zimmer des Hôtel de Cluny eingesperrt war. Sie hatte ihn abgewiesen. Sie hatte über seine Glut gespottet. Jetzt war er König und konnte mit ihr verfahren, wie ihm beliebte. Könige konnten alles tun, was ihnen gefiel, oder? Zunächst hatte er daran gedacht, seine häßliche Frau ins Kloster zu stecken und statt dessen sie zu heiraten. Doch seine Mutter hatte davon erfahren und ihn gemaßregelt, daß ihm die Ohren klangen. Ohne Frau keine Bretagne. Sei kein Narr.

Er dachte daran, wie unhöflich die Weiße Königin geworden war, auch wenn die Worte selbst noch so vorsichtig gewählt waren, und wie wenig sie seine gutgebauten Beine zu würdigen wußte, und sagte sich, sie ist es nicht wert, die Schlampe. Sie ist kein halbes Königreich wert. Dann sinnierte er darüber nach, ob es vergnüglich sein würde, sie zu seiner Mätresse zu machen und sie einem anderen europäischen Fürsten anzudrehen, wenn er sie satt hätte. Aber da kam Mutter schon wieder mit einer Schauermär über Verschwörer an, die einen falschen Erben unterschieben und ihren göttlichen Cäsar entthronen wollten. Mutter war starr vor Entrüstung. Dieses Mal hast du noch Glück gehabt, hatte sie gesagt, weil die Schwachköpfe nicht bis neun zählen konnten. Das nächste Mal sind sie vielleicht schlauer. Mit falschen Erben kannte sich Franz aus. Der alte Ludwig XII. hatte ihm ein paar fremdländische vermacht, die ihm mit ihren französischen Pensionen die Haare vom Kopf fraßen, aber das war Auslandspolitik und eine Rückversicherung. Zwei waren Engländer, und Franz fand, ihr Anspruch war genauso groß wie der von Heinrichs Vater, der vor diesem in England geherrscht hatte. Nein, er würde keinen Frieden haben, bis er sich die Weiße Königin vom Hals geschafft hatte. Und vorzugsweise so, daß keiner ihm je wieder mit ihr kommen konnte.

»Der Gesandte des englischen Königs, Herzog von Suffolk!« Franz blickte auf und sah diesen verfluchten bulligen Kerl durch den Saal stolzieren. Und wenn du dich in noch so viel Seide und Pelze kleidest, dachte er, du bist und bleibst ein Ochse.

»Euer Gnaden«, sagte Suffolk, eine Anrede, die Franz als Herzog zugestanden hatte. Beleidigend wie eh und je, dachte er. Die Engländer bilden sich wohl noch immer ein, daß diese Frau einen Erben ausbrütet. Achtlos ließ der König die offiziellen Glückwünsche Suffolks über sich ergehen. Was liegt mir schon an dem Bündnis mit Euch? dachte er. Da schicke ich lieber meine Kapitäne auf Kaperfahrt. Der englische König braucht einen Denkzettel, er soll merken, daß ich mächtig bin. Doch im Augenblick muß ich diese Frau und die Verschwörungen rings um sie loswerden. Jählings kam ihm ein prächtiger Gedanke. Wirklich eine Erleuchtung. Seine kleinen Fuchsaugen funkelten vor Freude, und ein schmales Lächeln huschte um den Mund unter der außergewöhnlich langen Nase.

»Monsieur Suffolk«, sagte König Franz, »wie ich höre, seid Ihr in dieses Königreich gekommen, um die Weiße Königin zu heiraten, die Schwester Eures Herrn.«

Charles Brandon, Herzog von Suffolk und die rechte Hand seines Königs, Held im Kriege und im Turnier, wurde leichenblaß.

Vor einer Krönung gibt es für Künstler viel Arbeit, und ich für mein Teil finde sie noch besser als ein königliches Leichenbegängnis, und ich habe beides miterlebt. Für eine Beisetzung braucht man ein Bildnis, und alles wird schwarz verhängt, die Schneider schneidern allen bei Hofe schwarze Kleider, falls die nicht vorrätig sein sollten, und dann müssen Denkmäler gegossen und die Skulptur für das Grabmal angefertigt werden, doch in der Regel wird so etwas im voraus in Auftrag gegeben, da Könige dafür sorgen, daß ihre Denkmäler hübsch aussehen, ehe sie beigesetzt werden. Bei einer Krönung gibt es hundertmal mehr Arbeit. Jeder läßt sich neue Kleider schneidern, und die Stickerinnen arbeiten rund um die Uhr. Dann werden längs des Krönungsweges bemalte Fahnen aufgehängt, und wer mitmarschiert, bekommt gemalte Standarten, für die Allegorien braucht man jede Menge gemalte Kulissen, und dazu kommen noch die offiziellen Porträts. Diese Aufträge bekam ich nicht, die standen Maître Jean Clouet zu, der ein Mitglied der Zunft war und ein großes Atelier mit Gesellen hatte, die Hände und Stoffe und Geschmeide malten. Doch glücklicherweise bestellte Herzogin Marguerite ein Dutzend Miniaturporträts ihres Bruders in kleinen goldenen Rahmen, die mit Diamanten besetzt waren, als Geschenk für Menschen, die hoch in ihrer Gunst standen. Und glücklicherweise wies sie Maître Clouet an, er solle mich eine Porträtzeichnung des Königs kopieren lassen, denn ohne diese Anweisung hätte ihn kein Geld der Welt dazu bewegen können, und der König hatte keine Zeit, mir für sein Bildnis Modell zu sitzen, da er dieser Tage so beschäftigt war.

Und so verbrachten Nan und ich einen ganzen Nachmittag in Maître Clouets Atelier, wo er Lehrjungen hatte, die Farben für ihn zerstießen, Gesellen, die Hintergründe für ihn malten, und eine ganze Abfolge von Porträts in Dreiviertelansicht, die den halben Adel Frankreichs zeigten und sich glichen wie Erbsen in der Schote. Er knurrte, als er mein Geld für das Kopieren seiner Meisterzeichnung in Empfang nahm, und sagte, Frauen hätten in seinem Atelier nichts zu suchen, es sei denn, sie brächten etwas zu trinken, und er täte es nur der Herzogin und ihren neumodischen Ideen zuliebe, sonst hätte er jemanden wie mich nicht hereingelassen. Dann kamen seine Frau und die Lehrjungen und staunten mich an, und ein großer gefleckter Hund, der ihm gehörte, kam herzu und legte sich zu meinen Füßen, als ich mit seinem Meisterporträt und meinen Kreiden am Arbeitstisch saß. Das Porträt war schon einmal kopiert worden, es wies die kleinen Nadelstiche auf, die mir zeigten, daß man die Zeichnung mittels Zeichenkohle und Nadel auf Leinwand übertragen hatte.

»Arbeitet Ihr nicht mit Raster?« hörte ich eine mürrische Stimme hinter mir, als ich schon ein Weilchen vor mich hin gearbeitet hatte.

»Nur manchmal. In der Regel kopiere ich frei«, sagte ich.

»Ihr habt eine ruhige Hand«, sagte Maître Clouet.

»Die muß man bei Miniaturen auch haben.«

»O ja, die Miniaturen. Eine ausländische Mode. Vermutlich habt Ihr die ruhige Hand vom Sticken.«

»Nein, ich sticke nie. Ich kann es mir nicht leisten, mich zu stechen. Ich brauche Gefühl in den Fingern.«

»Ihr habt auch ein gutes Auge.«

»Danke, mein Vater hat mich unterrichtet.« Um mich war der Geruch von trocknender Ölfarbe. Halbfertige Leinwände und Tafeln lehnten an den Wänden oder standen auf Staffeleien und warteten auf den nächsten Farbauftrag.

»Aha. Er hat gemerkt, was er an Euch hatte. Aber das war töricht. Seht Euch doch an. Kein Ehemann, keine Familie. Warum macht Ihr mehrere Skizzen?«

»Ich habe daheim eine alte Zeichnung, für die er Modell gesessen hat. Wenn ich seinen Kopf ein wenig drehe, füllt er den Rahmen besser aus.«

Auf der anderen Seite des Raums zeichnete ein Schüler ein perspektivisches Stilleben mit Musikinstrumenten auf ein Raster und benutzte dazu eine Zeichenmaschine. Das war ein merkwürdiger Apparat mit Spiegeln und einem Drahtgestell, durch die man den kopierten Gegenstand sehen konnte.

»Ihr wollt meinen Kopf drehen?«

»Er wird schon noch ähnlich bleiben.« Ich hörte ihn hinter mir verärgert knurren.

»Wie ich höre, braucht Ihr nur eine Sitzung, wenn Ihr nach dem lebenden Modell zeichnet.«

»Nur das Gesicht und eine Skizze des Kleides. Inkarnat, Geschmeide und Spitzen male ich dann in meinem Atelier – o nein, nichts so Prächtiges wie das hier, lediglich ein Zimmer.«

»Eine Frau mit einem Atelier. Demnächst wachsen den Schweinen noch Flügel.«

Ich schwieg lange.

»Seid Ihr gekränkt? Ihr solltet Euch geehrt fühlen. Jean Clouet sagt nicht oft, daß jemand ein gutes Auge hat.«

»Dann fühle ich mich geehrt. Gemessen an diesen Porträtzeichnungen habt auch Ihr ein sehr genaues Auge.«

»Die hier? Nicht mein Auge, meine Hand ist genau. Die Großen dieser Welt können nie lange stillsitzen. Ich verwende einen italienischen Zeichenapparat, mit dem gelingt die Meisterzeichnung schneller.« Er deutete auf einen großen Eichenkasten in der Ecke, der an einem Ende eine Klappe aus schwerem schwarzem Tuch hatte. O je, dachte ich. Zeichenmaschinen. Davon wollte mein Vater nichts wissen, und ich habe auch nichts für sie übrig.

»Ich glaube nicht, daß man bei Miniaturen mit einem Apparat arbeiten kann«, sagte ich milde.

»Ha! Ich darf also meine Arbeit behalten. Diese Frauen!« Maître Clouet lachte, und ich wurde furchtbar rot, denn er hatte sehr wohl gemerkt, was ich dachte.

Danach durfte ich zum Essen bleiben, bei dem es wegen der vielen Lehrjungen sehr rauhbeinig zuging. Nan und ich setzten uns also ans Tischende, und ich bekam mehrere Heiratsanträge von seinen Gesellen, die sagten, eine Frau, die Drapierungen und Geschmeide malen könne, sei eine nützliche Ehefrau, und ich sagte, mit dieser Sorte Mann wäre ich schon einmal verheiratet gewesen und da ich jetzt Gesichter malte, könne mir die Ehe gestohlen bleiben, denn zurückstecken würde ich nie und nimmer. Da schütteten sich alle aus vor Lachen und schenkten Wein nach, und ich sagte, die Ehe sei kein Stand, in den man leichtfertig eintreten solle, nur um dann Drapierungen zu malen, und da lachten sie noch schallender. Und ich wußte, sie neckten mich nur, und die Heiratsanträge waren ganz und gar nicht ernst gemeint. Darauf fragte Maître Clouet, ob ich mich schon an großformatige Gemälde gewagt hätte, und ich sagte ja, aber nur religiöse Bilder für Mönche, gleich nach dem Tode meines Mannes, so daß ich noch behaupten konnte, sie stammten von ihm, doch seitdem nicht mehr. Dann fragte er, um welche Sujets es sich denn gehandelt habe, doch als ich Adam und Eva sagte, da lachten sie sich halb tot, und einer der Lehrjungen bekam Wein in die Nase.

Man sieht also, es verlief sehr fröhlich, und als Nan und ich heimgingen, wurde ich sehr traurig, weil es für Frauen nie ein großes Atelier mit Gelächter und gemeinsamen Mahlzeiten und viel Kunst, und das alles am gleichen Fleck, geben würde, denn meine Arbeit macht zuweilen sehr einsam. Und ich kam mir noch einsamer vor, als ich im Zwielicht des frühen Winterabends die Treppe hochstapfte. Als ich die Tür erreichte, da wollte die nicht aufgehen, obschon der Riegel geöffnet war und ich tüchtig schob.

»Nan, geh doch bitte nach unten und hol die Vermieterin oder jemand anders, der mir hilft. Die Tür läßt sich nicht öffnen.«

»Ach, immer etwas Neues«, sagte Nan gereizt und stieg die Treppe wieder hinunter. Inzwischen schob und drückte ich, und allmählich bewegte sich die Tür ein wenig – auf der anderen Seite klemmte wohl etwas. Auf dem Fußboden war etwas Dunkles und Glitschiges, das unter der Tür hervorrann. Dann kam es mir jählings so vor, als ob das, was die Tür blockierte, sich bewegte, denn als ich schob, ging sie auf, und da sah ich in dem dämmrigen Lichtschein, der noch durchs Fenster kam, eine große, dunkle Lache auf dem Fußboden und dazu eine Hand, fast so weiß wie meine Gipshände, doch die hier ragte aus einem Ärmel, der an ein Kleid genestelt war, in dem wiederum Füße und Schuhe und obendrein ein grimmiges Gesicht mit starren, weit aufgerissenen Augen steckten. Die Vermieterin – und sie war mausetot.

»Blut«, sagte ich ganz entsetzt, und ich spürte, wie es mir eiskalt über den Rücken lief.

»Fürwahr, das ist in der Tat Blut«, sagte eine Stimme aus dem Schatten. »Wie merkwürdig.« Ich konnte schweres Schnaufen hören, jemand japste nach Luft, und da wußte ich, wer mit mir im Zimmer war. Ich sah Stiefel, ich sah einen schweren Umhang, und ich sah ein weißes, aufgedunsenes, zerfurchtes Gesicht, so stand er im Dunkeln beim Kamin, doch der war leer, und überall lag Asche. Im Zimmer war ein stetiges Tropfen zu hören. Meine Blasen mit Öl waren aufgeschlitzt, meine Farben waren überall verstreut, und die Pinsel, die ich selbst angefertigt hatte, lagen zertrampelt auf dem Fußboden zwischen Öl und Terpentin und Farbpulvern. Gliedmaßen aus Gips waren zerborsten, so als hätte ein großes Gemetzel stattgefunden. Meine Schatzkiste war umgestülpt, meine Bücher lagen aufgeschlagen auf dem Fußboden neben herausgefallener Wäsche und Nans halbfertigem Strickzeug. Im Zwielicht am Fenster hing noch der Weidenkäfig mit den Vögeln, doch sie schwiegen und hatten sich zu kleinen Federbällen zusammengekuschelt.

»Alles zerstört«, sagte ich, und Tränen brannten mir in den Augen. »Ihr habt alles zerstört.« Auf einmal wußte ich, daß ich laufen mußte. Blitzschnell drehte ich mich um, doch die Tür wurde mir von einem furchterregenden Wesen in maurischer Tracht verstellt, das jeden beliebigen Menschen um Hauptes-länge überragte. Es spie Flammen aus den Nasenlöchern. Ich drehte mich um, und da winkte Crouch, und das Wesen schloß die Tür und verriegelte sie fest.

»Noch nicht alles«, sagte Septimus Crouch. »Ihr geht und redet noch. Ihr solltet mir lieber sagen, wo Ihr es versteckt habt, solange Ihr noch die Kraft dazu habt.«

»Wehe, Ihr faßt mich an«, sagte ich.

»Ach, damit gebe ich mich nicht ab. Seht Ihr die Unterteufel da? Ich bin ein Meister der Schwarzen Magie, und sie unterstehen jetzt meinem Befehl. Sie haben mich hierhergetragen, ehe der Steuermann dieses Haus finden konnte. Und jetzt, schlage ich vor, übergebt Ihr mir das Buch mit dem Geheimnis.«

»Ich weiß nicht, welches Buch Ihr meint. Das da drüben sind meine Bücher, und in die habt Ihr Flecken gemacht. Wie konntet Ihr nur? Einfach mein Feiellbraun ausschütten. Wißt Ihr eigentlich, was pulverisierter Lapislazuli kostet? Und seht nur, mein Tafelbild von der Königin in Abbeville – das habt Ihr zerkratzt und zerstört. Ihr seid das gräßlichste Ungeheuer auf der ganzen weiten Welt!« Unwillkürlich mußte ich weinen, und das sollte man in so gefährlichen Augenblicken nun wirklich nicht tun, aber zuweilen wissen meine Augen einfach nicht, wann sie nicht überfließen dürfen.

»Aber selbstverständlich bin ich ein Ungeheuer«, sagte er, und seine Stimme troff honigsüß. »Und jetzt«, er hörte auf zu japsen und kam näher, »jetzt beweise ich Euch, daß es Schlimmeres gibt als verschüttete Farbe.« Hinter ihm erblickte ich einen weiteren furchterregenden Unterteufel mit Flammenatem. Crouch klatschte in die Hände und sagte: »Los ihr beiden, packt die Frau da!« Sie rührten sich nicht. Er setzte eine hochfahrende Miene auf und sagte noch einmal: »Packt-i die Frau-i bei den Arm-i, ihr Halunk-i. Reißt sie ihr langsam aus.« Ich sah die gräßlichen Geschöpfe, die mich überragten, und das Herz wollte mir vor Angst schier stehenbleiben. Sie hatten eine gräßliche Aura des Bösen und der Gefahr. Langsam kamen sie näher. Irgendwo aus ihrem Bauch drang ein ganz seltsames Geknurr und Gegrummel, so daß mir eiskalt vor Entsetzen wurde. Die Unterteufel blieben stehen und blickten Crouch mit roten Augen vorwurfsvoll an. Das Blut stockte mir in den Adern, und die Haare standen mir zu Berge. »Heda, heda!« rief Crouch. »Ihr verfluchten Biester-i, tut, was ich euch sage, schnell-o, schnell-o. Wer ist hier der Herr?«

Ich könnte schwören, ich hätte ein Wort in dem Gequietsche und Geknurre verstanden. Es hörte sich an wie »Belphagor«. Danach ging alles wild durcheinander, ich sah, wie die beiden großen Wesen Schritt für Schritt auf Crouch zugingen, und aus ihren Nasenlöchern schossen noch längere Flammen und aus ihren Ohren auch, und dann wurden sie irgendwie formlos und verschwommen, und Crouch hörte auf, Befehle zu brüllen, sondern brüllte nur noch so schauerlich wie jemand, der bei lebendigem Leibe aufgefressen wird.

Während die Unterteufel gräßlich schrien und grummelten und quietschten und knirschten und schmatzten, hörte ich, wie auf die Tür hinter mir eingehämmert wurde, und Nan und jemand anders riefen: »Um Gottes willen, macht die Tür auf.« Da fing mein erstarrter Leib an zu zittern, und auf einmal konnte ich mich bewegen und öffnete die Tür, und da standen Nan und Master Ashford wie festgewurzelt vor Schreck, während zwei formlose Klumpen das auseinanderrissen, was noch von Septimus Crouch übrig war, und diese Teile verschwanden auch, weshalb ich der Meinung bin, sie haben ihn aufgefressen. Danach war nicht mehr viel von ihm übrig, nur noch seine Kleider, und damit wischten sie das restliche Blut auf, wie man

Bratensoße mit Brot auftunkt, nur daß sie dazu seinen Umhang nahmen und den auch noch auffraßen.

Ich fühlte, daß Master Ashford mich fest umfaßt hielt, aber er zitterte am ganzen Leib und sagte ein ums andere Mal: »Lieber Gott, Gott im Himmel, o du lieber Gott.« Nan kniete auf dem Fußboden und betete wie rasend, und die Unterteufel brummelten gesättigt, und dann spuckten sie ein paar kleinere Knochen aus. Wir traten von der Tür zurück, damit sie gehen konnten, ohne daß sie uns bemerkten, doch als sie fertig waren, verschwanden sie durch die Wand und ließen einen üblen Gestank zurück.

»Was in Gottes Namen war das?« fragte Nan, die weiß wie ein Laken war.

»Das war Septimus Crouch. Und die schwarzen Wesen waren Unterteufel aus der Hölle. Er hat behauptet, er wäre ein Meister der Schwarzen Magie, doch die Unterteufel, also, sie haben ihn gefressen. Ich glaube, er hat sie beleidigt, doch wie, das weiß ich nicht so recht.«

»Gott sei Dank, daß er es getan hat. Ich könnte schwören, er wollte Euch umbringen«, sagte Master Ashford. »Ich habe sein Haus beobachtet. Er hatte wieder eine Sitzung. Als er vor Bourbon aufgebrochen ist, bin ich ihm bis hierher gefolgt.«

»Er – er hat gesagt, er hätte es noch vor dem Steuermann geschafft.«

»Wenn das so ist, dann müßt Ihr Euch verstecken und so bald wie möglich fliehen, Susanna. Der Herzog von Bourbon ist einer der mächtigsten Männer Frankreichs. Der muß keine krummen Wege benutzen. Der kann Euch unter falschen Anschuldigungen verhaften lassen, überall und jederzeit.«

»Aber warum sollte er?«

»Susanna, Bourbon ist der Steuermann.«

Bei den Worten sank mir das Herz in die Schuhe. Mein Atelier zerstört. Und jetzt auch noch meine Freiheit bedroht.

»Alles, wofür ich gearbeitet habe – vernichtet. Womit habe ich das verdient, Robert?« Ich betrachtete das Durcheinander auf dem Fußboden, wo Sir Septimus Crouch gestanden hatte.

Das würde mir kein Mensch abnehmen. Und zu allem Überfluß lag noch eine Leiche hinter der Tür. Vielleicht könnte ich es Räubern in die Schuhe schieben, und die Vermieterin wollte ihnen Einhalt gebieten, als ich nicht daheim war. Aber angenommen, Bourbon dachte sich eine Anklage aus? Oh, wie war das alles schrecklich. Ich stöberte in dem Abfall herum, vielleicht ließ sich ja noch etwas retten. Wenigstens besaß ich noch die Meisterzeichnung für meinen neuen Auftrag, und Nan hatte noch meinen kleinen Reisemalkasten und meine Zeichenutensilien, alles wohlgeordnet.

»Ihr? Mit gar nichts, Susanna. Aber sie glauben, daß Ihr den mittleren Teil des Buches habt, das sie seit langem suchen.« Draußen war es jetzt fast dunkel, und Master Ashford blickte sich in dem dämmrigen, verwüsteten Raum um, der einmal mein Atelier war. Er hob meine Bücher auf. »Zumindest sind Eure Bücher noch heil. Da.« Er reichte sie mir. »Und Eure Vögel leben. Seht nur! Vor lauter Angst zwitschern sie nicht mehr.« Er nahm den Käfig vom Haken und machte Zwitscherlaute. Sie blickten ihn mit winzigen schwarzen Augen an, glätteten ihre wunderbar kleinen Federn und hüpften auf der Stange herum, als er mir den Käfig brachte. Ich musterte sie sehr sorgfältig und zählte sie durch. Ja, es waren noch sechs. Einer piepste. Robert Ashford durchmaß den Raum und betrachtete das Durcheinander, in einer Ecke trat er nach einem Stoß Papier und Skizzen. »Was ist das?« fragte er.

»Nur Papier und altes Pergament, das ich zum zweiten Mal verwendet habe«, sagte ich, und dann schoß mir ein Gedanke so schnell durch den Kopf, daß ich nach Luft schnappte. »Robert, hebt bitte das zerfetzte Ding da auf.«

»Das aussieht, als wären die Motten darüber hergefallen?«

»Das mit der abgelösten Tinte, in dem die ersten Seiten übermalt sind«, sagte ich. Er hob es auf und betrachtete es abfällig.

»Was ist das?« fragte er wieder.

»Robert, das war einmal in einer Sprache so ähnlich wie Latein beschrieben«, sagte ich. »Seit ich es besitze, habe ich immer wieder davon abgeschnitten, aber ein paar Seiten sind noch lesbar. Ich – ich habe gedacht, Master Dallet hätte es aufgehoben, weil er es wiederverwenden wollte.«

»Wiederverwenden?«

Jetzt stöberte auch ich herum und suchte im Zwielicht nach Sachen, die noch zu retten waren. Ich fand mein kleines, gerahmtes Bild von Hadriel, das auch auf den wiederverwendeten Seiten gemalt war, denn die hatte ich für meine private Malerei fast wie neu hinbekommen. Es war heil und lag mit dem Gesicht auf dem Boden. Ich blies die Asche und den farbigen Staub ab.

»Da«, sagte ich. »Fühlt sich an wie Seide. Bestes, edelstes Kalbspergament. Das hält Jahrhunderte . . .«

»Susanna, es ist doch nicht zu fassen. Das hättet Ihr gleich, als Ihr es gefunden habt, wegwerfen sollen.«

Ach, da waren ja auch meine Meisterzeichnungen für Porträts und auch die von Master Dallet, kaum verfleckt und noch gut zu gebrauchen. Sie waren auf meine Skizze zu Madame Claudes Engeln gefallen, die vollkommen zerstört war. Es wollte mir schier das Herz brechen. Dahin, dahin. Ich nahm einen alten, fleckigen Mallappen und sammelte ein, was noch zu gebrauchen war: Geräte zum Schleifen und Polieren, Messer, heile Pinsel und die Zeichnungen.

»Wegwerfen? Ich mußte Bilder malen, und das edelste Pergament, nun, Ihr habt ja keine Ahnung, wie teuer das ist. Ich meine, da mir doch niemand einen Vorschuß gegeben hat . . .«

Er schüttelte nur den Kopf. »Alles verschmiert und übermalt. Was ist das?«

»Da habe ich ausprobiert, wie man die Schrift wegbekommt.«

»Wenn mir nicht so flau im Magen wäre, ich würde lachen«, sagte er. Und dann schlug er vor, wir sollten in seine Zimmer gehen, sie waren über einer Schenke gelegen, die ›Zu den drei Affen‹ hieß, dort sollten wir fürs erste bleiben, bis wir uns einen guten Plan ausgedacht hätten. Also verschnürte ich alles zu einem Bündel, was sich bündeln ließ, stapelte meine geretteten Arbeiten und klemmte sie mir unter den Arm, und Nan nahm meinen Malkasten und Master Ashford meine Vögel, und dann machten wir unter vielen seltsamen Gedanken die Tür hinter dem Chaos zu, das einst mein Atelier gewesen war. Doch mein allertraurigster Gedanke war, daß es Frauen, wie alle Welt behauptet, vielleicht doch nicht bestimmt ist, zu malen.

In Master Ashfords Zimmern hieß er seinen Diener Feuer in dem großen Kohlebecken machen, denn es war kühl, und dann schickte er ihn fort, um etwas zu trinken zu holen, während er Kerzen anzündete und sich zum Lesen des zerschnittenen, übermalten Stücks Pergament hinsetzte.

»Ihr habt die Ränder abgeschnitten, Susanna. Darum hat er es nicht erkannt. Es hat nicht die richtige Größe.«

»Aber die waren doch das Beste daran. Warum wohl nicht?«

»Seht her – die Stelle hier kann ich lesen. Das Latein ist schlecht. Wartet. ›Das heilige Blut verborgen . . . das Geheimnis der Jahrhunderte . . . ‹ Das hilft uns kaum weiter. Mich trifft der . . . das also ist das Geheimnis der Jahrhunderte. Susanna, in der sogenannten Festung der Erlösung liegt eine Ahnentafel verborgen, kein Schatz. Eine Ahnentafel der Merowinger. Sie behaupten, die ist der Heilige Gral.«

»Und ich dachte immer, der Heilige Gral wäre ein Becher.«

»Wartet. Hmm. Diese Stelle habt Ihr wirklich arg verstümmelt. Aha, da. Schön, schön. Diese Ahnentafel ist anscheinend die einzig wahre Urkunde über die Abstammung der Merowinger von einem königlichen Haus der Provence, das wiederum vom Hause Davids abstammt . . . O mein Gott! Was für eine Ketzerei! Kein Wunder, daß sie sich schon so lange verstekken.«

»Worum geht es denn?«

»Sie behaupten, daß die Merowinger von unserem Herrn Jesus Christus abstammen, der ein echter irdischer König war und der Kreuzigung durch List, nämlich durch Unterschiebung eines Verbrechers, in letzter Minute entging . . . ah ja, da haben wir wieder Text. Hmm. Er ist ins Exil gegangen, hatte Nachkommen, und sein göttliches Blut ist dazu bestimmt, irgendwann in ferner Zukunft sowohl die christliche als auch die heidnische Welt zu erobern und der Erde für immer Frieden und Glückseligkeit zu bescheren, da die Merowinger von Gott höchstpersönlich abstammen. Ob dieses Geheimnis wohl Einfluß auf die Katharer hatte, die diese Festung einmal gehalten haben? Wie seltsam. Wie ungemein seltsam.«

»Wen hat er denn geheiratet?« fragte ich, denn für eine Frau ist das immer das Wichtigste.

»Maria Magdalena.«

»Ach so. Die soll sich ja auch in die Provence abgesetzt haben. Bin ich froh, daß sie nicht als alte Jungfer gestorben ist.«

»Susanna, Ihr habt ein loses Mundwerk. Das ist ein furchtbares Geheimnis, ein gefährliches Geheimnis.«

»Robert, das ist ein absolut lächerliches Geheimnis. Entweder wurde unser Herr Jesus gekreuzigt und ist auferstanden, was seine Göttlichkeit beweist und es ihm unmöglich machte, die Merowinger zu zeugen, oder er war nur einer von vielen irdischen Königen, der eine wertlose Nachkommenschaft hervorbrachte, und dann kann er nicht Gottes Sohn sein. Und wenn sie nicht von Gottes Sohn abstammen, dann kann sich diese großartige Weissagung von ihrer ewigen Herrschaft auch nicht erfüllen. Sie haben einfach keinen Durchblick. Beides zugleich kann man nicht haben.«

»Susanna, Ihr habt recht. Wie kommt es, daß Ihr das so gut durchschaut?«

»Ihr meint, da ich sonst so dumm bin? Habt Ihr vergessen, daß ich etwas von falschen Reliquien verstehe? Das hier ist schlicht eine von vielen.«

Robert schüttelte bedächtig den Kopf. »Was für Toren. Was für ein Wahnwitz. Und gleichwohl verschwören sie sich Jahrhundert um Jahrhundert.«

»Wahrscheinlich macht es sie glücklich«, sagte ich und dachte an Master Ailwin und seine Gesellschaft der Wahren Frommen.

»Die römischen Kaiser haben auch behauptet, sie stammten von den Göttern ab . . .«

» . . . um damit die Leichtgläubigen zu beeindrucken. Das leuchtet noch ein. Aber nichts von dem ist es wert, mein Atelier zu zerstören.«

»Euer Atelier!« sagte Robert und gab sich einen Ruck, als erwachte er aus einem Traum. »Susanna, Ihr müßt Euch verstecken. In meiner Wohnung suchen Bourbons Männer als erstes nach Euch.«

»Ich habe darüber nachgedacht. Ich wende mich an die Herzogin Marguerite von Alençon. Die wird mich verstekken.«

»Das geht nicht. Sie ist eine treue Freundin und Unterstützerin von Bourbon. Sie und Ihre Mutter fördern seine Sache tagtäglich.«

»Ihr denkt wie ein Mann, Robert. Ich erzähle ihr, daß er versucht hat, mich zu verführen, und daß ich seine Anträge abgewiesen habe und er jetzt auf Rache sinnt. Sie weiß ja, wie diese Höflinge sind. Sie hat sogar schon tugendhafte Frauen niederen Standes vor ihrem eigenen Bruder beschützt.«

»Die Herzogin Marguerite . . . wer hätte das gedacht?« sinnierte er. Dann nahm er die Sache in die Hand. »Ihr müßt noch heute abend mit Eurer Nan zu ihr, noch ehe jemand die Leiche findet. Schiebt die Schuld auf Crouch. Sein Verschwinden dürfte verdächtig wirken. Ja, die Herzogin Marguerite. Sie ist unsere einzige Hoffnung.«

»Aber, aber«, sagte die Herzogin von Alençon, »wer wird denn so sehr weinen! Ihr müßt Euch nur ein Weilchen verstekken, bis ihm eine andere ins Auge sticht.« Sie saß an einem Tisch in ihrem Studierzimmer und schrieb einen Brief. Doch dann fiel ihr Blick auf meinen Vogelkäfig und das schäbige Bündel meiner Habseligkeiten, und sie schüttelte den Kopf, staunte über die Schlechtigkeit der Männer. »Überbringt diesen Brief meiner lieben Freundin, der Äbtissin von Sainte-Honorine. Darin steht, daß Eure Ehre in Gefahr ist und daß Ihr eine ehrbare Frau seid und geschickt mit dem Pinsel umgehen könnt. Ihr seid dort willkommen, solange es Euch gefällt, und gewiß finden sich Aufgaben, mit denen Ihr Euch Euren Unterhalt verdienen könnt. Wenn ich mich recht entsinne, so muß ein Altarbild ausgebessert werden, und im Allerheiligsten würden sich ein paar von Euren Engeln sehr gut machen.«

Ich wischte mir die Augen.

»Wie komme ich dorthin?« fragte ich.

»Ich lasse zwei Pferde aus dem Stall meines Mannes holen und gebe Euch meine eigenen Lakaien als Begleitschutz mit. Man denke! Aus Rache für eine Abfuhr Euer Atelier zu zerstören! Die Tugend einer Frau, ach, sie ist dieser Tage schwer zu bewahren. Von allen Seiten wird man unter Druck gesetzt . . .«

Ich sah sie jetzt mit anderen Augen. Wurde nicht gemunkelt, daß sie es damals abgelehnt hatte, einen gewissen hirnlosen Trottel zu heiraten, und erst nach langwierigen Verhandlungen nachgab? Erfahren würde ich das nie, aber ich wußte, sie hatte ein offenes Ohr für mich.

»Ich . . . ich möchte noch heute abend aufbrechen.«

»O ja, das müßt Ihr auch. Einem Mann von so hohem Rang würde es nichts ausmachen, sich gewaltsam Zugang zu Eurem Bett zu verschaffen.« Sie streute Sand über den Brief, damit er trocknete, dann versiegelte sie ihn mit Kerzenwachs und gab ihn mir. »Da. Und vergeßt nicht, mir durch die Äbtissin meine Miniaturen zuschicken zu lassen, wenn sie fertig sind.«

»Das vergesse ich nicht, Madame, und Gottes Segen über Euch«, sagte ich, knickste tief und verließ ihr Studierzimmer rückwärts gehend und unter größter Hochachtung.

An diesem Abend ritten Nan und ich, hinter den bewaffneten Dienern der Herzogin von Alençon sitzend, auf gefrorenen Straßen nach Norden, Nan mit meinem Malkasten hinter sich und ich mit dem Vogelkäfig in der Hand. Angespannt und bänglich lauschte ich auf den Hufschlag uns nachsetzender Pferde, hörte jedoch unter einem blassen, winterlichen Halbmond nichts als das Knarren der kahlen Äste und das Klirren der stählernen Stollen unserer eigenen Pferde auf dem steinhart gefrorenen Boden. Es war dunkel, und ich sorgte mich ununterbrochen. Wie sollte mich Robert Ashford vor Bourbons Helfershelfern retten und heimbringen? Was würde geschehen, wenn Herzogin Marguerite meine Geschichte bei einem Festessen ausplauderte, Bourbon sie hörte und erriet, wo ich war? Würde ich mein Leben lang im Kloster bleiben müssen, gerade als es den Anschein hatte, daß ich mit Robert Ashford glücklich werden könnte? Angenommen, ihm stieße etwas Schreckliches zu und er holte mich nicht? Am Ende betete ich nur noch. Nach Haus, lieber Gott, ich will nach Haus.

»Ihr müßt mich heiraten, Ihr müßt! Bringt mich fort von hier! Bringt mich heim! Habt Ihr mir nicht einst Zeichen Eurer Zuneigung geschickt? Jetzt könnt Ihr sie unter Beweis stellen!« Das Gesicht der Weißen Königin war rot und geschwollen, und sie weinte und klammerte sich an Suffolks Schaube. Sie waren allein in dem verdunkelten Raum; der König hatte ihm eine Unterredung unter vier Augen gewährt und die französischen Edeldamen fortgeschickt. Doch Suffolk war so schwer von Begriff, daß nicht einmal jetzt seine Alarmglocken läuteten. Er erfaßte zwar Einzelheiten der Klemme, in der er saß, doch bedauerlicherweise paßte nicht mehr als ein Gedanke zur selben Zeit in seinen Kopf. Zunächst einmal hatte er Angst vor König Heinrich. Ein Mann, der mit der Schwester seines Herrschers durchbrennt, zahlt mit seinem Kopf. Und König Franz fürchtete er auch. Der Mann haßte ihn. Er konnte seine Mission vereiteln, und das war noch das mindeste, und dann war er bei König Heinrich in Ungnade. Andererseits aber war Franz zu allem fähig. Er wäre gewiß nicht der erste unumschränkte Herrscher, der einen mißliebigen Gesandten einsperrte oder umbrachte. Doch wie konnte er sich retten, das heißt Mary Tudor nicht heiraten, ohne König Franz vor den Kopf zu stoßen? Franz' Lächeln gefiel ihm ganz und gar nicht, er sah aus, als hätte er das alles so geplant.

Doch das waren die Gedanken, ehe die Weiße Königin ihn

in ihrem Schlafgemach mit ihrem leidenschaftlichen Ungestüm überfiel. Königin Marie war durch ihre lange Gefangenschaft von Sinnen und warf sich ihm mit wehendem rotgoldenem Haar und zerknittertem, tränenfleckigem weißen Gewand an die Brust. Sie war genauso eigensinnig und starrköpfig wie ihr Bruder. Während die Worte nur so herauspurzelten, versuchte er einen Rückzieher, fand jedoch die Tür verriegelt. Sie war so schön – und hatte er nicht früher gedacht, es könnte sehr kurzweilig mit ihr sein? Aber sein Kopf? Es ging nicht.

»Ach, Ihr seid mir ein schöner Ritter. Habt Ihr nicht geschworen, die Witwen zu beschützen? Also beschützt auch mich! Heiratet mich, oder Ihr seid für mich der größte Heuchler auf Erden. Und ich sage es meinem Bruder, ich sage ihm alles. Charles Brandon, der falsche Ritter und Verräter! Warum zögert Ihr noch? Liebt Ihr mich denn nicht? Habt Ihr Angst vor meinem Bruder?« Suffolk nickte betäubt. »Dann wisset, daß mein Bruder mir versprochen hat, daß ich heiraten kann, wen ich will, nachdem ich Königin von Frankreich war, und an dieses Versprechen werde ich ihn erinnern.«

»Aber . . . aber, ich würde Euch jeden Dienst erweisen, nur . . .«

»Oh, welche Schmach! Ihr habt mir das Herz gebrochen!« rief die mädchenhafte Königin, warf sich aufs Bett und weinte ungestüm mit heftigen, stürmischen Schluchzern.

Suffolk setzte sich aufs Bett neben Marie, die es nur so schüttelte, und versuchte sie zu streicheln, sie zu beruhigen. Frauen! Unbegreiflich, hirnlos, zu launenhaft. Dieses ganze Gejammer brachte sie noch um, und wie stünde er dann da?

»Ich . . . ich habe Euch immer angebetet«, sagte er vorsichtig. Das wilde Schluchzen hörte nicht auf. »Ihr seid die Schwester meines Herrschers, Mylady, und ich würde . . .«

»Heiratet mich«, kam die gedämpfte Aufforderung aus den Kissen.

»Ich heirate Euch, Mylady. Ich verspreche Euch die Ehe, hier und heute.«

Ein verschwollenes, tränenschwimmendes Auge blickte vom Kissen auf. »Auf Ehre?« fragte sie.

»Auf Ehre und Gewissen bitte ich Euch um Eure Hand.« Alles, alles – damit nur dieses gräßliche Geweine aufhörte.

»Bringt mich fort aus diesem furchtbaren Haus«, sagte sie.

»Mein Wort darauf«, sagte er aufatmend.

Draußen wartete Franz mit mehreren Höflingen.

»Nun?« fragte der König. »Was hat die Weiße Königin zu Eurem Antrag gesagt?«

»Sie hat eingewilligt, Euer Gnaden.«

Bei der Anrede zuckte Franz innerlich zusammen. Wieder einmal hatte der Herzog von Suffolk ihn nicht als König tituliert. Geschah das auf Anweisung des englischen Königs? Der Mann ließ nicht locker. Suffolk verdiente alles, was die Zukunft für ihn barg. Sein König würde ihn wegen Hochverrats köpfen lassen, und die Weiße Königin würde sich durch eine Heirat unter ihrem Stand so völlig entehrt haben, daß sich nie wieder Verschwörer gegen ihn um sie sammeln würden. Gut, gut, und so schnell wie möglich außer Landes mit ihr. Ein vollendeter Plan.

»Herzlichen Glückwunsch, mein lieber Chevalier«, sagte Franz. »Ich habe schon einen Priester in meine Kapelle befohlen. Und ich werde höchstpersönlich als Euer Trauzeuge fungieren.«

Erst später begriff Charles Brandon allmählich das wahre Ausmaß von Franz' Komplott gegen ihn. Schmach und Schande, Tod und Verderben, das alles trug ihm diese Frau ein. Wie französisch! Er saß mit bleichem Gesicht in den Gemächern, die der französische König ihm und seiner jungen Frau angewiesen hatte.

»Mylord, was hockt Ihr da herum und starrt ins Leere«, sagte Königin Marie, die trotz ihrer Heirat mit einem Herzog ihren Titel beibehalten hatte.

»Es ist alles aus«, sagte ihr frischgebackener Ehemann.

»Das glaube ich nicht«, sagte Mary fest. »Aber Ihr müßt

meinem Bruder meine Mitgift zurückgeben. Er hält viel von Geld.«

Brandon, der früher einmal nur wegen der Mitgift geheiratet hatte, entging die Ironie in ihrer Stimme.

»Ich werde meinem Bruder schreiben und ihn an sein Versprechen bei meiner Abreise erinnern.« Der Herzog schwieg und brütete vor sich hin. »Ich werde auch Erzbischof Wolsey schreiben, und der wird dann meinen Bruder besänftigen«, sagte seine Frau.

Der Herzog sah sie verstört an. Warum wollte sie nicht verstehen, was ihm bevorstand?

»Ihr müßt jedoch meinem Bruder die Neuigkeit mitteilen, ehe er sie von anderen erfährt. Der Mann muß als erster schreiben. Ich kann ihm erst schreiben, nachdem Ihr es ihm gesagt habt.« Sie nahm Papier und Tintenfaß und legte beides auf den Schreibtisch. »Ich gehe hinaus, wenn Euch das lieber ist«, sagte sie.

»Das wird ein wenig dauern«, sagte er und hatte jetzt schon Schweißhände. Was konnte er sagen? Wie würde er anfangen? Der Herzog war kein Mann der Feder. Mit sich allein im Raum, zerknüllte er Anfang um Anfang und warf alles fort, ehe der Lakai kam und die Kerzen anzündete.

Schweiß rann ihm über die Stirn, und er konnte den Gänsekiel kaum noch in der schweißigen Pranke halten. Ich schreibe erst an Wolsey, dachte er, der soll flicken, was sich noch flicken läßt. Wie erklärte man so etwas? An Wolsey ging es leichter: Die Königin hat keine Ruhe gegeben, bis ich einwilligte, sie zu heiraten, schrieb er. Und ehrlich gesagt, ich habe sie gern geheiratet und habe ihr beigelegen, und daher steht zu befürchten, daß sie guter Hoffnung ist. Ach, nun ist mir schon wohler, dachte er. Aber was soll ich dem König sagen? Wie kann ich mich verständlich machen? Zu guter Letzt kratzte seine Feder über die Seite und bot die einzige Erklärung für den ganzen Wirrwarr: »Bei meyner Eere, ich hab noch kaine Frau so weynen sehn.« Rechtschreibung gehörte nicht zu den starken Seiten des Herzogs.

Erzbischof Wolsey saß in dem getäfelten Kabinett von York House dicht am Feuer. Draußen war der Nebel so dick, daß man nicht die Hand vor den Augen sehen konnte. Die Kälte kroch aus allen Winkeln.

»Master Tuke, setzt zu dem Brief, den ich an Mylord von Suffolk geschrieben habe, noch hinzu, daß ich keinen Menschen kenne, der in größerer Gefahr schwebt. Er darf erst nach England zurückkehren, wenn der Zorn des Königs verraucht ist. Ach, der Tor, der Tor.« Wolsey seufzte tief. Seine Politik war gescheitert. Die Königin von Frankreich kehrte mit Schimpf und Schande zurück, und er mußte all seine List aufwenden, damit sie nicht schon bald zum zweiten Mal Witwe wurde. Franz, der dem Bündnis nichts abgewinnen konnte, war König. Schon jetzt kaperten französische Kapitäne englische Schiffe, und Franz unternahm nichts dagegen. Was kam als nächstes? Ohne Verbündete konnte sich England keinen Krieg gegen Frankreich leisten. Würde Wolseys König die unendlich vielen Nadelstiche des neuen französischen Königs hinnehmen müssen?

Ah, da war ja Cavendish mit einem neuen Berg Korrespondenz an der Tür. Wenigstens ein angenehmes Gesicht. In der Tat angenehmer als Gedanken an König Franz I. Schweigend öffnete er die kleine Holzschatulle und betrachtete das Gesicht seines Gegners. Jung, aber listig und schlau über seine Jahre hinaus. Hochfahrend. Lüstern. Eigensinnig. Ein grimmiger und verschlagener Feind hinter einer lächelnden, glitzernden Fassade. Das alles sagte ihm das Porträt.

»Ein weiterer Brief von der französischen Königin, Euer Gnaden, und ein verschlüsselter von Master Ashford.«

»Endlich. Was treibt er dort überhaupt? Seit einem Monat keine Nachricht von ihm, seit er mir den Unsinn über eine Verschwörung im Süden Frankreichs und dieses Porträt geschickt hat. Master Tuke, der Brief muß sofort entschlüsselt werden.«

Während Tuke sich mit Dechiffrier-Rad und Kerzenflamme abmühte, überschüttete Cavendish Wolsey auf die gewohnte glattzüngige Art mit schmeichelhaften, amüsanten Bemerkungen. Tuke hörte sich Wolseys Antworten mit wachsendem Ärger an. Mylord von York war eindeutig bezaubert. Wer arbeitet und wer schmeichelt? dachte Tuke und drückte die Feder auf das Papier, daß sich der Kiel spaltete, es spritzte, und er mußte einen neuen anspitzen.

»Euer Brief ist fertig«, sagte Tuke schließlich und reichte dem Erzbischof das Ergebnis seiner Bemühungen.

»Faszinierend, faszinierend. Eine vom Herzog von Bourbon angeführte Verschwörung gegen den Thron ist fehlgeschlagen. Er wurde nicht entdeckt und schmeichelt sich weiterhin täglich bei König Franz ein. Die Verschwörer – ach, was für Toren. Das nächste Mal wird sich Bourbon stärkere Verbündete suchen.« Bourbon, dachte Wolsey. Er erbt die Hälfte des französischen Grund und Bodens, und einen entfernten Anspruch auf den Thron hat er auch. Wenn Franz klug wäre, ließe er ihn auf der Stelle enthaupten. Was Staatskunst angeht, so ist Franz noch jung, dachte Wolsey und trommelte mit den Fingern auf der hölzernen Lehne seines Stuhls. Ja, ja. Bourbon. Interessant. Ich sollte abwarten, bis er deutliche Zeichen von Unzufriedenheit erkennen läßt, dann nehme ich Kontakt mit ihm auf. Wir werden ja sehen. Ein Bündnis mit dem Kaiser und Bourbon gegen Franz. Das wäre zu schaffen. Bourbon würde Frankreich in zwei Teile teilen, und Franz würde ihn um das alte Bündnis anbetteln. Und ich, ich könnte wählen . . .

»Euer Gnaden«, sagte Cavendish und störte ihn in seinen Gedanken. Der Bischof legte sie still in der Hirnschublade »Bündnisse, verräterisch« ab, die nicht weit von »Kardinalshut, Fortschritte« und »Hampton Court, Renovierung der Wasserspiele« lag.

»Ach ja, Cavendish, der neueste Brief der französischen Königin. Wie ziehen wir die nur aus der Patsche?« fragte er.

»Oh, Madame la Duchesse hat recht. Das sind wunderschöne Arbeiten«, sagte die Äbtissin. Sie saß an dem großen

Schreibtisch in ihrem schlichten, weiß getünchten Arbeitszimmer. Marguerite d'Alençons Brief lag geöffnet vor ihr, und sie sah sich an, was mir von meinen Skizzen und kleinen Gemälden geblieben war. Nonnen kamen und gingen in Geschäften, desgleichen der Obergärtner und der Beichtvater der Nonnen, ein alter Priester mit so schütterem grauen Haar, daß er sich keine Tonsur mehr scheren mußte. Nan und ich saßen aneinandergeschmiegt und warteten auf das, was sie sonst noch zu sagen hatte. »Ein Kloster dieser Art ist ein großes Wirtschaftsunternehmen. Es tut mir leid, daß ich Eurer Geschichte nicht meine volle Aufmerksamkeit schenken konnte. Ah. Wer ist dieser Engel? Das ist das Schönste von allem, was Ihr mitgebracht habt.«

»Madame, das ist der Engel Hadriel.«

»Hadriel? Von Gabriel, Uriel, Raphael und Michael habe ich gehört, aber noch nie von einem Hadriel.«

»Er ist mir einst im Traum erschienen. Ich habe ihn gemalt, wie ich ihn gesehen habe.«

»Ihr seid ein Glückskind, daß Ihr Eure Träume malen könnt. Hatte er eine Botschaft für Euch?« Sie hörte sich sehr fachmännisch an. Äbtissinnen dürften sich gut mit Visionen und Träumen auskennen.

»Ja, so ist es, aber ich bin nie dahintergekommen, was er gemeint hat. Da habe ich sein Bild gemalt und so weitergemacht wie bisher.«

Die Äbtissin lächelte. »Menschen, denen solch ein Traum geschenkt wurde, halten in der Regel Einkehr und Umkehr. Was genau hat er gesagt?«

»Er hat gesagt, wenn ich einen Regenbogen mit meinen Händen einfangen könnte, dürfte ich ihn behalten. Aber wie sollte ich wohl, das ist doch ganz und gar unmöglich, und seit ich in Frankreich bin, hat es ohnedies nur geregnet, höchstens mal geschneit, und ich habe keinen einzigen klitzekleinen Regenbogen gesehen. Es war alles Unsinn. Aber netter Unsinn. Wenn ich ein besserer Mensch wäre, hätte ich vielleicht einen Traum geschenkt bekommen, den ich verstehen könnte.«

»Oh, was für eine seltsame Botschaft! Was habt Ihr danach getan?«

»Nun ja, mein Mann wurde ermordet, und ich mußte mich mit meiner Malerei durchschlagen.«

»Hmmm«, sagte die Äbtissin, trommelte mit einem Finger auf den Tisch und blickte in die Luft. »Ich muß über die Auslegung nachdenken. Es ist nicht einfach. Ich werde um Weisung beten. Visionen und Träume haben immer eine Bedeutung. Ihr sollt etwas ausführen, aber das habt Ihr offensichtlich nicht getan, sonst säßet Ihr nicht in dieser schlimmen Klemme. Ich werde Schwester Claire bitten, Euch und Eurer Gefährtin zwei Betten im Dormitorium anzuweisen. Versteht Ihr Euch aufs Vergolden? Wir haben zwar viele Illuminatorinnen und Kopistinnen, aber Schwester Agatha, die für uns vergoldet hat, ist vor kurzem heimgegangen, und so ist die Neuvergoldung des Altarbildes erst halb fertig.«

Die nächsten Tage verliefen sehr beschaulich und gleichmäßig. Alle zwei Stunden wurde gebetet und gesungen, was sehr beruhigend auf das Gemüt wirkt und einen böse grüne Augen, die im Dunkeln funkeln, und formlose schwarze Wesen, die Menschen auffressen, wenigstens für ein Weilchen vergessen läßt. Die Vögel mußten mit der Küche vorliebnehmen — da die Regeln besagten, daß niemand Tiere halten durfte, und dabei wurden beinahe überall Katzen und kleine Hunde versteckt —, aber da war es ohnedies wärmer für sie. Nan erzählte der Äbtissin alles über die schwarzen Wesen und weinte und weinte, und das tat ihr gut, und danach half sie in der Wäscherei, denn sie sagte, sie müßte bis an ihr Lebensende waschen, wenn sie die Erinnerung an diese schwarzen Wesen auswaschen wollte. Und schon bald wurde sie von allen über die grimmigen schwarzen Wesen ausgequetscht, die ein böser Hexenmeister geschickt hatte, weil ich meine Tugend bewahren wollte, und alle entrüsteten sich, und Nan freute sich, daß sie die Geschichte wieder und wieder erzählen durfte und bei all den frommen Damen damit Eindruck machte.

Was mich anging, so gab es viel auszubessern, beispielsweise eine sehr hübsche, kleine Madonna, auf die es leider durch eine undichte Stelle im Dach herabgeregnet hatte, und ein paar alte Porträts von früheren Äbtissinnen, die nicht gut gemalt waren und von denen die Farbe abblätterte. Die hatten wohl im Keller gelagert, wo sie feucht geworden waren, denn so sahen sie aus. Ich arbeitete aber auch an den Miniaturen für die Herzogin, und daher führte ich in meinem Versteck ein sehr angenehmes Leben, doch ich sorgte mich noch immer, daß böse Menschen kommen würden, und böse Menschen wollte ich wirklich nicht mehr sehen. Ich fand, daß ich mich im Alter mit dieser Lebensweise durchaus anfreunden könnte, doch im Augenblick war ich noch zu jung dafür, denn Robert Ashford wollte mir nicht aus dem Kopf, was bewies, daß ich nicht das Zeug zur Nonne hatte.

Nachmittags brach die Sonne durch und funkelte auf bereiften Zweigen und den gefrorenen Pfützen auf der Landstraße, aber dennoch kam der Atem von Mensch und Pferd weiß wie Dampf. Zwei Reiter zogen auf kleinen, mit Winterschabracken geschützten Pferden durch die hügelige Landschaft, ihnen folgte ein Packpferd mit nur zur Hälfte beladenem Packsattel. An einer Kreuzung hielten Robert Ashford und sein Diener an, auch sie gegen die Kälte gut vermummt. Zwei schmale Fahrspuren – eher ausgefahrener, zerstampfter, halb gefrorener Morast – kreuzten sich auf den winterlichen kahlen Feldern und schienen sich ins Nichts zu schlängeln. Welche war die richtige? Jenseits der Kreuzung führte eine Fahrspur zu einem vereisten Fluß und einem kleinen Dorf mit formlosen, reetgedeckten Hütten, durch deren Firste der Rauch abzog.

»Zum Dorf«, sagte Ashford. »Dort dürfte man den Weg kennen.«

Eine barfüßige Frau mit rußigem Gesicht antwortete auf

ihr Klopfen. »Das Kloster?« sagte sie. »Das ist einfach. Folgt der Straße nach Norden, es ist die mit den frischen Spuren. Vor Euch sind ein Dutzend bewaffnete Männer, wenn Ihr Euch beeilt, könnt Ihr sie noch einholen. Man reist dieser Tage besser nicht allein.« Sie sah, wie sich die beiden Männer einen erschrockenen Blick zuwarfen. »Wenn Ihr ihnen aus dem Weg gehen wollt, nehmt die andere Straße«, sagte sie.

»Haben sie gesagt, wer sie sind?« fragte Robert Ashford.

»Soldaten des Connétable de Bourbon. Und sie haben mich bezahlt«, sagte sie. Ashford beugte sich aus dem Sattel und drückte ihr ein paar Sous in die Hand.

»Wie weit ist es von hier?«

»Ach, ein Ritt von drei, vier Stunden, wenn Eure Pferde nicht auf dem Eis ausrutschen und sich ein Bein brechen.« Die Reiter kehrten zur Straße zurück und spornten ihre Pferde trotz des gefrorenen Bodens zum Trab an.

»Pilger, äh?« sagte der Hauptmann. »Pilger zu dieser Jahreszeit?«

»Ich habe es meiner Mutter auf dem Sterbelager versprochen«, sagte Robert Ashford. »Ich kenne die Gegend nicht. Habe mich auf der Suche fast verirrt. Hoffentlich haben sie ein gutes Gästehaus. Bei dieser Kälte verlockt nichts zum Weiterreiten.«

»Dann solltet Ihr lieber mit uns zurückreiten, wenn wir die Verhaftung vorgenommen haben. An dieser Straße gibt es Wegelagerer, selbst im Winter.«

»Eine Verhaftung?« Ashford bemühte sich, nur Neugier zu zeigen.

»Eine Verbrecherin. Eine Mörderin, die dort Asyl gesucht hat. Kaum zu glauben, äh? Dieser Tage führen sich Frauen schon fast so schlimm auf wie Männer.«

»Ja, wir leben in bösen Zeiten«, sagte Ashford mit einem mitfühlenden Kopfschütteln. Auf der kleinen Anhöhe vor ihnen erhoben sich die Klostergebäude aus schlichtem, weiß getünchtem Stein, sie wirkten in ihrer Bescheidenheit fast wie Scheunen und drängten sich um eine Kirche mit hohem, schmucklosem Turm. Etwas entfernt von den anderen Gebäuden, doch noch immer innerhalb des Klosterbezirks, erblickte man das spitze Schieferdach des Küchengebäudes, aus dessen Schornsteinen Rauch stieg. Die großen Tore waren verriegelt. Der Hauptmann hieß seine Männer warten, ritt zum Tor und rief. Keine Antwort. Er hob den eisernen Türklopfer mit behandschuhter Hand und ließ ihn krachend gegen das Tor fallen. Noch immer keine Antwort. Nachdem er das mehrere Male wiederholt hatte, öffnete sich neben dem Tor ein kleiner hölzerner Fensterladen hinter einem winzigen Gitter, und dahinter tauchte der obere Teil eines Frauengesichts auf.

»Wir kommen vom Connétable de Bourbon und sollen eine Verhaftung vornehmen. Versteckt sich bei Euch eine gewisse Suzanne Dolet?«

»Wir haben eine Frau hier, die um Asyl gebeten hat. Ihr müßt vierzig Tage warten, dann muß Suzanne Dolet gehen.« Drohendes Gemurmel von den Soldaten – rohe Andeutungen, was geschehen könnte, falls man sich ihnen in den Weg stellte.

»Was soll der Unsinn?« sagte der Hauptmann zu dem Gesicht hinter dem Gitter. »Laßt uns jetzt ein. Das ist ein Befehl.«

»Es ist bei uns nicht Sitte, bewaffnete Männer in unseren geheiligten Bezirk einzulassen«, sagte das Gesicht fest.

»Dann solltet Ihr überlegen, ob Ihr Eure Sitten nicht lieber ändert, sonst setzen wir das Tor in Brand und verschaffen uns Einlaß.«

»Ich muß mich mit der Äbtissin beraten«, sagte das Gesicht, und der kleine Fensterladen wurde zugeschlagen. Während die Pferde stampften und sich in der Kälte bewegten, warteten die Soldaten, und der Hauptmann fluchte vor sich hin. Tausend Ideen schwirrten Ashford durch den Kopf. Wenn er doch nur vor ihnen hineingelangen könnte . . .

Doch seine Hoffnungen wurden zunichte, als das Gesicht erneut hinter dem Gitter auftauchte.

»Monsieur le Capitaine«, sagte ein anderes Halbgesicht, »wir würden Euch gern auf der Stelle unsere Pforte öffnen, aber wir müssen Euch warnen. In unserer Klostergemeinschaft ist die Pest ausgebrochen.«

Den Hauptmann schauderte es, und einige Soldaten bekreuzigten sich. Doch der Hauptmann ließ nicht locker. »Wo ist Suzanne Dolet?«

»Ach, Monsieur le Capitaine, sie gehört zu denen, die die Sterbesakramente empfangen haben. Sie liegt in unserem armseligen kleinen Spital und wartet auf die unausweichliche Begegnung mit der Ewigkeit.«

»Ich kann mich nicht auf Euer Wort allein verlassen. Woher soll ich wissen, ob Ihr mich nicht hintergeht?«

»Zweifellos wird sie morgen tot sein. Stört die Sterbenden nicht, Monsieur. Selbst Eure Befehle erfordern nicht, daß Ihr Euch einer Ansteckung aussetzt. Morgen früh wird man die Dahingeschiedenen zum Begräbnisgottesdienst vor dem Hochaltar aufbahren. Dann mögt Ihr kommen und sie um Eurer selbst und Eures Herrn willen sehen, und Ihr könnt gehen, bevor Ihr Euer Leben gefährdet. Das ist der Vorschlag unserer Äbtissin. Sie sagt auch, daß sie bedauert, Euch nicht die Gastfreundschaft unseres Gästehauses anbieten zu können, doch unter den gegebenen Umständen zieht Ihr es gewiß vor, Eure Männer im Dorf unterhalb des Klosters einzuquartieren.«

Ashford verbarg sein Gesicht vor den anderen, als diese sich vom Tor abwandten. Sie lag im Sterben! Nach allem, was gewesen war. Die vielen Pläne, die er geschmiedet hatte, was er sich nicht alles hatte einfallen lassen! Und er war nicht bei ihr, konnte ihr keinen Trost spenden, nicht auf ihren letzten Atemzug lauschen, sich nicht anstecken und mit ihr zusammen sterben. Oh, wie bitter, wie böse war doch die Welt. Gott selbst war böse, weil er die Menschen verhöhnte, ihnen die Liebe zeigte und sie ihnen sogleich wieder entriß. Wozu war das alles nutze? Die Pest. Diese schreckliche, graßliche Krankheit. Und er konnte nicht einmal ihren Leichnam berühren. Ihm fiel ein, wie sie auf dem Vogelmarkt die kleinen Vögel angesehen, wie sie den Leimtopf von seinem Ehrenplatz an ihrem Kamin weggerückt hatte, um Essen für ihn zu kochen, wie sich ihre kleine Hand mit den kurzen Fingern so zierlich und fachmännisch über einem ihrer winzigen Gemälde bewegt hatte. Dann mußte er unwillkürlich an ihre wollüstigen, vulgären Evas denken. Auf der ganzen Welt gibt es keine Frau wie sie, dachte er. Ich habe sie durch ein Wunder gefunden, und jetzt habe ich sie verloren.

Ich war mitten in der Arbeit an der Madonna unter der undichten Stelle, als ich aufgeregtes Sandalengeklapper hörte und die Äbtissin, gefolgt von mehreren Nonnen, hereineilte.

»Maîtresse Suzanne, vor dem Tor sind bewaffnete Männer, Soldaten, die Euch holen wollen. Sie sagen, sie gehen nicht ohne Euch. Unsere Tore halten ihnen nicht stand. Wenn ich Euch hier verstecke, drohen sie, das Kloster zu stürmen. Mir bleibt keine Wahl, ich muß Euch ausliefern.«

»Mich ausliefern? Wer sind diese Männer, daß sie selbst der Schwester des Königs zu trotzen wagen?«

»Soldaten des Connétable de Bourbon, des größten Kriegsherrn von ganz Frankreich. Sie behaupten, sie hätten den Befehl, Euch festzunehmen. Ich möchte sie nicht einlassen, und ich möchte der teuren Herzogin in allen Dingen gehorchen, aber ich wage es nicht, die Männer noch länger hinzuhalten.«

»Mich festnehmen? Aber ich habe nichts verbrochen.«

»Das wißt Ihr, und ich weiß es auch, aber jetzt müssen die Richter entscheiden.«

»Aber . . . aber, sagt ihnen, sie sollen noch warten.«

»Das habe ich bereits getan. Sie sagen, sie warten bis zum Sankt-Nimmerleins-Tag, und aus dem Kloster kommt keine Maus mehr heraus. Ich fürchte, sie schänden noch das Asyl. Gott weiß, was geschieht, wenn sie erst einmal hier drinnen sind. Ihr müßt Euch stellen. Ich würde Euch ja behalten, wenn das ginge, aber sie wissen, daß Ihr hier seid, ich habe keine andere Wahl.«

Nichts beflügelt das Hirn mehr als die nackte Todesangst. Meines arbeitete rasend schnell und überlegte verzweifelt, wie ich den bösen Soldaten da draußen entkommen konnte. »Wartet, sagt ihnen, daß ich sterbenskrank bin.«

»Was sollte das nützen?«

»Sagt ihnen, ich habe die Pest und bin ansteckend.«

»Das werden sie kaum glauben, es sei denn, ich habe einen Leichnam vorzuweisen.«

Und da schoß mir ein Gedanke durch den Kopf, ich mußte lächeln, und die Äbtissin blickte mich sehr neugierig an. »Oh, Ihr könnt durchaus einen Leichnam vorweisen«, sagte ich. »Gott hat mir genau in diesem Augenblick eine ausgezeichnete Idee eingegeben. Eine Erleuchtung. Ihr könnt den Hauptmann zufriedenstellen, Ihr könnt die Herzogin von Alençon zufriedenstellen, und Ihr könnt Gott zufriedenstellen, Ihr könnt es allen recht machen. Ich weiß, was ich zu tun habe. Aber eine Nacht werden wir dazu brauchen.«

»Eine Nacht? Solange kann ich sie wohl hinhalten. Aber was meint Ihr mit einer Idee?«

»Also«, erwiderte ich, »ich brauche Hilfe und eine sehr große Bienenwachskerze und Gips . . .«

»Wozu braucht Ihr das alles?«

»Für einen Betrug, heilige Mutter. Um eine Maske von meinem Gesicht und einen Abguß von meinen Händen zu machen. Könnt Ihr sie davon abhalten, meinen Leichnam anzufassen?«

»Den eines Pestopfers? Ich glaube schon.« Ich sah, daß die Äbtissin nun auch lächelte. Ich merkte, es gefiel ihr, daß sie mich nicht ausliefern mußte. Sie konnte den Verführer hinters Licht führen und hatte eine wunderbare Geschichte, die sie der Herzogin bei deren nächstem Besuch erzählen würde. Wir wußten beide, wieviel Herzogin Marguerite für eine gute Geschichte übrig hatte, und diese war gewiß eine wohltuende Spende wert. Wir sahen uns an, die Äbtissin und ich, wir verstanden uns.

»Gut, fangt sofort an«, sagte sie, denn sie war eine Frau, die zu befehlen gewohnt war.

Wir arbeiteten fast die ganze Nacht durch und warteten nur noch auf den neuen Morgen, damit ich die Bemalung fertigstellen konnte. Dann zog ich ein Novizinnenhabit an, und meine Kleider stopften wir mit Stroh aus. Die Gipsabgüsse meiner gekreuzten Hände und meines Gesichts waren gleich beim ersten Mal hervorragend gelungen.

»Wo habt Ihr das gelernt?« fragte die Äbtissin, als sie uns abends bei schwindendem Tageslicht bei der Arbeit zusah.

»Maler machen immerzu Abgüsse – von Gliedmaßen, von Sachen, die sie malen müssen. Sonst bekommt man die Schatten nicht richtig hin, denn niemand sitzt so lange still, bis ein Ellenbogen gelungen ist.«

»Hmm. Das leuchtet mir ein. Ich merke schon, die neue Kunstrichtung macht es sich nicht leicht. Obschon mir die alte lieber ist. Alle Gesichter sehen gleich aus, und dazu weiter nichts als Hände, Füße und Faltenwürfe. Und Heiligenscheine. Mich erbaut ein guter Heiligenschein. Diese neumodische Nacktheit ist höchst unschicklich. Und dann das kleine Leuchtding, das neuerdings als Heiligenschein gilt, also, viel ist das wirklich nicht.«

»Oh, da stimme ich Euch aus vollem Herzen zu«, sagte ich, während ich das geschmolzene Wachs färbte und in die Gußformen füllte.

»Was für eine Farbe nehmt Ihr da? Menschen sind doch rosig.«

»Lebendige Menschen. Tote sind bläulichgrau. Ich male noch ein paar schreckliche Schwären auf, und dann sind wir fertig. Ich möchte auf meiner Totenbahre nicht zu hübsch aussehen.«

Die Äbtissin lachte. »Die meisten Menschen können sich das nicht aussuchen«, sagte sie.

Am Morgen läuteten sie die Totenglocke und öffneten alle Fenster in der Kirche und dazu das Tor, so daß man den Gesang vor der Pforte hören konnte. Ich hatte soeben ein paar grausliche offene Schwären fertiggestellt, als sich die Äbtissin zu einer letzten Überprüfung einfand.

»Prächtig«, sagte sie. »Aber woher habt Ihr das Haar?«

»Da, seht«, sagte ich und hob einen Zipfel meiner Novizinnenhaube. »Es ist mein eigenes.« Mein Kopf sah aus wie ein kurzgeschnittener rotlockiger Jungenschopf, aber in einem Fall wie diesem war ich willens, für einen möglichst echten Eindruck alles, wirklich alles zu opfern. Sogar Wimpern hatte ich mir abgeschnitten und sie dem Wachsabbild angeklebt.

»Nein, wie viele Farben Ihr gebraucht habt«, sagte die Äbtissin. »Sogar noch mehr als für das Abbild eines Lebenden, oder?«

»O nein, Ihr würdet überrascht sein, wie viele Farben ich für ein menschliches Gesicht brauche. Man beginnt mit der Untermalung, dann trägt man nach und nach die anderen Farben auf, damit das Gesicht nicht flach, sondern rund wirkt.«

»Warum beginnen die Maler bei Heiligen immer mit Grün?«

»Das ist Grüne Erde. Man fängt mit einem mittleren Ton an und baut weiter darauf auf, wird entweder heller oder dunkler. Bei Miniaturen beginne ich mit einer Mischung aus Titanweiß und Mennige, zuweilen auch noch mit einer Spur Massicot. Darauf baue ich dann auf – bis hin zu einem hellen Gelb oder einem fast weißen Rosa für Glanzlichter –, und dann werde ich durch Beimischung von Blau wieder dunkler. Schwarz macht trübe Schatten.«

»Dann habt Ihr also fast sämtliche Farben verwendet, ehe Ihr überhaupt mit den Gewändern anfangt«, stellte sie fest.

»O ja, im menschlichen Gesicht sind sämtliche Farben enthalten.«

Die Äbtissin blickte ganz eigenartig. »Im Regenbogen sind auch sämtliche Farben enthalten«, sagte sie.

»Stimmt. Man könnte durchaus sagen, in jedem menschlichen Gesicht ist ein Regenbogen enthalten. Nur sind die Töne von Mensch zu Mensch verschieden«, gab ich zurück und malte ein Blutrinnsal auf meine Wachshände. »Aber so leuchtend wie ein Regenbogen sind sie natürlich nicht«, setzte ich nachdenklich hinzu.

»Maîtresse Suzanne, jetzt weiß ich, was der Engel gemeint hat«, sagte die Äbtissin plötzlich. Ich blickte von meiner Arbeit auf und sah sie an. Wirklich ein passender Zeitpunkt, sich mit Träumen zu beschäftigen! Soldaten standen im Begriff, das Tor zu stürmen, und wir riskierten alles mit einem sehr gefährlichen Betrug, der dazu führen konnte, daß das ganze Kloster in Brand gesteckt wurde und einige von uns sterben mußten, wenn sie uns auf die Schliche kamen. Aber Leute von geistlichem Stand sind nun einmal wunderlich. »Der Engel hat Euch genau das befohlen, was Ihr jetzt tut. Malen. Die Menschheit malen.«

Ich stand einfach da und blickte sie an. Da bemalte ich meinen eigenen Leichnam, um Mörder hinters Licht zu führen, und meine Aufträge für die Herzogin waren erst halb fertig, und Master Ashford war vermutlich umgebracht worden, und für mich gab es auch nicht die geringste Möglichkeit, wieder nach Haus zu kommen. Falls man das als Segen bezeichnen kann, dann möchte ich wirklich nicht wissen, was ein Fluch ist. »Vielleicht habt Ihr recht«, sagte ich aus Höflichkeit. »Seht es Euch an, ich glaube, wir können sie hereinlassen.«

Die Äbtissin wies ihre Nonnen an, den Leichnam auf die Totenbahre vor dem Hochaltar zu legen, und ich war sehr zufrieden mit meinem Werk, weil es mir ähnlich sah und ausnehmend grausig wirkte, und keiner, dem sein Leben lieb war, würde es wagen, mir irgendwie nahe zu kommen. Dann öffnete die Äbtissin die Tore und begleitete den Hauptmann und seine Soldaten höchstpersönlich herein und wies ihn an, in der Kirche den Helm abzunehmen. Ich versteckte mich auf der Empore, da ein Künstler immer gern mitbekommt, welchen Eindruck sein Werk macht, und ich war wirklich sehr stolz auf das, was ich in nur einer Nacht und an einem Morgen geschaffen hatte.

»Wir fürchten uns natürlich nicht vor dem Tod, da er für uns nur der Übergang in eine andere, bessere Welt ist, aber ich kann verstehen, wenn Ihr nicht näher treten mögt«, sagte sie in pietätvollem Flüsterton.

Der Wachtposten sah aus, als würde er am liebsten die Flucht ergreifen. »Die Pest, sagt Ihr?«

»Gestern morgen hat sie hier in dieser Kirche den Pinsel aus der Hand gelegt. Seht Ihr die kleine Madonna da? Die restauriert nun auch keiner mehr. Und das Antlitz erst halb vollendet. Was für ein Jammer! Sie hat aufgeschrien: ›O mein Gott, tut das weh‹, und da haben wir gemerkt, daß sie vor Fieber glühte. Die Pest – ja, ja, schnell tritt der Tod den Menschen an.«

Die Soldaten verzogen sich durch das Portal, und die Äbtissin, immer hinter ihnen her, erzählte ihnen, daß ihnen gewiß eine Million Jahre im Fegefeuer erlassen würden, wenn sie sich die Krankheit an so geweihter Stätte zuzögen, daher könnten sie sich glücklich preisen.

Man ließ meinen Leichnam noch liegen, falls sie wiederkommen sollten, und nach dem Morgenmahl ging ich zurück, um ihn noch einmal zu bewundern, und da stieß ich auf die Äbtissin, die sich beim Auf- und Abschreiten das Kinn rieb, nachdachte und Selbstgespräche führte.

»Ein Jammer«, sagte sie gerade. »Ein unverweslicher Körper und so hübsch gefertigt. Eine Märtyrerin für die Keuschheit, von Gott zu sich geholt, damit ihr der Verführer nicht ihre himmlische Krone rauben konnte. Was für eine Verschwendung. Also, ein Schrein, an einem kühlen Ort, in der Krypta beispielsweise, unter dem Fußboden, mit einem Gitter, wo nichts schmelzen kann . . .«

Ich zögerte jedoch, sie anzusprechen und sie in ihren

frommen Gedanken zu stören, also hielt ich mich im Dämmer der Seitenkapelle. Und da erblickte ich die dunkle, eingemummte Gestalt eines Mannes, der betend unter der armen, kleinen, halb restaurierten Madonna kniete, um die ich meine Pinsel und Farben kunstgerecht verstreut hatte, damit es einen echteren Eindruck machte. War das etwa Master Ashford? Ich hörte den Mann stöhnen, dann fing er an zu weinen, und da wußte ich, er war es. Mein Herz sagte, lauf zu ihm, doch dann dachte ich, sei lieber vorsichtig und überzeuge dich, ehe du dem Falschen um den Hals fällst. Und gleichzeitig kam mir ein kleiner, schlimmer Gedanke. Ich meine, wer erfährt schon, was andere wirklich von einem halten, wenn man gestorben ist, und ich sah mit großer Genugtuung, daß Master Ashford mich sehr gern hatte. Es war wirklich der letzte Beweis, daß er kein Betrüger war wie andere Männer, und daher wollte ich noch ein wenig abwarten und sehen, was er sonst noch tun würde, ehe ich ihm in die Arme fiel und alles ein glückliches Ende nahm.

»Zu spät! Tot! Einfach tot! Ach, es ist ungeheuerlich!« rief er. »Grausamer Gott, raffe auch mich hinfort!« Jäh stand er auf und näherte sich dem Hochaltar, wo die Äbtissin, anscheinend ins Gebet versunken, noch immer frommen Gedanken nachhing. »Ich muß sie berühren«, schluchzte er. »Ich war nicht da, um ihr im Tode Trost zu spenden, so will ich jetzt ihre eisige Hand halten und ihr ewige Treue schwören!«

Wer hätte gedacht, daß Robert Ashford eine so dramatische und poetische Ader hatte, schließlich war er Privatsekretär und dachte meistens recht vernünftig.

»Haltet ein, haltet ein! Es ist der sichere Tod!« rief die Äbtissin, die fürchtete, unser Betrug könnte entdeckt werden.

»Das versteht Ihr nicht, heilige Mutter? Ich habe zu lange gewartet, und nun kann ich ihr nicht mehr sagen, daß ich sie liebe. Oh, diese Kälte! Oh, diese Bitternis! Nicht einmal geküßt haben wir uns. Und ich schwöre Euch, ich küsse sie jetzt zum ersten und zum letzten Mal und sterbe an dem Kuß«, rief Master Ashford völlig außer sich und drängte sich an der entsetzten Äbtissin vorbei.

Ich schlich mich auf Zehenspitzen näher, weil ich alles mitbekommen wollte, denn die Szene war so ergreifend schön und poetisch und übertraf meine kühnsten Erwartungen. Mir war ganz warm ums Herz, so sehr liebte ich ihn. Ach, was für eine wunderbare, hingebungsvolle Leidenschaft! Schon liefen mir die Tränen, denn es war tragisch anzusehen, als er sich über mein hübsches Kunstwerk warf.

Langsam näherten sich seine Lippen meinen bläulichen. Er hatte die Augen geschlossen. Er drückte seine warmen auf die kalten . . . »Was zum . . .!« rief er, schlug jäh die Augen auf und fuhr mit dem Kopf zurück, als hätte er eine Schlange geküßt. »Was soll das?« sagte er, stocherte mit dem Finger in meinem Strohleib herum und starrte den Wachskopf an.

»Robert, Robert, die Äbtissin trifft keine Schuld. Es war meine Idee«, platzte ich laut heraus, denn ich mußte hinter ihm noch das halbe Kirchenschiff durchqueren. Beim Klang meiner Stimme fuhr er herum. Sein Gesicht war tränenüberströmt, doch nun war es auch noch rot.

»Daß ich darauf nicht gekommen bin«, sagte er.

»Robert, es war ein Betrug. Ich mußte die Soldaten hintergehen, sonst wären wir sie nicht losgeworden. Euch wollte ich natürlich nicht täuschen . . .«

»Aber Ihr konntet der Versuchung nicht widerstehen?«

Ich trat aus dem Schatten in einen Sonnenstrahl, der farbig durch ein Buntglasfenster fiel. Robert sah sehr gut, aber schrecklich verstört aus, und eigentlich hätte ich mich schämen sollen, weil ich mich nicht gleich offenbart hatte, aber ich war sehr froh, denn nun wußte ich, er liebte mich so innig, daß er mir in den Tod folgen wollte, was zwar theatralisch, aber dennoch ein gutes Zeichen ist.

»Ach Robert, wer würde wohl einen Mann nicht lieben, der einem ins Grab folgen will?«

»Wenigstens weißt du jetzt, daß ich es ehrlich meine«, sagte er, und es klang noch immer beschämt und erzürnt. »Aber . . . aber weniger blau bist du mir wesentlich lieber.«

»Ein gelungenes Werk, nicht wahr?«

»Und ob! Wann hörst du endlich auf, die Menschen zu narren?«

»Ich kann nicht anders, Robert. Es überkommt mich einfach. Es ist meine zweite Natur. Du weißt, so bin ich nun einmal. Ich meine, ich war in so großer Bedrängnis. Der Connétable de Bourbon. Das ist kein geringer Feind.«

»Ich weiß«, sagte er, und seine Miene wurde sanft.

»Aber du weißt, daß mein Herz ehrlich ist«, sagte ich und hoffte, daß er mir diese kleine Sünde vergeben und bedenken würde, wie schlimm man mich schon hereingelegt hatte und wie natürlich so ein Betrug war, wenn jemand ganz, ganz sichergehen wollte, daß er geliebt wurde.

»Das weiß ich doch«, sagte er. Er sah erst mich an, dann meinen hervorragend gelungenen Leichnam und dann wieder mich. Dann seufzte er, dann lächelte er, dann lachte er. Er lachte, bis er sich den Bauch halten mußte und ihm die Tränen aus den Augen liefen, und die Äbtissin sagte: »Pssst«, und dann sagte er: »Susanna, du hast ja keine Ahnung, wie erleichtert ich bin. Und ich dachte schon, ich würde an der ekelhaften Krankheit sterben und dir ins Grab folgen. Ohne dich ist mein Leben leer. Und nun bist du wieder da, und ich will leben und weiß gar nicht so recht, warum, außer weil du bist, wie du bist. Du weißt es, ich weiß es. Mein Gott, hast du mich seit unserer ersten Begegnung genarrt.« Er schüttelte schon wieder den Kopf, so als könnte er nicht fassen, was er sah. Er war wirklich sehr anziehend und auch ein klein wenig häßlich, so wie ich es mag, seine Nase war ein wenig schief, und er dachte auch ein wenig schief, er, der mir statt eines Silberspiegels Vögel geschenkt hatte. »Wenn ich ein Fünkchen Verstand hätte«, sagte er gerade, ohne zu begreifen, was ich in ihm sah, »würde ich dich verändern wollen. Mein Glück, daß so etwas unmöglich ist! Es hat eine Zeit gegeben, da dachte ich, du würdest mich nicht heiraten, weil du deine hohen Gönner in Frankreich und die ganze großartige Glitzerwelt nicht verlassen wolltest. Aber jetzt, wenn ich dich jetzt frage . . .«

»Frag ruhig, Robert, und warte ab, was ich antworte.«

»Susanna, willst du mich heiraten?«

»Ja, Robert, sehr gern und aus vollem, liebendem Herzen.«

Wir hatten englisch gesprochen, doch die Äbtissin unterbrach uns auf französisch. »Er hat Euch wohl einen Antrag gemacht. Anständig oder unanständig?«

»Anständig, heilige Mutter. Gibt es hier einen Priester, der uns trauen kann?« fragte Robert Ashford. »Ich habe eine Überfahrt im Gefolge des Herzogs und der Herzogin von Suffolk und möchte Mistress Susanna als meine Frau mit nach Haus nehmen. Wir müssen uns beeilen, wenn wir sie noch in Paris antreffen wollen.«

»Der Herzog und die Herzogin? Robert, wen hat der Herzog geheiratet?«

»Die Weiße Königin, und das heimlich, es ist erst jetzt bekannt geworden.«

»Die Prinzessin? Dachte ich mir's doch, daß sie ein Auge auf ihn geworfen hatte. Wie hat sich das zugetragen?«

»Rothaarige Frauen, Susanna. Die setzen immer ihren Kopf durch.«

»Mein Haar ist nicht rot, Master Ashford. Es hat nur einen Stich ins Rötliche. Aber wenn wir verheiratet sind, Robert, läßt du mich dann malen?«

»Da siehst du, was ich meine. Das würde ich dir nie wegnehmen, Susanna. Es bedeutet dir zuviel. Aber eins mußt du mir schwören: keine falschen Leichen, keine posthumen Gemälde und keine nackten Evas nebst Adam mehr.«

»Ehrenwort, Robert.« Der Schwur fiel mir leicht, denn ich mache ohnedies jeden Fehler nur einmal. Außerdem wollte ich jetzt noch mehr den Tugenden des *Rathgebers für das treffliche Eheweib* nacheifern und auch das Rezept für Brasse noch einmal ausprobieren. Robert hatte einmal angedeutet, daß er Brasse mochte, und es war Fastenzeit.

Epilog

Die kleine Silberglocke über der Galerietür am Pont au Change läutete, doch die Kunden gingen einfach durch die Tür hindurch. Das war ein Geflatter und Gezwitscher, als die lockenköpfigen Cherubim von ihrem Würfelspiel auf dem Ladentisch abließen und durch die Decke verschwanden.

»So, so, Hadriel, haben wir dich also doch gefunden. Nun sieh sich einer das an! Was hast du dir eigentlich dabei gedacht?« Uriels Stimme war tief und grimmig. Hinter ihm stand der Erzengel Michael mit dem Flammenschwert.

»Steck das Schwert ein, Michael. Sonst setzt du noch meine *objets d'art* in Brand«, sagte Hadriel völlig unbußfertig.

»Wir haben Vater davon in Kenntnis gesetzt, daß du deine Pflichten vernachlässigst. Es würde mich nicht überraschen, Hadriel, wenn Er dich dafür absetzt.«

»Aber es war alles eine Erleuchtung. Sie überkam mich einfach. Du siehst aus, als hättest du seit Ewigkeiten keine Erleuchtung mehr gehabt. Da, siehst du die vielen schönen Dinge, die geschaffen wurden? Mit meiner neuen Geschäftsmethode kann ich meiner Aufgabe zehnmal schneller nachkommen. Ich habe diese ganze Stadt mit einem Gespinst von Erleuchtung überzogen, und im nächsten Monat eröffne ich mehrere Zweigstellen. Was hältst du von Amsterdam?«

»Für uns bist du ein Querulant, Hadriel. Du hast wieder einmal die ganze Welt durcheinandergebracht. Und wo finden wir dich? In einem Laden. So tief bist du gesunken. Du ziehst unseren guten Ruf in den Schmutz.«

»Geht es euch nur darum? Ich glaube, ein Engel kann getrost die Ärmel hochkrempeln und mit anpacken. Ihr seid ja noch überheblicher als die Seraphim. Ich habe mich nie geschämt, mir die Hände schmutzig zu machen, wie einige andere, deren Namen ich nicht nennen möchte. Ich habe sogar Belphagor festgesetzt, und was ist der Dank dafür?«

Die beiden Erzengel berieten sich kurz. »Belphagor festgesetzt? Wie hast du denn das geschafft?«

Hadriel setzte sich auf seinen Ladentisch, schlenkerte mit den nackten Füßen und musterte seine Fingernägel. »Das möchtet ihr wohl gern wissen«, sagte er.

»Hadriel, es mangelt dir an Respekt.«

»Oh, ich habe jede Menge Respekt. Ich habe Respekt vor meiner Aufgabe, vor meinem Engel-Sein, und Respekt vor Vater habe ich auch. Wer sagt Euch denn, daß es nicht überhaupt Seine Idee war? Schließlich ist Er allwissend, ist vor und nach aller Zeit, Alpha und Omega und so weiter und so fort.«

Michael kratzte sich ratlos den Kopf.

»Nichtsdestoweniger kommst du jetzt mit«, sagte Uriel entschieden. »Und deine Cherubim auch. Aus denen hole ich die ganze Geschichte schon heraus. Hadriel, wir hatten mehr von dir erwartet.«

Zusammen stiegen die drei durch die Decke auf und befanden sich schon bald über der Stadtmauer, während die verstummten Cherubim sie wie ein Spatzenschwarm umflatterten. Unter ihnen zogen die Wolken über der hügeligen Landschaft Frankreichs bis zum fernen Horizont dahin. Hier und da ging ein Frühlingsschauer auf Wald und Flur nieder. Wo sich die Wolken teilten, waren blaue Flecken Himmel zu sehen. Einer der Cherubim zupfte Hadriel am Gewand. Der blickte nach unten. Auf einer schmalen Landstraße, in einiger Entfernung von der Stadt Paris, mühten sich zwei Pferde, jedes mit zwei Reitern, durch den Morast, gefolgt von einem

Lastpferd mit Gepäck, auf dem zuoberst ein merkwürdiger Holzkasten und ein Vogelkäfig thronten. Hinter dem vordersten Mann saß eine Frau, die sich ganz in einen dicken Umhang mit Kapuze gehüllt hatte. Doch beides reichte nicht, um ihr graues Novizinnenhabit zu verbergen.

»Sieh einer an«, sagte Hadriel. »Da ist ja Mistress Susanna.«

Uriel blickte abfällig. »Dann bist du inzwischen mit entlaufenen Nonnen befreundet«, sagte er.

»Ach, nicht richtig. Susanna ist ein gutes Mädchen. Sie führt die Welt wieder einmal hinters Licht.«

»Hadriel, und du hast dabei die Finger im Spiel gehabt, nicht wahr?« sagte Michael in zunehmend argwöhnischem Ton.

»Das gehört eindeutig nicht zu seiner Aufgabe«, sagte Uriel.

»O nein. Aber ja doch«, sagte Hadriel. »Bitte, wartet einen Augenblick, ja? Ich habe Mistress Susanna einen Regenbogen versprochen.«

»Eine Minute, eine einzige«, sagte Michael.

Hadriel blies und wirbelte und ordnete die Wolken so,daß die Sonne durch den fallenden Regen schien. Ein großer Regenbogen, hoch wie ein Berg, spannte sich über den Himmel, doch die Hälfte verschwand oben in den Wolken. In ihm und ihm gegenüber wölbten sich zwei kleinere Regenbogen, und die waren voll ausgebildet und standen mit beiden Füßen auf der hügeligen Landschaft. Vom Aussichtspunkt der Engel wirkte es, als mühten sich die Reiter durch ein Meer von Farbe, wo der kleinste Regenbogen die Erde berührte. Rings um sie tüpfelten Sonnenflecken die winterlich toten Wiesen und ließen die ersten grün sprießenden Halme aufleuchten.

»Hadriel, du machst einen guten Regenbogen«, sagte Michael. »Das muß man dir lassen.«

»Aber wie gewöhnlich hast du übertrieben«, schnaubte Uriel, während sie in der Ewigkeit verschwanden.

Anhang

Historische Gestalten

Thomas Wolsey wurde im Herbst 1515 tatsächlich Kardinal. Er stürzte jedoch über Anne Boleyn, auf die König Heinrich VIII. nach ihrer Rückkehr aus Frankreich ein Auge geworfen hatte. Sie verzieh es dem Kardinal nie, daß dieser auf Befehl des Königs ihre Verlobung mit Henry Percy vereitelte, und als es Wolsey nicht gelang, die Heirat des Königs annullieren zu lassen, damit dieser Anne heiraten konnte, war sein Sturz besiegelt. Was er seiner Eskorte klagte, die ihn in den Tower brachte, wurde von Shakespeare überarbeitet und ist fast berühmter geworden als Wolseys Karriere:

»Hätt ich nur Gott gedient mit halb dem Eifer,
Den ich dem König weiht', er gäbe nicht
Im Alter nackt mich meinen Feinden preis!«
(William Shakespeare, *Heinrich VIII.*)

Der Connétable de Bourbon verriet Franz I. am Ende doch noch, als letzterer versuchte, nach dem Tod von Bourbons Ehefrau Suzanne deren Erbe an sich zu bringen. Bourbon schloß ein Bündnis mit Heinrich VIII. und Karl V. und fand später bei der Plünderung Roms den Tod. Ob er der »Steuermann« der Abtei von Sion war und ob die Abtei von Sion tatsächlich existiert hat und welche Rolle sie bei den vielen Komplotten gegen die Valois-Könige gespielt hat, das gehört in das Reich der Spekulation von Verschwörungstheoretikern. Die eigenwillige Neuinterpretation von der Herkunft der Merowinger stammt nicht von mir – *die* Phantasie besitzt keine Romanautorin –, sondern steht so bei Baigent, Leigh und Lincoln in *Holy Blood, Holy Grail;* sie untersuchen darin die Legende von einem geheimnisvollen Schatz im Süden Frankreichs und verknüpfen die Tempelritter und die Abtei von Sion mit dieser Legende.

Franz I., Soldat und Schirmherr der Künste und lebenslanger Gegner Heinrichs VIII., wurde zum Inbild eines Renaissance-Fürsten. Claude, seine erste Gemahlin, starb im Alter von sechsundzwanzig Jahren, da sie ein Kind nach dem anderen bekam. Louise von Savoyen, seine Mutter, war allen Berichten zufolge eine fähige Beraterin und Regentin. Marguerite, seine Schwester, heiratete nach dem Tod des Herzogs von Alençon den König von Navarra. Ihr *Heptameron* kursierte noch nach ihrem Tod als Manuskript, und bis auf den heutigen Tag ist fraglich, ob sie die Geschichten selbst schrieb oder sammelte und ob spätere Herausgeber weitere Geschichten hinzufügten. Sie war und blieb Schirmherrin der Künste und Wissenschaften und widmete sich später religiösen Schriften. Historiker weisen gern darauf hin, daß sich die geplante Heirat mit Heinrich VIII. von England zu ihrem großen Glück zerschlug.

Prinzessin Mary steht bei französischen Historikern in sehr schlechtem Ruf, sie beschreiben sie in Anlehnung an Brantôme als verschlagene, geldgierige, sexbesessene Schlampe, die Franz I. verführen wollte und dann mit »Kissen« eine Schwangerschaft vortäuschte und die man »mit Gold überhäufen« mußte, um sie loszuwerden. Englische Historiker sehen sie aufgrund ihres verzweifelten Briefes nach England, in dem sie sich über Franz' widerliche »Anträge« beklagte, wie auch anderen Beweismaterials, als gefährdete Unschuld. Wenn man bedenkt, welchen Ruf Franz als Verführer hatte und daß es schlechterdings unmöglich ist, vor so vielen Zeugen eine Schwangerschaft bis zu den letzten sechs Monaten vorzutäuschen (ganz zu schweigen davon, ein voll ausgetragenes Baby als Frühgeburt von fünf/sechs Monaten auszugeben), so will mir scheinen, daß die Engländer der Wahrheit näherkommen. Aus moderner weiblicher Sicht kann die Abfolge von Ereignissen auch noch in einem anderen Licht gedeutet werden: Sie war eine junge Frau, die gegen Gesetz und Sitte entschlossen war, sich den Ehemann selbst zu wählen. Sie brachte es fertig, einem gutaussehenden Mann einen Heiratsantrag zu machen, und stand dazu trotz wahrhaft außergewöhnlicher Hindernisse. Kein Wunder, daß die historischen Interpretationen so stark voneinander abweichen.

Soweit überliefert ist, lebten der Herzog und die Herzogin von Suffolk glücklich bis an ihr seliges Ende.

Porträtmalerinnen im England des 16. Jahrhunderts

Im frühen 16. Jahrhundert gab es unter den Miniaturmalern in England auch Frauen, sogar schon ehe Holbein nach England kam, doch belegt ist davon wenig, spekuliert wird viel, und man streitet darüber, wem man die wenigen frühen Miniaturen zuordnen soll, die noch erhalten sind. Nicholas Hillyarde erwähnt in seinem maßgebenden *Treatise Concerning the Arts of Limning* (ca. 1598) ein Bleiweiß, das von Miniaturmalerinnen verwendet wurde. Mrs. Livina Teerlinc, Tochter des flämischen Meisters und Porträtmalers Simon Benninck, war Hofmalerin bei Heinrich VIII. und seinen drei Kindern, die ihm auf dem Thron folgten, doch außer ihrem Namen und ihren Honoraren in den königlichen Hauptbüchern, die neben dem Wort *pictricem* (Malerin) stehen, das früher falsch als *nutricem* (Amme) gedeutet wurde, ist wenig über sie erhalten. Eine andere Malerin, Susanna Hornebolte, auch sie Tochter eines ausländischen Meisters, war mit zwei Herren des englischen Hofes verheiratet und soll Gesellschafterin bei Anna von Kleve und Catherine Parr gewesen sein. Bei dem neu erwachten Interesse an Malerinnen wird man vielleicht mehr über diese und andere Frauen herausfinden, die möglicherweise zur gleichen Zeit gearbeitet haben.

Die Sprache des 16. Jahrhunderts scheint sich in ihrem Reichtum und in ihrer Farbigkeit immer mehr vom zeitgenössischen Amerikanisch und Englisch zu entfernen, doch damit das Buch nicht zu idyllisch wirkt (und das Leben damals war weiß Gott keine Idylle!), habe ich so gut wie keinen Gebrauch von noch verständlichen, jedoch antiquierten Ausdrücken gemacht. Lediglich zwei Bezeichnungen aus der damaligen Herrenmode sind dem heutigen Leser vielleicht nicht geläufig:

Schaube – kurzer, oberschenkellanger Mantel, meist ohne Ärmel
Zaddelärmel – langer, trompetenförmiger Ärmel, der in einer Spitze ausläuft

Was die Malerei angeht, so konnte ich einigen exotischen Begriffen nicht widerstehen. Sie sind als Lesehilfe aufgelistet:

Gesso – Gipsgrundierung auf Tafel oder Leinwand
Hasenleim – Bindemittel für die Grundierung, das aus Hasenhäuten gekocht wird
Leinwandmalerei – Gemälde auf Leinwand, daher die Maler-und-Färber-Zunft
Tafelbild – Gemälde auf Holz
Auripigment – leuchtendes Gelb
Azurblau – leuchtendes Blau
Feiellbraun – Dunkelbraun bzw. Veilchenbraun
Inkarnat – ein heller Fleischton, aus mehreren Farben gemischt. Außerdem ein Pergamentstück, das für eine Miniatur vorgrundiert worden ist. Es gibt helles und dunkles Inkarnat, das, vorher gemischt, je nach Gesichtsfarbe des Abgebildeten verwendet wird.
Karmin – helles oder dunkles Rot, aus Insekteneiern gewonnen
Malachitgrün – leuchtendes Grün
Massicot – Gelb
Mennige – helles Rot
Smalte – Dunkelblau

Band 12416

Timeri N. Murari

Ramayana

Indien zu Beginn des 20. Jahrhunderts: Kimball O'Hara und seine geliebte Parvati - wohlvertraute Figuren aus dem Roman *Der Sahib* - befinden sich auf der Flucht: vor dem Oberst, vor Parvatis brutalem Ehemann und dessen hinterhältiger Mutter.
Da bricht der Erste Weltkrieg aus. Als Freiwilliger auf Seite der Briten erlebt Kim in Europa den Alptraum der Schützengräben. Unterdessen schart Mahatma Gandhi auf dem Subkontinent Inder und Muslime zum gemeinsamen Kampf gegen die britische Herrschaft um sich. Als Regierungstruppen im April 1919 eine Protestversammlung blutig niederschlagen, löst er die erste Kampagne ›zivilen Ungehorsams‹ aus...

Band 12427

Margaret George

Maria Stuart

Der Roman ihres Lebens

»Ihre Freiheit im Denken und Handeln« schrieb ein englischer Dichter, »bedeutete ihr viel; ihr Glaube etwas; ihr Land nichts.« Margaret George macht durch ihre lebendige Darstellung deutlich, warum Maria Stuart letztlich scheitern mußte - weil sie bei allem, was das Schicksal ihr schenkte, dem einzigen nachhing, was ihr nicht gegeben sein sollte: Wärme, Liebe und persönliches Glück.

Margaret George verbrachte ihre Jugend in Asien und Europa mit ihren Eltern, die im diplomatischen Dienst tätig waren. Bekannt wurde sie durch ihren Roman *Heinrich VIII: Mein Leben (1989)*. Ihrem neuen Roman über das Leben Maria Stuarts gingen fünf Jahre der Recherche in Schottland, England, Frankreich und der Schweiz voraus. Margaret George lebt heute in Madison, Wisconsin.

BASTEI LÜBBE